2013 年

山东大学新闻中心

山大日记

Diary in Shandong University

主　编　尹作升　李平生

副主编　张　青　李　欣

山东人民出版社

国家一级出版社　全国百佳图书出版单位

山大日记

Diary in Shandong University

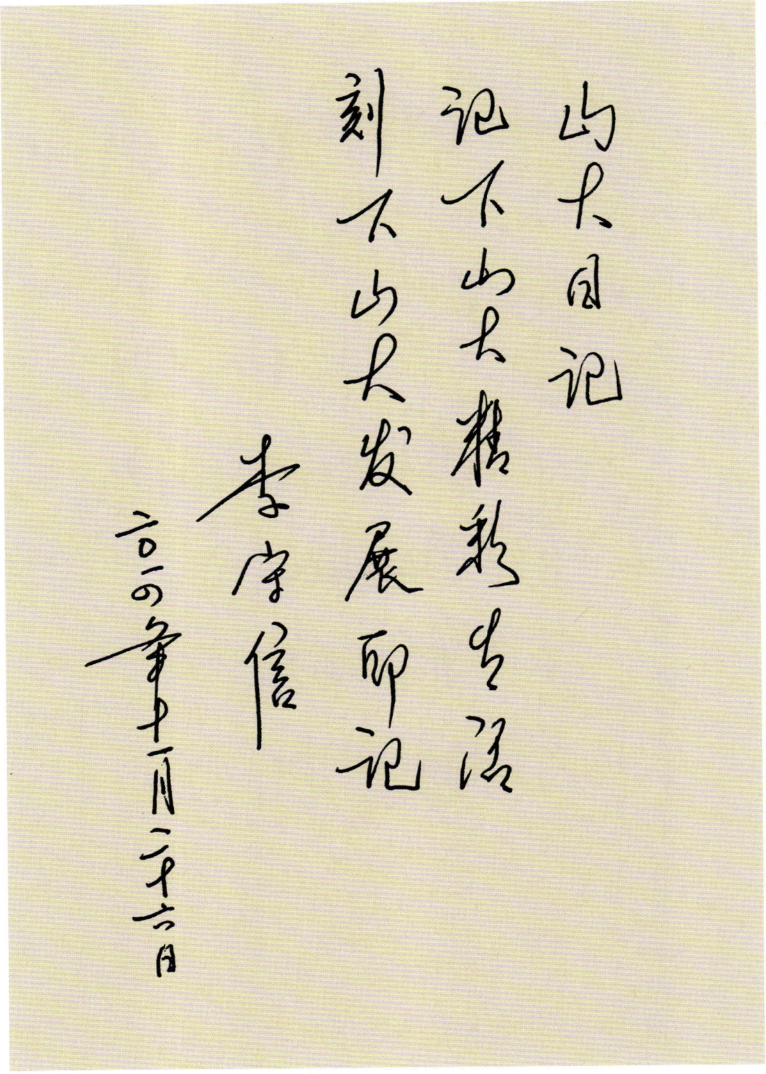

山大日记
记下山大精彩生活
刻下山大发展印记
李守信
二〇一〇年十一月二十六日

山东大学党委书记李守信题词

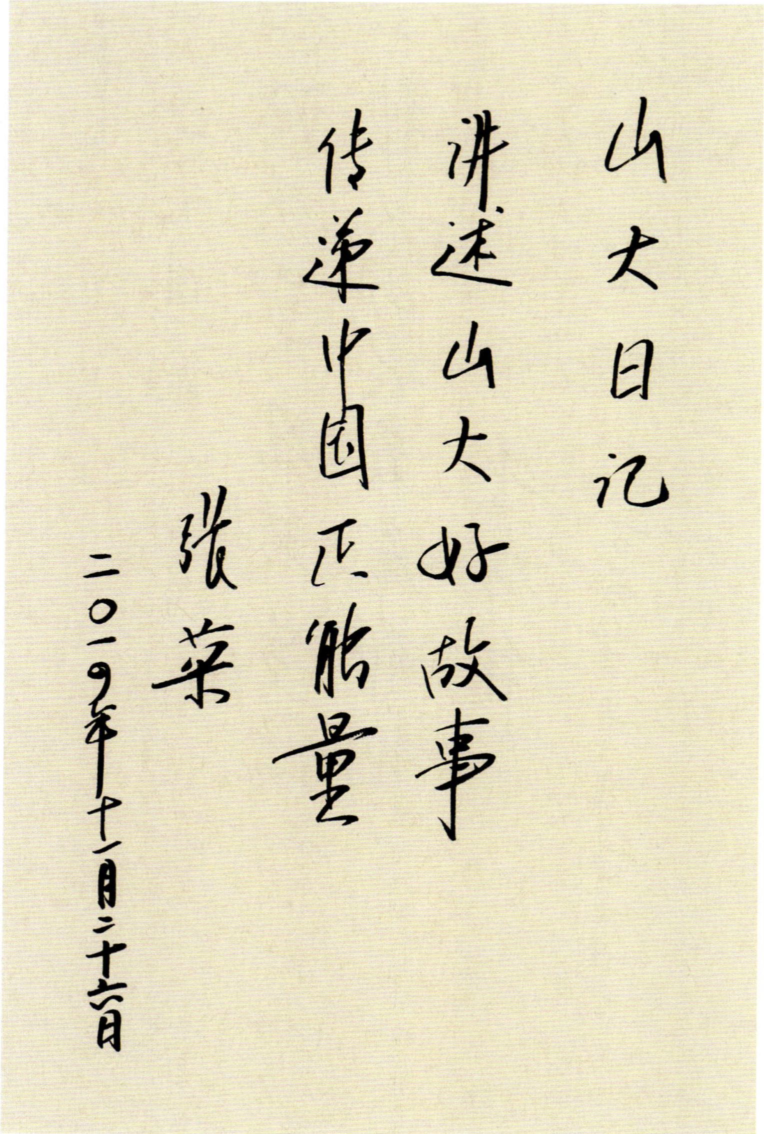
山大日记
讲述山大好故事
传递中国正能量
張榮
二〇一九年十一月二十六日

山东大学校长张荣题词

中心校区之春（刘梦冬　摄）

趵突泉校区之春（杨云雷　摄）

青岛校区之夏（刘梦冬　摄）

威海校区之夏（戚务政　摄）

千佛山校区之秋（庞佛宝　摄）

洪家楼校区之秋（杨云雷　摄）

软件园校区之冬（李子路　摄）

兴隆山校区之冬（曹泽若　摄）

序　言

光阴荏苒，白驹过隙，岁月皴擦，迁变难言，普普通通又卓尔不凡的山大人，有着怎样的一天？历经110余年沧桑与辉煌，当山东大学郑重提出“弘扬百年优良传统，实现一流大学目标”时，刻苦、敦厚的山大人已将“山大梦”一步步踏实。为真实地记录山大人在实现“山大梦”的进程中，工作、学习、生活的风采，更好地展示山大人的精神风貌，山东大学新闻中心于2013年4月22日推出品牌栏目“山大日记”。

自上线以来，“山大日记”每天发布若干篇日记，并在山大主页更新，风雨无阻地陪伴在山大人身边。这里，有特聘教授的希冀、普通教师的奉献，有“宿管阿姨”的感触、“保安大叔”的心语，有百岁老人的寿日寄语、留学生的异国情思，有毕业生的不舍、新生的好奇……截至2013年12月31日，共有800余位山大人共同书写了“山大日记”，总计70余万字。除文字、照片、漫画等展现形式外，“山大日记”每天傍晚都会在校园广播中与师生邂逅，山大电视台也定期推出精彩视频日记。如今，“山大日记”正逐渐成为全体山大人的精神家园，成为校园文化建设中不可或缺的一部分。

昨天是今天的历史，明天是今天的未来。现在，我们将254篇（截至2013年12月31日）头条日记集结成册，在这本写满“山大情怀”的灵动而又厚重的日记里，通过字里行间，你或许可以触摸到积淀百年的山大品格，感知到山大人其命维新的梦想、脚踏实地的追求、不断前行的足迹。通过这本日记，我们可以感受到，有一种力量，在山大人每天平凡的学习、工作和生活中默默传承，润物无声……

目 录

6月

7 月

8月

11 月

12月

4月21日　　星期日　　晴

新闻中心总编室编辑·刘梦冬

周日的早晨总是幸福的，睡到自然醒，伸个懒腰，抬头看钟，已过9点。

参加工作不到半年，最近尤其忙碌。开学系列报道“中国梦·山大梦”刚刚完成，又开始筹备“十大系列”评选活动的表彰，和大家一起“感知榜样的力量”，看奕奕风采，见贤思齐。自“数字看山大”广受好评之后，一系列报道以专题的形式呈现，借一棹东风传播，与校园春色齐美。而其中筹备时间良久、重中之重的策划，要数我们的“山大日记”了。

美美地吃过早午饭，窝在沙发里打开电脑，再一次习惯性地打开D盘内的“山大日记”文件夹。两个月前，它还空空如也，如今里面已经存了长长的一串文件。策划书，策划书修改版，策划书第二版，策划书第三版……策划书最终版；海报设计第一版，海报设计第二版，海报设计第三版……海报设计最终版；研讨信息，年度大事件，系列人物策划，宣传方案，征稿启事，邮箱申请表……一个星期前，它又渐渐被图片塞得满满的，那是大大小小修改了无数次的专题网页设计图。双击最终版，一副清新而雅致的网页铺展在眼前，真好看。回想起为它付出的日日夜夜，这一刻感觉很值得。每一个设计都经过仔细斟酌，反复研讨，历次修改，直到达成最满意的效果。一句“一诗千改始心安”，写尽了我们的心思。

再茂盛的树木，最初，也不过是由一颗种子开始。那是去年冬天，我在办公室编辑稿件，完成已是深夜，一整天没出明德楼的大门，出门一看，清冽的空气扑面而来，世界是一片洁净的白，狠狠地吸了一口气，一天的疲惫一扫而光。公交末班车早已过去，出租车也拦不下一个，我只好一个人走回家，开始有些懊丧，直到我嗅到食物的味道，才发觉自己早已饥肠辘辘。无人的马路上，雪在脚下咯吱咯吱响，我不顾形象地吃着烧烤。一天的工作已完成，走在平日不可多见的空寂马路上，哼着小曲儿，吃着喜爱的食物，踩着洁白的雪，看着远处高楼上霓虹闪烁……这何尝不是一种幸福。后来我把这件事讲给同事们听，透过大大的落地窗，我们把目光投向这片美丽的校园。这里有多少人像我一样，平凡却不平庸，也许我们可以把这些故事记下来，一起品读山大人的一天，精彩也好，普通也罢，总有一种力量在里面。也许我们因为身在其中尚未察觉，那股山大人特有的精气神儿。

明日清晨，“山大日记”终于要揭开面纱，展现在大家面前了，一想到这，我就激动不已。也许，当这一页日记悄悄翻开的时候，许多人不会留意，但在一年后的今天，当它慢慢合拢的时候，里面满载的，将是一个又一个真实的山大故事，一段又一段逐梦、筑梦的美丽日子……我不禁憧憬，这将是怎样一本写满了“山大情怀”的灵动又厚重的日记啊！就让我们用最真挚的笔触，记录前行的足迹；就让我们怀揣最初的赤诚，携手走向“山大梦”实现的那天。

轻击键盘，写下我今天的故事，作为“山大日记”开篇，我感到无比荣幸。

有人说，朋友不是先来的人或是认识你最久的人，而是来了之后再也没离开的人，希望“山大日记”能成为每一个山大人的朋友。从明天起，让我们一起陪伴它。

作者：新闻中心总编室编辑　刘梦冬

4 月 22 日　　星期一　　晴

文学院・李子路

三天了，雅安成为我们最牵挂的地方。虽然远隔千里，但是心终究是联系在一起的。这颗心是对脆弱生命的怜悯，是对自然的敬畏，是众志成城的坚定信念。

我在第一时间知道了雅安地震的消息，第一反应是关心人员的伤亡情况。作为一名新闻系的学生，2008 年的汶川地震，媒体的铺天盖地的报道还历历在目，那时我在复读，深刻地记得全国人民众志成城抗震救灾的场景。与上次一样，这次的雅安，包括之前的玉树，都牵动着全国人民的心。雅安地震发生不久，全国人民就动员起来，在网络、媒体、非政府组织、军队等领域中，都进行了即时和有效的行动。

这些都让我联想起 2008 年的汶川地震。与那时相比，我们此次的抗震救灾不得不说变得“从容不迫”。第一，中央反应及时，领导层第一时间奔赴前线，指导工作，体恤人民，安抚群众。第二，网络关于抗震救灾的组织，多的是理性，少的是冲动。广大网友，包括意见领袖在内，都总结和吸取了上次汶川地震的经验教训，除在微博上发布悼念和祈祷的言论外，还发布一些汶川地震救助经验的总结，让灾区百姓和社会救助人员受益匪浅。第三，我们已经建立了重大灾害的救治机制，所以，我们看到了紧张但井然有序的部队调动和物资调配。

身为新闻专业的学生，我更关注的是新闻媒体的反应和对雅安地震的报道。在汶川地震中，新闻媒体存在缺少人文关怀的现象，镜头暴力大量充斥着媒体。雅安地震，央视率先作出了表率，不仅新闻频道、国际频道立刻转入对雅安地震的报道，还停掉了当天全部的节目，24 小时滚动直播，让我们看到了国家级媒体应有的责任和担当。前方记者不再对着刚救出的人员紧追不放，甚至干扰救援，而是作为第三者如实地记录这些场景。我们看到了“最美新娘”“小震生”等充满人文关怀的报道，这些让我们在紧张的救援中感受到了温暖，看到了生的希望和伟大。

在“雅安不哭”的标语遍布大江南北的时候，我欣喜地发现，就在上周日的校园涂鸦大赛中，同学们用画笔表达了自己的心情。他们写着“雅安加油”“祝福雅安”的话语。在兴隆山校区，在种满寓意圣洁、顽强生命的白玉兰的路上，一束束烛光，象征着生命之火，“天佑雅安、共同祈福”。愿这一份份来自黄海之滨的祝福翻山越岭，带进本应美丽富饶的川蜀之地。

人们说，蜀道难难于上青天，但是心灵的脚步会穿越千难万险，抵达彼岸。

作者：文学院 2012 级研究生　李子路

4月23日　　星期二　　晴

星云大师讲座听众·李　铁

很早就耳闻星云大师盛名，他对人生的独特思考给我留下了深刻印象。没想到，今天居然有机会亲耳聆听他的教诲；更没想到的是，星云大师受聘山大名誉教授，从今天起也成了一名山大人。

很晚才得知星云大师来山大的消息，等到匆匆奔向图书馆借阅相关书籍才发现，大师的书早已被捷足先登之人抢阅一空。失落之余不禁感叹，大师的感召力确实非同一般。

除了110周年校庆典礼，还是第一次见到这么多人参加的活动。讲座两点半举行，不到一点半，体育馆门口就已经聚满了前来听讲座的人。仔细一看，有同是山大的学生，有来自校外忠实的追随者，还有身穿长袍的僧人。

偌大的会场，人头攒动。自己离星云大师很远，幸好通过大屏幕，还是能够看清楚星云大师的真容，神色怡然，一副安详之态。87岁高龄的老人还能有如此的精气神儿，实属不易。一开始，全体起立为雅安地震遇难同胞默哀，星云大师进行祈祷祝福。虽然地震远在千里之外，还是希望那里的人们能够感受到这里的祈福和祝愿。

讲座中，星云大师始终没有忘记鼓舞雅安。他引用佛家的“正信”来表达自己的感情，简单来说就是要有信心。我们要对家庭有信心、对朋友有信心，更要对自己有信心、对社会有信心，有信心才会有力量，有信心才能战胜苦难。整个会场回荡着星云大师的谆谆之音，置身其中的我细细思量方觉其中味道。人生不就是这样的么？人之生于世，最重要的就是活一口气，不管遇到什么灾难，活着就有希望，也只有活着才能有希望。自己从未怎么深入了解佛教，电视上经常出现的偈语也让人云里雾里，但星云大师给我留下印象最深的却是他语言的浅显易懂。他提倡佛教要走入家庭，走入人心，去解决现实生活的问题，用出世的思想做入世的事业，将出世、入世结合起来，为国家社会服务。

对于天地人这种深奥的问题，星云大师同样是将其与现实生活环环相扣，天地人是自然的一切，所以我们要倡导环保生态。最有意思的是，他说为人处世要合乎天地、道理、人情世故，乍一听似乎有些俗气，不过听完大师“多管闲事”的秀才的故事，才发现原来深藏哲理。

山大人，自然非常关注大师对山大的看法。而对于山东和山大，星云大师似乎也情有独钟。讲座一开始，他就提到最圆满的学说——天地人出于山东，出于孔孟之乡。孔子的故事、儒家的理念，他都信手拈来。作为一位僧人，星云大师能够不为学派门户之见所约束，着实令人敬佩。他还借孔孟故乡之言，说山东大学的大是大仁大义的大，是大道之行的大。此话一出，现场观众顿时热血沸腾，而我也是拍麻了手掌，心里美滋滋的。讲座很快就结束了，看大家的反应就知道，他们都跟我一样，意犹未尽。现在，各战线构筑山大梦的活动正如火如荼地进行，对于我等学生来说，谈不上什么高瞻远瞩的大理想、大期望，私下里小小的希望，能够在山大校园看到更多这样的大师，更多地走近他们，去聆听，去碰撞……

作者：历史学院 2011 级研究生　李　铁

4 月 24 日　　星期三　　晴

宿管员 · 袁佩颖

到了 14 号宿舍楼，按照惯例先与同事交接班。我先检查昨天的备忘录，看有没有什么事落下，有的话得赶紧解决，免得让同学们多受一天的罪。不过还好，没有。正赶上同学们上课的时间，坐在值班室里，看着这些可爱的同学一个个微笑着打招呼，刷了卡从面前走过，心里一阵满足。家里的孩子常开玩笑，说我这个妈妈爱别人家的孩子总比自家的多。但庆幸的是孩子们从小都很懂事，也不用我操很多心，这让我既欣慰又感激，谢谢他们总能这么理解妈妈。

趁着有空，我把外面公共用电处台上开败了的玫瑰换了下来，重新修剪好再摆上去，让同学们进宿舍楼第一眼就能瞅见这好看的花，也希望这些花能给大家带来一天的好心情。这公共用电处之前是没有的，但不忍心让女孩子们大冷天洗完头，头发湿答答的就去上课，或者急需用电时没法子，就跟学校极力申请了下来。现在看着这小小的用电台也感到很开心。虽然不是什么伟大的事，但能为大家做点什么，自己打心眼儿里高兴。

等到打了上课铃，同学们都走得差不多了，我习惯性地把宿舍楼前打扫一遍，将外面摆得乱糟糟的车子摆好。虽然也不是分内的工作，但总愿意多干一点，看着整整齐齐的一排车子，心里也舒爽许多。

上午的时候，来了一个自称是维修人员的人，可之前我没接到这个通知。安全起见，我就先把他留在值班室，自己打电话去查询，结果还真是维修部派来修三楼厕所的，我赶紧道了声辛苦让他上去。为了楼里800多人的安全，每天进进出出一定要严格把关，特别是外来人员，这可不能疏忽大意。

就在我要歇口气的时候，一位同学说忘了拿钥匙。从值班室借钥匙虽是小事，但也隐藏着很多危险，开了门回来还钥匙的那一小段时间里，宿舍门开着就很可能给不怀好意的人行了方便。每次我都对来借钥匙的同学嘱咐一番，但这样的事情还是经常发生，哎……

每一天都似乎这么简单地过着，但只有自己明白，这样平凡的每一天，都需要认真经营、认真维持。名义上只是这栋楼里的宿管阿姨，在感情上却像是这些离家求学孩子们的“妈妈”。这样的每一天，我都很满足。

作者：中心校区14号楼宿舍管理员　袁佩颖

4月25日　　星期四　　晴

体育学院·刘国凤

满怀对外国人的憧憬，我最近参加了“留动中国”在华留学生阳光运动文化之旅山东赛区的集训演练。作为一名中国人，第一次同时见这么多的老外，我的内心应该怎么形容呢，兴奋？紧张？更多的是激动吧！规定的中午 11 点到山师大，我竟然早到了大概半个小时！其实这有两个原因的：第一呢我怕迟到而给他们留下中国人不守时的印象，毕竟我现在是代表中国人嘛！第二点呢我大概是过于激动了！早上 7 点就起了呢。

一路上我都在幻想着见到他们的情景，跟他们握手？跟他们拥抱？用中文还是用简单的英文？想着想着，公交车晃晃悠悠就到地方了。我大大方方地迈进大厅，其实我的内心已经唱了千万遍的《忐忑》啦，啊啊啊哦啊啊啊哦，当我看到大厅内有这么多外国人的时候，忐忑声响得更激烈了！黑皮肤黑头发的，白皮肤黄头发的，黄皮肤黑头发的，高大的小巧的，强壮的文艺的，安静的活泼的……

当我觉得内心还忐忑时，其实我发现根本没人特别注意我这个中国人啊，我不用这般紧张，我没有这么多的观众。这样想时，我已经走到了随队老师的身旁，见到了山大的留学生们。其中有一个看似韩国人其实是老挝人的留学生过来很热情地给我打招呼："你好，你是跟我们一起的吗？"我一惊：中文竟然说得这么棒！我说："是呀是呀。""那欢迎你哎！"他说话有点嗲，正说着就要过来拥抱我。一会儿工夫就和其他 7 个外国人都认识了呢，接下来我们就要一起吃饭一起参加活动了。

下午的比赛分成三个环节，定向越野、三对三篮球赛和才艺展示，我要参加的是定向越野的最后一棒，前五棒都是外国人，他们不仅要跑完规定的路程，还要回答几个中国问题或是展示中国才艺，比如说填四字成语、写毛笔字、转呼啦圈、踢毽子，非常有趣又有意义。当整个活动举行的时候，让我感动最深的不是他们跑得多么快、打篮球多么好，而是我没想到他们对中国文化竟是如此的热爱。

有个俄罗斯男生对中国武术已经可以用痴迷来形容了，他就是完全沉浸在武术的世界里。来参加这个比赛之前，他已经获得好多好多武术的金牌，他很骄傲地给我们展示他获奖、练功的照片，更有感触的地方在于我亲眼看着他在才艺展示的环节展示中国武术，当他在舞台上随着那"卧似一张弓，站似一棵松"的音乐一招一式练习的时候，我深深地被震撼了：一定是真正的热爱才能让他坚持了 7 年，一直在学习中国武术。当评委给他的武术作点评时，我看到他眼里认真的那股劲儿，他还会主动请教评委，我作为一个中国人完全被他感动了！

其他外国人表演的才艺，好多中国人都不会，比如抖空竹、舞狮子、京剧三岔口……目不暇接。尤其是山大留学生表演的骆驼祥子，精彩程度简直让我目瞪口呆！全场的掌声久久不能平息！问到他们中国文化的考题时，他们的回答十分顺利，有时候台下的中国人都会说："哇！这个我都不确定呢！"可以看出留学生对中国文化民俗的研究可谓投入了大把时间。

看着舞台上来自不同国家的朋友们兴高采烈地说着中国话，兴致勃勃地表演着咱们中国人的传统民族项目，我内心的自豪感简直难以用语言形容了。当你设身处地地处在这种环境中时，感触有好多。

当一个日本人过来和你拥抱、给你夹菜时，你会觉得我原来可以这么和谐地和他们相处；当一个美国人过来问你"小孩儿"怎么念时，你会发现原来美国人没有那么的高傲，他们也会俯下身子请教你；当一个已经29岁的南非女人依然爱运动、爱参加活动，依然朝气蓬勃地和我们在一起，当她说"我的高中学费都是我自己打工挣来"的时候，你的思想会得到一种洗礼，一种对自己生活态度的重新认识。他们更多的是享受生活，而不是一味地去学习；他们从来不攒钱，他们只要自己喜欢就要去买、去体验，无所畏惧。这将是我未来的山大梦！

最后，山师的所有留学生演唱了一首《相亲相爱》，我的情绪达到了极点，天下相亲与相爱，这正好是在华留学生的山大梦吧！更是他们的中国梦吧！

作者：体育学院2012级本科生　刘国凤

4月26日　　星期五　　晴

医学院教授・马保华

到今天已经是第27天了，面对H7N9型禽流感疾病的侵袭，人们都交了一份答卷。这与 2003 年在我国 SARS 病毒肆虐时的谈“非典”色变闹得草木皆兵、无知愚昧的状态相比，人们此时的心理承受阈值已经大大提升，淡定的心态已经不可同日而语。我们不能不承认，它不仅对人类医学发展水平提出了挑战，也对人类的生活方式、心理承受能力提出了挑战。疾病对于人类来说，它与健康处在同一个层面，始终遵循着钟摆律的约定。如果疾病远离人类，相对疾病而存在的健康已无实质性意义。

我在思考，尽管 H7N9 型禽流感是一种病毒传染病，除了生物病原因素之外，还与什么有关联？人的生活习惯、行为方式、环境污染等是否值得我们反思？H7N9 型禽流感为什么会在今天如此肆虐？

疾病流行在我国传播似乎是偶然事件，但是理性思考会发现有一定的必然性。国民的生活习惯与疾病有着千丝万缕的联系，比如，在炎黄悠悠几千年的传统饮食文化中，我国多个区域盛行聚餐风习，“病从口入”这一经典的生活结晶，警示人们注意饮食卫生避免感染疾病，但是在聚餐进食时人们却用自己的筷子为客人夹菜，自己的口液不经意留在别人的食物上；我国不少城市都有野生动物供销市场，也有野味销售一条街，飞禽走兽、山珍海味历来被认为是盛宴的最高标志，这些活禽活兽在大自然中被一些特异病毒感染，长年累月达到了一种平衡状态，它们携带大量的病毒但不会发病。可是当遇到突发事件或环境改变，比如人与它们密切接触甚至食用它们，就会感染人群。

自然界新型传染病的出现是必然的。病原生物体在不断进化和变异，它不发生进化变异，就会被人类所消灭。病原生物体通过进化和变异与人类始终对峙，尽管它们不可能被全部消灭，但是人类有能力控制这种传染病流行和爆发。是否会发生灾难，取决于人类与病原体的较量，这体现了自然生物世界的平衡律。人类作为自然界生物的一个物种，应该营造良好的与自然共生关系，严禁污染和破坏大自然，避免人成为病原生物体的载体，为病原生物的进化和变异创造机会。

从哲学的高度分析疾病，这是生命的一种不对称，是一种合理的存在。这种不对称既蕴涵空间的不对称，也蕴涵时序的不对称。也就是说，疾病对人体而言，不存在绝对“有害”和“无害”的问题。它既是不合理中的“合理”，也是合理中的“不合理”。疾病与健康是生命的两个方面，是一对矛盾的统一体。我认为，从某种意义上来说，疾病是人类在进化过程自我完善中所付出的一种代价。人体的免疫功能越强，受病毒侵害的几率就越小，而免疫系统的强弱与人们的生活方式有着密切联系。所以，我们应该在日常生活中摈弃陋习，做一个真正意义上的健康者。

“福兮祸所伏，祸兮福所倚。”人类在亿万年进化的历史长河中，为了生存与疾病抗争而不断自我修复，这种自我修复能力必然会被编码进入人体的基因密码组，由此获得了一种优势而不会被大自然淘汰。疾病是什么？疾病是大自然淘汰弱势品系的一种方式。大自然通过疾病的“制约”来保留优秀品系，这是生命“优胜劣汰”的自然规律。

恩格斯说过这样一句话：一个聪明的民族，从灾难和错误中学习到的东西会比平时多得多。我们应该从导师的名言中受到一点启发。

作者：医学院教授　马保华

4 月 27 日　　星期六　　晴

莫言讲座听众·王小梅

自从去年 10 月 11 日莫言获得诺贝尔文学奖，“莫言”这两个字就成了我们眼中的“神话”，提起莫言，大家的崇拜景仰之情都溢于言表。没想到，今天我有幸参加“莫言山东大学讲座教授受聘暨文学大讲堂启动仪式”，得以亲耳聆听他讲故事，着实让我激动不已。

仪式 10 点开始。还未到 9 点，观众们就已纷纷入场，很多人还把莫言的作品带到了现场，趁仪式还没开始抓紧再读几页。偌大的报告厅，座无虚席，随处都是充满期待的目光。在一片热烈的掌声中，莫言先生终于走进了会场。一件红白条纹相间的衬衫，一件黑色的外套，微笑中带着朴实与亲切，目光中透着睿智与安详。

仪式结束后，莫言先生为我们作了四十多分钟的讲座，时间虽短，但足以让人印象深刻。“一个没有学问又没有学历的人来到山大讲座需要不怕死的精神”，莫言先生的谦虚与幽默一开场就引来了观众们的笑声。获得诺贝尔文学奖使他顿时成为炙手可热的人物，各种赞扬、批评铺天盖地而来。面对这些，莫言先生告诉我们，人贵有自知之明，获得诺奖为他认识自己提供了一个千载难逢的机会，这对以后的创作、以后的做人都有很大的帮助。从一个置身于漩涡的人抽身为一个旁观者，这是何等的淡然与睿智，单凭这一点，莫言先生也值得尊敬。

莫言先生称自己是一个“讲故事的人”，他在诺贝尔奖颁奖典礼上以“讲故事的人”为主题的演说更是感动了无数人。他总是用自己的方式讲着自己的抑或他人的故事，给我们启迪，让我们思考。今天的讲座，他同样在给我们讲着故事。他通过“岳阳楼”题字的故事告诉我们内心的自由对一个作家的重要性，通过袁世凯告诉我们对历史人物要进行客观的评价。他语速缓慢，语调不高，也没有华丽的辞藻和文采，如邻家叔伯拉家常般自然亲切，却让人觉得字字铿锵，充满了力量。

还记得去年冬天莫言先生的大哥管谟贤先生以“天才”“勤奋”“高密”“世界”四个中心词讲述了莫言创作背后的故事。如今看到神态安详的莫言先生，我知道他这份对名利的淡然，是经历了岁月沉淀后的智慧与大气，他是持着农民的那份素朴摘得了文学的王冠。在讲座的最后，莫言先生表示，他最喜欢的还是写作，他希望写出更好的作品回报给读者。让我们一起期待，这位最会讲故事的人可以讲出更多、更好的故事。

作者：文学院 2010 级本科生　王小梅

4 月 28 日　　星期日　　多云

山大日记网站设计者·黎　琦

明月高悬，吹着兴隆山的夜风，走在从工训中心回到宿舍的路上，终于有闲暇来看一看八角山的夜景。

回到宿舍，习惯性地打开电脑，在纯黑桌面最显眼、鼠标最易点到的地方，静静地躺着一个文件夹，上面写着——山大日记项目。

就在前几天，它曾被我无数次打开又关闭。而现在，我又一次打开这个文件夹，看着里面的一排 PHP 文件，发起了呆。要是在前几天，我一定马上打开某个文件开始码代码，但如今，这一行行代码已经化作一页页设计精美的网页呈现在了大家面前。回想这几天，感觉像是过了很久，很累。

从上上周三接到这个任务以来，我就没再睡过一个好觉。同学们都在好好休息的周末，我总共只睡了五个多小时。犹记得那个周六的夜晚，在学生在线的办公室，我没有离开过电脑前，经过连续十二个小时的奋战，我在晨曦中敲下了最后一个代码。看一看窗外，眼前已变得些许模糊。太阳已经早早升起，一束束光线打在教学楼上，觉得分外温暖，分外亲切。

现在坐在电脑前，我脑海里还是一行行代码。我记得晓东在加前端代码的过程中遇到问题时焦急的身影，我记得我们一遍又一遍地修改代码而得不到想要的效果时的郁闷，我记得我们在不小心将已经改好的文件用旧文件覆盖后的烦躁，我记得双林跟我一起熬夜解决播放器问题时几个小时苦不得解后的无奈，我记得唤晨大神花费宝贵时间在讨论组里为我们耐心讲解日历问题并且十分热心地跟我们一起 Debug 时的支持，我记得大冰姐总是陪着我们一起熬夜等着我们去问各种各样有关功能和版面问题时的耐心，我还记得学生在线的各位技友在例会时对我们的关注与关心……

现在，山大日记已经顺利运行整整一个星期了，尽管这些天有些许疲惫，但我心里更多的是激动、兴奋与满足。

在此，我想对我的室友说声抱歉，这些天晚上你们都是在我噼里啪啦的键盘声中度过的，尽管我不想打扰你们睡觉，但是我也很无奈，对不起！在此，我发自内心的更多的还是感谢，感谢一起并肩作战的晓东、双林、大冰姐，感谢总是不厌其烦为我们解决难点的大神唤晨，感谢学生在线的各位技友，感谢给我们关注与支持的你们。

尽管这个网页现在还不成熟，但我们一定会努力让她变得更好。

或许在完成所有这个项目的工作之后，并不会像现在一样，我每天几乎有一半时间在看着这个网页、浏览器的历史记录里面也全是这个网页，但我知道，这里承载了我一段难忘的记忆，承载了我们一起的拼搏与汗水，承载了我们的青春、我们的山大梦。

至少，当我年过半百垂垂老矣之时，还可以喝着咖啡，在世界的某一处打开这个网页的源文件，看着 Author 处的四个名字，陷入那段青春水木年华里满满的回忆……

愿承载着我们青春的山大越来越好，早日向世界一流大学的目标迈进！

山大日记，因为有你更精彩。

作者：电气学院 2012 级本科生　黎　琦

4 月 29 日　　星期一　　晴

法学院 · 李建乐

今天是五一小长假的第一天，按照早几天的讨论安排，我们一行人踏上曲阜之旅，去探寻三孔的魅力。

说真的，在去之前心中曾忐忑过，害怕“三孔”只是纯粹有历史感、厚重感，而缺乏几分活泼生动。后来，事实证明我的担心是多余的。三孔还是以其非凡魅力向我展现了一种古朴美。

“千年礼乐归东鲁，万古衣冠拜素王。”曲阜之闻名于世，与孔老夫子是分不开的。今天的三孔之旅，处处能寻到孔子的气息。首游孔庙，门坊角楼，雕梁画栋，规模宏大，古朴自然。其中一道又一道层层深入的牌坊也让我觉得庄严而又有趣。庄严，是感觉每跨过一道牌匾都让我感觉慢慢深入其中而洞悉其中奥秘，特别是“金声玉振”“棂星门”等大气又典雅的名字更添肃穆；有趣，是感觉一道又一道地跨越，好像在玩寻宝游戏顺利通关而最终闯关成功。此外，今天还看到了其奏乐祭祀活动，众人身穿古装，伴随着缓缓的古乐而起，令人沉醉不已。

后游孔府，虽说其本名衍圣公府，又为孔子嫡长孙的衙署。但我更愿意称其为孔子及其子孙后代的“家”。以家称之，能让我以更加现代化、人性化的角度体验与欣赏其魅力，而不是把它当做神圣不可侵犯的圣殿而心存敬畏。因此，在游历孔府的厅室时，我总是在脑海中描绘当初的他们在这里做过什么、留下了什么，从而更深刻地了解孔府、熟悉孔府。

最后我们去了孔林。在去之前，同伴还戏言是否有胆量去逛孔林，这片孔子及其家族的专用墓地。虽说当时逞一时英雄而拍胸口地说道毫不畏惧，但其实内心还是有点小忐忑。不过后来置身其中才发现，与其说是墓地，我更想说那是一块“大自然的宝库”与“碑石的博物馆”。各类大树枝繁叶茂，与嫩绿的小草、不知名的素雅小花相得益彰，尽显一派清幽素雅的氛围。同时，在茂木掩映中，墓碑如林，上面的书法还是书法名师们亲笔题写，极具欣赏价值。

虽说只是匆匆一瞥，但三孔还是给我留下了深刻印象。感受到以孔子为代表的儒家巨擘为其打下的深刻儒学烙印，多年来，其积淀下来的历史文化底蕴和大自然的动人魅力，也早已深深融入其中，使每一个游客尽管匆匆而去，但却抱着一份舒坦与从容缓缓归来，魂牵梦萦。

作者：法学院 2012 级本科生　李建乐

4 月 30 日　　星期二　　晴

保洁员 · 王义玲

早上 6:20，理综楼里还没有学生，我打开休息室的门，准备上岗。
先把拖把涮好——其实涮拖把也是个力气活。

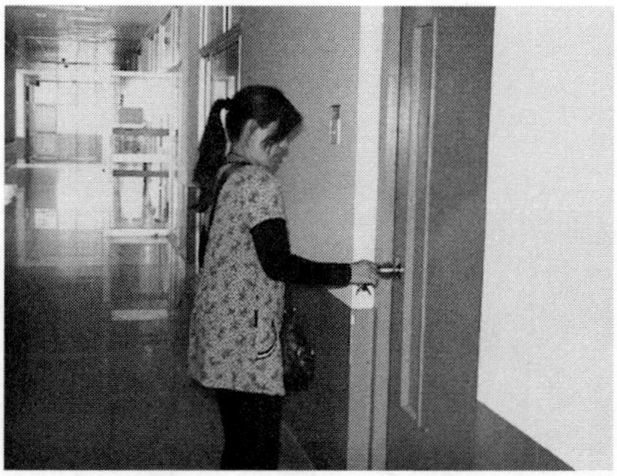

两个拖把齐开工，这样能快些打扫，等学生们来上自习，地就会全干了。
洗洗抹布，准备去擦楼梯扶手。

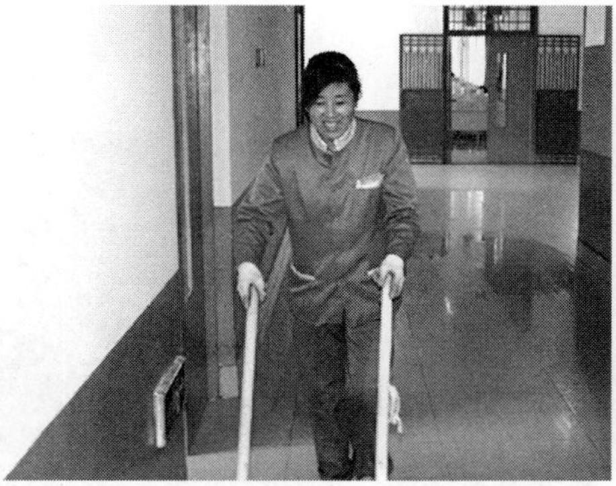

扶手平时不容易脏，但也得好好擦擦。
中午，一大车垃圾，有点沉，下坡时不容易掌控方向呢。

丢了垃圾，车子上轻快多了。那边树上不知有只什么鸟，叫得真好听。

趁着人少的空当，赶紧清理厕所。
水池底下，每个角落都不能放过。

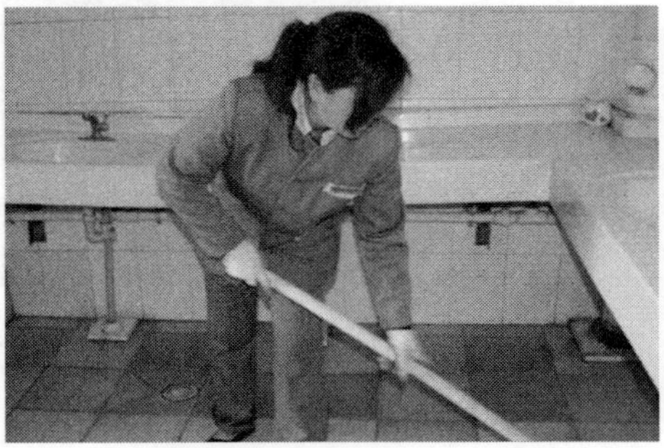

终于清理完了，出汗了，好热呀。
开水房水多、人多，地方不大，费劲却不少。

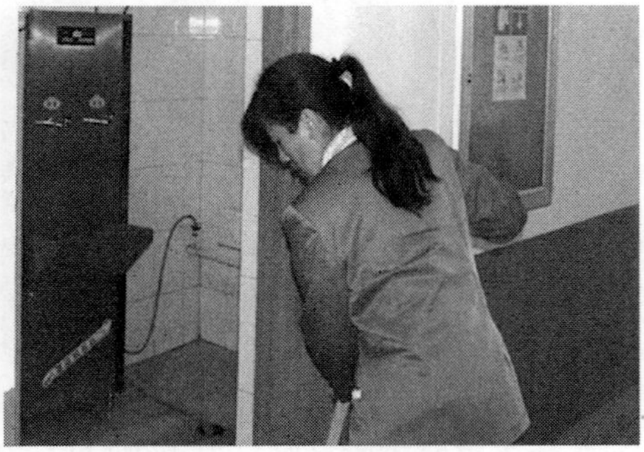

五楼的清洁完成了，赶紧去六楼，待会楼道里人就多了。

六楼人少，厕所还挺干净的。

水池台子上洒了水，都要用抹布再擦一遍。

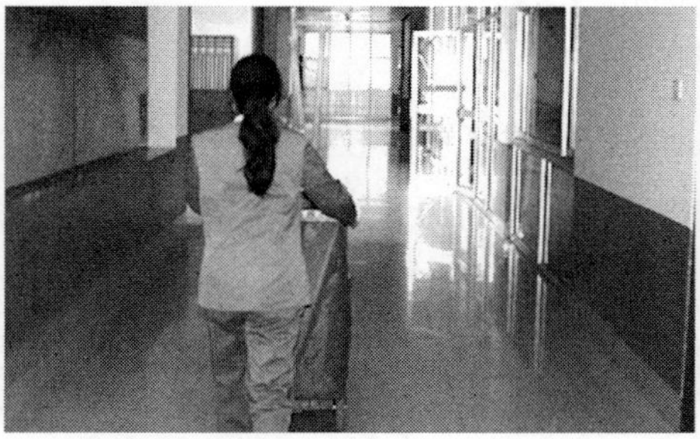

忙了一天，终于可以到休息室歇口气了。

喝口水，快要下班了。

4 点了，回家，今晚给家人做点好吃的吧！

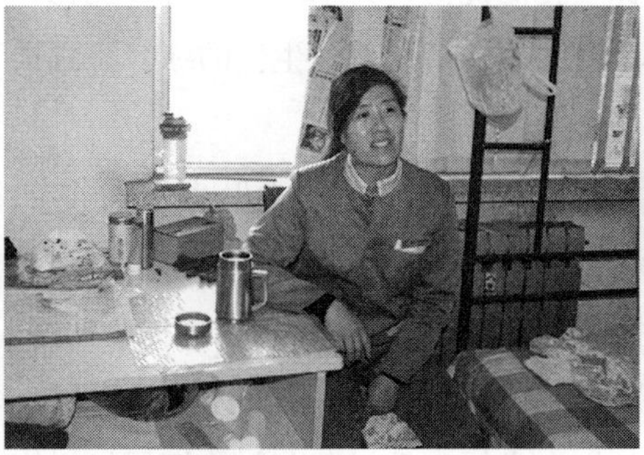

（图片为范慧婷、李瑞敏拍摄）

作者：中心校区理综楼 5 ~ 6 层保洁员　王义玲

5月1日　　星期三　　晴

儒研院办公室教师·纪　红

五一小假，未远足去别处转山转水，而是前天去了中心校区，昨天去了洪家楼校区，今天去了趵突泉校区。在校园里悠游，深以为山大校园即为风景胜地，心下欢喜自足。

时值初夏，草木茂盛，掩映在葳蕤草木中的各校园含英咀华、钟灵毓秀，观之直觉满目清华、风景如画。

信步在校园里即观赏在草木间，各样树木各种花草风华正茂，生机至勃勃，新绿已大成，温暖明亮的阳光中更显一派欣欣向荣。

又发现古诗文里的初夏诗意正在眼前现行："首夏犹清和，芳草亦未歇。""绿阴生昼静，孤花表春余。""丽景烛春余，清阴澄夏首。""晴日暖风生麦气，绿阴幽草胜花时。""纷纷红紫已成尘，布谷声中夏令新。""芳菲歇去何须恨，夏木阴阴正可人。"真好。

多喜欢洪家楼校园那棵特别高大英朗的银杏树，郁郁青青得不可一世，靠近树身仰望，心生"运交华盖欲何求"之意。旁边一株卓然的水杉，也是清荣丰茂，那绿在阳光中滤着水似的清明。

不少高大的洋槐树，一树树繁花都开好，散发着清甜的香气，沁人心脾。就是那样的，仿佛转过一个路口就能遇见一棵开花的槐树，真如意。还有红槐花也在盛开，一树的红霞。国槐也长得巍然，黑黢黢的枝干衬着翠生生的绿叶，刚柔相济得美。

很爱看枫香树的叶绿沁着明黄，与早晨清亮的阳光相生，那众叶也生成了光，照眼得明，如玉得润，驻留片刻即感身心焕然。

中心校区的草木景观越来越可喜。新找到几棵树：桑树、椿树、楝树、构树、栎树、椴树；新识得几种树：灯台树、流苏树、黄连木、马褂木、小叶朴、朴树、榉树、枫杨、青檀。连同银杏树泡桐树玉兰树海棠树丁香树樱花树法桐树杨树柳树榆树槐树枣树桃树杏树梨树枫树梅树等树，树树绿意盎然，让人爱惜。

夏至草

灰喜鹊衔枝

白槐花

红槐花

非常欣赏趵突泉校园自然与人文形神合一的意境。古朴的银杏、俊朗的青桐、正直的水杉、繁荣的枫树，原齐鲁大学留下的一处处典雅朴厚优美的建筑，相得相成大学校园之美最为动人的厚重人文历史底蕴。那一刻，坐在中心花园的绿荫下，我想到一个词：清穆。

山大有的是大树，大树组成小树林，像中心校区的法桐树林、洪家楼校区的杨树林、趵突泉校区的枫树林，均已成为山大文化传统的经典植物景观标志。此时节，每片树林都是泼天的翠绿，大树巍然英拔，空气清新怡人，新天新地，祥和清平，清厚可依。

很多的野菜野草也被我看到。苦菜地黄花开得正当时，蒲公英已张开种子的小伞；车前子在悄悄开花，黄鹌菜繁盛得不可收拾；野艾正拔高，近闻艾香细细；牡丹结出果角，芍药鼓起花苞；荠菜开着花结着籽，野豌豆、夏至草、通泉草、斑种草、繁缕草、伏地菜、婆婆纳都欣逢花期。

木瓜青青

地黄花开

最后一朵牡丹

水杉新绿

我们的小树林

草木葱茏知新楼

仅仅是随机拍照，我就拍到了花喜鹊、灰喜鹊、啄木鸟、戴胜、斑鸠等七种鸟儿，还拍到花喜鹊花翎尽展的飞翔英姿，拍到灰喜鹊折枝、衔枝、筑巢的身影，那昂扬和温情的美，让我喜爱得兀自低回。

拥有参天大树的玉树临风巍巍德荣，也容纳依依小鸟的飞翔清扬欢快鸟鸣，也允许伏地野草的一岁一枯荣春风吹又生，更有百年山大的清贵雍容，遂合成山大一方文明净地、文化圣经。我想，这也正是山大的大方气象、绰约风情。

美丽清和的校园中，明媚阳光的照耀下，人也显得格外美丽精神，行走、漫步、交谈、欢笑、阅读、沉思、休憩，都像在画中游。想来就是诗人海子的那种感受：阳光强烈，水波温柔，人类和植物一样幸福。多么荣幸，大自然不在远方，就在我们每天的生活中，就在我们的身边四时嘉兴。

“斜阳芳草寻常物，解用都为绝妙辞。”山大草木，代代相袭，融会贯通于山大历史，苟日新、日日新、又日新，让校园风景如画、四季美丽长新，师生们日常的发现、感受、认识、领悟、描绘、鉴赏着草木之美，于无声处即陶冶了情操、提升了审美、积淀了素养、怡养了性情，从而塑造起自己生命气质里的文化之美、精神之美。

太喜欢校园这份草木清华的美好，它早已渗透进我们的山大生活、山大光阴，早已浸淫于我们的山大文化、山大情怀。如果它们缺失，该有多少美好的情思无所寄托与怀恋，当有怎样美丽的风景无从构建与生成。草木生长如斯，山大建设如斯，山大人何幸。

一代人离开，一代人而来，一代代山大人轮回着，而草木一直在长相厮守。它铭记它刻画它寄寓它会意它长新长青，那也是山大繁荣昌盛兴旺发达的一份记忆一种见证。我的山大和它的草木，就这样一起在春华秋实、成长壮大，并生生不息。

人本自然之子，对大自然本真热爱；吾乃山大人，对山大对山大草木由衷热爱，而心中有爱，便觉得人生幸福、世界可爱，便为能工作生活在如此优美可人的环境中而自豪而感恩而心生珍惜。好好工作、好好生活、天天美好、天天快乐！

作者：儒学高等研究院办公室老师　纪　红

5 月 2 日　　星期四　　多云

机械学院・张延良

每天都在听《肖申克的救赎》《铁拳男人》和《铁血教练》，工作时就放着其中一个，轮转。不知道英语听力是否有提高，但至少心态上积极、勇敢了一些，柔韧性也好了点。不再担心有困难的日子，而是慢慢学会珍惜它们。

今天突然有这样的感觉，有爱的生活才是美好的，无论有什么样的难题，直接面对。这让我充满斗志甚至期待，期待未来的幸福连同困难。

《肖申克的救赎》——无论遇到什么样的苦难，都要坚持自己的梦想和目标。《铁拳男人》——只有努力和奋斗，才能改变自己的境遇。《铁血教练》——1. 成功是件非常不易的事情；2. 无论你取得了什么样的成功，都要谦虚和内敛；3. 有爱的日子才是最美好的。

已经进入毕业的倒数第二个月份，没有多少天了。前两天还在学院篮球比赛中打出了个人生涯最风光的一役，无论以前如何，这个对自己非常有纪念意义。这意味着五月份的开始，也意味着离毕业越来越近了。

汇总五月份的主要工作：1. 准备毕业答辩；2. 陪“领导”（注：女朋友）考试；3. 准备自己的省事业编考试。

祝机制班的同学们好好准备答辩，都能够顺利毕业。

作者：机械学院 2010 级机制班研究生　张延良

5 月 3 日　　星期五　　阴转晴

历史学院 · 范慧婷

上午 10 点，理综楼的上课铃声还没响起，纪念“五三”惨案的防空警报准时拉响。低沉的警报声穿透钢筋水泥，整个济南城在阴霾的天气中显得沉重而肃穆。85 年前的历史记忆似乎穿越时空，幕幕重现。

今天是济南市防空警报第十四次为“五三”惨案中逝去的英灵而悲鸣。1928 年 5 月 3 日，日本帝国主义为了攫取在华利益进而霸占中国，借保护侨民为由，悍然攻占济南，大肆屠杀济南的无辜军民和外交人员，打死中国军民 6100 余人，打伤中国军民 1700 余人。这就是历史上震惊中外的“五三”惨案，是济南人民无法被时间风化的伤疤和记忆。

85 年前，我的曾祖母便罹难于这场惨案。无情的炮弹足以毁灭一颗生命，毁灭一个家庭。对于我，“五三”惨案不只是一个令人震撼的数字，也是全家人心中真切的伤疤；对于更多的济南人，历史的伤口不仅仅是一辈人的痛楚，更应被代代人铭记。

“前事不忘，后事之师。”我始终认为，一个民族只有铭记历史才能拥有未来，一座城市的历史不应当随着高楼大厦的林立而消失在时光路口，一座城市的伤疤也不应随着经济的繁荣而被人们抛在脑后。

作为当代青年学生，“勿忘国耻，振兴中华”，我们责无旁贷。为中华之崛起而读书，为华夏之复兴而奋斗，绝不仅仅只是一声空喊。居安思危，以史为鉴，更要靠我们年轻一辈的不懈努力。

作者：历史学院 2011 级本科生　范慧婷

5 月 4 日　　星期六　　晴

艺术学院・刘　洋

时光荏苒，岁月如梭。转眼间，我将要硕士毕业了。遥想 7 年前，我怀揣着音乐梦想来到山大，稚气未脱的脸上写满了羡慕与憧憬。即将离开母校的我，就像一个要出远门的孩子。离别时分最动情，我能为母亲做点什么呢？

去年暑假，我便有了《逐梦・刘洋原创作品音乐会》这样一个演出计划。从作词、作曲、编曲、做伴奏、找歌手、录音、排练，到灯光、音响、策划等等，全部过程我都一一落实，事无巨细，为的就是给母校献上一份厚礼。

母亲，从来都是施恩不图报，但作为孩子的我受到母亲 7 年的恩泽，即将远行，对母亲的深深依恋至诚至真、难以割舍。演出定在 2013 年 5 月 12 日晚 7 点。那天是母亲节，我将在那个特别的日子给母校过一个最特别的生日。

由于科学会堂在装修，我不得不自费另寻场地，几经辗转，终于在新校（注：中心校区）南门的东边发现了山东法官培训学院的报告厅。不能在母校的会堂演

出，可能是我最遗憾的事情了……

现在距离演出只有短短一周的时间了，还有很多很多繁琐的细节工作需要我去完成，每天都忙得不可开交。同学说我瘦了，脸变长了，老了好多。但我知道，这也许是我为母校的最后一次演出了，无论如何都要坚持到底，尽最大努力做到完美。

奋斗，只为心中那一点梦！

作者：艺术学院音乐学专业2010级研究生　刘　洋

5 月 5 日　　星期日　　晴

全国高校辅导员年度人物·齐山华

这个周末过得很是匆匆，却也充实。现在，周日下午，刚刚得空坐下来，回顾昨天经历的重大时刻——5 月 4 日，北京，“实现中国梦、青春勇担当”主题团日活动，近距离接触并聆听习近平总书记的教诲。过去的一天经历了太多，姑且从几个时间节点开始说吧……

5:30，起床洗漱、整理准备。上午的活动非常重要，一丝一毫不能马虎。所以虽然知道六点半会有人来喊起床，还是提前定了手机闹钟。还没等铃响，人就醒了，想来是紧张激动所致，那就多准备一会儿吧。

6:30，餐厅用餐。能感觉得到，大家都在激动着。快速有序，行色匆匆。

7:00，提前到达停车位。再检查一遍代表证。离发车还有一段时间，相互拍张出发照。这一路，都很有纪念意义不是？

7:20，准时发车。工作人员很是认真，一丝不苟，名、证、人再次核对信息，再次重述日程安排、行程要求。多次重复很有必要。随后，一路通畅。

7:55，到达中国航天科技集团公司中国空间技术研究院。航空航天英模展板上的每一位，都让人敬佩，让人感叹。而我却是已过不惑。感慨人生之不同，感叹年少真英雄。青春豪迈勇担当，举世成就定能成。

10:00，合影，一个令人激动的时刻。习近平总书记迈步走进合影场地时，全场响起了热烈的掌声。合影时，我站在总书记的左后方，第四排。

稍后，座谈。今天是五四青年节，对广大青年，总书记提出了自己的嘱托和要求：坚定理想信念，练就过硬本领，勇于创新创造，矢志艰苦奋斗，锤炼高尚品格。

会上，我一边仔细听着总书记的讲话，一边忙不迭地记着关键词、关键句，想把这些精华统统留在纸上、记在心间。工作人员每人发了两张白纸，只顾做笔记的我一不留神儿写太多了，只能忒不仗义地“抢”了隔壁一位与会人员的纸，才将活动坚持下来。这场座谈，我记了整整四张白纸，正反面全写满了。上面字迹潦草，内容也有些混乱。但现在看来，这些现场的内容集结，远比全程的视频、录音来得珍贵。

会后，我有机会与总书记握手道别。当故作镇定地说出“总书记好”几个字的时候，我已经激动得有些没有知觉了，大脑一片空白。总书记看着我，微笑、点头。只是几个简单的动作，却让我有了热泪盈眶的冲动。作为一名大学教师、一名大学生辅导员，能有这样一次经历，我倍感荣幸和骄傲。这一天，将在我的记忆里永远铭刻。

活动过去一天了，我也慢慢平静下来，能成体系地回忆、思考些东西。中国梦是国家梦、民族梦、人民的梦，更是青年的梦。青年最有朝气，最有梦想，最有热血，是中国梦的追寻者、寄托者、实践者和成就者。习总书记的讲话，为广大青年指明了实现中国梦的方向，也吹响了广大青年为实现中国梦而努力奋斗的号角。作为我们来说，有责任、有义务引领大学生将自己的梦想与国家需求结合起来，鼓励他们为实现自己的辉煌人生、为伟大中国梦的早日实现而努力奋斗。而我，也会把自己活动中看到听到学到的东西，尽量详尽地与大家分享，进而在今后的无数个日日夜夜，与大家一道努力，在山大梦中实现中国梦。

注：5月4日，习近平总书记接见各界优秀青年代表，聆听大家抒发与祖国共奋进、与时代齐发展的青春感受，勉力广大青年为中国梦的实现、为中华民族

的伟大复兴而共同奋斗。10名全国高校辅导员参加活动。作者齐山华作为“2012全国高校辅导员年度人物”获得者，得到了习近平总书记的会见。

作者：经济学院党委副书记　齐山华

5月6日　　星期一　　晴

就业发展中心老师·翁祥栋

在济南“如四季”的春的尾巴上，每天选择穿什么衣服就像猜字谜，不过每个周一，我都毫不犹豫地拿出小正装，正儿八经地打扮一番。周一下午是我要给学生上职业生涯规划课程的日子，求职择业这个事儿，得从穿衣戴帽就形成示范，给学生养成好的习惯。

习惯性地打开手机报，封面页竟然是“遭遇最难就业年”，红色加粗的“699”赫然醒目。今年全国有699万毕业生，比去年多19万。不是多年的就业工作让我对大学生就业压力习以为常，而是庆幸能够在山东大学这样一所斗志昂扬、蓄势待发的高校，能够“得天下英才”，能够无需过多考虑就业岗位的从“无”到“有”，而是探索如何让学生的职业发展从“有”到“优”、到“卓越”，到与世界一流大学相匹配甚至是超前的“一流”。

一段小视频，《爱丽丝梦游仙境》中的一个情节引出了我今天课程的主题——职业选择：爱丽丝走到了一个通往各个不同方向的路口，不知何去何从，于是向小猫邱舍请教。“邱舍小猫咪，能否请你告诉我，我应该走哪一条路？”小猫咪说：“那要看你想到哪儿去。”同样，在职业发展中，职业路径怎么走，取决于你要到哪里去。对于每一位学子来说，虽然你无法决定职业路径的长度，但是却可以决定路的宽度，而山大已经为大家累积了坚实的路基的厚度。

傍晚时分在中心校区操场上跑步，接到指导的职业社团学生的电话，电话那头是激动的声音："翁老师、翁姐姐，我要让你也高兴一下，我拿到梦寐的 offer 啦！"和煦的余晖和着操场上锻炼的同学们的汗水挥洒在广阔的天空下，幻化成跳跃的音符，与广播里雄厚的山大之歌呼应共鸣，此刻格外动人。谢谢我的学生，带给我的满足和快乐。

我想，下次上课一定要加一句：职业发展中，除了关注前方的道路，请也别忘了路上的同行者，那些爱你的、你爱的，他们将是你成长的不竭动力，将是你力量的真正源泉。

作者：学生就业与发展指导服务中心老师　翁祥栋

5 月 7 日　　星期二　　晴

药学院·叶晓计

喜欢一个男生，迟迟不敢向他表白。

这种喜欢大概从去年就开始了吧，具体的时间我是记不清了，只清晰地记得他给我留下了很多感动。正是这一次次的感动加固了我对他的欣赏。他的一句话、一个微笑，总能让我浮想联翩，抑或是激动不已。简言之：每每此时，我的心跳是加速的！

闺蜜说过类似的感觉。当时傻乎乎的我压根儿不明白这是怎样的一种情愫。有过感情经历的闺蜜说出的一句话，一下就把我给镇住了。她说："你不仅是欣赏那个男生而已，你是彻彻底底地喜欢他了。一句话：从去年你就开始了对这个男生的暗恋！"末了，还不忘加了句，"想我情商那么高，你怎么就不潜移默化地学着点呢？"一副恨铁不成钢的样子。听后，我呆了！真是当局者迷，旁观者清么？想我叶某人怎也会加入到这个暗恋者的行列中来呢？说出去真是笑死人了。

从小心高气傲的我，除了爸爸，很少真真佩服过谁，更别提欣赏谁了。如今却暗恋起某个人来，着实把自己吓了一跳。暗恋？想想自己确是可悲的。单方面的情感，冷暖自知，他人想帮忙，也是爱莫能助。我想结束这孤军的奋战，回到我正常的学习生活中来，但我发现我根本就做不到！只要一天能看到他，我的情绪就会随着他起伏，很是可笑！但不可否认，这些都真真切切的存在，我无法回避，不可回避。我是痴了、呆了么？

今天中午，收到了高中同学寄给我的生日礼物，里面附着一封信。信中她兴奋地告诉我："2013 年 3 月 17 日，我告别单身了！那天社团聚会，我喝了些啤酒，乘着酒劲儿竟屁颠屁颠地跑到我中意的那个男生跟前跟他表白了，而关键是：他同意了……"同学的兴奋之情溢于纸上。当时我就在想：什么时候，是不是我也可以灌些啤酒，然后借着酒劲儿吐露些真言？可惜，滴酒不沾的我，怎会去违背自己的原则去碰那些辛辣而又刺鼻的东西呢？这类方式终不是我的方式，但这让我明白了"勇敢"二字的重要性。喜欢真的就要大大方方地说出来，你不说对方可能永远都不会知道。也许，你跟对方说：其实我暗恋你好久了。对方也会对你说：其实我也暗恋你好久了。于是皆大欢喜！你不去试，根本连机会都没有；你试了，努力过，对得起自己，也就值了，又何必去在乎别人的评价。很多时候，"勇敢""率真"要比"闷骚"来得重要，因为前两者能给自己带来更多机会。

当然，我们可以从"暗恋"透视到生活中的其他事情。勇敢地说出自己的想法，做自己认为有价值的事，做个有主见的人，会给你带去更多出彩的机会，以及成长的契机。而这些明显是你的"闷骚"所不能企及的。我很少在众人面前展露自己的内心世界。今晚下笔，不知是自己的冲动，还是受同学的刺激，对人对事已大彻大悟？但有一点我很清楚，那就是：我不做无谓的事，我给自己留下的青春是无悔的！我不会给年老的自己恨如今的我留任何理由！青春无悔，青春无畏！

作者：药学院 2011 级本科生　叶晓计

5月8日　　星期三　　雨

经济学院·侯婷艳

刘珂君，生日快乐！
我发现上了大学
距离远了、联系少了、见面短了
可能我们太忙
没有太多时间交流太多感情
不用解释太多我们都懂
但是身边的事情还是一件一件接连发生
错过了一两件，再说新发生的就听不懂了
呵呵，我们都一样，一直懒了好久
这不是一个好习惯
还好我们彼此心照不宣
我总会关注你的状态
你身边的事我多少都知道一些
当然也或许失去了该有的时效性
看到你整天忙忙碌碌地发状态、开开心心地做着自己想做的事
我就无心打扰了
其实这样也挺好的
用400公里的距离守护或者守望着彼此
虽然不知道对方此时此刻在做什么
但知道彼此一直在对方心里

我知道你曾经有过一段时间信誓旦旦地要好好学习，却发现找不到图书馆的厕所
我知道你和好多咱们以前同学见面、吃饭、玩乐
我还知道你有了很多好姐妹、好舍友

知道你的生活有人照顾、身边有人关心
我知道你去了天津旅游
我知道你不知道什么时候有了我不曾知道的姐姐、妹妹
我知道你变得更加喜欢人人
知道你腿又瘸了，还有了大牌待遇的小弟
知道宿舍里有人给你编好看的辫子，这点和我的舍友们一样
知道你们学校打起了篮球赛
知道你过得很好
……

我就完全可以在一个旁观者的位置等待着你的偶尔骚扰
你有你的生活
我有我的方向
我可以完全不管你和什么人在一起
只要你记得在济南这个地方，有我这个人还在
而且是可以为你呼风唤雨的
现在想起以前的我们，还记忆犹新
我们的友谊是好多人不能相比也不敢想象的
经历过大风大浪、经历过那么多风吹雨打，其他的什么都渐渐看淡了
……

还记得
我们可以相互明显地指出对方的不足
可以肆无忌惮地偷餐厅的碗拿回宿舍
可以完全忽略老校长定的 N 多规矩
可以躺在同一张床上背着历史书后的大事年表
可以窝在一床被子里哭到深夜
可以奔跑着回去只为了抢占一个洗澡的位置

想来我们一起的回忆太多
很多疯狂　很多不羁
但更多的是包含在每一件事中的深情

还记得那年，我们唱周杰伦的《轨迹》
站在男生宿舍楼底下
用着你的小音箱
排练着元旦晚会的节目
让男生误以为我们在做什么
我们貌似还闯进了男生宿舍，看看到底和女生宿舍长得有什么不同
我们吃饭拿着小本子
说是背单词，却多数做了摆设
于是养成了盯着书看、心里却想着其他事情的习惯
哦，还有每周五值日时的雪糕——可爱多
这样一想起来，一幕一幕都让我感觉仿佛还在高中
还在受着喜哥、老高的管束
那段日子，会永远刻骨铭心

咱俩很像
因为我不说什么你都懂，你不用说什么我也都懂
咱俩又不是很像
因为你的交际圈和我的不大相同
在世界上再找另一个你可真的很困难
所以我这辈子就赖着你了

当初形影不离的我们三人
如今你俩都去了北京
到了我们梦想的城市

也算替我圆了一个梦
到现在想来
我还是喜欢北京，不知道你们两个有没有改变
原因也还是因为我们的约定——北京的约定
而且，我喜欢大城市
它会让我奋斗不息
嘿，真的想你了
还想一直抱着你不松开，拉着你的手不放开，挽着你的胳膊不离开……
有的感情，是会被距离拉扯得越来越淡的
但我们不会的，这可是说好的一辈子，谁都不许赖账
常常时不时地就想起你
我现在的舍友也都知道你的名字还有各种外号
你要知道，你活在我生命的每一天
不管距离有多远，
有我的地方，也会有你
虽然你在人大，我在山大
但今天的山大日记，由我为你书写，
放假别太兴奋
生日别太疯狂
大老远的，姐们儿就不过去了
你自个儿多吃几块儿蛋糕就当替我吃了

20岁了，
希望你独立、坚强、爱自己！
晚安！
爱你的老侯

作者：经济学院2011级本科生　侯婷艳

5月9日　　星期四　　阴

软件学院·孙　倩

七天公示期已满，如果没有意外，转专业之事，基本已是尘埃落定。大二，终于可以来到我心仪已久的中心校区，学习汉语言文学。

想当初，下定了决心要转专业，然而，转往何方，却成为异常艰难的抉择。

本心便是想转汉语言文学，谁料辅导员语重心长劝导我，说这个专业只要新概念作文得奖的，心里悻悻然。一下子没有了方向感，只知道路还是要走的。于是，二月份时想转会计，在图书馆里借了《会计基础》，还没等翻开书好好看看，到三月份时，又果断决定了要转数学，为此专门咨询了我们敬爱的高数老师。

四月份，接收转专业学生的院系名单下来，方了解到汉语言文学可以转。除了可以招收新概念得奖的学生之外，只招收免试生。我属于第二条。而辅导员当初没有告诉我，大概是软件园十几年来还没有出现过免试生想转汉语言文学的前例。

这样说来，我也许有幸能成为软件园软件工程专业转到汉语言文学的第一人，心里欣欣然。

不过当初心里并非那么坦荡。三月份果断决定转数学，连资料都备好了，可见决心之大。于是，心里瞬间混乱了——汉语言文学、数学，孰去孰从？数学，五成把握；汉语言，九成把握。想把数学填在第一位，汉语言填在第二位，于是便开始浮想联翩，若是两个面试都通过了，最后还是免不了做出抉择，只怕那时更加纠结；若是数学没过，汉语言第一志愿又招满了，我岂非两脚踏空？

最后，横下一颗心，志愿只报了汉语言文学一个。第一，汉语言本是我的初衷，我不过是回归原点。第二，说句矫情的话，我转专业，本是由我的兴趣出发。数学、语文，都是我的强项，也是我心之所爱，倘若非要一决高下，我还是会选语文。纵是它山大数学全国第三又与我何干？当诸事从本心出发，一切选择都变得简单而明快。第三，我一直觉得，数学学得好，逻辑和智商，始终缺一不可（仅代表个人观点），我虽算得自负之人，对自己的智商高低，还是有一定认识。况且，纵有幸转过去又如何？我讨厌做中游的“大众”，更惧怕成为下游的“垫脚石”。不选择数学，是对自己的清醒认识，更是对数学的尊重与崇敬吧。

倒也有些许人鼓励，调侃说“以后出名了签个名发本书作纪念”。我回道：“我的志趣在教育而不在著书立说。”是的，无论我转到数学还是汉语言，我都希望自己以后以一个教育者的身份登上社会的舞台。当昔日好友知道我这个想法时，我又被骂得“狗血喷头”，说我实在是大材小用了（应当是高看我了）。

我从不觉得当老师是多么轻松的事情。我的诸多选择总让很多人无法理解。我想，我只是个坚定的理想主义者，并且愿意为自己的理想付出实实在在的努力。我的人生难以华丽，但一定会很充实。

我坚信，以后的生活，是一种挑战，更是一种享受，会成为我人生中，真真实实沉淀下来的东西。太阳尚远，但必有太阳；路还很长，但充满向往。

作者：软件学院 2012 级本科生　孙　倩

5 月 10 日　　星期五　　晴

保安 · 刘宪文

济南的 5 月，早上 7 点太阳就老高了。在中心校区东南门广场，保安队的弟兄们早已集合在一起，队列、开会、布置任务，一天的工作就这样开始了。

我在山大负责安保工作，到今年已经是第三个年头了。从刚进山大，到跟弟兄们磨合默契，不长不短的三年时间，中间虽然有过磕磕绊绊，有过劳累委屈，但对这里的一切早已产生了深深的感情。我常常对自己说，爱一个岗位，要从心开始。安保工作是拿自己的生命和安全来换取别人的平安和幸福的，如果没有对工作的热情，没有对自己所守护的一片环境的爱，这份工作是无法坚持下来的。而在山大的这三年时间里，我可以毫不犹豫地说，我过得很幸福。

四个门，三个巡逻岗，每天三班，四十多个弟兄，无论风霜雨雪，我们都正常工作。门岗负责站岗、登记控制进出车辆、收费、拦截燃油摩托车……巡逻岗负责监管校园秩序和卫生、监督禁止随便停车、拦截冲进校园的燃油车辆、紧急救助伤病学生……在那几条熟悉的路上，那几个熟悉的门口，虽然每天上百遍的来来回回，看着校园环境比三年前刚来时明显更加洁净有序的变化，心里还是干劲儿十足。

最累的还是夜班。天色暗下来以后，校园安静了很多。晚上，住在附近的大爷大妈们带着孙子孙女来学校里散步，小朋友多了，就更得上心，注意车辆安全。由于光线不好，夜间的巡逻也更有难度。每天晚上，几个兄弟都要开着巡逻车在校园里转四五次，一直值班到凌晨5点。但夜班也是我们最幸福的时候。每天晚上在校园里巡逻，看着教学楼窗户里孩子们一个个低着小脑袋苦思冥想的可爱模样，看着11点左右宿舍楼的灯一盏盏熄灭，想着孩子们读了一天书、累了一天，躺在床上安安稳稳地睡觉，我心里的满足和骄傲，是什么语言都没办法表达出来的。

我今年38岁了，从老家聊城到济南工作这么多年，这里早就成了我的第二个家。三年来，是山大的保安队弟兄们、保洁大姐们、门卫大哥们、老师们，还有校园里可爱的孩子们，给了我继续坚守在这里的信心和勇气。

我的工作很平凡，但是，看着校园里整洁的环境，井然的秩序，来来往往的人们脸上带着的笑容，以及许多自己想不到的理解和感谢……我想，还有什么比这更幸福的生活呢？

谢谢山大，谢谢这里的每一个人。

作者：中心校区安保部队长　刘宪文

5月11日　　星期六　　晴

信息学院 · 王焱彤

晚上打开电脑上网，我才发现明天就是母亲节了。

当我正在享受着美妙的青春时光，满腔热情地呼喊着“致青春”的话语时，不曾留心，妈妈正一天天地老去。妈妈的青春留在了家中的相片里，那里有刚刚师范毕业参加工作的青涩的妈妈，结婚时满怀憧憬的妈妈，怀抱着一岁的我时幸福的妈妈……QQ空间里有句话：“妈妈是个美人，岁月你不要伤害她。”

不止是央求岁月，我更希望自己以后不要因为一些冲动的话语而伤害妈妈。妈妈的唠叨背后其实是浓浓的关心。上次五一假期结束要离开家的时候，妈妈叮嘱我路途上的种种注意事项，回到宿舍后的卫生打扫等等，有时一句话可以重复好多遍。

如果，那时我是耐心地点头答应而不是不耐烦地抱怨“我知道，不用说了”，会不会更让妈妈放心一些？昨天晚上妈妈询问我夏令营申请的进展，如果，我回答了申请的材料及近期的准备工作，而不是一味地抱怨那些名校的名额限制，会不会更让妈妈开心一些？早已成年的我应该学着承担更多的责任，而不是增添父母心中的担忧。

通过网上的一个计算程序，我说出内心的独白：

我今年22岁，妈妈已经47岁了，从出生到现在，妈妈已经为我做了13900顿美味的饭菜。我已上学离家在外3年，不能常伴妈妈身边。未来，假如我离家在外每年只能陪妈妈吃10次饭的话，那么，直到妈妈85岁的时候，我还有380次机会陪她吃饭，我要学做妈妈最拿手的菜，回家做给她吃。

妈妈，我爱你！

作者：信息学院2010级本科生　王焱彤

5 月 12 日　　星期日　　晴

抗震救援医疗队员・牛　军

2008 年以后，“5・12”不再仅仅是一个寻常日子，汶川地震已经过去了五年。不久前，雅安又遭受强震，在地动山摇的摧残下，不管是何人都会绝望、孤独、痛彻心扉。同样是在春意盎然的日子，同样发生了令人心碎的灾难！没有几个人能预知自己何时死亡，回顾几次毁灭性大地震紧急救援，往事历历在目，犹如定格在昨天。地震后有伤痛，惟时光之流逝可以平复；地震后有记忆，惟虔诚的纪念可以缅怀；地震后有感动，惟不断的发扬可以传承。

曾经的唐山、斐济和汶川地震救援，和灾区人民一起经历了震后的那些恐惧、悲痛、希望和感恩，也深深感受到人类遇到灾难时自强不息的精神力量。三十多年前的唐山地震给所有的唐山人留下了无法磨灭的印迹，限于当时的条件，很多受灾群众因未得到及时的救援和治疗而遗憾地离开这个世界；在条件相对较好的国外地震救援中，不同肤色的志愿者们诠释着生命至上的理念，为被困者送去生还的希望，给受灾者注入振作的动力。

五年前的今天，汶川大地震发生后，我再一次临危受命，被省委省政府任命为山东紧急救援第四队的队长，赴川救援。我在震后不到 20 个小时就到达了震区，带领 21 名队员，在接下来的 20 多个日日夜夜里，转战都江堰、绵阳、平武等地。在灾区拼搏的日夜里，哪里有伤员，哪里就有我们的救援队。那是一段与“死神”掰手腕的日子，每天只休息几个小时。在临时搭建的急诊室、病房和门诊巡视，认真察看每一位病患的情况，为危重伤员逐一制定缜密的治疗方案，并根据病情变化随时调整。当时的情况极其危险、极端困难，我和我的队友们完成了常人难以承受的繁重医疗任务——共接诊救治伤员 6000 余人，成功救治重伤员 200 余人，创造了救治伤员零死亡纪录的奇迹。

汶川、雅安地震后的大救援，让我欣慰。我们的国家和人民面对新的考验，强大的救援力量迅速在灾区集结，浩大的社会资源汇聚，博大的爱心热潮涌动。尤其是年轻的一代在地震中承担起社会的责任，在这般磨砺与考验中加速成熟。

他们之前或许正在享受着美好的校园时光，或许刚刚踏上事业的道路，如果说他们当前还无法去做大事，那么可以说震后他们怀着大爱，做着一件件让人感动的小事——无论是主动地捐助，还是赶赴灾区救援，点点滴滴都记录下他们志愿精神的淬炼升华。

灾难是一种历练，是一种洗礼。在我既往的印象中，80、90后的年轻人很难与“责任”“担当”之类的字眼相联系。他们从出生后就被贴上了“娇生惯养”的标签，与经历过动荡年代后担负起建设祖国重任的父辈们相比，他们曾几何时更多地被认为是懒散、自私、缺乏理想和奉献精神的一代。而且在社会的诸多领域，年长者仍然主导着国民的意识，相比之下，他们的声音显得微弱且不确定，年轻人并不清楚自己究竟能为国家和社会做些什么。然而，中国的年轻一代在近年抗震救灾中的表现证明，他们是勇于承担和奉献的一代。汶川地震中，灾区到处都可以看到“青年志愿者”的身影。

他们面对死亡的无惧让我这几十年经验的外科医生也深深地感动，自叹不如。他们夜以继日地冒着在数不清的余震中随时再次坍塌的危险，在现场搜寻、抢救；他们勇敢地抢着搬运从废墟中挖出的伤员，多少私家车后座被伤者和亡者身上泥土、呕吐物和鲜血覆盖，即便是看起来羸弱的姑娘也毫无惧色；他们用言语和行动相互鼓舞。在经历了山河变色、家园被毁的恐惧和悲伤后，中国年轻的一代迅速成熟起来，感受到生命的可贵与厚重，勇敢地承担起沉重的社会责任。

灾难往往是一代人的集体记忆。艰难困苦，玉汝于成。实现梦想的过程，从来不会一帆风顺，默默行动才是最强大的力量。走过灾难，我们更加坚定坚韧；走过灾难，我们更加自信自强。

注：牛军教授是全国唯一参加过1976年“唐山大地震”、2002年“斐济大地震”和“5·12汶川大地震”三次紧急救援的医疗队员。因其在救援中的出色表现，被山东省政府记二等功，被评为全国医疗系统先进个人；并于今年获评山东大学2012年度“爱岗敬业十大模范人物”。

作者：山东大学齐鲁医院教授　牛　军

5 月 13 日　　星期一　　晴

信息学院 · 马闪闪

晨曦初现的校园 / 空气清新 / 踏着晨歌遛弯儿 / 小曲儿撒一路淡淡的喜欢

晨曦初现的校园 / 水声潺潺 / 天工湖的两边儿 / 柳梢儿在微风中轻颤

晨曦初现的校园 / 不紧不慢 / 毫无防备的一个垂露儿 / 落在头上，滴在心田

晨曦初现的校园 / 轻雾时现 / 两人结伴而行 / 似在仙境儿飘飘然

晨曦初现的校园 / 灯光点点 / 空气弥漫着的是 / 餐厅的饭香还有宿舍楼的慵懒

踏在古朴的青石板 / 满脚儿松软 / 坐在红漆雕过的木凳 / 身心儿怡然 / 听着蛐蛐儿欢快的鸣唱 / 看着小鱼儿在水中活蹦乱跳 / 捧一本书 / 看，或不看 / 用心去感受大自然 / 宁静致远

溜达到操场边儿 / 看着早起的学子们晨练 / 情不自禁，被感染 / 微流汗儿，不粗喘 / 太阳老公公正式与大家见面的时候哟 / 要用我们的第三只眼 / 去接受能量 / 就如同冬眠过后的小虫儿 / 周身暖暖，活力无限

轻轻的抚摸一下身旁的书页或枝条 / 闻一闻花儿散发出来的芳香 / 小心地捧出一捧水儿 / 洒在她们身上 / 对身边的每一个人儿真心地祝福 / 我相信这种祝福 / 一定会通过大家的传播 / 传到世界的每一个角落

感恩父母的养育之恩 / 给父母打个电话 / 告诉他们我在学校很好 / 吃饭之前要虔诚地感恩一番 / 一日之所需，百工斯为备 / 上课之前得感恩老师 / 感恩老师的辛勤教导 / 一步一步教会我们成长 / 感恩帮助我们的人和伤害我们的人 / 让我们感受善良和变得坚强……

晨曦初现的校园 / 让人浮想联翩 / 生活节奏快的朋友 / 不妨慢一慢 / 用点儿时间去呵护自然 / 用点儿心去感受生活

作者：信息学院 2010 级本科生　马闪闪

5 月 14 日　　星期二　　阴

特聘教授·程代展

今日获聘山东大学特聘教授。当我从徐（显明）校长手中接过聘书时，心情激动。感谢山大，给了我这样一个平台，让我有机会继续自己的梦想和追求。山大是一所历史悠久、学科齐全的全国首批 985 综合性大学，曾经培养过包括童第周、王淦昌等许多科学界英才，还有彭实戈、郭雷等当代本研究领域的杰出科学家。能加盟山大，是自己的荣幸。

三年前，我第一次到山大作学术报告，介绍自己提出的一种称为“矩阵半张量积”的新方法。当时校长助理贾磊以专业的眼光给予了很高的评价，徐（显明）校长与我会面并诚邀我加盟。当时，这种新方法影响还有限，做的人很少。能得到山大领导的慧眼赏识，自己心存感激，觉得山大对我有知遇之恩。

从那时起，我就开始了和山大控制学院以及数学学院一些老师的合作研究，也在山大开课、带研究生。如今三年过去了，我对山大有了更多的了解和更深的感情。植根于齐鲁大地的山东大学，带有一种沉淀数千年的深厚的文化传承；山大独特的学风，正如其校训所示：学无止境、气有浩然。我接触过许多老师，他们学风严谨，说话做事带着山东汉子特有的实在，纯朴而求真。这里的学生基础扎实、勤奋好学，令人产生无限的希望和期待。

三年过去了，“矩阵半张量积”这种新方法有了长足的发展，相关工作还获得了国际自动控制联合会（IFAC）颁发的 Automatica 2008 ~ 2010 最佳论文奖。仅我在山大的同行就从无到有，在重要国际杂志上发表了十来篇有影响的相关论文，目前国内有包括北大、清华、山大、同济大学、哈工程等十余所高校的一些教授在利用这个工具做着相关研究，国际上有意大利、以色列的两个团队以及美国、英国等国的教授也在应用我们的方法研究包括布尔网络在内的一些系统的控制问题。

我加盟山大，只有一个信念，就是希望和山大的同行们一起，将我们自己提出的理论、方法进一步完善，形成一个完整的学科分支；让我们的理论成为有重要国际影响的“中国创造”。我对未来充满信心，也为自己能成为一个“山大人”而自豪。

注：5月14日，中国科学院数学与系统科学研究院程代展教授受聘山东大学特聘教授。

作者：山东大学特聘教授　程代展

5月15日　　星期三　　晴

口腔医学院·郑　哲

今天天气有点凉快了，我们去第二医院见习。这次是去泌尿外科，第二医院的老师很热心地接待了我们。在查房过程中，老师一边看望病人，一边给我们讲解一些知识，态度和蔼可亲。病人们也都配合，还有病人和大夫开玩笑，气氛融洽和谐。

记得我们来医院之前还开玩笑说，一出医院大门就要把白大褂脱下来，不然被哪个医闹逮着了可就惨了。现在的医疗环境不大好，不时有报道某某医院的某个医生又被病人打了，某个医生又渎职了，某个医院吃官司又赔了多少钱等。似乎大部分的报道中，医院与医生都是以负面形象出现，很多人对医生都有误解，认为他们的工资来自不良渠道，认为他们轻视病人的生命。可是，殊不知医生真的不容易。周围很多学医的同学都在抱怨自己选错了专业，我们在成为一位合格的医生之前要比别人多读一年的本科，我们还要考研究生，读博士，因为本科生真的很难找到工作。这样还不算，我们即使找到了工作成为医生，每天兢兢业业辛辛苦苦地工作，起得比鸡早，睡得比狗晚，有时还要值夜班，工资还不高，可是还要整天担心会不会被打，会不会吃官司，家人的生命安全会不会受到威胁。

或许媒体应该更公平客观一点，不要偏袒任何一方，让公众知道事实的真相。而作为患者，可以多多地理解一下，医生不是神，不是所有的事情都是他们力所能及的。他们也是人，他们也需要休息，他们也会生病，他们也有脆弱的时候，他们也需要信任、需要安慰、需要关心。记得前几天看到一篇文章说，有一位医生查出自己有癌症，为了挽救病人的生命，他放弃了最佳的治疗时期。还有一位外科医生每天工作十几个小时，仅有的休息时间就是做两台手术之间时，护士准备器械的几分钟坐在地板上喘口气。

而作为医生自身也不是没有问题，有些医生确实是不遵守职业道德，为医生形象抹了黑。但那是少数的，我们会认真检讨自己。

我们是人们心中的白衣天使，救死扶伤是我们的天职。一位好的医生不仅能够解除患者的病痛，还要能给予他们希望，给予他们活下去的勇气。记得有一次我生病去医院，老教授和蔼可亲，她那看着你的充满鼓励与爱的眼睛，让人心中的惶恐与不安全都慢慢地褪去。

或许我们现在有时会遭受一些不公平的待遇，但是不要忘了我们当初入学时宣读的医学生誓言，不要忘了我们的最初的梦想。

希望有一天，医生真心地关心爱护病人，病人充分地尊重理解医生，就像我们今天在病房里看到的那样，他们不仅是医生与病人，还是朋友。

作者：口腔医学院 2010 级本科生　郑　哲

5 月 16 日　　星期四　　晴

威海校区党委宣传部 · 张丹丹

早上 5 点起床，推门步入阳台，春晖明媚，均匀地洒在刚钻出嫩芽的薰衣草上，林间各种不知名的鸟儿在啁啾作答，又是一个春色宜人的好日子。简单收拾完毕，开始了忙碌而充实的一天……

今天是学校第 25 届运动会开幕的日子，作为宣传部工作人员，我们主要负责音响和新闻报道。早上6点，我和同事们准时到达运动会主席台，开始有条不紊地安装、调试音响设备。田径场上，各个学院及部门也在各自的位置上为即将到来的运动会做着准备工作，一时间，晨晖遍布的田径场上吆喝声、试音声、欢呼声……各种声音交织在一起，让这个清新宁静的早晨顿时热闹了起来。

上午8点，运动会开幕式准时举行，各个代表队喊着不同的口号，踏着有力的节拍，一路高歌猛进，从主席台前走过，引起场上观众的阵阵欢呼。在广场舞环节，因负责音响有幸坐在台上的我们结结实实地享受了一场视觉饕餮盛宴，之前看美国校园剧时总是感慨里面的拉拉队跳舞真棒，如今看着台下舞蹈队炫目的队形变换和娴熟的托举，一直对跳舞心向往之却一窍不通的我除了不停的"哇塞"，一时竟想不出恰切的语言来表达心情了。

入职后第一次参加学校运动会，因着新鲜，报了很多项目，4×400m接力、4×100m接力、单人跳绳、十人跳大绳、小马过河，但在看到赛场上其他老师的实力后，心里开始打起了鼓，本来就缺乏运动细胞，加之锻炼又少，不知最近几天的临时抱佛脚能不能过关斩将夺得名次。下午参加了团体十人跳大绳比赛，在老师们亲密无间的配合下，我们取得了第二名的好成绩，久违的由比赛产生的满足感竟比当初英语过六级还要兴奋。期待明天的四项比赛也能有这样的好成绩。

除了正常赛况，我也在仔细留心那些打动人心的小细节，有的学生在比赛之余专门投稿号召同学们在比赛期间注意卫生、不乱扔垃圾，得到了同学们的积极响应；有的学生为了给同班同学加油助威操着嘶哑的嗓子仍在坚持；有的同事训练了很多天，但为了集体的荣誉，主动退出参赛项目，将机会留给比自己更强的人……我想，一场运动会下来，我们收获的，除了成绩、友谊，其实还有很多很多值得回味、反思的东西，比如环保意识，比如集体意识、牺牲精神，等等。

夕阳西下，一天的赛程顺利结束，我们也在紧张忙碌的一天中圆满完成了工作任务。往田径场门口走的过程中，有一群花枝招展的姑娘在旁若无人地放声歌唱，歌声在空旷的田径场上回环、飘荡，让我想起了自己青春做伴、意气风发的大学青葱岁月，一时感慨无限……

作者：威海校区党委宣传部　张丹丹

5 月 17 日　　星期五　　雨

政管学院 · 马菊花

李玉刚在舞台上用女声唱着“爱恨只在一瞬间”而一炮打响，而我却在这样一个安静的夜里读着“山大日记”而泪流满面！也许因为我是一个文科生而太过于感性，然而内心没有被真正触动，我又怎会在这宁静的夜里悄悄流下眼泪！

出于好奇，我很快搜到了山大日记的链接网站！打开山大日记的那一刻，有些惊奇，竟有这么多的学长学姐在这里写下了自己的大学生活，自己的成长经历！好奇心驱使着我继续看下去！

“植根于齐鲁大地的山东大学，带有一种沉淀数千年的深厚的文化传承；山大独特的学风，正如其校训所示：学无止境、气有浩然。我接触过的许多老师，他们学风严谨，说话做事带着山东汉子特有的实在，纯朴而求真。”读着山东大学特聘教授程代展写下的日记，自豪之情在我的内心燃烧！是的，我来自广漠的大西北，怀着对大学的渴望，我一路奔跑，终于在高考这个巨大的点上，实现了我最初的梦想，考入山东大学！来到山大快要一年了，在这里我每天都被各种各样的人感动着。不管是老师还是同学，正如程代展教授所说，都是那样的朴实和真诚。给家里人形容山东大学的老师和同学时，我常常会用“底蕴”这两个字形容。是的，那些在我看来很普通的路人，却常常是教授或研究生，那些常常和我一起吃饭的同学却往往上知天文、下知地理，可以说无所不知。然而令我感动的是，他们从来不会刻意流露自己的学识渊博，我却在他们的一言一行中看到了文化的魅力。我曾经在我优秀的舍友面前自卑，然而当我接触了那么多的同学后，我才明白，自信来源于付出。他们之所以那么优秀，是因为他们的付出远远超出我自己。我知道，在这大学的时光里，我会努力完善自己，弥补不足，实现真正的大学梦。我在内心真正地感谢着山东大学，感谢山大给我这样一个机会，让我这个西北的孩子以低于山东学生几十分的成绩来到这里，享受同样的资源。我想我会好好珍惜在山大的每一天！

看着下面的来自信息学院 2010 级物联网工程本科生王焱彤的话，那一刻我流泪了！她说：“我今年 22 岁，妈妈已经 47 岁了，从出生到现在，妈妈已经为我做了 13900 顿美味的饭菜。我已上学离家在外 3 年，不能常伴妈妈身边。未来，假如我离家在外每年只能陪妈妈吃 10 次饭的话，那么，直到妈妈 85 岁的时候，我还有 380 次机会陪她吃饭。”这样一串具体的数字，就像一把利剑刺入了我的心里，我的内心隐隐地疼起来。我想到了自己，从初中开始住校到现在已经是 7 年的时间了，7 年里，我渐渐长大，而和母亲的沟通却越来越少。7 年来，除了寒暑假，我已经很少回家，我又何曾在寒暑假为妈妈做过一顿饭呢？记得有一次，邻居阿姨问妈妈我是否会做饭，妈妈笑着说不会。邻居阿姨笑了，而我却狠狠地瞪了妈妈一眼，责怪她告诉别人我不会做饭！现在想来，是多么惭愧。“那时候的我是多么的无知和自私啊？那时候？那现在的我呢？”我在心中这样问自己！忽然很想给母亲打电话，我有多久已没有听到她熟悉的声音了？然而这一次，我没有打，我想她已经睡了。她在梦里会不会梦到我？我想明天早晨一睁眼就可以听到她的声音，告诉她，我爱她！

大学生活的每一天都是那样快！每天早晨背着书包下楼的时候，总能看到宿管阿姨微笑的面孔。打个招呼，微笑着开始一天的生活。

大学，我会边走边珍惜！

作者：政管学院 2012 级本科生　马菊花

5 月 18 日　　星期五　　小雨转晴

真人图书馆筹办者 · 邱隽思

距离 I think Human Library（真人图书馆）携手山东团省委 12355 青少年公共服务平台高校巡展落幕也快半个月了，当时我们一共走了济南市内六所高校——山东女子学院、山大西校区、济南大学、山东青年政治学院、山财大圣井校区和山东建筑大学。对我来说，我一直把六校巡展中的最后一站——山建站作为自己的半个谢幕，但我的拍档，也是我的好闺蜜失羽告诉我一个好消息，山东省图书馆主动联系了我们，愿意与我们合作，今后能够长期在省图举办真人图书馆了。这个消息让我感触良多。一年前，当我们初次开始尝试做真人图书馆这个活动时，也曾有过与省图合作的想法，只是那时，两个女孩真的能撑起这样一个活动吗？这样的质疑在那时听到的实在太多。

的确，一年前我们俩什么都没有，除了一个想法，还有我们的朋友。

去年的5月5日，阳光灿烂，也是这样一个带着春末夏初微凉柔和的风的日子，我们办了第一期的真人图书馆。那时没有资金，我们就自己拍视频，放到追梦网（网上小额贷款的平台），筹集到我们的第一笔资金，但是由于资金到位的时间差，在活动开始前，我们只能自己把所有的钱垫上；需要制作图书借阅卡，我们就发动朋友一起制作，400份资料，我们一张一张地剪裁，一张一张地粘贴，大家把麦当劳当做据点，开会、面试、制作借阅卡、培训志愿者，那段时间过后，我再也不想走进麦当劳，也不想再吃里面的任何东西了……那时我负责现场的摆设，需要植物，我就一间一间宿舍地敲开门，把那些看起来还行的小盆栽全借了来；我们需要一个大牌子，但是没有资金去做，于是就拜托写字好的朋友，用毛笔给我们写了一个独一无二的Human Library……那时的我们，只有之前一个学期在校外咖啡馆办微讲座和沙龙的经验，很多的事情都不懂，而最难的，是要告诉大家这是怎样的一个理念，当时不仅在山东，这一块仍然是空白，在国内也只有少数的几个一线城市办过真人图书馆，可借鉴的经验几乎为零，我们有的只有一本来自多伦多Human Library全英文的“指导书”、《城市画报》的一期介绍以及少数几个香港真人图书馆现场活动的视频，失羽连夜把“指导书”翻译出来，朋友帮我们翻墙去Youtube下载视频，然后我们自己翻译，我还记得在那个小小的办公室里，和两个广东老乡翻译香港真人图书馆借阅规则的那个昏暗却充实的下午，就这样一点一点摸索，一点一点探寻……那一期的真人图书馆，是山东的第一家真人图书馆。

在活动结束后一个月，各地的真人图书馆开始如雨后春笋在全国各地都露出了踪迹。还记得我们在做高校巡展的宣传时，青岛的媒体拿着青岛的真人图书馆在微博上@我们，说济南的孩子们迟了，青岛早已经有了真人图书馆。其实，我们的真人图书馆比他们早了整整半年，那时的我们面对的，是一块真正的处女地。

前几天，我的闺蜜还@了我一篇报道，是去年11月9日南方周末采访我们的一篇报道——《“真人图书馆”变形记》，当时是第二期的真人图书馆活动。那是我们首次真正意义上的走出校园，走出学生圈子，面向社会办的一期活动。与《都市女报》的合作，让我们的读者群体变得多元。虽然读者群体仍然是20岁上下的学生群体，但是已经开始有四五岁，跟着爸爸妈妈来参加活动的小读者，也有50来岁的老人，我们也首次有了来自于媒体推荐渠道的图书，现在我还记得雅然姐姐帮我们制作的那些海报和易拉宝，和咖啡馆合作的桌牌也是我们第一次真正办到线下的前期宣传。而那一次，也是我们首次引起了媒体的兴趣与关注，我们也终于有了一个相对稳定的小小的团队。今年3月底天桥区委宣传部也主动联系了我们，在第四届全民学习节有了一次合作，当时是我们首次与政府机关有了接触，让我们初次感受到要怎样与权威打交道。上文提到的济南高校巡展让这个概念在学生群体里有了更多对它感兴趣的朋友。但最让我感到自豪的，是图书的多元化——同性恋、跨性别、入殓师……这也是我再次读到南周那篇报道时，内心最大的感受。真人图书馆的核心是“打破固有框框”，是给那些不同的群体一个与公众接触的平台，这才是它的灵魂所在，也是它与其他分享会所不同的地方。尽管在全国其他地方，真人图书馆有时会变成一个噱头，但是我们仍然坚持去保有它的原主旨，当时南周的记者的那句话是对我们很大的鼓励：“你们是国内少有的仍然保有了原主旨的真人图书馆。”没有了灵魂的形式，只要一瞬间，就会被浪潮掩盖。

总之，是一周年了，兜兜转转了一年，终于能与省图开展合作了，这个项目也许会逐渐成为团省委12355青少年公共平台下微青力量的某一支，一切都开始变得明朗，这些在一年前的今天，都还只是我们计划书上一个看似很遥远的目标，那时我们写下的一年计划居然真的在一周年的时候实现了。

曾经我以为，当这些目标都真的实现了的时候，我会自豪或者满足或者雀跃，但是真的听到这个消息的时候，却比我想象中平静，我已在准备考研。因为这个项目，我接触到了许多我从来不曾想过会接触的圈子，我是快乐的，因为对于我来说，有些类型的生活也许不会再有，我将要寻求的生活是琐碎而平静的，正统而温暖的，这也才是生活本来的面貌。比起繁花灿烂的时候，绿草茵茵占据了四季更多的时间。有人曾经对我说，觉得我这两年很充实、很有趣，但实际上，鱼和熊掌不可兼得，我深知自己的性格，也深知自己的能力，因此当我选择做一些事情的时候，我同时也放弃了许多。我曾说，我是在不断摇摆“是否要放弃做这个活动”的状态下走到今天，常常有人会说，我们要做自己想做的事，要走更多的路，看到更多不同的风景，但是，什么才是自己想做的事呢？我们不可能走遍所有的路，也不可能看遍所有的风景。这一年里，我常常会想要放弃，因为我还有许多自己想要做的事，但是最终我还是决定继续做完这个活动。因为有时候，有些路，当你踏上了，走完它不仅仅是对自己的交代，也是某种责任。当我看到来参与活动的“读者”填写的反馈问卷上给的满分，当我听到“真人图书”对我们的夸赞，当我看到这个理念开始被更多的人接受，那些熬夜熬到要崩溃落泪的夜晚，那些为了这个活动放弃的无数的时间，还有那些为了我们的活动付出了许多的志愿者，最艰难的时候，我们甚至连志愿者的车马费都支付不出来，还有无数次、无数次面对他人对我和我拍档的质疑，甚至是诘问之时的痛苦、伤心、难过，所有的所有的这一切都烟消云散。在这一切里，我开始学会了平静地接受许多事情，好的坏的，平和地去接受，只是努力地去做好自己能做的事。

还记得第二期活动时为了做好志愿者培训而连续几周，几乎每晚都和我拍档拿着凳子坐在宿舍走廊里开会，上各种网站去搜寻志愿者培训的相关事宜。我们不是社工系出身，做不到专业社工的部分，但是，我们一直努力做到我们能做到的部分。

很快，这个项目将交到其他我们信任的人手中，很多东西，到了某个时段，它是否能持续，其实就不再是看某几个人的能力了。有些理念也许对于这个时代来说，还有些超前，所以我们总是需要不断地妥协，只是，再怎样艰难，只要不是停滞不前，就是前进。

作者：文学院2010级本科生　邱隽思

5月19日　　星期日　　晴

公卫学院·黄　迪

早上醒来的时候九点多了，对我们宿舍来说算是早的了，因为大家昨晚两点才睡。

又得是个忙碌的周日，想到这都不想睁开眼睛。上午得下载PS做计算机作业，下午要去自习，因为明天有组胚实验考试，再过段时间还有系统解剖学考试、英语四级考试……坐在软件园大大的自习室里，觉得无所适从。想写点东西，又没有灵感，等有灵感的时候，又没有时间，有时间的时候，又没有了心情。在这日复一日的日子里，蹉跎了青春的、大学的时光。

这样的日子，有它的双面性。所谓压力创造动力，接踵而至的考试让我们的大学生活不敢有一丝的懈怠；忙碌的生活却也磨灭了年轻人的活力和创造性。

去一次说走就走的旅行，谈一场刻骨铭心的爱情，是人生中不可或缺的两件事。现在看来，却也有些渺茫了。真的很想去旅行，看一看远方的风景，重塑生命的轨迹，寻找久违的诗意的精彩……

想起小时候，上一年学就觉得时间好长好长，过了365天才能长大一岁。现在却只觉得时间如白驹过隙，忽然而已。谁能告诉我，为什么时间会越走越快呢？

小时候，总是三五成群地吃泡泡糖、跳皮筋，现在却在心里竖起了一道无形的别人很难进入的高墙，为什么越长大越孤单呢？

青春终将逝去，徒增伤感的是回忆。无论怎样，我们永远输给一种奇妙的东西，叫时光。

作者：公卫学院2012级本科生　黄　迪

5 月 20 日　　星期一　　晴

威海校区翻译学院 · 张圣鑫

在经历运动会的喧嚣和周末两天的放松之后，新的一周如期而至，一切又回到正轨。

一大早起床，睡眼惺忪地拉开窗帘，禁不住为眼前明媚的春光所震撼。在经历了周六的阴雨和周日的云雾之后，威海终于迎来了一个碧空如洗的艳阳天。如此美好的时节，这样澄澈的蓝天，正是读书学习的大好时光。用完早餐，同阳光为伴，与清风为伍，我脚步匆匆，向机房走去。今天的英语听力课依旧充满了欢声笑语。老师为我们精心准备了丰富的英语视听盛宴。在锻炼英语听说能力的同时，我们也开阔了视野，陶冶了情操。最最重要的是收获了一周的好心情。

来不及回味课上那精彩的一幕幕，威海刺眼的烈日提醒我时间步履匆匆已经来到正午时分。午饭间隙，给远在济南的家人去个电话拉拉家常自然最惬意不过了。我，作为一个生在济南、长在济南，喝着泉水长大的“小么子”，虽身在威海校区，却时刻关注着泉城的变化，关注着我们山东大学系统的整体发展。去年以来，我欣喜地发现山东大学主页上关于威海校区的报道越来越多；同时，越来越多我们威海校区的同学可以享受济南校区的优质资源，也为济南校区的新成就而倍感骄傲。山大作为中国高等教育的航母，正开足马力，奔向世界一流大学的胜利彼岸。

时光就如掌心的沙，稍纵即逝。很快，烈日不再，午后慵懒的阳光带着几分倦意袭来，而我却不敢有一丝一毫的懈怠。中午稍事休息过后，我马不停蹄地来到自习室，开始了下午的学习。一杯浓咖啡，两枝碳素笔，三个钟头一晃而过。直到下课铃又一次响起，才如梦方醒。此刻的我早已饥肠辘辘。收拾东西吃饭去。

傍晚时分，海风习习。约上好友，叫上好菜，二人对坐，以汤代酒，好不自在。放下白天的学业，抛弃平日的伪装，敞开心怀，谈天侃地，无拘无束，不亦乐乎？

这就是属于我的 5 月 20 日。没有轰轰烈烈的爱情告白，也没有惊天动地的伟业壮举。这一天，看似平凡枯燥，实则充实愉悦。正是在“朴实无华”中方显

“刚毅厚重”。在山大的日日夜夜，我收获的不仅仅是知识，更是做人的精神。谢冕先生有云，“人富有的是精神”。我想，我们山大人必定是富有的。因为正是这“刚毅厚重，朴实无华”的山大魂铸就了每一个山大人的品格，铸就了我们这所百年名校辉煌的历史和璀璨的未来。“学无止境，气有浩然”“为天下储人才，为国家图富强”，每一句都同山大魂一样，镌刻在山大精神之柱上，也铭记在我们每一位山大人的心中。我为我是山大人而庆幸。我为我是山大人而自豪。

作者：威海校区翻译学院 2011 级本科生　张圣鑫

5 月 21 日　　星期二　　晴

新闻中心总编室主任·万广远

连续听了两场党代会报告征求意见座谈会，听了许多专家学者和领导同志关于党代会报告以及学校发展的意见和建议，感受到他们身上散发出的思想性的同时，也被他们对于学校的拳拳关爱而感染。

历史总会有许多关键的节点，在这样的节点上，会发生一些重要的事情，对于事物后续的发展产生长远而持久的影响。对山东大学来说，第十三次党代会无疑就是这样的节点。在学校提出创建世界一流大学的目标两年多以后，在这样一个关键的时期召开党代会，无疑会起到高举旗帜引领航向的作用，无疑会给我们注入持续前进的动力，让我们共同努力，奏响创建世界一流大学的最强音。

而今天，对于“山大日记”也是一个重要的节点，“山大日记”创办一个月了。一个月前，我们推出了策划许久的“山大日记”，从那时起，山大新闻网多了一方展现山大人风采、反映山大人心声的舞台。还记得初提山大日记时，同事们反复推敲这个创意的名称，从“山大人的一天”到“身边的山大人”，从“今日心情”到最终确定为“山大日记”。还记得网页初现时内心的激动，首篇日记上线时脸上的狂喜。一个月来，看到“山大日记”逐渐为人们熟悉，点击量超过1000的文章也有了近十篇；听到它成为人们经常挂在嘴边的谈资，即使是提意见谈不足的，也能让我们感受到大家对“山大日记”的关注，也能让我们增添许多相互鼓励继续前进的动力。

嗯，记得当初“山大日记”创意刚提出来的时候，我给办公室的同事打气说：“我感觉它要火！”还有“山大日记”刚上线的时候，我给婷婷和梦冬开玩笑说：“‘山大日记’一个月生日的时候，请两位编辑大人把头条位置留给我，我要写一篇纪念性的日记。”而今天，这个日子到了，我却不知道这纪念从何谈起，记忆中以前学过的课文里有一篇《纪念刘和珍君》，里面是对惨淡人生和惨淡人性的抨击，这样的风格显然不合适；还有一篇《我的小桃树》，好像是写给外公的，那风格也不适合写给这样一个创意。那么，我应该怎么来纪念我们的“山大日记”呢？

先写上几句煽情而高调的话吧：

我想说，这是一粒种子，满怀着山大人的豪情万丈，包容着山大精神的继往开来，我们在春天将它播撒，期待着未来日子里收获到硕果辉煌。当然，这粒种子需要所有人的悉心浇灌，才能散发出山大酵母的万里飘香。

我想说，这是一个阵地，你用奋斗的身影在这里炫舞出昂扬的姿态，他用朴实的画笔在这里描绘着美好的未来。当然，这个阵地需要我们共同来构筑和维护，才能成为山大风貌最好的展现平台。

我想说，这是一本书，说你想说的话，说给你想说的人；讲你想讲的故事，讲给你心中的受众。一句句话语串起我们对于未来的呐喊，一个个故事串起山东大学最实在的状态。当然，这本书需要全体山大人共同挥笔，才能写就我们共同的“山大日记”。

……

梦冬说：“自从嫁给了山大日记，我便习惯了每个周末的上午在电脑前守候‘他’的日子。”于我，也一样，习惯了点击那个可爱的网站链接，习惯了欣赏那个亲切的日记网页，习惯了浏览那一串串代表着点击量的数字，习惯了询问：“山大日记怎么样了？”……

5月21日，在这个许多年轻人敞开心扉互诉情意的日子，我写下我的山大日记。也写下一句大胆开放的话吧：我爱你，山大日记。

前面提到了学过的课文，说到这里，脑子里还不停地闪现着那么几篇记忆还算深刻的题目，就让我用他们来表达我对山大日记的祝愿吧：《这不是一颗流星》，它会像《小橘灯》一样，虽然目前只有微光，但是《星星之火，可以燎原》，我们会等到它茁壮的那一天。

让我们一路陪着“她”，走下去，你会发现，这是一段值得珍爱的旅程。

作者：新闻中心总编室主任　万广远

5月22日　　星期三　　晴

齐鲁医院胸外科教授·张洪福

今天是我的生日，63岁了。

我们这个岁数的人，从来都不过生日。家里上有89岁的老岳母，下有4岁的孙女，每年把她们的生日过好，就是我的本分了。但是，每到这个节点上，我的思绪就会回到5年前的5月22日那刻骨铭心终生难忘的一天。

2008年，我们经过太多悲喜，人人心里都沉甸甸的。5月12日当汶川地震发生时，即引起我和老伴的高度关注。我们共同回忆起32年前参加唐山抗震救灾医疗队的情形，边看电视报道边讨论。作为医生，出于职业的本能，想到医院可能要派医疗队。果然，当晚11点，接到科主任通知随时准备出发。

第二天（5月13日）一早，山东省抗震救灾医疗队从济南出发赶赴灾区。当天下午到达都江堰，医疗队员们立即与当地医护人员一起投入到艰苦、紧张、危险的救灾中，后又转战到平武。

转眼来到灾区第10天了，这天突然接到老伴、儿子分别从济南、北京打来的电话祝我生日快乐！保重身体！此刻我才意识到今天（5月22日）是我58岁生日。战友们听说后，在救人的间隙，纷纷围拢过来，以水代酒送上最真挚的祝福。作为医疗队的大哥，此时此刻、此情此景，无法用语言来表述。激动的我流下幸福的泪水，他们说的每一句话，都深深刻在我心里，是对我的最高褒奖。没有生日蛋糕，没有美酒佳肴，却是我生命中过的最隆重、最有价值的一次生日。

时间已经过去了5年，每到这一天，我都会想起那个特殊的生日，都会想起患难与共战友们的深情厚谊。在那些每天都要经历生死考验的日日夜夜里，大家互相鼓励，互相支撑，用责任和坚强撑起一片天。

衷心感谢你们，我亲爱的战友们！

作者：齐鲁医院胸外科教授　张洪福

5月23日　　星期四　　晴

志愿者·申路平

今天，学校里来了一群特殊的朋友。一进悦园二楼，看到他们在那里正吃得其乐融融，就不禁一阵温暖，莫名的熟悉里竟有久违的感动。

待他们用餐完毕，便转战悦园三楼，彼时，工作人员已挂出“支持爱心义卖，关注智障儿童”的横幅，并且正在为接下来的演出做着紧锣密鼓的筹备。我想，至此，你也应该知道这些特殊的朋友们来者何人了。

演出刚开始的一段，就闹了个小插曲：隋南一直跑来跳去，有点儿慌乱，待我拉着他的时候，他又不住地掀衣服。跑得老远了，老师喊了一句“他想上厕所”，我才蓦地明白过来怎么回事，便拉着他去了洗手间。看吧，这群孩子们真的需要你我的帮助和照顾。

演出形式多样，内容充实，老师们和孩子们也是各显其能，弹奏、演唱、表演、游戏、颁奖……一切、都有条不紊地进行着。

幕间，台上主持的年轻老师说道：无论将来你走到哪里，不管你在什么工作岗位上，都别忘了，你还有这么一群朋友，一群特殊的朋友，一群特殊的为了感谢你的服务而在这里演出过的朋友。

不知是不是进了沙子，我的眼眶一下子变得湿润了，思绪也被生生拉至一年前：

校青志联开“融冰 2013”宣讲会那天，挤着导员例会前的一点点时间赶去。宣讲会不是多么的别开生面，却是别样的温情暖暖。报名，如此果断。就这样，我成了“基爱智障人士中心”志愿者中的一员。

去到基爱中心，刚开始做服务，我便结识了一大帮子特殊的兄弟姐妹。说到这里，我便情不自禁不能自已地想先说说那些兄弟姐妹们的故事了。他们中很多都患有自闭症，也有一部分没有语言能力，无法很好地理解我们的世界，又无法与我们进行有效的沟通。试想，当一个人无法表达自己而几近抓狂时，有一些过激行为也就变得意料之外而情理之中了。不过，别把他们想得那么可怕，他们只是与我们有着那么一点点不同，仅此而已。他们自然也有可爱有趣的一面，比如，南南喜欢弹响指，偶尔和你拍拍手，再说不定会突然给你来个友爱之吻；大伟喜欢抓着你问“你知道不”，而且还是反反复复一刻不停地问；菲菲爱吃好吃的，爱问问题，爱问某某讨厌她吗，要知道她可不止十万个为什么；维维会唱非常悦耳非常动听的歌；鸣鸣爱咬手指头，爱缩着个头；乐乐爱坐在轮椅上被人推来推去，爱和老师一块儿玩，还喜欢偷偷溜进办公室寻觅寻觅有没有好吃的……这所有，现在于我，竟是如此熟悉，如此温馨，化入情感，融入记忆，植于心田，深刻脑海。从初识他们，心中畏畏戚戚，到深交他们，心里难分难舍，这一切，似乎跨越了好多好多，不只是时间，也不止于空间，而是心。回头想想，我们是那么的不同，甚至不能不分南北东西地谈天说地八卦长短，可我们又是那么的相似，喜欢安静喜欢音乐喜欢简简单单有着共同的喜怒哀乐多般情感。那么，是什么让我们走进彼此，心无隔阂？我想，是爱。

转眼，一年已过去，竟丝毫没有察觉到时光的流逝。看看他们，看看自己，成长，已立竿见影。这一年里，每一或两周，就会去基爱中心做服务、陪他们，我喜欢那里的每一个学员，喜欢那里的每一位老师，也很喜欢那位送我《圣经》

但被我婉谢、还在大家吃水果的时候不住地往我手里塞圣女果的阿姨。生活是平淡的，它不会处处给你惊喜，但为什么我却处处发现了感动。当然，这一切的一切，我应该先感谢孔维明学长，感谢他留了一个机会给当时时间并不是很合适的我。

想对所有的学员说一句：祝好。

想对所有的老师说一句：盼安。

想对这段难以忘怀的志愿经历说一句：即便大一生活马上就要被埋葬，但你依然如《致青春》里给阮莞满天星一样，在回忆的岁月里，静静绽放，阵阵芬芳。

作者：管理学院 2012 级本科生　申路平

5 月 24 日　　星期五　　晴

图书馆 · 李　旭

今天是周五，初夏的兴隆山校园里郁郁葱葱。我比平时早到了一点。七点钟，在我负责的报刊阅览室里，物业的保洁人员已经在清理地面了。我也清理好自己的工作区域，准备开始一天的工作。

开灯、开窗、护理绿植这些工作完成之后，送期刊的老师已经送来了最新的期刊。我和勤工助学的同学逐一贴上磁条并盖章，签到编号。10 点钟左右，最新的报刊也取到了，每天最新的 53 种报刊也在分类之后上架，方便同学们阅读，目前报刊阅览室共有 1000 余种现刊，5000 多种过刊。这时一位退休老师来看报，由于报刊架的字体太小，对于年纪大的读者来说非常不方便，我主动帮他查找，并及时更换了报刊架的架标。

在做好期刊、报刊、过刊登记的同时，更要做好对读者的服务，详细解答读者的问题并帮助其查找需要的资料。为让读者第一时间看到最新期刊，我在年初组建开通了飞信群，及时把到刊信息通知到读者。要做好工作，耐心、细心非常重要。做好每一位读者的接待，也就是从细节上抓好自己的工作。

图书馆每天要接待6000人次读者，忙碌中，不知不觉已经到了晚上十点，我提醒同学们带好自己的物品，提前办理借阅手续。关好门窗，检查水电。走出图书馆，看到夜色中的图书馆灯光璀璨，通透的大玻璃窗里还有许多忙碌的身影。工作简单而平凡，心中谨记“为读者服务”的理念，认真做好每天的工作，认真走好每一天的路，是我们年轻人一步一个脚印的成长。

今天对于我来说是一个特别的日子，就在三年前的今天我第一次走进山大图书馆，成为山东大学第一批非事业编制工作人员。三年来在领导和同事的帮助下，我已经能够完全胜任这份工作。在学好业务的同时，思想上积极要求进步，今天，我向党组织递交了入党申请书，积极向党组织靠拢，争取成为一名优秀的共产党员！

作者：图书馆工作人员　李　旭

5月25日　　星期六　　阴

外语学院·王　玲

“用心去爱都有美丽的花朵。”

这是今早睁眼便显现于脑海的一句歌词。事实上，每天睁眼的时候，都有那么几个词儿，然后，它们陪伴你一整天，决定着这崭新白昼的基调，或积极或消极。

我一定是属于夏天的，这个火热的季节里，我也变成那浓郁翠色，万分抖擞。每个清晨，在第一缕光亮的召唤中睁开双眼，开始全新的体验和成长。那缕光亮，是最忠实的闹铃。

今天，于我而言，有特殊的意义，因为一场BEC考试在等着我，也许是面对挑战的自我激励，这句话成为我除梦以外的第一个有意识行为。洪楼的清晨很美丽，尤其像今天这样刚被昨夜慷慨的雨水洗过。地面潮潮的，水泥路面一片深灰，小树林呈现春日般的新绿，西面古旧的政管楼红得很是纯粹，南面的老艺术楼则青得澄净，空气中弥漫着泥土和草木香，加上晨雾的作用，宛如人间仙境。同伴二三，一块儿踏上一段未知的征途，未来的七八个小时，我们将一起在山师度过，一起打响准备许久的战役。从 3 月下旬报名开始一直到今天，我们都并肩战斗。考试从早上九点一直持续到下午四点口试结束，这样高强度的脑力活动已经是高三时的记忆了。

选择了便准备着，准备了便去争取，争取过便不遗憾，这是我对“用心去爱都有美丽的花朵”的解读，也是我一直以来的生活态度和生活模式。尽管我的生活也充满这样那样的不满和抱怨，但是有一点非常确信，它们不同于面对“无心去爱”的枯花野草的惋惜和后悔。BEC 考试不在我的职业规划之中，但却列于我要做的事项中，比起两个月后令几家欢喜几家愁的结果，我享受的是把一件事放在心上去做的过程，这是我将学涯或职涯规划付诸行动的前奏。也许，这个逻辑不是所有人都能接受，但生活不就应该是这样的吗？总有一些逻辑仅限于自己，就像可以称之为秘密的东西永远只能属于自己，所谓两个人的秘密只是人们对这一词的误解罢了。

两个月的充实换来了结束时甜蜜的“空虚”，这份平静也许就是“用心去爱”后的“美丽花朵”。傍晚时分，再见洪楼，竟然有一种久旱逢甘霖的激动，原来，在这里的三个 365 天，每时每刻的体验和成长竟然成为我的依恋，构成心底的归属。

天阴闷热，大雨在即。明天的洪楼，依然天堂；明天的梦想，仍旧美丽；明天的步伐，照常坚定。

作者：外语学院 2010 级本科生　王　玲

5 月 26 日　　星期日　　雨

法学院・姜英超

周末下雨了，兴隆山的花花木木在雨中显得格外富有生机。

周六，召开了社联的总结大会。听着炽热的话语，看着一条条温暖的人人状态，一时间心情很复杂，难道这就结束了吗？仿佛冰淇淋，吃得正甜，发现快要没有了。

在社联一年，学到很多，得到很多，没有一个学生组织像社联一样给了我这么多的爱和成长。网络部就像一个小家，一个不大但却很温暖的小家。琨姐就像我们的大姐姐，永不厌倦地给我们鼓励和支持，而我们十几个人，经过一年的相处，已然成为了最好的兄弟姐妹。

社联给了我什么？我们一起做过了那么多的活动，一起学了那么多的东西，一起度过了那么多难忘的日日夜夜，得出一个很坚定的回答是，爱、温暖和成长。

网络部的工作是紧张而且不分昼夜的，常常是白天连轴转着上课，晚上就抱着电脑去图书馆讨论视频，然后在宿舍熬到凌晨。这样的情况，不知道经历了多少次，直到现在熬夜都已经习以为常了。放音乐是个技术活也是个细致活，鼠标一点，关系到整个现场的音响效果。每次放音乐都很紧张很忙碌，但却忙得那么快乐，活动结束时总有心情去舞台中间踩气球。个中心情，恐怕只有经历了才能懂得吧！然后还有人人墙、公共主页、微博、贴吧宣传，都是小事情，但大家都在很认真地做。

一年了，我都忘记我们做过多少视频、放过多少音乐、熬过多少夜、有过多少次紧张和兴奋，但，有些东西却是忘不掉的。

还记得我们熬夜准备活动时听到 QQ 那头的一句“我陪你熬夜”时的感动，还记得我们一起学习各种感兴趣的技术时互相的勉励，还记得我们在实验楼留下的做视频的身影，还记得一起在欣园西门宣传时凛冽的寒风，还记得每次现场放音乐时的相互鼓励，还记得每次失误时的沮丧和活动成功时的兴奋……

是呀，都记得，怎么能忘呢，忘不了我们国庆节之后在 5503 的小聚餐，忘不了我们在金鑫唱过的江南 style，忘不了平安夜的苹果，忘不了每个人生日时大家热烈的祝福，忘不了日租房里欢快的炒菜声，忘不了每次例会时的调侃和互黑……

总结大会的视频，我们返璞归真，不用很炫的技术，一个简单的心形照片墙，记录了网络一年的点点滴滴。为了把这段视频渲染出来，一位同学熬夜到了凌晨5点，48.7G。我们在总结视频的最后，给琨姐、徽姐和毅哥准备了惊喜，对他们喊，我们爱你们。这是我的心声，也是网络部每一个人的心声。

我曾经想，一定要用最好的文字，来纪念我在网络部的家，纪念我的家人们，现在却觉得，文字的表达是那么的苍白。明年就要离开兴隆山，愿我的兄弟姐妹们在这里一切安好！

作者：法学院2012级本科生　姜英超

5月27日　　星期一　　小雨

信息学院·杨本亚

今天，雨一直这么淅淅沥沥地下着，天有点阴沉。自己感觉自己不是个伤感的人，可是却蓦地想起，前几天，几个学姐在小树林里合影留念，青春的气息，美丽的容颜，欢乐的笑声，吸引了不少同学的目光。于是，我开始有点伤感了。

在毕业的时候，能够和身边最亲近的人一起合影留念，留下最美好的记忆，对所有的女同学来说，应该是人生中的一件幸事。

男同学们很少有去小树林合影留念的，却有不少去饭店喝酒的。每次都会有人喝醉，却每次都会很开心。最后的一次喝酒，估计所有人都会醉，但对于兄弟来说，最后一次喝酒，大醉一次又何妨。

身边的同学说，还有一年，一年之后，在小树林里合影留念的就该是我们了，在饭店里喝得酩酊大醉的也应该是我们了。

是啊，一年之后毕业的就是我们。曾经以为四年很长，等走过，才发现，四年原来很短。

毕业之后，我们依然在正常地生活，却在喝水的时候发现，那个曾经每天和你一起上自习和你一起打水的那个人已不在身边。

毕业之后，我们依然在正常地生活，天冷时，却不会有人把他的衣服递给你。

毕业之后，我们依然在正常地生活，失恋的时候，却不会有人陪你唱一晚的KTV，更不会有人陪你喝醉。

毕业之后，我们依然在正常地生活，却发现原来的那个总爱骂你的人、总看你不顺眼的人已不在身边。我们一直不待见对方，却早已习惯了彼此陪伴。

……

毕业之后，我们的很多习惯都不再是习惯。

一位学姐对我说过，她舍不得那些姐妹，总希望毕业的时间来得慢点，却觉得在这样的期待中，时间走得越来越快。她觉得，她毕业的时候一定会哭。

会哭吗？既然会哭，那就哭个够，人生没有几个四年，也没有几个人值得自己大哭一场。

毕业的时候，我会喝醉，也会哭，但对于四年的兄弟来说，大醉一场，哭一场，又何妨。

作者：信息学院 2010 本科生　杨本亚

5 月 28 日　　星期二　　小雨转多云

校园卡管理中心・李萌昕

今天，国际事务部招收了 120 位来自非洲的学位生，我负责校园卡所有信息的筛选、修改、整合、新增与审核。这期间，我与国际事务部的老师们多次沟通与核对，对电子文档进行筛选修改，纸质文档留档备查，进入校园卡身份管理子系统新增信息批量导入，修改并审核信息，进入综合业务子系统预开账户，修改有效日期，最后制作了 120 张制卡凭单，交予国际事务部。此外，今天我还做了其他工作：卡片校正 1 人，销户 1 人，解挂 1 人，持卡人修改密码 1 人，持卡人换卡 2 人，建立银行卡对应关系 3 人，持卡人信息变更 4 人，充值总人数也达到 302 人。

可能在别人看来，这是一份枯燥而又乏味的工作，但在我看来，这是一份极其有意义的工作。不争名，不争利，尽力争取每年考评优秀。有很多人问我，为什么会选择会计这份职业，为什么会选择最忙碌的校区。我想说原因就是我们都是“85 后”，我们都有勇于拼搏、敢于挑战、愿意奉献的精神。

其实，每年的这些日子，我们校园卡管理中心即将开始忙碌的销户工作，繁琐但井然有序。面对着毕业生，我常常有许多话想说，却不知该说什么。这是一群平凡而又幸运的孩子们。还记得去年销户时，温暖人心的一幕。谢谢你们送给我的那颗糖果，我很感动。糖果很甜，这种暖暖甜甜的感觉早已留在心中。这是一种信任，一种对我工作的肯定，更是一种对我工作的鞭策。谁说服务窗口很难做？谁说我们这些“80 后”“90 后”的孩子不懂事？糖果是最好的证明。

又是毕业时分，又是一个收获的季节，又是一个希望放飞的夏天。距离毕业还有不到一个月，走在校园中，感受着身着学士服的毕业生们的青春风采，看着同学们的脸庞，感受到了“80 后”“90 后”后们如火一样的青春；看到同学们将学位帽高高抛出，感受到了在学业丰收之际的喜悦与自豪。寒窗苦读，几分耕耘，几分收获；满怀憧憬，几分信念，几分成就。此情此景，倒是也让我想起来自己获得学位时候的情景，想起了培养我的恩师们，时间虽已过去几年，却也历历在目，不敢忘怀。

今天写下日记，谨祝各位毕业生前程似锦，一路顺风！

作者：网络与信息中心校园卡管理中心　李萌昕

5 月 29 日　　星期三　　晴

机械学院团委书记·朱征军

今天的日记，写给我亲爱的同学们。

亲爱的机械工程学院本科 2013 届毕业生同学们：

受姚帅帅同学之邀为他们班的毕业纪念册写一段毕业寄语，我看到许多学院领导老师给你们各种真诚鼓励的、语重心长的毕业寄语已经很多了，我就不在这里以我师长的姿态来对同学们殷殷叮咛了，我相信你们有了这四年的成长和积淀，一定能更好地在你们今后的人生道路上书写你们自己更蓬勃舒展的青春篇章。

除了你们聪慧干练、快人快语、认真负责的辅导员胡老师，我想我算是和你们相处最多、互动最频繁、接触最深入的山大老师了。你们当中的许多叫上名来的叫不上名来的同学都给我留下了深刻的印象，在你们临近毕业之际，我写上简短的一段对你们的印象记，希望成为你们将来回忆美好大学时光时可以佐证的一篇侧记吧。

当然，以下我对你们当中任何同学所加之任何形容都纯属我个人之主观印象，并不代表你们之全部。因为工作原因，我能够人名相对的同学可能大多是学生会和班级学生干部，所以这里的印象记可能主要是我对他们的认知和观感。

热情洋溢、乐观开朗、善于活跃气氛的姚帅帅班长有着非常可贵的自我批判精神，经常性的自嘲带着豁达的幽默，你有时候伏笔很多但却啰嗦的玩笑偶尔会被“不太讲情面”的我给打断和制止，这次我把你排在第一位来写，我会记住你可爱感性的形象和对我真诚的赞美。

高大帅气、温良有礼、言简意赅、亲和度超高的张募群主席，你是经常被我批评的对象，负的责任大、做的事情多，当然也会因为做错和做得不足接受我最多的挑剔，但是你总能适时摆出十分谦虚而又带着无辜的脸，回答我若干个“是是是，我改我改我注意”。相信将要去新疆支教的你经过朱老师一年里“严苛”的指导和你学生会主席工作的历练会成为一名很好的老师。

勇于创新、敢想敢闯、执着信念、坚韧好强的董明睿同学，我最喜欢学你低厚有趣的声音，喜欢你乐呵呵喊我“朱老师”的样子，喜欢你喜滋滋满怀兴奋地对我说："朱老师，告诉你一个好消息啊……"这四年里你经历太过于丰富了，尝试过的事情和见识过的世界是很多同学都不曾有的，我希望你能保持最初美好纯真的梦想和这种锲而不舍的干劲，希望你在追求成功的道路上走得更为踏实和稳健。

张扬率性、敢于直言、看似粗犷其实却想法细腻的王成钊秘书长，你用你的努力勤奋、聪明才智和热忱付出证明了你自己，感谢你为秘书处培养出了优秀的接班人，你对我的"滔滔不绝"的"中肯"评价，我会一直"耿耿于怀"的。

鬼马精灵、创意迭出、文采出众的刘峰瑞同学，挎着相机用镜头捕捉、用文字记录的你比其他同学更能体会大学生活的精彩和动人，懂得自我反思有助于自我完善，希望你不要因为世俗的生活、杂琐的世事和自身的惰性削弱你的敏感性、湮没你的才华。

能歌善舞、温雅亲切、乐观随和的海源同学，你和善感真性情的高广森完美搭档的"高源"组合为机械学院增添了许多文艺的色彩，在运动会开场表演时你投入的演出充分显示了你的敬业精神，也是因为你的悉心教导我们才能为2010届毕业生带来一次别具一格的舞蹈表演。

沉稳谦逊、彬彬有礼、踏实可靠的薛钢同学，在这一届众多的学生会部长中你是我最为认可的一位。

朴实无华、不善言辞、努力踏实的滕月同学，你让我见识到了黝黑的西北小男子汉脆弱感性的一面。

拼搏上进、多才感性、多面发展的宋戈同学，你瘦弱的身体蕴含着无限的激情和顽强的斗志。

帅气英俊、能言善辩、笑容甜美的胡劲同学，你在辩论场上儒雅中不乏犀利、幽默中充满机智的形象深入人心，足以冲淡你曾经一度邋遢颓废的负面形象。

善良真挚、大爱无私的魏增强、周吉祥，你们用点滴行动诠释了志愿者的精神，带给了我们很多的感动，世界会因为你们的存在而更加温暖。

聪颖能干、冲劲十足、美丽大方的王艺璇同学，机械社联因为你而得以延续发展。

低调含蓄、踏实认真、默默付出的初君伟同学，我会记住你为机械学院的笔耕不辍的书写。

总是笑眯眯、笑容可掬的沈小康同学，体育赛场上相信因为你少了不少火药味吧。

温文清新的胡莹宾同学和低调随和的徐勤杰同学，你们也为学生会的发展贡献了聪明才智。

高大文雅、勤于创新的刘伟虔同学，你用丰硕的科技创新成果展示了机械学子踏实钻研、敏于思考的一面。

还有甘当绿叶只为奉献的学生会顾问李庆同学，你用行动证明了学生会不只是一个名利场。

还有端庄优雅的韩甦同学、漂亮时尚的孔蕊蕊同学、美丽娴静的魏聘同学、聪敏干练的寿维娜同学、清丽善感的吴小玲同学、恬静淑雅的夏晖同学……是你们为刚硬的机械学院增添了柔美的色彩。

还有陈鹏同学、王鹏同学、刘鹏同学、张鹏同学、张健同学、张伟同学、屈鹏飞同学，名字容易混淆但你们每个人都特点分明：陈鹏聪明有抱负，王鹏台风大气稳重，刘鹏随和热心，张鹏踏实肯吃苦，张健寡言好相处，张伟安静不张扬，屈鹏飞热情有韧性。

还有活跃在各个舞台上展示了他们的青春风采和活力的街舞高手马祥同学、魔术师库溢同学、写手黄奕乔同学、记者毕亚兰同学、学霸康凯灿同学……还有那些我接触比较多的曹魏同学、代宁宁同学、包绍宇同学、周银华同学、焦敬博同学、赵斌同学、邢陆丰同学、王宏愿同学、马赫同学、徐杰同学、李哲同学、刘雪孟同学……我对你们的印象还是非常清晰和熟悉的。

也许若干年后，你们给我的印象会淡却和模糊，我也会弄不清这个鹏是哪个鹏，但是你们自己会永远记住和怀念山大这四年美好的大学时光，因为你们在这里曾经度过了有些青涩懵懂却绚烂多彩的青春年华。

你们的青春梦想才刚刚开启，你们的青春之花刚刚绽放，不要感怀你们终将逝去的青春，用更开阔的眼界、更坚定的信念、更宽广的胸怀、更坚实的行动、更锐意的进取携手同行，向你们正在绽放的美丽青春致敬！

你们的朋友　朱征军

作者：机械学院团委书记　朱征军

5 月 30 日　　星期四　　晴

外语学院 · 毛　旭

今天早上遇到楼管大爷时，他用奇怪的眼神看着我。我自然是知道原因的——嘿嘿，记录一下自己昨天上自习时的恶作剧吧。

本人洪家楼校区小小学霸一枚，喜欢在自习室耗到大爷赶人。可是这一学期公教楼新换的楼管大爷实在太凶悍了，不是身材凶悍，而是嘴凶悍。每天晚上，大爷都提着收音机，一边大声公放着一些乱七八糟的情感节目（知心阿姨、今夜心语一类的），一边转了一个又一个教室，若是看到有没走的，那个说呀！

我总在 207 教室，他就认识我了，每天晚上必对我抱怨一通，先是大喝："还没走！"然后是一大堆听不懂的济南话，我只能捕捉到三个字：马拉松。一直在琢磨这三个字在他嘴里是什么意思：也许是嫌我坐的时间太长了吧。一开始听这个词，感觉挺新鲜的——这么大年纪的人居然还知道马拉松。你要是不信的话，可以来洪楼，说不定他也会冲你嚷这三个字的。

昨天，我突发奇想，要吓吓这个"冤家"。所谓"知己知彼，百战不殆"，在公教楼里上自习久了，对大爷的"关灯路线"了如指掌：二楼大教室—三楼—二楼小教室—一楼大教室—一楼小教室。

计划一番后，马上执行。晚上 10 点半，大爷准时出现在 207。伴随着收音机里传来的哭泣声"我该怎么办，我也不想拆散别人的家庭……"，他对着我一声怒吼："你怎么还不走……马拉松……"

我嘻嘻笑着："马上就好！"用一分钟收拾完书包，趁他爬上三楼时，我赶紧窜到 204 小教室，铺开一张 China Daily 读着。不出所料，一会儿大爷便来了。他推开门，看见我在里面，先是沉默了一下，然后说："你不是走了吗？怎么又跑到这个教室里来了？……马拉松……"我做出一副困惑不解的样子："老师，我一直都待在这个教室里啊！"大爷用怀疑的眼光瞪了我一下，离开了。

我赶紧收拾收拾东西，趁他去一楼的大教室时，我又跑到 105 小教室，把电脑迅速打开，插上耳机，看起了电影《绿野仙踪》。过了 5 分钟，大爷出现，我不慌不忙抬头看了看他，然后淡定地摘下耳机，关电脑，把插头从插座上拔下来，最后把电脑放进包里。大爷睁大了眼睛，像看外星人一样对我来了个全身扫描，一言不发地走开了。

作者：外语学院2010级本科生　毛　旭

5月31日　星期五　晴

卫管中心·马慧芬

从来没有像今天一样依恋山大，各种复杂的情绪争相涌出，因为，马上就要进行博士毕业答辩，现在任务是完善答辩的PPT，然而答辩意味着毕业离开，心总是静不下来。一遍遍打开山大的页面，特别想里面出现自己的痕迹，算作一种纪念，倾诉不愿离去的心情。于是，随着键盘的敲击，四年生活的影像在脑海中变得清晰。

2009年9月份入学，当初满怀激情，制定了无数长期短期目标，就等待大展宏图。一年级是基础理论知识的学习，上课、考试、看文献，从林林总总的资料中理出思路，找寻专研的方向，有喜悦、有迷茫也有痛苦。二年级确定了研究方向，是有关耐多药结核病的防控，这是一种高传染性、高死亡率的疾病，近年来，发病率逐年上升，一旦爆发，会造成社会恐慌、威胁人类安全。想到自己能够为人类贡献微薄之力，责任感油然而生，于是，夜以继日地查阅枯燥的资料，竟丝毫没觉得累。然而，感到身心俱疲的是到现场进行耐多药结核病患者的问卷调查，尽管有着防护措施，但前几天内心的忐忑时刻伴随，会联想到如果不小心被传染，那么学习、生活、工作、家人……后来调整心态，努力将关注点只放在课题上，心里平和很多：想着如果这些患者不能被治愈，对他而言是多么悲哀，而我做的，是将情况尽可能地扭转！坚持着这份信念，我跟随着课题组到五省市进行了两轮调查，二年级与三年级就一晃而过了。四年级开始了毕业论文的撰写，这个过程可以用“煎熬”来形容，还记得没日没夜地写出了8万字的论文初稿，像宝贝一样给导师看的时候受到的打击，同时，也暗暗佩服导师的智慧，每个指点都恰到好处。后来的日子吃得好，睡得少，数次修改后终于通过了预答辩，论文匿名外审中短暂的轻松伴随着内心深处的不安，外审通过后欣喜地打了一圈电话，然后是论文的继续完善，各种毕业表格的填写，答辩前的准备……付出就会有收获，这个阶段我的进步是最明显的。

答辩于早晨8点半在综合楼阳光大厅开始，首先经过孟庆跃教授的介绍，五位评委老师陆续就位。他们是答辩委员会主席山东大学王洁贞教授，潍坊医学院博导马安宁教授、王素珍教授，山东省医学科学院博导李会庆教授，山东大学博导袁长海教授。这些人都是我们专业的权威啊，因此，空气开始变得紧张，按照抽签的顺序，我是压轴出场。前面四位同学的表现非常出色，学生的汇报、评委的提问与后续的回答形成了浓厚的学术氛围，在场的所有人都陶醉其中。终于轮到我了，开场是本论文的题目“中国耐多药结核病医防合作模式评价研究”，由于最近准备得充分，接下来不够谦虚地讲就算是“娓娓道来”吧，整个过程顺利而自然。答辩结束后评委们开始了讨论，这个阶段，我们这些当事人忐忑不安，焦急地等待之后，最终讨论的结果尽如人意！随后是与答辩委员会以及导师的合影时间，站到台上看着相机镜头的时候突然发觉，当初入学时等待的就是这一刻，真正到来是却满是不舍……

根据答辩委员提出的意见，我还将继续完善论文，因此，就用当时答辩的结束语来完成今天的日记：

博士生活过得太快，人生又是一次单程的旅行，所以我入学时制定的目标并未完全达到，有些小遗憾，希望在读的学弟学妹们珍惜时光。

当然，收获也是巨大的，通过几年与导师孟庆跃老师、中心全体老师和同学们的相处，使我具有了向日葵一样的品格，热情、乐观、积极向上！谢谢大家，谢谢山大！

作者：卫管中心2009级博士生　马慧芬

6月1日　　星期六　　晴

山大一幼教师·刘冬玲

六月，是童年的摇篮，是童年的梦乡。六月，有童年的沃土，有童年的太阳。六月，是一支歌，一支幸福的歌。我们迈着喜悦的步子走进了六月，走进孩子们最期盼的节日——“六一”国际儿童节。

为了给孩子们过一个既好玩又有趣、既丰富又锻炼孩子各项能力的节日，我们山大一幼的老师在园领导的带领下做了充分的各项准备，包括活动前的策划、活动时的道具安排、场地设施的安全等。同时，我们所有老师又一遍遍修改策划、一遍一遍装饰道具、精心设计游园票、在场地上一次次实验。活动前一天，我们全幼儿园的老师都为了今天的节日加班到了八点多，由于幼儿园离家远，第二天我五点半便起床，匆匆忙忙地从家里带了些食物就一路小跑到离家最近的站牌去赶第一班公交车。坐在车上，我一边吃着早饭一边在头脑中梳理着上午的活动事项。到了幼儿园，我看了一下手机还不到七点，便开窗通风、打扫室内外的卫生。半个小时后，孩子们在家长的带领下陆陆续续地来园了。我们先对幼儿进行了二次晨检，引导幼儿洗手、提醒个别咳嗽的幼儿先喝一杯水、吃饭，然后安排餐后的幼儿有序地进行区域活动。今年我们一幼的“六一”活动可以说是丰富多彩、趣味无限，有大班的“才艺展示”活动，有中班的“小巧手”活动，有“亲子游园游戏”活动。大班的“才艺展示”非常丰富，有集体舞蹈、唱歌、讲故事，还有架子鼓。这不仅锻炼了大班幼儿的自我表现力，同时也让家长看到了自己孩子闪光的一面。中班的“小巧手”活动有穿脱衣服、系扣子、叠被子、整理毛巾等，不仅锻炼了中班幼儿的动手操作力，同时也为孩子们上大班打下了良好基础。我觉得“亲子游园游戏”是孩子们和家长们最开心的活动，也是最激动人心的活动，有“钓鱼游戏”“袋鼠蹦蹦跳游戏”“建筑师游戏”“趣味搭宝塔游戏”“我是小姚明游戏”“快乐贴贴贴游戏”“智取乒乓球游戏”等十二种游戏。每种游戏都由专门教师负责管理，每种游戏都锻炼了孩子及家长们的不同能力。我们班负责的“钓鱼游戏”锻炼了孩子们和家长的耐心及专注力。今天的亲子游戏孩子们和家长们都很开心，有的游戏排队的队伍都达到了二三十米。今天天气很热，有的家长为孩子撑起了小伞，其中有一位家长让我很感动，她在给自己宝宝撑伞的时候也给我撑起了一把大人的伞，并问我："老师你们怎么不戴个帽子呢？"我笑了笑，对她说："戴帽子会影响视线，为了孩子的安全我们老师都没有戴帽子。"看着整齐有序的长长队伍，看着家长和孩子们脸上的笑容，我们每位老师心里都很开心、很感动。

但最值得我们老师和孩子们感动的是，在这个特别的日子里，山大党委书记李守信来到山大第一幼儿园与孩子们一起游戏，共度"六一"国际儿童节。李守信向孩子们致以节日的祝贺和亲切的问候，并给孩子们送来了图书、玩具等礼物。他还参观了第一幼儿园的教室、种植园地、幼儿餐厅等基础设施，并与幼教一线的教师们进行了座谈。座谈中，李守信问候了幼教一线教师，并对幼教服务中心"整体推进、重点突破"的办学宗旨给予了充分肯定，希望幼教中心继续秉承"大爱"传统，为儿童安全、健康与发展努力拼搏、不断进取，为儿童未来成长奠定基础。山大幼教服务中心主任张卫东及园长赵仲梅介绍了中心及园内的基本情况。

10点半游戏结束。我们班三位老师继续着接下来的工作，由于今天的活动是由家长陪同的，有几个孩子哭着想让家长接回家。家长工作繁忙，不能接孩子回家。所以我们通过弹琴、唱歌、做游戏等各种方法安慰这几个哭闹的孩子，最后孩子们终于不哭了。10点50，我们开始引导班内幼儿洗手、进行餐前教育及餐前游戏。11点，我们引导幼儿安静进餐，随后引导幼儿安静午睡。当孩子们躺在床上时，这才想起来，我竟然一上午没有喝过水，没有去过厕所。虽然一上午很忙碌，但是看着孩子们脸上那开心的笑容，我自己心里也觉得很高兴、很快乐。

在这个开心、特别的日子里，我想对全体孩子们说一声"六一"儿童节节日快乐，祝愿孩子们健康、快乐地度过每一天。

作者：山大一幼教师　刘冬玲

6月2日　　星期日　　晴

历史学院·武　昊

时光在窗外缓慢地踱步，日子就这么悄然溜走。转瞬间，来青岛即墨北阡遗址已然两月有余。听闻学校一年一度的跳蚤市场已鸣锣开张，而本该和一帮好友摆摊吆喝的我，也只能遗憾错过，心中不免有些感伤。

考古工地在小村里，前期挖掘工作已经结束，贝壳统计工作进入第五天，依旧机械而且繁缛，依旧看不到完工的希望，我们却并未被消磨掉意志。休息间歇，还会有这样的歌声响起："你的贝壳还那样多吗，你的质疑还那样少吗，考古这条路，总有一些不平事，洒脱一些过得好。"正如《光明日报》近日的文章《追梦的青年考古人》中所讲，"相比于好奇与热爱，淡然的执著才是考古真正的色彩，一如泥土中背负千载岁月的陶片"，淡然地走自己选择的路，哪管风雨兼程。

下午，一位师兄的同学来工地参观，他虽已在博物馆工作，但是言语间依然书生气十足。师兄说从毕业后这是第一次再见同学，身处毕业季的我，又不免浮想联翩。曾经多次憧憬过自己的毕业季要多么疯狂，多么美好，用短暂的几个月和朋友们一起给大学四年画上一个完满的句号，而如今我也只能一次次遗憾错过他们的疯狂和美好。于是开始庆幸自己没有错过毕业合照，没有错过最后一次聚餐。很多人，也许很难再相见，但是你们的灿烂笑脸，我会努力在脑海中定格。毕业不说再见，愿前路安好。

新闻报道说，今年是所谓的"史上最难毕业季"，让我们的很多梦想不得不屈从与现实。因为决定读研，我并没有和大家一起在找工作的艰难道路上并肩，也没有足够的资格去说什么，但是多半年的漂泊让我明白，选择终归是件痛苦的事情，但是你必须先做一个选择，执着前行才知条条大路是否可通罗马。借用北大考古系2009级本科团支部全体成员在给习近平总书记的信中写的话："选择一个事业，像做灰坑一样做到底；整理好自己的生活，像整理资料一样整整齐齐；安排好自己的人生，像统筹一个探方一样仔仔细细。"致所有依然执着于前行道路的2009级同学们，不是每次付出都会有收获，但每份收获都必须付出努力，共勉之。

大平前天晚上发短信说：“下周五毕业晚会，为了你的考古，你真放得下我们？”我不知道该怎么去正面回答她，孰轻孰重，我不愿去衡量，但是既然坚定了以后的路，我不需要向别人证明什么，但求无愧于心。四年，漂泊在外近两年，我欠大家的，注定没有办法去补偿，最后的最后，唯有祝福和祈盼，那些一起并肩奋战的年岁，永远是记忆的珍藏。

我们站在大路上，向天空望着，看到太阳照耀着，就会快乐，加油，2009 级！

作者：历史学院 2009 级本科生　武　昊

6 月 3 日　　星期一　　晴

机械学院 · 刘　旺

作文！又要写作文！作为一名名副其实的工科生，本以为上了大学之后便摆脱了语文的魔爪，没想到一年之后，在距 2013 年高考还有三天的时候，我再一次在选修课期末考试的课堂上碰到了字数为 800 字的作文题。

今天下午 7、8 节，选修课《传统文学修养》要进行期末考试，我怀着忐忑的心情（主要是因为上课没好好听，中间还缺了几节课）来到了课堂，今天来的人数超多啊，比平时上课时候多了去了，我算是幸运的，还抢到了一个位子，有的晚来的同学甚至都没有位子坐了。本以为这次考试是古文鉴赏之类的题目，没想到老师让我们写作文，结合本课程的内容总结一下大一一年的大学生活。我顿时就慌了，高中的时候作文水平超烂啊，每次考试就是在那里凑字数，但是没有办法，既然老师出了招，就算是粉身碎骨我也得接着，怎么说我们也是未来世界一流大学里的精英学子啊。

本以为又要冥思苦想一番，没想到脑海中灵光一闪，我就有了主意，我结合课堂上所学的《重耳逃亡》的故事，总结了一下大一一年的大学生活。

从去年刚填完志愿后对美好大学生活的向往与憧憬，到后来刚走进学校时内心的激动与紧张，当初的种种感觉汹涌而至，仿佛还在昨天，挥之不去。还记得虽然劳累却无比充实的军训，还记得学生会面试失败后的沮丧与失落，渐渐地，我的大学生活只剩下了迷茫与困惑，就像一只迷途的羔羊失去了前进的方向，像是一艘燃料耗尽的轮船，没有了前进的动力，独自在海上漂泊流浪。那时的状态可以用浑浑噩噩来形容，渐渐地丢弃了手中的课本，成为了手机的奴隶。就这样，时间悄无声息的逝去，大一上学期在堕落中过去。万幸的是没有挂科，不过成绩在班里非常不理想。新学期开始后，看着班里的同学一个个都获得了不同的荣誉或成绩，我开始反思，我呢，我又做了些什么，什么都没做。

我想到了当初的重耳，在逃亡的路上，迷茫过，堕落过，想放弃过，想停下来，但最终还是重拾自己的信心，在逆境中磨炼自己，最终成就了一代霸业。

现在的我依然迷茫，但是与以前不同的是，心中有了一点希冀，希望改变自己，至少做得比以前好一点，希望有个新的开始，所以我把今天作文的题目命名为《新的开始》。虽然大一马上就要过去了，我希望在将来的每一天里都能一点点地改变自己，每一天都是新的开始！

作者：机械工程学院 2012 级本科生　刘　旺

6 月 4 日　　星期二　　晴

机械学院・孙彦森

昨天晚上，我收到学长短信，说今天是综合技击协会本学期最后一次训练，没事的都过来玩，我已经很久没去训练了，与学长也好久没有交流，当听到“最后一次”这个字眼时，心中莫名其妙地堵得慌，于是我决定前往风雨操场集合。这一次，不是为了玩。

我到达风雨操场时，操场已经站满了我们的人，有兴隆山校区的，也有中心校区跟洪楼校区的，包括散打部，双节棍部和跆拳道部。尽管我们并非熟识，但依旧玩得很融洽。散打部今天组织了一次实战，同学们已经不似初学时那般蹩脚，而是进退有序，打得有板有眼，我仔细地观察着这一切，隐隐有种感动。

大三的“黄师傅”平时较沉闷，今天却主动跟我们每一个人合照，力求在每一张照片上留下自己的笑容。一开始我还不明白，傻傻地站在那，等到大二学长跟我一说，我才猛然间懂得：他要走了！尽管他并没有毕业，仅仅是搬校区，但这意味着他将不能在每天晚上来风雨操场，他将不能整天看到自己亲手带出来的“徒弟”。

迎接他的，是毕业前的繁忙。

会餐时，黄师傅说了很多，处处流露出对协会的不舍。对我们几个新的负责人，他叮嘱了很多，指出了协会存在的一些问题，交代了一些训练任务，可谓意味深长。听着他酒后的真言，一种莫名的悲伤涌上心头。

是啊，一年了，时间就这样溜走了，不管你承认或是不承认，不舍或是无所谓。的确，人往往在失去时才会懂得珍惜，往往在离别时才会记起别人的种种好。一直觉得自己还是个大一新生，可眨眼之间，便会有人叫我学长，需要我来带领他们进行训练；我不能什么都依靠学长了，因为他们已经完成了自己的使命，而我，亦将履行自己的承诺，担负起自己的责任。

对协会，我们是有感情的。一年间，我们一起训练，一起备战武林大会，一起为协会的新成员庆祝生日，一起去红叶谷春游，一起去草莓生产基地吃草莓……我们每个成员，亦师亦友，亦兄亦长。我们一起欢呼过，也曾为了失败而愤愤不已，一切，就这么过来了。

……

“梦想的黎明一定会出现在黑夜的尽头，我知道那是生命的希望让我不再失落。”

“夕阳落下去，朝阳又升起来了，人生苦短，不要把太多的事放在心上。”时间可以证明当初，也可以证明当初的我。

我将铭记这段弥足珍贵的经历，做好自己该做的事情，尽早把协会发扬光大。

明天在等待，把握今天，创造明天，勇敢直前！

作者：机械学院 2012 级本科生　孙彦森

6 月 5 日　　星期三　　晴

历史学院·韩　桐

炎炎夏日，浓烈的日头洒下炙热的阳光，这光不仅滚烫着我们每个人的身体，更焦灼着我们每一颗躁动不安的心，燃烧着我们这一段无处安放的青春。

漫步在校园，我感受着山大学生们如火的热情，昂扬的激情，奋斗的豪情，他们奔跑在追梦逐梦的道路上，无畏前方险阻。我身处其中，自然被他们深深感染和影响，但我在自身的追梦路上却遭遇着梦想与现实的差距，我迷茫、困惑、踌躇。但是，今天，我无意中看到了一段杨振宁先生和莫言先生进行对话交流的视频，名为“科学与文学的对话”，虽然这段视频只有短短的 16 分钟，但大师们妙语连珠的话语和丰富的对话内涵给我启迪，就犹如一针镇静剂安抚了我躁动焦虑的情绪，让我少了一些无所适从，多了一些坚定沉稳。

杨振宁先生回忆起范曾先生曾在一幅画的犄角处题写过这样一句话“真情妙悟铸文章”，这句话道尽了科研的必经之路，因而给他留下了深刻印象。杨振宁先生进而解释道：“做科研要饱含真情，有了真情你才会为之努力，而科研活动要想有所进展，就需要妙悟。”其实，在我看来，“真情妙悟铸文章”这句话不仅仅适用于科研活动，更可以普及到人们生活中的所有活动。兴趣是人生最好的老师，对我们的行动目标起到指引的作用。有了兴趣，我们才会付出百分百的努力，投入百分百的精力，饱含真情地一步步实现既定的目标。但是目标的最终实现仅仅凭兴趣是远远不够的，妙悟则是另一个至关重要的筹码。妙悟需要思辨，即思维与思维的碰撞，需要机缘，即不可错失的良机，需要阅历，即诗外的功夫，

唯有这一切才有可能闪现灵感或者顿悟，思想得到持续的升华，行动最终得到源源不断的动力。

莫言先生则依旧保持了他的一贯风格——简短而又不失幽默，因为他曾说过他是一个讲故事的人。只言片语却能道明他内心最真实的想法，寥寥数语却能引起人们的广泛共鸣。莫言先生谈到他入围诺贝尔文学奖时，突然变成了大众研究的对象，而当他站在瑞典斯德哥尔摩的讲台时，他变成了细致的观察者，观察着台下观众的举动。或许，莫言先生对待这两种身份的转变，自然有惊喜，但文人身上所特有的宠辱不惊还是未变的吧！

与大师们对话，或许就是这样。从他们身上，我们看到的不仅仅是他们“术业有专攻”，在各自的领域中有所建树，我们更多的是感受着他们经过时间历练所沉淀下来的人格魅力，体会着他们言与行中所传达出的人生智慧和人生态度。有时，大师们简短的一句话或一个表情就能令你茅塞顿开，拨云见日，甚至会改变你的人生方向。

“高山仰止，景行行止”，大师们如一面铜镜，折射出自身的言行，如一扇窗户，为我们打开另一片广阔天地，亦如一座高山，代表着我们攀登的高度。与大师对话，荡涤着我们日渐蒙上尘埃的灵魂，点醒了我们日发混沌的头脑，梳理着我们日益杂乱的思绪，青春的烂漫旅程中我们以热情活力为资本，但同时也需要前人的指点，轻轻一点，我们或许就会看到那不一样的风景！

作者：历史学院 2011 级本科生　韩　桐

6 月 6 日　　星期四　　晴

威海校区翻译学院教师 · 刘天放

6 月的第一周，是威海校区小学期前的最后一周课。在我与学生们告别时，一名女生走到我跟前，大概是想拥抱我一下，好像又不好意思，就索性拍了拍我的肩，说：“其实我们都舍不得你，都想再上你的课！”

当我的最后一堂课结束后，总能听到同学们那发自内心的掌声，我总能得到学生们的邀请与他们合影留念，我也总能在课后收到一些学生给我买的小礼物。更有大胆的学生（还有女生）在结课后我离开教室时，主动走上来或与我握手或与我拥抱。当他们与我告别时说上一句“老师，我们欣赏你的教学方法”或者“我会想念你的”这类话时，我总是感动至极，有时禁不住热泪盈眶。不为别的，就是自己作为一名站在高校讲台上二十多年的老师，结课后能得到学生们如此评价而感到欣慰和自豪。

当老师有快乐，也有伤感。就我本人来说，快乐来自课堂上与学生们的各种交流。比如，我教会了他们知识，或看到他们的心智成熟了一些，并在不少方面都有了一点收获后，我就会感到十分畅快和满足。大学老师不会像中小学老师那样起早贪黑，又是签到，又是补习，又是管理班级，还要成天待在学校里坐班。我是大学老师，伤感不算太多。我仅有的伤感是：我每年教的学生大都是 18 到 20 岁之间。年复一年，一届届的学生如岁月般把我催得苍老了，而我的学生们却永远停留在这个年龄段！但是，要是抱有一颗为学生们服务的热心，并根据实际认真教学，视学生们为友，当老师的快乐就远远大于其中的忧伤。

虽说如今的大学生在心智方面还不算成熟，但他们的智力水平却是一届比一届高。哪些老师真的为他们着想，为他们付出，他们看得清清楚楚。目前，高校中逃课现象已成校园中一大景观。其中一个主要原因除了课程设置不合理外，更重要的还在于任课教师教学质量上的欠缺。这类老师的课堂不被学生们待见，逃课便成了常态。

学生们逃课本身不对，但学校和教师都要在课程设置和自己的教学水平、方法及投入上有所反思。大学生是糊弄不得的，他们的是非观念很强，排斥性也很强。他们逃课不对，但如果学校评价体系的重点能稍微向教学倾斜那么一点，也就不至于造成如此后果了。

我爱我的学生们，他们其实都十分的单纯和善良。他们中有用功的、聪明的、积极的，也有懒惰的、反应慢的、消极的。但是，只要你一视同仁，并一心一意地与他们沟通，也许，强的会更强，哪怕是后进生也能在一定程度上有所提高，从而为他们的未来打下一个比较坚实的知识和实践基础。

对播种后带来的收获喜悦，也许只有农民朋友才能尝到，但做老师的同样能，只要你用心付出。每当在校生或者毕业学生的电话、短信、邮件等，向我倾诉衷肠，我都感到无限的满足。老师不是万能的，当学生们遇到困难时，老师不可能帮他们解决一切问题。但是，他们能把心里话告诉我，此时做他们忠实的听众——有这份信任足够了。

当老师的，还有比学生好的评价更令他（她）感动和满足的吗？今天，听到这句话，再想一想自己多年来对学生们的付出，我真想说一句：足矣！

作者：威海校区翻译学院教师　刘天放

6月7日　星期五　雨

环保科・丁　昌

济南的天气是多变的，今天早上还炎热难当，下午便下起了雨，但不管天气如何，我们的工作始终一如既往地进行着。

在山大有一个很小的部门，甚至有的山大人都不一定知道，可就是这么一个部门，担负着全校五个校区及各校十几个区家属宿舍的垃圾清运工作。在室外三十几度、坐在驾驶室内更高达四五十度的情况下，工作人员们依旧辛勤地劳作着。顶烈日战酷暑，呼吸着垃圾的恶臭，每天往返100多公里，运送垃圾。浑身臭烘烘，晴天一身汗，雨天一身泥，下车汗淋淋，就是他们工作的真实写照。他们默默地奉献着自己对山大的爱，没有牢骚，没有怨言，用实际行动谱写着一首首对山大无私奉献的凯歌。如果你要问这是一个什么部门，那请让我告诉你，它就是山东大学后勤保障部能源与物业管理办公室环保科，在这个部门有一个工种

叫做垃圾清运工。

今天我在检查工作时看到我们的员工杜太树，一名普通的非编制员工，在工作岗位上，他站在近3米高的车厢齐腰深的垃圾内，顶着令人作呕的垃圾恶臭，拿着简易的劳作工具，一下下的将车内垃圾铺平，脸上挂满汗水，任劳任怨，默默地为山大奉献着自己的力量。这只是我们工作岗位的一个缩影，但这个缩影却体现了所有员工的价值。

垃圾清运工作是辛苦的，平时没有节假日，没有周末，早上五点多当师生还沉睡在梦中的时候，他们便已经工作在了第一线。看似一袋不起眼的垃圾，我们只是随手丢进垃圾箱，可是，在我们将垃圾丢进去的时候，我们可曾想到会有一群默默奉献者在无私地给我们的教学和生活提供良好的环境，他们没有豪言壮语，没有长篇大论，他们只是用汗水浇灌着山大美好的明天。能作为其中工作的一员，我深深地感到自豪，因为我们用汗水、用实际行动为山大的美好未来谱写着新的篇章。请让我们记住这些人吧，我们的美好生活源于他们的无私奉献和对山大的满腔热爱。

作者：后勤保障部环保科　丁　昌

6 月 8 日　　星期六　　晴

管理学院 · 黄兰璇

今日天晴，阳光明朗。对于高三学生，今天一定颇为重要；而对于我来说，亦算是个蛮特别的日子。山东大学学生会部长换届竞选，静悄悄地就这样过去了，似乎什么都没有发生过。波澜不惊的表面下是否在涌动什么，我不知道；我只知道，现在我的内心异常平静，并且如卸下了一个大包袱一样地轻松。

其实为了今天，我准备了一周——申请表反反复复地修改，字句的斟酌、结构的调整、要点的整合、亮点的突出……数不清多少次改动过、记不住向多少有经验有想法的学姐学长们请教过，短短5000字不到的四页纸，是那么轻又那么重；而后的竞职演讲稿也是思量再三，不停地删改、凝练。我没有办法解释自己这么努力的原因，或许是因为第一次经历，或许是因为遇见新挑战的兴奋和跃跃欲试，或许是因为收拾在心底里对部门的感情和高期待，或许只是为了证明自己可以，然后给自己一个机会。我想着动机是什么其实并不重要，因为远方除了远方，一无所有；而既然选择了远方，就无需因由，只顾风雨兼程——过程和经历永远比结果重要，至少求得一场无怨无悔。

生活永远是这样子：在等待的过程中总是特别漫长，而当真正到了那一刻，却像是握在手里的阳光，还来不及感受，就只能开始回味了。今天就像是这样，当我走出办公室的那一刻，静静地，我心中的沉淀被偷走，留下一片空荡和幽深湖水。然后我知道，结果如何再也不是我所关注的，无论是谁成功，谁失败，一入社实门，终生社实人，我们终归有一段别人抹不掉也插不进的经历。

真挚的友谊，思想心理的成熟，拒绝浮躁……我从这里得到的收获足以受益终生。与其纠结一个终会知道的答案，不如珍惜现在，活在当下。

作者：管理学院 2012 级本科生　黄兰璇

6月9日　　星期日　　阴转小雨

化学院·王　月

今天是班里拍毕业视频的日子，阳光并不明媚，许是因为这世上的别离，大抵是灰色的。

回到宿舍之后身体已经疲惫到了极点，但是脑子里的画面愈来愈清晰，渐渐连缀成一场即将谢幕的电影，播放出我们毕业季的不舍和彷徨。

还清晰地记得四年前收到录取通知书的情景，那张简单的文书之于我就像是绿洲之于沙漠中焦灼的旅人。如果说当初填报志愿只是我对山大化学院的一厢情愿，那么这个通知书就是我和山大化学院缘分的真正开始。

如今，当我闭上眼睛回味大学四年的时光、回味这一路的点点滴滴，她的颜色和光芒就会不知不觉地再次清晰重现，就像醇厚的黑咖啡中加入乳白的牛奶，散发出浓郁的香气；也像阳光透过盛满花茶的玻璃杯，散射出琥珀般温润的光芒。是的，这里的一千四百个日夜就像一块棱镜片，期间的种种精彩和充实就是棱镜片折射出的颜色，无需修饰，就已经美好得让人沉醉。

初次见面，是在一片绵密的秋雨里，那时的我们还带着满身的青涩稚气，彼此的相视而笑，是我们给对方的第一张名片；后来，我们的身影汇聚成一片火红的军旗，在那些军歌嘹亮的日子里，我们懂得了责任和使命，也更加珍惜尊严和荣誉；再后来，我们一起上课，为去图书馆占座而与懒觉说再见，在实验室为一句玩笑话逗得前仰后合毫无形象，为一场向往已久的晚会、讲座或者球赛排长队买票甚至不惜牺牲休息时间……我们在山大播撒汗水，也在山大收获最美好的韶光。生命是一场声势浩大的人海拾荒，感谢时光让我们相遇，让我们在人海中找寻到彼此，共度一段柔软的青春时光。

化阶前面的西府海棠，是一如往昔的娉婷身姿；小树林的鸟儿，是岁岁年年的婉转轻啼；她们让我相信，再冷再长的严冬也会过去。可是，化阶里激烈的讨论、化新的报告会，昨天还是那样的吵闹着，怎么到了今天就只剩下了回忆？六月，初夏印象，是谁在轻轻叩响毕业季的大门，又是谁在撩动着青春的琴弦低吟浅唱？

离别将至，我只想驻足，再去看看曾经熟悉、不熟悉的地方；和敬重的老师聊一聊；尽力达成未完成的心愿。静静回忆走过的日子，铭记那些旧时光、那些人，然后大声喊出“再见”，告别我的大学。

所以，赶走悲伤，留给彼此一个微笑，留下快乐，把悲伤带走，这样记忆中的我们永远都是笑着的样子。坦然走过这个夏天，用珍惜，换珍惜，且行且珍惜。

作者：化学院2009级本科生　王　月

6月10日　星期一　晴（多伦多）

加拿大多伦多大学访学副教授·闫秋燕

早晨6点钟起来，带儿子赶往多伦多 Evergreen Brick Works 参加“Walk to Fight Arthritis”活动（战胜关节炎行走活动）。这个活动由加拿大公益性组织“关节炎协会”发起，呼吁社会关注加拿大460多万关节炎患者，为根治关节炎提供资金支持。

在加拿大多伦多大学访学期间，经常看到周围的朋友参加志愿者活动。我和朋友于两个月前报名参加了“战胜关节炎行走”活动，所负责的任务是在半途给参加行走的人们倒水，指引卫生间或垃圾箱的方位等。孩子们今天不上学，正好一起体验一下。

到达集合地点后，我们先报到签名，领取印有“Walk to Fight Arthritis”字样的T恤衫。然后一行10人在组长的带领下沿蜿蜒的小径穿越森林，前往2.5公里处的服务站待命。服务站其实就是临时搭起的一个帐篷，摆了几张长桌，用来摆放纸杯。我们先把瓶装水倒入水杯，随时准备端给跑过来的活动参加者。今年参加行走的人很多，青壮年居多。有的父母用手推车里推着自己的孩子走完全程。很多宠物狗也在主人的带领下参加了活动，非常可爱。整个过程中，儿子和他的

朋友经常在旁边帮忙，或收拾空水瓶，或摆放纸杯，或为到达的参加者加油鼓劲，忙得不亦乐乎。整天被父母照顾的孩子终于真正体验了一把给别人服务的快乐。

中午活动结束后，我们在草地上吃完自己带的午餐，然后乘车打道回府。今天走了很多山路，孩子们有点疲劳，但第一次体验了志愿者活动，也算是不虚此行！

注：多伦多比国内晚 12 个小时，周日参加完活动到家已是傍晚时分，国内已是第二日凌晨。以后我会继续和大家分享有意义的人和事。感谢！

作者：外国语学院（加拿大多伦多大学访学）副教授　闫秋燕

6 月 11 日　　星期二　　多云转晴

法学院·秦　赛

一场痛快的大雨，一洗多日的闷热。遥墙机场送别几位台湾教授后，返校的高速路上，多日来两岸公法论坛办会的忙碌疲惫、倾听各种学术思想激荡的震撼，结识多位学术大家的兴奋……沉淀的感慨和思绪一如这无边的雨，在天地之间肆意铺陈开来。

筹办许久的“两岸公法论坛”终于在 8 日上午大幕开启，会务远比我想象的忙碌，也远比我想象的要盛大，应松年、董保城、杨海坤、韩大元、李念祖等等两岸诸多知名公法学者的到来着实让我领略了一场学术的饕餮盛宴。

“平等权的公法保障与救济暨法治斌教授学术思想研讨”是论坛的主题。学者们缅怀法治斌先生的同时围绕平等权展开了学术讨论。会议上不乏激烈的学术争辩，学者们对前沿学术问题的深入探讨引发我不断地思索什么是平等，和公平又有何不同？什么是不同群体的分类标准，什么样的分类标准才是平等的，谁有分类的权力？平等权受到侵害应当受到怎样的公法救济，如何畅通救济的途径？对法治斌先生的介绍和诸位老师们精彩的发言、严谨的学术态度不断给我心灵的震撼，从他们身上更让我懂得做人要真诚踏实、做学问要严谨扎实，才能成为大家。两岸学者共同的探讨让在场的每个人感受到对平等的追求没有界限，思想的交流没有界限。一边忙会务，一边听会，两天的议程结束，所有的辛苦与付出都因为会议的顺利闭幕、因为心中满满的收获而有了非同寻常的意义，这样的回报不正是所有办会老师和志愿者们所期许的吗？

今天的曲阜文化考察之旅，我与宿营老师陪同台湾东吴大学李念祖教授，浙江大学副院长、台湾来大陆求学第一人王冠玺教授以及台湾政治大学吴秦雯、蔡和进老师参观孔府、孔庙和孔林。参观途中，几位教授不时谈论着孔子当年先进的教育思想，李念祖和王冠玺两位教授更是不住地感慨孔子为中华文化作出的突出贡献。走到杏坛时，王冠玺教授还与我们讨论孔老夫子当年授课时是否会有课表给学生看，欢声笑语中我们一路感受着三孔浓厚的文化氛围。当得知“文革”当中三孔许多的文物遭到破坏，眼前所见很多都是重新修复和制作的，几位教授深感痛惜，李念祖教授更是联想到抗战时期为了避免文物被日本侵略者掠走而历经千辛万苦，从北京故宫运送到台北故宫使得文物得以保留、文化得以传承，他说这是一次神奇的不可思议的文物保护行动。于我而言，这次的文化考察之旅让我深深地感受到两岸同宗同源，同为炎黄子孙，源远流长的中国文化是我们割不断的线，永远连接着海峡两岸。

两天之中通过徐显明校长开幕式上向与会学者讲述山大的光荣校史和宏伟蓝图，通过与山大的各种近距离接触，专家学者对山大、对山大法学院的理解以及言谈之中流露出的对山大的尊重，让我为越来越强大的山大、越来越强大的法学院而骄傲，为我是山大人而骄傲，也更提醒我要把最好山大最周密的会务展现给与会学者。作为一个山大人、一个山大法学人，我更感到深切的使命感，建设世界一流大学、建设一所受人尊重的法学院，“山大梦”的实现需要我们每个人的参与和努力，吾辈将承继法治斌先生遗风，秉持平等自由的理想，在法学道路上不断求索……

雨过之后，定是一轮红日喷薄欲出。

作者：法学院 2012 级研究生　秦　赛

6 月 12 日　　星期三　　晴

经济学院教授・孔庆峰

端午假期期间，我和朱瑞芬老师受邀参加国际贸易系 1999 级同学毕业十周年聚会。天气分外凉爽，聚会在锦绣川水库旁举行。毕业十年再聚首，惊讶时间快如流水的同时，也真切感到这届同学们的各种变化，十年前我给这个班的同学上过两门课，他们记住了我上课时的一些点滴，我记住了他们当时年轻活泼的面孔，转眼十年过去，同学们多了一份成熟和自信，做事更加干练、英气勃发！

通过每位同学对十年来的自我介绍，了解了同学们十年来的付出和收获，因为有了山东大学四年的底蕴，加上毕业后不间断的拼搏进取，这些当年的天之骄子如今都成了社会各界的精英！他（她）们中在大学任教的都取得了博士学位，有的成了副教授，在商界打拼的有的成了总管、老总，在金融界从业的也都成了业务骨干或领导，在政界的都崭露头角，有的成为单位的主要领导……还有些同学远在国外从业，也都取得了值得骄傲的成就！应该说十年后他（她）们每个人都成了山东大学的一个品牌！

酒会上，同学们热切想了解我们学校和经济学院的变化，我说作为山大人，见证了我们学校这些年的稳步发展，校园变得漂亮了，学术氛围更加浓厚了，学校的知名度更高了；经济学院与学校的发展是同步的，这十年的最大变化就是在国内经济学领域的学术影响力有了大幅度提升！我建议同学们一定到校园走走，亲身感受母校的新的蓬勃的气息！

聚会是短暂的，但师生情谊是长久的，十年间虽然大部分同学因忙于各自的事业，联系不多，但一见面仍保留当年一样亲切的感觉，这说明母校在同学们的心目中有着格外重的分量，能在这样一个特殊的场合见到大家，我也感到由衷的高兴！期待同学们下一个十年的辉煌！也期望山东大学这个名字在国内外越来越响亮！

作者：经济学院教授　孔庆峰

6月13日　　星期四　　晴

韩国留学生·金阿岚

今天，我参加了学院组织的孔子学院奖学金文化活动——参观中华传统文化研究与体验基地。体验基地的老师热情接待了我们。体验活动包括中国古代乐器、古代书法、茶道、剪纸等。通过老师的介绍和亲身体验，我们不但更加了解了中国文化，也对孔子与孔子思想加深了印象。我印象中最有意思的活动是“茶道”，就是按传统茶道顺序来泡茶。

中国的茶文化源远流长，千百年来与老百姓的生活息息相关，婚丧礼嫁都离不开茶，古时男女订婚的聘礼就称为“茶礼”。

在我的家乡韩国釜山，人们都喜爱喝茶。在我的日常生活中，也没有哪一种饮料能够与茶相比。小时候，受父辈的影响，我最喜欢喝花茶。茶中有股茉莉花

的清香，遇夏天要喝好几大盅，完全是“牛饮”。只觉得一杯茶水灌下肚后，清冽爽口，通体舒畅，感觉一身的暑气都被茶水带走了，好舒服。但那时候不懂茶道，连简单的日常茶道也不了解。

今天听老师讲解茶道之后，觉得茶道不只是一种品茶赏茶的美感方式，更是一种烹茶饮茶的生活艺术，也是一种以茶修身的生活方式。通过沏茶、赏茶、闻茶、饮茶，人们会增进友谊，也会美心修德。这些茶道精神是中国文化的核心，也是中国文化的灵魂。

作者：国际教育学院韩国留学生　金阿岚

6 月 14 日　　星期五　　晴

电气学院·刘　祎

今天晚上的通识课之后，对我来说，这一学期的课程都结束了，大二学年的课程画上了一个欲语还休的句号——因为即将到来的期末考试牵动着我的心，牵动着大家的心。

对于期末的备考，我对刚结束的我们班举办为期两周的“第二课堂”这一活动深有感触。“第二课堂”应该说是我们卓越二班最充分发挥学习实力与互帮互助精神的活动之一。这其实是一个面向全年级的活动，专门为了期末备考而设计出来，通过邀请我们卓越一二班六个学习成绩非常优秀的同学，利用课余时间针对电机学、电磁场等专业课为同学们进行为期两周的知识点分章串讲，以方便同学们及时查漏补缺，目的是对整体知识框架有纲举目张的把握。

对于学习成绩优秀的同学，我一直是“心向往之”，所以必然不放过这次好好学习的机会啦！根据串讲的时间安排，我挑了一次电磁场和两节电机学的时间去听“学神”们的串讲来帮助自己巩固知识体系，其实更多的是为了感受一下学习成绩优秀者蕴含的深厚学术魅力。

……

现在回想，收获的确颇丰。在自己接下来的复习过程中，因为听过串讲同学热心细致的讲解之后，针对几章有了提纲挈领的把握，再深入学习时竟有了得心应手的流畅感。另外，我发现耐心与沉着自若——这两种在串讲同学身上表现的共同品质，在我看来是对胡适先生对“勤、谨、和、缓”治学态度的低调的体现——也在期末复习中对我有很深刻的启迪。

其实，不仅是复习备考，在日常学习中保持“勤、谨、和、缓”的治学态度，不仅会体会到知识的魅力与学习的乐趣，自己的学习过程也会行云流水般畅然愉悦。

作者：电气学院 2011 级本科生　刘　祎

6 月 15 日　　星期六　　晴

政管学院 · 余友斌

清晨，和煦的阳光透过宿舍的纱窗将我从睡梦中唤醒。简单的洗漱过后，我便拿着书向自习室走去，一如两年来大学生活中的其他日子。

依旧走进了自己常去的三号楼的那间很清静的教室，人不多，坐在自己常坐的那个靠窗边的座位上，打开书便认真的为接下来的考试而努力复习。今天是个特殊的日子，下午要考六级，所以在复习了相关学科的重点考试内容之后，自己又认真地把以前做过的真题仔细的温习了一遍，并加强对重点单词和写作句型的记忆，希望在下午的英语考试中能有更好地发挥。

为了保证良好的状态，中午我好好地休息了一会。下午一点半，检查好了所有需要带的考试用品后，我便向着考场出发了。到达中心理综楼，我发现考场还未开放，却见到了很多同学，和她们简单闲聊之后，我找了个安静的地方，拿出耳机边听听力边等待考场开放。

不一会儿，考场开放了，由于人太多太拥挤，我好不容易挤到了自己所在的考场。一如去年考四级的情景，排队、查对各种证件、签名，周围都是本学院熟悉的同学，不一样的是有了去年的经历之后，面对现在的这种考试氛围我的心态变得更加平和、坦然了。我想，一方面，这与自己不断增长的阅历有关，经历多了自然对很对事情也更有经验，看得更加透彻一些；另一方面，这与我自己近三个月来的努力备考密不可分，辛勤的汗水肯定能浇灌出丰收的硕果吧。

考试中，我认真地做着试题，虽然听力很难，不过总体感觉还好，因为平时自己练得很多，所以不知不觉地也就像做平时的训练题一样认真投入地去做了。随着最后一声考试铃声的响起，我交了卷，走出了考场，校园里很多在谈论这次考试的人，有人说还行，有人说太难等等。而对于我，不敢说考得太好，但也不算太坏，最重要的是自己曾经一直为此而努力的付出过、追求过，这个过程已经让我很满足了，至于结果，淡然处之便罢。

回到老校，校园里依旧有很多穿着学士服的学生在拍照，宿舍楼前的跳蚤市场依旧火热，不知不觉间有些期待毕业季的到来了，但我也总会有那么一天的，所以我知道向往总归只是向往，我现在该做的便是好好珍惜每一天的时光，做更多有意义的事，让自己的大学时光更加亮丽夺目。

时间总是过得很快，转眼间，夕阳已经落下，夜幕降临。而我，稍微的在宿舍休息调整之后，继续背着书包向那间清静的自习室走去，在明亮的灯光下，开始了再一次的备考复习。

作者：政管学院 2011 级本科生　余友斌

6 月 16 日　　星期日　　晴

历史学院 · 徐舒静

2009 年的母亲节，我和两个朋友去省实验中学门口卖花，特意留下两支送给了妈妈。每次这个时候，爸爸总是一副不服气的样子，埋怨我从没把父亲节当回事。

也许像父爱给予我们的一样，对父亲的爱，我总是吝啬的难从嘴里说出，天知道我都是记在心里了啊。所以，我要写给爸爸，在 2013 年父亲节这天。

对小时候最深刻的记忆就是坐在你自行车的后座上。你费劲的蹬着车子带我通向任何我向往的远方，我在车后座上得瑟的左顾右晃，那时候丝毫感受不到你的劳累。天空很蓝，阳光很淡。是你带着我去学舞蹈，在刚刚迈入 90 年代的日子里，你不允许我比任何一个孩子落后。我和别的孩子一样，随着曼妙的音乐起舞，你在一旁的笑我永远都忘不了。暮色弥漫的城市街道，行人喧嚣地像潮水一样出发和回归。依然是你最温暖的车后座，我轻轻揽着你的腰，数着你蹬车子的频率，直到夜色笼罩。

青春期的我让你难过。我们之间的对话不再多余，永远围绕着上网时间的长短。你想让我把时间多拿出来好好学习，长大以后能够自食其力。我却把脑筋都动在了怎样能够上网后不被你发现，或者在你藏起的电脑配件周围发了疯似的寻找。我不知道那个时候是怎么了，一口气的认定学习不是给自己学的，是给你们学的。高三那年你固执地把网停了，我们之间的争吵总算告一段落。

你总爱给我讲你们那个年代的故事，而我总用一句“那是你们那时候”把你塞的无话可说。你说你羡慕现在生活条件优越的我们，说那时候的你们穷的买不起一根香肠；你告诉我你当年上学的时候怎么欺负女同学，在两人课桌中间画三八线，我说如果你是我们班的同学，大家肯定都讨厌你；你说你有一次在墙上爬，不小心跌下来差点摔断了胳膊，让奶奶非常生气，我说你看你看，我小的时候就比你省心多了；你告诉我你怎么认识的妈妈，言语中透露着兴奋……

见过你的人都说你脾气好，见过我们的人都说你爸爸真好说话，一点都不严肃。在家里，我和你说话口无遮拦，也不见你生气，还是妈妈站出来说“不能和你爸这么说话”。

二十五岁时人生的一道坎，意味着真正的长大成人，要对自己的生活负责了。我25岁了，你却还是把我当成孩子，教育我要多读书。无论我有了什么样的成绩，你总爱和身边的邻居同事夸耀，脸上泛着幸福的光。可是我看你，却已不是年轻般模样。

岁月悄悄地爬上了你的面庞，代替我送给你轻轻的吻痕。我也在一些小事儿中感觉到你的变化，却依旧是那么帅气。虽然我没有离开济南上学，每周也是必回家一次，可你总还是催我快点回家，还主动出来接我。每次回家看你鬓角多出的白发，心里就酸酸的。我总是“教育”你老了以后别和其他老年人一样唠唠叨叨，你满口答应着不唠叨，可我知道你无论老了什么样我也会照顾你，谁让你是父亲。

今年父亲节，本想给你做桌饭菜，买你最爱吃的花生米、蜜饯和柿饼。可是不巧你出了差。我给你打电话，亲口告诉你父亲节快乐。你惊喜地在电话那头“哟”了一声，还说这一次本能光明正大的过一次自己的节日，还被工作缠住了身。我说没关系，反正每年都有父亲节。然后我的话就停住了，再想说的“我爱你”“谢谢你”在嘴边怎么都没挤出来。你反而在电话那头谢谢我，谢谢我记住属于一个父亲的节日，这是他一生最光荣的名号。我特别想哭，该说的话还是没说，轻“哦”一句就彼此匆匆挂了电话。算了吧，人与人表达爱意的方式本来就不同，今年我就用写的吧，用属于我自己的方式，写一写我的回忆，我们的流年，我对你的爱。简短一点，长了三天三夜都写不完。明年这个时候研究生就要毕业了，在穿上学位服的那一刻，我能想到你会为我山大硕士研究生的头衔而骄傲，我也希望真的能为你带去骄傲，为你和妈妈的付出带去些许的安慰。我认定你是一个称职的父亲，希望在你眼中的我也是一样。花生米、蜜饯和柿饼都放茶几旁的篓子里了，悄悄拿出来别让妈妈看见，她会怕你胖而没收。

我总是奢望留住时间，留住我们生命中往日时光。我知道这不可能。

六月，阳光弥漫在茂密的植物之间。夜晚，静谧的街道，充满树叶遁走的声音。我们对父母的爱，应该勇敢说出来。

作者：历史学院 2011 级研究生　徐舒静

6 月 17 日　　星期一　　晴转小雨

学生公寓管理服务中心 · 司汝壮

今天依然炎热。7 点 50，我走进办公室，开始了一天忙碌而充实的工作。

作为中心校区公寓管理部维修部负责人，我首先查看了一下昨天的维修记录，对维修情况汇总总结。然后，根据“学生社区”网上报修系统中，学生所提出的最新报修项目和学生电话报修项目安排派工维修工作。派工之前，我对维修工作人员提出了维修重点，要求严格按照学生家具验收标准查看、维修，告诉他们小修必须当天修完，大修不超过 2 个工作日。6 月份是毕业季，大家到公寓楼开展维修工作是一岗双责，即不仅仅是去完成公寓维修任务，还兼有安全巡查职责，我嘱咐他们巡查过程中，如发现问题要及时上报处理。

作为中心校区 18 号楼楼长，9 点，我开始对 18 号楼进行每天的逐层例行巡查。巡查过程中，我发现卫生间有个别水龙头漏水，做好详细记录后督促保洁员及时报修；发现学生房间房门有几块玻璃破损，马上给同学们讲明利害关系，督促他们及时报修，以免带来不便。发现楼内公共区域卫生情况保持不好，我马上安排保洁员重新打扫。巡查工作既能发现管理中存在的问题又能了解公寓楼的各项工作的落实，这是我每天必须要做的工作。

作为一名电梯安全管理员，我深知电梯安全责任重大。18号楼的6部电梯担负着近3600人乘坐需求，每一个细小的问题都有可能引发事故。在楼层巡查的同时，我对运行的6部电梯进行了常规检查。乘坐每部电梯，感觉电梯是否运行正常，有无异响、晃动等，检查电梯机房有无异常。想到下午济南市电梯专业检验人员还要对这六部电梯进行年度安检，我不由得上上下下多坐了几次电梯，仔细感觉电梯运行状况，生怕下午会出现什么纰漏。

我还是中心校区公寓管理部副主任。11点，我来到中心校区公寓管理部办公室参加2013年中心校区学生住宿安排讨论会。因中心校区7、8号公寓楼拆迁，导致今年中心校区床位缺口达650个左右，如何解决学生住宿问题是当务之急。在会上，大家各抒己见，就保证学生如何顺利入住问题提出了多个方案提交上级决定，力求把对学生的影响降到最低。

14点，我陪同济南市锅炉压力容器检验研究所的特种设备检验科工作人员对18号楼进行一年一次的电梯强制检验。检查内容包括每台电梯的主控制器，主控箱，钢丝绳，制动器、减速器、曳引轮、井道、限速器、安全钳，门锁装置等，直至18点才检验完毕，当检验人员宣布我单位6台电梯全部检验合格后，我深感欣慰。

这就是我忙碌而充实的一天工作。

作者：学生公寓管理服务中心　司汝壮

6月18日　　星期二　　晴

管理学院・刘杨阳

近几日来，天气一直都是闷闷的。天气预报一直在报有雨，但是我们除了闷热的烦躁外，不见丝毫雨意。今天更是个大晴天，感觉太阳就像长在头发上的帽子一样，走到哪里都能被晒到发晕。

这样燥热的天气，整个人就变得懒懒散散的。虽然进入考试周，依然不想复习。于是，在午后的图书馆内把剩下的村上先生的《挪威的森林》读完。这本书读完之后，感觉自己并没有像读其他小说那样，觉得好像理解不了作者想要表达的内容。书中多次提到主人公对生死的感悟，我想这也可能是村上的生死理论吧！只是可能而已，因为我不知道这本书是否有很大程度的自传成分，只知道作者在后记中写到这是一本属于私人性质的小说。我不认识村上春树本人，对他也不甚了解。今天也只是浅显地谈一下读完这部作品的感受。因此，无法也不想和村上先生本人联系起来。

因此，还是说回我们的主人公渡边君吧。他在经历了曾经仅有的朋友木月和一位曾经的爱人直子去世之后，他学到了一个道理，并将其作为大彻大悟的人生真谛铭刻或力图铭刻在心。那便是："死并非生的对立面，死潜伏在我们的生之中。"对于这句话蕴含的深意，现在的我还很难理解。因为我所珍惜得人都健康地活着，并希望他们能一直健康，幸福下去。现在的我，依然觉得死离我是一件非常遥远的事情。如果有朋友对这句话有所了解，非常希望能有所交流。

相较于渡边君对生死的感悟，我似乎更喜欢他对孤独的态度。"与其勉强通过与人交往来消灭孤独，化解无奈，莫如退回来把玩孤独，把玩无奈。"这并不意味着要一直一个人，缩在一个角落里，独自承受着自己的喜、怒、哀、乐。我认为这更应该是在某些方面，某些想法不被人所理解时应有的态度。你若理解，便更好地交流，或许成为知己；你若不理解，也无需责备，无须强求，这份无人理解或无人陪伴带来的孤独就让自己学会去享受和把玩。

渡边君虽然朋友很少，但他从未要求他的任何一个朋友去理解他，或改变什么。有时候，我们无意中会要求我们的朋友、恋人去改变些什么。然而细细想一下，我们有什么权利去否定他们的现在，要求他们变成我们希求的样子。我们和他们交好，互相喜欢的时候，他们不就是现在这个样子嘛。换言之，吸引我们的不也恰好是他们现在给我们的感觉。那为什么总要一切完美，去要求他人有所改变。我们自己也无法事事尽善尽美，也无法保证在他们需要被理解的时候理解他们。所以，好好珍惜和他们在一起的时光，因为他们也在自己的道路上慢慢长大，也许有天你会怀念他们现在的样子。

其实，有的时候那种孤独感是自己加于自己身上的，想开一些事情之后。会发现其实我们并孤独，最起码我们在做自己喜欢的事情的时候是不孤独的。然而，偶尔的孤独感也未尝不可，不是吗？一个从未感到孤独的人，又怎会感受孤独后那份充实和理解的难能可贵呢？

好了，不写了。思绪有点乱乱的，平复一下心情，还是要继续复习啊。一起加油吧，要考试的孩子们！

作者：管理学院 2011 级本科生　刘杨阳

6 月 19 日　　星期三　　晴

生命学院辅导员·刘　楠

今天终于看了 2012 级临七三班同学送给我的分别纪念 PPT，其实 PPT 早就收到了，之所以拖到今天才看，是因为一直不愿意承认离别来得这样快。去年刚刚毕业的我，在今年的毕业季又要经历一次分别，但两次分别，给予我的内心感受完全不一样，去年这个时候难以割舍的是大学四年的同窗之情，而今年的这个时候触动我内心的是我和学生的师生情。PPT 的名字叫“这次的再见，是为了以后更好的重逢——致小楠姐姐”，是由全班 46 个同学集体制作的，PPT 上同学们真诚的祝福文字和图片上的一张张笑脸，深深地触动了我的内心，让我久久不能平静，也引发了我写下此文的冲动。作为辅导员，我更喜欢学生们叫我“楠姐”，因为这个称呼让我感觉跟学生更近一些。我所带的学生是临床医学七年制、口腔七年制和药学七年制的学生，他们大一学年在生命学院进行一年基础课学习，大二学年就要去各自学院继续学习了，就是这样的机会，我成为了他们的辅导员。

2013 年暑假将近，我和这些学生分别的时间也越来越近了。总是不愿意去想分别的事，因为这二百多名学生带给我太多的留恋与不舍，更是我一年来全身心倾注的对象。我一直在想以一种什么样的方式跟他们道别，思来想去还是给他们写一封信吧，希望他们能看到。

致 2012 级临床医学、口腔、药学七年制同学们的一封信

亲爱的同学们：

大家好！

一年的时光转瞬即逝，大家马上要结束在生命学院的学习时光，去各自专业的学院继续学习，希望大家接受我以这样的方式跟大家道别。

感觉初相识时的场景就在眼前，你们拖着行李箱，带着懵懂与憧憬来到了山大，来到了你们在山大的第一个家——生命科学学院，而就在这个美丽的地方，我们相遇、相识，并一起度过了一年的时光。一年的时光是如此的短暂，以至于没有让我和你们每一个人更加熟悉起来。但值得庆幸得是这一年对我来说却是无比的充实与有意义，因为我自豪于我见证了你们每一位同学的成长。还记得迎新时，你们问我的关于大学的各种各样的问题吗？还记得军训时你们跟我请假的电话和短信吗？还记得你们谈恋爱了犹豫着要不要告诉我时的羞涩吗？还记得谈心谈话时当谈到自己生病的父母时你们留下的眼泪吗？还记得……初入大学的你们脆弱、敏感，在自己的大学道路上摸索前行。但在这短短的一年的时间里，你们变得坚强起来，你们有了明确的目标，找到了自己奋斗的方向；你们变得更加成熟，不再为一些小事纠结烦恼；你们变得更加自信，你们学会了展现自己，学会了争取机会；你们变得更加有领导能力，你们中的一些在许多学生组织中由小干事成长为部长，你们中的一些可以带领一个团队很好地完成一次社会实践……点点滴滴的一切都是大家成长的见证，当我看到这一切时，我内心不仅仅是高兴，更是自豪。作为一名师者，我庆幸我在这一年中看到了你们每个人的努力与成长。

一年的时间，让你们成长了不少，但是你们在接下来的大学生涯中，需要做得更多。你们要始终记得，大学的珍贵不仅仅因为它的短暂，更因为它能使你们明白生命价值，明白生活意义。你们要格外珍惜在大学的光阴，胸怀梦想，志存

高远，并为实现理想而努力奋斗；你们要有“士不可以不弘毅，任重而道远”的责任感，要勇于担当，肩负起国家、社会和家庭的责任；你们要学会感恩，时刻怀有一颗感恩之心，感谢社会、学校对你们的培育，感谢父母对你们的养育之恩，感谢师长对你们的谆谆教诲，感恩同学和朋友们与你朝夕相伴；你们要学会宽容，用一颗宽容的心包涵世间所有，善于发现生活中别样的美好；你们要学会独立，学会思考，不要永远在父母的保护伞下生活；你们要学会承受，人生不如意十之八九，在遇到人生逆境的时候要敢于面对，勇于战胜；你们要遵纪守法，提升自身道德修养，学会做人，学会做事，塑造自身高尚人格；你们更要注重职业修养，打下坚实的专业基础，将来作为医者的你们，必须要以高超的医术实现医者救死扶伤的神圣职责。这是老师对你们的期望。

最后，我也要表达对同学们的感谢之情。非常幸运刚工作就成为你们的辅导员，也非常高兴我的第一批学生这样的具有灵性，非常感谢同学们这一年来对我的工作、对我个人的支持与帮助。谢谢同学们每次见到我给予我的微笑与亲切的问候，谢谢同学们在节日时给我发来的祝贺短信，谢谢同学们教师节、圣诞节给我送的小礼物，谢谢同学们关键时刻能够配合学院工作牺牲自身利益，谢谢同学们在这一年里给予我的一切。对我来说，这一切都是无比美好的回忆，是我作为一个辅导员最幸福、最珍贵的回忆。在你们即将离开生命学院的时候，老师希望你们能够永远把生命学院当成自己的家，把我当成你们的老师，有空常回家看看。亲爱的同学们，再多的不舍化成美好的祝愿，祝愿你们在接下来的人生之路上越走越精彩！祝福你们每个人！

作者：生命学院辅导员　刘　楠

6 月 20 日　　星期四　　晴

党代会代表 · 郭春晓

中心校区我常来，今天也和往常一样，跨入校门，广场的泉还在如珠如玉般喷涌，三三两两学生来来去去，面庞清爽，眼神明亮。这里的世界一如既往，安静、温馨，流动着儒雅的书香。一切似乎如往常一样。

但今天于我，却有些不一样，因为今天我是以党代表的身份来开会。入党二十二载，做党代表还是头一次。虽说也是四十大几、颇有些生活阅历的人，但在今天进入校门的那一刻，内心忽然荡漾一下，那点小骄傲也还有点按捺不住。

今天是预备会，我们和经济学院、能动学院、数学院是一组，17 个人，有知名专家、学者教授、管理干部，还有两名学生，今天都以一个同样的身份坐在了一起。工作组前期的准备做得特别细致，发给我们的代表牌，红色的，写着“中国共产党山东大学第十三次代表大会代表证”，下面就赫然印着每个人的名字。自豪感油然而生，同时也感到了一种责任和压力。

下午 4:00，组里开完了碰头会，我们这由各种身份各种年龄组合起来的代表组，一路纵队在联络员吕光平的带领下很有秩序地走向会场。只有一组比我们提前来到，会场还是空空荡荡的，蓦然抬头看主席台，红色丝绒的背景上，十面红旗簇拥着镰刀锤头，整个会场也就透出郑重、庄严而又神圣的味道。

熟悉的面孔很多，但仿佛每个人今天的面貌都不一样，似乎显得格外沉稳、格外精神，也格外庄重。正如守信书记在讲话里说的，今天大家的身份不同，要清晰地意识到每个人肩上的责任和使命，要真正能够代表广大党员，要凝心聚力，把握机遇，要有忧患意识。

预备会节奏流畅紧凑，半个多小时就结束了。守信书记的讲话十分凝练，但句句掷地有声，他强调每位与会代表都要珍惜这次机会，要以负责的态度参与会议讨论，他说，这次会议将为山东大学未来至少五年的工作打下基础，做好铺垫。

出了会场，回想守信书记的讲话，暗自琢磨：党代表，代表什么？怎样代表？作为一名党员个体，来参加这次会议，我能贡献什么，我能收获什么，我又能带回些什么?

是，我们正走在快速发展的路上，在“创建世界一流大学”目标的指引下，学校处处呈现出蓬勃向上的发展态势。前景是绚烂明媚的，但路途也是山高水长。山东大学是我们共同的家园，梦想和未来，在每个人脚下，在每代人肩上，压力和困难同样也是。只有凝心聚力，团结一致，才能把握机遇，快速发展。

我是一名党员，是一名学生管理干部，从事的工作普通、繁琐而平凡。和这个队伍其他人一样，日复一日，年复一年，学生一波波迎进来，一波波送出去。虽然眼梢眉角已经有了岁月的痕迹，但皱纹却从未爬上心头，也是因为总有梦想在坚毅而蓬勃地生长，山东大学，我们在，我们努力，我们坚定，目标同样在前方感召、激励和敦促我们，力量虽然绵薄，但绝不轻易放弃信仰。

好的，作为党员，作为党代表，我期待着明天。

期待着山大的明天。

作者：口腔医学院党委副书记　郭春晓

6 月 21 日　　星期五　　小雨

党代会学生代表文学院·吴延强

绵绵的细雨，消解了一夏的暑气；
微微的凉风，携来了久违的惬意。
六月的山大，满园芬芳馥郁；
六月的山大，处处盎然生机。

期盼了好久的中共山东大学第十三次代表大会，终于在今天隆重开幕。除了像所有山大师生感到的兴奋与激动之外，我还感到一种美美的自豪和沉沉的压力，因为今天我不仅是一名山大学子，更是一名党代表。在山大求学五年，成为正式党员也是五年。五年来，这是我最值得纪念的一天。

早晨 8 点半，和所有党代表一样，我也早早地来到会场。主席台前赫然悬挂着神圣而醒目的党徽，党徽旁边是熠熠生辉的红旗，最上面则是一条横贯会场的条幅——“中国共产党山东大学第十三次代表大会”。代表们都已着装整齐，坐在自己的位置上，静静地等待着那神圣时刻的到来。

上午 9 点，开幕式准时召开。徐显明校长担任会议主持，宣布中共山东大学第十三次代表大会正式开幕。庄重肃穆的国歌奏唱，是会议的第一项内容，也是对代表的精神洗礼，上级领导的讲话则给我们带来了信心和鼓舞。随后，李守信书记代表上届党委作了《凝心聚力　开拓创新　为创建世界一流大学而努力奋斗》的工作报告，系统总结了上次党代会以来学校党的建设和事业发展取得的成绩和经验，深入分析了学校未来发展面临的形势、机遇与挑战，详细规划了未来五年学校发展的目标和任务，研究部署了加强学校党的建设的重点工作。此外，大会还以书面的形式提交了纪委工作报告，供代表们审议。

下午 2 点，各代表团召开小组会议，主要任务就是审议党委、纪委工作报告。我们第五代表团在曲波团长的带领下就两份工作报告展开了热烈的讨论，代表们都针对自己熟悉的领域、关心的议题积极发言献策，提出了许多宝贵的意见和建议。作为一名山大在读学生，我深深地感受到学校 5 年来的发展和变化，无论是硬件方面，知新楼的拔地而起，体育馆的稳步落成；还是软件方面，优秀师资的引进，学科建设的完善，都让我切身体会到学校的成长和进步，也让我对于创建世界一流大学的蓝图充满了信心与期待。两份工作报告内容全面、考虑周密、部署妥当，体现了学校党委清醒、务实的工作作风，认真、细致的工作态度。

为了保证本次党代会的顺利有序进行，代表团于晚上 7 点又一次召开了小组会议，讨论了党委、纪委工作报告决议、大会选举办法和党委、纪委委员候选人名单，并推选出了大会选举的监票人。

一天的会议很忙碌，但秩序井然；一天的工作很劳累，但信心满满。正如李守信书记所说：“这次学校党的代表大会，是在我们全面贯彻落实党的十八大精神之际、创建世界一流大学的关键时期召开的一次十分重要的会议。”回顾过去，我们豪情满怀，展望未来，我们踌躇满志。

作为一名普通的党员代表，作为山大千千万万学子中的一员，我一定会牢记神圣的使命和肩头的重任，切实担负起应有的职责，主动承担起应尽的义务，积极参与，主动作为，发出好声音，传递正能量，为学校创建世界一流大学的宏伟蓝图增添一抹亮色。

祝愿学校的明天更加灿烂辉煌。

作者：文学院2012级研究生　吴延强

6月22日　　星期六　　小雨

党代会代表·朱桂英

从昨天党代会的开幕式开始，心情一直很激动，虽说不是第一次当党代表，但感觉这次的党代会意义特别重大，伴随着十八大的东风，树立起贯彻群众路线的典范，承前启后，继往开来，是山东大学向世界一流大学迈进、开创学校事业科学发展新局面的又一个里程碑。作为一名党代表，谨记准时出席，积极建言，认真履行职责，为党代会的顺利召开做出自己的努力。

今天会议的主要内容是选举产生中共山东大学第十三届委员会和纪律检查委员会，特别重要。昨晚就叮嘱自己，千万不要迟到，所以，不到六点就醒了，望着外面沥沥的小雨，我打开窗子，清新凉爽的空气扑面而来，顿时感觉神清气爽。

赶快洗漱、匆匆吃过早餐，换上精心准备的正装，以满腔的政治热情和高度负责的主人翁精神，准备去投上自己庄严而神圣地一票。

从上午8点30分，讨论通过选举办法、监票人名单、两委委员候选人名单、各代表团预选，到下午的正式选举，会议进行的相当顺利，如期选举产生了新一届党委委员和纪委委员，4点50分，大会胜利闭幕。会议相当成功和圆满，代表们脸上洋溢着幸福的微笑。

等闲识得东风面，万紫千红总是春。伴随着十三次党代会的胜利闭幕，建设一流大学的号角已经吹响，宏伟蓝图已经制定。新战略高瞻远瞩，新目标催人奋进。作为山大的一分子，我要以更加昂扬的精神和百倍的努力，以为师生服务为宗旨，充分发挥党员的模范带头作用，脚踏实地做好本职工作，为早日将山东大学建成世界一流大学做出自己的努力。

祝愿山大的明天更加辉煌灿烂！

作者：校妇委会主任　朱桂英

6 月 23 日　　星期日　　阴

毕业典礼主持人 · 冯学知

事先得知自己要当 2013 届毕业生的主持人，觉得又惶恐又兴奋。心里对于能否完成这样的重大任务实在是没有底气，但我深知这样的机会来之不易，所以下定决心一定要做好。主持词和校办的老师改了一遍又一遍，反复的练习已经让我有信心能够将主持词完整背下来。今天早上进入体育馆后，面对已经布置好的讲台，我深吸一口气，告诉自己：我准备好了！

现场人山人海，都是已经着装整齐的毕业生们，大家极富默契地在现场一遍遍喊口号。大屏幕上播放着学校精心制作的视频，看到食堂小哥、保安大叔、宿管阿姨挥手告别的镜头，我也被这种送别的氛围深深感染了，似乎我也就要毕业了。四年前的初秋，他们满怀憧憬，齐聚在山大，共同走过懵懂纯真的大一，经历了青春飞扬的大二，告别紧张忙碌的大三，迎来了依依惜别的大四，这些都是最美好的青春时光。四年后的盛夏，他们又将怀着对山大的无限留恋，去开启人生新的征程。我想一年后的我们应该也是这样的心情吧。

大会一共进行了十项，刚刚开场时还有些紧张，但到后来就渐入佳境了。陈炎副校长和张永兵副校长先后宣读了学位授予决定和优秀毕业生表彰决定。之后，信息学院院长黄卫平教授作为教师代表发言了，黄老师通过讲述自己的奋斗经历和创业历程，与大家分享了作为山大人的荣耀，对大家提出了殷切的希望和真诚的祝愿，我想这也是全体山大老师的心声。之后，中科院院士江桂斌校友也作了精彩的演讲，他幽默风趣的演讲风格和朴实无华的辞藻让人领略到一位名家大师的风范。山东银丰集团董事长王伟先生作为校董代表发了言，他传奇的创业经历和深刻的人生认识让人感佩，我从他身上看到了山大人自强不息的品格和永不言弃的精神。我们要以先辈们和校友们为榜样，秉承山大人“刚毅厚重、朴实无华”的精神品格，奋力拼搏，勇于创新，热爱山大，共同构筑美丽的“山大梦”。之后，毕业生代表牛小溪学姐和董人豪学长饱含深情地表达了对母校的依依惜别之情，代表全体毕业生做出了庄严承诺，我想大家今后无论身在何处，无论身居何职，都会始终如一地关心学校的发展，为学校的发展贡献力量。最让人激动的是徐校长的精彩演讲，刚入学时，徐校长给大家上了在山大的第一堂课，细数山大的历史、传统和精神，用若干个故事对我们提出了殷切的希望，今天，徐校长用四个校友的感人故事告诉我们坚强、勤奋、专注和责任的深刻内涵，他鼓励大家争取做他新的校友故事里的主人公，做一个有德性的山大人。聆听徐校长给大家上的大学最后一课，深刻感受到作为山大人的自豪与责任。今后，他们的身份从山大学子变成了山大校友，相信他们会继续养浩然之气，明君子之德，弘扬山大精神，做有德性的“山大人”。凡我在处，便是山大。学位授予仪式在徐校长讲话之后有序进行，看着毕业生们一一从校领导和学位评定委员会成员手中接过学位证书，内心无比羡慕，也衷心祝福他们今后的人生之路走得更好！

作者：政管学院2010级本科生　冯学知

6月24日　　星期一　　晴

威海校区法学院辅导员·孙　克

昨日，还是阴雨连绵，今晨，已是阳光灿烂。也许，上天知晓今天是山大威海校区毕业典礼的日子，知晓这场典礼满载着无数学子的期待，便拨开了天空的乌云，让希望的阳光洒遍黄海之滨的山大校园。

我，作为一名毕业班辅导员，作为一名母校培养多年的山大学子，和自己的学生们一起期待着这场盛典的到来。早晨7点多，我便和自己的学生们来到了办公室，帮他们换上象征着完成大学学业的学位服，为他们戴上印有山大字样的毕业纪念胸章，等待着与他们一起步入图书馆广场，参加这神圣而庄严的毕业典礼。

上午8点半，典礼准时开始。隆重而喜庆的会场，彩旗飘扬，热闹而有序的座位上，是一张张自信而充满期待的山大学子们年轻的脸庞。“为天下储人才，为国家图富强”“承载山大精神，担负历史使命”，无论是会场鲜艳的标语，还是典礼上领导、老师们的字字珠玑，都饱含着山大人百年来的精神品格，满载着母校对学子们的祝福和重托。

此时此刻，我思绪万千。在这收获的季节里，作为一名与学生朝夕相处的老师和学长，我与他们一起感受收获的喜悦和离别的忧伤。那仿如昨日的清楚记忆中，当2009级学子们满怀憧憬地踏入山大这神圣的殿堂，“今日山大学子，明日祖国栋梁”，是我们送给他们最真诚的祝福和期待。4年之后，他们回报老师和母校的，正是那一份份沉甸甸的荣誉和成熟、沉着、自信的脸庞。离别并不忧伤，今日的离别，是为了明日更好的相聚，今日的离别，是为了重新起航、驶向更远的前方。

青春，无需华丽的辞藻修饰，却永远是最美好、最令人向往的词汇。美丽的山大校园，曾经是他们梦想开始的地方，热情奔放的操场、满溢书香的讲堂，到处都留下了他们曾经的身影和不懈的梦想。充实的4年大学生活，无论是收获了学业的成绩、真挚的友情，抑或美好的爱情，都将成为一生宝贵的财富，成为一种永恒的记忆、精神和力量。即使是失败和挫折，惆怅和感伤，亦是值得珍惜的人生历练，而正是这些经历，才锻造出山大学子的坚毅、成熟和刚强。

未来的道路，也许不会平坦和顺畅，未来的人生道路，还需要山大学子继续历练成长。年轻的山大人，从母校这个满载美好回忆的港口起航，勇敢坚持和追逐自己的梦想，必能看到成功的希望。青春的山大，也将不会辜负学子们的期望，在充满挑战和希望的明天，与莘莘学子共同成长，一起追逐青春，扬帆起航！

作者：威海校区法学院辅导员、历史学院2010级博士生　孙　克

6月25日　　星期二　　晴

校图书馆兴隆山分馆馆长·侯翠兰

今天天气不错，迎着清晨的阳光，我早早来到图书馆。现在正是考试复习阶段，来馆读书的同学很多，作为分馆馆长，我和同事们希望通过我们的努力让更多的师生喜欢上这里。果然，跟往常一样，门口早已聚集了很多等待入馆学习的同学。新馆开馆半年多了，同学们对新馆的喜爱让我们每一位工作人员都好欣慰，我多么希望馆里的每一个座位都能得到最好的利用，让所有渴望良好学习氛围的孩子，可以在这里得到满足。照例巡视了各个阅览室之后，同学们认真的学习态度让我很受触动，但是馆内占座的现象还是有点严重，不想用批评的方式打击孩子们的学习积极性，还是再想点办法，正面引导一下吧。

回到办公室，处理完常规事务，今天的清查图书工作又要开始了。前期清书的工作进行得很顺利，这批新来的年轻人干活很带劲，有时还能想出点小窍门来加快速度；而老同事呢，踩着椅子，戴着花镜，也是一样干劲十足，看着这些共事了好多年的老同事如此兢兢业业，觉得他们真是可爱。也许是老同事们的热情带动了年轻的一代：“我年轻，我多干一点。”这样的话，我听过很多遍，图书馆真像一个大家庭：几个经验多点的长辈带着一群爱学习、爱劳动的孩子一边摸

索，一边努力，一起进步。团结、互助、积极、向上，这些词不断地在我脑海中涌现，有一个流行的新词更能描绘这种感觉，叫什么来着？对，“正能量”！

忙忙碌碌的一天就要过去了，五楼闭架书库的过刊清查工作也差不多结束了，想起在这一阶段清点工作中出现的问题，赶忙打电话和政法分馆的李老师联系：问题→解决办法。一个电话，几句交流，问题就得以沟通解决，感觉特别好。

转眼间到了下班的时间，正在整理一天的工作，接到同事电话，他的父亲晚上要带第三代来参观图书馆，听到这个消息的瞬间，一种荣耀的幸福感自心底涌出，这位把一生都奉献给了山大教育的退休老教授，为山大辛勤工作的教育者，要让第三代来参观我们的新馆，这渗透着对图书馆、对学校的热爱，我怎能不高兴！

下班回家，匆匆地吃过晚饭，跟爱人一起去医院看望一位住院的老同事，刚刚退休却又得了重病的她，让我既难过又担心，不过得知她术后恢复很好时，心里一块石头终于落了地。走出医院大门，看到一个女同志扶着一位走路摇摇晃晃的壮汉，眼看就要被拽下台阶，赶紧上去帮忙。就在我们扶着病人艰难的往急诊室走时，身后一位一直默默地跟着我们的年轻女孩走上前来，劝我们停止移动病人，以免出现险情。女孩与我们一起搀扶病人，让病人家属去借推车。很快推车来了，将病人送进了急诊室。病人家属含着眼泪一直道谢。

所有事情都安排完以后，爱人和我，还有那位年轻女孩一起走出医院。闲聊中得知，这位女孩是山大医学院的研究生。一天内所有事情带给我的感动，在这个时刻被彻底点燃了，幸福感油然而生，这个优秀又热心的女孩子，是我们山大的学生！山大不仅仅是培养学术精英和专业能手的地方，更是教育年轻人应该如何做人、如何做事的学堂。我深深感到，正能量就在我身边，就在山大的每一个角落。

回到家已经晚上 10 点了，幸福的感觉还在洋溢，明天党员例会，我一定要把今天的经历说给大家听，让大家同我一起为正能量加油，让幸福的感觉在每个人身边围绕！

作者：山大图书馆兴隆山分馆馆长　侯翠兰

6 月 26 日　　星期三　　阴

青岛校区建设办公室·李广勇

又是一个寂静的夜晚，我辗转反侧，思绪万千，难以入眠。

来青岛校区工作已经 4 个月了，刚来的时候，呼吸着新鲜的空气，看着蓝天、碧海、白云、金沙滩很是兴奋。但不出半月，热情全消，空气纯净得没有什么味道，蓝天也干净得那么单调，一天到晚我们的生活轨迹就是围着三个地方转：办公室——食堂——宿舍，周而复返，始终不变。我们总是开着玩笑说，身在“即墨”就要耐得住“寂寞”。

办公区周围基本见不到人，最近的村庄也要两三公里。从小在喧嚣的城市中长大，短时间的寂静是幸福，时间一长则变成了孤寂。白天，每个工作人员都在高速运转，去工地的、谈项目的、现场招标的、材料设备现场结算的，办公区一片繁忙，根本没有下班的概念，直到听到食堂师傅开饭的叫喊声。吃饭时大家聚在一起谈谈天、说说地、吹吹牛，这时是我们新校区大家庭一天中最轻松、最欢快的时刻。

随着夜幕降临，办公区的两个特点即刻凸显，一是黑，是真正的漆黑。办公区就像夜晚大海中的灯塔，东面是大海，西、南、北三面全是树林和荒草地。前几天办公区晚上停电，我真正体会了一把“伸手不见五指”。二是静，是万籁俱静。夜晚躺在床上，只能听到窗外的风声和偶尔几声杳远的犬吠，恍惚间竟怀疑这现实世界是否真实存在。

我还经历了人生中最难挨的一夜。5 月的一场暴风雨突袭了青岛，即墨没能幸免，回想起那个夜晚，至今心有余悸。整个办公区像要被卷走，呼啸的狂风把雨点死命地甩在窗户上，想要把玻璃击碎，门窗被吹得呜呜作响，像要散架，狂风和海水似乎随时会冲进房间。第二天清晨，雨停风止，我打开宿舍门，被眼前的景象惊呆。门前的许多树木被刮倒，道路也被冲得低洼不平。距办公区不远处当地渔民的几个养虾池被海水冲垮淹没，无一幸免。他们沿海的几间房屋也被海水冲毁，那晚的风雨还导致了青岛百年栈桥的垮塌。

来到青岛校区，最大的困扰就是睡不着觉，而且这是大家的通病。闲暇之余我们也经常探讨总是睡不好的原因，是环境的改变，还是心理的因素，抑或是巨大的工作压力？大家开玩笑称，这里的空气太好，提神。几种原因可能都有吧，到目前为止我们还尚未讨论出结果，看来大家都需要一个长时间的适应过程。现在正值夏季，我们还要适应新出现的逐渐壮大的一群“伙伴”——苍蝇和蚊子，白天晚上要和它们斗智斗勇。但它们队伍太庞大，我们势单力薄，实在难以抗衡。我们还要适应它们，力争做到叮不还手，咬不还手。

初到新校区，到处杂草丛生，沟塘纵横，生活无疑是艰苦的、单调的、寂寞的，我们即使苦中作乐，笑称天天“欣赏”自然风光，也难掩这一事实。更何况老人跟前无法尽孝，孩子面前难称慈父，还有老婆那一脸委屈更让人对家庭心生愧疚。但作为新校区的第一批建设者，我们无疑又是最幸福的。我们把为老人尽孝的心用在工作上，把对孩子的情倾注在工作中，把对家庭的爱融化在工作里，我们心无旁骛，夜以继日，相互配合、协作，相互帮助、关照，工作愉快而充实。新校区的一砖一瓦、一草一木都经过我们的手，亲眼看着她从一片荒芜变成现在初见规模的平整土地，变成拔地而起的教学楼。看着她一天天的变化，就像看着自己的孩子在慢慢地、健康茁壮地成长。不参与其中，你永远无法体会这种内心的喜悦和激动，永远也感受不到这份自豪和成就。

为了山大，我们愿意艰苦而寂寞地生活，为了山大，我们愿意快乐而充实地工作。

作者：青岛校区建设办公室财务处工作人员　李广勇

6 月 27 日　　星期四　　多云

威海校区毕业生 · 李　昕

早上，送朋友离校，一行人说说笑笑地从 M 楼走到南门，却突然在某一刻，

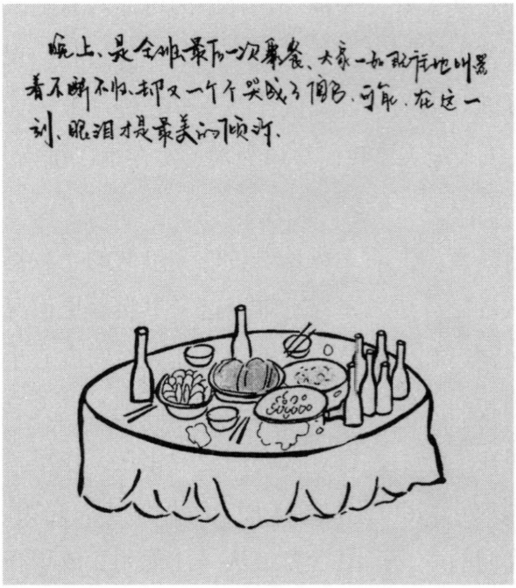
晚上，是全班最后一次聚餐，大家一如既往地叫嚣着不醉不归，却又一个个哭成了泪人。可能，在这一刻，眼泪才是最美的倾诉。

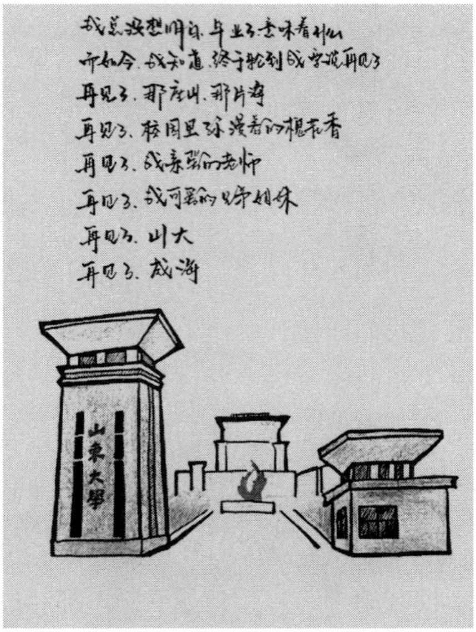
我总在想明天毕业了意味着什么
而如今，我知道，终于轮到我们说再见了
再见了，那座山，那片海
再见了，校园里弥漫着的槐花香
再见了，我亲爱的老师
再见了，我可爱的兄弟姐妹
再见了，山大
再见了，我们
山東大學

早上，送朋友离校，一行人说说笑笑的从从楼走到南门却突然在某一刻，眼泪开始簌簌地往下掉，大家哽咽地说不出话来，只是不断擦拭着彼此的眼泪。也许，这一挥手一辈子，再难相见。

傍晚，照例去摆摊，卖掉一些带不走的书籍和杂物，随便翻开一本书，看看上面自己曾经留下的笔记，仿佛又看到了那些早已逝去了的日子。

眼泪开始簌簌地往下掉，大家哽咽地说不出话来，只是不断擦拭着彼此的眼泪。也许，这一辈子，再难相见。

白天，照例去摆摊，卖掉一些带不走的书籍和杂物，随便翻开一本书，看着上面自己曾经留下的笔记，仿佛又看到了那些早已逝去了的日子。

晚上，是全班最后一次聚餐，大家一如既往地叫嚣着不醉不归，却一个又一个哭成了傻子。可能，在这一刻，眼泪才是最美的倾诉。

我总没想明白，毕业了，意味着什么。

而如今，我知道，终于轮到我要说再见了。

再见了，那座山，那片海。

再见了，校园里弥漫着的槐花香。

再见了，我亲爱的老师。

再见了，我可爱的兄弟姐妹。

再见了，山大。

再见了，威海。

作者：威海校区海洋学院 2009 级毕业生　李　昕

6 月 28 日　　星期五　　晴

泰山学堂教师 · 王　萌

今天参加泰山学堂首届毕业生典礼，颇有感触。

2010 年，泰山学堂成立，我被任命为物理取向教授指导小组组长，开始接触本科生培养。这期间，我和其他老师们不断地思考和讨论，不断地调整学堂的培养方案，也不断地努力争取为学生们创造更好的培养条件。转眼三年过去了，第一届 2009 级的学生已毕业。他们将来会怎样发展？是否大都能成为科学家？

是否有人能成为我们所期望的大家？我不知道，也很难判断。那么，这三年我们都干了什么？学堂上上下下的老师们辛辛苦苦为了什么？我们成功了吗？

泰山学堂的成立承载了山东大学的一个梦想：培养出科学的领军人才。我接受任命也是因为自己的一个梦想：实践自己教育的理念。三年风雨过去，在实现梦想的路上我们已走了多远，我不知道，前面的路还有多远，我也不知道，但是，我知道，大家还在走，齐心协力坚定地走。如今，2009级的同学们毕业了，他们走上了追寻自己人生梦想的路，他们的梦想也将是学堂梦想的延续。我想，学堂的成功不是在于有多少毕业生去了海内外名校，而是提供了追寻梦想的可能性，很多事情在学堂之外是不可能或难以可能的，在学堂就有可能了。

毕业典礼上我被邀请作为教师代表发言，讲了三点。

第一点就是梦想。几天前物理取向的毕业生找我录制毕业寄语，我说了一句话，希望他们将来能为人类文明的发展作出自己的贡献。从小时候接受教育起，我们就知道中国是文明古国，曾经有四大发明，为人类文明的发展作出重大贡献，为此我们感到无比的自豪。但是现代科学文明史上，中国的贡献非常稀少，以物理学为例，以中国人命名的定律和概念凤毛麟角，所以，这是我的一个梦想，也是学堂的梦想，应该也是中国梦的一部分，我希望也能成为同学们的梦想，并且坚持自己的梦想。

第二点是勇敢。我在自己大学的年代，曾经勇敢地相信自己只要愿意，可以学习掌握任何学科的知识，面对任何科学上的挑战，现在已失去了这份勇气。但是我相信同学们有着这种勇敢，因为你们正年轻，未来的世界是属于你们的。同学们今后人生的路上还会面临很多选择，有些是关键的选择，将改变你的人生轨迹，选择的结果是不可预见，也难以或根本不能判断对错的，这时，需要你相信自己的直觉，根据你内心真正的渴望，勇敢地作出选择。人生包括两个部分，事业和家庭，事业上，如果是从事科学研究，我希望你们能勇敢地追求真理，家庭上，我祝愿你们勇敢地追求自己真正的所爱。所以，我希望你们能坚持自己年轻时的勇敢。

第三点就是坚持。坚持找到自己内心真正的所爱，所爱的研究，所爱的人。要相信自己的直觉，因为它是发自内心的，真正的自我，不要用一时的得失利弊去权衡。因为人生是不可预期的，不能用一时做的事预期未来的事。成功也是不可计划的，如果可以，做出一份标准计划，人人成为千人一面的成功人士，这个世界也就失去了精彩。成功的定义是属于个人的。坚持找到了内心真正的所爱，你就能坚持着勇敢地追求，坚持着勇敢地去实现。不论结果如何，这就是属于自己的人生，自己独特的不可替代的人生，精彩的人生，无怨无悔。

我祝愿十年之后，泰山学堂能为今天的毕业生骄傲，今天的毕业生也能为曾经来自泰山学堂而自豪。

作者：泰山学堂、物理学堂教师　王　萌

6月29日　　星期六　　晴

机械学院·刘亚男

知道会有这么一天，我们将会各奔东西，但当这天真正来临的时候，我却不能自已，不能想象未来没有你们的日子，生活将会是怎样的空白；也许新的生活会冲淡这份离愁，新的未来会使我们更加一往无前，但当回首这三年的日子，我明白未来将没有什么可以替代你们在我内心的位置。不知道心里话向谁诉说，不知道不懂的问题是否还能有像你们一样的大神帮助解答，不知道未来是否还能有像你们一样在谈话和散步中就能给予我启发的同龄人，也不知道以后是否还会有壮着胆子帮我一起去喊楼的哥们……

慢热的我，还没在过控热身便跟你们一起来到这又喜又忧的卓越，既来之则安之，你们的热忱逐渐将我加热，你们的温暖也使真正的我逐渐显露，能与你们在一起，我倍感荣幸。

回首大学时光，往事历历在目。忘不了莹宾的幽默机智和博学多识，读书万卷又踏实努力；总是一本正经的鹏飞，一起这么多年，别人对我说的踏实稳重，

在你身上更加合适；海边来的灿神有着大海一样的深沉，一切都是那么波澜不惊；想起带着牙套的光哥，总是摸着肚皮笑嘻嘻的样子，跟你学日语哦，亚麻带；我下铺的鑫哥，聪明而又努力，追求高雅又脚踏实地，细心周到，真是居家必备的好男人；还有现在应该在CF的超超，来自青岛的小伙，帅气又略带羞涩，跟你一起的小黄，直率灵秀又开朗机警；来自土建的学长，拜服啊，貌似漫不经心却胸有成竹，学啥啥精通，玩啥啥被虐；专注黑我三年的小龙，平常不正经，正经起来那可不平常；忘不了你，小丑鱼，也忘不了你的小丑女；想起当我们在自习室做学霸的时候，王老板总会率领一群班委给我们做后勤，当我们面对各种奖学金各种申请的时候，王老板们又总会努力争取名额，忘不了方队里，肩并肩扛过枪，倏忽三年同窗，战友情，浓于血，君子交，淡如水；强哥，每次要放假的时候，都会跑到宿舍要我们的签名，不时还在空间里文艺一下；高高瘦瘦白白净净的健哥，很想对你说一声辛苦了；从大一一起走到现在的振喜，智商超高，各种问题总是能一语点醒梦中人；谈吐老成的成龙，从大二到大三书桌床铺一直都是那么整齐；大神，笑起来像阿汤哥，忘不了你衔枚疾走的身影；一笑就露出小虎牙的怀宇哥，开朗健谈，宽容厚道，不争名利，有情人终成眷属；一直都开朗乐观的JJ是班里的调味剂，爽朗的笑容是你的标签；低调的昌哥，以后就要去香港高调亮相了，忘不了你的“嘎嘎”大笑；还有雄壮威武的挺哥，

用你《流体力学》老师都夸的磁性的声音，拿下莹莹，指日可待；云云，潍坊坦诚的好男人啊；大熊，有点像叮当猫里的大雄，正太的话语里透露着幽默，安吉丽娜朱莉也比不上你性感的嘴唇；举止优雅的俊儿，静若处子，动如脱兔；昊哥，知道你最专一了，求介绍妹纸啊；身材超好的美男，德宇朱，忘不了一起在九号楼奋斗的样子；高大威猛的虔哥，篮球场上的擎天柱；身材健美的峰哥，性格开朗但总是行踪神秘；清华强哥，聪明洒脱，请客吃饭吧；虎背熊腰的斌哥，在足球场上射门透露的英气神似精灵勒荷拉斯张弓一射；杰哥，北航高富帅啊，祝面容姣好哈；彪哥，成熟稳重又低调踏实；班里最小的孩子，鹏鹏童鞋，聪明活泼；来自管院的博学多识而又潇洒的勇哥，每次跟你谈话都是上一堂课啊，比山东人还熟悉山东的河南人；踏实稳重、沉默寡之的东哥，对各种软件都有着超强的技术悟性；陆总，忘不了你咧嘴大笑，拍毕业照的时候好有牺牲精神；一切都感觉那么漫不经心的火山哥，一局刀塔解千愁；温柔贤淑的琼姨，开朗大方，钟灵毓秀，当之无愧的可爱的女汉纸；还有美丽羞涩的小月，拥有端庄淑女气质的群姐，性格各异的威海五霸……

一个个名字闪过，脑海里浮现出生动的画面。回首大学时光，我记住了你们的名字，留在心里的是我们顶着卓越光环一起走过的传奇。从被选中、被期待，到被质疑，再到今天我们终于走完了这段比别人更加漫长、更加曲折、竞争更加激烈的卓越之路，荡气回肠的回忆是心里涌动着的最深刻的暖流。

卓越的三年使我们更加清楚地认识了自己，更加懂得了如何去选择适合自己的道路。三年的同窗生活已化作深刻的回忆，既然选择了远方，祝福我们都能在自己的道路上雄鹰展翅，直击长空！

卓尔不群求高远，越岭翻山笃行坚！离开卓越，我们依旧卓越！

作者：机械学院 2009 级本科生　刘亚男

6月30日　　星期日　　晴

历史学院·黄君霞

今天终于忙完了院刊《繁星》的系列工作，脱离繁忙一身轻松之际，心却似乎多装进了很多的东西，让人快乐了几分，也深沉了几许。

从开学初的约稿至今天工作的将近完结收尾，整个过程与通讯社的成员们一起努力的情景仍历历在目，有劳累，有灰心，有抱怨，更有快乐和收获。在知新楼的1001听着学姐进行栏目的排版分工和技术指导，深夜自己窝在宿舍里一篇篇文章的排放一张张图片的编辑，还有紧张地一边联系着要采访的学姐学长一边想着要采访的问题……很多的事因为初次尝试所以留有遗憾，但是却也满载收获。增加了编辑的经验，学会了杂志的排版，感受到团队合作的快乐，体会到参与自己喜欢的事情时专注的美好感觉，更欣赏到工作过程中遇到的每一个人留给我的精彩风景。将这些大大小小的收获和快乐装进人生前进的行囊里，如同又积蓄了点点能量，让人走得更远。

而在这过程中，收获最大的还是对院里今年获得山东省优秀毕业生荣誉的几个即将毕业的学长学姐进行优秀毕业生栏目的采访。采访的内容主要就是他们大学四年的荣誉、经历，并聊聊他们对未来的打算和给在校的学弟学妹们的建议。采访前已经做好面对一堆牛人的准备了，但是采访过程中还是感到很惊讶，惊讶于他们的优秀，惊讶于他们的经历，更惊讶于他们对学习生活的态度。在奖励荣誉的填写上，每个学姐学长都是写得满满的，国家的省级的学校的学习的社团的各方各面应有尽有，一项一项似乎闪着熠熠光彩，也记录着他们大学青春岁月里的绚丽年华。而谈到大学四年的经历，也是丰富多彩，学习社团兼顾，却总能站在优秀的那一端。我想，是什么样的能量能让他们的大学过得这么风生水起呢？在交流中，印象最深的是他们对学习的态度：学习是学生的“天职”，永远将学习放在第一位，学好知识是进行其他一切活动的基础……这些浅显易懂的道理，都是从小到大耳熟能详的，但是似乎一上了大学，自己就先把从耳朵进入心里的门给锁了，然后理所当然地在大学里挥霍时光挥霍年华，别人的劝说也不在乎，总觉得玩世不恭才是青春里应有的姿态。所以心安理得地将学业放在一边，窝在宿舍里上网玩游戏看电影迷小说，还一边责备周围的不合理不公平。所以四年后，空白的履历贫乏的知识残缺的能力，一样一样地都让社会“回报”了回来。

青春应该是什么样子的？大学应该是什么样子的？或许每个人都有自己的定义。而我自己，似乎才从这一次的工作经历中学会了思考，学会了沉思。两年的时光匆匆而过，自己即将踏入大三的门槛，对于前面空白的履历，想想那些优秀的学长学姐，应该怎么做或许已经心里有数了。

作者：历史学院 2011 级本科生　黄君霞

7 月 1 日　　星期一　　雷阵雨转多云

中共党员·黄晓静

今天是中国共产党建党 92 周年纪念日，作为一名党员，每当这个时候，心里总会涌起一份骄傲，想起自己入党的日子，那难忘的情景一辈子都如昨日历历在目。

我出生在一个知识分子家庭，当时父母虽然都不是共产党员，却都对党有着深厚的感情，从小他们就培养我对党的热爱，所以在我成年以后，加入中国共产党，就是我最大的心愿。

21 岁那年 7 月 1 日，我第一次向党组织提出入党申请。从 17 岁参加工作起，我就是一个好工人，跟着师傅认真学习技术，主动抢干累活，因为我知道要做一名共产党员就要有吃苦在前的精神。后来，我当了干部，却从不贪恋坐在办公室里，整天在工地上跑，用自己的辛苦换得工人师傅赞扬。70 年代，年轻人讲奉献，把自己的青春献给祖国的建设事业被看作是一种幸福和一份义务。我担任团支部书记和某局团委书记时，曾组建了一支青年突击队，每天早晨义务劳动去挖地槽。

那时的建筑行业不像现在现代化程度很高，地槽完全是用镐和锨、甚至是大锤和钢钎挖出来的。满手的血泡、血泡又磨成老茧，劳动使手变得粗糙，但不论是力大年轻的小伙子还是纤弱秀美的姑娘，大家都为自己有一双劳动的手、为自己对城市建设尽了义务而感到很自豪。

入党是不容易的，尤其是像我这样非工人家庭出身的子女，要走进党组织的大门，得作出超过常人的努力。领导给我讲，要好好向工人学习，克服自己的小资产阶级弱点。我就真心诚意地和工人师傅交朋友，以他们为榜样，工作拼命拣重担子挑。电工最累的活是打过墙洞，我为了多干，学会左右两手抡锤，累了失手，重锤砸得两手肿得老高都不吭一声，一心只想着努力工作使自己尽快成熟起来。那些年恢复高考时，我正在努力申请入党，对参加不参加高考我犹豫很久，为实现自己的理想，这三年我放弃了参加高考，当然也永远失去了高考机遇，以后想起来虽然有些遗憾却从未后悔。1978 年，我作为培养考验对象，被派往某知青点任带队干部，那年我才 23 岁，所带的知青年龄与我相仿，对党组织交给我的艰巨任务，我既高兴又忐忑不安。一年时间，我尽自己最大的努力，组织知青出工劳动，给知青争取每周一天文化课学习时间并亲自备课授课，对后来没有想到的招工考试起了很大作用，为此，我被选为某县优秀带队干部。在生活上，我对自己也严格要求，知青们轮流休假，而我除了回来开会没有休息一天，开完会就赶快往回赶。知青们春节放假回济，为了使留守知青安心，我自愿带班留守。

也许，一个人真正付出努力就会得到大家认可。我努力改造磨炼自己，党组织和群众看在眼里记在心里。1979 年，局里 2% 的调工资指标由民主投票产生，竟把名额给了我。7 月份，我将结束带队任务回局时，党组织根据我多年愿望和表现，决定接受我的申请接纳我加入中国共产党，并派专人到知青点接我回局。因为第二天的幸福，头一天晚上我一夜没有睡着，早晨天不亮就起床沐浴更衣。会议开得非常隆重也非常严肃，我紧张得手里攥着一把汗。会上，党员同志对我几年工作表现给予充分肯定，也非常中肯地提出我存在的缺点，我很认真地记在本子上。党员表决时，我的心紧张得要跳出胸腔，等到全体党员满票通过我成为预备党员时，我激动得泪水止不住地流下来，想起生平最大的愿望得以实现，想起为实现这一理想曾付出的努力。

永远也忘不了党支部书记在我入党会议上讲的一段话：一个人入党并不难，难的是入党以后要始终记住自己是一个共产党员，要时时处处在工作中起模范带头作用，吃苦在前，享受在后，从思想上入党，不要辜负了共产党员的光荣称号。

30多年过去了，我也于1986年调入山东大学图书馆，不论在哪里，不论做什么工作，那难忘的日子，那谆谆的教诲，依旧记忆如新。每当我遇到挫折和困难时，都会想起自己曾写下的誓言，想起党组织的教诲。2011年我被评为山东大学爱岗敬业模范，就是我践行入党誓言的明证。去年端午节，我去了沂蒙山，大青山突围那段历史让我久久不能忘怀。今天，我们享受着革命先辈带给我们的幸福，我们就应该尽自己的全力去努力为党工作，为后代的幸福付出自己的辛劳。

作者：图书馆工作人员　黄晓静

7月2日　星期二　晴转大雨

经济学院援藏干部·陈新岗

援助西藏，奉献西藏。伴随着西藏大学的校园广播，我早晨八点准时起床，8点30分乘坐校车从西藏大学老校区赶往新校区。不同于内地，拉萨夏季上班时间为9:00～13:00，15:30～18:30。在前往新校区的校车上，我心中感慨万千。7月份的拉萨，天空依然碧蓝，布达拉宫矗立在城市中央，拉萨河从城南悄然流过。2012年3月，我由中组部、教育部与山东大学联合派出，作为中组部第六批援藏干部，任职西藏大学经济与管理学院副院长。去年，由于高原缺氧及气候干燥等原因，身体减重10多斤，整个人憔悴了许多。现在，身体虽已适应，但在7月底却要同拉萨说再见了。

9点正式上班。上班后，先回顾昨天的工作，再安排今天的工作。9点30分，我准时参加每周二的学院党政联席会。今天的主题是学术周相关工作安排。在西藏大学经济与管理学院，我主要分管学科建设、科学研究、研究生管理、受援等工作。说起学科建设，特要说明，经过援藏干部及同事们的艰苦努力，经管院的中国少数民族经济专业于2013年成功获得博士授予权，这是西藏大学乃至西藏自治区教育史上里程碑式的重大事件。我昨天参加了由校长主持的学术周工作布置会，今天要向学院各位领导传达会议精神。学术周安排在本学期第20周（7月15 ~ 19日）。活动主要有四项：学术报告、教学观摩、学术道德宣讲、大学生创新能力检查。我主要负责第一项和第三项。经过讨论，会议通过了我提交的学术周整体活动方案及我负责的第一、三项活动方案。今天的会议持续了两个小时，最终形成了有效决议。

11点半返回办公室后，我着手安排学术周相关工作。期间，我接到了山东省委组织部一个朋友的电话。这位朋友作为山东援藏干部代表团成员，从济南经重庆飞拉萨再至日喀则。他们的任务是迎接山东省第七批援藏干部，送行第六批援藏干部。有诗为证：遥望归七批即将入轨神十顺利回归。拉萨星光灿烂，兄弟姐妹同辉。想到第六批走了，第七批来了，心里热乎乎的。我的好援友好战友，你们多多保重。12点左右，又有研究生来询问开题事宜。西藏大学地处祖国偏远之处，研究生生源稍弱。很多研究生经调剂而来，底子薄，纪律差。我在去年提出“全面加强研究生管理工作，切实提高研究生培养质量”口号。时至今日，研究生管理已取得一定成效。确定好开题报告的时间与地点后，时间已近中午1点。

在新校区图书馆前广场上，我乘坐校车返回老校区。下午3点返回新校区。3点半准时上班。过了一会，学校科研处来电话与短信，说有课题申报。于是短信群发给学院老师，并电话叮嘱按时上交申报材料。藏大同事们的科研热情很低。幸好，近年来学院制定了科研奖励配套政策，同事们的科研热情才得以提升。群发完短信，又接到学校受援办电话，要求上交2012年受援工作总结材料。内地援助西藏，称之为援藏；西藏接受内地援助，称之为受援。于是按照学校要求，将受援的各种项目，包括会议、设备、支教老师、物品等一一梳理，5点左右写完并上报。剩下的一个小时，上网浏览新闻，了解当天的国家大事。一天工作结束，感觉既累也充实。

6点20分返回老校区。进门后的第一件事情就是与家人QQ视频。一年半的时间里，几乎每天都要视频。看到爱人、女儿和老人，心里好受很多。饭后，与几位援友散步。走在藏大校园里，感觉清爽许多。夏天到了，雨水多了，树木多了，芬芳多了，我们也不再缺氧不再流鼻血了。由于援藏任务即将结束，现在援友多谈一些援藏感受与回归内地后的工作展望。有诗为证：忆西藏兄弟姐妹抛家室，建功立业援边陲。回首西藏人和事，更觉发展需谋义。九点半的时候，太阳还没有落山，但该回家了。洗刷后，打开台灯，捧起一本小书，细细阅读。12点左右的时候，突然一声闷雷，窗外大雨倾盆而下。拉萨的雨季真正来临了。今夜，就让我伴着雨声入梦吧……

作者：中组部第六批援藏干部、经济学院副院长　陈新岗

7月3日　　星期三　　晴

机械学院退休教授·范波涛

今天，我的学生问我：你为什么要加入共产党？在建党92周年之际，我想了很多，是啊，我为什么要加入共产党……

40多年前东海前哨的一个海岛上，在一个点着蜡烛的昏暗的烛光下的会议室里，我们连党支部召开支部大会，讨论我的入党申请，当我看见一个个粗壮的手臂高高地举起的时候，一个19岁的孩子，从此就是一名共产党员了。当时激动的心情，现在依然体会得到。我的班长，也是我的入党介绍人向我祝贺时，激动的我都不知说了些什么。

从小我就向往我们这个党。记得在我小学三年级时，当知道我的父母都是共产党员时，感到非常骄傲，就是觉得很神圣，很伟大。随着年龄的增长，渐渐地对我们的党有了认识。中学16岁那年，我加入了中国共青团，胸前戴着团徽那

神气的模样我至今记得；今天，我加入了中国共产党，就不仅是高兴和骄傲了，而是感到了担子和责任。

我当兵的部队是在东海前哨的海岛上，叫舟山群岛。那是一个美丽的海岛，至今我都无限热爱她、向往她，那对我来讲是一个比我故乡还要亲的第二故乡，一提起她，我就感到骄傲，感到热血沸腾。但岛上也是艰苦的。在那里海水不是小说里形容的蓝色的，而是浑浊的，壮观的。我们是工兵，常年在山沟里施工，打坑道、修炮台。我们是机械兵，往往是一个班配合施工单位一个营，一旦开工，人停机器不能停，而我们常常是上一个班 12 个小时、或 24 个小时，记得我们班 8 个人分到三个施工点，我和一个战士有一次连续干了三天两夜，任务完成后，疲倦的我们倒在了机器边。一次从山上施工下来，我和一个战士抬着电瓶（当时 12V 的电瓶很大），由于劳累，又困又乏，走在半山腰时，我眼前一黑，竟从山上滚了下去。当我睁开眼时，第一句话是问紧抱电瓶的战士："电瓶怎么样？"当知道电瓶安全无恙时，才注意周围，满山的石头，碰上那一块，不死即伤，我竟然没碰上一块。施工单位的首长事后表扬我们是"钢铁机械兵"。在部队里，我们营房的条件是最好的，宿舍离厕所多少米、离食堂多少米是有严格规定的。但是，这样的营房我们一年也住不了几天，我们常年在外施工，风餐露宿，在工地是艰苦的，住的是油毛毡当顶的简陋的棚子，冬天就像在野外睡觉，到早上半截腿是冰凉的；夏天里面温度 40 多度；吃饭在露天，风一吹，常常饭碗里有一层细沙，又不能扔，我们只好吞下去。记得后来我看过军旅作家李存葆的中篇小说《山中，那十九座坟茔》，里面描写的施工是艰苦的，而我们当时的施工条件，比他描写的要艰苦得多。可以这么说，我在当兵的几年里，由于施工现场的地质条件，塌方是常有的事，死人的事也是经常发生的，我的好几位战友就永远地留在了舟山，而我也在一次的塌方中在手腕上留下了一道伤疤，由于有信仰，我们不怕，由于有信念，我们无悔。

当老兵们相继离开部队后，我也就成了老兵，我就像老兵对我们那样对待新兵，关心爱护他们。施工中哪里危险、艰难，我就到哪里，我认为那就是一个共产党员应该在的位置。拉练中，我的肩上常常是两支枪或两个背包，为了战友好好休息，站两班岗也是常有的。在我退伍之前的最后的施工中，放炮时出现了好几个哑炮，在报名排哑炮的人员中，连长信任的眼光落到了我的身上，这不是我装的炮（每个人装炮的特点不一样），但我毫不犹豫地接受了任务，因为我知道，这样危险的任务在连队里只有我能圆满完成，而这又是我结束军旅生涯的最后一次任务，我不能让其他战友有危险，而且我要给他们做个榜样，这就是为党旗增辉，为军人增光。

我崇拜英雄，佩服那些坚贞不屈的共产党人。入伍时，我的背包里悄悄地带了两本书，《红岩》和《欧阳海之歌》。这是我在学校里最喜欢看的书，里面有我最崇拜的英雄。这两本书在连队里也是最受欢迎的书。在我结束军旅生涯的时候，留给了我热爱的连队。

六年的军旅生涯是短暂的，但给予我的烙印是抹不去的。这里有指导我们成长的首长，有关心爱护我们的老兵，在这里，找准了我的人生道路，是我人生轨迹的起点，艰苦的环境坚定了我的信念，我永远牢记在鲜红的党旗下的誓言。我把人生最美好的时光献给了我亲爱的连队，这是我人生最值得骄傲的、最留念的时光。

退伍后，我上了大学，后来当上了一名教师，我热爱这个岗位。在教育工作的岗位上，我干了 30 多年。在高校内，才知道我的知识肤浅，才知道有那么多的知识要学，老教师的言传身教，严格要求，教了我很多很多，这在我的人生道路上又是一个新起点，在这里，我学了很多。为了把我所教的这门课教好，我把与这门课有关的几乎所有课程都进修或自学了。为了上好每一节课，全教研室的每一个老教师课我都听过，并将每一个老师的讲课特点加以总结，以丰富我的教学。才开始讲课前，我打开录音机，将我讲的内容录下来，然后边听边总结边纠正，我有时为了上好一节课，用一周甚至更长的时间来备课，在上课的头一天，我会在教室里对着黑板，想着怎样布图、写什么字，提前把黑板图的位置、黑板字的位置布好，精心准备到每一个细节；为了上好习题课和课后的答疑，我做了几千道画法几何和机械制图的国内外习题，节假日、寒暑假我遨游在茫茫题海里。我渴望知道我不知道的一切，我渴望我的讲课像老教师那样游刃有余。学校两次送我外出进修，我知道外面的世界有多大，我知道要学的东西有多少，为此，我付出了很多。我知道，在课堂中讲错一点，就可将学生引偏，于是，我经常请老教师听我的课，征求老教师的意见；召集学生开座谈会，指出我讲课中的问题，加以改正，经过多年的努力，熟悉了本门课的所有内容、重点、难点，讲课中应注意的细节和学生最容易出现的问题，像老教师一样，用图解来培养学生的空间想象能力。为树立“以培养学生的创新能力为核心”的教学理念，以激发学生的创造性，尝试着在教学方法上进行改革。在课堂教学上，大量使用讨论式、启发式教学，让学生来参与课堂教学。从而形成了制图课民主、激励、创新的教学法，使学生轻松、愉快地学习。与外校合作进行考试方法的改革，使学生通过工程制图这门课的学习，动手能力、自学能力、表达能力、空间思维能力和创新能力都有一定的提高，调动了学生学习的积极性、主动性和创造性。为此，我所教的这门课获得了山东大学和山东省的精品课程，我获得了山东大学教学名师的称号。

我热爱教师工作，我热爱三尺讲台，在我退休的时候，我是多么的恋恋不舍，我在教室的讲台前久久伫立，我渴望再站到这个神圣的讲台上……

当我的学生和我谈信仰时，我就和他们谈我的军长黄朝天将军，他 13 岁参加红军，从一个没上过学、没文化的放牛娃，到我军高级指挥员，成长为一个坚定的无产阶级战士，这就是我们党的伟大。我认为，我们的党，能让千百万人为新中国的诞生去奋斗，能让那么多的人愿意为这样伟大的事业去牺牲，这就是代表了人民的意志，这就是伟大，是任何一个别的党都办不到的。记得我的好几个学生，和我多次交谈后，写下了一份入党申请书，表达了一个年轻人的信仰。

2005 年，当我儿子浙江大学毕业即将到北京读研前，我带他到了我的老连队参观，到了舟山烈士墓，我指着一个个我熟悉的烈士介绍着，好几个是和我同年入伍的，现在我已是一名人民教师，而他们却永远地留在了舟山，定格在永远的 20 岁。这一年，我儿子加入了中国共产党。

至今，我没有忘记我在党旗下的誓言，也从未为我的理想、信念动摇过，我为我有这样坚定的信念感到自豪。

一个人没有理想，生活就没有目标，没有信念，生命就没有灵魂。

作者：机械工程学院退休教授　范波涛

7 月 4 日　　星期四　　雨转晴

招生拓展人员·杨加深

回到济南，回想起在青海招生的日子，感受颇深。

在我的理解中，校友就是曾经在同一所学校读过书的人，未必曾谋面，更不是指同专业、同年级或同班的同学。我们学校的校友，我不认识的远比认识的多得多，而青海的校友，更是一位也不认识，只是在去青海的前几天，才略微知道了少数几位校友的名字。总之，校友在我的脑海中，还是一个相对模糊，甚至有些陌生的概念。

按照学校规定，我们学院被安排到青海西宁做招生宣传和咨询工作，院里提前联系了青海校友会，这是历年的惯例。更何况我是第一次去青海，更需要他们的帮助。

6 月 27 ~ 29 日，是西宁市几所中学选报志愿的日子。我和李华阳老师于 26 日深夜，更确切地说，是 27 日凌晨才赶到西宁机场的。青海校友会岳才春秘书长（中文 83 级）一直等候，并亲自接机。无论是此前的电话问候，还是见面后的言谈话语，都令我们倍感亲切。此后两天在湟川中学、青海师大附中的招生宣传和咨询过程中，也多靠青海校友们的接送和招待。此外，在当地校友的安排下，我们还有幸见到了慕名已久的塔尔寺和青海湖。

校友们对山大的感情很深，坐在一起吃饭，话题也就无一例外地聚焦到“山大”上，昔日的学习、生活、老师、同学，后来怎么到的青海、什么时候又回母校……可谓娓娓道来，如数家珍。他们热情、质朴，因为有山大这个共同的话题，我们像是多年不见的老同学或朋友，他们对我们没有丝毫陌生感，就像我们对他们也全然没有陌生感一样，这让我对校友的理解顿然有了一个更深的认识。我们的回忆也被带回了昔日的大学时期，尽管我的大学时代比他们晚，而且我的本科也不是在山大读的。对母校目前的发展，他们也丝毫不比我们知道的少，网络发达了当然是一个客观原因，但其中更能体现的，却是青海校友们对母校的关心，因为没有对母校的关注，再先进的媒体也无济于事。

王凯军校友性格开朗，很善于表达，他的一句话，把校友们的谈话气氛推向了高潮。他说："和许多著名大学一样，山东大学也并非十全十美，但这话我说可以，却听不得别人说。"这是一句很能引起山大校友共鸣的话，相信其他学校的校友也有同感。虽多少有点"自私"，但却是百分百的肺腑之言。

其实这句话我不是第一次听，徐显明校长《在2012级新生开学典礼上的致辞》中就说过这样一段话，几乎所有的山大人都知道："任何人只用初来乍到的一个月的时间是无法对一所大学有理性的认识的，但当四年过去，当你离开山大的时候（现在说这话有点过早），你才会感觉到她的伟大。所以这四年当中我允许你批评她，抱怨她，而四年之后当别人要批评她，说她'不'字的时候，在你那儿就通不过了。你会奋不顾身地去捍卫她，去赞美她，并且时间愈久，你会愈感觉到她的伟大。"徐校长的这段话说过一年后，我在青海校友的嘴里又一次听到了，虽表达方式不同，但意思是完全一样的。

我觉得，这句话是每一个山大校友的心声，它存在于每一个山大校友的内心深处，是界定山大校友的一个软标准。唯一不同之处在于有人说出来了，有人藏在心里，所以当一个人说出后，就马上能产生强烈共鸣。

校友们的孩子中，有今年参加高考的，也有明后年参加高考的。一旦成绩达到了，让孩子们报考山大也几乎成为所有青海校友的愿望。有一位校友说："我父辈是山大的学生，我是山大的学生，我也希望孩子将来能成为山大的学生。"类似的话也在家曾住山东而现在青海工作的家长口中多次听到。

青海的校友们，离开母校时间最长的应该有几十年了，他们的身上，已经多少带有了一些高原的气息，但没有改变的，是对母校永恒的眷恋与关注。

此行我们见到的山大青海校友有岳才春、海平、路霖、李卫东、王凯军、王利民、郭辉等学长，敬爱的在青海工作的学长校友们，我们回到济南啦，写下这篇日记，衷心祝愿你们身体健康，事业更上一层楼！

作者：历史学院副院长、教授　杨加深

7 月 5 日　　星期五　　晴

经济学院 · 吴小龙

还是一样的周五上午；还是一样拖拉到最后一刻起床，匆忙收拾行装；还是二楼吃早餐，两份咸菜，一碗粥，一个鸡蛋饼，只是今早上粥里只有 9 个枣，有些小失落，很久都没有跌落两位数了；一样的狂奔在去明德楼的路上，还一边四处偷偷瞄两眼路上有没有帅哥；一样的来到 A443，一样早到的苏老师……

所有的一切让我觉得这一次跟以前的 N 次值班没什么差别，可是这却是最后一次了。最后一次给办公室的那些花花草草浇水；最后一次跟岳卉一起拿报纸；最后一次登录工作邮箱……

今天邮箱的稿子很少，我就那样坐在那里。我还以为我才刚刚来到这里，很多东西还没学会，却发觉要离开了。我就那样坐在那里，想我刚来时怯怯地说找万老师；想我编第一篇稿子的忐忑；写第一篇报道时的兴奋；想我参加的唯一一次培训老师们说的话；想那一天万老师给我们的那个桃子的滋味……

半年的时间，对于新闻中心，我只是个过客，很多老师甚至不大记得住我。于我，这一段经历也算不上刻骨铭心。可是很多人、很多事、很多画面、很多道理却已经刻在了我的心里。我喜欢这个地方，喜欢这个地方的工作状态，喜欢这个地方宽松工作环境下的那股认真，喜欢那种同事间的关心照料，喜欢老师对我们的悉心教导。最不能忘怀的是苏老师那极富感染力的笑声，和她对生活的那份热爱，那份热爱炙热地灼伤了我，让我懂得了，跟随内心，对生活保有一份纯真的心；最让我动容的是王老师的温婉气质，我生在农村，见过的所谓大家闺秀真的不多，但是王老师那股平和娴静给大大咧咧、咋咋呼呼惯了的我上了深深的一课，做女人，当如此；谢老师跟我坐得最近，看她总是静静地做自己的工作，厚积薄发；有点小俏皮的梦冬老师，总是很萌的感觉，但梦冬老师拍的照片真的很好，一个特长足够长就能成事；不得不说到万老师，有点怕他，他总是微笑着，可是我读不出他微笑里的内涵，这应该就是领导的范儿吧，但是他说的很多话，我都记在心里，很受用。要感谢的人还有很多，长得很像段奕宏的李铁师哥，一直忙前忙后指导我的淋淋，还有跟我一路走来的岳卉……

11点45分，真的该走了，我又瞅了一遍桌桌椅椅、花花草草，轻轻地摸了摸电脑，打印机，起身的时候又看了一眼我坐过的椅子，忽然有点舍不得了。起身跟老师说我们先走了，王老师跟我们说再见的时候，我眼里竟开始泛起泪花了，我跟岳卉说，或许就真的再也不见了。

我觉得自己很不舍，却又想不出自己到底在怀念什么。或许我怀念的就是那样一帮人在一起的感觉，他们有些文人的小酸，对生活充满热情，对社会充满信心，精诚团结，相互扶持。就这样就很好，我多希望我能早些加入，多融入到这里一些。只是，马上面临毕业的我恐怕再没有机会与时间在这里工作了。

在新闻中心做助管的半年时间也许不会是我人生里最浓墨重彩的一笔，但是想起来是暖暖的，品起来是甜甜的，在这里我提高的不止是文字水平，还学会了做人，懂得了责任，学会了担当。

写到现在我有点后悔了，今天事情很多，心里有点乱，很多想说的话没有写出来，或者变了味。本就不该写了，报社还有很急的稿子明上午要交，晚上又要加班了。可是我觉得，我得写一写给我的这段生活的，哪怕时间仓促，哪怕都是些大白话，没什么文采，都不打紧的。只要感情是真的，这又有什么要紧的呢？

作者：经济学院2012级研究生　吴小龙

7月6日　　星期六　　晴

公卫学院·李　朵

昨日刚刚告别了考试周的紧张与繁忙，心中期待已久的假期便如约而至。虽说济南的气温时时刻刻提醒着人们盛夏的到来，但我们的热情丝毫没有递减，脚步从来未被阻挡。今天，令我们大家期待已久的暑期社会实践活动如期进行。

下午，我如约来到了山大趵突泉校区。这个绿树成荫的校区在盛夏的午后给人清凉静谧之感，令我在炎夏感到一丝慰藉与欣喜。而我此行的目的不是欣赏校园的美景和感受趵突泉校区别样的氛围，而是与“公共卫生学院 Oliver 暑期调研实践团”的其他队员进行交流与探讨。

在中心花园，我遇到了已在等候的医学院 2010 级学长汪祝乐。在等候团队其他人的过程中，我与已经有两年社会实践经验的汪学长进行了简短的探讨，向学长取经。通过和他的交流，我学到了一些关于社会实践的宝贵经验。

过了一会儿，团队中其他的成员陆续到来了。Oliver 团队的成员来自山大不同学院的不同年级，包括生命科学学院、医学院、公共卫生学院等，虽然有部分成员相互间不熟悉，但通过短暂的交流很快大家都了解了彼此，有说有笑，这让我深感加入这个团队是一个多么有意义的决定。当团队所有成员都到齐后，我们便穿上队服，留下了属于我们这个社会实践团队中每个人的第一印记——第一张合照。照片上的大家脸上洋溢着微笑，闪烁着自信，仿佛在心中暗自说道：我们一定会成功的！

当然，最有意义也最重要的环节，便是接下来的集体会议，我们深知这是关系到我们社会实践成败的重要环节。会上，队员们集思广益，相互探讨，确定了细致的实践活动方案和分工。

作为一名大一的学生，我在这一年中经历了很多第一次。在即将升入大二的暑假，我又第一次成为社会实践团队的成员，将要进行相比寒假“家庭角色体验”更加接近社会、服务社会同时难度更大的社会实践活动，对比当初对社会实践的一无所知，现在的我已成长了很多。

但在心底，我也不停地思考社会实践的意义与价值。我深知社会实践将要吃很多苦，要在炎热的夏季经受气温和阳光的考验，但是我深信不疑的是，社会实践是一个锻炼自身能力和贡献社会的良好机会。而此次我们能够做到的就是从医学和公共卫生专业的角度，让大家重视自己的肝部健康，关爱自己的身体健康。

我们在中心花园的喷泉边探讨着，大家的思路像喷泉池中的水一般源源不断。也许无法得到最完美的答案，但大家思考着，贡献着，我想这已经是社会实践团队成员的最好姿态。

接下来的活动充满着考验，但有等待着我们去摘取的果实。我准备好了，我们准备好了。一路辛苦随行，但与收获相伴。

作者：公卫学院2012级本科生　李　朵

7月7日　　星期日　　晴

法学院·张　敏

今天特意起得特别早，虽然还不到六点但外面已经很亮，蝉不知疲倦地叫着。这是住在兴隆山的最后一天了，明天就要搬去洪家楼校区，心里有点小伤感。

现在还记得第一次来兴隆山的感觉，就是一个字：大。送妈妈回去时，从宿舍到校门口才走了一半的路程却感觉走了好远好远。来的第二天我还是找不到回宿舍的路，那么多宿舍楼感觉都一个样。可现在却觉得校园是越走越小，越来越熟悉。也明显知道我们宿舍楼和其他的楼都不一样，它旁边有个小花园，还靠近有健身器材的地方，阿姨们傍晚总喜欢在那儿闲聊。

大二的学姐学长们每次回山里都会感叹还是山里好，又漂亮，环境又好，清净，适合学习。而我们这些大一的刚开始却一心向往洪楼附近的繁华，交通的便利。现在想想，也许等我们下次回山里又会把这些话说给大一的吧，羡慕着他们，这样一届届延续下去。

会怀念通往工程训练中心的那条路吧，军训时每天都在那边，可惜后来就没再怎么去过了；会怀念一多广场上的朗读声吧，清晨沐浴着阳光大家散落在广场上背单词，读英语；会怀念食堂师傅每天叫喊的标准济南话“上二楼，二楼有座”吧，那是我学会的第一句山东话；会怀念山里迎面走来的一群群男生吧，到了洪楼男女比例可能会反过来，这样的场景应该不常见了……

当然不会忘了兴隆山特有的妖风，360度无死角，朝哪个方向走都感觉风是迎面吹来了。再加上风力大到了一定境界，让我想起了铁扇公主的那把大芭蕉扇，不管瘦子胖子都“举步维艰”。之前以为只有冬天才有，没想到夏天它依旧肆虐，让人叫苦不已，特别是穿裙子的妹子们应该最有感触了。

洗漱完毕我拿着手机下了楼，想趁太阳还没出来去校园各处拍一拍。好多地方想拍，好多地方都留下了回忆，就是这些回忆让今天的校园变得特别美。天空湛蓝湛蓝的，迎面是三三两两拖着行李回家的人在路上走，小树林里洒满了阳光，一两只鸟掠过停在它们的窝里。此刻的兴隆山静静的，真好。

兴隆山远离浮华，最适合潜心治学，很感谢大一这一年在这里的点点滴滴。从这里我重新出发，在这里我获得成长。有些地方可能不会常挂在嘴边，但却永远不会忘记，因为这里有我们的青春，我们的回忆。再见了，兴隆山，下次回来会是怎样一种心情呢？我满是期待。

作者：法学院 2012 级本科生　张　敏

7 月 8 日　　星期一　　晴

历史学院 · 黄艳华

昨天晚上终于把学期论文写完了，考试期间压力太大，就一直没怎么给家里打电话。打给在贵州做事的老爸，和老爸聊了一会儿后，他竟然和我说：“明天就是你生日，祝你生日快乐、学习进步啊！”我立马惊呆了：“爸，你记得我生日啊？”老爸说：“当然记得啊，去年你生日时是在贵州支教，我不是给你打了电话吗？”然后，我就在感动中了……

晚上还收到老姐的短信。老姐在短信中说，8 号是她正式上班第一天，可能会比较忙，怕来不及给我打电话，就提前祝我生日快乐了。其实，老姐呀，知道你上班我很开心，你提前的祝福我更感到幸福呢。

8号，我的生日。早上7点半就起床了，昨晚和显龙说好了的，今早去送他们。很早就到了知新楼西边广场，看着第四届同心圆支教团的队员们大包小包地集合完毕，突然地就有些后悔，本来是打算和他们一起去的，从开始筹划到正式选好队员，自己也一直在参与……后来由于各种原因，放弃了一同前行，也丢掉了和去年给他们上过课的孩子们见面的机会。送他们到北门，帮忙把行李搬到车上，感觉像是为自己失言于“同心圆”而做一点点补救一样。我说不了别的，唯祝你们一切顺利、与孩子们度过一个快乐的暑期！

PS：我的生日和“同心圆”很结缘，去年支教期间过生日，队员和孩子们真的让我很感动，也让我一直铭记。今年生日，也是和“同心圆”一起度过的，很踏实的感觉……

送走他们，就去给老师交论文了，老师指导了好多论文方面的知识，又讲了些社会实践和实习的事，收获很大。其实一直以来都很幸运，遇到的老师都对我很好，很关心我的成长，从小学一年级的老师到现在大学里的老师，他们一直在关心着我、关注着我，说起我时，那些老师会觉得是一种骄傲，我就真的好开心。我的老师们，亦师亦友，亦兄亦姐，亦父亦母，在我的成长中，真的给过我太多帮忙。感谢你们！

中午回宿舍小憩了一会儿，下去就和友斌、君霞、丁璇他们一块去齐鲁晚报做调研了，天气很热，我们都喝了好多水。尽管路途出现了些小问题，但在报社调研，还挺好的，主要是有空调，凉快，哈哈。接待我们的董钊老师给我留下了很深印象，他曾赴日本大地震采访、雅安地震采访，是齐鲁晚报机动新闻组成员，山大文学院的校友。他讲的话很有条理，还给我们的社会实践项目指导方向，亲切地称我们为“学弟学妹”。这让我感受到，山大人，真不错、真亲切！在那采访了两个半小时，有三位老师很认真地向我们介绍齐鲁晚报的事迹，收获颇丰。

调研完后大家就坐公交回学校了。路上接到志欣姐的电话，她说辅导员任职已经定下来了，她去儒学高等研究院尼山学堂担任辅导员，她很满意这个岗位。我也很替她高兴，她还在中心校区，以后还能常见到她，嘿嘿。在老师办公室值班时认识志欣姐和大昭学长的，从他们身上真的学到了很多东西。也特别想感谢办公室的老师们关心我，耐心地教我学东西，信任地让我去办事，原本内心自卑

的我在不断历练中，很多方面也变得越来越好。

晚上和夏宁姐一块吃饭，作为老乡，又是同一学院的，我俩走得很近，关系也一直很好。晚饭吃得很开心，在此不多加累赘叙述。总之，谢谢你，夏宁姐。

其实，我一直是不爱过生日的。每逢生日，老爸、老妈、老姐给我打电话，叫我吃顿好的，我就觉得特别幸福。今天又有了一位“家人”给我祝福——姐姐的男朋友，嘿嘿，收到短信的那一刻，当时就惊呆了……今天记下这些有点不系统的零碎小事，也许很普通，但是心里真的觉得很充实，很幸福。

一直以为，幸福就是爸爸妈妈开心，姐姐和我学习顺心，一家人彼此牵挂着彼此，幸福于我而言，只要安逸就好。现在变为姐姐工作顺利就好，其他地方不变。

感谢你们，所有关心着我、帮助着我、爱着我的人！有你们，真美好。

PS：明天去实习，加油！另外感谢君霞给我拍的照片。

作者：历史学院 2011 级本科生　黄艳华

7 月 9 日　　星期二　　雷阵雨

公卫学院 · 李清如

今天，燥热的济南终于迎来了久违的雨水，清晨伴着酣畅淋漓的雷声，我们

“梦之队”开始了今天的实践任务，今天的目标是山大的软件园校区。

我们在这个生活了一年的校区里漫步着，突然发现即将离开的我们对这里竟有着难言的不舍，在这里奋斗了大学的第一年，我们都希望这次的社会实践能为我们在这里的故事画上完美的句号。

放假热潮来临，软件园不再是上课期间的忙忙碌碌，反而呈现出一幅恬静的画面，路上有几个稀稀落落的人，或悠闲，或匆忙，当然还有我们。我到达集合地点食堂门口的时候，队长赵倩玉同学及几个队员已经到齐了，我们拿着今天的采访任务及采访工具，等待着队长作出指示。在交代了今天的实践任务内容及注意事项后，我们正式开始了今天的工作。

由于有了前两天的工作经验，我们已经不似刚开始的无措，省了很多麻烦，俗话说“失败是成功之母”，看来一点都不假啊。两天的合作也让我们“梦之队”的队员们更加了解彼此，合作也更加默契了。软件园的定点采访是由王明明同学主要负责，由于我们在这生活了一年，所以联系同学也更加方便，毕竟今天是主场作战。今天第一个采访对象是我们的同学，聊起来比较轻松也很愉快。我们很明显发现，关于“职业梦”和“职业生涯规划”，我们公卫的同学并不陌生，因为我们的辅导员赵婧婧老师十分重视，所以我们清晰地感觉到这位同学对自己职业生涯及她的人生目标有了明确的规划。有了一个好的开头，接下来的采访我们有信心多了，又采访了计算机、软件专业的两位同学，他们分别来自大一和大二。采访中我们发现，大二的同学对于自己的职业生涯规划明显有了更明确更笃定的认识，或许大学里每一年的成长都会带给我们不一样的惊喜，这个发现让我们的队员们兴奋不已。我们感谢着软件园带给我们的这一年。这一年，我们大一，同时我们期待着趵突泉校区的接下来的日子里带给我们的成长与教育，也希望自己在成长中能逐渐找到自己明确的人生路，圆了自己的职业梦。

我们在自习室以及食堂门口这两个人流高峰地点进行了随机访问。可能由于雨天，比较凉爽，相比较酷暑的前两天，大家更愿意驻足来跟我们一起完成随机采访，采访过程也很愉快。

下午的时候我们结束了今天的实践任务，大家聚在食堂门口，队长赵倩玉对今天的工作进行总结，同时交代了第二天的实践内容。随着我们实践的进行，我看到我们的成果一点点展现，看到我们每个人的成长与收获，看到我们“梦之队”的前进，希望剩下几天的实践任务可以更加顺利！

作者：公卫学院2012级本科生　李清如

7月10日　　星期三　　雷阵雨

电影协会·魏　虹

“爱电影，爱生活”是我们山东大学电影协会的标语，更是我们影协人心底的声音。今天下午，举行了山东大学电影协会的换届大会，不同于以往一些会议的单调无聊打官腔，影协今天的会议更像是一次温馨的家庭大聚会，从会长到部长，妙语连珠，会场不时爆发出阵阵欢笑，一次又一次响起热烈的掌声。更加值得纪念的是，除原有的趵突泉校区和软件园校区外，今年诞生了山东大学中心校区和兴隆山校区的电影协会分会，电影协会进一步壮大，我们影协人进一步扩大。

俗话说得好：“不是一家人，不入一家门。”怀着相同的对于电影的热爱，怀着相同的对影协发展壮大的希冀，怀着相同的在影协这片天地有所作为的信心，我们这些人聚在了一起。因为所从事的是我们自己所喜欢的，就有了把它做好的迫切希望；因为大家是齐心同德的，便让我们更加坚定了能把影协发扬光大重振雄风的信念。由于分校区的原因吧，许多人都是第一次见面，但自己却可以感受到大家的所向一致，大家对于影协的爱，作为影协一份子的喜悦之情。没有生疏没有隔膜，就像是许久未见的一家人聚在了一起。

大会的开始，影协总会长给我们播放了一段吐槽医学生的小视频，说是帮我们放松一下心情。知名电影经典片段的巧妙剪辑，幽默配音，逗得大家哈哈大笑，而已经体会了一年医学生郁闷之处的自己，对此更是深有感触。谁说医学生都是书呆子，劳逸结合才是王道。借助电影这个载体，既给我们带来欢笑，放松心情，又开心了他人，真可谓一举两得啊。

让我印象深刻的，还有中心校区公关宣传部部长的发言，诙谐幽默。谈到自己，他说加入影协是一件幸福的事，如果影协能进一步壮大，那么他就是最最幸福的人了。旁边的策划部长打趣，为了让公关宣传部部长成为这世上最最幸福的人，大家一定要加油把影协发展好。温馨的气氛，洋溢着大家对影协的爱。会的，影协会成为山大最大的社团。这是全体影协人的美好愿望，更是我们执着追求的目标。

相机的咔嚓声，定格了全体影协人的灿烂笑容，也宣告了电影协会换届大会的结束。我坚信，影协在全体影协人的努力下，一定会更好地服务同学、丰富校园生活，拥有一个灿烂美好的未来。

作者：管理学院 2012 级本科生　魏　虹

7 月 11 日　　星期四　　雷阵雨

医学院・李昊元

7 月份济南进入炎热夏季，让来自“春城昆明”的我有点不适应。但是，连绵几天的降雨给济南的夏天带来了清新和凉爽。早上 8 点，和趵突泉校区的队员们一起赶往洪家楼校区开始又一天的社会实践。

中心校区的美轮美奂，趵突泉校区的古色古香，一年中心校区，一年趵突泉校区的生活让我度过了人生中最绚丽的两年。这两年中，让我倍感亲切的却是那洪家楼老校，不仅仅是因为那些能歌善舞的同学在天主教堂旁边演绎着他们别样的艺术人生；也不仅仅是因为旁边那些小吃和那淘宝街；更多的是作为一个整天沉浸在“生理生化、蛙心灌流”医学学习生涯中的医学生，我对那些研究艺术、政治、法律等人文学科的同学，有一种莫名的亲近感。我期待他们能对“当代大学生心理健康和价值取向”发表自己的见解。

洪家楼校区和山大的其他校区一样，假期里依旧有许多同学在自习室奋斗。问卷发放得很顺利，很多同学都积极配合。想起去年到居民区做问卷时很低的配合率，两者的对比代表着不同的群体对社会的认识。不知道多年后的自己，是否还能像现在这样对陌生人有一份信任和耐心。就像每次看到“医患纠纷”的新闻，常常扪心自问：“当真正从医时是否还会记得‘竭尽全力除人类之病痛，助健康之完美，维护医术的圣洁和荣誉’的誓言。”做完问卷后，团队一行人又随机采访了政管学院、艺术学院、法学院的一些同学。学美术的单凤阳学姐在谈到自己的专业压力时说：“你们医学生可能看着我们经常出去写生，整天过着优哉诗意的生活。其实，我们的压力也不亚于你们。我们除了固定的写生，还要学习各种艺术理论知识。”政管学院的郑欣尉同学谈到：“如今的大学生大多处于浮躁功利的状态，把‘马克思’‘思修’等课程视为学校强加的负担。在大学两年的生活中，马哲课的学习其实是给自己最大收获的东西。静下心来很重要，这样的课如果能用心领悟，对自己在生活遇到的问题还是有很大的指导意义的。”法学院的老乡韩林均学姐也和我们分享了她在面对不同选择时的经历：面对不同的人生选择，内心的苦恼和徘徊是不可避免的。“敞开心扉、用心交流”是她度过艰难时刻的最佳法宝。

心理压力的释放，对人的健康十分重要。若能提前干预，多注重学生的心理问题，或许能避免一幕幕悲剧。我们“从心开始”团队就是在这样的热点背景下成立的。在心理咨询中心许晓梅老师和辅导员梦姣老师的指导下，我们想借此机会探究“济南当代大学生心理健康”问题。很多心理问题的根源来自于价值观的摇摆，弄清大多数大学生的价值观取向也是这次我们调查的重点。今天的洪家楼校区之行更加坚定了我们对“当代大学生心理健康和价值取向”的探究热情。特别是洪家楼校区同学的那些话，让我感觉到当代大学生的承受的压力之重，进一步认识到山大学子们对大学的认识和积极的态度。我想在山大的 7 年，会一直指导我以后的“从医生涯”，努力践行医学生誓言，做一个真正的山大医学生。

洪家楼校区之行告一段落，我们一行人刚好遇到下雨。但是，大家一路欢声笑语，享受着下雨天的乐趣，体会着队员之间的用心交流。

作者：医学院 2011 级本科生　李昊元

7 月 12 日　　星期五　　阵雨

公卫学院 · 赵倩玉

青春路上，我们是寻梦人，也是追梦人。

为期一周的社会实践结束了，在过去的一个多星期里，我走进了三所学校六个校区接触了百余名在校大学生去深入了解他们那色彩纷呈的职业梦和中国梦，以一个“90 后”视角审视“90 后”的梦想。

时光倒流到十几年前，我们的梦想是成为三尺讲台上神圣的老师，是去做一个造福人类改变世界的科学家，是立志成为一个悬壶济世救死扶伤的医生，是幻想着成为可以任由想象的翅膀自由驰骋的艺术家……随着光阴如水般地流逝，我们视野越来越广，了解到的世界越来越宽，于是我们的梦想也随之发生着变化。高中时期，我们最大最实际的梦想就是考上自己理想的大学、完成儿时的愿望。那时候不管复习有多苦、多累，我们的心里总是甜的，只因为有个象牙塔的梦在支撑着我们，让我们在漆黑的夜里想着天边的黎明顶风前行。慢慢地经过数月的煎熬，我们终于等到了那张视若珍宝的通知书。在双脚迈进大学的第一步时，我们狠狠地告诫自己：我是圆梦来了。后来的后来，有无数残酷而赤裸裸的现实摆在我们面前，我们不断地问自己：难道那就只是一个梦吗？在迷茫中徘徊，挣扎，挣扎，挣扎……

这个暑假，我跟随团队一起走进济南大学、山东商职学院、山东大学各校区去寻梦。我发现我们的梦想越来越现实，“90 后”并不像传说中的那样好逸恶劳、以自我为中心、没有丝毫的吃苦精神，我们也愿意下基层，也愿意进民企，甚至是去西部支持大开发来实现自己人生的价值、完成自己的梦想。有位受访者说得好：“什么是梦想，梦想就是实现自我价值的同时能让它照进现实。”脱离了实际的梦想只能是梁上的梦，永远不可能触地。我洞悉了那个帅气的男孩想用所学规划美丽家乡的梦，我熟知了那个温柔可人的女孩开一间儿童心理咨询室的梦和那一群热血沸腾的男孩想去开创中国新一代电子商务的梦，当然我也知道了自己的梦想在何方。

寻梦，追梦，永不止步。

梦想或许虚幻，但是一旦被偷走，所有的现实都会失去味道。暴热的阳光里，肆虐的风雨中，有一群寻梦追梦的孩子期待彩虹的出现，其中有我。

作者：公卫学院 2012 级本科生　赵倩玉

7 月 13 日　　星期六　　阵雨

百岁老人·穆咏娟

今天是我 99 周岁生日。

一大早，儒学高等研究院的巴金文、王承略、纪红就来看我了。他们向我问好，跟我握手、拥抱，嘘寒问暖，让我特别感动。

看着他们这年轻的一代，往事不断涌上心头，我不禁跟他们聊起了过去的故事。

我是江苏无锡人，从上海启明教会女校毕业后，进入上海私立持志大学学习。1937 年抗战前夕，一个偶然的机会，我来到了江阴尚仁中学任英文代课教师。

穆咏娟

墙上照片为 2000 年穆咏娟与王绍曾接受齐鲁晚报采访时的合影

当时听别人介绍说这个学校的校长年纪轻轻，人很好，水平很高。这个人就是后来成为我丈夫的王绍曾。

代课不到半年，淞沪会战爆发了，上海被日军占领。无奈，我跟随尚仁中学的老师们向西逃亡，一路颠簸，终于到达了四川。随后，我进入重庆中央助产学校任会计工作。在四川期间的几件事让我印象特别深刻。当时国共合作全民抗战，周恩来到各个单位走访慰问。周恩来英俊潇洒，风度翩翩，给我留下难忘的印象。有一段时间，重庆遭到大轰炸，日军飞机一来就是十几架，分别四五架一字排开，炸弹燃烧弹呼啸而至，每次都是尸横遍地。有一次，我跟郭沫若的夫人躲在同一个防空洞里，郭沫若先生竟冒着日军的轰炸雇了滑竿将夫人接到更安全的防空洞。每当想起此事，我就对郭沫若先生十分钦佩。宋美龄是个很厉害的人。她是广东人，但却说一口标准的普通话，还说得一口流利的英语，蒋介石见美国人都离不开她。一次“三八”妇女节，宋美龄去中央助产学校作报告，我坐第一排。她那天穿了一身藏青色旗袍，镶着花边，不戴首饰，没有发言稿，虽然朴素却特别端庄。

1963 年我和我先生一起到山大图书馆工作。退休之后，我就主要料理家务。那时候还没有电脑、打印机，绍曾写完稿子之后，我就帮他整整齐齐地抄一遍，交给出版社。

絮絮叨叨说了很多，他们都听得津津有味，这让我兴致很高。

穆咏娟与大家追忆峥嵘岁月，分享长寿秘诀

承略问起我的长寿秘诀，我很愿意将我一辈子的切身经验分享给大家。我认为，生活要有规律。还要常动脑，每天都要读书看报。再有很重要的一点就是要多关心别人、帮助别人。说起这点，我想起了跟绍曾相识不久之后的事。当时我随尚仁中学同仁到达四川后，绍曾染上重病，几次病危，到处求医，而资金无着。那时我们并无恋爱关系，还只是一般同事。我身上带着家里给的200大洋，于是全部都拿出来为绍曾治病，终于帮助他渡过了难关，恢复了健康。抗美援朝时，大家支援国家，纷纷捐款。我和绍曾捐献了家族企业股票的红利（约合当时黄金18两）。同事、国家有困难，我们不能见死不救。

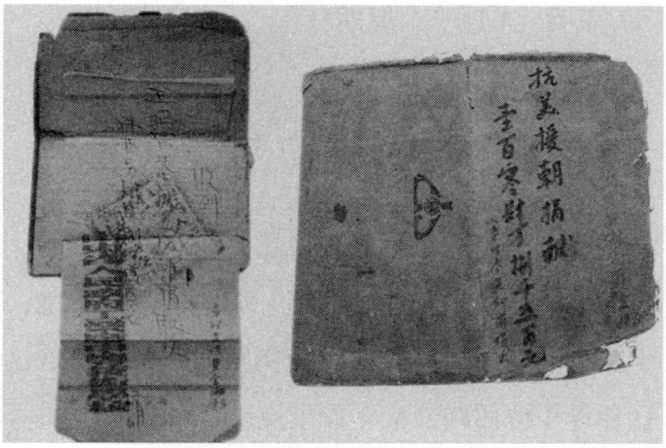

抗美援朝时期，穆咏娟与王绍曾尽其所有，捐出一百零四万八千三百元，在当时约折合黄金18两，图为捐款收据

时间不知不觉地过去，客人们向我道别。他们亲切地握着我的手，祝我生日快乐。我们一起合影留念，大家都笑得很开心。真心谢谢几位老师，陪我一起回忆往事，让我度过愉快的一上午。谢谢你们！

注：本文由穆咏娟口述，王小梅代笔，范慧婷拍摄图片。老人鹤发童颜，精神矍铄，讲到高兴处手舞足蹈，笑得像个孩子。她说的是老派吴语，有些话听不太懂，但从她的语调中还是感受到了她的那份不卑不亢、气定神闲。在老人的客厅里挂着一幅字“德高人长寿，心宽福自来”，这是对老人生动的写照吧。祝福这位百岁老人！

作者：百岁老人　穆咏娟

7 月 14 日　　星期日　　小雨转阴

药学院·李　敏

济南的夏天对于我来说总是闷热而潮湿的，尤其临近仲夏，更是在原本的湿热上平添一份烦气。好在近一周的雨连绵不绝，竟然有了一丝清爽利落的感觉。今日我们“周”车劳顿社会实践团队便也趁着这一份难得的清凉，赶个大早儿，直奔青年桥西路公交车调度点。

虽然 8 点对于我们“90 后”来说已经是比较早的时间了，但当我们到调度点之时，那里已经是一片忙碌的景象，时不时有车出发和归来。在征得有关人员的许可后，我们便也大大方方进入了调度点的休息室。所谓休息室，也不过是两张茶几三把长椅外加一张电脑桌罢了，其中一张茶几上摆着两个大桶，我凑过去一看，分别是绿豆汤和菊花茶，耳边还响着电视的声音，回头便瞧见了一台电视机，此情此景，我不禁莞尔——是啊，即使是条件简便点儿，但细节处却显示了真正的人性化。大致了解了我们的来意后，有关负责人员也十分热情地配合着我们团队的调研，时不时还与我们交流几句，气氛和谐而轻松。进出调度点的司机络绎不绝，但很少有能够空闲出一大段时间来填写问卷的，对于此现象负责人员也表示了无奈，这是工作性质决定了休息时间与工作时间的不确定性。看着司机匆忙的身影，我们便也没有过多要求问卷的数量。有一位大哥还针对性地对我们的问卷提出了许多建议，听他一讲，我们才恍悟，原来许多从网站上了解到的资料性的问题，在实际应用中都是有矛盾和沟通障碍的，比如，问题的盲目设计、选项的空白区域等等。这一番交流下来，颇有几分“纸上得来终觉浅，绝知此事要躬行”的意味。

今日是全团人员大集合行动，以后的实践活动就会以小组的形式开展了，而接下来的任务更加艰巨也更加有意义。就我个人而言，此行确实感慨许多。也许这个世界上，就是会有千千万万生活在基层无比艰辛匆匆忙忙的人们，他们或许是芸芸众生里最不起眼的一粒尘沙，或许是雄健阔绰的高楼大厦里最基础的砖头，或许是苍茫人海中最小最小的一滴水珠，可就是这样普普通通平平凡凡的他们，造就了这个温暖而有序的世界，造就了这个和谐而积极的社会。他们才是最可爱最值得尊敬的人！

作者：药学院 2011 级本科生　李　敏

7 月 15 日　　星期一　　晴

暑期训练营参与者 · 张月青

伴随着下课铃声的响起，为期 6 天的 2013 年“赢在职场”暑期训练营在满堂的掌声中落下了帷幕，有幸能够策划和主办此次训练营活动的我，无疑是收获颇多，感慨颇多的。

此次暑期训练营针对全校生涯规划委员同学开设了培训一班，针对 2014 届毕业生同学开设了培训二班。针对性越强的同时，效果往往是越好的。班级设置如此，课程设计同样如此。培训二班的同学面临着毕业找工作的问题，这是他们现阶段的主要矛盾，我们将择业求职的完整流程划分为各个单元课程，设置了商务礼仪、简历制作、结构化面试和行为面试、无领导小组讨论、表达与沟通、团队构建与合作六个课程板块来帮助他们进行理论指导和模拟式体验求职就业；培训一班的同学尚处于规划认知的阶段，对自己职业生涯规划认识的重要性要远远大于准备投递简历、面试就业同时他们也肩负着帮助本班同学进行生涯规划的重要任务，所以我们开设了表达与沟通、自我认知、生涯规划、团队合作、交际礼仪、行业分析六个课程板块来提高他们的综合素质和能力，去帮助和带动更多的同学参与到生涯规划中来。课程板块的设计都是经过意见采集和团队讨论得出的结果，因而能够保证我们设计的课程是有所需求的；本次的训练营，我们也有幸邀请到了浪潮集团苏玉玲老师、我招我聘王志勇老师、卡耐基培训鲁宾老师、天地伟业李宝玺老师、象牙塔于建成老师、我校孙卫敏老师、韩英老师等众多精英

人物，从而打造了一支专业化水平高、授课能力强的雄厚师资队伍，保证了我们课程是能有所作为的；此次训练营课程定位为参与式与体验式，设置了大量的课堂互动，让每一位同学都能真正参与到课堂中来，从灵活性上提升了课堂质量，保证我们的课程是能有所收获的。有所需求、有所作为、有所收获三者又同时保证了我们的训练营是有其价值和存在意义的。我也很感谢这次活动能够得到来自各学院的近600名同学的参与和支持，你们是我们决心做好的根本所在。

人是要有所思考，有所感悟的。这是真正能让你体现自身存在性的东西，体现自己价值性的东西，我庆幸自己对于这次的训练营活动是有所收获，有所感悟的。

首先，古语有云：“凡事预则立，不预则废。”生涯规划和发展同样如此，生涯规划对于我们的职业发展有着不可替代的作用。未来是不可预知的，我们都是在黑暗中摸索着前进的人，生涯规划就像是一盏明灯，照亮你自己的同时，也照亮了你前进的路。避免了歧途，我们才能走得更快更远更坚决。不积跬步，无以至千里。不避歧途，难以踏康庄。工欲善其事，必先利其器。生涯规划永远是我们手中最锋利的刀。

其次，我们应当争做敏而好学的人，主动学习和被动学习的差别在于：主动学习后往往能做到未雨绸缪，而被动学习的结果只能是亡羊补牢。这是结局的差异，更是态度的差异，我们常说人活一种态度，如果我们是一株植物，被动学习的是等待自然雨水润泽的，命运在天，根浅飘摇；能够做到主动学习的人是拼命向下扎根寻求水源的人，自身比外界来得更为可靠，稳扎稳打，根深而蒂固，才能扼住命运的咽喉，希望大家不要等到感受到就业压力的时候才想到努力、主动地学习，方能从容。

前边感谢过了各位参加培训的学员，我还想再感谢一下一直支持我工作的老师和我们的主办团队成员，有你们，才有这一切。我们会继续努力和坚持，为大家带来更为优质的训练营，更多的精彩，敬请期待。

作者：就业指导中心社团负责人　张月青

7 月 16 日　　星期二　　晴

管理学院 · 沈晓娟

7 月 16 日，我作为山东大学“红色军团”社会实践团队的一员来到南京大屠杀纪念馆，进行有关红色旅游经典景区教育意义的调研活动。

侵华日军南京大屠杀遇难同胞纪念馆是南京市人民政府为铭记 1937 年 12 月 13 日日军攻占南京后制造的南京大屠杀事件而筹建的，位于中国南京城西江东门茶亭东街是原日军大屠杀遗址之一的万人坑。前事不忘，后事之师，以史为鉴，开创未来。该馆现在已成为国际间祈祷和平与历史文化交流的重要场所，同时也是“全国中小学爱国主义教育基地”“全国青少年教育基地”和“全国爱国主义教育示范基地”。

我们本着实践的目的——由红色旅游经典景区教育意义发挥作用的情况谈如何提高红色景区的教育作用专题调研，在上午参观了南京大屠杀纪念馆的内部景观，并在参观过程中拍摄照片，将震慑我们心灵的景象用图片形式永久保存。随后，我们又来到纪念馆门口，向游客发放了调查问卷，对调研内容进行深化。在今日的调研活动中，我们取得了一定的成果，但是也遇到了一定的困难，最主要的集中在调查问卷的发放过程。例如，我们会遇到不配合的游客，对我们请求填写调查问卷的想法不予理睬，除此之外，也会遇到对我们身份以及行动有怀疑的游客，为此我们要进行详细的解答，因此耽误了行动的进程。

通过调查过程中的交谈以及问卷填写，我们发现，从南京市民到全国各地的游客，对南京大屠杀纪念馆的认可度都十分之高，来到这个地方，大家都会不由自主地追怀那些被无辜残害的人们，心灵受到极大的震撼，“热爱祖国、勿忘国耻、珍爱和平”的感受都会从心底升起。除此之外，我们还发现，南京大屠杀纪念馆不仅是中国人的红色教育基地，很多国际友人也会来到这里参观。通过与他们的交谈，我们发现，南京大屠杀纪念馆的影响力很大，对国人以及世界友人有着无法取代的教育作用。

一天的调研时间在忙碌中很快逝去，虽然顶着烈日让我们觉得很累，但是比起辛苦，我们的收获却显得更为重要。通过一天的调研活动，我们不仅在红色旅游景点身临其境地感受到了红色精神对我们深深的触动以及教育作用，也懂得作为一名大学生，我们不仅在思想上要加强对红色精神的认同，也要在实际生活中刻苦努力，在实践中践行红色精神。

作者：管理学院2012级本科生　沈晓娟

7月17日　　星期三　　晴

就业指导中心老师·常海峰

今天向北京的几家互联网企业（腾讯北京、用友软件、搜狐、百度）分别发送了正式的感谢函，作为上周带领山东大学的同学们拜访学习后的礼节。

我在E-mail中表达了对几家企业的诚挚感谢，也转达了“高端互联网企业行”的同学们的问候和祝福。

这次“高端互联网企业行”由学生就业与发展指导服务中心策划，来自山东大学计算机学院、软件学院、信息科学与工程学院、历史文化学院的7位同学作为就业信息网学生骨干和培养梯队一同参加。在就业中心和相关学院老师的关心支持下，我们一行8人于7月8日赶到北京，在接下来4天体验互联网企业文化，学习网站建设运营经验，并同人力资源部门就行业人才需求、人才培养、校园招聘等进行了交流。

作为开放办学背景下人才培养模式创新的探索，“高端互联网企业行”活动搭建小的平台，让学校、在校生与用人单位面对面交流，开展了富有诚意的探讨。通过社会实践，企业增加了对学校近年发展情况的了解；同学们开阔了视野，更新了观念，强化了默契，增进了友情；对我来说，则启发了对学生高质量就业及推进名校名企合作的思考。队长朱祥同学用诗意的语言说实践活动“在这个盛夏唱响了一曲青春和希望之歌”。策划这次活动，我们是基于这样的思考：

一是希望帮助同学们开阔视野。关注社会文明发展是提高业务素质和学习成果的必要途径。特别是在伴随就业信息网成长中，同学们表现出良好的创意和热情，与知名互联网企业接触，是成长锻炼的宝贵机会。二是推动信息化的现实需要。关注需求、瞄准潮流，建设使用好以高校就业信息网为主体的信息化平台，对用人单位选聘人才，学生就业，学校提高就业信息服务水平及社会美誉度意义重大。三是促进学生就业的使命思考。我们希望与高端互联网企业和研究机构加强联系，了解人才需求，为学生高质量就业及推进名校名企各层面的合作调研一手信息。

当然了，很多工作是要扎扎实实地跟进做好的。我们崇尚“交流分享，美惠众生”，团队的收获和思考今后会通过各种形式与更多的山大学子分享。

几家互联网企业各有特色。例如，腾讯在了解我们的初衷后，为我们量身设计了交流方案，联系技术类和内容类校招面试官，“今日话题”编辑团队、人力资源部门等先后参加座谈，可以说“一切以用户价值为依归”的理念融入了他们的行为方式，令我们非常感动。作为知名软件企业，用友从山大学子工作中表现出的优势和不足谈起，对人才培养、个体成长提出了很有诚意的建议。搜狐特别关注年轻用户的体验，让我们记住了他们的朝气、开放和大气。百度“简单可依赖”的核心文化处处体现，以搜索改变生活的理念给我们留下深刻印象。

几家企业对员工的素质要求，或可为同学们参考。譬如，你应当打好基础，对未来的发展有定位，积极开阔视野，培养深入思考的习惯，注意在团队中的分享和交流等，这样可能厚积薄发，朝梦想更进一步。

7位同学表现出很好的吃苦意识和责任意识，锻炼了综合素质，实现了青年学生“读书、行路”的社会实践初衷。在今天这个安静的夜晚，当我写下这段文字时，就业信息网改版团队正在一排电脑前敲着代码。

几位校友给我留下深刻印象。结合这几年自己学习工作的心路，我可以想见他们的勤奋和努力。大概是从事学生就业工作的朴素情感，对学校和校友的发展特别在意，盼望我们学校发展得越来越好，作为山大人能够分享的荣誉越来越多，这是倍感骄傲和热切期待的一件事。在座谈中，我注意到同学们对校友那种掩饰不住的崇拜和向往，就想象多年以后，今天校园里如他们一样勤奋的年轻学子必有可能在广阔的天地里写就自己的故事。

从1994年与国际互联网实现真正的TCP/IP连接算起，今年是中国迈入互联网世界的第20个年头。20年来，互联网深刻地影响了我们的生活和我们的时代。高校和互联网企业都对文明发展和社会进步负有使命。期待有更多的山大优秀学子在互联网行业“续写山大故事”，用事业造福人类未来，为推动科技文明发展和经济社会进步助以我们山大人的力量。谨借用友公司对山大学子的寄语与同学们共勉：“为梦想奋斗，同学们的未来不是梦！”

作者：就业信息网指导老师　常海峰

7月18日　　星期四　　阴转小雨

生命学院辅导员·张攀攀

早晨7点准时起床，安排营员们就餐，今天是最后一次和同学们一起吃早餐了，之后同学们就要离营各自返回。淅淅沥沥的小雨，仿佛透出一丝丝不舍。

14～18日，生命科学学院举办了2013年生命科学优秀大学生暑期夏令营，来自兰州大学、西北农林科技大学、吉林大学、福州大学等26所高校的31名优秀学生参加了夏令营活动。几天来，作为组织者，我与这些优秀学子朝夕相处，带领他们了解山大、了解生院、感受齐鲁文化，一同度过了美好的时光。

这是生命科学学院首次举办优秀大学生暑期夏令营活动。生命学院院长谭保才、院党委书记郑晓健高度重视，多次召集相关工作人员和部分导师开会，研究部署夏令营有关工作，并指派院党委副书记李海燕分管此项工作。生命学院副院长林建群、高建刚、李越中、郭卫华等院领导班子成员也积极参与到夏令营的选拔录取和学术讲座工作中。

5月中旬开始筹备至今，从最初的活动策划、通知发布、营员选拔，到具体日程安排，我都在摸着石头过河，方案经历了无数次的修改，只为能够吸引更多更优秀的学生参与进来，向他们更好地展现山大生命学院的科研和学术魅力。

14日上午，在生命学院120报告厅举行了首届夏令营开营仪式。仪式上，郑晓健从历史发展、机构设置、师资队伍、山大生命学科的世界地位等方面对学院的情况进行了介绍，祝愿大家能够在此次夏令营的各项活动中收获知识、快乐和友谊。营员们集体观看了山东大学宣传片《为国育贤》，了解了山大的深厚历史底蕴，领略了山大的发展现状，并展望山大建设世界一流大学的美好未来。开营仪式由李海燕主持，我和郭健男老师参加了开营仪式。

活动期间，我们为营员们精心安排了五场高水平学术报告，分别邀请到了山东大学“千人计划”特聘教授荀鲁盈教授，“齐鲁学者”特聘教授、国家第二批“青年千人计划”丁兆军教授，国家糖工程技术研究中心副主任肖敏教授，“泰山学者”特聘教授、副院长高建刚教授，以及二级岗教授、生态学与生物多样性研究所所长王仁卿教授，向大家全面展现了山东大学生命科学学院的科研实力和学术水平；还组织同学们实地参观了微生物技术国家重点实验室，大家对实验室里的各项世界顶尖的仪器设备赞叹不已，多次向我表达了想来实验室学习深造的迫切愿望。此外，我们还专门安排营员赴曲阜进行齐鲁文化考察活动，通过实地考察孔庙、孔府和孔林，聆听导游声情并茂的讲解，营员们进一步领略了齐鲁文化的博大精深，深刻体悟到中华民族优秀传统文化的魅力，为厚重的儒家思想所折服。夏令营期间，我们还组织研究生导师对全体营员进行了面试，全面考查专业知识和综合素质，并向优秀营员颁发了《山东大学2014级硕士研究生预录取通知书》。

今天上午，我陆续送走了31名营员，山东大学2013年生命科学优秀大学生暑期夏令营活动圆满落幕。通过此次夏令营活动，不仅使来自全国多所高校的优秀学子彼此增进了了解和友谊，加深了对山东大学生命科学学院的了解，更提升了山大生命学院在全国的影响力。

此次夏令营活动非常成功，明年我们还将继续努力，为同学们搭建更好的平台，期待有更多的优秀学子能够在山大生院续写青春之歌，实现科研梦想。

作者：生命科学学院辅导员　张攀攀

7月19日　　星期五　　雨

文学院·房立俊

我的大一是在兴隆山度过的。那时无论走在校园的哪一个角落总能看到“老年公寓”四个字，同学告诉我那里是养老院。不知为何，从那时起我总对那所老年公寓充满了温暖与亲切之感。它的方向正好是日落的西方，每一天的夕阳都温柔地在它身边落下，像极了母亲的爱抚。当然，第二天的朝阳也总是如约而至地灿烂升起，照耀着这个温暖的地方。所以，风合家人老年公寓对我来说是亲切而神秘的。

两年后，我终于踏进了风合家人老年公寓。超乎我的想象，公寓的老人不仅仅是亲切而温暖的，而且是积极又乐观的，他们身上顽强、不服输的精神更甚于我们青年人。他们珍惜时间，做自己喜欢的事儿或想要完成的事儿，如下象棋、听广播、参加文艺训练表演以及攻读老年大学等。虽然肢体不如以往灵活，记忆不如少时清晰，但老爷爷奶奶们没有放弃自己，坚持自己的兴趣爱好，坚守他们一生的理想。尽管岁月无情，时间步步紧逼，但他们依然怡然自得，不怨天尤人，不抱怨现在，不恐惧未来，他们懂得知足常乐。

在半日与老人们相处的过程中，有一件事儿让我迷惑，又让我震撼，感触颇深。一位90多岁的老奶奶执意要给我的一位队友让座，任凭我们如何相劝，她自己却始终拄着拐杖和我们聊天，不愿坐下。我很迷惑，但又想也许这就是不服输的精神啊!

试想老人们的一生，少时饥寒交迫，长时忙碌奔波，唯有老时可以略享清福，承欢膝下。但子女却并不在身边，只能住进养老院。而即便如此，老人们依旧积极乐观地面对生活，不服输，不认输。他们不是夕阳，他们的朝气更甚朝阳。但愿人长久，家人常相伴。

作者：文学院2011级本科生　房立俊

7月20日　　星期六　　小雨转阴

历史学院·梁　伟

支教以来的日子细碎而冗长，繁琐之处自不必多言亦无甚多乐趣，却不妨是茶余饭后之谈资，且听在下唠叨一番。

天色晦暗，此时正是明月初落，朝霞未出之际，习惯性地睁开惺忪的睡眼，挣扎着撑起略显疲惫的身体爬下床，挎着毛巾趿拉着拖鞋徐徐走出宿舍。一番洗漱过后，倦意已然逐渐消散，孩子们陆陆续续地从身边穿行而过，一声声或稚嫩或清脆的“老师好”着实冲淡了不少连日奔波而造成的深埋心底的劳累——你能轻易地从孩子们的眼神中感受到爱意与温暖！

早晨的四节课一如既往地在欢声笑语中落下帷幕，随之而来的便是期待已久的午饭时间：三两青菜、几张长桌、十五男女。如此“粗茶淡饭”，早已饱受饥渴之苦的我们自然甘之如饴！几位体型颇为雄壮的男同志环伺在侧，双眼已是燃起无名欲火，只待一声令下便可一哄而上，大快朵颐：我们向来不惮以最大的“恶意”虎口夺食！而向来自诩淑女的女同胞们此时当然也顾不上形象完满与否，能够饱餐一顿才是正事！一场大战已不可避免！

午饭过后的短暂休整是保存后续战斗力的重要保障，下午的战斗则在两点钟开始打响。三节课过后已是16:20，孩子们大都开始结伴回家，而我们则迎来了一天当中最是激动人心的部分——家访！踏出校门，已是夕阳半落，云霞满天。从学校到孩子们的家得走上半个多小时的山路，远处连绵不绝的山头此起彼伏，山里头稀稀落落的人家点缀着弥山亘野的青草野花，目之所及，偶尔划过几只飞鸟，自有一番好风频借力，送我上青云的豪情壮志，正是应了芳草无情人自迷的景！不时经过一湾池水，温润缠绵，塘中莲花亭亭玉立，清风拂过，莲上水珠水银泻地般重回大地，此不即是微风忽起吹莲叶，青玉盘中泻水银。南方特有的山清水秀着实令人着迷！

山水之外，更令人着迷的自然便是身边这群可爱的孩子。山里头长大的孩子多通野性，广袤无垠的大地上都是他们赤足奔跑的身影，松树下，草地上，小溪旁，无时不闻语笑喧阗，无处不见舞勺少年。在这般似水年龄里，孩子们脸上荡漾着的天真无邪令人心醉。然而，大山给了他们纯真的天性，却也让他们承受了太多原本不该承受的痛苦。永从乡地处西南，偏于一隅，迫于生计，孩子们的父母大多外出务工，因而，在我们尚在父母怀中撒娇之时，这里的孩子们便已经学会了洗衣做饭，甚至下地干活。他们每日每夜在蜿蜒盘旋的山路上默默前行，只为能在日出之后看到朝霞下可爱的学校的倩影，只为能捧起父辈们身在他乡用血汗换来的珍贵书籍。我们有他们没有的身外之物，他们有我们所没有的坚忍顽强。

总有一天，他们会证明，这世界是属于我们的，也是属于他们的。

家访归来，夜已深，月影西移，山色朦胧。老林深处，三两竹屋影影绰绰，远处的山闪着只一盏、两盏灯，像夜的眼，在亘古不变的黑暗中忠实地巡视着。闲言少叙，好梦留人睡，姑且上床歇息，梦中的孩子笑容依旧甜美。

作者：历史文化学院 2011 级本科生　梁　伟

7 月 21 日　　星期日　　晴

外语学院 · 史　敏

不知不觉，暑期双学位的时光已过去一半，回首这半个月的生活，百味杂陈。

决定上双学位之前，听到各种关于双学位的传言，无非就是双学位苦，双学位累，双学位“水”……当时也不知道到底是什么让自己如此坚定地报了名，现在想想，也许是一直以来对金融专业的喜爱，也许是为了弥补高考时留下的遗憾，抑或是，更现实点，为了以后的就业?

无论是出于怎样的原因，经过了这半个月的学习，我非常庆幸当初的选择，至少我有机会接触到一个新的领域，开始学着用另一种思维和眼光看待这个世界。真正经历后才知道，双学位没有传闻中那么“水”，老师都很认真负责，认真学肯定会有收获。除了课堂学习外，课余的活动也很丰富。从经济学院双学位开学典礼一句“世界上唯一能不劳而获的东西是贫穷，唯一能无中生有的东西是梦想”，再到跨专业考研经验交流会，我对我向往已久却觉得很神秘的专业有了初步的认识，无论是院长教授的寄语，还是学长学姐的经验分享，都让我坚定了克服一切困难、坚持梦想的决心。

不可否认的是，上双学位确实要吃苦。每天在洪楼和中心之间来回跑，没有校车，公交车也因为修路而改线；食堂只有二楼开，有的时候赶上高峰期，找到座位都很困难；浴室每周一、三、五开，正赶上洪楼浴室改造，我们洪楼的孩子更是要带着一大堆东西去中心洗澡……可能这是最艰难的一年双学位了，但还好有“同病相怜”的舍友们的陪伴。半个月来，我们每天早晨一起雄赳赳气昂昂地奔赴中心，无论是烈日当空还是大雨瓢泼；每天中午一起在拥挤的人群中找座位、排队买饭……我们都曾抱怨过苦抱怨过累，但我们从未想过放弃。我想多年以后当我们回想起这段时光，想起那个执着的自己，是会感动的吧。

用最初的心，做永远的事。微观经济学里说机会成本是为了得到某种东西所必须放弃的东西，选择上双学位意味着放弃了清凉的空调房，放弃了舒适愉悦的暑假，但既然选择了，就不要辜负这一个月乃至以后两年的时光。

既然选择了远方，便只能风雨兼程。

作者：外语学院2012级本科生　史　敏

7月22日　　星期一　　雷阵雨

政管学院·于梦非

今天是我奔赴西北的第一天，火车仍在漆黑的隧道里疾驶，到定边还要两个多小时，后背已经酸痛难忍了，不过这次我是很知足了，坐在餐车的十个小时要比站着的三个小时好过得多。谢谢善良的T69次列车长。

如果当初苏州的蜿蜒曲水绿垂柳唤醒了我对美景的知觉，那铺展在这西北广袤土地上的斑驳山峦和赤裸的黄土地则告诉我什么是真实。不遮掩不委婉。那些植物无法掩盖的贫瘠黄土，被雨水冲刷成道道沟壑；黏稠的泥河沉淀下黄土只剩薄薄一层清水浮在表面舒缓地流动，只怕流着流着就流不动了。

初中的时候背书：“你可以不行走在荒原大漠，但是你的内心一定要海阔天空。”我们的列车像一条小蛇滑溜溜游过隧道绕过山峦。这时候我才发现不是只有伟大的人才能海阔天空，而是世界的广阔让我们意识到自己渺小的同时变得自知和豁达。

晚上孤儿院校长的媳妇去定边车站接我，她真是个有气质的精致女人。定边的马路宽阔明亮，我想，这地儿跟我们昌乐县差不多啊，有那么贫困吗？校长媳妇说："定边是贫富差距特别大，富的特别富，穷的特别穷。""那他们那些富人是靠什么发家的呢？""石油啊，天然气啊，对了，我们这里的土豆还特别出名，产量特别大。""啊？！土豆？！"跟矿产资源显然不是一个层次的东西嘛……见我这么惊讶，她还解释了一下："土豆就是洋芋，你知道吧？"我赶紧回答："嗯嗯，知道知道，特产嘛，就跟我们昌乐西瓜一样。"我跟我同学和校长媳妇有一搭没一搭地闲聊，经过一段颠簸泥泞的小路，终于进村到校了。校长媳妇接着就给我做了一盘辣椒炒茄子，加上自家蒸的四个香馍，当作晚饭。大概今天是饿得不行了，多年来一顿饭没吃过一个馒头以上的我一口气啃完俩馍。

在汤足饭饱之前我已经见到了那位传奇校长，真是个饱满富态敦实有力的西北人啊，来之前据我耳闻给他贴的标签就是"酷爱老庄的慈善家"，当然，这跟他的体形并无冲突。我说我是从北京坐车来的，他说自己经常到北京出差，前几天还因为一个残疾孤儿的事情跑过北京和廊坊。他的言语中透露出忧愁和沉重，"当时我们这里有个孤儿，身体有残疾，因为要送他去治病，刚好廊坊有一个美国人开的福利院，可以帮助治疗，我们就送他过去了。结果现在国家不让孤儿往外送，查出那个孤儿是我们这里送过去的，就让我过去领。由于正处于治疗期间，到最后我也没领回来。"叹了口气，"现在我们国家，虽然有很多人在做慈善，但是机制仍然是很不健全。"问他："当初为什么想起要做这项事业呢？""很多人都问过这个问题，其实也没有什么，就是想干了。再说了，做这些让我觉得人吧活得有价值，踏实。"他用带有浓浓地方口音的普通话回答了我，也提醒了我刚才问了一个多么俗气、幼稚且官方的烂问题。或许要想知道这个问题最终的答案，了解校长的生平会是更加直接的方式。

自习后，校长组织大家一起看《阿甘正传》，孩子们看得很认真，但真正能从这部奥斯卡获奖影片中看懂和领悟多少，就得另说了。电影看完已经十一点多了，孩子们都困得不行，很快就上床睡了。

支教队员每天的例会简短精练，我们在午夜的灯光和孩子的微鼾声中讨论他们喜欢听什么样的课，交流他们的进步和不足。但是，这群从各地聚集来这个大院的孤儿最终能从我们十天的课程中学到什么呢？他们需要的到底又是什么？如果他们无法达到既定的合理目标，那么阻碍又来自何处？

西部的夜晚干燥凉爽，孤儿院围起来的黑色天空突然让我回到小时候在姥姥家的夜晚，没有被霓虹和车声塞满的空间。定边不是没有霓虹，而是离我们这里太远，被距离冲淡。就像每个孩子的故事一样，都有，只是因为太久或太远而被他们自己默默隐藏。

作者：政管学院 2011 级本科生　于梦非

7 月 23 日　　星期二　　阵雨

经济学院夏令营·姚　唱

今天是山东大学经济学院 2013 年全国优秀大学生暑期夏令营开营的日子，

作为一名特殊而又普通的营员，我非常的荣幸。也许对于其他的营员来说，济南、山东大学、经济学院是陌生的，他们是这里的客人，可是我不是，我一直把自己看做半个山大人，所以今天我只想用最朴实无华的语言表达出内心最真实的感受，也许语无伦次，也许略输文采，但是这一切都是内心最真实的感受，是来自心底的声音。

今天济南下起了瓢泼大雨，似乎是在祝贺我们的开营，就像开营仪式上研究生院副院长刘国亮说的，“下的是财富，雨水总是好的兆头”。开营仪式由经济学院副院长余东华主持，刘国亮致辞，党委副书记李维林介绍了夏令营的相关情况。他们没有演讲稿，他们用极朴实却极亲切的语言表达出内心最真实的一面，就像刘国亮自己说的那样：“我不用说太多，你们需要用自己的眼睛、用自己的心去看去感受。”是的，不只是我，从通知录取到通知报到到食宿安排到今天的开营，党委副书记齐山华的祝酒辞、辅导员老师的用心筹备、志愿者的无私奉献，我相信所有的营员都感受到了山大经济学院的热情，感受到他们的人性化，时时刻刻在为学生着想，一切以学生为中心，在他们眼里学生真的就是需要引导、呵护和培养的花朵，感受到老师的平易近人。这跟我印象中的山大如出一辙，真实亲切，说实话，做实事。2011 年 9 月 ~ 2012 年 7 月，我曾在山大经济学院交流学习，一年的交流生活，我不敢说在学业上真的有什么巨大的进步，但是对我来说重要的是看到了母校之外的世界，经历了不曾经历的、感受到不曾感受的，这些改变了我的学习态度，改变了为人处世的方式。

永远都会记得食堂的鸡蛋饼，记得小树林的落叶，记得知新楼的自习室，记得认识的每一位山大的同学，记得每一位老师的音容笑貌……在他们身上我看到他们对学生的负责，是这样的态度让之前只为了考试而学习的我对自己的不负责任自惭形秽。他们一心一意为了学生着想，在他们眼里，学生就是自己的孩子、朋友、学弟学妹。我看到他们的互动，看到各位老师不只是传授知识，他们还会帮助学生作人生规划，告诉学生他们走过的路他们的经验，帮助学生朝着目标不断奋斗向前。不仅仅是经济学院，整个山大给我最大的感受也是一切为了学生，为了学生的一切。它在踏踏实实地为着世界一流大学的目标努力奋斗，我坚信这一天很快就会到来。

经济学院院长李长英介绍了山东大学经济学院的特色，包括硕士相关专业、国家重点学科、海外交流项目等。李院长的介绍让我又一次感受到山东大学经济学院的雄厚实力，并且它正站在一个国际化的舞台上，立足中国面向世界，紧跟时代和世界发展的潮流。

下午，学校本科生院常务副院长胡金焱于百忙之中给我们作了题为“宏观经济金融形势与政策分析”的报告。报告涵盖了大量的信息，纵观历史和现在，横向对比我国和其他欧美国家，分析了中国经济和全球经济的发展趋势，并将我国置于世界经济潮流中观其发展，并仔细探讨了我国经济目前存在的问题以及改进措施等，言辞之间透露出他渊博的知识、宽阔的视野、严谨深刻的思维和独到的见解，我相信我们每一个人都会因为听过他今天的讲座而感到幸运。报告历时三个多小时，我们并没有看到他的疲惫，反而他希望有更多的时间可以跟学生交流沟通。

夏令营的一天就这么结束了。明天就是笔试和面试的日子，我要告诉我自己和其他所有的营员：加油！不管夏令营结果如何，我相信自己一定是满载而归，结识的朋友、有幸认识的老师、夏令营的经历一定都是人生中宝贵的财富。

注：作者曾于 2011 年 9 月～2012 年 7 月在山东大学经济学院交流学习

作者：经济学院夏令营学生　姚　唱

7 月 24 日　　星期三　　晴

威海校区商学院辅导员·范　蕊

学期渐渐接近尾声，学生也逐渐离开了校园。等他们再回来的时候，便是大三的学生了。

陆陆续续有学生过来，跟我告别。一个学生站在我身边说他要走了，我赶紧跟他强调假期要注意安全，有空可以多看看书，跟父母多交流等等，他却忽然打断我说："老师，你也别太忙了，暑假也要注意身体，出去的时候也要注意安全。"说完，他就转身走了。

我愣了一下，心里暖暖的，忽然间觉得原来幸福与感动可以这么的简单，就是当自己的工作在这一天这一刻得到认可时。或许，其实认可可能是一直存在的，只是日常的忙碌与琐碎让我忘了细细去体会与感受。平时所感受、所看到、所体验的世俗的平庸，让自己忘记了生活中诗意的存在。

我想，我真的需要这样一个短短的暑假来沉淀我的心情，来梳理和思考我的工作，以期下学期能够更从容和优雅地面对这些我关心的和关心我的学生们。

学生走后，我抬头向窗外看去，那一刻天空湛蓝，雨后的威海天气异常凉爽。夏天的风吹动着树叶，几个学生在路边走过，清晨的阳光洒在他们身上，无比的清纯美丽。

雅斯贝尔斯说过，教育的本质意味着一棵树摇动另一棵树，一朵云推动另一朵云，一个灵魂唤醒另一个灵魂。虽然辅导员工作充满着琐碎，但是我还是希望能抽出时间关注学生的灵魂。我喜欢在人人或者 QQ 空间里与学生交流，所以在碰到共识性的问题时，我会把这些写成感悟，放在网上与同学交流，我发现这种方式很容易得到学生的共鸣。"90 后"的孩子是一个特殊的群体，社会对他们的评价很多，但许多都是负面的，比如"玻璃一代""拼爹一代"。但是跟他们接触久了，我才发现这一群孩子的身上其实肩负了社会和父母所给予的太多寄托与希望，承载了太多的压力，所以也导致他们在外表上看起来绝对的强大，但实际内心又绝对的脆弱。每一代人都喜欢用自己群体的眼光去评判下一代人，每一代人都看不懂下一代人，正如我们永远不被上一代人看懂一样。但是，不管怎样，就像白岩松说过的，没有一代人的青春是容易的。每一代人有每一代的宿命、委屈、挣扎与奋斗。

9 点多接到一个已经毕业了的学生打来电话，正聊着他忽然说了一句话，老师，工作了以后才后悔当初没有跟老师多沟通。然后他说记得 2006 年 9 月 13 日那天我很有耐心地给他解释了一件事情，当时我还不是他的辅导员，只是我已不记得这件事了。忽然间觉得很感动，原来曾经发生的那些点点滴滴，即使我已忘记，却仍然有人将它放在了心里。

10点多的时候，来了一个学生，我们聊了很久，最后她走的时候问我：老师，你大学最后悔的是什么？我答：没有在自己最美好的岁月里看最美丽的风景，没有在自己最美好的时光中谈一场美丽的恋爱。其他的没有遗憾，因为不管你的大学如何，那都是属于你独一无二的生活。在大学里，我尝试过很多事情，参加过很多活动，认识过很多人，当我回忆起来的时候，嘴角是微翘的，那么一切就足够了。

下午，打开电脑，写了一些工作总结，写到一半看了看，却发现怎么也不像一篇正式的总结，倒像是一篇心路历程。从事辅导员工作也有7年了，7年中，有过斗志，有过放弃，有过努力，有过倦怠；7年中，有过熬夜的艰辛，有过带学生军训时的风吹日晒，有过学生出问题时的彷徨……但不管怎样，当收到学生的祝福短信，当带过的学生来看我的时候，我还是会觉得为这份工作的所有付出都是值得的。

收拾了一下桌子，该下班了，窗外的云，疏疏散散，就像我此刻的心情一样闲适，只期待一个暑假的好心情。

作者：威海校区商学院辅导员　范　蕊

7月25日　　星期四　　雷阵雨

文学院·杞　行

孤儿院的晚辅导班结束后小慧来找我，要我每天给她出数学题，这是她们老师布置的假期作业。老师的作业单上写的是让爸爸妈妈每天出题。虽然我和平时一样嘻嘻哈哈地逗着她应了下来，但心里却狠狠地抽了一下，我突然产生了“我就是她的妈妈”这样的想法。

她把作业单给我看，她们作业好多，而且很麻烦，我和她一起发她们老师牢骚的时候真的特别诚恳。我和她商量每天完成多少作业，我让她英语单词一天抄半面吧，三本《暑假作业》每天每本两页，那就刚好。她说不好，要一天抄一页，《暑假作业》每天每本五页。我说那样你太累了。她头一扭小脸拧巴在一起然后说：“我怕你走！”后来每天计划的作业量都是我预先设想的一倍多。她还说：“为什么只待十天你就要走了，你不要走嘛。”我突然张不开嘴发不出声了。

我想起有些拖沓的自己不愿意写假期作业时是怎样被爸妈催了又催哄了又哄，当时只觉得简直快被他们烦死了，却从未想过这种貌似理所当然的事情是多么难得、是多么应该珍惜的幸福。慧慧聪明又好学，可是她的至亲却无法看到，看到的人也不会因此由衷地对她说：“丫头，你是我们的骄傲。”没有凝神注视的眼光，没有发自内心的自豪和赞赏，可是她依然默默坚持，默默努力。她是极弱小的，又是极强大的。

春芽破土而出，这个过程必定是艰辛痛苦的。但这样获得的成功也同样是令人更加欢欣愉悦的。作为孤儿院的孩子，平常在学校他们肯定或多或少会遭受其他小朋友的嘲讽，但我希望他们能始终保持一种乐观开朗、积极向上的态度，笑对自己人生路途中的幸与不幸。

其实这世上本不会存在那么多别人的嘲讽和白眼。在很大程度上是归咎于自己，越觉得自己不好，就越觉得别人看着自己的可怜与不幸，也就越表现得孤僻或是泼辣，用它们来给自己上一层保护的枷锁，从而也就造成了一种恶性循环，最后反倒是让人生厌。

因此，我希望这些孩子们能学会坚强，自信地面对生活中的每一天，用一颗敞开的心与他人相处，争取周围人的认可，从而让自己的生活洒满阳光。

这些孩子都是这样的弱小又强大，这样矛盾的性格让我们这些打小起就没受过多少真正意义上挫折的人发自内心地敬佩。

我想我永远都不会忘记我生命中这个看似小猫一样脆弱，又强大到可以自己疗伤自己坚持的小姑娘，她曾在短短十几天时间里像信任她的妈妈一样信任着我。

作者：文学院2011级本科生　杞　行

7月26日　　星期五　　中雨

政管学院·向玮玮

今天，我作为山大政管学院在台湾政治大学的交换学生，同时也是“新浪潮”城市基层行政管理改革调研团队的一员，参观访问了万华区公所及其下属的华江里，并与里长进行了会谈。

作为政治学专业的学生，我对于基层行政管理体制有一定的了解和研究。我国实行这种以政府为主体、以单位为载体的管理体制与当时的计划经济体制基本适应，在很大程度上满足了社会稳定和发展的需要。但是，随着改革开放的逐步深入，市场经济体制逐步建立，城市社会格局发生了深刻的变化。单位制向社会制的回归，大量外来人口的涌入，使得城市居民居住空间、人口构成等基本结构发生了显著的变迁。计划经济体制下形成的基层社区管理体制越来越暴露其弊端，社区建设的推进使得宏观管理体制与基层体制脱节的问题日益凸现。在这样的背景下，诸多城市掀起了一轮探索新型城市基层管理体制的浪潮，也涌现了许多带有地区特点的示范模式，比如沈阳模式、上海模式等等。这些示范模式的实践无疑对改革现有城市基层管理体制带来了启示。

今天我们走访了的我国台湾地区的城市基层组织，它的模式或许能给我国其他地区的基层管理制度一些启示。华江里里长热情地介绍了里办公所的概况以及邻里等街道居民的反应状况。里长作为华江里的首长，领导着里公所，里长由居民民主选举产生，职责明晰，并且引入了绩效管理的模式，一般都会取得较好的成绩。

或许，今天的参观采访对于行政管理体制发展的研究所起到的作用微乎其微，但是这可以让我了解到各个地区的城市基层管理模式的不同，这或许能对以后一些基层管理欠缺的组织机构有所借鉴，以利于它们适应新形势下居民对于住房管理的新要求，更好地保证居民权利并且促进居民履行应尽的义务，利于进一步明确街道办事处职责、提高办事效率，进而缓和由于房价高、住房紧张等问题引发的社会矛盾，促进和谐社会的构建。

作为学生，能有机会借着母校的“三跨四经历”模式来到其他地方学习，不光是学习不同的知识，更是要多思考一些社会和现实问题。只有这样才能在以后为社会作出更大的贡献，提出建设性的意见，把我们的家园建设得更好，期待下一次在上海的走访能够顺利完成。

作者：政管学院 2011 级本科生　吴卓倩

7 月 27 日　　星期六　　晴

兴隆山校区工作人员 · 孙蓓蓓

“水光潋滟晴方好，山色空蒙雨亦奇，欲把西湖比西子，浓妆淡抹总相宜。”此时此刻，这便是兴隆山校区最淋漓尽致的写照。

趁着暑期工作间隙，我端起相机，走在校园中，去邂逅这一年最美的时刻。

昨日一场大雨后的校园，被冲刷得焕然一新，清晰的景色，仿佛不用刻意去拍，便如一幅幅图画跳入眼帘。站在高处俯瞰整个校园，怎一个“美”字了得！

步足在清新秀丽的校园中，踏着鹅卵石铺就的小路，寻声穿过图书馆，我被眼前这虚幻的真实震撼了：明明是一汪明镜，瞬间雷声千丈落，雨色万峰来。瀑布啪啪的水声像是欢笑，让心灵不禁融进清澈的山水，我突然间更加深爱这个校园了。驻足的人越来越多，大家纷纷被这美景所吸引。

从上而下，水流伴着水气一直涌到天工湖，山风劲吹，荷花竞发。鱼儿在水中穿梭，似乎寻到了平静，却不想远眺过去“三股并发三千载，平地玉壶还在”。这便是兴隆山校区之美了。

这些美不胜收的景色，让人感动的画面，展现了山大的强大，彰显了山大的文化，体现了大自然的力量和建设者的精神。十年的发展建设，兴隆山校区已然脱胎换骨，在这远离闹市的地方，有着最能拼搏、最能吃苦的山大人，向着世界一流大学的目标一步步前进。

作者：兴隆山校区管理办公室工作人员　孙蓓蓓

7 月 28 日　　星期日　　阴天

政管学院・于志康

时间追不上白马，就这样，支教结束了。

短，因为它只有 10 天，掐指数完；长，因为它承载了我们太多的期盼与汗水。我还记得，第一次踏上这片土地，心里的那种忐忑却又渴望的复杂；我还记得，第一次给孩子们上课，心里那种新奇却又略有紧张的感觉；我还记得，第一次和孩子们打成一片，心里那种自豪而又充实的满足；我还记得，第一次看到孩子们的进步，心里那种欣慰而又激动的心情；我还记得，第一次看到临走时孩子们的眼泪，心里那种无法言明却又如此真切的酸楚……我以为这刚刚开始，可是现在，我却要离开了。

我知道，这 10 天，我们能够教给他们的书本知识少之又少，甚至这些书本的知识会在我们走后的不久就被他们淡忘，他们也许不会再记得如何去剪出一个漂亮的剪纸图案，可是他们会记得有一个人在这个夏天教他们用剪刀和纸拼出自己的作品；他们也许不会记得赴宴、商务的礼仪，可是他们会记得有一个人曾经给他们讲解过些许有关礼仪的东西；他们也许也不会记得多少演讲的技巧了，可是他们依然会记得那时候他们学完之后模拟辩论唇枪舌剑的情景。我们来过，你们记得，这就够了。

而今回首，支教第一天的记忆，依然似在眼前，那天天空蓝得一如未经晕染的蓝色墨汁，稠密而又厚实。阳光淡淡、微热，洒在身上一如西北的人一样让我们舒畅。那时候我们的心情，憧憬却又忐忑。

支教的最后一天，一切都像故事的开始一样，天空蓝得依然未经晕染，阳光依然微热得让人心暖，可是我们的心情，却是，不舍与留恋。

我们记得，我们来过，在那个安静的、不再回来的夏日。我们离开，你们的笑容，极浅极淡，逐渐隐没在落日后的群岚。翻开那发黄的扉页，命运将它装订得如此安好。含着泪，我一读再读，却不得不承认，支教，是一本太仓促的书。

如果说，支教是一门艺术，那你们就是我们没有完成的艺术品。

只愿，阳光永远微热，岁月依旧静好。

作者：政管学院2012级公共管理专业　于志康

7月29日　　星期一　　晴

历史学院・向玮玮

本来想着放假了回到湖北老家应该可以过几天凉爽日子的，可没想到这种38度的高温依然在持续着，从上个星期一直到现在。好不容易盼到天气预报说今天会有雷阵雨，然而我发现天气预报还是挺能让人失望的。

最近一直在高中所在地附近的档案局上班，有时间的时候好想回去高中一趟，去走一走，无奈虽然搬迁搬的不远，但当时的老校区已不再，我熟悉的高中已不再，站在百米之外看着那扇校门，总觉得进去也不是，不进去也不是，进去也只会感到陌生，没有一丝熟悉的陌生。我算是一个很怀旧的人了吧，那些或高兴或悲伤的过去总时不时地萦绕在脑海，挥之不去。我想，再等等吧，等什么时候不再犹豫，或者等什么时候阳光不再那么刺眼。至少，也该去看一看那些许久未见的老师们了。

说实话，虽然还没有从昨天晚上突然晕血失去意识，撞得到处又肿又淤青的疼痛中缓过来，但今天早上被档案局的局长表扬的时候还是觉得挺高兴的。然而到了下午却又发现自己努力很久的东西没有看到想要的成果。或许是因为我一直坚信付出就有回报这句话，所以才感到失望吧。当然我知道，不是所有的付出都会得到理所当然的回报的，就像父母对我们的付出，我们又怎么可能给出对等的回报呢。所以仍然在失望着，但是无论有多失望，傍晚已至，好好睡一觉就什么都过去了，干吗用过多的负面情绪去影响现下的生活。

写着写着就突然好想去长江大桥上吹吹风，若是没有让人烦躁不安的气温，若是没有那些扰人的汽车声，长江边是最好的舒缓心情的地方了。夜已深，明天吧，明天一定去走走，看看那好久没有欣赏过的清澈的江水，吹吹那好久没有享受过的江边的习习凉风。

作者：历史学院 2011 级本科生　向玮玮

7 月 30 日　　星期二　　晴

医学院 · 胡明涛

暑假转眼已过去快一半了，我一直待在学校里，没有回家。于是，我有幸经历济南今年这难得的天气。晴天与雨天不断地变换，老天爷经常是一天好几个脾气。今天到底晴还是雨，我们无从知晓。

不过，今天上午天挺好。医学院这边迎来了全国青少年科学营的同学们。他们来自全国各地，还有些是台湾的。我当了一上午志愿者，带领部分营员参观我们学习生活的地方。上午 9 点左右，200 多人在西校区的综合楼报告厅坐好，观看医学院院史。说起校史、院史，可没有几个能比得上山东大学医学院的。在开学典礼上，我也听徐显明校长讲过。当时，我们属于生命科学学院。我还记得主席台有些领导还奇怪为什么讲医学院的光辉历史，会有坐在不同地方的两拨人热烈鼓掌。

随后，我和另一个志愿者，带着一组同学先去院史展览馆。展览馆里陈列有一些古老的照片和更详细的简介，还有一些曾经的课本和实验仪器。印象深刻的是有个记纹鼓，我也是头一次进来，也不清楚这个是什么。后来才知道记纹鼓是传统的生理实验的记录仪器，主要由动力装置的机座和被带动旋转的圆鼓两部分组成，描记笔的运动可记录在转动的鼓纸上。利用这套装置，配合当时已经创造的水银检压计以及电计时信号器，便可把血压及心肌等肌肉收缩曲线完整地记录在贴于转动的记纹鼓上的烟熏纸上。这等于让心、肺、胃、肠等器官用各自的语言描绘出自己的活动。真心佩服那些一起搞科研的前辈们！在没有现在这些先进的仪器时，他们用自己的智慧和勤劳为科学的进步和发展作出了巨大贡献。我想，这也应该是许多参观同学能体会到的。

接下来，我们去了解剖楼观看解剖标本。里面有 3 个月、6 个月等各个阶段的胎儿，有不同部位的肌肉、骨骼，有不同高度的横断面……面对众多人体标本，有的同学一眼也没看；有的看了几眼，就出来了，难以忍受这画面以及房间中保存标本的液体的独特气味（实际上这气味比我们课上用来保存标本的福尔马林好闻多了）；有的同学觉得没有想象得可怕，好奇代替了畏惧；还有的同学则看得着迷，不肯离去。总是有人问我“面对这些东西，你恶心不恶心？”“你解剖过尸体没有？”我告诉他们我们上课很多人都抢着去看实体标本，我大三下学期将亲自动手解剖尸体。我还跟他们开玩笑说，很多学医的女生，在做动物解剖实验之前，还边摸小白兔的毛说它们可爱，但动起手来，一个个绝不含糊。很多同学则告诉我，打死也不学医。学了一年多的医学专业课，我自己也是五味杂陈。

后来，我们又去了临床技能中心看了一些上课用的模型，这些模型是让医学生们练习临床技能的。最后，我们去参观组织学与胚胎学教研室。面对各种畸形，如四连体等，营员的表现重现解剖楼情景。带队的老师提醒营员们注意下午运动完不要立即洗澡等，随后他们返回中心校区。我想，经过一上午的参观，他们对于医学和山东大学医学院会有一些新的看法吧。

作者：医学院 2011 级本科生　胡明涛

7 月 31 日　　星期三　　晴

药学院·王　贞

若非接触过自闭症患儿，很多人对自闭症的了解应该也是寥寥无几吧！今天我与小组其他成员一行 4 人来到济南市明天儿童康复中心，见到了一个小班中的 7

个自闭症孩子。我们每人选择一个孩子作为看护对象，开始对孩子一个礼拜的陪伴和照顾。每个孩子都有家长在旁辅导，我们的到来只是辅助以及接替家长的工作。

在我原有的印象里，自闭症儿童都是安静的，但这几个小家伙完全打破了我的印象。刚见到他们的时候是在运动室，就是一间有各种益智器材的小教室。他们如正常孩子一般在家长的陪护下玩耍、叫嚷、嬉笑，整间教室充满声音，可深入接触后才发现与正常孩子的不同。

我带的小孩叫东东，有奶奶陪伴，5 岁左右，微胖，眼睛大而漂亮。可我要和他对视时，总是找不到他的焦点，也就是说没有进行眼神交流的机会。东东对语言也不是很敏感，在我叫他名字时他都没有反应。比起正常孩子他们需要更多耐心和时间，需要时刻陪护。他们多半反应迟钝，缺乏语言交流能力，互相之间也基本没有互动。一天的课程都是设计安排好的，有运动、视听、音乐、图画等，上课多以奖励以及重复为基本模式，需要诱导、督促他们完成各项任务。正常孩子轻易能完成的任务，让他们做来却困难重重，且离规范相去甚远。一天的课程都结束了，虽然我陪东东上了一天的课，但是或许明天他见到我还是不会有什么反应，只是希望他能有一点小小的进步。

今天的志愿服务或许没有为东东做些什么，但我今后会更加关注自闭症以及这样的弱势群体，或许会做我今日之识无法想象的工作，但就像一颗种子。期待明天与东东的再会。

作者：药学院 2011 级本科生　王　贞

8 月 1 日　　星期四　　阵雨

国防生 · 于　鑫

“嘟嘟嘟——”三声哨响把我从睡梦中惊醒。五分钟后，山东大学全体国防

生已经在宿舍楼下集合完毕，身着笔挺的夏常服准备参加“八一”升旗仪式。

走在去升旗台的路上，我们迈着整齐划一的步子，唱着嘹亮军歌。这是我们以一名准军人的身份度过的第一个“八一”，也是我们在综合训练基地度过的第十五天。

站在升旗台前，看到护旗手缓缓向我们走来，庄严的升旗仪式开始了，在国歌的伴奏下，鲜艳的五星红旗缓缓升起。注视着它，心中有了一份不一样的感觉，是一份责任，更是一份忠诚。

今天是建军节，我们的节日。可庆祝的方式却有些特别，特别之处在于昨晚的轻装战备拉动。“嘟！紧急集合！不许开灯！”连长急促的哨声划破夜晚的宁静。我们跳下床，迅速穿好全身迷彩作训服，打好背包，提上水壶与挎包，伴随着武装带扣紧时那一声脆响，我们以最快速度冲出宿舍门在操场列队完毕，整装待发，等待首长指示。刚才还在熟睡，几分钟后却已是全副武装。突如其来的战备拉动把我们搞得晕头转向，却给我们上了最重要的一课：过节不忘搞战备！这也许是济南军区综合训练基地送给我们的最好的“八一”礼物。

在综合训练基地，练队列，练体能，一刻都不能停，哪怕今天是“八一”。我们的连长是特种兵出身，熟练掌握各种体能训练方法，几个回合下来，身上的体能训练服都拧出了水。现在我才体会到，世界上最舒服的事情莫过于做完俯卧撑后趴在草坪上的感觉了。

下午，山东大学、中国人民解放军驻山东大学后备军官选拔培训工作办公室的领导先后来部队对我们进行慰问。领导的关怀让我们体会到了身为一名山大人、一名山大国防生的归属感，更加坚定了我们努力训练的决心。

一次庄严的升旗，一次特别的紧急集合，一次挑战极限的体能训练，一份温暖人心的关怀，我的第一个“八一”，我会永远铭记。

作者：山东大学2012级国防生　于　鑫

8月2日　　星期五　　晴

就业记者团负责老师·吴　俊

由山大学生就业与发展指导服务中心举办的第九届暑期校友寻访活动，从7月10日出发到今天——20余天的行程画上了句号。

其实在以前，我一直认为在网络和通讯技术如此发达的当代，自己关注的人时刻都在身边，但是，在这次20余天的走访之后，我已然深信：网络再高端，通讯再发达，也不能代替人与人之间面对面的交流，有些地方你就得去走一走，有些人你就得去见一见，有些事情你就得去聊一聊。品茶论道，追寻“君子之交淡如水”的意境，把酒言欢，追寻“高山流水觅知音”的情怀。共怀峥嵘岁月，共叹似水年华，于是我们和校友之间有了更深厚的感情，更有了思想碰撞的火花。

在这20余天的时间里，从济南出发，广州、深圳、厦门、泉州、福州五个城市，从北到南，再从南到北，与不同时期、不同地域、不同行业、不同岗位的山大人亲密接触，聆听无数山大人的故事，了解不同的人生经历，体会不同的个中滋味。一次次感动，一次次震撼，一次次升华，感慨万千。

感慨于校友们的山大情怀。母校，对于校友们来说，不仅仅是一个学习和生活的地方，这里有他们太多的记忆。小树林的笑语欢歌，图书馆里的卷卷书香，实验室里的发现与思考，宿舍里的彻夜卧谈……校友们都怀念着曾经他们在山大流淌的欢乐和希望，挥洒的青春和汗水，呐喊的豪情和壮志……伯刚学长谈到自己对于母校的感情，对于母校的思念，言语之间，我们的小记者们也默然泪下，是感动，更是敬佩。印象最为深刻的是厦门校友聚会时，来了三位 51 级的校友，他们已经是 83 岁的高龄了。他们深情回忆了自己在山大的生活，说到动情之处令在座的人唏嘘不已。对于他们来说，那个红火的年代里，山大承载了最美好的记忆，是山大让他们看到了一个更广阔的世界，是山大给了他们无坚不摧的力量，让他们可以在人生道路上迎风破浪。访谈结束之后，他们还与寻访团队员们聊了许多，从人生观到价值观，一言一行无不让人感受到他们对国家和社会的拳拳之心、对后辈们的殷切关爱以及对山大文化传承的美好希冀。

感慨于校友们的山大烙印。此次寻访，不管是企业人力资源经理还是各界校友，都认为山大的学子有着最突出的特点：脚踏实地，作风朴实。从和校友们的交流中了解到，在工作和生活中他们都用山大“山之魂，海之韵”的文化来熏陶自己，用山大“壁立千仞，海纳百川”的精神来鼓舞自己，用山大“气有浩然，学无止境”的校训来激励自己。踏实做人，勤奋做事。当我们告诉校友们，山东大学正致力于培养“三实三又”的创新型人才，正全面实施素质教育和教育创新，完善融“知识学习”和“人格培育”为一体的人才培养体系，探索“一个目标、两个平台、三篇文章、四种经历”的本科生人才培养模式和“一个学生、两个导师、三种经历”研究生培养模式。大家都一致认为这样的人才培养模式很好，也必将为国家培养更多的优秀人才，作为校友他们感到自豪。

感慨于校友们的奋斗历程。寻访途中，校友们不管是功成名就，或者是事业有成，还是正在奋斗，都一如既往地努力着。他们曾经失败过，灰心过，哭泣过，但是他们都不曾放弃，都在努力去寻找自己最好的状态。他们告诉我们最多的就是，要有自己的人生目标，近期的，远期的，宏大的，渺小的，不管怎样都要为实现目标而努力。尤其是在上学期间，一定要做好学涯规划，做好职业生涯规划，要试着做职业测评，了解自己的职业兴趣，了解自己的人生追求，再去谋划自己的未来。也可以尝试着去参加一些职业大赛，既了解自己又锻炼能力。这些都是大学生活中必不可少，十分重要的事情。

感慨于校友们的创业热情。就业是民生之本，创业是就业之源，实施扩大就业的发展战略，促进以创业带动就业，这是国家的一个重要战略举措。在我们的印象中，山大学子的创业热情要远远低于南方高校的毕业生，但是在福建的时候，我们发现福建校友们的创业热情大大超出我们的想象。也许这和福建的创业环境和创业氛围有关，但我想更多的是他们有爱拼才会赢的精神，有敢于尝试的勇气。记得建敏师兄说过，我们只是在不断地给自己建立平台，不断地去寻找适合自己的舞台，不断地去充实并精彩自己的人生。

时光飞逝，回首望去，在学校领导的指导关怀下，在兄弟部门的支持帮助下，我们的暑期寻访工作又有了一定的进步。此次活动旨在加强与校友的联络，用优秀校友的人生经历和创业历程，用他们来自于实际工作经历的对于学校人才培养的观点，指导在校生学习、生活，激励在校生立足现在，规划未来，努力奋斗，立志成才，培养在校学生校友意识，激发爱校荣校的情怀。

一路上收获太多，此刻只想说，山大文化，传承百年，自有其深远渊源。亦如酒酿，愈多沉淀，愈是芬芳。中国百年经历无数动荡，山大也数次迁址，但文化传承始终在延续，在前进，在发展。不同时代的山大人身上有着同样的山大血源，因为一脉相传。几年以后的我们也会离开校园，但不论身在何处，我们都会记得，自己是山大人。就如同校友所说，不论在哪个城市，山大人不孤单。

作者：就业发展中心老师　吴　俊

8月3日　　星期六　　晴

材料学院夏令营·张　洁

我来自华南理工大学，有幸通过选拔，来到济南参加山东大学材料科学与工程学院的全国优秀大学生夏令营。通过材料学院夏令营这个平台，我们才得以相聚相识相知，才能更好地了解山大材料科学与工程学科，才能离我们的梦想更进一步。

“为天下储人才，为国家图富强”——山大的百年底蕴让我慕名而至，而两个细节让我对山大材料学院的印象更加深刻。在还未收到夏令营录取通知的时候，我接到了夏令营工作人员的电话，老师的细心、负责、平易近人更增加了我对这次夏令营的向往。想来老师如此，学校也会是很好的吧！等到我真正来到山大之后，山大各位老师和学长的热情相待更是坚定了我的这一想法。另一个小感动是夏令营为每位营员发放的资料袋中的那把彩虹伞，学姐说济南最近多雨，所以给备着这把伞。虽然只是一把小伞，但在我看来，却是山大对我们营员无微不至的关怀。

夏令营的朋友们有的来自新疆，有的来自海南，还有黑龙江、安徽、四川……我们来自五湖四海，却都拥有着相同的山大梦、材料梦！每一位营员都是那样的朝气蓬勃，充满“材”华，希望在接下来的体验中，我们能将最好的自己展示给老师，不辜负老师的期许，也不允许自己失望；希望我们能高兴而来、满载而归，在这一次短暂的驻足中染一身山大的气息和味道——正如山东大学徐显明校长所说：“这种味道将伴你走天涯，旅海角，无论走到哪里，你身上永远都有山大味。山大文化是你一生享用不尽的酵母。山大仁怀的德性与朴实无华的品质是你一生永远感怀的圣泉。”

相信我在山大材料学院一定会度过一个精彩而有意义的8月！欣喜之余体会到的是这次夏令营的机会来之不易，营员们短短5天的交流学习，却需要夏令营筹备组做远远多于5天的准备工作。在此向为这次活动提供大力支持的学校学院领导，向辛勤组织筹备工作的老师、学长们学姐们表示最真挚的感谢！

作者：材料学院夏令营营员、华南理工大学　张　洁

8月4日　　星期日　　晴

能动学院·仇汉桢

在这个火热的7月，我们暂别象牙塔中舒适的生活，带着青年人特有的蓬勃朝气，走入社会，了解社会，深入社会，响应我校鼓励大学生投身社会、体验生活、服务大众的号召，开展了暑期社会实践活动。

我们组成了8人的暑期社会实践队，来到我们美丽的家乡蓟县开展暑期社会实践活动。我们这次活动的主题是：和谐社会，健康为本。我们此次的目的是进社区为居民义务宣讲健康保健知识，使社区居民能避免健康误区，正确处理日常常见疾病。我们从外场宣讲、发放健康保健资料、问卷调查等方面开展。

一切准备就绪，我们兴致勃勃地开展起来。根据调查，我们把时间选在了下午。可一切并不如想象的那么顺利！开始的第一天原定计划下午3点开始，可布置场地就花了一个多小时！在时间预期上出现了差错。但这仅仅是开始！在之后的一个小时中根本无人问津！我们及时对这种情况作出分析，开始分工合作，大家分散去发传单和问卷，并吸引社区居民到我们的外场。这招果然见效。因为有了围观人群，路过的人不断过来围观。大家也都提起劲头，可头疼的是围观的人群并不愿意填我们的问卷。我们一直没有遇到会主动要求填写问卷的人，也没有遇到向着我们就大吐苦水、大声抱怨，把我们当做倾诉的对象的人，这令我们感到一丝欣慰，也感觉自己所做的一切是真正有意义、有价值的。

第一天的结果并不如我们预期的好，各项都没有达到我们的预期目标。正是因为有了第一天的失败经验，我们总结了活动中的不足，再接再厉！接下来的几天我们克服之前的不足，改变原有方式，效果显著。每次外场宣讲的围观群众多了，愿意配合我们的也多了，大家真心感谢我们的付出，我们也乐在其中！

这次社会实践活动让我明白，人的一生中，学校并不是真正永远的学校，而真的学校只有一个，那就是社会。大学生社会实践是引导我们学生走出校门，走向社会，接触社会，了解社会，投身社会的良好形式；是促使大学生投身改革建设，向工农群众学习，培养锻炼才干的好渠道；是提升思想，修身养性，树立服务社会的思想的有效途径。参加社会实践活动，有助于我们在校大学生吸收新的思想与知识。同时，社会实践加深了我们与社会各阶层人的感情，拉近了我们与社会的距离，也让我们在社会实践中开阔了视野，增长了才干，进一步明确了我们作为学生的成材之路与肩负的历史使命。社会才是学习和受教育的大课堂。在那片广阔的天地里，我们的人生价值得到了体现，为将来更加激烈的竞争打下更为坚实的基础。希望以后还有这样的机会，让我从实践中得到锻炼。在今后的学习和生活中，我将摆正心态，正确定位，发奋学习，努力提高自身的综合素质，适应时代的需要，做一个对社会、对人民有用的人。

我想，每个大学生都应该参加社会实践，进一步更深地了解社会，了解社会上存在的许多问题，了解社会飞速的发展。这个活动有利于开阔视野，有利于锻炼我们当代大学生的各方面能力。我们不仅仅局限于书本知识，实地考察也是比较重要的一部分。在考察每个地方的同时也能锻炼大家的团队意识，在作出每个决定（比如摆外场的位置选择）、实行每个计划的同时也可以锻炼我们的思维能力和实践能力。“纸上得来终觉浅，绝知此事要躬行。”社会实践使同学们找到了理论与实践的最佳结合点，尤其是我们学生，只重视理论学习，忽视实践环节，往往在实际工作岗位上发挥的不很理想。比如说这次宣讲健康生活的实践之前，大家信心满满，满腔热情，但是炎热的天气和重复乏味的工作的双重考验使我们身心俱疲，这在行动之前是没有想到的。再比如理论上比较容易的事情到实践时可能会变得非常困难，就像第一天挂横幅就足足花了一个小时。

暑期社会实践活动在转眼间就结束了，在短短 4 天的实践活动中，汗水淋湿了我们的衣裤，泪水模糊了我们的眼睛。我们把学校坚强的精神带去了美丽的蓟州，把学院的优秀品质和良好的精神风貌体现得淋漓尽致，在社区人民的心底留下了美丽的印象。7 月，我们走进火热社会，用汗和泪谱写一曲壮丽的青春之歌。这是爱的奉献，这是我们的无悔选择。在实践的过程中，我收获了许多，也懂得了许多，满意的劳动成果是来之不易的。通过这次社会实践，一方面，锻炼了我的人际沟通和表达能力，另一方面，我们也为社会作了自己的一些贡献，为家乡百姓的健康生活作了一份努力。但通过这次实践活动，也暴露出了我们的一些问题，如经验不足，处理问题不够成熟等。实践队员都是西电大一的学生，虽然活动的过程有些波折，有些辛苦，但在活动的过程中，我们锻炼了自己，建立了深厚的友谊，这是一次令人难以忘记的社会实践。

作者：能动学院2012级本科生　仇汉桢

8月5日　　星期一　　晴

数学学院·孙长贞

2013年7月10～31日，我作为山东大学蒲公英青年公益发展中心“北极光”支农支教调研团的一员，来到江西省吉安市遂川县大坑鑫河中心小学进行了为期3周的支农支教活动。

经过前期四个月的准备，我结合自身的专业知识给孩子们开设了一门趣味数学：通过讲一系列有趣的数学故事激发他们对数学的兴趣，让他们逐渐喜欢上数学，鼓励他们善于观察周围的事物，学会用数学的思维看待一些问题。作为一名数学学院的学生，我深深地明白学好数学不是要看你会做多少题，而是要看你是否具备严谨的数学思维。由于前期的精心准备，我的第一节课上得非常成功，我给他们讲新版西游记——猪八戒和孙悟空的故事，必要时我会模仿他俩的声音和动作。他们听得津津有味，有时候还被逗得捧腹大笑。每一个小故事中都会有一种新的数学题型，我把这些题通过孙悟空或者猪八戒的口中表达出来，先让同学们思考，“看看你们有没有孙悟空聪明”，同学们听到这句话中也认真地做起来。然后我再通过孙悟空的口一步步地启发孩子们，让他们自己算出来，增加他们的自信和成就感。最后我还会给他们出一个有关例题，让他们独立去做，直到他们基本掌握这种思考方式。我本以为和他们混熟得需要几天，但出乎意料的是下了第一节课他们便一股脑地跑到我跟前：“孙老师，你是孙悟空变的吗？”“孙悟空哥哥，你是从山东一个筋斗云飞过来的吗？”“孙悟空哥哥，那你的筋斗云呢？

还有你的金箍棒呢，是不是在你耳朵里？”一连串的问题把我问得不知所措。其实，我心里很明白，他们虽都是孩子，虽然都还很天真，但他们知道我不是孙悟空，他们这样问也许是在故意刁难我，也许是对于一个来自遥远的济南的像哥哥一样的老师的好奇和期待。但我更愿意理解为这是向我表达他们对我的喜爱的一种方式。几节课过后，有一位小朋友对我说：“悟空哥哥，在没上你的课之前我一直不喜欢数学，而且以为你只会给我们讲题，现在我才发现原来你很幽默。你不仅能给我们讲故事，还可以把它表演出来，我现在也越来越喜欢数学了。”听到这里，我的眼角已经湿润了，不仅是为孩子的懂事而感动，而且为自己付出的努力达到了预期的效果而欣慰，这也更加激发了我的教学热情。

每天的生活都是忙碌而充实的。早晨6点半，伴随着东边的第一缕阳光，新的一天开始了。我和另外一名当天值日的男生起床给大家准备早餐：已经好几天没有去赶集，菜几乎全部吃完，只剩下几个土豆。由于在寒假已经学会做几道菜了，所以这个炖土豆对于我来说丝毫不是问题，但是只有不到一碗明显不够吃的。无奈之下，另一位同学只好拿出昨天吃剩的西瓜皮，尝试炒了起来。虽然不是很好吃，但队员们都知足地吃了个精光。吃完饭洗刷之后，我便抓紧再次熟悉了要讲的故事，尽管昨天备课已经很充分，但我还是想做到万无一失，因为我知道他们都期待着上我的课，我不想让孩子们失望。转眼间到了大课间，我们便带领着孩子们玩游戏，老鹰捉小鸡、投手绢等游戏他们百玩不厌，看着孩子们脸上绽放的微笑，我们虽然热得满头大汗心里却很甜。中午一点多，我们还在梦中，一群孩子便来敲门了：“老师（si）老师（si），开门啊”。没办法，只好睡眼惺忪地给他们开门。进门之后便是在我们宿舍前做各种体育运动：篮球、足球、乒乓球他们都玩了个遍。我们被吵得睡不着，只好起来和他们一起玩。对于这种现象虽然我们也抱怨过，但我们都明白，好玩是孩子们的天性嘛，我们也很谅解。下午放学之后，我们便利用送学生回家的机会进行家访，与家长们进行沟通，了解那里真实的教育现状。我们这次来到了在班级里很活泼的一对龙凤胎谢龙谢凤家中，表明来意之后，家长表示了极大的热情与理解。他们积极地向我们询问在教育比较发达的山东省都是如何培养孩子的，也向我们表达了自己的一些教育观念。家长的热切心情极大地感染了队员们，双方的交流深入细致。两个小时里，我们了解了孩子们平时的学习情况，也对家长们平时的工作情况有了大致了解。回到学校，我们便聚到一起开例会，分享自己在教课过程中的心得，讨论在支教过程中遇到的各种问题，并对第二天的教学工作进行部署。之后便是聊一下班上的某些学生的“奇闻轶事”，也算是在疲惫中的一种很好的解压方式。回到各自的宿舍，写一下当天的活动日志，再备一下明天的课，基本上到11点半才能睡下。每天的生活就这样反反复复地重复着，虽然看似很单调，但每一天都有不同的收获和体验。

愉快的生活总是那么的短暂。20天的支教生活在一首《我的山大我的家》中落下了帷幕。这一刻，我们哭了，孩子们也哭了。“老师，你们以后还会来吗？”“老师，你们别走了好不好，我们都舍不得离开你们。”我们只好骗他们说：“只要有机会，我们还会来的。”其实我们都知道即使有机会也不一定是来这里，也许这个地方我们以后再也来不了了。我们也常常想，既然结果是已经预知好的那么痛苦，我们为什么还要选择去支教呢？后来想了想，人生不是充满了离别和伤感吗？其实遗憾也是一种别样的美，完美的结局也不一定是最好的。回首这20天，有来时的欢声与笑语，有支教过程中的忙碌与抱怨，更有离别时的难舍与难分。我们在他们的生命过程中也许只是几个过客，也不奢求他们在几年之后还记得我们，但真心希望通过这20天的支教不仅能传授他们更多的知识，更能够带给他们一些温暖与关怀，潜移默化地改变他们对生活的态度，这才是我们支教的初衷和最终目标。也许我们做得还不够，但我们确实在做我们最大的努力。我们会永远记住这一段美好的时光，它将永远刻在我们每个人的心中，这也将是我们人生中一段唯美的回忆。

作者：数学学院2012级本科生　孙长贞

8 月 6 日　　星期二　　晴

经济学院“思蜀”调研团队

今天，我们“思蜀”调研团队进入第二阶段调研工作，走访了汶川特大地震纪念馆、老北川遗址、唐家山堰塞湖，还有石椅羌寨。

早上 9 点，我们团队一行 7 人从新北川县城出发，经一小时车程顺利到达“北川“5・12”汶川特大地震纪念馆”所在地北川县任家坪。在“5・12”地震之后，北川的老县城已经成为一片废墟，人们选择在任家坪建立这个“5・12”汶川特大地震纪念馆，用于缅怀逝者，展望未来。远远望去，纪念馆好像一片撕裂的大地，每一个凝视它的人，无不陷入沉思之中。和汶川特大地震纪念馆有关人员交流沟通后，我们获得了纪念馆工作人员的大力支持与帮助。为了方便团队成员更加深入地了解北川在汶川大地震中的受灾状况和灾后重建所取得的成果，纪念馆专门选派了优秀讲解员为我们进行展览讲解。

纪念馆展厅分为地震灾情和灾后重建两个部分，里面陈列了大量记录地震灾难和灾后重建实际情况的实物、影像资料。在讲解员深情、详细的讲解下，我们对当时地震受灾和灾后重建的实际情况有了更加深入、真实的了解。在我们团队中，很多队员也曾经历过 2008 年的汶川大地震，感同身受。当讲解员讲到动情的地方时，有些队员的眼眶也不禁湿润了。在参观地震纪念馆的过程中，队员们感受到重灾区同胞遭受的苦难、灾区同胞面对大灾大难的坚强品质，更加感受到灾后重建的高效高质，这无疑是和党中央、国务院对抗震救灾的科学指挥、严格要求离不开的——“两个加快”：加快建设灾后美好新家园，加快建设西部经济发展高地，化压力为动力，化苦难为机遇，实现灾区经济、社会可持续发展，将北川建设得更加美丽。参观完毕，队员还为地震遇难同胞默哀并虔诚地送上电子鲜花，千言万语汇成灾区同胞的心声，感恩，奋进……

随后，我们一行人来到老北川县城遗址。由于前段时间四川的暴雨，北川老县城的遗址已经被淤泥覆盖，导致行人无法进入。队长杨寰和大家讨论后决定，不进入北川老县城遗址，而是前往唐家山堰塞湖。唐家山堰塞湖曾经是悬在灾区

人民头上的一把利剑，在经过多次的排险后才确保安全。我们乘坐车辆来到唐家山，步行前往堰塞湖，在走访中从当地民众口中得到大量的、真实的有关唐家山堰塞湖的详细情况。在察看唐家山堰塞湖的过程中，队员们甚至看见了前几天才浮出水面的漩坪乡，都震撼不已。

下午，我们一行人经过艰难的山路跋涉，来到当地最具羌族文化特色的石椅羌寨，就"地震对北川羌文化特色旅游业的影响和灾后旅游业恢复、发展状况"展开调研。在羌寨工作人员热情、详细的接待和讲解下，我们不仅完成了相关课题调研，感受到了羌族人民的热情好客，还了解到大量鲜为人知而又极其宝贵的关于羌族的古老悠久、极具特色的民俗文化知识，大大提升了队员对羌族文化的认识。

经历这一天的调研活动，虽然我们的体力都经历了极大的考验，但是队员之间的工作协调度大大提升，很好地完成了既定目标，还有了许多意外收获。

在接下来的调研活动中，我们会再接再厉，以饱满的热情和科学的方法完成调研任务。

作者：经济学院“思蜀”调研团队

8 月 7 日　　星期三　　晴

儒研院讲师·龙　圣

一大早，从千佛山校区来到中心校区，漫步在校园里，感受到与往日不同的气息。没有了以往那种人群如织、熙熙攘攘的景象，也没有了以往那种车辆呼啸而过、车水马龙的喧嚣，一切变得安安静静、恬然自得。偶尔看见几个行人，不过是低着头、匆匆路过罢了，偌大一个校园，好像完全是属于自己的天地了。经过那片小树林，随便找了张靠椅，坐下便开始享受这孤寂的自由。

抬起头，看看天，一片叶子随风飘下，缓缓落在不远处，才突然想起今天刚好立秋。俗语云“一叶落知天下秋”，碰巧今天体验了一回，便禁不住浮想联翩起来。

立秋，意味着夏秋的过渡，此后天气逐渐转凉，进入新的季节。不过，按照济南的情况，起码要到九月下旬，炎热才渐渐消退，俗话说“秋后一伏热死人”，可见这只“秋老虎”可不好对付，它尚需一段时日才“归隐山林”呢。

立秋，意味着谷物即将成熟，同时也暗含了能否丰收的预兆。民间往往在立秋这天，根据天气占看丰收与否。例如，有农谚说“雷打秋，冬半收”，意为如果立秋这天打雷，那么冬季收获农作物时就会歉收。又有谚语说“立秋晴一日，农夫不用力”，意思是如果立秋日天晴，那么此后必定风调雨顺、谷物丰收。今日天气不错，想必今岁是个丰收之年吧。

立秋，还寄托了人们的多种情感。因为它能“预示”丰歉，所以古时官府在立秋这天祭祀“五帝”“土地神”，以祈求风调雨顺、粮食丰收。而民间在立秋收成之后，还会挑选吉日答谢天地与祖先的保佑，并品尝新获谷物。由于夏秋交替，人们的饭量也随之变化，故民间也在立秋这天悬秤秤人，检验体重。同时，民间还有在立秋这天吃西瓜的习俗，称“咬秋”或“啃秋”，意为将秋天咬住、啃住，以便炎热退去，凉爽来临。

自古而来，立秋的内涵丰富多样，表达了多种寓意和情感。但时至今日，除了天气变化、预示丰收外，很多立秋习俗都逐渐淡出我们的视野，远离我们的生活，尤其是在大都市，情况就更为明显了。此刻，我不禁想起了小时候那诸多的节俗，就如今而言，是一种再也回不去的梦境。

而立之年，立秋之日，有太多的问题需要思索，有太多的事情需要面对，但能在这小树林里“坐地神游八千里，梦回人生三十年”，也是一种难得的欢愉。

作者：儒学高等研究院讲师　龙　圣

8月8日　　星期四　　晴

历史学院 · 魏筱颜

早晨醒来，打开日历提醒——今天是爸爸节。不知不觉，我从流鼻涕的小屁孩成长为20岁的成年人，而爸爸也从青葱的帅小伙成长为沧桑的美大叔。时光斑驳，岁月却在点滴流逝中为我们留下了珍贵的财富。

还记得小时候，一遇到不会的数学题就让我爸给我写，老师布置了令人头疼的周记就赶紧讨好老爸，我们一块瞎编。要画手抄报要做小制作了，就给爸爸设个5点的闹铃让他起床帮我做。大大小小的事情，我都会把老爸这座牢固而忠诚的靠山搬到面前，应对一切灾难。

在家里，老爸时不时秀个厨艺帮我改善一下老妈味道不变的伙食，在妈妈说我这个说我那个时帮我打个圆场。小时候跟爸爸一起睡懒觉，下午醒来没饭吃，他就用一包方便面俩鸡蛋撑得我把饭全吐出来。

就是这样的老爹一天天看着我长大，看着我渐渐伸开翅膀往外扑腾。我却没有发现，人到中年为工作操劳为家庭奔波的老爸，已经成为银丝渐满、身体发福的老大叔。上高中之后，作息时间紧张，只有在午饭时才有机会跟爸妈胡扯一通。而此时，爸爸也总是努力把话题向我感兴趣的方向上转移。在我的成长过程中，老爸并没有时不时地给我灌输一些做人做事的道理，我是在他潜移默化的影响中，渐渐学会待人处事。

过父亲节了，给老爸发一条祝福短信，收到让我哭笑不得的回复：虽然只是一句话也能“临时证明”没白把你喂得白白胖胖，吃好喝饱把嘴巴擦擦。嘿嘿，这就是中国的父亲表达爱的方式么……

然而，上大学后，我也变成了常常给妈妈打电话问长问短、给爸爸打电话也是“爸，我妈呢？”这种状态。不知道为什么，这慢慢成了习惯。也许长大后，爸爸不再是帮我做作业给我摘“果冻”的超人，不再是吃饭时一直讲同一个笑话就能让我大笑的神奇老爹。正如龙应台在《目送》中写道：“我慢慢地、慢慢地了解到，所谓父女母子一场，只不过意味着，你和他的缘分就是今生今世不断地在目送他的背影渐行渐远。你站立在小路的这一端，看着他逐渐消失在小路转弯的地方，而且，他用背影告诉你：不必追。”

无论我们觉得自己羽翼多么丰满，在父母眼中永远是令人牵挂的孩子。也许自己想做的事、想走的路和他们期待的并不一样，可是他们依然会在背后默默地支持着、鼓励着我们。用渐渐苍老的容颜，欣慰却又不舍地目送我们的远行。

走在林荫下这样回忆着，祝福着，远处又传来那首歌：“多想和从前一样，牵你温暖手掌。可是你不在我身旁，托清风捎去安康。时光时光慢些吧，不要再让你变老了。我愿用我一切，换你岁月长留。一生要强的爸爸，我能为你做些什么。微不足道的关心，收下吧……”

作者：历史学院 2011 级本科生　魏筱颜

8 月 9 日　　星期五　　晴

橙汁课堂志愿者·吕承锟

天气依旧很热，但比起我们橙汁人的热情，这点热似乎有点微不足道了。

今天是橙汁课程的最后一天，从 8 月 2 号开始，橙汁一路走过了 8 个日子。在过去的 8 个日子里，我们每位讲师通过结合自身经历，分别向准大一新生们讲述了英语学习、学科竞赛、专业学习等学习类的知识，让同学们对大学的学习有了一个初步的了解；此外我们从学习出发，又接着讲述了学生组织与社团活动、宿舍生活与理财、网络运用、人际关系等生活和人际交往类的话题。这种话题都是结合我们讲师的亲身经历，把一个准大学生将遇到的方方面面问题都向同学们铺展开来，为他们打开一个全新的世界。我们将知识与素拓和脱口秀结合在一起，寓教于乐，可以说，开创了一种教学的新模式和新方法。

我们的橙汁其实原为“承知”。承，为传承之意，知，是一个人思维活动的果实。承知文化沙龙是一个为准大学生（高三刚毕业，将要进入大学）量身定做的“特别”的课堂。这个课堂的讲师是受众的“亲”学长学姐，他们通过 PPT 演讲（40min ~ 2h）的形式，为准大学生提供大学经验指导和 solo 文化讲座，使其更好地适应大学生活，理智地选择一种最适合自己的生活方式，帮大家在大学里能学得开心，玩得痛快；提升准大学生综合素质，如团队合作能力，人际沟通能力，演讲口才，组织领导能力等；交流人文艺术见解，概述大学各专业课程，寓教于乐激发学生对各专业门类的兴趣，使受众有一技之长在大学舞台站稳脚跟，同时兼顾培养独立思考习惯，提升自主学习能力。

我们一改往日上午备课、下午讲述的模式，在今天上午，橙汁的讲师们全部来齐，以小组讨论的方式给学弟学妹们带来了一场知识大爆炸。我在我们的小组里主要给学生们讲述了上大学的准备以及如何正确对待学习与学生组织的问题。虽然讲得有些口干舌燥，但那份被倾听和认同的喜悦是从心底里荡漾开的。作为活动主要发起人的毛敦和修宇亮作了最后的发言，他们向学员们讲述了橙汁未来的发展模式和构想，并希望我们的下一级能将橙汁精神传承并发扬下去。随后，我们在室外进行了合影，作为这 8 天美好时光最后的留念。8 天的橙汁生活像梦一般，告一段落了。

应该说，我们并不是成功者，我们也不是在分享我们成功的经验，而且有些知识，有些阅历，是只可亲身经历不能言传身教的。但我们创立橙汁的初衷，只是建立一个以莱州一中为媒介的大学生交流平台，做一个干干净净的组织，实现一个青春不羁的梦想。从开始的规划到现在的实行，前后也是准备了一个年头左右。我们也曾有过阻碍，也曾有过分歧，甚至曾遭到业界人士的否定，但我们勇敢去做了，挺过去了，并且，我们有备而来，打了一个漂亮的胜仗。

伴随着橙汁的成长，我们也在渐渐走向成熟和稳重。在橙汁的日子里，我们学会了与他人更好地交流，学会了勇敢地亮出自己的观点，学会了年轻就要勇敢去追梦的道理。修宇亮说了一句话，不被人嘲笑的梦想不是你值得坚持的梦想。在此，我也想对在追梦中踌躇的同龄人说，大学是一个能让人颓废的地方，也是一个能让人奋起的地方，我们正年轻，所以，有梦就要勇敢去追！

前承先知，奋斗不止！希望橙汁能够传承并发展下去，也期待我们下一届橙汁人的表现！我们是橙汁人！ We are juicers！

作者：物理学院 2012 级本科生　吕承锟

8 月 10 日　　星期六　　晴

外语学院·李　洋

国标舞和瑜伽结课一周了，想想这一周来的暑热昏睡、慵懒不适，无比怀念在凉丝丝的形体室里跟着方老师勤奋练习的时光。

上个学期中就跟小彬去蹭过一次方老师的摩登课。虽是厚脸皮蹭课者，方老师却丝毫没有嫌弃不愿，反倒留心记下每一位蹭课学生的信息。这种“舞蹈无界限”的精神宗旨、温柔大方的处事风度、亲切柔美的教学方式，与前不久我俩蹭另一瑜伽老师课时的“严词拒绝”形成了巨大反差，引起了我们极大的好感。大约正是那时，舞蹈在我晚慧的心中产生了奇妙的化学效应。我心潮暗涌，觉得it’s high time that I learned to dance。期末考试结束后，不同往常，我没有急着回家。即将大四，向来方向感欠佳的自己有些无所适从。幸亏这次踌躇逗留，我赶上了今年的暑期课程，看到列表中方老师的国标和瑜伽课，大呼惊喜，就报了名。

每天看着形体室里男生女生青春洋溢的面孔，心情自然是明快舒朗，阴霾全扫，暑意全消，舞蹈成为体内流动的快乐因子。摆好绅士淑女的架型，提着呼吸，踮起脚尖，身体纯粹轻灵，灵魂翅展欲飞。音乐响起，舞步轻移，抑扬起伏，无论是“繁星”的活泼，抑或是“夜曲”的幽怨，每一步都是脚底与地板之间的亲昵。那流动着的优美曲线，是旁若无人的倾诉，是试扣心扉的低语。看看卢卡跟洛兰，华尔兹便是这绅士淑女欲言又止、深情款款的身体语言。

世人言：不怕神一样的对手，就怕猪一样的队友。一则筋骨僵硬，二则缺聪少慧，感叹自己实在是有一颗dance-proof head。可怜舞伴不停为自己纠动作，寻乐感节奏，稍不留神，还会被自己带跑了，哭笑不得，此间种种，实乃“乐趣横生”。何为绅士淑女，大抵女生温婉一点儿即可，打不得骂不得，对男生则要求多多，礼让担责。方老师每每教诲，国标舞由绅士主导，而淑女则是表现美的主要载体，因此问题出现，我便可“心安理得”看着绅士们反思检讨，真真“乐”坏了我。男生们果然要脸皮厚一点儿，心理承受能力强一点儿，万不能像小姑娘一般脸上挂不住才好。总而言之，跟方老师学习华尔兹，表示无压力啊有没有，尤其是心态端正，“交流甚于教学”。

舞蹈是一种年轻着的人生态度，流转之间，是对生的喜悦与感动。典雅舒缓的华尔兹如此，热烈奔放的探戈亦如此。舞动人生，自此开始。

作者：外国语学院2010级本科生　李　洋

8 月 11 日　　星期日　　雨

医学院·尤宏钊

2013 年 8 月 8 ~ 11 日中国心脏大会（CHC）在北京国家会议中心召开，作为国内最高水平的心血管医学学术活动之一，大会几乎涵盖了目前心血管病研究的各方面。不仅为来自全国各地的心血管病专家搭建了学术交流的平台，更通过卫星会和手术演示使国内外的医学专家有了一次零距离沟通的机会。

作为本次的会议重头戏，“中国中医科学院心血管病研究所成立大会暨中国中西医结合心血管病论坛 2013”吸引了各方的关注，会议邀请到了中国中医科学院院长张伯礼院士、中国中医科学院西苑医院陈可冀院士、山东大学齐鲁医院张运院士、中国医学科学院阜外心血管病医院杨跃进教授、复旦大学附属华山医院范维琥教授等医学大家，会场学术氛围热烈，思想在这里汇聚，智慧在这里启迪。

作为山东大学 safari 社会实践团队的负责人，我接受了主办方邀请，以本科生代表的身份参与到了会议当中。

会议第一天，是中国中医科学院心血管病研究所成立大会。国家中医药管理局及中国中医科学院领导共同为研究所揭牌，之后中国中医科学院西苑医院院长唐旭东和中国中医科学院院长张伯力、国家卫生与计划生育委员会副主任王国强先后致辞，祝贺中国中医科学院心血管研究所的成立。接下来的特邀报告环节堪称“群贤毕至，星光熠熠”。我校的张运院士和阜外医院杨跃进院副院长担当主持人，陈可冀院士首先登台，讲解了“中美国家心血管病报告要点对比解读及启示”，为临床医生开展中美学术交流搭建了桥梁，之后吕树铮教授和李连达教授分别介绍了目前冠心病最新研究进展以及中药新药研发的现状，这些最新的研究成果，站在国际研究的前沿，让我大开眼界。在第四场卫星会中，来自西苑医院的李立志教授通过介绍关于宽胸气雾剂的多中心、随机对照研究，将先进的研究方法与传统医学相结合，体现了现代中医学在多中心临床试验的先进性。原本我一直对于中医药进行多中心临床实验有很深的质疑，这次卫星会在很大程度上解答了我的疑惑。

会议第二天，北京下起了倾盆大雨，这丝毫没有减退会场内的热烈气氛。相较于前一日的仪式，今天更多的是学术交流。首先进行的是专题报告，许多全新的理念和技术呈现在大会上，中国中医科学院西苑医院副院长史大卓的“益气活血干预介入后急性冠脉综合征的临床研究”、陶军教授的“中西医结合高血压研究的现状与展望”都为我这个初出茅庐的“小医生”在科学研究上起到了灯塔的作用，指引了将来如何把握好前沿研究，如何做好科研。在热点聚焦的环节，北京阜外医院的吴永健主任和上海华山医院的李勇主任分别谈了自己从西医视角对中西医结合的感受。作为一名学习西医的医学生，几位主任的话让我受益匪浅。祖国传统医学博大精深，集合了中华上下五千年的文化精髓，是我国医学事业的宝贵遗产，虽然我学习的是西医，但同样应该学习好、掌握好传统中医，这样才能真正做到“博施济众、广智求真”。

在短短四天的大会上，我不但参加了中西医结合论坛，还旁听了肺血管病专题、心血管病影像及结构性心脏病介入治疗以及心血管外科专题，我有幸聆听了许多知名专家的讲座，在学习知识的同时也十分幸运地可以听他们讲述自己的人生经历，分享人生智慧。作为一名即将步入大四的医学生，这次大会的意义并不仅仅是了解前沿技术，领略大师的风采，更多的是通过感受学术氛围，更加坚定了自己成为一名合格医生的梦想。

每个人都自己的中国梦，在大一的暑假我有幸代表山东大学赴山东省宁阳县参加了山东省立医院的流行病学调研，在那时我便立志成为一名好医生，到边远山区去，到祖国需要我的地方去，为欠发达地区的人民服务，让更多的人享受到好的医疗水平。今年的 CHC 会更是坚定了我的理想。学术大师的风采和对于生命的感悟带给了我更深层次的震撼，“忠于医道，仁爱救人”是先辈们留下的教诲，在医疗条件不甚理想的今天更应值得我们这些未来的医生，守好为医者的底线，去攀登医学的巅峰。作为一名医学生，我希望在今后的学习中可以有更多这样的机会去接近临床，走进实践，参与科研，在大学期间把握好一切机会，在努力实现我的“医学梦”的同时，为山东大学成为世界一流大学贡献自己的力量。

作者：医学院 2010 级本科生　尤宏钊

8 月 12 日　　星期一　　晴转多云

研究生支教团志愿者·于青民

刚刚过去了周末，来新疆伊宁县第一次的出游和第一次的大聚会，献给了伊犁河的波澜壮阔和募群曲仪的生日 party。早上 8 点挣扎起床，开始了在伊宁县委组织部第二个周的工作。

我所在部门是信息调研部，任务是收集各乡镇的采集信息，经过修改、分类整理，统一投稿到伊犁自治州的党建网。上个周参加了信息员的培训会，学到了许多信息写作的技巧，但是实践起来才更能体会到信息写作的重点和难点。上午，我的主要工作就是和其他两名队友一起，把邮箱里的信息下载下来，三个人逐篇修改。通过信息工作，我越来越多地认识和了解了伊宁县的整体发展情况。这些情况，也必将帮助我更好地了解当地学生的基本生活环境、教育环境。

信息调研部还有一项工作是下乡调研，了解各村在推进“治村强村”工程中的具体情况，收集群众意见和建议，形成调研报告。下午，两名队友下乡了，信息修改的工作就只有我一个人来做。从 4 点上班到 6 点汇总上交，我大气没敢喘一下，分秒必争地修改着、斟酌着、整理着，生怕自己的疏漏闯了祸，给山东大学抹黑。出门在外，才知道自己的一言一行都向社会展示着山大人的品行、山东大学的形象。

9 月份，我们就会结束在组织部的实习，去伊宁二中开展为期一年的支教工作。山东大学第十五届研究生支教团新疆队，是山东大学首届赴疆研究生支教团，也是伊宁县自两年西部计划志愿服务项目后迎来的第一批研究生支教团。这些“第一次”，无不在提醒着我，这一年不长的时间，需要更多的耕耘和努力，方可无愧于自己的初心，无愧于母校的栽培。

作者：研究生支教团志愿者、控制学院 2009 级本科生　于青民

8 月 13 日　　星期二　　晴

香港大学 · 李　鹏

8 月的泉城济南，恰如我们的心情，炽热又不乏一丝清爽。我们香港大学一行 9 名学生有幸在张成飞教授的带领下访问山东大学，参加山东大学口腔医学院和香港大学牙学院组织的为期一周的学生交流活动。

作为中国第一所按照章程办学的高等学府，山东大学具有悠久的历史以及厚重的底蕴，这给我们留下了深刻的印象。百年以来，诸多名家学者胸怀“为天下储人才，为国家图富强”的追求，呕心沥血，辛勤耕耘；数代莘莘学子秉承“学无止境，气有浩然”的气度，博彩飞扬，薪火相传。在这里，我们结识了众多和蔼可亲的老师和才华横溢的同学，感受到了山大人独特的风采，并同这些新朋友结下了深厚的友谊。

访问期间，香港大学牙学院张成飞教授作了牙体牙髓的示范性教学和学术讲座，两所学校的学生分别进行了学术汇报。同时，学院教学办公室、学生工作办公室的老师也和我们就学生培养，教学模式及课程设置等方面的经历和体会作了交流讨论。此外，我们还参观了山东大学口腔医院及山东大学齐鲁医院，对临床

教学及科研有了进一步的了解；拜访了孔子故乡曲阜，感受到齐鲁文化和儒家思想的传承与魅力。

悠悠济南城，拳拳山大人。在这次短暂的交流活动中，我们收获良多。我们相信这次经历必将作为美好的记忆成为山东大学口腔医学院与港大牙学院合作交流的见证，祝愿我们的友谊地久天长！

作者：香港大学博士生、山大2012届毕业生　李　鹏

8月14日　　星期三　　晴

管理学院·余　沛

今天我们社会实践的目的地是郑州市房管局。清早，我们就到了位于郑东新区祥盛路与民生路交叉口的郑州市房管局交易大厅，准备开展为期一天的跟踪调研，看买房子的手续如何办理。

说到买房子，那的确是大多数市民的终身大事，所以在房产交易上的决定是慎之又慎，体现在手续上更是如此。以前我对此没什么概念，在经历了如此繁忙的一天后，我终于深有体会了。

由于事先没有联系到合适的调研对象，所以我们决定在门口“守株待兔”：穿着队服、扛着队旗的我们，便开始寻找愿意配合调查的市民了。然而，都市化的人们越来越谨慎，很多人都是用委婉而坚决的话语拒绝我们的请求，这让我们有些尴尬。还好，在被拒了4次后，一位杨阿姨终于爽快地表示了同意，允许我们全天跟着她开展活动。于是，我们便成了杨阿姨的跟班，工作也开始有了进展。

杨阿姨今天要办的是房产转让方面的手续，所以第一步是要签房屋转让购买的合同。等了半个小时后，我们见到了合同书：这哪里是合同？分明是“合同群”嘛！一沓五六份合在一起的合同，让我们看着就有些晕眩。杨阿姨和房屋出让方

阅读合同内容后，在工作人员的指导下分别在不同的位置签名摁手印，这一关就算是过了。随后，杨阿姨带我们去了对面的郑州银行缴纳契税。我们又了解到一些关于买房交税的情况。杨阿姨认为，契税太高，房产交易的成本在一定程度上遏制了房屋转让与倒卖，这能限制一部分炒楼现象，但对于普通的交易者来说却也是一大负担。我们在长龙队伍中等待签字，一上午很快就过去了。本以为快结束了，可却了解到交完了契税还得交地税……中午时，队员们简单吃了些东西，便开始了下午的奔波。步行约 1 公里后，我们来到郑东新区地税局。推开门，看见的是更严重的人山人海情况……等了两个小时，总算是把该交的税都交齐了，满心以为结束了，但杨阿姨却笑而不语。于是，我们跟着她再次来到房管局交易大厅，办理其他的一系列合同和手续……快到傍晚时，队员们快要欢欣鼓舞时，杨阿姨却突然和我们说：“估计今天办不完事情的，你们明天还要跟着我吗？”我们不知怎么回答了……

经过这一天的奔波，我们真切地体会到了“买房难”真实情况。诚然，房产交易的确需要慎重，手续复杂一点也无可厚非，但如此繁琐真的有点让我们吃惊。伴着夕阳，拖着疲惫的身躯，我们终于收工回家……

作者：管理学院 2012 级本科生　余　沛

8 月 15 日　　星期四　　晴

医学院 · 龙　婕

今天奇迹风帆支教团在乐陵市西段中学的支教已经结束了，我仍然想着昨晚的文艺汇演，不想结束这段美好的记忆。

在这个骄阳似火的季节，我们用热情挥洒青春；在这个书声琅琅的地方，我们用汗水书写未来。一群来自五湖四海的大学生们因为爱，因为青春，跟随“奇迹风帆”爱心支教团来到西段中学，带着这份青春这份爱，在支教的尾声，拉开了以“青春·爱”为主题的文化汇演，告别在这么一段美好的青春岁月我们付出的爱，收获的爱，也留下对孩子们的最好祝福。

迎着朝阳，向快乐出发。“向快乐出发，世界那么大。任风吹雨打，梦总会到达。”开场舞《向快乐出发》将文艺汇演的整体氛围推向了快乐与热情。也希望像歌词里希冀的那样——向快乐出发，梦总会达到。

“给你我的心作纪念，这份爱任何时刻你打开都新鲜。给你我的心作纪念，我的梦有你的祝福才能够完全。”全体老师合唱《青春纪念册》，突出文艺汇演的主题“青春·爱”，我们的爱镶嵌在这青春的纪念册里。

整个文艺汇演中，手语操《爱因为在心中》、诗朗诵《爱的乐章》，让同学们在夏日中体会到了浓浓爱意，在收获爱的同时学会感恩学会回报。心理剧《叛逆与成长》、话剧《男生宿舍》，让同学们在欢声笑语中感受到了学习生活中的酸甜苦辣，成长中的烦恼与快乐，更加深刻体会到了父母和老师的爱。希望他们在今后的成长生活过程中能谅解父母的唠叨和老师的管教，树立正确的人生观，端正对学习的态度，在这么个叛逆的青春岁月里更好地成长与学习。班歌 *confidence*，这也是西段中学孩子们最缺失的——自信，希望通过这两个星期的支教能够带给他们自信，自信是战胜一切困难的力量。合唱《站起来》，这首为献礼 2008 年北京奥运会写的一首主题曲，满满的希冀写在这首歌的歌词里。希望这些初三的孩子把初三当做一次赛跑，站起来，超越自己也超越别人。舞蹈《穷开心》和爵士舞《不要不要》，带给孩子们欢乐的同时也希望他们能够享受生活点点滴滴的快乐，并希望艺术能丰富他们的人生。

演出以音乐剧 *So long farewell*、歌舞《相亲相爱》、老师合唱《再见》作为尾声。将离别化为祝福，祝福同学们有个更美好的明天。

台前幕后无不凝聚着师生们的心血与汗水，太多的突发事件也使排练重重受阻，师生们克服困难为大家呈现了一次异彩纷呈的演出。同学们用最真挚的声音唱出心中对美好生活的向往、对集体的诚挚热爱、对未来的无限憧憬和对老师们的祝福，用最动感的舞姿表达青春与激情。师生同台演出体现了西段中学在支教过程中师生亲如一家，一个个精彩的节目把演出的气氛一次次推向高潮。小小的舞台上演绎的是艺术、是生活、更是人生。歌声动人、舞姿优美，场上气氛热烈火爆，整台演出充满了浓郁的文化气息与青春气息，充分展现了西段中学学子的文化素养与精神风貌，同时也为老师们的支教活动圆满地画上一个句号。

因为爱，因为青春，我们不想辜负这一段韶华。也许短短 20 天我们并不能教给他们多少知识，可是我相信我们的到来带给他们更多的是一种信念，一种自信奋发不服输的精神。我们付出不少，收获太多。文艺汇演不仅仅是我们支教活动的结束，更是我们和他们美好明天的开始。

作者：医学院 2011 级本科生　龙　婕

8 月 16 日　　星期五　　晴

历史学院·楚艳娜

支教，暑假生活中必不可少的一个字眼，相信每一个支过教的人都有一段难忘而感动的经历。而我，作为第十届真爱彩虹支教团的一名队员，怀着期待与忐忑的心情开始了我们的行前培训。截至今天，我们的行前培训也已接近尾声。这三天我们收获的远比我们想象的多得多。

这几天，真爱彩虹的很多“支教老人们”对我们充满了无限希冀，来到学校给我们培训。有从 2008 年开始支教，一直到现在仍然驻扎在支教队伍中的老学长；有已经参加工作了但仍然专门来看我们培训给我们指导建议的令人尊敬的协会老人；有专门抽出时间来看我们的从韩国交流回来的学长……之前远不会想到竟然有人对支教有这么深的感情，但从他们的眼神和笑容中，看得出他们对支教的这个梦还在继续……专门赶来的令人尊敬的学长们，向你们致敬！

培训课上，队友们认真和努力的身影，永远都是那么的可爱。大家一遍遍地讨论、修改课程，只为可以用最好的方式给学生带去最美好的东西。虽然我们受到“老学长”的各种批评，但心底最深处还是温暖的。队友们之间互赠的小纸条见证着彼此之间的友谊，有些队友看到那些温情的话，落下了幸福的眼泪。老队员们说：“你们就为这一点小事情哭，你们支教时还不得以泪洗面啊。”一句看似笑话的话，包含了太多感情。

最辛苦的还是队长和副队长们，他们身上的担子最重，可是每天鼓励我们、为我们减压的还是他们。他们每天熬到很晚，早上又很早地到达培训地点，甚至来不及吃饭，他们向我们展现的永远是最好的一面。向这些队长们致敬！

我怀着激动的心情写下今天的日记，这些只言片语并不能表达这几天所听、所想、所感。恕我口拙，对这次的支教之行只能写到这里。亲爱的队员们，希望我们以最好的精神面貌迎接接下来的日子，为我们最初的梦想而努力！

作者：历史学院 2011 级本科生　楚艳娜

8 月 17 日　　星期六　　晴

管理学院·王月明

今天是在山大视点网站值班的第 6 天，济南的天气依旧炎热。早上 7 点钟从汗水淋漓中醒来，去学校餐厅吃早饭。虽然是在假期，学校里的人丝毫不比平时少，实习的、准备考研的、做兼职的、参加社团活动的……每个人都在利用暑假给自己充电。

暑假里我先在济南做完社会实践，只在家停留了 20 多天，便又回到学校来值班。我的工作平淡而琐碎，每天“朝八晚八”，查收邮箱里的稿件，筛选合格的稿子进行编辑，然后把它们分类发到网站上去，简而言之，就是一个编辑。

总编室假期最忙碌的时间已经过去了，开学前更忙碌的日子也即将来临。据说，假期刚开始的时候，铺天盖地的稿件、令人应接不暇的需要报道的会议、还有不绝于耳的电话，都会让人忙到崩溃，外出采访、写稿、录音、拍照、整理资料、电话联系负责人、回复邮件……甚至连写下像我这样一篇感悟的时间都挤不出来。

如今网站的工作略显清闲，但是琐碎的文字工作里，依然处处体现着细节的重要。从标题到导语，从叙事到总结，字斟句酌、反复推敲，甚至每一个标点都不容忽视。有时候为了一篇重要的稿件，常常看见新闻中心的老师们顾不上用餐和休息，加班加点，精益求精，而我自己，也在这样严谨的工作氛围中渐渐改掉了浮躁的心态。

我虽然由内而外贯彻着一个理科生的思维，对于文字并不十分敏感，但是在编辑稿件的过程中也时时对文字有所感悟。以前总是钦羡那些文采斐然的篇章，现在却明白简洁最美。能把一篇文章写得言简意赅，条理清晰，叙事分明，说理有力，便是最好的功力。

投稿邮箱里最多的是社会实践类稿件，于是我也在阅读和修改这一篇篇稿件的过程中，随着实践团队的成员们走遍了大江南北。从节能减排到关注民生，从爱心支教到文化遗产，山大学子们将探索真理、追寻梦想的脚步踏遍中国的城市和乡村，甚至远赴海外采访调研。“读万卷书，行万里路”，在行走中思考，在探索中创新，也为实现创建世界一流大学的“山大梦”贡献力量。

此时，我在新闻中心值班室的电脑前写下这些感想，此刻，每一个山大人也都在努力追寻着自己心中的梦想，我们一起，加油！

作者：管理学院 2011 级本科生　王月明

8 月 18 日　　星期日　　晴

哲社学院 · 孙楚楚

今天一早，我就开始对前几天回访母校以及拜访恩师的照片和书面资料进行整理。昨天刚定好了回学校的火车票，这意味着我的暑假已经渐渐进入了尾声。由于双学位的课程，我的暑假只有短短的一个月，可是这一个月的时间因为参加了回访母校的活动而显得格外不同。

这个暑假，我参加了由教育部新闻办公室和新闻宣传中心主办的“我的母校·的老师——千名大学生暑期返母校”社会实践活动。在这炎热的八月份，我回到了我的初中母校——泉州三中，用微博记录下了我与母校、我与老师的点点滴滴。

在整理照片时，无意中找到了我初中时期的一张照片。这张照片是中考结束以后我回学校领取毕业证时拍的，照片中学校操场边那个满脸笑容的小姑娘显得如此的青涩，可以说这张照片意味着我初中时代的结束。而碰巧的是，前几天我拿着相机回访母校，在同样的地方也留下了这样的一张照片，照片中的场景并没有多大的变化，可是却已经没有了当年那个小姑娘。

看着那一张张的照片，学校的图书馆、教学楼、操场依然如故，就连大门口那个保安大叔都还是同一个人，大热天里依然尽职地穿着制服，手里拿着大扇子与暑期里值班的教职工们闲侃着。一切都似乎还是旧时光景，年年岁岁花相似，可是岁岁年年人却早已不同。一年一年，我在不断地成长变化，而母校却依然在那里不离不弃。

前几天和同学一起去看望初中的班主任，老师细心地询问了我们在大学中所修专业以及课程情况，并告诉我们下学期她又要带初三的学生了，总觉得给我们上课的情形依然历历在目。离别时，我请老师写句话留念，老师大笔一挥写下：“孙楚楚同学，志存高远！”老师的学生很多，过几年或许她会不记得我们的名字、我们的模样，可是老师的恩情却永远在我们心中，师恩难忘！

除了自己参与这个活动，我还要负责对山东大学参与这个活动的同学的通知联络以及微博审核，尽管这让我的假期变得有点小小的忙碌，可是每天看到在全国各地回访母校的山大学子用文字、图片记录自己对于小学、初中或是高中母校的感恩和怀念，我突然很庆幸参加了这样的一个活动，它让我短暂的假期变得格外有意义。

开学以后我就是一个大三的学生了，升学求职等压力也将迎面而来。就像歌里所唱“时间追不上白马”，白驹过隙，我们也终将离开山大。可是，就如席慕蓉诗中的乡愁，离别后，母校就是一棵没有年轮的树，永不老去。不论将来我们身在何方，从事何种工作，山大永远都是我们的家，凡我在处，便是山大！

作者：哲社学院 2011 级本科生　孙楚楚

8 月 19 日　　星期一　　晴

机械学院 · 陈齐志

时光荏苒，不知不觉，赴甘肃临夏支教的活动已经结束。今天，我也已经坐上了回家的火车。在回家途中，我一直想找出一句话来概括这次支教的收获，但在感觉江郎才尽之时才发现：甘霖支教团本次支教活动的感想不是简简单单一句话所能概括的，感想与收获尽在点点滴滴的付出之中。

很多人问我为什么支教，这个问题不好回答，因为我心里就想着去支教，我没把支教看成一个多么高尚的活动，也没把它当作一次去西部旅游的契机，只是想尽己所能改变某些东西，这些东西可以是那些可爱孩子对于世界、对于人生、对于学习的看法，可以是那些中学生对于知识的渴望程度，当然也包括自身对于新环境的适应能力以及各种综合素质。本次支教的圆满结束证实我的预期是对的。我们的队员们，我们的学生们都收获了很多。

但是，当各种无组织、无素质的大学生因为个人因素破坏了支教风气和支教名声时，支教活动就被推到了舆论的风口浪尖。记得在出发之前看到一篇日志，名字叫做《你们别来支教了》。日志是以一个孩子的口吻写的，描述的是支教大学生放肆的吃喝玩乐影响了孩子的价值观和人生观，对学生的发展观念产生了恶劣的影响。虽说日志的真实性无从考证，可空穴不来风。但是我就想不通，那些大学生为什么举着支教的牌子干些无聊的事，简直是浪费青春。而为什么大家也喜欢跟风，只因为少数支教活动的不恰当而否定所有的支教活动？对于支教，只

要我们怀着一颗认真踏实、负责任的心，又有什么困难不能克服呢？支教的始末，我都是这样想的，结果也证明我的想法是对的。

万事开头难，支教开始时没有想象的那么顺利。我们先是在赶往火车站路上遇到突如其来的暴雨，接着穿着湿漉漉的衣服硬是熬过了二十三个小时的旅程到达刘集中学。本以为中学负责人已经安排好了一切的我们满脸欣喜地走进了学校，结果迎接我们却是空空如也的学生宿舍，关于被褥，关于饮食，一切都没有着落。幸亏积石山县教育局陶局长雪中送炭，很快帮我们解决了生活问题。从陶局长对我们支教工作的大力支持也能看出当地政府对于教育的重视程度很高，而从当地十二年义务教育的制度也可以看出当地人想要培养知识人才的渴望。我们顿时感觉非常欣慰，我们甘霖支教团来对了地方，我们对支教工作的开展又再次充满期待。

搞定了生活问题，支教工作就有条不紊地展开了。我真的很佩服敏姐。作为领队，她总是能考虑到很多问题。虽说她只在中学待了几天就离开了，但是她把整个支教工作都作了全面的安排。从制作教师准则到安排各班课表，从队员们的生活作息到每天的备课总结，从开学典礼到最后的汇报总结，敏姐总是很有远见，沉着冷静地组织大家开展工作。大家也都很有激情，很负责地完成自己的工作。即便是做饭时有明确分工，大家也还是一起帮忙，就像一家人，生活和睦。教学工作更是捷报频传，先是学生们开始认可我们的教学，纷纷从家中给我带些蔬菜水果；然后当地的孔县长和美国一所教育机构对我们的教学工作进行参观学习，并给予充分肯定；随后在孔县长的推荐下，其女儿也来参观我们的教学过程；最后我们更是以出色的汇报演出节目结束了此次支教活动，还与刘集中学达成了长期合作协议。取得如此出色的成绩，是全体甘霖支教团队员共同努力的结果。

固然，我们的工作完成得比较出色，但还是出现了一些问题。比如随着时间推移，队员们工作热情下降导致工作懈怠的问题。虽然敏姐是领队，但是整个团队的执行队长是我，所以当意识到肩上担负的责任时，我心里很着急，要是没有敏姐的指导，我真的不知怎么去应对。就像牛顿说的那样——如果说我比别人看得更远些，那是因为我站在了巨人的肩上。通过与学姐的交流，我从她那里收获许多经验，也用着她传授给我的经验带领团队圆满地完成了支教工作。

“不知今生哪个冲动的决定比支教更不悔，不知二十年来哪段岁月还会更精彩。”没错，这二十天完全可以成为我们二十年来最有意义的二十天。这二十天，我们一起起床，一起做饭，一起上课，一起游玩。更可贵的是，我们拥有一群活泼可爱的孩子，在他们身上，我们似乎看到了原来那个天真无邪、充满活力的自己。这二十天，他们和我们自己带来的感动已难以用语言形容，就让大脑珍藏这段美好记忆。或许在未来的某一天，我们还会聚在一起，说说那些一起支教的日子，缅怀那段美好韶光。真心祝愿孩子们学业有成，开开心心度过每一段时光。

作者：机械学院 2012 级本科生　陈齐志

8 月 20 日　　星期二　　晴

材料学院夏令营 · 尹绪峰

2013 年山东大学材料科学与工程学科全国优秀大学生夏令营已圆满落下帷

幕，但我相信在这短暂时光里所带给我们的感动将常留心中，这份感动将如同醇酒的香气在人生记忆的长巷中越飘越远！

在山大夏令营的时光是快乐的，这份快乐是属于每一个夏令营营员的快乐，是属于夏令营工作人员及材料学院各位老师的快乐，更是属于山大的快乐！山大无微不至的关怀与照顾，让我们感受到久违的亲切感以及在家般的温暖。这份幸福是发自内心的共鸣，与个人色彩无关。短短几日，我已深深地爱上了山大。

来自五湖四海的全国优秀大学生组成了别具特色的夏令营团队，在这个临时组建的大家庭里，大家相处得十分融洽，都展现出了优秀而乐观的自己，有这个团队的地方就有欢声笑语。正是因为老师和学长、学姐的辛勤付出，才让我们感受到在山大如家般的温暖与幸福，才让我们此次夏令营活动获得圆满成功。

这里面，我是最应该说感动与幸福的人，因为我的生日恰好是在夏令营期间度过的。山大给了我一个完全不同的夏令营体验。我曾想过多种生日的场景，但是在山大这样的场景是我从未想到的：当我们全神贯注地在小松会堂看着《孔子》电影时，不知什么时候，亲切的马俊杰学姐端着一个大蛋糕进来了，过了好久我才反应过来，原来这一天是我的生日，他们是为了我特意准备的。我在电视上看过这样的画面，没想到今天真实地发生在我身上。那时的我完全被幸福笼罩，眼泪也差点滑落下来，那是属于我的夜晚，也是我最幸福的一天！

大家围绕着我唱生日歌，给我送来祝福。当我吹灭蜡烛的那一刻，我知道我已深深地爱上了山大，爱上了我们这个可爱的团队。那一刻的幸福不是属于我一个人的幸福，而是在场每一位夏令营营员的幸福！

短短几日，我就感受到山大的与众不同和她独特的魅力。山大的不同之处在于，她在攀越学术高峰的同时，志在建立一所有德性的大学。我的理解是，这样的大学能够真正做到权为学生所用，利为学生所谋，情为学生所系，老师和学生都注重自身素质的培养，形成一种亦师亦友的师生关系。我认为山大就是一所这样的学校，每一位老师都和蔼可亲，平易近人，与学生之间零距离，他们真的为学生付出很多。这些都在夏令营期间通过学长学姐们得到证实。我想，正是山大这种魅力，才让我们为山大而着迷！

美好的时光总是短暂的，所以离别是不可避免的。我依然清晰地记得那晚的欢送会上，大家共同举杯，缅怀夏令营的美好时光。田副院长、吕副院长、张书记、王书记、张主任等学院领导百忙之中抽出时间与我们欢聚一堂，他（她）们就像亲切的长辈一样，给我们叮嘱与祝福，还与我们拉家常，这些都让我们铭记于心。离别是伤感的，不舍是因为在乎，在乎是因为喜欢。在山大的这几日，我们已深爱上这所中国最早按章程创办的古老的大学，这所亲切的大学。这份快乐和这份感情，是山大留给我们最朴素的情缘。

我一直都相信，山大是一个给人希望的地方，也是一个让梦想升起的地方。我相信我们每一个人都怀揣着一个山大梦而来。我也相信在“学无止境，气有浩然”校训的指引下，我们每一个人都将为自己的山大梦而上下求索、努力不止。

乐在山大，与梦同行！

注：谨以此对山东大学研究生院、材料学院的每一位老师，以及全国优秀大学生夏令营的全体工作人员致以最诚挚、最衷心的感谢！谢谢你们！

作者：材料学院夏令营营员、武汉理工大学　尹绪峰

8 月 21 日　　星期三　　晴

机械学院 · 田晨晨

今天，我们潍坊昌邑分队在昌邑一中圆满地完成了“牵手山大，筑梦同行”宣讲工作。一天下来，收获颇丰，感受良多。

虽然烈日当头，汗如雨下，但队员们依然斗志昂扬，积极工作，互帮互助。从昨天的互不相识到今天的亲如兄弟姐妹，我们潍坊昌邑分队的五位同学通过这次社会实践聚在了一起，这是一种缘分，我们彼此都非常珍惜这份情意。不错，我们山大的学生就应该亲如一家人，虽然来自不同年级不同地域，但是大家都是带着共同的梦想来到山东大学，对山大都有着孩子对母亲般的依恋，所以，我们

本身就都是山大大家庭中的一员。

回想昨天，我们潍坊昌邑分队五个人聚集在中心校区，怀着无比激动的心情，共同踏上了前往潍坊昌邑的征途。我们肩负着光荣的使命，代表着山大学生资助中心，去给昌邑准山大学子送去一片温暖和祝福，让他们提前感受山大历史的悠久、学风的淳朴和山大的情怀。

今天，我们对昌邑一中的准山大学子们作了一场别开生面的宣讲会。现场学弟学妹们的热情深深地感染了我们，他们身上散发出的蓬勃朝气与青春活力不禁让我们回想起当年的自己。曾几何时，经历了紧张的高考复习，离开了相处三年的同窗好友，带着些许悲伤，但是更多的是怀揣着对未来全新生活的向往和对大学校园的好奇与期待，我们走向了山东大学。现在，我已经是一名大三的学生，回想在山大的两年，奋斗和快乐充实着我的生活。山大给予我的，不仅仅是知识的传授，更重要的是做人做事的教诲。感谢山大，让我的梦想延续，同时也真诚地祝福这些学弟学妹们，在山大里寻找到自己人生的价值。

作者：机械学院 2012 级本科生　田晨晨

8 月 22 日　　星期四　　晴

法学院·曹文芳

盼望着，盼望着，终于迎来了我们一行五人去文山中学的日子。以前一直想回去看看自己度过三年初中的地方，但苦于没有机会。现在，我终于有机会回到阔别多年的母校了。如果说在一中，我度过了最辛苦最充实的三年，那么在文山的三年，则是我成长最多而且是最快乐的日子。

早上的阳光虽然不如中午那么灼热，可也很强烈。但这丝毫没有影响我激动的心情。一路说说笑笑，我们就来到了文山中学的北门。一站到这儿，我脑海中立刻呈现出那三年中我每次乘车往返家中的情景。每次与朋友相伴回家或者是相伴回校时，那点点滴滴的欢乐让我嘴角不禁上扬。是啊，上车前，有爸妈关切的叮嘱；车上，有朋友的畅谈和欢笑；下车后，还有与司机叔叔的道别。然后，自己背起重重的行李包，满脸汗水地踱到宿舍。记得妈妈曾说过，我就像一只蚂蚁，每次回家都要搬好多东西，囤积起来供回校的日子里用。那日子过得也挺有意思的。走过办公楼，看到我原来的教学楼和楼下的电话亭，让我想起了初来文山时，刚离开父母一下午的几个十二三岁的小姑娘穿着拖鞋，大晚上跑下来给爸妈打电话。刚说了句“妈（爸），我想家了……”，就呜咽着再也说不出话来，泪水不争气地往下流。现在想想也有点好笑。现在的我不再是那个爱哭、只会依赖别人的小姑娘，不再那么爱闹、爱耍脾气，而是学会了静静地思考，安静地做自己喜欢做的事，学会了独立地生活和坚持自己的选择。

我沿着教学楼通往宿舍的路慢慢地走着，这里的一草一木，甚至是每一块空间都有我曾经的回忆。还记得，刚来这儿的时候，生活老师像妈妈一样教会我们自理并且时刻关心我们；还记得，我们几个朋友晚上躲在被窝里说悄悄话被老师抓到，罚写检查；还记得，我们和老师一起为公开课做准备；还记得，老师在班会上给我们上思想课；还记得，我们小组和小组之间在课上激烈的竞争；还记得，下雪时，我们集体出来扫雪、打雪仗，和朋友在一丝不染的雪地上踩下自己的脚印，并划下自己的名字，希望能永远做好朋友；还记得，我们宿舍八人一起晚上做减肥运动，一起唱歌，一起谈心；还记得，我和大姜、阿晶扮盲人，把自己交给彼此；还记得，跑操时那整齐的步伐、响亮的号声……

不知不觉，我的眼角湿润了。那些快乐而短暂的时光是多么美好，美好得让我想重温一遍。亲情、友情、师生情，就像银河中美丽耀眼的星星，永远闪烁在包含我的过去、现在和将来的那片浩瀚记忆星空里……

作者：法学院 2012 级本科生　曹文芳

8 月 23 日　　星期五　　晴

外语学院·孟　帅

今晚，我意外接到一个陌生来电，对方打来了四遍电话。这是一个很陌生的电话号码，我刚开始以为是对方不小心打错的。但第一次挂了之后，他（她）硬是生生地接着又打来了三遍。于是我猜测绝非偶然打错。犹豫再三，最后我还是礼貌地接了起来。听声音是一个十来岁的小女生，但是我对这声音的印象不深。直到她说自己的名字时，我才朦胧地记起这次支教中是有位叫这个名字的一个小女孩。

这次支教由于孩子很多，我们分了大小班，我被安排到大班教百科，对小班并不是很了解，只是在自己没课的时候去小班维持一下纪律。她在电话里说，老师我给你唱首歌吧。我说，好呀。她唱了首《猪》，我一听到歌词以为那小女生是在跟我开玩笑呢，但是她唱完后小声地说了句，老师，我舍不得你们走。我说，我挂了给你打回去吧。她问，为什么呀？我说，你这样可以省钱啊。她说，是哦。看，她们就是这么简单。

第一天到的时候，其实心里是很失望的。旅馆是大通铺，校舍正在改造，伙房的淤泥有几厘米深。但是在见到孩子们之后，发现这些困难根本都不算困难，搞定那些调皮捣蛋的孩子才是最大的问题。他们简单粗暴，任何事都以武力来结束争执，说白了就是拼发育。于是我很不光彩地在一场拼发育的战斗中，战胜了所有的挑战者，成为他们的孩子王。好处是每次买汽水都有我的一瓶，坏处是每次都是我买，而且每次都要买十几瓶才能保证人手一瓶（没办法，手下小兵太多）。他们每次来都会问我借三样东西：电脑、手机和相机，因为电脑可以打游戏，手机可以挂 QQ，相机可以拍照。要么，就想让我请喝汽水，或者找我打扑克。

他们是爱占小便宜的，我想。孩子嘛，都这样。

然而，昨晚上他们改变了我的看法。

直到昨晚，我已经跟他们打成一片，学会了很多方言，甚至还特意剪了一个他们那里的发型。总之，从外表看，我已是一个地地道道的阳谷人了。他们知道我们今天就要走了。于是，他们偷偷地每人三块五块地凑钱，买了两捆啤酒（不支持，但是已经买了）要与我“一醉方休”。既然如此，我也只好去买了几个小菜，就在我们住的旅馆的阳台上铺了一张凉席，袒胸赤膊，席地而坐。几杯酒下肚，他们有的撑不住了，开始借着酒力跟我回忆这十几天来我们每一次相处的事情，有人听，有人说。说着说着就呜咽了，听着听着就哽咽了。然后一大帮屁大点（在我眼里）孩子就开始不让我走啊，说明年一定再来啊。我说，我明年会来看你们的，可有个孩子说不用了。我就问为什么啊，你们不是希望我来吗？他说，你有自己的前途。

今天早上，7 点的车。昨晚他们说再送我最后一程，可是直到我上车后他们也没有来。我有些失望，感觉他们欺骗了我。然而就在汽车要发动的时候，就像电视剧的桥段一样，他们骑着自行车摇摇晃晃地出现在了我的面前，我解开安全带就冲了下去。我抱了他们每一个人，跟他们说明年再见。

我以为自己会一路上都想念他们，可是下了车，回学校再打球，直到我接到小女孩的电话前，他们仿佛与我脱离了关系。回到济南，回到老校，我迅速地融入了这里，几乎没用一分钟的时间去适应和转变角色。

我是在济南求学的一位学子，也是阳谷孩子心中的一名教师。这十几天的时光里，我的快乐和回忆，还有那些曾以为不再会有的天真和单纯，都是孩子们赋予的。我是阳谷孩子们的老师，也是阳谷的一个孩子。

有一对兄弟我印象很深，大的叫汪之政，小的叫汪之伟。今年我把他俩打赢了，明年也许该是他们赢我了。

愿阳谷的孩子们安好。明年再见。

作者：外语学院 2011 级本科生　孟　帅

8 月 24 日　　星期六　　阴雨转晴

药学院·赵如凇

今天早上 9 点半，我在西南边陲的云南施甸小城里，四处打听着去往木老元的车。在一株茂密的酸葩树下，我与代售车票的老爷爷相互僵持着。我不停地问询票价和具体的往返发车时间，要确保我的朋友几天后能打车回到县城。到木老元的票价是 15 元，我买了 9 张。我不知道发票是可以被用来当车票的，但在这个经济稍显落后的小城，也许没有那么多讲究。我捏着几张发票，左顾右盼等着我的朋友们到来，心里充满期待。

早上 10 点半，我和朋友们坐上一辆超载的小型客车，朝着心中向往的布朗族民族村寨出发。据那位司机的媳妇儿说，我们买到的是司机多发的车票，没有座位。这趟车是去往昌林县的，因为没有班车去木老元，所以我们去木老元只能搭这趟顺风车。我们一行有六七个同学坐在客车中间的过道上，就像幼儿园的小朋友排成一列要去郊游一样开心。山路蜿蜒，又是超载又是弯道，我们坐在车上左右剧烈颠簸着。西南地带的公路就是有这样的特点：盘山而上，要翻过一座山，非得来回沿着山转个十弯八弯的。忽然间想起，在外上学的时候，几个朋友很好奇为什么我回家不坐火车，其实有一种“云南十八怪，火车没有汽车快”的说法，在所有“云南十八怪”中，这是流传最广的几怪之一。“火车没有汽车快”，在很大程度上，是因为“蜀道哪有滇道难，大江湍急大山蛮，铁路漫漫云中绕，汽车蜿蜒顺山还”。

车行至半路，小伙伴们都被车窗外的景色迷住，欢声笑语的嬉闹声渐渐弱了下去。与山下坝子的晴朗不同，山里雾气缭绕，有的似自谷底慢慢升起，有的盘绕在山腰。如果盯着那些雾气看，竟能感受到雾气的游动，轻轻飘飘，用人间仙境来形容此情此景也不为过。我心里打着主意：此地用来拍摄聊斋或是西游记也是不错的选择呀！快到哈寨的时候，我们看到一群群黑色的羊群在泥泞的路上悠闲地走着。客车经过时，羊儿们发出“咩咩”的叫声，然后似受到惊吓一般逃窜到一旁去了。司机告诉我们，四大山牧场就在附近了。此时的群山之间，空旷了不少。再仔细一看，远处山坡上竟有一些白色的羊群，像是点缀在青绿的画布上的白花儿，煞是好看！

早上 11 点半，客车终于行至木老元街，我和小伙伴们在乡政府门口下了车。就在接下来的四五天，我们将在这里探寻布朗少数民族文化，感受古老木老元民族村落那神秘的存在。我想让大家集结好队伍，鼓足精神，准备进乡政府与李姐接洽。小伙伴们一个个伸过懒腰，挺直腰板，就要随我进去时惊喜地发现，在离我们不远的山雾间，一条亮丽的彩虹横空出现，光鲜夺目，引得大家一阵欢呼。一路走来，良辰美景已让我们深深陶醉。看来，此行我们必定收获不少。各就各位！出发吧！小伙伴们！

作者：药学院 2011 级本科生　赵如凇

8 月 25 日　　星期日　　晴

信息学院・孙晓婷

24 日下午 5 点，第七届中国大学生 ICAN 物联网创新创业大赛山东赛区比赛在山东大学东营研究院圆满落幕。今天上午，我完成了对参赛作品的分数统计之后，感觉一下子闲了下来，回想这几个月来的忙碌生活，感慨颇多。

ICAN 物联网创新创业大赛是一项国际性的比赛，是由北京大学、全球华人微纳米分子系统学会等主办的教育部质量工程支持项目之一。中国赛区选拔赛始于 2007 年，对最终获奖的作品，主办方将积极为其促成项目的孵化落地。往届比赛中的获奖作品，有多个项目曾获得几十万元至数百万元的投资创业，不少获奖学生毕业后走上了企业创业之路。

本次山东赛区的比赛由山东大学主办，得到了东营市政府，山东大学本科生院、资产与实验室管理部、物联信息技术与系统工程国家级示范实验中心等单位

的支持。在我的导师——大赛全国组委会执行副主席、山东赛区主席、山东大学邢建平教授的带领下，报名参赛的队伍数目逐年增加，已由前年的全省 20 个队伍增加到今年的 110 个队伍。来自山东大学、滨州学院、德州学院、聊城大学、山东交通学院、山东农业大学、烟台大学等 20 余所高校的近 400 余名师生参加了本次比赛。

山东赛区比赛由山东大学主办，始于 2011 年，目前已连续举办了三届。今年比赛由山东大学主办，山东大学东营研究院承办，济南和为信息技术有限公司协办，比赛场地位于美丽的东营。山东省参加物联网创新创业大赛的学生人数也是连年翻番，目前是全国赛区中规模最大、成长最快的，2012 年 12 月获批设立了全国首个中国大学生 ICAN 物联网创新创业（山东大学）基地。作为大赛的主办方，我们山东大学的志愿者们从八月初便开始为大赛准备各种资料，包括大赛流程的设定、海报的设计、宣传手册的印制、场地的布置等等。本年度全国比赛的官方作品提交网站以及相关工作，也由我们山大的实验室完成。参赛队伍可以跨学校、跨专业、跨年级自由组队，题目按章程又可以随时更改，最后为全面锻炼和提升参赛学生“智商”“情商”“灵商”和“行商”综合素质，还要提交作品宣传视频、演示文稿和多个文档，我们每天都要为此忙 5 ~ 6 个小时。我们也曾有点滴对导师的抱怨微词，但只是藏在心里罢了。

24日比赛正式举行。我们山东大学选拔了12支代表队伍参加了比赛。许多学校的参赛选手都是凌晨5点从各自学校出发的。看着他们疲惫而兴奋的样子，不由想到导师经常穿梭在各校区举办义务讲座和晚上十点多才结束公开课的疲惫身影。这次比赛，导师除了要在宏观上安排整个赛事，竟然还亲自开了一辆大商务车往返济南和东营接送专家评委，看上去十分劳累。我还记得，老师都两次晕倒在实验室里了。“传道授业解惑”的关键是老师的身教大于言传。还有，孟令国老师几个晚上夜战攻克竞赛网站难题的场景也历历在目。面对着这许许多多，我对前面的心生而未表现的抱怨有了一点自责。是啊，做些公益的事情，赠人玫瑰手有余香，何况这极大地锻炼了我的组织能力，如果没有如家人一样的老师们，我又怎会在这里为实现梦想而奋斗着呢。

上午9点，大赛开幕式。本次大赛我们的学生项目为海选，参赛作品务必为学生原创，不允许任何形式的导师课题参赛。邢建平教授与几位领导发表简短的讲话之后，比赛正式开始。各参赛队员开始依次进入答辩室进行演讲和答辩。此时，相对于答辩室紧张的氛围，作品展示大厅里就显得热闹而随意得多。各个展台上，队员们已经将他们独具匠心的作品展示了出来，吸引了前来参赛的老师、评委、企业家们驻足观赏。参赛作品涵盖智能交通、智能家居、智能设施、智能娱乐、环境监控等多个领域，有可以自动调节温度、按摩穴位的“懂你座椅”；

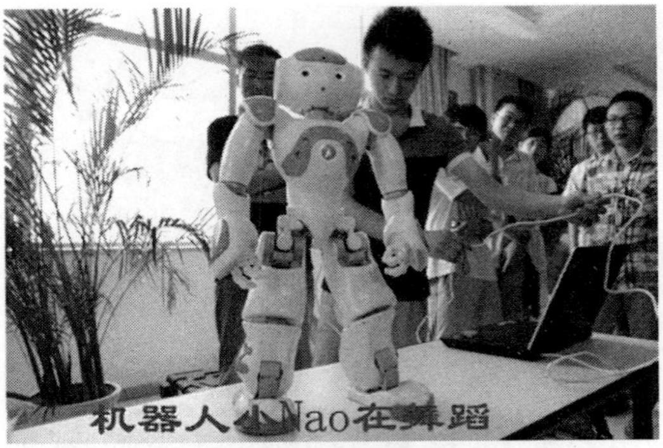

有可以自动追光、避光，定时旋转，自动补水的贴心“花草小管家”；还有能够无线遥控，定时打扫卫生的智能清洁机器人……各式各样的作品让人眼花缭乱的同时，也让我不禁为他们大胆的创意、巧妙的设计而喝彩！而另一边的企业展示区中，Nao 机器人正在为大家表演精彩的舞蹈，从引人捧腹的西游记舞曲，到身姿曼妙的中国古典舞，我在大饱眼福的同时，也暗暗惊叹中国古典文化与现代科技的完美结合！看着参赛队员们神采飞扬地介绍自己的作品，似乎是对我们这一个月以来所有劳动的最好回报！整整一天，来自全省各高校的 110 支参赛队伍，带着他们五个多月来的辛勤成果，给我们带来了一场精彩绝伦的科技盛宴。

在与中国大学生 ICAN 物联网创新创业大赛全国组委会秘书长王奕青老师的交流中获悉，参加本次比赛的选手在创意和动手实践能力等方面都有了较大的提高，他们的创意大多是建立在现实应用基础上，让创新和创意应用于现实生活，追求创意和应用的最大化。而且，本次的评委队伍改变了以往全部由高校教师担任的阵容，而是主要由企业家和工程师担任，与教师从学术角度对创新项目进行关注不同，企业家和工程师们更关注的是实用的角度，企业评委、教师、参赛选手三方之间形成了一个优势互补的“黄金三角”，更有利于打开思路，对选手们的创新作品进行有益的延展。

下午 4 点半，邢建平教授对此次大赛进行了总结。他表示，赛事评选公平性堪比“中国好声音”的“转椅子”投票方式。参赛学生和作品既要比拼原始创新的创造能力，又要比拼执行力，进行实物及原型展示、视频介绍和分组答辩等，是一场综合素质的测试和考验。物联网将对经济的发展带来较大推动作用。发展产业需要大量物联网专业人才，大学生除了学习专业知识外，更要提出问题和基于项目和创意创新创业的项目训练，只有这样才能真正提升核心竞争力和创造力。另外，改革开放 30 年模仿加改进让我们的国家得以快速发展，但单纯的消化吸收决不能让中国在不久的将来领先世界。物联网大赛就是要培养塑造能够担当引领中国自主创新的新生代力量。

导师的话让我沉思良久，导师这几年来花费了大量精力和时间，用于中国大学生 ICAN 物联网创新创业大赛全国、全省和山东大学竞赛组织、培训以及数十次义务公开课和讲座，所付出的工作和对学子们每日渐增的创造力和竞争力起到的正能量的效果，我表示理解，同时也理解了教师是天底下最光辉、最有爱心的职业的含义，很庆幸我是师从了这样一位好老师。再想起 2012 年，在无锡太湖国际博览中心举办的 2012 年中国大学生物联网创新创业大赛全国总决赛中，山东赛区参赛队员获得特等奖 1 项、一等奖 2 项、二等奖 2 项、三等奖 7 项，其中来自山东大学的参赛作品《区域指引系统》获得特等奖第一名、全国总冠军。今年山东大学会取得什么样的成绩呢？内心有些许期待。

比赛结束后，将近晚上 6 点我才跟随山大校车返回济南，望着窗外星星点点的灯火，万分疲惫的同时，我也升起一种淡淡的幸福感。本校保研之后那种似乎暂时被山大排斥在外的感觉，随着这一段时间的忙碌渐渐消失，开始一点点地适应研究生忙碌的生活，开始一点点地融入新的实验室小集体，开始一点点地爱上这个温馨的小家庭——博乐家族“BOLE FAMILY”。老师说“不要求成绩最好，但要是山大最快乐的实验室”。跟实验室师兄师姐们一起奋斗的日子现在想来是累并快乐着，我开始慢慢地感受到自己的不足之处，慢慢地学习，慢慢地收获。这段时间，我真正得到了全面的锻炼，过去多重视“智商”和“情商”，而这一次在实践中“灵商”和“行商”综合素质得到了有力的提升，深刻感受到导师提出并践行的融合兴趣、自主、团队、执行和研究为一体的 iSTAR 快乐学习工作方法的重要性。据悉，从今年开始，山东大学本科生院将本赛事列入保送研究生的比赛，获得国家奖的同学，可以据此计划单列保送研究生了。这真是学弟学妹们的一大福音，其中更凝聚了我熟知的邢建平、王洪君、孟令国和陈言俊这几位老师的辛勤工作。

本次比赛的最终成绩将在 9 月 5 日公布，优秀作品将参加今年 9 月 25 ~ 28 日举行的全国总决赛。今年的总决赛赛场执行主席组委会决定也是邢建平教授担任，全国特等奖项目将参加明年上半年在日本仙台举行的国际大学生物联网巅峰对决。我想，在导师的指导下，今年9月在无锡的全国总决赛和明年新一轮的山东赛区比赛，我们一定会做得更好！

2014年8月，ICAN物联网大赛，让我们山东大学再见！

作者：信息学院2009级本科生　孙晓婷

8月26日　　星期一　　晴

幼教服务中心主任·张卫东

30年前的这一天，带着对幼教事业的执着追求，带着美好的梦想，我来到了山东大学幼儿园，投身于阳光下最多姿多彩的幼儿教育事业。弹指一挥间，一生中最美好的青春奉献在幼教这片土地上。虽然工作非常辛苦，但是我喜欢孩子，因此喜欢这个职业，于是便有了累并快乐着的感触。今天，我忍不住回顾起工作中的点点滴滴，写下这一篇日记，怀念我过往的青春。

幼儿园的工作确实非常累。从幼儿教师到幼儿园园长，我既是孩子们的老师又是孩子们的“妈妈”，更是家长们的朋友，还是幼儿园的管家。我每天的工作不仅要照顾好幼儿园的孩子们吃喝拉撒睡，而且还要组织好五大领域的教育教学，开展专项课题研究，参与各种竞赛考评，不断提高自己的业务水平，更要聚精会神谋划幼儿园的未来和发展。

幼儿园的工作确实是快乐的。孩子们稚嫩的声音是令人舒心、甜美的旋律，孩子们灿烂的笑脸就像一朵朵绽放的鲜花，天真烂漫。孩子们的快乐是我幸福的源泉，而家长的认可让我更加信心百倍。

近几年来，我先后参与了山东省幼儿园管理条例的制定、山东省幼儿园教材的编写，并主持了济南教育局“幼儿园一日工作标准”的制定和“一日流程管理规范”的拍摄监制，被评为中国西部教育顾问、山东省优秀教师。

特别是幼教服务中心被评为山东省学前教育先进单位，幼儿园通过拼搏获得省市双十佳幼儿园称号，申报成功了 2 项国家、省十二五课题。当幼儿园教师荣获市、区教学能手、优秀班主任等荣誉称号，论文分获省、市、区优秀科研论文的时候，我和我的同事们用汗水、泪水和欢笑分享着事业成功的快乐。

也许是和孩子打交道的时间长了，30 年的幼教生涯造就了我乐天派的性格，爱说、爱笑，每天高高兴兴地上班、快快乐乐地回家是我一天工作心情的真实写照，累并快乐着……

作者：山东大学幼教服务中心主任　张卫东

8 月 27 日　　星期二　　多云

物理学院 · 李左玺

今天，我们山大物理学院“开普斯”创业实践队洪楼分队一行 3 人照旧于上午 8 点半由中心校区出发，连续第 18 天造访洪家楼校区周边餐饮店，完成昨天既定的与具备优良外卖业务资质的餐饮店签订合约并收录信息的计划，及时将商家菜品信息反馈给技术部，保证由我们团队倾力打造的山大校园订餐网站“益饭网”的实时更新。夏日闷热，我们热情不减。

虽然有些辛苦，但是我很为我们团队所取得的成就而骄傲。为期 21 天的创业型暑期社会实践调研现已步入尾声，市场部各校区分队都已经进入第二轮回访商家以及签订合同的阶段，我们负责的洪家楼校区也不例外。

按照昨天与老板的约定，我们于上午 9 点到达位于花园路与洪家楼北路交叉口的僖香居西饼小屋，与老板商量合作细节并完成了合作协议的签订。东北老板齐轩茹热情地接待了我们，这和我们 16 日时初次造访该店家并进行网上订餐推广时如出一辙。紧接着，我们双方就合作细节进行了细致磋商，并最终以 10% 的网上订餐中介费与我们达成了合作协议，合同签订后双方都对本次成功合作表示了强烈信心。临走前，齐阿姨还亲手把刚出炉的蝴蝶酥送给我们表示感谢。

我们最终在 40 分钟的时间内完成了这单协议的签订工作，看似顺利的过程来源于团队全体成员的辛勤付出和前期许多失败经验的积累。本着“服务学生、追求精品”的原则，我们“开普斯”创业团队正一步一个脚印地扎实前进，我们分队也会继续努力从洪家楼校区周边的近 200 餐饮店中遴选出不同种类的、具备良好送餐资质的约 15 个店家，并竭尽全力与之达成合作，推广校园“益饭网”网上订餐系统，更加方便学生的饮食生活，构筑校园美食梦。

又是一天的奔波劳累，只不过累在身上，甜在心里。目前，和我们洪楼分队签订合作协议的精品餐饮店已达十家。经历过万事开头难的阵痛，我们“开普斯”创业实践团队会更加珍惜每一次接触社会、感悟社会、回馈社会的机会和经历。我相信，我们的身体和灵魂，仍旧坚定地走在路上。

作者：物理学院 2012 级本科生　李左玺

8 月 28 日　　星期三　　阴有阵雨

物理学院 · 刘明典

今天是我们做大学生科技创新训练项目的第 17 天。下午，我们继续去洪家楼做实验。

当我们 4 人一起骑着单车，唱着《光阴的故事》，绕过小树林，吸引路人羡慕的目光时，我有些恍惚，好像日子就是一直这样走过来，还要这样继续走下去的。飒飒如风的大男孩们，有着年少的心，挂着年少的微笑，怀着年少的梦想，让时光仿佛定格在这一刹那，成为永恒。

初秋的空气中，未能如期到来的雨滴鼓噪着，有点闷冷。我借故从空间狭小的实验室走出来，信步而行，大口呼吸着空气，试图回忆这段日子的点点滴滴。阴云蔽日的天空下，洪楼的一切都氤氲着浪漫的气息。具有民国风情的老建筑，青砖红瓦，古朴大气；有如苏州园林般别致的小园，茸茵如毯的草坪，翠盖斜偃的林木；还有我喜爱的青桐，端庄静直，摇曳生姿……走在花岗岩铺成的小道，我不禁想到这一浪漫诗句："梧桐更兼细雨，到黄昏，点点滴滴。"

浪漫的环境里，总有人遐想着浪漫的事。可一回神才发现，周遭如故，时已过，但境未迁。

经过十多天，实验已经进入了加速阶段。我们不得不每天按时往返于中心校区和洪家楼校区之间，仪器一停，我们就得立即开始做下一个实验步骤。做凝聚态的实验，不仅需要我们接触没有学过的知识，还需要有持久的耐心、顽强的毅力、充沛的体力等等。有时候，我们光研磨一次粉末就得花费三四十分钟，这常常会导致手腕、手臂酸痛无力。此时此刻，在实验室的男女生是不存在性别差异的，就连秦亚琳大师姐、武晓庆二师姐也和我们一样，天天从早到晚蹲守在实验室。

张家良老师说："我们要在实验中学习，把课本知识和实验结合在一起，以此对物理学原理有深刻的感性认识。"带着这句话，我没有感到实验很枯燥，反而愈加好奇。我们用高倍显微镜观察到了钛酸钡的晶粒和极化后的电畴，用介电温谱仪测出了钛酸钡陶瓷的压电性质随温度变化的曲线图，测量了陶瓷的 d33

值……除此之外，我还煞有介事地观察了我头发的微观构造和死皮细胞、卫生纸的表面图像。

在实验室里的日子就是这么平淡，没有惊涛骇浪，只有些微不经意的涟漪。也许，这就是生活，这就是平凡。时光随着生活安适地流淌，而你也在这生活中试图努力地改变什么。理性失去了金色的光辉，只剩下蓝色的平静，而感性则会带来些许的温暖，悄悄地驱使着你继续前行。这就像牛顿定律、光速是天生的一样，没有为什么，只有是什么。那这又是什么呢？如鱼饮水，冷暖自知。

记得海子有一句话："要有最朴素的生活和最遥远的梦想，即使明天天寒地冻，马死人亡。"历史告诉我们，伟大总是被生活磨为琐碎，而生活必将重新铸就伟大，什么都掩藏不了科学的光芒。但是在这之前，你先得学会怎样过平凡的生活。

还记得上学期末，有位大四学姐在 QQ 空间里发了条"说说"，说她这一天穿着长裙，正打伞走在路上，突然有位物理系的男生在她旁边停了下来，问他能不能载她，也好让她给他打伞。就这样，学姐上了学长的车，学长没有淋雨，而学姐心意满满，暗想：终于能穿着长裙坐在后车座，而前面，还有一位帅男孩可以倚靠着，有情如此，大学无憾。

也许，未来会有一天，在我去实验室的路上，也会因雨而不得不载一位女生借以避雨的时候，我会幽默地说一句："同学，不要这么紧张地揽着我的腰，要不我掌握不了方向。"哈哈……

作者：物理学院 2012 级本科生　刘明典

8 月 29 日　　星期四　　晴

信息学院·索志良

"这些天济南的天气不错，很舒服。"我心里这样想着。

今天，跟昨天一样，我背着书包走过 9 号楼前的一片废墟去食堂吃饭。正午的阳光照在身上，很温暖。昨天，我也是这样子走过来，也是一样空空荡荡的心情，没有着落。那么，今天和昨天有何不同呢？如果没有，那还有什么意义呢？

作为一名考研人，我现在的生活习惯特别规律。早上 7 点半起床，飞快地洗漱，然后吃早饭，8:15 左右到达自习室，中午 12 点半到 2 点午休，然后继续考研急行军。生活的规律化带来了意识上的空虚。有时候，我走在路上，脑中会像电影放映一样闪过很多毫无联系的画面，之后却又想不起来到底是什么。

下午，我给妈妈打了通电话。母亲一如既往地问话，吃得好不好了、睡不睡得着了等等，叮嘱我多休息不要太累。即使每次说的话都一样，我还是感到很温暖，很有动力，也许这便是亲情拥有的能量；即使每天都基本做着一样的事，但因为我心怀奋斗目标，日子还是过得挺幸福的。想到这里，我心中的疑惑便解开了。每天的生活几乎都一样，没关系，只要心中有梦想；复习太累，也不要紧，我还有亲人和朋友，他们会永远支持我；有时会感到迷茫，我也不用担心，因为我有一个值得自己去努力的目标。为了更好的未来，我选择坐在自习室中通过自己的努力为未来积蓄力量。我想，这便是我考研复习最大的动力所在。

理综楼的叔叔照常过来，提醒我们自习时间已到。这一天，又在紧张的考研复习当中度过了。在这里，我希望山大所有立志考研的同学们在劳累的时候能够坚持自己的梦想，在迷茫的时候能够找到自己的精神支柱。毕竟，我们选择坐到考研自习室里，无关乎我们的过去，只为了我们期待和梦想的未来。

明天，又是新的一天，加油！

作者：信息学院 2010 级本科生　索志良

8 月 30 日　　星期五　　晴

药学院·占　琦

今天，我和两位同学来到齐鲁医院内分泌科病房，进行有关血糖水平控制不利原因的问卷调查。

此次调查面向糖尿病多发的人群，他们基本上处于 50 ~ 80 岁年龄段。由于医院没有对病人实行分类管理，我们必须在众多的病人中找到我们需要的调研对象。热心的护士告知我们怎样看标签：凡是标签上面写着“特食”的一般血糖水平都不正常，不过也不排除其他情况，因此还要进一步的确认。我们首先找到特食的病人，询问他们血糖水平是否正常。大部分老人家都十分热心，得知我们的来意后，积极地配合我们展开调研。给我印象最深的是位已年过八旬的老爷爷。他患Ⅱ型糖尿病已有 20 年了，对糖尿病的认识深谙一套，俗语说，“久病成良医。”老人家告诉我们，平时他很注意自己的饮食生活习惯，一般杜绝摄入含糖量高的食物，平时多做家务起到锻炼身体的效果，按照医嘱有规律地吃药，每天都按时作息，早睡早起。由于糖尿病有很多的并发症，老人的脚踝及后跟等处时常出现水肿。通过与老人家的一番交谈，我们有了很大的收获。但时近中午，我们怕耽误老人家休息，就未作进一步的交流。

在这次问卷调查的对象中，还有一位年轻小伙比较引人注目。起初，我们还以为他是病患家属，后来才发现他手上打着吊瓶。一番询问之后，我们发现他竟然也是糖尿病患者。小伙子看起来也就 20 来岁，这不禁让我心生诸多感慨。当今社会生活水平日益提高，生活节奏日益加快，糖尿病流行趋势在青少年人群中也未能幸免。不仅 1 型糖尿病患者人数在逐年增加，一直被认为只有成年人才会患上的 2 型糖尿病在青少年中也出现了流行趋势。究其原因，主要在于青少年饮食结构的不合理。青少年多喜欢进食高脂肪食物，过多食用甜食；另外，青少年作息时间也渐趋不规律化，通宵熬夜的生活方式日益常见。种种因素都为胰岛素分泌失调埋下了祸根，最终导致糖尿病的发生。

通过今天的问卷调查，我领悟到了这样一个道理：珍爱生命，就要从现在开始保持良好和规律的生活习惯，控制饮食，按时作息，坚持锻炼。只有这样才能提高生活质量，远离糖尿病的困扰。

作者：药学院2012级本科生　占　琦

8月31日　　星期六　　晴

红十字训练营·吴梦莲

“这张是我们小组哎！”“视频里我们玩得好high啊！”“我们上了新闻联播了！”……QQ群里来自全国各地的小伙伴们开心地回忆着刚刚结束的、为期七天的2013全国红十字青少年骨干训练营生活。作为山东省四名代表之一参加训练营的我，脑海里闪过一张张青春的笑脸、一幕幕精彩的画面……

同样的风华正茂，同样的热情洋溢，为了同样的梦想，我们在北京相聚，不费吹灰之力便建立了牢不可破的信任和友谊。他们是我的“人道　博爱　切克闹”队队友：口才一级棒的奶牛，温柔稳重的星儿妈，萨克斯过了八级的小胖，调皮可爱的小褚，喜欢搞怪的思密达……我们在“运送有毒物资”沟通游戏中失败了，手压手喊加油；我们是红十字知识大搜索活动的NO.1，“切克闹”的欢呼响彻整个大堂。我们一起画出心目中的青少年领袖形象，共同排演关于红十字运动七项基本原则的话剧。我们按照自己书写的项目策划，保护鸡蛋从二楼扔到一楼不碎；我们遵循解决问题的基本步骤，用报纸和吸管搭帐篷；我们用床单做幕布演了一场影子戏，传递“人道，由心出发”的青年正能量。我们完成了“2013全国红十字青少年北京宣言”并签名，表明我们的责任、愿景和想要得到的支持……今天周六，爸妈休息，我把这些美好的回忆讲给他们听，妈妈问我：“你们这群小伙伴还有机会再聚到一起吗？”我说：“我们一直在一起啊！”不是么？

训练期间，中国红十字会常务副会长赵白鸽为我们作了一场专题讲座，就红

十字青少年运动的发展历程、发展意义，如何培养青年领袖以及如何保持青少年网络的持续性，与我们进行了交流和探讨。即便高高举着手，我还是没有抢到发言的机会，很遗憾没能面对面跟会长讲述山大人对红十字事业的观点和期望。不过，我了解了中国红十字总会发展的最新现状以及未来的发展方向，对即将建立的七支救援队充满期待和支持，并因加大对应急救护知识普及的资金支持感到鼓舞。我愿把“建立青年网络，传递红十字正能量，传播国际人道精神，保护最易受损群体”作为我的梦，为山大梦、为中国梦增砖添瓦。

手持人民大会堂的请柬，我和队友们作为听众参加了中国红十字会第四十四届南丁格尔奖章颁奖大会，除了见到习主席非常激动之外，更有着对获奖者的崇拜。护士是我即将从事的职业，我从获奖者的事迹里看到了平凡中的伟大。她们有关爱艾滋病患者的护士，有精神科的护士长，也有社区工作者。不管工作环境、地位如何，她们用“人道　博爱　奉献”的精神诠释了优秀护士的灵魂。我希望有一天我也能站在人民大会堂的这个领奖台上。

这次训练营让我接受了一种新的理念——YABC（youth as agents of behavioural change 青年作为行为改变的媒介），以我们青年为主体，用非正式的教育方法，启发一种积极的改变，练习个人由内自外的平静，宣扬非暴力和和平的文化。我们要将自己定位在改变世界的骨干、领袖地位，并为此不懈努力。

中国青年网上不断报道着我们的新闻，优酷上我们的视频也在被更多人观看并分享着，我看着青春洋溢的自己和志同道合的朋友，从心底升出一股力量，青年是未来，更是现在，世界是我们的！

作者：全国红十字青少年骨干训练营营员、护理学院　吴梦莲

9月1日　　星期日　　晴

管理学院 · 袁艺玮

“保持对不同论述的警惕，才能保持自己的独立性。探寻就是要不断相信、不断怀疑、不断幻灭、不断摧毁、不断重建，为的只是避免成为偏见的附庸。”

今天整理山东省人口所崔树义处长有关失独家庭的采访资料，让我更深刻地体会到了柴静的话。对于同一个问题，我们必须听取各方的意见，从不同角度，真正认识和深入了解。

“失独家庭”为独生子女发生意外伤残、死亡，其父母不再生育和收养子女的家庭。失独父母年龄大都在50开外，经历了“老来丧子”的人生大悲之后，独自承受精神负担。面对失独家庭，不可能没有同情；面对可能的悲剧制造者，也不可能没有愤怒。只是，仅仅同情和愤怒，不可能解决所有问题。只有多方面的探寻，不同视角，挖掘问题本质，才有可能为那些失独家庭真正做些什么。

解决问题的第一步，就是正确看待问题。

采访一开始，崔处长便强调面对失独家庭的问题，必须使“感情与理智分开”。失独家庭问题不是中国所特有的问题，在发达地区，几乎所有发达国家的生育率都已达到或低于更替水平。生育更替水平是指这样一个生育水平，即同一批妇女生育女儿的数量恰好能替代她们本身。总和生育率也可用于说明生育更替水平，因为它表明了能够替代父母双方所需的平均子女数。目前发达国家普遍认为，总和生育率为2.1即达到了生育更替水平。崔处长举例说，例如北欧或俄罗斯，更替水平是一对夫妇对应2.1到2.3个孩子。不是中国所特有的，失独问题也出现在发达国家。崔处长指出，不要仅仅把失独家庭问题全部归因于计划生育政策，政府不应当负全部责任。不能只调查失独家庭问题。但是失独家庭问题在国外之所以没有引起社会这么高的关注度，一是东西方文化观念的差异问题，二是发达国家的社会保障制度比较完善，失独父母得到较好的精神和物质安慰。

尽管在调研开始前，我们就已搜集翻阅了大量资料。不过，采访之前，以我个人看来，政府应当承担失独家庭的大部分责任，因为是计划生育政策，表面看

起来，这是导致失独家庭数量庞大的直接原因。其次还有我们社会主义的国家性质使然。但是，采访一开始，我就发现自己错了，我仅仅是从国家的高度看待这个问题，实际上，这是远远不够的，失独家庭是一个世界范围的问题，必须以世界的高度重新审视。

解决问题的第二步，就是深入认识问题。

崔处长指出，目前我国失独父母认证程序还存在一定的问题。计划生育部门认定全国大约 100 万失独家庭，山东省占其中七八万。对于失去子女的家庭，我国计划生育委员会进行失独认证需要满足以下三个条件：家庭领独生子女证；父母无生育能力，一般是 50 岁以上；无收养子女。必须满足这三个条件，才能被认定为失独家庭。实际上，这些限制便使得失独家庭的统计量较实际来说偏少。因为仅就独生子女家庭来讲，很多并没有领取独生子女证。

隐藏在问题背后的这些问题，是我们仅就查阅资料无法得到的，更没有想到的。我们只是仅凭一腔热血，出于对这些悲伤人们的同情，想对这个问题展开调研，提高社会的关注度，并且提出些可行的建议，真正帮帮失独父母们。我们没有想到，解决问题，需要把问题拓展到这样的宽度和深度。我们的思路，这才开始真正被打开。

前两步作为铺垫后，我们才可以真正着手问题的解决上。

崔处长为此问题提出了以下几条建议。首先是我们要正确看待问题，不能遮盖。其次，对于失独家庭要以精神安慰为主，发展一些志愿者组织，建立志愿者平台，并以财政作为支持。其实这正是我们团队致力于做的。再者，可以通过政府投入建立居家养老中心或老年人活动中心，帮助失独老人。除此之外，我们可以寻求从社会福利彩票中拿出一部分，来支持和扶养失独家庭。崔处长特别强调的是，政府或社会对于失独家庭的帮助必须形成一个完善健全的体系，真正保证问题得到更好地处理和解决。

崔处长还告诉我们，其实他一直很关注这一方面的问题，近期刚刚申请了有关失独家庭的国家调研项目，希望和我们能够更好地一起致力于这个问题的解决。

通过对崔处长的采访，我学到了多方面多角度地看待问题。如柴静所言，探寻就是要不断相信、不断怀疑、不断幻灭、不断摧毁、不断重建，避免成为偏见的附庸。关于失独家庭的调研活动，我们不能仅仅由同情心掌控情感，必须理智地、多面地审视问题，拓展其宽度和深度，这样才能真正为失独家庭做些什么，推动问题的解决。

作者：管理学院 2012 级本科生　袁艺玮

9 月 2 日　　星期一　　晴

医学院 · 吕尚格

今天，又一次以志愿者的身份在泰山流浪动物保护协会进行志愿服务，为那些流浪动物做一些力所能及的事情。

每一次赴基地的志愿服务都是一次极其辛苦的奔波，而每一次从基地回来，都感到筋疲力尽，同时因担心这些流浪狗的生活状况而心情沉重。

上午 7 时，杏林春暖活动小组成员坐上了前往泰山流浪动物基地的面包车。现今基地的负责人之一“熊猫妈妈”在前往基地的路上向队员们介绍了一些基地的新情况。经过近 2 小时的车程，队员们来到了位于济南市遥墙镇临港开发区张越家的基地。

基地负责人带领杏林春暖团队人员对基地进行了参观，并对基地现状进行介绍。而团队的主要任务是为流浪犬准备食物以及清理狗舍。首先，队员们负责拆方便面的包装，因为狗不能吃较咸的食物，所以我们要将方便面酱包和盐包与面分开，然后由基地饲养员向其中添加狗粮、肉汤等。因为基地有 3000 多只流浪犬，所以为狗狗准备食物是一件极其辛苦的事情，我们共做了整整 4 大锅的肉汤煮面。随后，队员们开始给狗喂食，进入各个狗舍添加食物。虽然工作具有一定的危险性，队员依然坚持工作。喂食持续近两个小时后，队员们开始清理整个狗舍。等到完成这些，队员们已经筋疲力尽，但是能为基地的 3000 多只流浪狗做力所能及的帮助，队员们感到非常开心。流浪中心负责人也对杏林春暖社会实践团队表达了真挚的谢意以及肯定。最后，团队成员乘公交车离开泰山小动物保护中心。

因为社会实践，自己才有机会接触到这些流浪动物。而在泰山动物保护基地志愿服务的过程中，自己愈发感受到，从前的自己只是单纯地喜欢那些可爱温顺的狗狗，而在心里，还是对那些流浪动物，那些流落街头的脏兮兮的狗有些许厌恶与恐惧，但是，在基地，孙医生和许许多多的志愿者对待所有狗狗都是一样，尤其对那些脏兮兮、营养不良的狗狗特别呵护。当看到那些志愿者叫每只狗狗都是“宝贝”时，看到他们对待狗狗那样呵护温柔时，自己觉得以前的自己对动物的保护实在太少太少。而自己知道基地在面临药物紧缺，资金短缺等等各种问题时，便愈发觉得我们这 10 个人的力量太微不足道。我们无法为他们提供药物，我们也还是学生，不能在资金方面资助他们，而我们现在也只能周末、假期去基地帮狗狗做饭，在课余时间为宣传保护流浪动物而发传单，向人们讲解，也仅此而已吧。

但同时，我也觉得，我们在用自己的力量为保护流浪动物而努力，就像一个故事所说：大海退潮后，许许多多的鱼儿因为涨潮退潮而在海滩上搁浅，海边上，一个男孩在很努力地很努力地将小鱼放回大海，有人问男孩，海滩上那么多鱼，你捡得完吗？将鱼儿放回大海有那么重要吗？男孩继续拾鱼，说道：“对这只鱼重要，这只，还有这只……”

而我们的社会实践亦是如此，可能在外人看来我们的社会实践对于那么多的流浪动物有多大的帮助？我们的努力有那么重要吗？的确，我们的力量卑微，我们之于那么那么多的流浪动物，的确力量太微不足道了。但，我坚信，因为我们的努力，至少在这个暑假，因为我们熬骨头汤，煮面条，基地里的狗狗可以吃上比较丰盛的午餐；因为举办宣讲会，进行问卷调查，可以让更多人了解到流浪动物现状；因为去宠物医院学习动物救助知识，可以为那些受伤的动物提供力所能及的帮助……因为这些，我觉得我们的努力就没有白费！

或许这是我们这个暑假最后一次志愿服务。回想一下这个暑假我们在一起的那些努力，便觉得一阵温暖与幸福涌出，谢谢这些亲爱的队友，我们一直在为救助流浪动物而努力！

作者：医学院 2011 级本科生　吕尚格

9 月 3 日　　星期二　　晴

山大附中 · 刘晋如

虽然我只是山大第一附中的初一新生，但却是个土生土长的山大人。大人们总说我们是“山大三代”。我并不太懂姥爷在山大学习、工作，并为之奋斗了一辈子的山大情结，也感受不到父母在这片校园里生活、工作的心情。但山大却是我从出生到现在从没有离开过的地方。

50 年前山大老校校园里，法学院门前那棵粗壮的核桃树下，留下了姥爷勤奋学习的身影；30 多年前，爸爸拿着自制的弹弓冲着还没成熟的核桃啪啪瞄准。妈妈则忙着拾起落在地下的核桃，一不留神却留下了满手的嫩绿。10 年前的我在这棵核桃树下蹒跚学步。校园里的参天大树见证着我们一家三代人的人生。

校园里那条小河，姥爷曾在清澈见底的小河边漫步，爸爸妈妈小时候在小河里摸泥鳅、捉虾。如今，小河被钢筋混凝土所代替，岁月在宁静的校园里留下了深深的足迹。不曾改变的是清晨操场上迎着朝霞奔跑的身影，教室里那一双双渴望知识的眼睛，小树林里、图书馆里、自习教室里随处可见的那些勤奋学习的模样。这些永久不变的传统让校园里书香飘逸。

我知道父母对我寄予了厚望，希望6年后在山大的教室里也能看到我的身影。而我也不想离开这片给了我幸福童年的校园，因为这里是我的山大，这里是我的家。6年后，山东大学，等着我！

作者：山大第一附属中学初一学生　刘晋如

9月4日　　星期三　　晴

哲社学院·张　苹

今天是9月4日，距学校开学还有4天，但在这短短的一天时间里，悲欢离合在我身边竞相上演。

悲，流年不利，刚买的自行车被顺走了。这大概是我大学四年里边都会抱憾的一件事，因为买自行车的初衷就是想在课余时间找份兼职，让大二的生活更忙碌更充实一点，只是没想到会有这样的意外。在无限唾弃自己大意马虎的同时，死党们的安慰和警察的关注让我的心情渐渐平复了下来，毕竟人生不如意事十之八九，尽善尽美的境界可望而不可即。不过还是想说一句话：不怨天，不尤人，姑娘你可长点心吧。

欢，同志们都要回来啦。在中心赖了一个月的宿舍一直是自己一个人，孤单寂寞小害怕，各种情绪轮番袭来。尤其中元节那天，明明是个无神论者，被某人

“恐吓”后还是惶惶不能入睡，第二天顶着大大的黑眼圈去打工的店里，尴尬！开学，团聚时，ladies and 乡亲们，我在学校等你们！

离，背井离乡的求学路漫漫其修远啊。虽然我是地道的济南人，但在动态里看着大家动身返校时的不舍，也染上了几分伤感，毕竟他乡非桑梓。离别总是忧伤的，尤其是二十出头的我们刚懂得父母的不易和生活的艰难，却无法与他们并肩作战，依然仰赖家庭的庇荫，那种挫败感相信每个人都有过吧。只是希望付出都会得到回报，向爸妈致敬！

合，风景再美不及你在身边。听人说过，大学里不谈场恋爱就是挂科，这都哪来的逆天言论？不是说恋爱不好，恋爱能让女生更漂亮，男生更有责任感，It’s true。相反，不是也有人说“生命诚可贵，爱情价更高。若为自由故，二者皆可抛”嘛，价值观不同，取舍自然也不同，都可以理解。身边的人都说我是汉子，不仅仅是因为性格，更多的是因为想法吧。我喜欢大而化之，最重视的除了家人，就是朋友——不是泛泛之交，而是那种多年之后想起也会笑着想念的人，能参加我的婚礼，也会参加我的葬礼。

终曲，新的开始，过去的糟心事都忘了吧，姑娘，好好奋斗！

斯日有感，聊以抒怀。

作者：哲社学院2012级本科生　张　芊

9月5日　星期四　晴

法学院·段振波

暑假眼看就要结束了，我们全家人的假期旅游计划也快要完成了。今天一早，我们一家五口驱车前往青岛。

沿着青银高速，来到城阳区。我堂哥在这里上班，我们接上他，让他做我们的向导。顺着环海高速路，一路来到市北区。沿着山东路一路向南，来到了中山公园，竟连一个停车场都没有找到，结果我们从门口绕着公园走了整整一圈。接着，抵达海底世界，比起我 8 岁来的那次，有了不少变化，我一眼认出了挂在那里的螃蟹，倒是那条鲸鱼只剩下骨架了。栈桥还在修理，我们没有靠近。2 点左右，海水离海岸很远，我们就下去抓螃蟹去了，抓了 20 多只，大的有鸡蛋大，小的只有几只蚂蚁大。哈哈，螃蟹经过长途跋涉，坚挺地活着到家了，运输螃蟹有技巧的，找个方便袋，口打的大一点，里边水要少，放在平稳的车厢中，就没问题了。海岸近岸处还有人坐着板凳钓虾虎，有的人耐不住性子直接挖出一个个大坑。离岸远一点的海面上游船和摩托艇跑得贼快。玩不来，没办法。之后沿着香港东路来到了海底极地世界，但是我们没有多玩，赶时间急着回家了。

急着回家，是有原因的，爷爷奶奶身体不舒服，70 岁的人了，岁月无情催人老。还记得我小的时候，刚进县城上学，周围没有玩伴，每周五放学，爷爷骑自行车带我回老家，身体很硬朗。后来有了一起玩的同学，就不回去了。之后爷爷还是每周来一次，送点自家种的菜过来。现在爷爷和奶奶身体大不如前，经常晕车，晕车时反胃，甚至呕吐。今天中午吃饭时，他们胃里一定还不舒服，都基本没有吃东西，他们说少吃点，下午回去不容易吐。吃饭时我心里真不是滋味。出门旅游对他们来说反而是一种负担。他们忙于农活，在老家辛辛苦苦一辈子，供养子孙到外边来见世面、长知识，自己却在一个地方默默守着。现在有条件了，却……有种“子欲养而亲不待”的感觉。老两口有五个子女，五个孙子女，只有大儿子在一个村里，两个儿子在外忙于挣钱养家，三个孙子在外上学或者上班。尤其是我们三个孙子，除了寒暑假，很少回去，经常爷爷奶奶过生日都回不去。我想他们真正需要的不是旅游，而是我们的陪伴，哪怕是回家陪他们看看电视、聊聊天，想必也是莫大的幸福。我还依稀记得当时爷爷来接我，我说不回老家时爷爷脸上的那种失落。后来爷爷给我们送菜，其实是想看看我们，老人在家，子女在外，总是放心不下。无论走到多大的城市，看到多么美丽的景色，也千万别忘记那个你走出去的小地方，还有亲人在等着你回家。

作者：法学院 2011 级本科生　段振波

9 月 6 日　　星期五　　晴

经济学院 · 巩秋霞

带着行李，怀着梦想，我踏上前往山大的路。被山大录取给高中生活画上了圆满的句号，眼前的山大将是我的另一个大舞台。我快步走在兴隆山校区的路上，心情激动兴奋，想一睹梦想中的山大风采。山大，我来了！

在兴隆山校区体育馆门前，我看见经济学院的学长们满头大汗却热情地和新生打招呼，顿时感到亲切。信息采集、学费办理、交费、领取校园卡，一个个环节下来，我独立完成了新生报到，而且是第一个，哈哈，心里好高兴！学院还有礼物送给我：一件精致的经济学院文化衫和一张亲情合影。一件文化衫拉近了我和学院的距离，一张合影定格了我和爸爸幸福的微笑，当我现场拿到照片送给爸爸的时候，我知道他心里肯定暖暖的，谢谢爸爸妈妈，是你们一直在鼓励我前行。

报到后，我细心观看了学院播放的宣传片和展板、学院概况、名师荟萃、学生风采、知名校友等。一块块展板看下来，我对心仪的学院有了更深的理解。让我激动的是，现场的主持人还采访了我，问我踏入校园的第一感受。“温馨，感动，期待，经济学院给了我们全新的体验，谢谢你们”，我脱口而出。

走出体育馆，望着幽静的环境，柔软的树枝在微风中浮动，再看看热情的学长们，我的疲倦一扫而空。这就是我理想的校园，望着青青的草坪，我想我会在她旁边捧书品读；望着开阔的操场，我想我会在这里挥洒汗水；望着壮观的教学楼，我想我会在这里体验知识的浩瀚无垠。

我还要好好学习和同学们愉快相处、共同进步，共同谱写青春中最欢快的一段乐章。放肆地笑、勇敢地跑，是属于我们的专利。不用犹豫，青春匆忙，时不我待，在这人生中至关重要的舞台上，勇敢的做我自己！

“海纳百川同奋进、经世济国共担当，经院成就梦想。”经济学院，我来了！

作者：经济学院 2013 级本科生　巩秋霞

9月7日　　星期六　　晴

医学院·张　健

今天是2013级新生到校报到的日子，作为医学院信息中心干事，也希望能够重拾新生报到的悸动，我跟随新生黄亦乐，亲身感受了她的“大学初体验”。

按照约定，中午12时，我在火车站见到了2013级医学院临床5年制新生黄亦乐和她的父母。在生命科学学院学生会同学的指引下，我们和一群同去软件学院的同学等待校车出发。期间，黄亦乐兴奋地向我咨询大学军训、入学考试、住宿等新生特别关心的问题。在与她的交谈中，我发现她虽然对有些事情不太了解，但也可以看出她对大学生活做了不少准备，并且充满了好奇与期待。在回学校的校车上，我发现报到新生一般是由两位家长陪同，很少有自己前来报到的。大家强装镇定的神情也难以掩饰内心的兴奋与激动，而陪同的家长们则明显露出急切的表情，不时地透过窗户打量着这座孩子即将度过大学几年的城市，对即将要离别的孩子叮嘱几句关切的话语。

我们一到软件园校区，就有志愿者主动帮我们搬运行李，引路至新生报到处。药学院、医学院、公共卫生学院以及口腔医学院均在6区楼下设立新生接待处。医学院延续传统做法，“大学第一课，教给新生独立”。家长被留在家长休息区，那里有宽屏电脑放映医学院相关视频。我与黄亦乐一起，拿着录取通知书与准考证，进入报到通道，领取校园卡，购买被褥。今年的迎新有许多新创意，新生可以写出对5年后自己的寄语，封存在漂流瓶中，将现在踌躇的一刻，留给未来的自己品味。学生会还准备了大学5年所要学习的书籍，砌成阶梯状，以激励同学奋勇攀登医学求学之阶。为了更好地体验大学生活，黄亦乐决定在软件园食堂吃第一餐饭。我看着她脸上洋溢的笑容，仿佛看到了当年的自己。一个异乡女孩儿的求学之路就这样开始了。在送黄亦乐回宿舍之时，我问她对开学第一天的评价，她想了想，俏皮地说道：“高端大气上档次，低调奢华有内涵”，随后又似羞怯地笑了起来。

今天跟访新生的经历，让我感受到了他们的踌躇满志、淡淡的心怯与心切，

家长的欣慰、担心与不舍，以及学院对新生无微不至的人文关怀。每一年的新生似乎都一样，青春可爱，朝气蓬勃；每一年的新生似乎又有着自己独特的感觉，张扬着属于自己的活力与激情。我似乎看到了一群可爱的孩子，在医学院这个大家庭里，轻轻地扎下根，弱弱却坚定地摇摆着身体。

太阳最后一抹余晖终于散去，宿舍里淡黄的灯光已然亮起……

作者：医学院 2012 级本科生　张　健

9 月 8 日　　星期日　　多云转小雨

哲社学院辅导员 · 南东周

在山东大学的 5 年间，我已经历了 3 次军训，每次军训都扮演着不同的角色，心境自然也不一样。

5 年前的今天，我怀揣梦想来到向往已久的学府，刚刚放下行囊，还来不及细品思乡的愁绪，便已穿上帅气的军装。当时的心情，和眼前这些充满朝气的新生一样，满腔热情，心潮澎湃。

时光如梭，4 年过去，去年的今天，我已经作为辅导员站在训练场上看着我的第一批学生绽放属于他们的青春光彩。初为人师的我，刚刚承担起 140 余名学生发展重任的我，忐忑心境中含着多少欢欣和骄傲。

转眼间，已至今日，作为一名年轻辅导员，我迎来了自己的第二批新生，站在如今的训练场上，我心中多了几分从容，但振奋不减，热忱尤甚。

曾经，人们以为“90 后”是娇生惯养的代名词，但随着逐渐的成长，他们不断变得独立、变得刚强。当出生于 90 年代中期的 2013 级新生离开家乡，来到大学，穿上这身军装，我期待他们用真实的行动证明他们已然成长。

尤记得在两日前的新生报到现场，这群朝气蓬勃的年轻人曾在学院为他们准备的梦想树上寄下如此心愿：“愿以奋斗和汗水，报社会与父母，博青春与人生。”作为一名年轻的辅导员，面对如此胸怀远大志向的学生，面对社会家长的殷切期盼，我深感责任之重大，使命之神圣。站在梦想树前，我也默默许下诺言，我要把我全部的青春和心血奉献给这群可爱的孩子，尽管他们现在还有些许的稚嫩与青涩，但我愿陪伴他们完成在大学里由青涩到成熟的蜕变，见证他们一步一步地成长。

军歌嘹亮，步履铿锵，战鼓已然擂响，我期待 2013 级的同学们能够用顽强拼搏和勇于坚持的信念与行动迎接军训，开启大学新生活。2013 年，加油！

作者：哲社学院 2013 级辅导员　南东周

9 月 9 日　　星期一　　阴

电气学院辅导员·王　沁

紧张而忙碌的迎新之后，充满挑战的军训生活便开始了，望着那一张张稚嫩的脸庞，不知道 20 天过后他们是否会因艰苦的训练而疲惫不堪，是否会因为教官的一点点责备而心生难过，是否会因为度过这段时光而欢呼雀跃。这种种的感受，都会随着军训生活的开展而慢慢变得清晰。

作为一名刚刚参加工作的辅导员，学校的一切工作是那么熟悉而又那么陌生，从学生到辅导员的角色蜕变让我深深懂得辅导员老师对学生的殷切希望与关怀。大学四年，本认为已忽略新生入校时那操场上一抹抹的军绿在挥汗如雨，却在自己的学生将要迈进军训的战场时才发现这大学生活的第一堂课已深深植入我的脑海。军训作为大学生入学的第一个挑战，无疑是对他们身体和心理的双重考验。曾经在父母的精心呵护中成长的一朵朵稚嫩小花，也即将接受风雨挑战，这是成长所必须要经历的坎坷，这也是蜕变所必须承受的历练。历经风雨，我们才能沐浴在灿烂的阳光下。

济南的 9 月烈日炎炎，每天的训练内容会让他们苦不堪言，多少次的摆臂，多少次的踢腿，牵动着肌肉有节奏的一张一弛，一遍又一遍做着重复上百次、上千次的动作，枯燥却又无可奈何。但是，正是在这一次次的训练中，不知不觉动作变得潇洒而又规范，也是在这乏味的训练中找到战胜自我的机会，也享受着在训练当中的点滴乐趣。坚金砺所利，玉琢器乃成，在军训的历练中，我们才能迈出走向成功的第一步。

他们是稚嫩的新生，他们也是坚强的斗士。在挑战面前，他们永不言败；在困难面前，他们毫不退缩。我们有理由相信，他们能用自己的青春与汗水完成一份令人满意的答卷，我们也坚信，在军训的锻炼中，他们能不断超越，完善自我。

亲爱的同学们，你们即将踏上军训的战场，而辅导员老师们会和你们一起迎接挑战，遇到的困难我们一起克服，成功的喜悦我们一同分享，让我们并肩战斗，历经风雨，沐浴阳光。

作者：电气学院 2013 级辅导员　王　沁

9 月 10 日　　星期二　　阴

山东大学优秀教师 · 王春玲

今天是教师节，从徐校长手中接过“2013 山东大学优秀教师”荣誉证书那一刻，我心怀感恩。教师要传教授业，医生要救死扶伤。我作为一名医学教师，手中握着一把钥匙，不仅要开学生的神智，更要开启他们的心智，我只想把学生培养好。

时间过得真快，不知不觉，我在这个岗位上教书、行医已 36 年，和学生们朝夕相处，我很快乐，因为我喜欢我的学生，我热爱教师这个职业。

从我第一次登上讲台起，内心深处无时无刻不在感悟“老师”这两个字的分量，“备好课、上好课、教好每一位学生、阅好每一份试卷”逐渐成为我教学的信条。

医学教师也是医生，医生这一特殊专业，要和患者病痛相伴相随、形影不离。口腔正畸却有所不同，患者不是以病痛就医，牙齿不齐让他们的心情压抑，失去了自信的微笑，一副排列整齐的牙齿让他们梦寐以求。

正畸专业的理论性、技术性及直观性都比较强，且学习起来乏味、枯燥，让学生望而生畏。教学的趣味性、逻辑性、重点性和知识性会燃起学生的学习兴趣和求知欲望。因此，在教学过程中讲究教学的方式方法，强调基本知识、基本理论和基本技能三个环节的深入浅出，提高学生对正畸专业的兴趣，在临床实践中学到更多的知识。我常告诫学生：“优秀的正畸医生是从大量模型里‘爬’出来的，做出明确诊断的那几分钟，经验要十年甚至更长时间的历练才能获得。”临床工作需要日积月累，知识需要吐故纳新。

在正畸的研究生培养中，面对不尽相同的学生，要因材施教，付出更多辛勤和汗水，才能获得每一位学生的进步和成长。在教学中不断吸收新理论、新知识，将其用于教学之中，遵循授人以鱼不如授人以渔的原则，鼓励学生自主创新，将课堂变成一个严而有度、学而有思、严肃又活泼的“教育场”。在教学过程中鼓励学生把科研活动列入课程规划，精心指导学生开展科研创新，培养学生发现问题、提出问题和解决问题的能力，将创造性思维运用到科研当中。同时，在日常的学习和工作过程中及时发现学生的情绪变化，引导学生排除不良情绪，加强师生之间的互动交流，更好地履行教书育人的义务。

医学教育是一种精英教育，学生并不缺天赋，仅有天赋成就不了美好人生。教师要传道授业，医生要救死扶伤，作为一名医学教师，要一把钥匙开两把锁，开启学生的神智和心智，让学生在走向未来时具备了坚强的体魄和健全的人格，成就美好的医学人生。

作者：口腔医学院教授、2013 山东大学优秀教师　王春玲

9 月 11 日　　星期三　　晴

政管学院·李　政

凌晨，当我还在朦朦胧胧地熟睡之际，旁边的手机突然“吱”得响了一声。我抚了抚突然被惊醒的脑袋，不想在意这个“不速之客”。可是说来奇怪，我偏偏这次对这个声音好奇无比。于是，我拿起手机，发现原来是 QQ 空间的一个生日提醒。半睁着眼，我随便点了一个礼物发了过去，又一个翻身进入了还未走出的梦乡之中了。

上午的课程紧张而又生动，我很快就将这个芝麻大的事抛之脑后了。古今中外的政治制度在老师的讲解下，并不像我想象中的那么死板和乏味，而我在老师的带领下，仿佛一个登山者正慢慢攀爬到峰顶览胜。这个学期回来发觉自己变了许多，大学匆匆闪过的脚步让我无暇顾及生活中的细枝末节，暑期社会实践归来之后我发觉自己对社会的了解还很欠缺。现在的我就如同苍老大树底的一条根毛，拼命地吸取尽可能多的水分，能让自己做到更加饱和。其他的，我不想考虑太多。

下午的空闲时光让人心情舒畅，感觉自由支配的时间就像是一阵温暖的和风拂过，让人呼吸得自然顺畅。从一排排军训新生身边经过，才发觉自己已经成熟了许多。自习室里从来不乏忙碌的身影，我放下电脑欣赏着基本完工的实

践报告，准备再次润色一下。善解人意的阳光散布着温和的光芒，这是一个惬意温馨的下午。

过了一会儿，手机振动了一下，是一条短信：“原来上了大学你的习惯还没有改，你总是那个喜欢在别人生日第一个送祝福的人，今天早晨还没醒就收到了你的祝福，我很意外，都说上了大学人远了心也跟着远了，你没有，我很感动，谢谢你！”读完之后，如同一根鱼刺卡在了喉咙里，想回复点什么，但霎时又什么也不好意思说。我没变吗？以前我总是偷偷地打听同学们的生日，在小本子上一一标注出来，等到时候送上意外的祝福，如果遗忘了会懊恼不已。而现在，我要依靠QQ提醒了，我再也不会写那些祝福的语言了，我甚至都记不起自己的生日，而那本记有他们生日的本子也早不知丢弃在哪个角落。

每个人的生日都是他们独特的一天，他们的内心都会期盼着大家的祝福和关心。我们感慨韶华易逝，可往往总会忽视了身边支持我们、帮助我们的人。请不要一次次与他们擦肩而过，也许最后你获得了你想要的，可是你失去的可能更多，而这是不容易弥补的。

暂停忙于敲击键盘的手，祝你生日快乐！

作者：政管学院2011级本科生　李　政

9月12日　　星期四　　多云

文学院·齐　敏

今晚在文史楼，我们新闻中心的老师和同学们聚在一起，进行了新学年的换届大会。

自开学以来，这是我们大家的第一次“团聚”，看到两个月未见的可爱的老师们和那些曾经和我一起“战斗”的小伙伴们，我的心中感到十分地温暖。在这里，我总能找到一种熟悉的感觉，或许这就是一种“归属感”吧！

几句寒暄之后，竞选便开始了。作为抽到最后一签上台竞职的我，心里又开始紧张得不行。我努力地在“重逢的喜悦”和“竞职的紧张”中寻找一个平衡点，可是我实在太拙笨，无法平静我波澜起伏的心情。最终，我决定试着投入每一个竞职同学的演讲，从他们的讲述中寻找力量。

忆往昔，峥嵘岁月稠。

我的小伙伴徐易就在演讲中提到了一段和我相似的经历。当时的我们还非常缺乏工作经验，在编辑稿件的时候也常常会出现许多错误。每当录入后台的稿件不符合要求时，我们的稿件就会被标记为草稿，不能获得老师的批准。然而后台会记录我们的编辑结果，没有通过把关的稿件会一直存留在我们的后台记录中。每每登录后台编辑稿件，我们都可以看到自己没有合格的稿件。那些没有通过的稿件，就像以前我们试卷上的“红叉叉”，时时提醒我们要吸取经验教训，避免犯同样的错误。

记得刚进入记者团第一次接新闻任务的时候，我与君君姐一起跑“阅兵式”的新闻，我第一次真切地感受到完成一则重要的新闻活动需要敏锐地捕捉新闻点，眼观六路，耳听八方，仔细地记下每一个重要环节。这一过程虽然很是辛苦，但是我觉得这比当一名观众要幸福得多。因为我收获的不仅仅是一场视听盛宴，还有工作能力的提升与每一个细节带给我的感动。

给我印象最深的一次是今年 6 月份进行的毕业典礼。通过对学姐学长们的采访，我体会到要珍惜在校生活，把握机会。只有把握当下，立足本职，虚心学习，不断充实自己，才能够在毕业的时候有足够的技能为社会作出更多的贡献。

艳华也提及了制作电子杂志时我们一起攻坚克难的经历。记得每一次做电子杂志时，我们的作品总是被一次次地“pass”掉，于是我们必须一次次地反复修改。在这一繁琐的过程中，我学会了追求卓越，追求极致，精益求精。“千淘万漉虽辛苦，吹尽狂沙始到金。”我认识到做好一件事良好的耐心和韧性的重要性。也正是因为经历了不断的修改过程，我对制作流程才会更加熟悉，才有了后来能站在继续教育学院的讲台上，向更多的人讲解电子杂志制作的机会。

今晚，小伙伴们的演讲都十分精彩。虽然我对自己磕磕巴巴的演讲不是很满意，但是我说出了我的心声，表达了我的愿望。做过了，就不后悔。这次竞选无关成败，只是对我进入新闻中心工作一年的总结与检阅。正如老师们所说的，要做一颗积极向上的向日葵，散发出正能量，用爱与关怀共同建设和维护我们团结的新闻中心！我们都是最优秀的！

恰同学少年，风华正茂。让我们一起为我们的新闻梦想而努力奋斗吧！

作者：文学院 2011 级本科生　齐　敏

9 月 13 日　　星期五　　晴

公卫学院・朱铭凤

今天是周五，晚上 9 点了，不知不觉，我们已经在西校学习生活了一个周。自 9 月 5 号从软件园搬过来的那一晚开始，我知道，我们与软件园就此别过了。

想想一年的时间过得真够快的，记得当时的我们兴冲冲地拿着行李从全国各地赶来，我们的眼里充满着对未来的无限憧憬，看到自己梦想中的大学近在眼前，心里的感动与满足已经挂在我们的脸上，那样的感觉我至今难忘。2012 年 9 月，我们第一次走进软件园，当时觉得，我的大学怎么这么小啊！一点都不像大学的样子。于是我们挑剔着它几十分钟就能逛完的校园、抱怨着食堂花样很少的饭菜、嫌弃着六号楼高高的山坡……尽管有些失望，但是我们没有选择，当我们知道自己只要在软件园待一年的时候，我们的失望稍稍减轻了。

与此同时，我们的学习生活就这样开始了。

后来我们发现，软件园就像一个不出闺阁的小家碧玉，静静地隐藏在高新区高高耸立的大楼之间，只有春天来临的时候，它才让人们看到自己超凡脱俗的美丽。然而装点它的就是围绕食堂的漫天樱花，甚至有同学开玩笑说软件园是桃花岛，我觉得这个称谓极好，世上有几个人能够一边吃饭一边欣赏缤纷的落英？软件园的气氛格外的好，这也是我最留恋的地方，现在闭上眼睛还能想象同学们三五成群地说说笑笑，微风一吹，樱花纷纷落下，地面成了一块粉色的世界，花瓣落在女孩的发梢，男孩微笑着轻轻拂去。大一的我们精力旺盛，终日打打闹闹，有时捧起大捧的花瓣扬在同伴的身上……

在我的记忆里，软件园的食堂好像没有那么拥挤，饭菜花样不多，但是味道不错，我最爱朝鲜面和米线，虽然不能和我家乡云南的味道相比，但却别有一番风味。我还想念软件园的教室，大家自习的场景时时浮现在我的眼前，考试的时候，教室时常被占，我们从一楼被赶到五楼，从一区被赶到六区，背着沉重的书包，我们跑得不亦乐乎。考试周灯火通明的六区曾在最后的日子里陪我度过了一个难忘的不眠之夜。我最想念的就是我住了一年的六号楼，现在学妹们都已经搬进去了，我已经不能再说“我的宿舍”了。住了一年的上床下桌，现在还真是有些不习惯。

我还没来得及属于软件园的时候，我就要离开了，一年的时间，足够让我爱上它。很多东西就是在失去的时候才会懂得珍惜，每来到一个地方，我都急切地想寻找一种归属感，真正找到的并不多，很多都是即将离开的时候才发现自己放不下。

今天的我是在忙碌的西校里写着一首呈给软件园的赞美诗，它虽然比不上散发着国际一流大学气息的中心校区，也比不上风景秀美的兴隆山校区，但我相信，在与它有着不解之缘的学子心里，它就是最美的山大一角。

作者：公卫学院2012级本科生　朱铭凤

9月14日　　星期六　　多云

物理学院辅导员·夏芊芊

沉吗？别着急，慢慢来……

这是我今早在军训场上听到的最温暖的话语。

今天是山东大学军训团一营练习打靶瞄准的日子，一大早，学员们便迫不及待整队带到靶场排队领枪。那雀跃的眼神，跳动的脚步无一不表现出对“枪”这一神秘武器的期待和向往。

他们并没有注意到，靶场边还有一名穿戴整齐但坐在轮椅上的新兵，或许是男孩子天性使然，从他眼神中不难看出想“扛枪”的渴望。“我推他去打打靶！”他的指导员、数学学院2013级新生辅导员李一楠突然说。

这句话吸引了我们的注意，我不禁好奇，远处坐在轮椅上的男孩经历过怎样的故事。李一楠说，他叫郑智源，9年前，因事故被火车碾断了双腿。两个月前，这位“轮椅男孩”凭借顽强的毅力顺利完成高中学业，考入山东大学数学学院。得知消息，李一楠第一时间在网上了解了他的相关情况，早早为这个勇敢男孩的入学之路做好准备。考虑到他上下楼不便，李一楠假期间帮他联系好一楼的宿舍，给他买了新的被褥，为他铺好床铺，在宿舍静待这位坚毅男孩的到来。郑智源一直记得辅导员对他的关照，他对我说：“我报到的当天是直接去的宿舍，李老师已经帮我办好了一切报到手续。”

用身残志坚、顽强拼搏来描述郑智源一点也不为过。虽身有残疾，但他坚持要求参加军训。炎炎烈日下，我看到他坐在队伍旁的轮椅上跟队友们一起训练，军人般目光坚毅，神态严肃。我还看到营队的领导和老师们数次劝他去荫凉处休息休息，可他不为所动，坚持与同学们同训练同休息。他的坚毅感动了我们也感动了教官，他们自发组成了“郑智源志愿服务队”，关心他的日常生活，还在学院组织集体活动的时候把他带到较高楼层的教室中，无一不体现了军训团的关爱情谊。

“枪托紧压在肩上，头部稍轻向右侧……”今天在靶场上，教官耐心地跟他讲射击动作要领并认真示范。李一楠自然拿下郑智源肩上的包，让他更方便地端起枪学习射击知识，之后，便推他离开了训练场地。沉默寡言的他由衷地说：“今天是我第一次摸到枪，我真的很开心。”

李一楠对我说：“郑智源最大的优点就是坚毅顽强，心境平和。他从没想过自己要搞特殊，应该比其他同学受到更多照顾，心态很乐观。就像在阶梯教室参加新生入学考试的时候，很不巧，他的座位在教室最后一排。他不让我帮他调到第一排，也不让我帮他上阶梯。最后，他用自己两个惯用的板凳一步一步挪到了座位上。这让我很心疼，但更多的是欣慰……”

了解到这么多，我想，这是我进入山大四年多来最感动的时刻。不是为自己，而是为郑智源的坚忍不拔和辅导员们的辛苦付出，他们是这个训练场上最美的一抹风景。教导员跟我们开玩笑说，我们不能带学生开展军事训练，只能做好后勤保障和思想引导工作。的确，学生无小事，辅导员肩负着为党和国家培养德、智、体全面发展人才的重任，因此，责任是重大的，任务是光荣而艰巨的。作为一名学生工作队伍的新人，我在由衷自豪的同时也不断激励自己，今后要更关心学生，帮助学生，为这抹最美的风景增色。

作者：物理学院 2013 级辅导员　夏芊芊

9 月 15 日　　星期日　　小雨转晴

外语学院 · 张　玥

就在今天，2013 年 9 月 15 日，我献出了人生第一个 400ml 鲜血。

在山东省血液中心做献血志愿服务者马上满 30 个小时了，每次在泉城广场看到络绎不绝的游人，我都会在想，也许其中的某人就刚刚接受了输血获得了重生，而这一切不都归功于我们的献血志愿者吗？每天来献血的人或从容不迫，或谈笑风生，或忐忑不安，却都怀着一颗善良的心。我们常人虽不能悬壶济世，却也能在某人生命的关键时刻为他或她及时注入新鲜的血液活力，这不也是很激动人心的事情吗？

记得有一个傍晚，正是晚霞漫天的时刻，四个膀壮腰圆的大叔走到了我们志愿服务亭，直接豪爽地要求马上献血。原来他们是货车司机，每天在东营和济南之间奔波，运输石油原料。只有那天有事临时耽搁在济南，便利用这宝贵的空闲时间前来献血了。当然，不仅是体格健壮的大叔，还有柔弱如扶柳般的姑娘，也在好朋友的陪伴下前来咨询。第一次献血难免会忐忑，她问了不少问题，我们也详细地作了解答，并好心建议她如果太紧张就不必强迫自己，毕竟志愿重在自愿嘛。姑娘决心坚定，在通过了必要的身体条件检查后大踏步走上了献血车。我目送她走远，那天灿烂的阳光照耀在她的身上，很美。

就在昨天，我也变成了一名献血者。为了保证血液质量，前两餐都避免了高脂食品，并在献血前补充好体力，这些都是必需的。坐在护士面前的时候调整出最轻松的状态，连疼痛都不再让我恐慌，我甚至可以淡定地看着小针管从手指尖取血化验。但是在真正从手臂大静脉抽血时，我听话地把头扭开了，不去看，只是默默地压制这一刻的激动心情。身边有好友相伴，又想到也许以后某个时刻刚分娩完的母亲急需输血，恰好我的血被滴进她的血脉，让她有力气能再次睁开眼睛看到刚刚来到这个世界的宝宝，这个时刻，抽血变成了一种享受，享受这生命接续的神奇过程。

更加让我自豪的事情是，整个献血过程我没有一点不适。所以，很多女孩子的疑虑和不安可以打消啦！带着无偿献血证回到宿舍，我就得意地向舍友展示，引来了一片惊呼和羡慕。以前大家对献血都有一些认识盲区和误区，就如曾经的我。但是作为一名献血车上的志愿服务者，我可以郑重宣布，献血，并不可怕，我国的献血过程安全卫生又专业，不会对个人的健康不负责任的。

又是一天夜幕降临，献血车上的灯还在亮着。工作人员忙碌了一天，都只能是匆匆解决午饭和晚饭，只为了能够在献血者到来时为他们提供服务，为血库提供保障，为医院里的病人们带去急救的希望。

我走在回校的路上，看远处繁灯闪烁，不知在这个城市的角落，又有谁躺在医院洁白的病床上生命垂危，又是谁为他或她挂上一袋新鲜的血液，将另外之人的生命在此传递，生生不息。

作者：外语学院2010级本科生　张　玥

9月16日　　星期一　　晴

军训教官·崔鹤滕

作为一名医学院大三的国防生，初带军训，总想用手中的笔记录下点什么。因为我知道，这是对我的一次考验，也是我从军路上一笔宝贵的财富。

军训动员大会仿佛还是在昨天，而现在，疲惫已经写在每一名教官的脸上。一周的军训生活已经过去，沙哑的嗓音，黝黑的脸庞，这是对我们付出努力的最好回报。但每一天下午，踏着落日洒下的余晖，呼着响亮的口号，看着学员们一点一滴的进步，这些疲惫早已飞走，留下的则是满心的喜悦与自豪。

今天的训练任务是正步走，讲究的是动作准确迅速有力。无论是摆臂还是端腿练习，相信每一位参加过军训的人都知道其中的滋味并不好受。从部队的生活中，我们知道：一个正步走得标准的军人说明他能够勇敢面对困难，能够吃苦耐劳且不畏艰辛，这是当代革命军人需要的精神。作为一名大学生，我觉着这也是一名合格公民所应具备的品质。因此，高标准、严要求成为今日训练的主旋律。腿抬不高，就集体练习端腿；步伐不整齐，就在操场上一遍遍走。我要告诉学员们，成功就是简单的事情重复做，做到最好，做到极致。腿酸了、脚疼了，他们仍在咬牙坚持，脸庞写满了坚毅与不服。他们，也代表着我们“90后”大学生所具有的顽强不服输的精神。他们，是我们这些教官的骄傲与自豪。

训练之余，我喜欢和这群学弟学妹们谈论一下大学生活。初到学校，他们对于自己未来四年的学习生活了解太少，尽我可能将自己知道的东西告诉他们，讲讲如何学好专业课，说说怎样利用闲暇时间参加课外活动，谈谈大学生活中的种种趣事，让他们对自己的未来有一个初步的打算，有一种美好的憧憬与向往，让他们能够少走一些弯路，少犯一些我曾经犯过的错误，让他们有一个充实而又积极向上的大学生活，这也算是我作为一名学长应尽的责任吧。偶尔，我也会讲一些自己在军营中学到的经验道理。军营是个不一样的社会，在那里，团结、集体意识和荣誉是我们永恒的追求。如何培养团队意识，如何与他人积极合作……我相信这些道理会成为他们人生道路上宝贵的经验。

作为一名国防生，这二十余天的军训，不应该只谈学员们学会了什么，更重要的是，我们自己从中收获到了什么。未来的我们要扎根军营，成为一名军官，肩负着保卫国家和人民的重任，就应该从现在积累经验，为将来尽快适应部队生活、早日投身到部队建设中去打下坚实基础。亲爱的战友们，我想说，既然目标是地平线，留给世界的只能是前进的背影；作为一名国防生，既然选择了携笔从戎，就应坚定理想，用青春与汗水为这身橄榄绿增添新的荣光！

作者：山东大学医学院2011级国防生　崔鹤滕

9月17日　星期二　晴

医学院·萨瑞卡

As I stepped out the outer doors of Jinan International Airport two years ago, I froze. Not from sadness, or horror, or even an overwhelming sense of fear and trepidation, but in the very literal sense of the word. It was the end of March in China's illustrious Shandong province and, according to the locals, this was the beginning of Spring. As a person who had lived her entire life in a city where the word "winter" simply meant half days at the beach, this was shocking. I stood there, huddled next to my future classmates, as waves after waves of ice cold air washed over my already blue and numb face. I distinctly remember an old Chinese woman, with nothing more than a light coat on, laughing at our chattering teeth and mocking us with a lighter. I was so desperate for warmth that I nearly grabbed it and attempted to warm my chilled bones with the tiny flame. Nearly. It would have been fatal.

My first glimpse of China now seems like ages ago. Since then I can say with certainty that I've matured and grown into a person who can one day be proud to call herself a medical graduate of Shandong University. Also, I have less susceptibility to the cold now.

Immersing myself in Chinese culture was difficult at first. No one spoke a word of English. But that didn't stop them from coming up to me and rattling away in Chinese! I think the first words I learnt in Chinese were: ting bu dong (do not understand). The second words were my name. I'm glad to say that I now have an average knowledge of Mandarin, at least enough to get around. I have to thank Zhang laoshi for that. Bless her soul for her patience and understanding in dealing with the class from hell (popularly known as G2011).

Compared to South Africans, Chinese people are extremely fast paced. They're always moving, rushing, working, (yelling their wares). But the upside to that is efficiency. Hospitals, public transport, police stations and banks all work with a lightening efficiency that put South Africa's public sector to shame. Although I do kinda miss taxi conductors screeching "789 Plaza! 789 Plaza! Ma, where you goin' Ma?" on Phoenix roads.

And did I mention the technology? I fell in love the day I walked into Cybermart.

Perhaps my biggest stress was food. As a person with numerous allergies and intolerances, food that didn't make me barf up my intestines was hard to come by. Did I sample Quemen and street food? Yes. Did I get horribly ill for three days afterwards? Well... also yes. But it was worth it. You simply cannot live in China without sampling the local cuisine. However, to this day, the words meiyou (have not) is forever indelibly engraved on my mind. I can never again eat mayo. Just can't do it.

In retrospect, if I say that my life and experiences in China were all sunshine and roses, which would be a blatant lie. It took me a long time to adjust and find my niche with more than a few tears shed along the way. But I truly believe that this has made me a stronger person and I know this will make me a more understanding and compassionate doctor. I never regret the day I stepped onto that plane to start my new life and career. For all that I miss home, China has given me the opportunity that South Africa never could: the opportunity to study medicine and make a difference in peoples' lives. Imagine if I had listened to my inner fears whilst in SA (I'm too young. It's so far from home. It'll be so hard), I would never be where I am today: a successful medical student in her third year of study.

译文：

两年前，当我走出济南遥墙国际机场门口时，我冻僵了。不是因为悲伤、害怕，或者甚至是排山倒海的恐惧而僵住，而仅仅是“冻僵”这个词的字面含义。那是在三月底的一天，在中国著名的省份山东，而且据本地人所说，这一天是立春。我的家乡在海滨小城，“冬天”一词对我而言，仅仅意味着在沙滩上待半天时光（译者注：南非冬季气候凉爽，无严寒）。所以，那天的寒意让我震惊。我站在那里，和我未来的同班同学们挤在一起，我的脸被一阵阵寒风吹得麻木发白。我清晰地记得，我们牙齿冻得咯咯作响、用打火机取暖的样子被一位中国老太太取笑，而她只套了一件薄薄的外套。我当时如此渴望温暖，几乎是紧紧攥住打火机，试图用那微弱的火焰温暖我冰凉的身体。这差点要了我的命。

这是我对中国最初的印象，现在看来好像已经是很多年前的事情一样。从那以后，我可以确定无疑地说，我已经成熟和成长了。将来有一天，我可以骄傲地自称是山东大学医学专业毕业生。同时，我现在对寒冷已经不那么敏感了。

我刚来中国的时候，觉得融入中国文化很难。人们一个英语单词都不说，但这并不妨碍他们走近我，和我叽里呱啦地说中文！我想我在中国学到的第一个词是：“听不懂”，第二个词就是我的名字。很高兴，我现在已经有了汉语的普通常识，至少已经足够应对日常生活了。我很感谢张老师。我们班级很难对付，但她非常耐心和善解人意地对待我们，愿主保佑她。

萨瑞卡（最右）和同学们的合影

和南非人相比，中国人的生活节奏非常快。人们总在走着、向前赶着、工作着、叫卖着商品，但好的一面是人们效率很高。医院、公交、公安局和银行都在轻松的氛围中高效运作，这效率简直让南非的公共部门羞愧。然而，我真的有点想念那些在凤凰路上大声招呼着“银座广场！银座广场！老师儿，你要去哪里？老师儿？”的出租车司机。

我提到科技了吗？我一走进赛博数码广场就爱上了它。

可能最让我紧张的东西是食物。我对很多食物过敏和耐受不良，但凡不会引起不良反应的食物，我都愿意尝试。我吃过烧制食物和街边小吃吗？是的。我吃完三天后都病得很重吗？好吧……答案同样是“是的”。但那很值得。生活在中国，你不可不尝当地的菜肴。但是“没有”这两个字至今牢牢地刻在我的脑海里，永远难以磨灭。我再也不能吃蛋黄酱了（译者注：“蛋黄酱”一词的英文发音和“没有”一词的中文发音相似，作者以此开了个玩笑），做不到。

回顾往事，如果说我在中国的生活和经历都充满了阳光和鲜花，那就是个弥天大谎。我花了很长时间来适应和找到称心的生活状态，一路上洒下了许多泪水。但是我坚信，这段经历让我成为更坚强的人，我也知道，这会让我成为一名更善解人意、富有同情心的医生。那一天我登上飞机，开启了新的生活和学习，我永远不感到后悔。尽管我思念家乡，但中国给了我这样一个在南非永远不会实现的机会：学习医学，影响人们的生活。设想一下，如果我听从了自己在南非时心中的恐惧——我太年轻了，离家那么远，在中国求学会很艰难——我就永远不会是现在的样子：一个优秀的大三医学学生。

作者：2011 级临床医学专业本科生　萨瑞卡（南非）

9 月 18 日　　星期三　　晴

政管学院・顾佳雁

又是一连几天的大晴天，想必正在军训的孩子们早已叫苦连天了，不禁回忆起我们当年，那年一起哭过笑过的军训，曾伴着欢呼与汗水，又有着收获和成长，我们以正步走的姿态昂首挺胸跨入大学的门槛。然而，岁月终远去，红尘奈谁何，转眼间我已大二。

大二了，不再是撒娇的年纪了，是时候该对自己负责，让自己学会如何独立；大二了，不再是懵懂的孩子了，是时候该对未来负责，为未来制订一份计划。不知有谁是否听过“大二现象”这个词，是说在大二时，会出现明显的分化，有些孩子已经开始为理想而努力，他们的目标很明确，在学好专业知识的前提下学会提升个人修养，塑造人格魅力。而还有一些孩子仍然每天碌碌无为，不知道自己该干什么。我正处于大二这个敏感的阶段，看着同伴们忙碌的身影，我也开始为自己的将来做打算，其中难免遇到坎坷，尽管梦想的道路布满荆棘，赶路的我却依然执着，执着地用自己的方式追逐属于自己的梦。过去的已经过去，无需太多的眷恋，人应该向前看，那些凌乱斑驳的记忆不过是红尘闹市中轻拂而过的一缕暗香，短暂、易逝。在最美好的年华里，我们且歌且行……相信自己！

窗外夜已深，马上要到中秋节了，在这送上我满满的祝福：唯愿现世安稳，岁月静好。节日快乐，我的朋友！

作者：政管学院2012级本科生　顾佳雁

9月19日　　星期四　　晴

哲社学院·杨恩辉

昨晚，我还在为韩国来的女人类学家Moon教授的讲座欢欣鼓舞，那种学术上的交流与交锋，让我对韩国的家庭文化深深着迷。虽然我知道韩国受儒家文化圈的影响巨大，但随着Moon教授的讲解越来越深入，越来越广泛，大多数在场者都会感受到韩国更能在方方面面体现儒家的文化和思想。我油然而生一种对韩国社会的羡慕和嫉妒。如果说之前我一直以为韩流在世界的风行是因为美容、服饰、娱乐、美食的话，那么现在，透过这些窗口，我所看到的是这个国家对民族文化的继承与创新，不失传统却又引领潮流。

暑假期间，我带领团队在吉林省延边朝鲜族自治州开展社会实践活动，主要调查朝鲜族的教育问题。我本是想通过调查，以便与汉族地区的教育状况进行比较，但活动结束之后我觉得单单比较远不能表达我的所见所闻所感。有些东西是一个民族独有的，容不得比较，除非是在同一个民族内。例如，延边朝鲜族与韩国朝鲜族的生存特性，他们是那么爽快，那么追求个性解放，即使在某些时候会有些不顾长远。一个民族有自己独特的性格难能可贵，而遗憾的是这个民族不懂得如何维持与发展。

昨晚讲座结束的时候，系主任希望Moon教授和她的先生，也就是我们系的金光亿教授，能够在济南度过一个美好的中秋。此时正是月圆之夜，然而我却在想：他们此时是在欢度中国的中秋，还是身在中国心在韩国，度韩国的中秋？虽说中韩，乃至日本等周边的国家都会有中秋的节日，但国家不同，民族不同，历史文化不同，共享的中秋文化也有着它们特有的意义。

赏月，这是中秋除了一起吃月饼之外最好的家庭团圆方式。我虽身处学校，但心，毫无疑问，是牵挂着家的。然而，感情的悲或喜往往飘摇不定，快乐的节日不一定就能让自己喜悦起来。看着夜空中的圆月是那么模糊，除了自己有点迷茫的现实生活外，恐怕也少不了济南的糟糕空气。难道是我太矫情、太苛求了吗？我不知。

在如今的中国，我总觉得过节就像吃快餐，少了内涵，多了形式。明天中秋第二天，我不知有多少人心里还想着月饼，还想着赏月，还想着团圆。至少从我身边的朋友来看，出去聚一次餐就代表庆祝了中秋，等国庆到来，再去聚一次或者出去玩一次。国庆还有几天才会到来，我只希望到时候有更多的人会想想这个国家的发展历史，这个多民族国家的进步历史，那些屈辱的历史，那些为国辛勤、无私付出乃至献身的中华儿女。

不论这个时代的节奏多快，那些该用心慢慢体会的节日都应被尊重；不论这个世界多复杂，那些该用心久久铭记的节日都值得去缅怀。活着就是在燃烧自己的生命蜡烛，且行且珍惜。

今夜月，望生情，回首往事皆流去，只盼前方多惜福，勿使人生多悲憾。

作者：哲社学院人类学 2012 级本科生　杨恩辉

9 月 20 日　　星期五　　阴

外语学院·乔　涵

窗外正淅淅沥沥地下着雨，正是个适合静默回忆与反思的时日。那日打开了厚厚的日记本，看到每年的新旧交替时，总是会不可避免地写错日期。时间总是如此迅疾，好多事好多时日我还未来得及细细体味与分辨，便悉数分付流年。

这大学里的第一年就这样匆匆流去。最初的军训，自己仿佛还是跳脱无知的孩子，仰首蓝天无际，低回入耳清风。彼时草木青葱绿意悠长。席地而坐，任细碎的乱草和尘埃沾染周身，竟是那样真实自然。无造作，无扭捏。

人仿佛只有在接触大地时，才能弥散出自骨子里便深植的纯粹与真实，也只有在自然的宏大与宽广里，才能安宁下被虚浮与真实聒噪沾染的人心。

还记得泪眼婆娑地目睹与教官们的分离。真实的情感总是美好难得的，深知这一切终将如无数次的聚散别离一样匆匆谢幕，泪水与所有辗转纷繁的心绪皆要随之埋在昨天。转身，还要擦干眼泪轻盈而坚定地上路，未知的通途亦必没有目光里的那样宽阔平坦明亮，所谨记与支持心怀的不过是不敢抛弃的信念与再珍贵无比的情感。

渐渐融入正常的大学生活。犹记得为完成一张海报而连夜赶制到凌晨五点，为保证一场完美的晚会而紧绷着弦从早站到晚；或者是冷风寒夜里赶赴一次例会、一边躲避着宿管的眼睛一边为宣传活动而挨门挨户地分发传单……这么多事情，仿佛无法一一历数得清。从开学之初，我便陆续地加入了很多的部门与组织，参加或者组织许多大大小小的活动，已经逐渐从一个稚气未脱、对一切充满好奇的孩子，成长为一个对生活更有担当、对未来更加坚定的“学姐”了。

生活里亦总是被无数繁杂琐屑的事物充斥着，无暇顾念春花秋月，流连诗词书海。竟不觉，一季的风景都被我疏忽错过了。

也曾在午后执书卷、端热茶，静坐于空无一人的教室一隅。冬日的清寒隔绝于窗外，晴暖的阳光倾泻笼罩周身。手指的侧影印在书页间，仿若去岁春意流光里偶遇的那只蝴蝶。清阒中只听闻笔端摩挲纸页的声响，心绪便随之渐次平定。

人总是在独处时才能清晰地认知自身处境，才得听闻内心仿佛沉寂已久却从未停歇低鸣的踅音。

寻到了旧日足迹，那些熟悉的字字句句缓缓游移，发觉在渐渐忘记许多事情，看过的书，读过的句子，做过的事，还有错过的人。而今我立在斜阳，那些翩跹往事却不曾在镀着金光的尘埃里浮沉而后渐次清晰，它们只若背光处深青色的影子零落如四月那场樱花雨。我看着它们一点一点死去，姿态从容闲淡，泛着清疏的光直至模糊。嘴角牵扯起一丝笑容，心中却不曾悲喜，深知这是最好的归宿——也是必然的归宿。

静坐于书案前，念着那些心里的人和心里念着自己的人，觉得圆满。

亲爱的少年们，我有幸参与了你们的最美年华，见证了彼此的成长。那些明媚阳光、流锦花香，那些璀璨星光、细雨绵长，那些月光下的梦想，那些尘埃里的盼望。是你们教会我成长，教会我爱。

那些值得我爱的人们，我爱你们。

再次面对一些残酷的事实时，纵然心还是那般柔软，我却学会冷静与勇敢，再不似三年前的无知年少。

常常在深不可测的寂静里陷入那些遥不可知，还是被很多长久无人解答的问题困惑，那是本性里存有的执拗乖戾与不肯妥协。

但无论如何，新的学期，新的开始。我在我的路上。

作者：外语学院 2012 级本科生　乔　涵

9 月 21 日　　星期六　　雨

文学院·刘　侠

已经是中秋节小长假最后一天了，报社实习老师留给我的调查任务还是没有头绪。早晨 4 点就醒了，睡也睡不着，睁着眼睛看天花板，啊，为什么别人过中秋回家团圆、出门游玩，我却要去做调查呢？实习果然不是一件让人开心的事。

7 点多，我收拾妥当，带着本子出门，奔向自习室——没错，我的任务就是调查自习室里考研生的情况。才走了两步，雨点就由疏而密落下来，老天爷您是在跟我开玩笑吗，刚刚明明一滴雨都没有。还好雨点不是特别大，路程也不远。

还不到 8 点，自习室居然坐了不少人。在阴沉沉的天气里，他们早早起床，有人一边啃着干巴巴的面包一边做题，有人奋笔疾书，有人神情专注一页页翻书。教室里静悄悄，走廊里同学步履匆匆。这是又安宁又紧张的场所。

一个女孩跟我说，她是再战考研，中秋、国庆的计划都是复习。她神色恬淡，并没有愁苦的表情。还有考过研、工作过几年，又重新来备考的姐姐，为了读研的目标，重新拾起书本，每天早早来到校园读书。更多的是在校生，在这中秋佳节，或为了考研，或为了考公务员，还有备各种资格证书，当然更有一些学生只是为了读书学习，他们相聚自习室，在各自的一方书桌前书写自己的青春梦想。

我突然想起当年高考，也是这样一天天努力着，没有假期，每天重复前一天的枯燥，然而心底是充实愉快的，因为有目标有方向有期待。或许这些年安逸的大学生活消磨了当年的坚定执着，才忘了苦与累也能带来满足。

我忽然觉得中秋有任务可以做也是一件不错的事了。

作者：文学院 2012 级研究生　刘　侠

9 月 22 日　　星期日　　阴

文学院 · 魏甜甜

中秋节悠悠地过去了。本来考虑到，以后跟舍友一起过中秋节的日子不多了，这次中秋节就在学校和舍友一起过。但在中秋节之前，突然收到古琴老师的电话，让我跟着他们去阳谷参加中秋拜月典礼，于是我“恭敬不如从命”地弃舍友而去了。

悠悠千年，水韵华裳。着汉服，梳高髻，理红妆。一顿折腾下来，累得只想倒地呼呼大睡。但是一想到人群中，我们是传扬华夏文化的一群孩子，又迅速兴奋起来了，尤其抱着琴走在路上被人围观的时候，突然有种优越感。其实，我是第一次接触汉服文化，也对汉服有了新的认识。从前认为，汉服如此繁琐臃肿，

显示不出身材，走路不方便，还会很热。直到和这群爱好汉服的孩子以及与汉服亲密接触之后，我才知道，汉服是中华民族智慧的精粹。宽袍长袖，长裙曳地，女孩子走起来步步生莲，曳曳生姿；男孩子走起来行云流水，挺拔威武，还略带一点魅（大概是化了妆的缘故）。修身的襦裙并不会将少女的身姿隐藏，而是以另外一种东方最神秘的美展示在世人面前。柔软的料子和宽大的衣袖长裙加速了身体的散热，不比现代袒胸露背装感觉得热。缓缓轻衬衣，剪剪舞随腰。汉服不仅仅是一件衣服，更是一份沉甸甸的文化和情谊。

拜月典礼在月下进行，尽管只是表演，我们却做得一丝不苟。净手、焚香、祭酒、祝福、焚祝、拜月，尽管我们礼仪还有欠缺的地方，但是我们已经用最大的努力，诠释中华文化中庄重而充满美丽的礼仪。希望以后我们能够有更多机会，让更多人接触到这些虽然不常想起，但永远不会忘记的古老而美好的文化精髓。

作者：文学院 2011 级本科生　魏甜甜

9 月 23 日　　星期一　　阴转小雨

外语学院 · 刘伟强

我是一个特殊的孩子，来自遥远的山的尽头，大一在茫茫大海的怀抱——山大（威海）韩国学院学习，而今大二、大三、大四将在古朴的“植物园”（编者注：洪家楼校区）筑巢安家。

大学四年的寻梦之旅始于渤海之滨，威海的天永远是那么蓝，蓝到让人心醉，让人心碎；更忘不了的，是威海肆无忌惮的风，是无数把被吹折的伞。威海的风刚刚好，一年两次，不多也不少，一次从五一到十一，一次从十一到五一。当然，还有西门外的海水浴场，忘不了春天的面朝大海，春暖花开；忘不了夏日的海水又苦又涩；忘不了秋日里会误以为玛珈山的枫叶把海滩落成了金灿灿的黄色；忘不了冬日里茫茫雪夜临海而歌……最忘不了的，是威海的人，是威海的情。还记得第一次见到“韩国学院史上最帅部长登登学长”时，他毅然决然卖给了我一张洗衣卡；第一次看到宿舍临床上贴着“梦梦”时，居然会以为一个萌妹子被误分到了男生宿舍；第一次见到楠楠时，觉得这个矮矮的小胖子怎么会和我一起进入伟大而光荣的实践部……而最后一次见登登学长时，看到卡片上写的“一年后　我向西　你向东　我们不见不散”时，瞬间觉得这个只比自己大一岁的部长像哥哥一样亲切；最后一次见梦梦时，他一直在不停地骂我，骂我不要哭，骂我要像个男人一样的离开，那一刻我们相拥而泣；最后一次见楠楠时，她还是那个矮矮的小胖子，那天晚上我第一次抱一个女孩子，第一次紧紧抱着一个女孩子久久不愿松开……我怕此番一别，即是永别。火车驶离了那片海，我的泪，亦流在了那片海。

一夜的颠簸，似乎把所有的留恋与不舍慢慢颠落，再也找不回来。就这样，来到了济南，来到了洪家楼校区，来到了外国语学院。我以为我会像个离家的孩子一样，注定会孤单而落寞。直到见到她们，才知道自己从未被抛弃。在我每次遇到困难时，高弟老师总是耐心细致地为我解答，如姐姐一般；高红姬老师，正如百度百科而言，温柔美丽，韩语的世界在高老师的带领下是如此美妙；还有李成道老师，热情细心，为我拍下一张张照片，发来一封封邮件……

离开威海的那一刻，我以为自己的大学只会爱上山大（威海），年轻而富有活力，而不会爱上济南的各个老校区，感觉他们有些年迈而恪守传统。到这里我才发现，自己的狭隘完全理解不了一所百年大学的刚毅厚重、朴实无华。如果我没有在威海呆过，我可能永远也不会理解山大的年轻与活力；如果我没有来济南，我可能永远也不会理解山大的刚毅与厚重。感谢威海，让我爱上山大（威海）；感谢济南，让我爱上整体意义的山大。

时至今日我也才明白，山大有海韵，更有山魂。

作者：外语学院 2012 级本科生　刘伟强

9 月 24 日　　星期二　　阴

历史学院・康婉盈

新学期开始已经两周了，我逐步重新适应着山大的生活步调和节奏，伴着一场秋雨后的微冷，回想起大二下学期在中山大学的交流生活，心中突然也有颇多感触。

大学第二年的第二学期，我申请到了中山大学的交流项目。2013 年 2 月 25 日，我开始了在中山大学历史系的学习，开始了我的交流生生活。在这一个学期的经历中，我对中山大学的课堂和校园都有了比较深刻的体会。半年的时光飞快如梭，还未来得及仔细地品味，时光已悄然将昨天书写为历史。半年前的我怀着忐忑的心情踏上前往珠海的交流之旅，半年后的我拥着丰富的收获将再次回到亲爱的母校。半年的交流之旅对我的影响真的很大，无论是在学习的态度上，还是在看待事物的角度上都有很大的改变与提高。感谢学校对于“交流生”这一项目的大力支持，使我们感受到不同学校的教育文化和不一样的城市风采和人文文化。

因为家住在深圳，我能够适应珠海的生活方式，尽快地进入状态。学校和家只有一个半钟的车程，我可以常常回家，这是非常让人开心的事情。和深圳不同，珠海的生活节奏慢了很多。中山大学珠海校区很好地体现了这种休闲。校区内有四个湖，树影荫荫。校区很大，与山大不同，中大的生活区远大于教学区。这个也透露出中大的学风其实并没有山大的浓厚。珠海校区有着令人惊艳的海景图书馆，馆藏分类丰富，但是因为历史系的本部在南校，这里关于历史方面的书籍比较少。图书馆人很少，座位也很宽敞，不会像蒋震那样拥挤。中大的学生很少会在非考试周期间到图书馆自习，他们相对更重视自己的生活。我们交流生很幸运地被安排到榕园宿舍，4 人间，有空调、独立卫浴和阳台，住宿条件很好。宿舍靠近食堂、教学区、运动场和超市，十分方便。

中山大学上课方式相对轻松，自主性较大。几乎每天都是从上午 9 点开始上课，白天的课程松散，晚上的课程较多。交流生的选课限制很少，可以跨专业选修自己感兴趣的课程。课堂上学生有问题可以随时提问，学生与教授的交流非常及时、随意。教授提问比较频繁，在教课方面更多地重视介绍历史细节和史料。中大的课程设计比较具体，多侧重历史单科的学习。山大的课程更加宏观，和文学、哲学的交叉更多。这是两所学校在历史教学方面最大的不同。教授的上课氛围比较轻松，但是对于学业，教授是一点也不会马虎的。中国近代史是中大的优势学科，老师的要求较为严格，有期中考试和学期作业。中大更强调小组合作，几乎所有的作业都是小组完成、上台展示、最后形成个人文字版作业。中国近代史的人物评价、世界近现代史的苏联专题综述等都是小组作业。以小组的形式，可以在讨论中加深对主题的理解和观点的拓展，但是相对也减少了个人的全面查找资料的积累。中大的公选课更丰富有趣，通常在 12 周就结课，考试周的压力减轻了很多。

交流半年，我结识了更多的好友，这是我人生将来最大的一笔财富。我们取长补短，共同进步。虽然我们离开了，但距离产生美，我相信我们的交情是君子之交，即使相隔千里，淡泊如水，但我相信时间会使它更加醇厚。朋友之间，只要看重情义，珍惜友谊，在对方的心目中就会留下美好的回忆和永久的位置。我将永远珍惜和中大同学的友情。

作为广东人，我们对中大有着特别的情感，但是真的在中大学习生活了，我却更加想念山大。不由自主地开始对比中大和山大，然后很自然地得出山大更好的结论。交流生的经历，让我对山大产生了更加强烈的归属感，我以我是山大人为荣。

通过接触不同校园文化，我们能以更开放的态度吸收新知识，亦能从不同角度了解事物。当与不同的学生分享经验时，交流生将有无穷的新发现，对自身的文化素养也会有更深入的认识。与不同的人相处，学生会变得更为独立、自信，勇于接受挑战，发挥自我潜能。身处不熟悉的环境，肯定会遇到不少麻烦事，当我们在每一次挫折中学会总结经验，就会变得越来越成熟。

作者：历史学院 2011 级本科生　康婉盈

9 月 25 日　　星期三　　晴

文学院・韩宇瑄

如同一束光靠拢另一束光，一束光芒汇聚在济南的大地上，照映出山大学子投身实践的力量；如同一种热集合另一种热，热能聚在一起又散开，将济南市城市管理规划的热量温暖着已有些许秋意的泉城。

9 月 25 日，文学院 2011 级全体同学与 2012 级部分同学参加的济南市市民公共交通出行情况调查团队在华灯初上之时踏上了征途，等待他们的，是一场未知的际遇。

本次调查文学院主要负责三片区域，中文系同学负责舜耕街道，中文基地班同学负责大观园街道，新闻系同学负责槐荫区一部的调查。路途远、时间紧、人数少是我们面临的最大困难。为此，刘畅等几位学生干部付出了巨大的努力。然而，当夜幕初上，同学们都纷纷出现在学校门口集合出发，我的心中涌起一阵感动——这是文学院学子的热诚，这是文学院学子的奉献，这是文学院学子不变的信念。

“同学们入户调查一定要安全至上，安全第一……”伴随着负责人的嘱托，同学们分头踏上了路途。我是济南市市中区纬二路社区的调研负责人，坐上东去的公交车，我的心中充满了激动，也充满了忐忑。

“1 号、3 号、5 号……到了！”出现在我们眼前的是一个居民小区，灯光在居民楼上透出斑驳的影子。我们怀着忐忑与不安，敲开了社区楼长的家门，迎接我们的是一对和蔼的老夫妻。老夫妇已经七十多岁了，但是身体硬朗、开朗慈祥，他们都是济南市无线电厂的退休职工，自从退休以来就投身于社区工作之中，不仅负责日常的社区工作，还负责组织一系列文化活动，来丰富退休职工的生活。“我们这个社区是济南市无线电厂的家属区，也是咱们市中区的重点院，主要住的都是咱们无线电厂的退休职工。一听说你们要来调查济南市交通情况，社区里面一致表示配合与赞同，都希望为咱们济南的交通改善出一份力呐！”担任社区党支部委员的老爷爷如是说。听到这些话语，我们的心中充满了温暖，也充满了感动。“那么，就由我们来带领你们到各家各户，来调查一下意见吧！”就这样，我们跟随着两位老人，踏上了调研的路途。

伴随着敲门声，一户户家门打开了。迎接我们的是一张张笑脸。老人们大多儿女在外，自身出门主要是买菜与探亲访友，对于良好的城市公共交通的需求也就分外迫切。他们认真地填写着问卷，耐心地回答着我们提出的每一个问题。许多老年人到了晚上看不清字，我们就念给他们听，许多老年人年纪太大握不动笔，我们就由他口述，我们来填写。老人们纷纷激动地说：“山东大学，好大学哇！我们年轻的时候，能进山东大学的都是天之骄子，现在条件这么好，你们能够在这么好的大学里面学习，了不起啊！你们一定要好好学习，珍惜现在的学习机会，将来把咱们济南建设得更美！”

晚上 9 点多，第一天的调研任务结束了。我们与社区的老人们话别，踏上了回来的公交车。回到宿舍已经 10 点多了。忙碌了一天的同学们也纷纷从各自负责的小区归来，大家聚在一起，纷纷诉说自己的收获与见闻。11 点多，宿舍里依旧充盈着同学们的欢声笑语。这是一次美好的经历，它必将留在我们的记忆之中，历久弥香。

作者：文学院 2011 级本科生　韩宇瑄

9 月 26 日　　星期四　　晴

物理学院・叶可可

19 天的军训结束了。今天上午举行了精彩的阅兵式表演。方阵整齐有力的步伐，军舞队优美自信的舞姿，机枪队逼真的战场模拟，军体拳队铿锵有声的动作……都给人留下了深刻的印象。同学们出色的表现都表明了大伙儿在军训中收获颇丰——我们学会了服从指挥，尝试了团结合作，锻炼出刚强的意志，拥有了以饱满的精神状态投入到以后大学生活中去的保障。军训，真正是大学授予我们的第一课。从中，我们第一次亲身体味到山大的悠久传统。

下午举行了开学典礼。学校代表们的讲话激起每一位新生的斗志和责任感，让大伙儿的心中充满了对梦想的热度和对生活的憧憬。“做一个有德性，有知识分子气息的山大人，为成为一名山大人而骄傲。”这是对每一位山大学子的最基本要求。同时，从校长的讲话中，我们了解到山大源远流长的光辉历史，了解到山大出色的综合实力和值得自豪的现代成果。我想，听过了这些，每个人的心中都会油然升起一种对母校的自豪感吧。而更重要的是，学校勉励我们要树立长远的清晰的人生追求，从此刻开始思考我们的方向，并在已经到来的大学生活中努力划出自己独特而丰富的时光轨迹。

我知道每位学子来到山大，都带着自己的梦想。而我在这段时间努力适应北方生活习惯之余，也总在问自己：大学的生活到底是怎样的？我要沿着什么样的路子走下去呢？

我从前一直认为自己是个有方向的人，很清楚自己想要的。但进入大学，倾听着同学的梦想和计划——他们都是那样的自信和坚定，我不禁感到了几分困惑和迷茫。“我要学物理学到无法思考的那一刻”“我要当科学家”“我要进中科院”……这是他们描绘的人生追求。再扪心自问，我羞愧地发现自己并没有这些远大的美好设想。我的愿望如此简单，如今仔细捕捉起来，起初模糊的又清晰起来。

你比较擅长文科，为什么选择物理？这是我常被问到的问题。事实上，我从不认为自己有学数学和物理的天赋，在这些方面并不敏感。可说来有些凑巧，我读着文学作品成长，却在初二的那年订了同学推荐的《环球科学》杂志，没想到这竟成了我生活的一个转折。

改变从我发现了一个奇妙的世界开始。薄薄的一本杂志，里面却闪耀着当代最睿智的光芒，字里行间渗出暴风雨前夜的气息。时代的变革正悄然掀起——这是一场关系到每一个人的革命。意识到自己所处时代的进步深深触动了我，我想任何一位热爱生活的人都不会愿意当个旁观者的。而一个人要想真正参与到生活中去，必须拥有一个合乎时代的世界观。文学为人们揭示内心，但这远远不是全部的真理。因此我来到山大学习物理，希望获得一个更完整的对世界的认知。

十分欣赏李淼在《环球科学》专栏上发表的对于幸福的想法，具体的原话已记不清了，但引发的感想还在，那便是“渴望了解自身是人类的本能”。而了解自身，也必定包括思考我们在宇宙中的位置。看起来这些是很大的问题，其实每个人都有对它们的理解，并或多或少地从中寻找到自己幸福的平衡点。而这种幸福是每个人所共同追求的，它就存在于你我对认知世界的探索中，存在于为了人们的共同意志的奋斗中。因此，为了让每个人都能平等地体味到认知的幸福，就需要我们这些求学者的执着努力。

我度过了这充实的一天，收获了以上对自己的反省。

最后，想在这篇短短的日记里分享我从中受益匪浅的一句话，以此来相互勉励：“ To live as you will die tomorrow, to learn as you could live forever.”

作者：物理学院 2013 级本科生　叶可可

9 月 27 日　　星期五　　晴

外语学院 · 孙敬书

有一本一直想买都没有买到的书，叫做《那个姐姐教我们的事》。今天，在这秋意渐浓的日子，秋意渐浓的山大，在大二的新导员见面会上，我却突然明白，她们就是我的姐姐，她们教会了我很多事，不是么？

还是那个公教楼，还是那个教室，还是新学期的第一次导员见面会，却是不一样的感觉。两个导员，都在我们面前。一个是刚陪我走过大一一年时光的岑岑，一个是即将带着我走接下来三年的天一。的确，她们是我的导员，是老师，可是在心里似乎更愿意称她们为姐姐。因为在我心里，姐姐两个字更亲切。

去年的我，带着懵懂与好奇，见这位比我们大不了多少的姐姐。一年中，她陪我们军训，带我们上课，给我们讲学习讲人生，听我们诉说迷茫与徘徊。虽然我不是班委，也不常找她谈心，但当岑岑转身离开的那一刻，却有一股泪涌上来，想必她更是不舍的吧。

接管我们的天一姐，刚刚带过她的第一个毕业班。至今还记得前几天第一次见到她的情景。那天班长忙得要命，我便为即将召开的班会申请教室。初次申请，很是兴奋，当我火急火燎地跑进导员办公室，却发现原来岑岑的座位空着。便问对面的老师："老师，我们导员不在，您能帮我签个字吗？""嗯？你们导员不在？你是12级的吗？""对啊。"这时候，老师指指身后："你们导员不是在这儿吗？"

我们的新导员天一姐转过身来，我拿着申请表赶紧过去，当时的情形十分尴尬，微囧却还是忍不住笑了。天一姐问了我的名字和班级，然后潇洒地签了字。走出办公室的时候，听到她跟旁边的老师说："看来得赶紧组织见面会了，你看学生还不认识我呢。"就这样无意之间，我傻傻地认识了天一姐，我在想，接下来的三年，她会陪我们一起成长。

春有百花秋有月，夏有凉风冬有雪。总是会遇到很多人，来了又走，也应当总是心怀感激，感谢她们，感谢她们出现在我的生命里，教会我那么多事。

作者：外语学院2012级本科生　孙敬书

9 月 28 日　　星期六　　晴

信息学院·刘吉松

日记便该每日都记。而日记的写作自然不能少了日期和天气，然而这次写到天气的时候我迟疑了。因为今天我们物联网 12 级的全体同学乘坐山东大学的校车从无锡回到了济南，结束了三天的志愿实习之旅，一路上有晴有阴也雨。所以姑且以写日记时为准，既然此时为晴，就算作晴吧。

旅行本来就是一件很神奇的事情，它的意义远不单单是位置的移动。旅行本身就注定有离别，而离别更是一件奇妙的东西，它会去激发某些东西，就像是青春的荷尔蒙或者是化学反应中的催化剂。如今坐在车里的我，在离别无锡的路上，无比地怀恋刚刚过去的 3 天。

2013 年 9 月 25 到 28 日，第七届大学生 ICAN 物联网大赛在无锡举行，而我们 12 级物联网的全体成员有幸成为这次物联网大赛的志愿者，全程见证了这次大赛。每天清晨我们要早早地起床，以最快的速度吃完早上简单的工作餐，赶在大赛会展中心正式开门前完成布置工作。中午，我们互相协调时间，分批下到一楼吃盒饭，以保证会场有足够的志愿者。晚上我们离开时，整个场馆可谓是“人去楼空”了——比赛的队员和观众早已离开了场馆。

我忘不了第一天晚上张贴海报时，看到那大大的颁奖舞台，大家兴奋地上去拍照的身影；忘不了在志愿服务遇到困难时，大家的相互询问相互帮助；更忘不了，劳累大半天后大家睡眼惺忪的表情，收获别人一句感谢后流露出的小小幸福。

刚来的时候我们轻松而愉悦，现在我们满载而归，而满载的除了那些美好的回忆以外还有许许多多的收获感悟。

在比赛现场我们看到了众多的创意，有奇幻色彩的梦幻淋浴喷头、无法想象的意念控制小车、新颖的花卉自动售卖等等。看到这些，一方面激发了我无限的遐想，切身感受到了物联网专业的魅力所在；另一方面，也像是给了我立一面镜子，以之为镜，可以看出我们在科学创新上还是有不足不到位的地方。我们在今后的学习过程中也应该扩大自己的知识面，多学习、多思考。

不过，收获更多的一种激励。当看到颁奖台时我们都兴奋地去拍照，虽然有年轻人爱新鲜的天性，但这更像是一种许诺——当站上去的时候我默默地对自己说：今年我是以志愿者的身份来见证这场比赛，明年我一定要以参赛者的身份来参与这个比赛，并站在这样的一个颁奖台上。

“学无止境，气有浩然”，学习的路依旧很漫长，但既然选择了远方，就该风雨兼程。相信通过一年努力，我一定可以实现如今自己默默许下的愿望。

此时校车已经到达了高速泰安服务区。回首远望，我们已经走过了很长的一段路途，而前方的目的地也变得愈发清晰，愈发接近。

作者：信息学院 2012 级本科生　刘吉松

9 月 29 日　　星期日　　晴

医学院·沙巴兹阿里

Dr. Muhammad Shahbaz（沙巴兹阿里）, Master Degree student of General Surgery on CSC scholarship at Shandong University School of Medicine.

1）Amazing things about China: Bullet train, Maglev train. I had a flight from Shanghai Pudong International Airport to Sydney, and I went from Jinan to Shanghai by train. I arrived at 12:00 noon, and my flight was at 7:45 p.m. I was thinking if I took the subway, it might take 40 minutes from the railway station to the airport. I bought the ticket and went inside. Many foreigners were taking photos of the train, and up she comes. I entered and sat. It started and within two minutes, the speed was shown on the screen: 301km/h. I was stunned. After 8 minutes it stopped and there was an announcement: Feiji chang dao le (we have arrived at our destination, the airport).

2）There were tears in my eyes, as the young girl told my professor, wo tong guo le

(I passed the exam). One month ago, Prof. Niu Jun told the patient, "you can appear in Gaokao," and it was the whole team of our General Surgery department headed by Prof. Niu Jun celebrating the happiness that we operated on the 17-year-old girl with the Thyroid Neoplasm. She wanted to appear in the exam. The exam was on June 7th and she was admitted to our ward on May 15th. She had the option to come after exam or get operated at once. Then she opted to go for the operation. The surgery was done on May 20th successfully, and she was able to speak within a few days after the operation. She was discharged on May 27th, 10 days before the exam.

3）bu dao chang cheng fei hao han. The sentence means: one who fails to reach the Great Wall cannot be called a man. du wan juan shu bu ru xing wan li lu. It means: traveling thousands of miles is better than reading thousands of books. After reading this saying, I planned to travel around the world and especially in china during my spare time. I cannot forget the 28 hours, the Beijing trip. On June 22nd, 2011, I thought it was 3 a.m. and I received a call, wo dao le (I have arrived). The company bus driver was waiting for me and my best friend Misbah at the hotel gate. We were to set to see the flag raising ceremony at Tian'an Men Square at exact 5 a.m, and then we set off for the Great Wall. We were there at 7 a.m. and the tickets were ready. This company was good. It took 140RMB for hotel pick up to Tian'an Men Square, the Great Wall , the Forbidden City and one museum, and back to the railway station in the afternoon. We took so many photos and went around the main historical places of Beijing within 14 hours.

4）OK airlines and Kunyushan. In China, if people speak English, almost 90% of people can say OK, Yes, No, Hello, and Bye-bye. I never imagined that there would be an airline company in the world with the name called OK airlines. I was surprised when I arrived at Shenyang Airport Terminal 1 and found out there was no airline by this name. I sensed a feeling of being cheated, but suddenly I found that there were airlines by the name OK airlines at Terminal 2 as it was written on my E ticket. I took a sigh of relief and then I was more surprised to see the size of the plane: a 28-seat small jet, in which the business class was with back benchers. Haha. This plane flies from Shenyang via Dalian to Yantai. Kunyushan was also an unforgettable scene in my life: climbing mountain in the afternoon for 4 hours and coming down after sunset with no bus. The last bus already left at 4, but the gatekeeper arranged one taxi, thanks to him.

5) The first day in Urumqi. On February 12th, 2006, I was at Urumqi International Airport. Coming out of the airport, I was wearing a shirt and a normal jacket, and then I was surprised: the white cotton balls were falling from sky. I am from Sargodha, a city in Pakistan, Punjab Province, where if it is 0 degree Celsius, the school will have a special day holiday, and where the temperature in summer touches 40 degree Celsius easily. As far as I know, it hadn't had snow fall in my city for one century. Coming to China and experiencing weather like this was unbelievable. Quickly I went in the airport, opened my luggage, took out 2 jackets and wore. I went to the hotel and went to sleep, but suddenly I got up hearing the fireworks outside everywhere. I asked the reception what was happening outside, she replied me in Chinese: Xin nian kuai le, Chun jie kuai le (Happy new year, Happy spring festival). This was my first word that I learned after ni hao. After I came to Jinan, Shandong Magazine took my interview. The editor asked me a question which I still remember: Ali, what is your first impression of China? My answer was: cold.

6) Prof. Liu and me In Pakistan Chinese Consulate in Karachi. I was in my homeland there, and Secretary of the Minister of Education was welcoming the delegate with the bouquet. We stayed at the Chinese Consulate in Karachi, and I was searching for the Pakistani food in Pakistan, but there was still the Chinese food in Chinese consulate in Pakistan as there was a Chinese chef. After eating noodles, when all members of delegate went to their rooms, I silently went to the kitchen and asked the Chinese chef, Da ge, ni bang wo zuo ba ji si tan bing hai you Ji rou ga li (Elder brother, please help me make the Pakistani Paratha/naan and Chicken curry). He nudged and took out a packet from the refrigerator, where there were ready-made parathas and chicken curry. I have already made a new Chinese friend. The next day, we went to the mausoleum of Quaid-e-Azam Mohammad Ali Jinnah, founder of Pakistan. We received guard of honor, the best memories of my life. I wrote comments in the diary with my professor. I was given honor

in my country because of the Chinese delegation; I will remember that for lifelong time. My father presented a Pakistani Souvenir, Pagg, Pakistani turban to my professor Liu Zhiyu, saying, "Pak–Cheen Dosti Zindabad (in Urdu) Zhong ba youyi wan sui (China–Pak friendship last forever)".

7) My first speech on September 26th. I always wanted to go to research field, but in Pakistan, it is a dream of the parents that their child became a doctor or an engineer. As there was no short cut to go directly to research, I chose MBBS degree on my parents' wish. During my undergraduate studies, I started going to the lab in my extra time and published a research paper with the help of my professor in my 3rd year. I was in Shanghai with my professor then. It was on September 26th, 2007, the day on which I was to deliver my first presentation. My heart was beating up and I was feeling nervous. Professor Liu came to me and said, "Ali, there is a long way in front of you, and the success follows the braveness." I was confident. I went to stage and delivered my presentation. 2 years later in Sydney, Australia, I was more confident and I participated in a competition of young scientist speakers from 27 countries. I won the first prize. Sometimes people around the world may be thinking that I am a graduate of China, and someone even says, oh Made in China. Doctors who graduate from China may not be good. But I want to say that even my home country did not give me the education and opportunity to be a doctor and the best young scientist speaker. After all, it depends upon the individual. If you cannot change yourself, no one can change you. China gave me the strong base for my future. We were having a dinner Last week, and my friend said, lai, wo men 7 ge shandong ren hai you yi ge lao wai gan bei (let us 7 shandong people and one foreigner cheers). I said, lao shi, wo bu shi lao wai, wo ye shi Shandong ren (Sir, I am not a foreigner but a Shandong person). Everyone was laughing. Jinan is my second hometown. I love it, and I am proud to be a graduate of Shandong University.

8) Zhong guo Tong. Most of my friends who know me and who meet me call me Zhong guo tong (China Expert), and even my favorite sport player after Inzmam ul Haq (cricket player) is Yao Ming (basketball player) and Liu Xiang (athlete). Although Liu Xiang could not win, but he is famous because of his injury, as we doctors know that his

Achilles heel rupture repair cost much money in 20–minute operation. I went to see him in the 2009 National Games held in Jinan, and I cannot forget my opera performance at the Inter–University Club show. I was wearing the red Chinese traditional opera dress and singing opera. Amazing experience. I went to visit a county near the Yellow River in winter, and I saw some farmers who were working on Rice thresher. I went there and they took photos with me. Last summer, I went to Shaolinsi, Zhengzhou with my professor Niu Jun. We climbed the mountain top and took photos. It was the best experience of my life. At the base of the mountain, the children practicing Kongfu was something amazing. There is Lanzhou lamian, a kind of famous noodle restaurant. We ate and started to learn cooking. After that, I tried to cook at home and many of my Pakistani classmates could not cook so. We taught Pakistani recipes to Chinese friend and she opened a Pakistani Chinese restaurant Fatimai jiejie's restaurant 法提麦姐姐餐馆 . She makes the samosa, which is made with some changes in dumpling recipes, and I found out that there are 2 words same in Chinese and Urdu Language: da ye is elder Uncle, and Da yi, elder aunt, are of the same meaning and pronunciation in Urdu. And if no one wants to listen to your song, you do not need to worry, because China has found out a solution, KTV, where you can sing loudly and have a music party. One more important place in Guangzhou, China is the Tomb of Sad Abi Waqas, The Uncle of Prophet Muhammad. Dalian and Yantai beach, red valley, baotuquan, daminghu in Jinan, kongzi, kongmiao in Confucius town, gugong of Shenyang and Beijing, Tianjin circle, Nanjing lu in shanghai, all the unforgettable experience in my life and I have 2 best friends Gao Huijie and Liang Benjia. We call ourselves 3 idiots. I cannot stop laughing.

Sometimes people ask me, ni xi huan zhong guo ma? (Do you like china?) My answer is always the same. Wo bu xi huan zhong guo, wo ai zhong guo. I don't like china but I love China.

译文：

（1）中国那些令人惊奇的事物。首先是子弹头列车，磁悬浮列车。我要乘坐从上海浦东国际机场到悉尼的航班，从济南坐火车到上海，中午 12 点到达上海火车站。我的航班在晚上 7:45，我想，如果坐地铁的话，从火车站到机场大概需要 40 分钟吧。我买票后走进地铁站，很多外国人在给地铁拍照。地铁来了，我进去坐下后地铁开始启动，两分钟内屏幕上就显示了速度：301 公里 / 小时。我惊呆了。8 分钟后，地铁停了下来，开始广播：飞机场到了。

（2）当那个年轻的女孩告诉我的导师："我通过考试了"，我热泪盈眶。一个月前，牛军教授告诉病人，你可以出现在高考考场上，牛军教授率领我们普外科所有人为这个患有甲状腺肿瘤的 17 岁女孩庆祝。她想参加考试，高考在 6 月 7 日，她 5 月 15 日住进病房。她可以选择在考试后进行手术或马上手术，她选择了马上手术。5 月 20 日，手术完成而且非常成功，术后几天她就能够说话了。5 月 27 日，她出院了，就在高考前 10 天。

（3）不到长城非好汉。读万卷书不如行万里路。读到这句话后，我计划在我的业余时间周游世界，尤其是中国。我无法忘记那 28 个小时的北京之旅。2011 年 6 月 22 日凌晨 3 点，我接到一个电话："我到了。"公司的公交车司机在酒店门口等待我和我最好的朋友米斯巴赫，我们上午 5 点准时在天安门广场观看升旗仪式，然后去长城。我们准备好了早上 7 点的票，这家公司挺好的，从酒店把我们送到天安门、长城、故宫和一个博物馆，下午又把我们送到火车站，全程只花了 140 元。在 14 小时内，我们拍了很多照片，还游玩了北京主要的名胜古迹。

（4）OK 航空公司和昆仑山。在中国，几乎 90% 的人可以说 OK，YES，NO，HELLO，BYE BYE。我从来没有想过在世界上会有一家航空公司的名称叫做 OK 航空公司！因为当我到达沈阳机场 1 号航站楼的时候，我发现外面没有叫这个名字的航空公司。我感觉被骗了，但我突然发现，2 号航站楼有一个航空公司的名字叫 OK 航空公司，正如我的电子票上写的那样，我松了一口气。而飞机的尺寸更让我吃惊，那是一个 28 座的小飞机，哈哈。这架飞机从沈阳到大连再到烟台。昆仑山是我生命中难忘的风景。下午我们爬了 4 个小时的山，最后一班公交车在下午 4 点的时候已经离开，多亏了门卫，他安排了一辆出租车。

（5）乌鲁木齐的第一天。我 2006 年 2 月 12 日到达乌鲁木齐国际机场，穿着衬衫和一件普通夹克走出机场，被眼前的景象惊呆了：白色的棉花球从天空缓缓飘落。我来自萨戈达，在巴基斯坦旁遮普省的一个城市，如果气温达到 0 摄氏度，学校将有一个专门的假期。这个城市的温度在夏季很容易达到40摄氏度，据我所知，它在一个世纪里从来没有下过雪。来到中国，遇到这样的天气令人难以置信。我马上走出机场，打开行李，拿出两件夹克穿在身上，然后去酒店睡觉。起床的时候，我突然听到外面到处是放烟花的声音，就问服务员外面发生了什么事，她用中文回答我：新年快乐，春节快乐，这是我学会了你好之后，学会的第一句中文。之后，我来到山东济南杂志社，我参加了面试，编辑问了我一个问题，阿里，你还记得对中国的第一印象是什么吗？我的答案是冷。

（6）刘教授和我在中国驻巴基斯坦卡拉奇领事馆。那是我的家乡，教育部秘书长用花束欢迎各位代表。我们住在中国驻卡拉奇领事馆，我在巴基斯坦寻找巴基斯坦的食品，但在中国驻巴基斯坦领事馆里找到的仍是中国的食品，因为这有一个中国厨师。当所有代表吃完面条回到自己的房间后，我悄悄地去了厨房，并对中国厨师说：大哥你帮我做巴基斯坦饼还有鸡肉咖喱，他打开冰箱从里面拿出一包巴基斯坦饼和咖喱鸡，我又交了一个新的中国朋友。第二天，我们去巴基斯坦创始人奎德·E ·阿扎姆穆罕默德·阿里·真纳的陵墓。我们受到了仪仗队的欢迎，这是我生命中最美好的回忆。我在日记本写下我和教授的故事。我因为中国代表团在我的祖国获得荣誉，我会铭记终身。我的父亲将巴基斯坦的头巾作为纪念品送给了我的教授。教授说：中巴友谊万岁，中巴友谊长存。

（7）9月26日我的第一次发言。我一直想要做研究工作，但在巴基斯坦，对父母来说，自己的孩子成为医生或是工程师简直就是做梦。而研究没有捷径可走，我就如父母所希望的那样选择做留学生医学学士。在本科学习期间，我开始在业余时间去实验室，我和教授在上海学习，大三时在教授的帮助下发表了研究论文。那是2007年9月26日，我准备作我的第一场论文演讲，我的心怦怦地跳，紧张不已。刘教授走过来对我说：阿里，你前面还有很长的路要走，成功总是跟随着勇气。我充满信心，走上讲台开始演讲。两年后在澳大利亚悉尼，我参加了来自27个国家的青年科学家演讲者的比赛，更加自信了。我赢得了一等奖。有时候，世界各地的人们可能会想，我毕业于中国，有些人说，哦，中国制造，中国毕业的医生可能不好。但我想说的是，那是因为我的国家没有给我成为一名医生和成为最年轻的科学演说家的教育和机会。毕竟这取决于个人，如果你不想改变自己，没有人可以改变你。中国为我的未来打下了坚实的基础。在上周，我们有一个晚宴，我的朋友说，来，我们七个山东人还有一个老外干杯。我说：老师，我不是老外，我是山东人，所有人都笑了。济南是我的第二故乡，我喜欢它，我为自己是山东大学的毕业生感到自豪。

（8）中国通。大多数认识我的朋友都叫我中国通（中国专家）。我最喜欢的运动员除了 Inzmam ul Haq（板球运动员）之外就是姚明和刘翔。虽然刘翔由于受伤没有赢得比赛，但他很有名，因为我们医生知道短短 20 分钟的跟腱断裂修复手术要花多少钱。2009 年，在济南举行的全运会上我看到过他。我无法忘记我在高校校际俱乐部表演时的歌剧演出，我穿着中国传统的红色戏服唱戏，真是令人难忘的体验。在冬季，我去参观黄河附近的一个县，我看到一些农民在水稻脱粒机上工作，他们跟我合影留念；去年夏天，我和牛军教授去郑州少林寺，我们爬上山顶合影留念。这是我生命中最好的体验。山脚下，孩子们正在练功，真让人惊奇。兰州拉米亚，这是一家很有名的面馆。我们在那里吃饭并开始学习做饭。从那之后，我尝试在家里做饭，我的许多巴基斯坦同学都不会做饭。我们教中国朋友巴基斯坦的食谱，然后她开了一家巴基斯坦的中国餐厅，叫法提麦大姐餐馆，她做的咖喱角是由饺子配方经过变化做成的。而且我发现，有两个词在中国和乌尔都语里意思是一样的，大爷是指年长的叔叔，大姨是指年长的阿姨，这两个词意思和发音相同。如果没有人愿意听你唱歌，你没有必要担心，中国已经找到了一个解决方案，KTV，你可以在那里大声唱歌，开音乐派对。在中国广州有一个更重要的地方是先知穆罕默德的叔叔 Sad Abi Waqas 的墓地。大连和烟台的海滩，济南的红叶谷、趵突泉、大明湖，曲阜孔子、孔庙，沈阳和北京的故宫，上海的南京路，这些都是我生命难忘中的体验。我有两个最好的朋友高汇杰和梁佳，我们自称为三个白痴，我已经忍不住要笑了。

有时有人问我，你喜欢中国吗？我的回答总是一样的。我不只是喜欢中国，我爱中国。

注：作者是穆罕默德·沙巴兹阿里，山东大学医学院普外科硕士研究生，获得中国政府奖学金。

作者：医学院 2012 级研究生　沙巴兹阿里（巴基斯坦）

9 月 30 日　　星期一　　晴

医学院・宋振宇

站在 PEARSON 机场的候机大厅，看着窗外湛蓝的天空，一架架起落的飞机，我的思绪又回到三个月前。经过紧张的笔试、面试，成功入选医学院本科生暑期海外交流项目的我们，在一个细雨蒙蒙的下午，来到这个枫叶的国度，开始了一段难忘的学习交流旅程。

热情好客的多伦多人，纯净清新的空气，平等自由的文化，活跃的实验室气氛，还有和队友一起出去旅游的经历，一切的一切，当我们回想起来时，依然感动不已。

多伦多大学的学术交流很是频繁，教研室会定期举办 Research Day，期间会有海报展示，让大家尽享与会人员的研究成果。当然，校际之间的交流也少不了，我们这次正好赶上去年诺贝尔化学奖得主在多大报告自己对“G 蛋白偶联受体”的最新研究成果。我们一行几人分散在各大顶级实验室，这里有先进的设备，有闻名世界的科学家，更让我们感受深刻的是自由平等的学风。在这里，教授和学生是平等的，每个人都可以提出自己的想法和问题，制定自己的实验计划。我们还可以肆意地开对方的玩笑，可以一起去中心岛烧烤；我们是师生，是同事，更是一辈子的朋友。

相比在国内，多伦多的人文细节也值得我们学习。在这里，同性恋可以为了维护自己的权益，走上街头，举办一年一度的大游行；在宿舍的公共厨房里，学生做完饭后，都会把它打扫得一干二净；在十字路口，我们也尽可能放心，因为司机会主动停车示意行人先走；多伦多的景点也足以让我们闲暇之余尽情放松，从 CN Tower，到安大略湖中央岛，从尼亚加拉大瀑布，到多伦多动物园，再到市中心的 Eaton Center 等等，都给我们留下了美好回忆。

交流学习的那些日子是一个与当地人不断接触的过程，也是一个在完全陌生的环境中慢慢适应的过程。对于我们而言，衣食住行方方面面都是一个全新的未知领域。我们团结在一起，努力克服适应过程中的阵痛。从初来乍到，事事因陌生而提心吊胆，到最后可以冒充当地人给游客指路；从握着护照小心翼翼地过海关，到在安大略省政府领事馆游刃有余地办文件；从没有权限、处处受阻的实验室“门外汉”，到独挑大梁的实验室员工；从开口前都要斟酌再三的外国人，到在海报旁侃侃而谈的演讲者。在最后的成果展示会上，我们共有三名同学获得海报展示一等奖。在那一刻，我们感到的不仅仅是喜悦，更是作为一名山大人的骄傲。

三个月，我们学到的绝不仅是实验室里的技术，更是生活的历练。感谢医学院暑期海外交流项目给予我们的这次机会，我们将带着这些宝贵的经验在今后的道路上走得更加坚定。

作者：医学院 2009 级齐鲁医学本科生　宋振宇

10 月 1 日　　星期二　　晴

哲社学院人类学讲师 · 韩旭宽（美）

In the taxi last night to pick up my son’s grandma, who was flying in from Taiwan, he asked me to take off his shoes, which I did, Then he arranged himself on my lap in the back seat, knees placed neatly against the door, and gazed at the trucks groaning along as he raced by. He was delighted, "You see a big big truck?" he said, "big truck of a wires!" Recently I realize his "of" stands for "with". I pointed out the buildings lit up grandly with spotlights or outlined in yellow or orange lights, tall rectangular shapes marching toward the suburbs. Listless for two days with fever and a stuffy nose, the wind pouring in the window brought him alive. In Jinan he rarely has a chance to feel this kind of speed, so fast it peels away all the place names, leaving only empty space and the sound of the engine. In my Sunday class I had just criticized the American infatuation with the "freedom" of nowhere spaces like this, but I never denied its pleasure, heightened by awareness of the yelping irritations that seem, all of a sudden, to make up life. He reached his hands out into the wind; he stood up impulsively, pushing his head out into the wind, like a dog. And I let him for a few moments before pulling him back in. As a teenager in Connecticut I had loved feeling that blast in the face, sticking my head out the window as I drove. So I completely understand my son. Later he reaches his hands out and claps them together, miming killing mosquitoes, and Sara and I laugh. He is happy.

The air is thick, smudged with dust, and I know it is pouring, tumbling into our lungs. But I don't reach for my mask. I rationalize: we had the purifier on all day at home. So this is just a brief attack on the respiratory system. The air we breathed today is likely cleaner than that of our neighbors who left the windows open. We are "ahead" of them. So I decide to ignore it for now. But I wonder: is it true, as that American told me the other day, that this smog can take years off one's life? Would there be any statistics available to confirm or deny it? Or is this just the sort of "fact" that actually derives from one's cultural perspective, something one just "knows" to be true? By the time we reach the airport the mask is on my face. And I try not to remember what the French air pollution expert said to me after the National Day reception the night before. I had jokingly told him that I wear the mask to make myself feel better, a psychological prop only. As I waited for his reaction I knew I was fishing for his real opinion. He is a kind man: He said nothing. One of 30 people just awarded the title of "Friendship Ambassador of Shandong Province."

译文：

昨晚，儿子的外婆从台湾飞来济南，我们一家三口去机场接她。在前去的出租车里，儿子要求我帮他脱一下鞋，我照他的吩咐做了。然后他坐在后排座位，身体依着我的腿，双脚灵活地朝着开着的车窗，眼睛不停地凝视着窗外轰鸣行驶的大型车辆。很显然，他很兴奋。突然，他说“你们看见那个大大的车了吗，那个带着电线的大车（指济南的电车）？”最近我才明白他常常用“带”字表达“有”字的意思。我顺势用手指向那些被巨大的聚光灯照亮和黄橙色灯光勾勒出的高楼大厦，以及那些朝着郊区延伸的高大立体建筑。因为发烧和鼻塞，儿子这两天无精打采，而此时，窗外涌入的清风让他充满活力。在济南，他很少有机会能感受这种车速，以至于所有建筑物上的名字都一划而过，脑海里只留下些空余的城市空间和车辆发动机的轰鸣声。在上周日的那堂课上，我刚刚批评了美国人对无处不在的城市空间所代表的“自由”观念的沉迷，这种沉迷的意识伴随着人们的狂躁和恼怒不断加剧，仿佛一下子充满了我们的生活；当然，我从未否认这样的城市空间所带来的快乐。儿子把手伸出窗外，感受着轻风；紧接着，他慢慢从座位上站起来，把脑袋探向窗外的风中，就像一只小狗一样。我并没有让他把头立刻扭回来，而是让他在窗外待了一会儿。因为当我在康乃迪克州还是个少年时，每次开车途中我也会把头探向窗外，享受迎面而来的冲击感。所以，我完全能够理解我的儿子。然后他伸出双手并相对击掌，用手势示意想要拍死蚊子，我和萨拉，也就是儿子的妈妈，笑了起来。可以看出，儿子心情很好。

济南的空气不仅干燥，而且空中的尘土有点脏，当然我也知道这空气正在涌入并破坏着我们的肺部器官，然而我却没有去戴上口罩。我自我辩解道：我整天在家呼吸过滤过的空气，这一会儿时间只是对呼吸系统的一个短暂攻击；况且我们现在呼吸着的空气很可能比邻居家打开窗户时的空气还要清新，我们比他们优越。所以，我决定暂时忽略空气这回事。但同时，我又在想：那一天有一个美国同胞告诉我，像这样的污染物会缩短我好几年的寿命。这样的解释对吗？或者，有任何资料可以证明或否认这种解释吗？或者，这仅是来自于一个人的认知观念基础上的一种“事实”，还是只是一个人“知道”会是真相的见解？当我们到达机场的时候，我已经带上了口罩，但我努力使自己忘记在前天晚上国庆节外籍教师招待会结束后那个法国空气污染专家给我讲的话。记得当时我开玩笑式地告诉他，“我一直都戴着口罩来使自己感觉更舒服点”，而我心里明白这只是一个心理安慰。当我等待他的反应时，其实我是想了解他对此事（指我通过戴口罩让自己感觉更舒服）的真实看法。他什么也没有说，作为获得山东省友谊大使称号的30个教师之一，他必定是一个和善的人。

作者：哲社学院人类学系讲师　韩旭宽（美）

10月2日　　星期三　　晴

历史学院・陈雅芝

生活本身就是一场美丽。今日，我在烟台。

来到海边，看水天相接，听海浪的声音，心就像被放在水里涤荡，越来越干净。观海，或者旅游，会让你放下原本一直不忍舍弃的，让你坚定原本迟疑的，因为你眼中看到的不再只是你自己或者身边的那些人，而是更为浩瀚的自然。自然，是最神奇的治愈师，它会让你恍然于自己的沧海一粟，着眼于更大的世界。这种感觉很静却又来势凶猛，就像原本蛰伏在心中某个角落的卧虎又重新站立了起来，细嗅蔷薇。

一路的美景映入眼帘继而刻入心中，这些美好让我动容使我心醉抚平了我心中的小浮躁。小孩子们的淘气可爱，朋友间的欢笑打闹，情侣间的或淡或浓，兄弟姐妹的默契，中年夫妻的小浪漫，一家人的幸福时光……一道道醉人的风景，一张张幸福的笑脸，一个个温暖的目光，空气中漂浮着红酒一样的芬芳，岸上的风景与岸下的波光粼粼相得益彰。

下午去了小吃一条街，老实说，刚踏进去的时候感觉有点陌生，陌生到有点害怕。可能是因为很久没再做小女生的事情了，或许是因某人说，当一个人可以为所欲为的时候，灵魂也就慵懒了。面对这熟悉而又陌生的放纵，我珍惜但不迷恋。

我喜欢这鲜艳的色彩，因为很温暖。在酒店的电梯里还遇到了很有爱的老爷爷和老奶奶，以及三个一起出游的老爷爷，他们背后一定有着美好的故事。

最后，来到这如人间仙境的三仙山为今天的旅游画上完美的句号。观赏过自由自在的黑天鹅，倾听过八仙过海的每一个故事，领略了黄海的雄伟壮观，我感觉到了自己的渺小，原本的生活的小琐碎和小烦恼好像已至九霄之外。

一天很短又很长。本来并非那么热衷旅游的人开始有了自己的坚持，看来“人对没有得到的东西，当然可以慷慨地舍弃”这句话还是很有见地的。

作者：历史学院2012级本科生　陈雅芝

10月3日　　星期四　　晴

外语学院 · 朱柳红

今天，阳光明媚，风中除了凉意之外更多地装满了愉悦。在火车开动的那一刻，我也开始了第一场真正意义上的旅行……

7点39分，济南开往烟台，6小时38分的火车时长，这是我的第一场旅途。没出省，只带上一颗自由而明媚的心出发！一路上灿烂的阳光，洋洋洒洒穿过济南的阴霾，给大地披上一层金色的缕衣。我们虽早早就起床奔赴火车站，却依旧被埋没在济南的人群、车群里。所谓，天外有天，人外有人。你起得再早，也会有比你早的人，所以有时候大家都说，和自己比便罢！

赶在发车前2分钟登上火车，心中甚是激动！如此险些掉入深渊的冒险，人生中必然不会少。找到座位后，望向窗外，我渐渐沉迷于窗外不经意间流逝而过的风景。在我的眼中，每一个事物，都有它生命的意义，也有属于我自己与万物的童话故事，那就是旅行的意义。与南方不同，那是一排排点缀田间的瓦红色房屋；那是一个个守卫着火车轨道的电线杆卫士；那是一棵棵凝望着火车远去的独立却不孤单的树……我期待每次不同的旅行，即便带着同样的心境，也能有不一样的收获！

在这次短暂的旅途中，我看到了很多没见过的东西，也领悟了一些不同的道理。这或许就是旅行的价值所在，在放松心灵的同时，又充实心灵。我惊叹那一片片相连的蔬菜大棚，从火车上远远望去就像一片辽阔的冰雪世界。在阳光下泛起的银色最诱惑人，禁不住让我有了想在上面穿着溜冰鞋自由欢乐地旋转的冲动。还有那满眼的玉米和水果，那漂亮的湖水，这些都让我难忘。我深深明白，世界的确很大，你越深入它，越会发觉自己的渺小。

美丽的风景如同阳光下的彩色气泡，下一秒就有可能错失，即使我再使劲睁大眼睛，也有错失的美好。或许，好好珍惜就是对过去及未来最好的承诺了吧。每一个站点，车厢中的人来来往往，大多不曾驻足。所以，即便人生绚丽多彩，过客精彩万分，终究抵不过时间的消磨，只有真正的朋友和父母才会永远陪伴自己。对于此，我们也该拿出最真、最善的心去回报他们。

一路阳光，我在旅行，给自己一片自由思考的天地，给自己一段难以忘怀的回忆。心灵和身体，一定要有一个在路上……

作者：外语学院 2012 级本科生　朱柳红

10 月 4 日　　星期五　　晴

历史学院 · 王　倩

这个假期，校园里有着别样的风景。徜徉在小树林旁的小道上，刚才的情景不断地浮在脑海，涌在心头，有些忐忑，有些怀疑，但我还是忍不住地相信，刚才自己的做法是对的，应该相信那个人。

今天是十月四日，已近凉秋，风有些冷峻。外出的我不由加快了回宿舍的步伐，回到宿舍，回想刚才的场景，那个陌生人的话语依旧那么清晰地在耳边回荡，字字句句，经过仔细思考，才发现他的每一句话都禁不起推敲。理性的声音清楚明白地告诉我：被人骗了，真是傻瓜一个。虽然有些不愿相信，但我更加庆幸自己的侥幸。

那个一身运动装，背着书包，戴着鸭舌帽的哥哥真的是个骗子吗？他为什么会在南门门口向我问路并求助呢？是早就想好的说辞吧，我想。老套的诡计：说自己被人偷了手机和钱包，需要钱回家，几十块钱的事儿，不会骗我。突然碰到我这样的傻瓜应该是他始料未及的吧，原先想好的各种说法应该都省了，因为我不曾怀疑，直接给了他车费。

一步，两步……心有些沉。刚才的情景一遍遍回放，让我明白真相就在那里，隔着一层侥幸的纱，理性不留情面地扯掉了它，使它袒露在我面前，有些愤怒和无助。

在宿舍，身边的同学给了我这样的安慰：“成长的路上总有一些亏要吃，以后聪明点，就当交学费了。”虽然今天的这堂课让我懂得了学会用自己的理智去辨别真伪善恶是一件多么重要的事，但我想，有些时候，我们需要信任，只有那样，我们的社会才会拥有善的阳光，我们才会觉得温暖。但学着怀疑也是不可缺少的另一端，因为不分是非的信任是混乱的，而怀疑是信任的保护伞，让我们去信任值得信任的人和事。

信任与怀疑是生活的哲学，是生活的进行曲，我们都需要慢慢领悟。

作者：历史学院2011级本科生　王　倩

10月5日　　星期六　　晴

管理学院 · 杨思凡

首次回家，我怀着激动的心情无比热情地投入家乡保定的怀抱，等了一上午的车，坐了一下午的车，千里迢迢归来的我竟遭到故乡小偷先生同样热情的对待。

这一个月的时光，我经历了人生太多的第一次，第一次远离故乡这么久，第一次离开父母的怀抱独自生活一个月光景，第一次长途跋涉前去拉练，第一次打靶射击……当然，还有即将到来的第一次丢手机。

回望十八载青葱岁月，那段原本留给青春的日子全被书本、试卷覆盖，我在书山题海中度过了人生花季。被语数英包围、史地政围攻的我哪儿有时间跟妈妈去逛街？上大学了，一切都变得不一样，有时间买一些漂亮的衣服了，有时间跟妈妈逛街买一些需要的日用品了。我和妈妈就像火车一样“逛……吃……逛……吃”，在裕华路小商品批发城穿梭，在琳琅满目的商品前流连，在美味佳肴前驻足，最终也光荣地发出了火车鸣笛般的“呜呜呜”……

不经意地低头一瞥，红色小挎包的拉链竟然全开了，伸手一摸，手机没了。妈妈赶紧拨了一下我的号，“对不起，手机已关机”的声音传来时，我彻底绝望了。亲爱的手机啊，你只陪伴了我两个多月，怎么就舍得离开我，带着我珍贵的通讯录以及爸爸还没来得及看到军训视频、照片远走高飞呢？亲，我想你了。

一切都是那么突然，爸爸还没来得及看我们霸气的特战视频、“男神”副营的照片、那个狂欢之夜女儿与同学的合影就永远和它们说拜拜了，我还没来得及保存我的通讯录到电脑就要一切从头再来了。刚为手机买了充电宝，充电宝留下来，手机却丢了。又不禁庆幸出门前将现金、银行卡、身份证放在了家里，买完东西后将商品放入其他包中，才使得它们逃过一劫、幸免于难。

迈入十八岁门槛的我终究是个小菜鸟，以前经常笑话上大学的姐姐们丢手机的经历，原来我也会经历这一次。对生活毫无戒备之心的我，或许迟早要补上这一课吧。痛定思痛的我立即报警——报告当警察的老爸，恶补了一些防盗和自我保护知识。

小偷很猖狂，我们须谨慎。人来人往大街小巷，留一点眼睛的余光看住自己的包，留一颗时刻警惕的心关注周围的万象。挎包最好放在身前，一只手随手放在上面。随着社会治安的逐步发展，消费者自我保护意识的提高，小偷先生，看你怎样下手，看你往哪儿逃？

在成长的路途中总要经历些什么吧，用惨痛的教训来换取沉甸甸的经验：要学会管理好自己的私有财产，不给不法之徒可乘之机。以后的路很漫长，要一个人走，没有父母陪伴的我们更要学会保护自己及自己拥有的一切。希望这一路深深浅浅的脚印会通向花香四溢的未来！

作者：管理学院2013级本科生　杨思凡

10月6日　　星期日　　晴

文学院·闫　薇

我喜欢在脸颊跳跃的阳光，我喜欢在指尖律动的音符，我喜欢一切拥有生命活力纯粹而又美好的事物，就像喜欢婴儿吮指那么满足的样子。

以前总觉得自己的心情是随天气而定的，阳光明媚即使烦恼也会抛在脑后，天气阴郁那些焦躁与不安的情绪就会随之而来。今天的天气让我的心情比美丽更加美丽。

“这是什么快递呀，哥哥？”

“申通。”

“那您知道韵达快递在哪儿么？”

“在那边亭子下。”

本以为同为竞争对手，“两耳不闻别家事”，这位哥哥不会告诉我，但我发现是我有小人之心了。

我快步走向那里，见到快递员，便问到“这里可以寄快递么？”“可以的，你坐下来填张表。”快递员哥哥站起来把板凳让给了我。我一边说着谢谢一边填着表，而快递员哥哥则满脸微笑给我把东西包装好。等一切完成要付钱时哥哥却找不开我的百元大钞。他便对我说：“不急，要不明天吧，你是山东大学的吧。”“我是，那就这样先不付钱啦？”我半信半疑总觉得不相信自己的耳朵，这位快递员哥哥真的如此相信我。“对呀，明天或者后天等你有零钱了再付就成，快递我今下午就给你发了。”可能是听惯了那些充满怀疑与谎言的故事，听完这句话，我竟然有些想哭的冲动，他如此信任我——一个陌生人。

我很喜欢这个哥哥的笑，没有任何芥蒂的，最真诚自然的笑。因为投缘，我们也聊了会儿，他告诉我本来应该在12点半之前结束自己的工作，但因为害怕同学们有事耽误，便总是会多留十几二十分钟——多好的快递员！想到自己以前拿快递时不紧不慢的样子，我突然有些脸红，因为我们永远不知道一件快递的背后是快递员如此辛苦的等待。有些人，相处了一世，可能也就那么不冷不热，而有些人只需几分钟，你便感受到他的善良与温暖。

我突然觉得自己找到了心灵可以寄托的美好愿望，人与人之间不就应该是这个样子，彼此信任相互理解？现在社会上出现的信任危机到底是谁的过错，是高楼大厦阻碍了人们的沟通与交流还是车水马龙碾过了人们的朴实与真诚？我总是相信你对世界怎么样，世界就对你怎么样——突然记起胡适的《多谢》：“多谢你能来，慰我心中寂寞，陪我看山看月，过神仙生活，匆匆离别便经年，梦里总是相忆，人道应该忘了，我如何忘得。”

作者：文学院2012级本科生　闫　薇

10月7日　　星期一　　晴

外语学院·童　欣

不知不觉，今天已经是到德国的第4天，6个小时的时差，10个小时的飞行，一路颠簸也一路随行。

那是从家到北京的独行，那是出奇好吃的飞机餐，那是一路的憧憬，那是16平方米个人寝室对拥挤六人间的怀念。

现在，生活似乎已经安顿下来，办好了银行卡，熟悉了公交线路，学校宿舍也都妥妥的，最重要的是做饭工具齐全了，再不用吃电饭煲方便面了！

昨天去慕尼黑参加了 OKTOBERFEST（啤酒节），街道上是穿着各种传统服饰的男女老少；人们大口啃猪肘子，大口喝啤酒；喷香的巧克力裹草莓香蕉，还有焦糖杏仁……在热闹的氛围中既享受了美食，又领略了德国人的豪爽奔放。不过，这种节日里的物价真心一个字：贵。

如果说前 3 天是休整，那么今天的课程便意味着交流生活步入正轨，毕竟我们不是真来 zum Urlaub 的，在奥格斯堡大学 6 个月的学习才是我们德国生活的主旋律。

德国宁静的街道、微凉的空气、空旷的天空，将见证我们未来 6 个月的成长。希望每天清晨推开窗与新鲜空气一同到来的，都是“崭新”的自己。

作者：外语学院 2011 级德语系本科生　童　欣

10 月 8 日　　星期二　　小雨

外语学院 · 陈　蕾

早上匆匆往外赶的时候听舍友说下雨了，我毫不迟疑地捞起了一把伞，在首尔就得有这种觉悟，时刻准备接受早上被雨淋湿的地面。

上课时老师说要来台风了。迟了一个夏天的台风，不知道这次给首尔准备了多少的雨水，准备缠绵多久。看着窗子外面被细雨笼罩的蒙蒙景色，我好像越来越喜欢下雨天了。首尔的夏天，留给我最深的记忆便是雨。梅雨季，以前在书上听过的梅雨季，在江南水乡来的舍友嘴里的梅雨季，这次真的是切身体验到了，比小孩子的眼泪来的还要容易的雨，前一秒还安好，下一秒就能让你变成落汤鸡；很多个晚上听着窗外哗啦啦的雨声惬意地入睡，早上起来迎接清新的空气；在雨幕中一点点探寻着首尔，这个古老又现代的城市。

下午按计划和舍友去了江南的地下商场，在眼花缭乱、两腿灌铅的惨痛结局中，我们也收获了丰厚的战果，淘到了满意的裤子和好看的高跟鞋，更让人兴奋的是我竟然和韩国的卖鞋哥哥砍价成功，好有成就感。一下午的好心情。

回到宿舍后又紧锣密鼓地赶去我的第一堂跆拳道课。在犹豫了好久之后，经过了激烈的思想斗争，我终于勇敢地决定，去学跆拳道。就算学不成跆拳道高手，最起码能体验正统的韩国文化，还能锻炼身体，绝对是一石好几只鸟的事。

已是三个月的时间了，在韩国这片土地上驻足，我在一步步走近它，了解它。明天又是新的一天，期待明早雨后清新的空气。

作者：外语学院 2011 级本科生　陈　蕾

10 月 9 日　　星期三　　晴

数学学院 · 刘宸汁

今天下午没课，也没什么其他的事情，终于有时间好好整理一下开学以来的各种资料了。拿出早已准备好的文件夹，庄重地写下“青志联 · 志服部”六个字，从此刻开始，它将记录着我挚爱的志服部的点点滴滴。

首先，第一部分，50 位新干事的面试申请表。手里拿着这一张张我曾经翻过无数次的简历表，看着他们工整、清晰的字迹，面试的场景历历在目。

记得第一天来我们部面试的就有 106 名同学，办公室外排了很长很长的队伍，真的是让我很感动！大家对青志联如此的信任和支持，当时的我真的是难以抑制激动的心情，对在场所有耐心等待的同学鞠躬表示敬意。接下来的两天，场面依然火爆，每一位到场的学弟学妹都特别的诚恳，虽然是我们面试他们，但同时真的也让我们自己收获很多。连续 3 天的第一轮面试结束，共有将近 500 名同学来参加，而我们的录取人数上限只有 50，这样的比例，我自己都觉得实在有些“残忍”。但现实摆在那里，我们必须做出选择。既然这项权力掌握在我们手中，我们唯一能做的也只有做出最公正的评价不辜负大家对我们的信赖。于是在接下来的两天中，我偏执地每天用十几个小时整理他们的材料，把每个人的面试表看了两遍，又把基本信息、面试评价以及适合协调的部门全部系统列出表格。周围人都说我像是发了疯、着了魔，但我就是觉得我应该尊重选择了我们的每一位，我不知道花这么长时间做这件事对不对，但是这样我心安。可能我不是一个好的面试官，但是我觉得我是一个蛮靠谱的人，用最真诚的心对他们。第二轮面试，我没有作为评委考核他们，因为我不想做那些“虐心”的事。我只是站在他们中间和他们聊，没有官方、华丽的语言，只是用我最朴实的话跟他们交谈，但句句发自肺腑，我想用我的热情去感染他们……面试最终结束，还是只有 1/10 的人入选。对于落选的同学我很抱歉，但值得欣慰的是很多同学在结果公布后仍跟我保持着联系，并没有因此而打击他们参与志愿活动的热情。如我所愿，没有成为同事，但是成了兄弟，成了朋友，好开心。

将每一张申请表平平整整地放进文件夹，为他们留住在青志联最初的记忆，期待将来哪日再交到他们手里，会有一种深深的感动吧。“用最初的心，做永久的事”，希望他们不忘初心。

接下来，志服部第一次见面会。虽然已经是两天前的事了，但温暖犹存。意外断电，会议室伸手不见五指，或许是老天特意安排，让我们将烛光点亮，让我们永远将这次别开生面的“烛光见面会”记在心底。看着洗印出来的会议照片，我想说，透过烛光，我看到了温暖，看到了希望。我们努力的方向也就是为他们提供平台实现梦想。

合上文件夹，满满的幸福，期待我们共同续写精彩。

作者：数学学院2012级本科生　刘宸汁

10月10日　星期四　阴

外语学院·程　芸

奥格斯堡的天气从我们来就一直不太给力，阴雨连绵。早上起床，拉开窗帘，一直到午后都没有阳光。

今天我们一行23个SDUers有幸受到了奥堡市长的接待，他带领我们参观了奥堡市政厅——金色大厅。金色大厅不能用富丽堂皇来形容，因为它简直太富丽堂皇了。一进到大厅里面，大家都情不自禁地发出了“哇”的感叹声。哇！！！屋顶的壁画，大厅周围的金色柱子，还有硕大的窗户，这些都体现了典型的基督教堂建筑风格。

奥格斯堡和济南是友好城市，在今年的8月底奥堡的市长去济南参观了一番，两个城市间的交流很多，山大的德语外教大多来自奥堡。市长是位和蔼可亲的长者，他亲切地让我们加他的facebook。他为招待我们，还特意准备了红酒、啤酒、果汁等饮料。不得不说，德国的果汁真叫一个酸：一点糖都不加，毫不夸张地说，直接榨出来的果汁可以酸掉牙。

在奥堡，我感受最多的是文明礼让和处处人性化的设计。在马路上，不是人让车而是车让人，车辆在你面前停下，司机向你招手让你先过。而且城市处处被绿草和鲜花覆盖，大片的绿化和家中阳台上的鲜花，让你感觉置身于一个充满了浪漫色彩的小城。

作者：外语学院2011级德语系本科生　程　芸

10月11日　　星期五　　晴

校运会长跑运动员·滕　菲

今天的感触很多，以至于让我写起来都无从下手，但不论从哪一方面看今天都是值得纪念的一天。

今天学校的主题是运动会，而对于我来说，今天的主题是3000米长跑。这并不是我第一次挑战3000米，曾经在高中二年级时的运动会上我也曾奋力一搏，咬着牙跑完了那漫长的征程。但是对于在大一一年都没有进行系统性、规律性训练的我来说，这一次的挑战却比当年稍显困难。

3000米的漫长，是只有真正踏上了比赛跑道的人才能切实感受到的。在赛前我也有进行过几次训练，400米的操场跑八圈，竟然都不会觉得累，然而比赛时的情况与平时练习却完全不同。当发令枪一响，十几个女生就开始奋力争取在前面的有利位置，虽说长跑考验人的耐力，但只要一开始就占据有利位置在以后几圈的跑步过程中便不容易被赶超，反而如果一开始跑得很慢，是很难再赶到前边去的，因为体力供应是有限的。因而，由于在一开始的几十米里面我的体力已经开始大量消耗，最终跑了不到一圈我就开始感到劳累和身体不适了。

他们说敢报名3000米、5000米这样长跑项目的人，不论其比赛结果如何，他们都是内心里想让自己成为更有毅力的人。是的，在比赛中你很快就会发现，支撑你跑下去的不仅仅是体力，意志力和坚持的信念绝对也很重要。在跑的过程中你会一直在跟想要放弃的念头作斗争，会不断地鼓励自己要坚持下去，因为你明白，要是就这么放弃在半路上，之后便会觉得遗憾，会觉得后悔。

所以，我努力迈动脚步，跑道周围的好友不断在给我加油鼓劲，学院座位区的同学在为我擂鼓呐喊，甚至连那主席台的广播当时也在诵读“致三千米运动员”的来稿，那一句句“相信自己”“人生能有几回搏”“此时不搏更待何时！”更是鼓舞我心中升腾火焰的点点火种。

在最后几圈里，我感觉我的身体似乎已经达到了极限，有一阵子我甚至恐怖地发现我的脚步竟然不受大脑支配慢了下来，但是要强和不服输的天性，让我在发现有对手要赶超的时候竟然发力冲刺了起来！

一圈一圈的征途，我用毅力和好胜心坚持着跑了下来，这一次的运动会让我难忘，因为它带给我更多的是一种精神象征，能在未来的日子里告诉遇到任何困境的我自己：坚持，你可以！

作者：历史学院2012级本科生　滕　菲

10月12日　　星期六　　晴

校广播台·刘瑞雪

“没有树高，没有花香，我是一棵无人知道的小草……”一直以来我都是一个平凡得扎进人群就再也找不出来的人，甚至还带着浅浅的自卑，我不知道在这个大树葱茏、鲜花娇艳的世界里哪里才是我的舞台？

也许，上帝也是公平的吧，它在决绝地关掉一扇大门的同时，也为我打开了一扇窗，那是一种还算甜美的声音，因为这个原因我才有了今天到中心广播电台播稿的机会。满心的欢喜如花香般甜了心，香了梦，我觉得我就要拥有属于自己的舞台了。

虽然二次面试的时候来过广播电台，但是当学长学姐带我走进去的时候，我还是被它高端大气的设备深深地吸引了，这是怎样的一个地方？这是属于我的舞台吗？疑惑、自卑又一次在我的心底悄悄地开始蔓延……

播音开始前是细致地审稿工作，我惊奇地发现前一刻还嘻嘻哈哈的学长学姐从俯身到电脑前的那一刻起，就像是经历了一番轮回，完完全全成为了另外的人，严肃安静的神情让人敬畏。我想，这便是对工作的热爱与真诚吧：在投身的那一刻你便对自己和他人做出了庄严的承诺，要以十分的热忱，全心地做好这份工作。此时，我自己的心中好像悄悄地燃起了一团火焰，那是对即将到来的播音工作的笃定，它渐渐驱逐了我对自己的疑惑。

“播音马上开始，准备好了给我打手势。”当我终于坐在话筒前，拿着已经被我反反复复读了 N 遍的校内新闻稿，将要为所有的山大师生作直播的时候，手心还是沁出了点点汗珠。尽管播音这份工作之前也做过，但却从未有过像今天这样专业的配置，自己也未曾这般带着十二分的敬畏与热情投入工作。我可以吗？我能够做好吗？我想我不能再这样质疑自己了，我必须全力以赴，为了一个属于自己的舞台，为了心心切切在听广播的师生。此刻，学长学姐伏案的模样又一次浮现在脑海，对，虔诚地去完成自己的使命。我暗暗握了一下拳头，“加油加油！”我似乎已经看到属于自己的舞台灯光，清了一下嗓子，我开始了我的表演：“接下来是几组校内新闻……”

作者：经济学院 2013 级本科生　刘瑞雪

10 月 13 日　　星期日　　晴

环境学院·金　曦

结束了兴奋又有点疲惫的运动会征程，短暂告别了精彩又有点繁重的课程，我们选择在阳光明媚的重阳节，赴黄河森林公园进行第一次班级秋游。

早在开学之初，我们就对这第一次班级秋游充满了期待。经过几次讨论之后，我们选择在黄河森林公园开展秋游活动，一来可以欣赏黄河岸边的风光景色，二来可以进行一些有关环境保护的调研，最具诱惑的，还是可以进行野餐，大饱口福。

今天一大早，我们就忙活起来了。准备调研内容、购买食材，每个人都忙得不亦乐乎。9:30，我们正式踏上了秋游的征程。作为环境学院的学生，为了更好地践行“低碳生活”这一观念，我们选择了乘坐公交车。虽然走的路程有点远，但是我们并不抱怨。经过了将近两个小时的路程，我们终于到达了黄河森林公园。大家先在景区内进行了“有关景区内垃圾回收状况的调研”，对景区内的环境现状进行了了解。我们发现，景区内的环境卫生状况相当不乐观，还有许多问题亟待解决，比如垃圾箱摆放、垃圾回收处理等。之后，我们在公园内进行了野餐。大家围坐在一起，分享着美食，讲述着趣事。饭后，我们不忘将垃圾打包回收，没有将一丝负担留给公园。在欣赏了公园内的景色之后，我们返回学校，结束了本次班级秋游。

虽然这只是一次看似普通的秋游，但是对于我们来说非常重要，非常难忘。在大一结束后，我们进行了专业选择。虽然我们资源循环科学与工程专业人数不多，平时的课业压力又比较大，但是我们班级非常团结，不仅积极进行班级建设，设计班训、班旗、班服，而且经常交流学习方面的问题，共同进步。这次秋游，更是我们班级的第一次集体活动，相信在今后的日子里，我们班级一定可以更加团结一致，共同进步！

虽然奔波了一天有点疲惫，但是我还是决定用日记记录下这个难忘的日子——2013 年 10 月 13 日，环境学院 2012 级资源班，第一次秋游。我们一直，在一起。

作者：环境学院 2012 级本科生　金　曦

10 月 14 日　　星期一　　雨

信息学院·高　媛

狂热的运动会之后，是突如其来的降温和雨水。一整天呼啸的狂风和噼噼啪啪打在身上的雨点，让走在校园里的每一个同学都裹紧衣服，低头快步走向教室。

今天已经是我发烧的第三天了，连续的高烧和持续的点滴让我有些吃不消了。偏偏今天还是星期一，上午有物理光学的课程，打点滴还会耽误上课……想到这些，我突然心里一阵烦躁。

早上八点之前，我准时来到教室。不出所料，物理光学老师还是比我们早到了教室。第一节课，头一直是晕晕的，按照医嘱，我必须九点及时去复诊。于是只能厚着脸皮向老师请假。老师一听说我病了，立即说："那你快一点去看病，不要耽误治疗。身体好了才能学习啊。"我瞬间好感动。刚走出了一步，老师又叫住我，说："一定要记得多喝水，按时吃药。"我回给了老师一个大大的微笑："谢谢老师！"心里也更是感动。

来到校医院，医生护士们都在忙碌地治病、开药。一看到我就赶紧询问："同学，身体有什么不舒服？"我说："我是来打点滴的，昨天已经开好了药。"在核对了我的名字和病历之后，护士手法娴熟地帮我扎上针，并送我到病房休息。还时不时过来问我"手冷不冷""滴得快不快"等。此刻，窗外虽然寒风冷雨，病房里却处处洋溢着浓浓的温情。

打完今天的点滴，我的病也算基本好了。在这几天里，我感到了真切的师生情、医患情和同学情。有了大家的照顾，我才能这么快康复，感谢我身边的家人，感谢我的"家"——我的大学。

作者：信息学院 2012 级本科生　高　媛

10月15日　　星期二　　晴

哲社学院教授·臧乐源

今天是山东大学112周年校庆，我今天感受最深的就是，学校举行了我父亲的遗物捐赠仪式，“大爱永在——山东大学杰出校友臧克家先生遗物捐赠仪式”。

我的弟弟、弟媳，妹妹、妹夫从北京赶来了，我的女儿从加拿大飞来了，我的儿媳带着4岁半的小孙子也来了。在这个时候，亲人们团聚在一起，我感慨万千，感激、感谢、感动，特别是对我父亲的思念。

下午3:30在工会厅举行了捐赠仪式。捐赠仪式很隆重。徐显明校长颁发捐赠证书，回赠礼品并讲话。尹作升副书记主持，曹升元总会计师介绍捐赠情况，我代表家人讲话，徐显明校长宣布我父亲的诞辰日10月8日为臧克家日，并在发言中介绍了我父亲的那三句杂感，“人生永远追逐着幻光，但谁把幻光看作幻光，谁便沉入了无底的苦海”，他不仅有着深刻的理解，更给予了高度的评价。我们一家已经四辈山大人，徐显明校长还殷切希望我们家的第五辈、第六辈……仍然能到山东大学学习。我们感到非常亲切，山东大学真是我们的家啊！

我父亲生前珍视的27幅字画，有闻一多的，郭沫若的，茅盾的，老舍的，王统照的，叶圣陶的，冰心的，沈从文的……还有父亲用过的书柜、花架、茶几、椅子，父亲收存的各类贺卡，父亲的手稿、著作、证书等，孩子们为父亲写的字、画的画……这些都已经运回了学校，封存在档案馆，以后会面向全校师生开放。

我相信我父亲的在天之灵一定会非常欣慰的。

作者：臧克家先生之子，哲社学院教授　臧乐源

10 月 16 日　　星期三　　晴

医学院校友 · 冯集蕴

50 年前的今天，我用 3.8 元买了火车票，历时 5 小时来到济南，风尘仆仆地出站后，我背起行李，边走边问，徒步来到学校。

牌坊式校门非常壮观，金色的“山东医学院”五个大字特别晃眼。我先来到办公楼前等注册，这里排了几十个人，多是像我这样布衣布鞋的农村学生，都带着大花布包袱和网兜裹着行李，多是体型清瘦、朴素纯真，虽口音不同，但眸子里都透着对学校的挚爱、对学业的期盼、对未来的憧憬。

注册后校友将我带进了宿舍大楼，从此，我们成了 63 级学生。我们 4 班有 46 个新生，来自济南、青岛、潍坊、济宁等全省各地，还有很多来自山区乡村。我们认识后就开始畅谈理想、希望和未来：有的想在大城市大医院当大专家，有的想建立小家庭、住上小洋房、坐上小汽车，而我想回到县城像“堂叔”那样当一名受人尊重的名医。

今年 10 月 12 日应邀参加老同学 50 年联谊会，孙女老早就从网上给我购了票。我一早在取票机前放下身份证三点两按就取出了往返车票（票价 84.5 元），乘车一小时二十分钟就到了母校。校门依旧，只是换成了山东大学医学院金色大字。我西装革履拎着小包漫步在去八楼的小道上，心中五味杂陈，5 小时与 143 分怎么比？ 3.8 元与 84.5 元怎么比？布衣布鞋与西装革履怎么比？两脚排购与网购更无法比！半个世纪国家已发生了巨变，时代已驶入高科技快车道。50 年前我们有缘在校园相聚相处，朝朝暮暮、风风雨雨度过了七个春秋。一幢幢教学楼萦绕着我们琅琅读书声，一间间实验室记录了我们医学生涯，一条条通往附院的小道留下了准医生们的夜半的足迹。

在“文革”风暴中我们曾在学校彷徨过、呐喊过、辩论过、仇恨过，给我们心中留下了“反动学术权威”的阴影，让准医生脑海刻下“臭老九”的烙印。在把医疗卫生工作重点放到农村去思想指引下，我们被分配到农村、基层、边疆，在简陋医疗条件下，我们开始了医学实践大探索，与病魔和死神进行血战。我们在基层吃过多少苦、流了多少汗、救了多少人？医患关系又是如何的亲密！

十一届三中全会像阳光照暖我们的身，像甘露滋润干涸的心。我们不甘示弱，有人考研、有人进修、有人调动，找到了理想的单位。时光荏苒，当初风华正茂的青年已满头银发、满脸皱纹，还有的身体佝偻。当年风度翩翩的医学生都早已成了老专家教授，都圆了当年的梦。为了这次联谊会，有人不远千里步履艰难地赶来会老同学，再叙友谊，再谈未来。

夕阳无限好，晚霞更灿烂。我们古稀之年有的想在医院与患者沟通发挥余热，有的要参加老年科协去义诊，有的欲著书立说，有的动笔发表科普文章，我想上老年大学，青山常在，只要我们管好嘴，迈开腿，常微笑，睡眠好，忘记年龄这个符号，我们就能时刻保持年轻态，充满幸福感、满足感，就会感恩党和国家，感谢社会和时代，就会老树开花释放正能量。

在此聚会之际，特书《同学再相会》一诗献予老学友。

五十余载医疗攻，泉城相聚七年终。潜心攻读学堂里，风雨求知实习中。奋斗基层流大汗，自强新院建丰功。历经坎坷跨学界，屹立巅峰在鞠躬。

作者：医学院校友　冯集蕴

10 月 17 日　　星期四　　晴

软件学院・马月昕

等待今天等了好久。在大三进入人机交互与虚拟现实的学科实验室是我梦寐已久的事情，没想到屠教授答应了在今天给我面试的机会。

今天像往常一样我六点钟起床，但却没有像往常一样去读英语，而是打开电脑一遍遍地翻看计算机图形学的几篇论文。虽然教授不会考察这么细的专业知识，但唯有这样，才能让自己保持平静的心情，静静地等待九点钟的面试。

平易近人是我看到屠教授的第一感觉，在将近一个小时的面试过程中，我越发感受到他的和蔼可亲。在问了我一些问题之后，他一直微笑着给我介绍实验室的各种情况和他的团队目前研究的课题以及开发的项目。为了激发我更大的兴趣，教授还给我描绘了这个研究方向的蓝图，语言风格不乏幽默风趣。本来还很担心作为博导的他会对我这三年级的本科生不屑一顾，但他却说了一句让我很感动的话——他说："我欣赏每一个对学术充满热情的学生，我也很荣幸可以作为你们学术道路上的指导老师。"听到这句话时，我心里的感动和感激就像不停翻滚的波浪，一遍遍拍打着心灵的礁石。我也在心里暗暗立誓，一定要潜心做研究，不辜负教授的器重和期望。

走出教授的办公室，我对自己说了一声："Good!"面试顺利得出乎我的想象。虽然教授说会在之后对我层层考核，也布置最近阶段的题目，但已经答应在实验室为我安排一个地方，让我加入他的团队。目标达成，真心为自己高兴。也希望自己可以通过这个机会，跟着教授以及他的博士好好学习，真正大幅度提高自己的学术水平。

机会都是自己创造的，这是我最大的感受。从确定目标到制作简历，从联系教授到为面试准备，一步步都是自己在努力为自己创造机会。坐在原地痴痴等待，没人会可怜你的坚守，只有鼓起勇气向前方前进，才能找到更多让自己可以进步的机会。

两年大学生活的积累与磨炼，让自己真的成熟了好多。不再傻傻地幻想所有的聚光灯都会打在自己身上，也不再幼稚地认为成功可以投机取巧。两年的国奖路，一叠的获奖证书，都见证了这一路的辛酸与不易，也让我品味到脚踏实地的苦涩换来的甘甜是再顶级的美食家都调不出的味道。

还有大三这一年就要申请攻读硕士的学校了，为了心中那座自己向往已久的城市，为了那所自己向往已久的学校，我会用尽全力。不管这一路的选择是对是错，但至少都是我想要的。五月天唱过："青春是人生的实验课，错也错得很值得。"我还年轻，年轻就是资本。

面试的成功给了我莫大的鼓舞，也让我更加坚定了自己的未来。梦想就在前方，待我乘风破浪！

作者：软件学院 2011 级本科生　马月昕

10 月 18 日　　星期五　　晴

历史学院·冯　娜

最近省博为庆祝十艺节举办了欧洲经典美术大展，机会难得，我听已经去过的同学夸赞其高端大气，便也想去欣赏一下欧洲大师们的杰作。

早晨，我与同学乘坐公交车前往省博，八点左右我们便到达了，但却发现外面已经排了好长的队。于是，我们站在队尾，与边上的人开始闲聊，闲聊中竟发现前面的两个女生是从青岛专程赶来看画展的，不禁感慨，再看一看排队的人，上至七十多岁的爷爷奶奶，下至四五岁的小朋友，似乎大家对于艺术的热爱都在这时一齐迸发了出来，这也难怪，毕竟机会难得。队伍前进得很慢，终于我们好不容易进了大门，过了安检，却发现要进入展出大厅还有好长的队要排，刚刚仿佛打了鸡血的兴奋顿时又蔫了下来，等真正进了展厅，一看表，原来已经过去了两个多小时。

为了一睹大师们的杰作，尤其是展出亮点达·芬奇自画像，尽管排了这么长时间的队，我也觉得还是很值得的。沿着人流向前走，我和同学发现展厅内的人并不多，大家都可以清晰地看到每幅画的样子。我正准备拿出相机，却听见工作人员大声提示到，“展厅内谢绝拍照，请大家收起相机和手机”，于是我无奈地打消了拍照的念头。之后，我和同学顺着展厅一幅幅地欣赏起来，可周围却不断响起咔嚓咔嚓的拍照声，尽管有工作人员的大声提示，大家却依然仿若未闻，自顾自地拍着。记得曾经看到过关于这方面问题的解说，一般的美术展不让拍照，一方面是出于对画作的保护，另一方面也是对知识产权的保护，同时照相的声音也会影响到周围的人欣赏画作。我想，有时候双眼就是最好的相机，心灵就是我们的底片，看到杰作时的震撼，早已在我们的心灵上留下了深深的印记，这种相片是照相机拍不出来的。

这次画展主要分为欧洲文艺复兴、现代和当代三个主题，在看到达·芬奇自画像时，我不禁被其蓝色的眼睛和深邃的目光所折服，心中感叹道：大师果然就是大师。画作虽已有多处破损，但却并不影响到它的美，而且据说这次参展完毕它就要回国修复了。

虽然真正参观的时间不过一个多小时，但短暂的时光却让我们流连忘返。

作者：历史学院2011级本科生　冯　娜

10月19日　　星期六　　晴

土建学院·解文静

洗漱完了自然是要穿衣打扮了，其实，对于女生而言，每天穿什么衣服是一个很值得思考的问题
其实，每天早上一二节没有课的日子，总会遇到一个难题，早饭的事情该怎么解决？当然，大部分时候是这样解决的，不吃。也一直在安慰自己，是——减肥
9点？吃？不吃？
即使是周末，也是有工作要处理的，戴上眼镜，俨然一副学术的样子
也许每一天总有新的惊喜出现，但是，对某些宅女而言，也许是噩耗
小X
Hello!
给你介绍对象，要不要一起吃个饭？
小X
纳尼???
尼玛，真的会被吓着的好不好？
我看还是不要了吧！
早上没能吃上香喷喷的饭，中午怎能落单，十一点半了，开开心心去食堂，左手提壶，右手拎包
come on! 食堂

作者：土建学院2013级研究生　解文静

10 月 20 日　　星期日　　晴

档案馆馆长·刘培平

不知道为什么，每到 10 月，就显得非常忙碌。好像也没干什么太大的事，总是显得很紧张，很劳顿。

今天，算是回家早的。因为星期天，怕家里人等。刚过 5 点半，就准备打道回府了。照例，还是坐 11 路步行车。刚出楼门，就接到我二弟刘玉平的电话，说："还在看《齐鲁晚报》青未了中大哥的文章《听山大故事》，文章写得非常棒，能否提供一本书读一下？"我回答说，文章发出来，我还没看到，已经有几个人打过电话了。走到百花公园对面，看到一个售报点，已经收摊。我不好意思地问："昨天卖不出的报纸，你们怎么处理？"答曰："退回去。""当天退吗？""一个星期一退。"我忙问："昨天的《齐鲁晚报》还有没有了？""还有几份。"报摊主人连忙打开已捆好的报纸，从中找出《齐鲁晚报》，一共有六份。我说："我全买了。"说实话，现在传媒太多，电视、网络充斥着整个社会，充斥着整个生活。我这个年纪，很少买报纸。这是我从未有过的奢侈。

我为什么这么破费和大方呢？因为《山大故事》与我有着不可割裂的关系。《山大故事》作者许志杰是我的大学同学，责任编辑是我的爱人，我又是专门从事档案和校史工作的。编写山大故事本是我分内之事。《山大故事》编辑出版的来龙去脉，我一清二楚。《山大故事》中所记述的故事，也是我很熟悉的。志杰兄帮我干了我应该干的事，我非常感激。《山大故事》于近日付梓，实际上 10 月初才印出。在 10 月 6 日我们同学大学毕业 30 周年聚会上，刚刚拿到 100 本样书，外界尚未发行。10 月 14 日，志杰突然打来电话说，想请我写个书评，在本周《齐鲁晚报》青未了刊发一下，大约 800 字的版面。因为 10 月 15 日是山东大学校庆日，我正筹备"大爱永在——山东大学杰出校友臧克家先生遗物捐赠"活动，无暇顾及。16 日，我用一天时间，通读了《山大故事》，非常兴奋，夜里几次醒来。第二天一早，我展开宣纸，打开了一瓶新墨，一口气将书评写完。写到中途，我还特意把熟睡的爱人喊起来，让她看字、听书评。她兴奋地说："只有你写合适，很棒！”写完书评，已经是8点多了。到了办公室，已是上午9点多了。我依然很兴奋。忙请来好多同事一起欣赏，并请一位同学将文字用电脑打下来。刚校对完，就打电话给许志杰，在电话里读给他听。

人到老年，就像孩子。表面上好像对什么都不太看重，实际上内心还是很在意。可能是最近太忙碌、劳累的关系，抑或是自己太用心于此，太专注于此。因为好长时间没有写长篇书法作品了，也好长时间没有写文章了，也可能是自己老了，稍有用心，就会太看重。实际上，这样的事，还是可以多干一点的。如果能用自己的笔和手，干一点让大家高兴的事，说几句中听的话，又何乐而不为呢！

借山大日记栏目，把我写的《听山大故事》与大家分享。

人生、社会、历史充满了故事。没有故事的人生和故事贫乏的社会历史，就显得无趣而乏味。一个人美好的一生，就是听着故事长大，讲着故事老去。许志杰先生《山大故事》的问世，又给我们丰富的人生增添了一个大学故事的文本。《山大故事》虽不是大学故事的开山之作，但他却是山东大学故事的第一版本，或者说第一个以《山大故事》命名的山东大学故事集。

按照官方说法，山东大学刚刚度过了她112岁生日。可谓历史悠久，文化深厚。但是如果从创建于1864年的登州文会馆算起，那就是整整150年了，今年应该是山东大学的150岁生日。《山大故事》开篇则是《一个延续了两千多年的故事版本》，硬把山大故事起源推到了孔圣人和稷下学宫，算是一家之言，说起来也不无道理。许本《山大故事》源流之长，渊源之深，可见一斑了。

打开《山大故事》，单看目录，就会眼前一亮，给人以耳目一新之感觉。全书分割成“序文”“大学”“教授”“校长”“校园”“记录”“星星”“永恒”“仰望”“结语”十大板块，非常醒目、新颖，也给读者带来极大方便。如果有时间，您就可以从头来慢慢地品味；如果你眼下时间紧巴，就可以挑自己感兴趣的篇目先品读，其余可以有闲暇再读不迟。

《山大故事》内容丰富，图文并茂。全书除文字，还包括名人字画、校园建筑、雕塑图片、老照片等共37个单元，计21万言。比之山东大学厚重的历史文化，可谓单薄了些。但他的选材精到，有纵有横，有点有面，有人物有事件，既有历史深度又有现实广度。在“几度风雨，几度沧桑”中，山东大学一百多年的分分合合，迂停并转，交代得清清楚楚，淋漓尽致。读后谁都会为这一所百年名校感到心酸和惋惜，同时也会为之自豪。正是这种历史不幸，造就了山大的品格和风范。在“教授”版块里，故事选取了“八马同槽”作为头篇，不仅有典型意义，更重要的是作者亲眼目睹，亲耳聆听过这些大师的风采，生动形象，如临其境。“校长”中共选了六位校长的传奇，每位都是一部历史大片，写一本老大传记都不为过，但文中撷其英华，大餐快吃，既养眼又解馋，非常过瘾。最使我感动的是，作者把自己作为故事的主人公，记述了20世纪80年代初期那段动人的大学生活，让我们重新回到了青春时代。而“星星”中的细微，让我们感受到一颗真爱的心在跳动。我被故事打动，几度眼眶被堵塞。

许志杰先生是位新闻人士。几十年的办报经历使他养成了独有的新闻触角。《山大故事》中处处流露出新闻故事的特质。他的视角新颖，写法独特，采编结合，以情动人。对人们熟知的故事，其不再重复情节，而是写故事背后的故事，或者另讲一段不为人知的插曲；对一些鲜为人知的，则不惜笔墨，给人以全新的享受。如“鲁迅大学始末”“剑三今何在”“萤火虫”“魂归故里”，非常耐人寻味。其中一些情节一直在我脑海中飘荡。故事之余，作者偶加评点，使之故事再度升华。这也是资深新闻人的习好。

故事是记下来的，故事是传出来的。好故事是可以传下去的。《山大故事》不仅传的是故事，传的是历史，而且传的是精神，传的是文化，传的是文脉，传的是学脉。

作者：山东大学档案馆馆长　刘培平

10月21日　　星期一　　晴

材料学院辅导员·宁艺昭

又是新的一天。成为辅导员后，我不知不觉已习惯了早起，在八点之前就来到了办公室，擦擦桌椅，打开窗户，秋天特有的清凉空气让我的精神为之一振。

坐在办公桌前，我点击今天的新闻并回复同学们的邮件、短信。身为辅导员，为同学们解决问题是我的责任；新的问题层出不穷，我就更要不断用新鲜思想、新鲜知识充实自己，而看新闻，则是我了解时事的窗口，让我能够在同学们面对不同的情况时，帮助大家找到更周全的对策。

难得一个不用加班的中午，走下办公楼，看着同学们青春的背影，真诚地为他们所处的年华高兴。到食堂简单吃了午餐，我又回到了办公室。

午后的阳光明媚，几声犹豫的敲门声打断了我的思绪。望向门口，迎上一双躲闪的目光。早就听说过，这个内向的男生来自一个风光秀美的小山村，成绩优异，高考一跃来到了这里。因为他平素朴实、爱帮助别人而被选为班委，当选后他却表现出了对班级工作的不知所措。鼓励学生们成为更好的自己一向是我的追求，因此，我希望他能找个时间和我谈谈……

我不愿意把气氛搞得太严肃，就先从他的家乡谈起。被问起家乡有什么特产，富不富饶，他显得既腼腆又有些自豪，有板有眼地介绍起来。聊了一阵后，他显得开朗了很多，主动向我询问起班级工作该如何开展。我劝他放下思想包袱，平时在同学们中观察，有事时主动站出来为同学们服务。

“可是老师，我的性格，之前同学都说太内向，不知道能不能当好班委。”“不要想这么多，只要站对了位置，每种性格都可以很好地为大家服务。不用刻意改变什么，有一颗真诚的心，同学们就会感受到的！”……

与他交谈的时候不断有一些同学来询问、汇报事情，伴随着断断续续的交谈，一个下午很快就过去了。他走的时候，仍然显得腼腆，却少了局促，很有礼貌地向我道谢。看着他笔挺的背影，这一个下午的谈话让我觉得很值得。

晚上，各班的班长来到办公室整理疫苗单子，我也参与了进去，就像回到了自己的大学时代。忙忙碌碌，又是一个晚上，9点多，一切安顿完毕。

锁上办公室的门的时候，我突然很感恩自己拥有的生活。我有一份让我充实快乐的工作，又有一群热情阳光的学生与我朝夕相处。这些，足够让我用快乐来迎接下一次日出了！

作者：材料学院2013级辅导员　宁艺昭

10 月 22 日　　星期二　　晴

山大前任校长·徐显明

再过 15 天，就是我来山大任校长满五年的日子，但从今天起，我将要结束我的校长生涯，要离开我心爱的山大。此时此刻，我确实是感慨万千，觉得纵然有千言万语也无法表达我对山大的留恋之情，对教育事业的热爱之情。

但是临别之际，我想还是应该讲几句告别大家的话。

第一句话，大学精神是大学的第一财富。对于一所新建的大学来说，校长的主要责任是追寻大学之道，而对于像山大这样的百年老校而言，守护大学精神则是校长的基本职责。创新是大学的灵魂，守成则是大学的脚跟，守住了大学精神，这所大学才会有德性，才会有思想，才会吸引人才，才会培养出杰出人才，才会被社会所尊重。在这个意义上，校长的一项重要任务是做象牙塔尖上的哨兵。五年来，我为恢复山大的传统，为光大山大的传统，为守护山大的传统，使山东大学成为一所具有大学精神的大学做了努力。尽管做得不够，但是我用心了。我追求卓越，但是我未能追求完美，这是我的不足。

第二句话，功成不必在我。我感谢山大，山大给了我两次机会，1985 年到 2001 年，我从一名青年教师成长为一位大学校长；2008 年至今，山东大学让我施展抱负与理想，我正在与大家一起做山东大学“天大的事”——建设世界一流大学，也正在与大家一起做山东大学“地大的事”——建设青岛校区，构建山大系统。但是遗憾的是，我不能和大家一起实践这两张蓝图了。功成不必在我，但功成必在大家，我希望在青岛校区建成的时候，在山大跨入世界一流大学门槛的时候，我能再有机会回到山大，与大家一起面向大海，拥抱春暖花开。

第三句话，后任必定胜过前任。张荣校长出身名校，南京大学与山东大学有诸多相似之处，也有诸多的历史渊源。1937 年抗战爆发后山东大学在内迁的时候，曾经被并入到中央大学（南京大学前身）；1952 年齐鲁大学被撤销的时候，一部分学科被并入到南京大学，其中包括物理学科。所以张校长的出身已经与山大有了诸多联系。张校长年富力强，比五年前我来山大的时候还小两岁。张校长有广阔的国际视野，他本人有在美国名校留学的经历，又长期分管外事等党政工作，他的到来必定使我校的国际化水平大幅度提升。我希望大家能够像支持我一样支持张校长，我坚信后任干得必定比前任更强。

第四句话，我没离开教育。我的根在山大，我的心在山东，我的魂在教育。我将从事的新工作可能是另一种形式的教育，高等教育是普通教育，我将从事的新的工作是一种特殊的教育。我离开了大学，但是我离不开教育，我会一如既往地以一个“教育人”的理想，以一个“教育者”的立场和方法继续从事另一种教育，为教育战线增光，为山大增光。

万般情感，化为四个“永远”——我永远感恩山大！我永远以在山大的两段经历为自豪！我永远怀念我的同事们！我永远是山大人！

注：10月22日，在山东大学全校教师干部大会上，中共中央组织部干部三局局长喻云林宣布，因另有任用，徐显明不再担任山东大学校长职务。临别之际，徐显明发表深情感言，以此来表达对山大的留恋和不舍。

作者：山东大学前任校长　徐显明

10月23日　　星期三　　晴

文学院教授·孔范今

“黯淡了刀光剑影，远去了鼓角铮鸣，眼前飞扬着一个个，鲜活的面容。淹没了黄尘古道，荒芜了烽火边城，岁月啊你带不走，那一串串熟悉的姓名。”

张克云在台上动情地唱起了老版《三国演义》的片尾曲，我们台下一群古稀之年的老人都湿润了眼眶。许多事情历久弥深，几十年的风风雨雨，现在回味起来突然感慨良多。五十一年了，我们终于又聚在了一起。

昨天是山东大学中文系62级校友聚会的日子，早上阳光正好，微风和煦，我在知新楼下迎来了多年不见的同学们。握手问好，相拥而谈，有些同学已经叫不上名字，但再次见到感到分外亲切，真是“老友相逢不相识，敢问尊兄名为谁”啊。想起当年，我们从五湖四海走来，相聚山大，一同度过四年的青春年华，又赶上特殊的时期，心甘情愿服从分配，被分散到祖国的四面八方。世事变迁，五十多年过去，能够再次相逢在这里，我内心的激动溢于言表。

一层大厅里的欢迎板上有郑春院长写的两句欢迎词：青春读书处，永远一家人。是啊，我们都曾是这里青春俊朗的读书人，不论到何时何地，我们同学之间的深厚感情永远不会改变。大家反复念着，都觉得写得极好，正应了当天的景，于是纷纷拿出相机合影留念。

会议室里，同学们纷纷落座后，主持人说：“让孔范今同学来讲两句。”啊，时隔多年，我又被称呼了一次同学，感觉像是回到了文史楼的老教室里。

我们这一级同学经历都很曲折，正好赶上“文革”，一群知识分子都积极投身到了四化的建设之中。记得一个从新疆回来的同学说，当年一起去新疆的一个朋友为四化建设而献身，埋的时候他嘱咐道：“在边上也给我留个位置吧，到时候能做个伴儿”，我听了心酸地想掉眼泪。大家当年都很艰苦，都很不容易，但都任劳任怨，并且在自己的岗位上干得很好。许多事情都有两面性，“文革”虽然让我们吃了些苦，但也让我们受到了历练。沧海横流，再看眼前人，都已过了古稀之年却都不言老，不得不感叹，我的同学们都很了不起，我为我们中文系62级感到自豪。

参加聚会的还有几位我们当年的老师，几十年后又听到老师们的谆谆教导，我们都感慨万千。班主任拄着拐杖颤颤巍巍地走到话筒前，还没说话就红了眼圈，他说我们是他最优秀的学生，很多次做梦，都梦到文史楼，梦到我们。于老师说，自从接到通知要聚会他就一直在惦念，几天来魂牵梦绕的都是我们班。

台下的同学们都争相举手要说两句，站起来话还没说出口，眼泪先流到了腮边。五十多年风霜雨雪相伴而过，没有比这更亲的情谊。孔智光满含深情地朗诵了一首《水调歌头》，意气风发不减当年。许多同学现场作诗表达内心的激动与愉悦，我在一边默默地听着，看着。

六二年级六二人，
中途不幸丧十君。
昔日借身去南海，
今朝驾鹤竟西巡。
杨树林中忆旧影，
文史楼下余足音。
生者终宵深怀念，
但愿梦中重论文。

同学们，五十一年过去了，我们的文学院早已蓬勃发展，让我们各自保重，一起守护好，珍惜好，建设好我们的精神家园，期待与你们的再相聚！

作者：文学院教授　孔范今

10 月 24 日　　星期四　　晴

赴华师大交流生·俞卓玛

扳扳指头，离开山大到华师大交流的日子也差不多有两个月了。当初待在山大，嫌弃过山里三百六十一度的大风，嫌弃过食堂没有一个我江浙人爱吃的早饭，嫌弃过济南的冬天零下十几度的严寒，也嫌弃过它让我热得冒烟却没有空调的日子。但是，似乎这一切在此时此刻的我想来却真是别有一番情趣。看着上海淅淅沥沥的秋雨，会想济南的秋天肯定没这么多雨水，哦，这时候该是穿棉衣了吧。人，就是这样一种会一直挑剔却也同时一直在爱的奇怪的动物。

在网络上会不间断地发一些自己的小情绪，舍不得，不舍得。那头的小伙伴也老是会讲“在那里要好好学习，好好玩”或者“你快回来”“好想你啊”。说实话，最看不得的就是这样的字眼，因为自己也是在一直记挂着他们，当来自两个个体的情感有了交集，这就叫恋爱吧。不过当然，这里它属于友人。闲时会不时地刷刷人人微博，那边的大事小事就算不能够参与却也在一直关注着。我问自己，什么时候变得这么积极了？都说距离产生美，不光美，距离还放大了一切以往被忽略的东西。珍惜，人在不能够珍惜用心的时候往往格外煽情。微博人人上他们也老是会艾特给上海的我一些好笑好玩的或是生活中需要注意的不安全因素，千里之外还有人想着你，千里之外我也在想着你们。

前些日子，我们这些“山大在华师”群里面的小伙伴们有一次小小的聚餐。因为是在另一个在闵行的校区举行，那会又碰上有课导致时间对不上没法坐校车，所以倒了三次地铁，又打了个车花了大概两个小时才到那里的。虽然远，但是因为大家都很想去就无所谓了，我也是。

聚餐前大家还都不认识彼此，但是这种尴尬马上就被冲淡了。饭桌上说说笑笑，饭后大家乐呵呵地杀了几局狼人，一起走在这个还在“交往”中的校园里，但是每个人的口中似乎都在讲山大：“以前山大……”“山大那边……”“我过几天要回一趟山大……”人与人之间因为有了同样的爱与牵挂，或者说，只是单单一种印象与习惯，就可以织成一张网，将彼此都罩进去这暖人心的小空间；用一个词语概括，是“归属感”。

突然有人指着华师大图书馆的标识说：“你们看，那个标识像不像山大的校徽？”可别说，真是蛮像的，都印着三座山的图案，我知道山大的这个图案寓意为“山”，那么华师大呢，恩，不太清楚诶。但是自己却因为冥冥中的一点缘分会窃喜一阵，好笑吧？偌大的校园，一簇笑着说着漫步的人群。有人说：“要不我们唱歌吧！”“唱什么歌啊？”“哪一首歌大家都会的啊？要不《山大校友之歌》吧？”“好啊。”“谁来开个头啊？”“虽然在远方，还是常想起……”然后大家都自然而然地就一起和起了这首歌：“漫步小树林，海边迎晨曦，佛山的身影，号院的静谧，那是我的家，朴实又美丽……”

那一天，天有点冷，风有点大，阳光正好。

作者：政管学院 2012 级本科生　俞卓玛

10 月 25 日　　星期五　　晴

山大二院见习生 · 齐　璇

医学生的生活似乎就是单调的代名词，还没有熬到在医院里施展医术、妙手回春的时候，现在的我们每天就是上课、做实验，然后背书、背书、背书。

至少在去医院见习之前，我是这样认为的。

今天课很是满当，上午去山大二院血液科见习，下午是生理学实验，晚上还有一节毛概。没错，我们今天第一次去医院见习了。看完病历，我们就跟随医生去查房了。

一行十个人，清一色的白大褂，看上去还挺像那么回事，甚至觉得自己有点像电视剧《心术》里面的大夫一样帅了。有点兴奋、有点忐忑，我们走进了第一间病房，而眼前的景象，把我们从先前的自我陶醉里揪了出来。病床上躺着一位老人，身体极度消瘦，肚子却显然不正常地胀得老大，他的手脚上插着许多管子，而护士正在为他插上另一根，他躺在那里闭着眼睛，喉咙里却不时地发出咕噜咕噜的混沌的声音。简单询问了基本病情后，医生并没有对治疗方案作什么调整，我们走出病房，关上门，听见医生用很小的声音说："这是一个白血病晚期的病人，还合并心衰和腹主动脉瘤。因为病人家属的一再坚持，我们才维持他很久，但是实际上已经没有什么希望了，可能过几天就要送走了吧。"我听着大夫平静地说出"送走"这个词，还以为在说送他出院，再一琢磨，才明白，这个"送走"，要送到很远很远的地方、再不能回来了。曾经和妈妈说，我最讨厌离别，妈妈答道："将来要做医生的人，生离死别都要习惯。"这句话此时就回荡在我的耳边。健康与生命是医生永远的追求与热爱，但同时，他们却要无力地面对无数死亡这个他们最痛恨的结果。也许看到死亡，才能更懂得生命，当我站在一个无法挽回的病人的身边，看着死神降临，那种冲击，令我永生难忘。这冲击使我惊慌，然后悲伤，再然后，化作一股力量，让我今后再面对病人的时候更加全力救治。

一上午查了将近 20 个床，各种各样的病人，一次又一次冲击着我们的心。

也许原来在课本上，我们看到各种各样的疾病，只是觉得这是干巴巴的知识。

但是见习回来，当我再看书的时候，才感觉到每一个疾病后面都有无数痛苦的病人与家庭，他们那么渴望生命，而我们，是要帮他们实现这种渴望的人，是他们唯一能够指望的人。当我带着这样一种心情去学习的时候，医学生的生活便不可以再用“单调”来形容，而要用“神圣”来标注了。

第一次见习回来，与其说收获了专业知识，不如说收获了一种责任感与使命感。明天还要去中心花园背书，去看看那里的白求恩像，仿佛在提醒着我们立下的誓言：“生命所系，健康所托。”

作者：口腔学院 2011 级本科生　齐　璇（征文）

10 月 26 日　　星期六　　晴

文学院·徐莉程

颜色太艳
款式太土
版型太呆
2

突然发现了自己喜欢的……
小姐，这款没有你穿的型号…
3

讨厌！
都挑不到
适合的衣服
烦！
4

5
只有"吃"可以满足我受伤的心灵……
【中午，餐馆中…】

淘宝网
Taobao
回了宿舍，淘宝了一下午仍然一无所获……
6

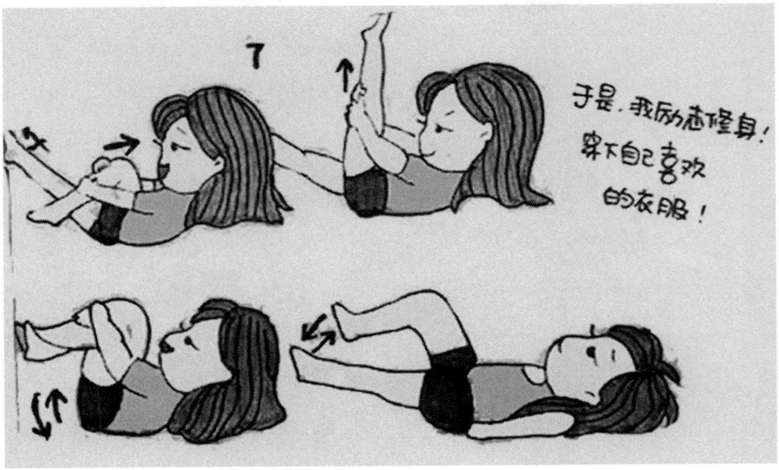
7
于是，我励志瘦身！
穿下自己喜欢的衣服！

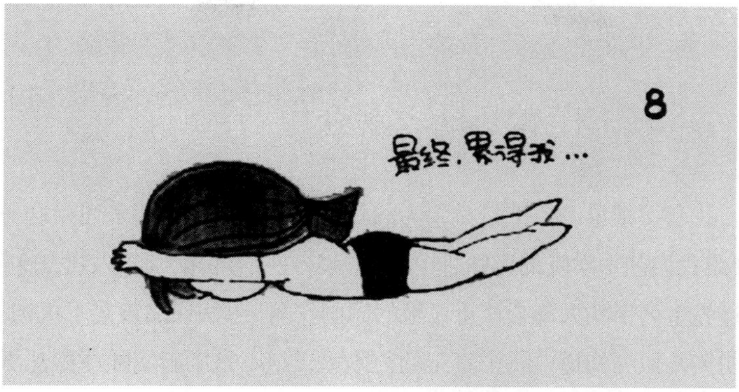

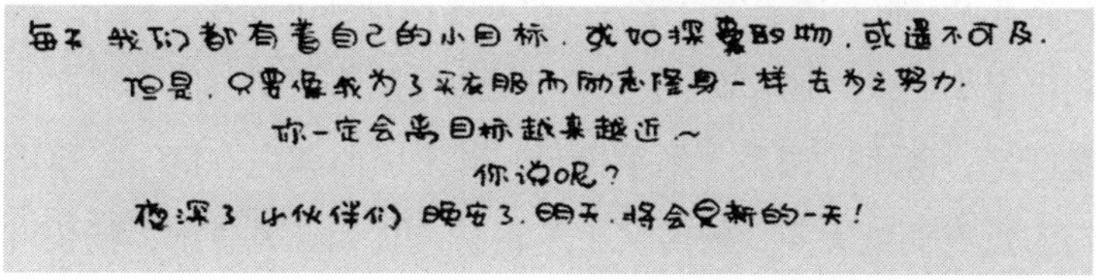

作者：文学院2012级本科生　徐莉程（征文）

10 月 27 日　　星期日　　晴

范曾日活动观众·杨　帆

今天，我起得很早，梳洗打扮，为的就是要拿出最好状态来迎接这一天。因为今天，我要跟我们艺术学院的老师、同学们一起，迎接一位大师级人物——范曾先生。

听说过先生名字的人都会谈论说他的国画作品、书法作品被艺术机构卖到天价，但我心里明镜儿似的知道，一个真正的艺术家，绝不是拿起笔随便戳几下就可以被称之为大师的。先生的诗、书、画皆精，儒、释、道兼修，功夫深厚，文采斐然。先生今年 75 岁高龄了，但是耳聪目明，手不释卷，勤奋到让我们这些年轻的小姑娘小伙儿们都惭愧不已。

今天是自去年 10 月 27 日先生受聘山东大学艺术学院名誉院长以来的首个“范曾日”。今天先生在艺术学院作讲座，对于我，艺术学院一名中国画专业的研究生来说，自然是一个难得的学习机会！

先生从高亨、童书业谈起与山东大学的缘分。首先，一幅先生在二十几岁时给高亨先生作的水墨头像写生作品，把我们带到了四五十年前那个踏踏实实搞学问的年代。在描述起当年童书业老师给央美同学们讲南北宗论时的情境时，先生仍然激动不已，好像前辈那神圣光辉的形象犹在眼前。是啊，身材高大与否、衣着是否光鲜又有什么关系呢？腹有诗书气自华，一张开嘴便是妙语莲花。

接着先生说为大家现场作画，大家都很激动，都睁大了眼睛要一睹先生风采！只见先生拿起笔，蘸水、调墨，举手投足间“未成曲调先有情”。落墨时，先生的笔一时勾勾点点润纸无声，一时又下笔粗犷，犹如狂风急雨，畅快淋漓！那感觉竟真的如同浔阳江头那一曲琵琶——此时无声胜有声！之后，先生以现场所作的这一幅画为题，讲起了老庄“有无相生”的观念。先生又引用《中庸》中的一句“或生而知之，或学而知之，或困而知之”来阐述学艺之人应具备的基本素养。艺术，或许有人天资聪慧可以“生而知之”，但造型艺术绝不是纯粹靠“感觉”就可以成就。中国画是哲学的、诗性的、书法的。若是离开了这三个要点，那画的就不是中国画，即便是好画，那也不是好的中国画。而这三点，无一不是需要我们下工夫去潜心研习的。

在谈到傅抱石先生的著名闲章“往往醉后”时，先生说，这并不单纯的就是醉后易显真情，更是一种对“天人合一”的体验、对天地之大美的“陶醉”。话音未落，先生就又站了起来，跟助手说再铺一张纸，要“陶醉”了！于是，又一阵挥毫泼墨之后，又一幅颇具情调的《秋熟来禽》完成了。

之后，先生还对《论语》《道德经》中的某些争议点如“绘事后素”“刍狗”等问题也谈了很多他的看法，并提出，“东方无神”这一哲学命题是他个人最重要的创说，通过纵向分析西方哲学与科技史、对比中国的孔孟与老庄哲学来论证这一观点，让大家受益匪浅。《老庄新解》《罗丹的意义》都是先生近期的著作，但先生推荐大家读《易经》的原著、罗丹的《罗丹艺术论》。

最后，先生告诫年轻人三点：一、珍惜时光，多读书、背诵经典；二、从艺要真诚，“心外无物”“诚外无物”；三、人人皆有烦恼，但心灵的平静对造就一个人的事业非常重要，若人总是烦躁不安，那就是在浪费时间，会毁掉前途。

上午11点半，大家还在“陶醉”呢，讲座却要结束了。我作为艺术学院的学生代表上台为先生赠送了礼品——一套印有山东大学校园风景的工艺套盘。先生很高兴地收下了我们的这份心意，但更令我兴奋的是我能够和这位思想的巨人站在一起合影留念！相信这将会和今天的讲座一样，成为我学艺路上的一座里程碑，让我在未来的路上且行且珍惜。

作者：艺术学院2011级研究生、研究生会主席　杨　帆

10月28日　　星期一　　小雨转晴

管理学院·方　鑫

孜为山东大学兴隆山校区学子，喜形于外乎。兴隆一寺，泉西南行，越繁华，

过喧嚣，泺源一路长驱直入，忽得千古之耕舜。直行之，便来二环之南，行向忽转。经电院，排兴隆一村，庞然大屋，现于眼前，巍巍然，似大山横亘，冥冥然，如深山古刹。而天下才俊多聚于此，碧水幽潭又常润洪楼佳木。戚戚然，愤愤然，名曰，兴隆一寺。

兴隆一寺得天地之菁华，润日月之弘晖。北依八角之山，西毗红叶一谷。红楼屹立，木拔于地，风水顺之，缓缓流水，巧目顾兮。自古，江南儿女多才俊，塞北人家岂逊风骚。于辛卯年九月聚于斯，遂推神勇无敌之任芃为班头，球场驰骋，凌波微步，长驱直入，或孤军奋战，破敌三千于无形乎，或妙传而助攻之，管院男儿，无不钦佩，或曰，神童乎，NBA之新星乎？然多困于日常之凡物，身为行役，遂自还于风风火火之本性。管一男生，多行貌昳丽，美须髯，多才俊。时代呼唤英雄，岂有自怡。而修身八尺有余，身形伟岸之东伟，素得“志摩再世，海子重生”之名，又晓通音律，一曲德华之“忘情水”，尖叫之声不绝于耳，大有破屋脊之势，而温文尔雅之士如痴如醉，陶醉乎不知以泪洒青衫。暗恋者缺乎，追慕者少乎？当之无愧。

然今日，此二人会与操场之东区。芃大修其身，减其发，美其面，英俊潇洒，风流倜傥，春日光晕环于身，恍若神人。初见者无不惊叹，无不尖叫，若不着昔日之战袍，岂能识之。反观伟兮，依依然如故，面色些许劳累憔悴，何能及舞台之一乎？自嘲乎：旧班长“改头换面”，新班长“前途堪忧”。

余谨记之，癸巳年十月二十八日。

作者：管理学院2011级本科生　方　鑫（征文）

10月29日　　星期二　　晴

数学学院·蔡　蕾

跟妈妈通电话的时候吵了一架。

在我看来，这件事不能怪我，是妈妈不够相信我，觉得我最近状态比较懒散，没有紧张的节奏。但事实上我处于什么样的状态我自己心里最清楚，会让妈妈觉得我有所懈怠只是因为我比以往结束学习的时间早了半个小时，可那也只是由于最近功课内容较少。我埋怨妈妈不信任我，不理解我，而妈妈就责怪我的不耐烦，误解她的好意提醒，这样一番争论后，妈妈“啪”的一声挂了电话，我也没好气地将手机一撇，钻进被窝生闷气。

就这样，一天转眼过去了。结束了一天的学习，又到了该给妈妈打电话汇报情况的时间了。可是拿着手机看着那个倒背如流的号码我却怎么都按不下去，心中还在抱怨昨天妈妈强硬的态度。我在纠结之中回到了宿舍，以往这时候已经跟妈妈通完了电话，于是我决定要一次小性子，毕竟这件事责任不在我。这样想着，便带有了一些胜利者的姿态，心安理得地接受了今晚不给妈妈打电话的结论，端起脸盆去洗漱。“不能总是在妈妈面前妥协”，我暗自下决心，“乖乖女也要有追求正义的勇气与决心”。

洗漱之后回到宿舍，却意外地发现手机上有三个未接来电和一条短信息，都是妈妈的。这让我不禁心中发毛，该不会是妈妈发火了吧，妈妈发起火来可不是闹着玩儿的，虽说现在我俩相隔甚远，但以妈妈的性格，这笔账会记到我回家一起算。

是福不是祸，是祸躲不过。我同壮士般打开了妈妈发来的短信，谁料不是什么严词，而是一段话：“越发地眷恋父母，打回家的电话也越来越多。有的时候就是想听听母亲的声音，听她在那头絮絮叨叨，如此便很安心，也一点点地开始相信妈妈的话是一定不会错的，这个世界上亲情是你最可靠的港湾，你一回头，他们一定还在原地等你。”

看到这些话，我的鼻子一酸，刚才的那股倔劲儿顿时烟消云散，脑海中浮现出一幅幅画面：回校前妈妈帮我收拾行李的背影，车站外久久不移开的目光，来自家里的一份份快递和一条条节日里祝福的短信。耳边是妈妈无穷无尽的唠叨，如今想想全是绵绵不断的牵挂与担心啊！此刻再想想昨天的争吵，妈妈怕我一人在外，自律性不强耽误了学业，不也是为了让此时多一些用功的我将来能过上高人一等的优越生活吗？可怜天下父母心，可惜的是孩子们对这份心领悟的太浅太少。

毫不犹豫地，我抓起手机拨通了妈妈的号码。“给我打电话干吗！有本事别打！”电话那边劈头盖脸的就是妈妈的一番嚷嚷。“妈——”我喊了妈妈一声，随即落下了眼泪。“有什么事儿快说，不然我挂电话啦！”妈妈的语气仍然很强硬，了解妈妈脾气的我自然知道，我不低头妈妈也绝不妥协。于是我擦了擦眼泪，放下了方才所谓胜利者的姿态和追求正义的决心，向妈妈低头：“咱俩谁跟谁，还记隔夜仇？这次我错了，您大人有大量，别跟我小屁孩儿一般见识，行不？”果然，妈妈的语气缓和下来，父母永远都是最容易满足的，一句简单的话就能让他们忘记所有的委屈，心花怒放。于是妈妈又和我唠叨起在校的学习与生活，还说过几天要寄大红枣给我，耳边的这些话语此刻显得格外动听，一天的疲惫全然不见，这似乎已经成为一种习惯，只是我一直没有察觉。

正像妈妈发来的短信，已是踏出家门、迈向社会的我，最离不开的仍是父母为我撑起的永远的避风港，不曾改变过。

作者：数学学院2012级本科生　蔡　蕾（征文）

10月30日　　星期三　　晴

材料学院·肖鑫鑫

今天对于材料学院来说是振奋人心的一天，新任校长张荣到任的第八天便到我们学院调研指导工作。

我作为学生记者去拍照，有些许感慨，思绪回到我在山大视点做学生记者的时候。在四年前的新生开学典礼上，我坐在第一排聆听山大故事，那也是已大三学生的我第一次系统地了解了山大的过去，从此身为一名山大学子的我好像找到了根。回去后，新闻中心总编室的王老师安排我整理录音稿，我心中激昂，花费了五个小时整理并经王老师编辑，这篇《听山大故事　做山大才俊》在网络上唤起了广大山大校友的共鸣。

理工科出身的张荣校长会给包括材料学院的发展带来怎样的动力呢？这是我作为一名材料学院的研究生所关心的。

校长到来前，赵国群院长和秦承涛书记已经到现场布置相关工作了。我还记得去年六十周年院庆的时候给他们俩拍的合影，在人人网上有同学调侃说他们俩真像对老夫妻啊，可不，他们这对老哥们儿为了学院的发展殚精竭虑，通力合作，辛苦操劳。院庆那几天，赵院长腰疼的老毛病犯了，依然咬牙坚持。学院这几年的发展有目共睹，去年教育部重点实验室评估、教育部学科评估两次大考，学院都交出了令人满意的答卷。原山东工业大学邹增大校长也被邀请来参加座谈会。

张荣校长来了。他先询问了邹老校长的健康状况。他说，到任以来感受最深的就是山大深厚的文化沉淀和文理工医的均衡发展、科学布局，自己所从事的半导体学科是衍生出来的工科，对金属材料加工等传统的工科不敢说了解得非常彻底，这次是来学习材料学院办学的宝贵经验。赵院长以及学院其他领导班子成员一一作了汇报，大家没有保留，直接把学院发展所面临的问题摆到台面上。张校长听得十分认真，我看他在关键点上仔细记录，最后写满了三页多纸。他向大家介绍了校地合作的产学研模式，也就是通过建设高新技术研究院来推进高校科研成果的转化，借助当地园区的资金支持，与园区内的企业建立合作，将实验室里的科研成果推向市场，实现互利共赢。他还希望学院根据国家需求的主流方向，凝练专业特色，也就是比壮而不是比胖。

张校长介绍的校地合作的产学研模式、提的两点建议，让人耳目一新，在我看来，他就像个指路人，为学院的发展指明了方向。

座谈会进行了近两个半小时，大家的热情可见一斑。

最后在楼前合影的时候，张校长主动把中间的位置让给了邹老校长。

真心希望材料学院，希望山东大学，我的母院，我的母校，发展得越来越好。

作者：材料学院 2011 级研究生　肖鑫鑫

10 月 31 日　　星期四　　阴有小雨

经济学院 · 万佳佳

许久没有提起笔写日记，只因觉得每天的日子平凡得泛白，没有多少闪耀的光点。

6:50，手机闹钟准时响起，穿好衣服，洗漱完毕，背起双肩包走出宿舍。听着耳机里的英语，机械地拖着由于体测而酸疼的双腿走进食堂吃饭。

第一节课是市场营销，老师是一个很特别的人，他总是从另外一种角度去解读事情。有的时候他上课扯来扯去都不知所云，但细细品味，他又总是能回到自己的主题。这堂课老师给我留下印象最深的一句话就是“我不给你美好，我给你价值”，在他的课上我们可以看到社会上的问题，总能学到点有价值的东西。这位老师应该算是教师界的另类了，谁能想到一个经济学的老师给我们布置的作业是自己编写一篇故事呢？

下午是日语课，这真是门费时又费力的课程。老师是一位很有气质的老太太，上课时激情四射，一遍又一遍地重复着语言点，提问着问题。我上课时就在想，我以后到了老师这样的年纪，也会像这样充满着朝气和活力吗？今天我还发现日语课上还有来自韩国的学生，这个韩国的女生竟然还能跟上我们上课的节奏，而且日语学得有模有样，真是一件让人惊异的事情。

晚上的课对于我来说是 happy time，因为是单大卯的运动与健康。如果说市场营销老师是教师界的另类，那么卯哥绝对是教师界的奇葩。刚进教室，卯哥就在张罗着给学生发糖，难道是有什么喜事吗？卯哥说今天是他儿子的生日，但儿子已经移民澳大利亚不能亲自给他过生日，就给我们发糖庆祝一下，并让我们全班签名给他儿子传过去，让他知道虽然远隔千山万水，还是有很多人惦记着他。接着，卯哥又表演了一场《白毛女》，他是反串喜儿。他挪动着妖娆的身段，头上缠着刚借到的黑腰带（充当辫子的角色），给我们带来了一场别开生面的《白毛女》。最后谢幕时，卯哥把腿抬起到了脖子的位置，引起下面阵阵喝彩。喝彩声还没结束，卯哥突然把腿“卸”了下来。哎，原来是条假腿啊，吓得我一身冷汗。卯哥今天虽然还是延续着诙谐幽默的讲课风格，但我从今天的课堂上看到的是一个深情的父亲，表达着对儿子的最深的祝福。

一天的课程结束，我拖着略有疲惫的身体回到温暖的小窝。回到宿舍后我的战斗指数瞬间激增，因为一旦我进入宿舍就会成为其他小伙伴“攻击”的对象，常常被“黑”得体无完肤、外焦里嫩，也因如此宿舍里的每一方空气都充斥着快乐的因子。就这样，六个傻乎乎的小伙伴一起咧着嘴巴一起进入梦乡。晚安，小伙伴们。

作者：经济学院 2011 级本科生　万佳佳（征文）

11 月 1 日　　星期五　　雨

志愿者·刘钦潼

今天天气灰蒙蒙的，雨飘飘洒洒，仿佛压抑着的极大怒气将如火山爆发般倾泻而出，犹如我的心情——沉重，压抑。

我和小伙伴们一起做志愿者到了基爱中心，主要是看护智障人士。说实话，一开始我心里很激动，但是也忐忑不安，毕竟他们和我们看待问题的方式不同，我真的有些害怕。

怀着矛盾的心情，我来到了基爱中心，看到的是一群玩得很开心的“孩子”。其实，当我看到他们的那一刻，忐忑和不安顷刻间崩塌了，只剩下心酸。他们一个个都是可爱的“精灵”，他们天真无邪，和我年龄相仿，但是他们只能在这里接受教育，活在自己的世界里，不能过正常人的生活。我们和他们一起做游戏，他们笑得很开心；他们完整地唱完一首歌得到表扬时，会露出自豪的表情；他们会仔细地留心你的心情，他们会亲切地叫你老师……这时，我心中会涌现出对上天不公的愤恨，为什么对他们这么残忍，为什么将他们的门关上，窗紧闭！

你是大海里的一滴水，荡涤着人类的灵魂；

你是原野中的一团火，燃烧着美好的希望；

你是天空中的一片云，编织着宏伟的蓝图！

你究竟是谁？你终究是谁？

其实你就是大无畏的志愿者！你就是人们内心深处最真实的自我！

这是曾经看过的赞美志愿者的一首诗歌，今天自己亲身体验之后，感觉志愿者并非如此，其实志愿者从中得到的更多。

首先，志愿者自己的心得到了满足。记得高中政治课有一节是个人价值与社会价值，个人价值在创造社会价值中得到实现。所谓“送人玫瑰，手有余香”，今天我在照顾他们的时候，表面看起来我在付出，但是另一方面和他们在一起时，你会暂时忘记烦恼，可以说是“返老还童”吧，这群“大孩子”如一汪清泉，洗濯你的灵魂，净化你的心灵，让你得到真正的快乐。其次，我认识了不少好朋友，结交了一群志同道合的友人。他们和我一样有一颗志愿的心，有助人的意愿，更能付诸实践。最后，升华思想，锻炼意志。我们作为一个正常人，身体健全，头脑正常，怀揣着“青霄有路终须到，金榜无名誓不归”的信念经受住高考的洗礼，成为一名大学生，我们是何其幸运，何其幸福。所以，面对误解和非议，要学着把生活的苦酒当成甘醇的饮料慢慢品尝，这是一种坦然与宽容；面对失败与忧愁，要学着把悲伤的眼泪当成精美的珍珠精心收藏，这是一种自信与乐观；面对烦恼与忧愁，要学着把哀婉的曲调变奏为恬淡的乐章细细品味，这是一种平和与释然。你不能被打倒，你不能轻言放弃，你不能怨天尤人，因为你早已失去这些权利！

脑海中一直回响着在基爱时我们一起唱的《发光如星》，那就以此作为这次难忘经历的结尾吧！引我行在回家路上：

我不害怕无论路多崎岖，知道不远梦要实现；

我不害怕无论路多崎岖，知道不远梦要实现；

求主使我也能发光如星，直到显在父的国里。

作者：政管学院2013级本科生　刘钦潼

11 月 2 日　　星期六　　阴

志愿者 · 周　媛

今天是周六，但我还是醒得挺早，对面床上的舍友还在说着梦话。我走到窗前，掀开窗帘一角，外面地面上湿漉漉的，路上行人不多。半空中弥漫着薄薄的迷雾，天依然阴沉沉的，似乎随时就又会下起雨来。

周六照例是我去省博物馆做志愿服务的日子，我是去年 11 月参加这个项目的，今年 4 月通过重重考核，正式成为省博物馆的签约志愿者，到现在差不多已经有一年时间了，这一路走来已经让我养成了在省博度过周六的习惯。

9 点，我换上志愿者服装，准时来到了我服务的展厅——汉代画像艺术展厅。十艺节期间，博物馆举办了"欧洲大师作品展"，里面有毕加索、达利等多位著名画家的作品，还有极其珍贵的达 · 芬奇自画像，很多人慕名而来，每天在博物馆门前早早地排起了长队。到今天，这个画展已经开办了 20 多天了，但是人们的热情丝毫不减，博物馆内外的队已经绕成了长蛇。因为人们一般会先看画展，然后再到其他展厅转转，所以在这个时间点我的展厅里面人还不算很多，我正好可以借这段时间温习一下我的讲稿。

快 10 点的时候，人开始多起来，这时一位讲解员（省博工作人员）带进来了 4 位中年男子，其中走在中间的一位穿着一件卡其色的外套，脸上挂着浅浅的微笑，很平易近人的样子，给我一种很熟悉的亲切感。正好我想向讲解员学习学习讲解的技巧，于是就跟在了他们后面。

走到展厅中间，停下来讲解的时候，其中一个人问我："你是哪个学校的？"我回答说："我是山大的。"

他听到这个回答非常高兴，向我介绍前面那个卡其色衣服的人说："这是你们新校长，张荣校长。"

我顿时诧异了，又惊又喜，完全没有想到会在这里碰到我们的校长，而且还能如此近距离的接触。张校长回过头来，微笑着问我："你是哪个学院的？"

"我是外国语学院的。"我回答。

“我们山大像你这样在这里服务的还有其他人吗？”张校长接着问。

“有，还有很多，只是我们服务的时间不同，所以今天他们可能没有来。”

张校长一边点头一边说：“嗯，这样的活动很好，很好，能接触社会，还能锻炼能力。”

“对对对，的确是很好。”平时口齿伶俐的我今天竟然不知道该如何应答了，也许是有点儿紧张吧，毕竟这一切发生得如此意外，我只有微笑着一边点头，一边随声附和。

讲解员继续向前讲着，但我的心已经不能平静下来了。我悄悄打量着张校长，难怪刚才他进门时，一见他就有种熟悉的感觉，原来是我们的新校长，我在学校网站上看到过他的照片，真人和照片上一样和蔼可亲，平易近人。

不一会儿，汉代石画像展厅就参观完了。在这期间，他们中的另外一个人，又问了我一些关于志愿者的问题，我详细地向他介绍了我们外国语学院组织的这个志愿者项目，以及山大学生在这里做志愿服务的情况。临离开时，张校长又亲切地嘱咐了几句，并对我们的志愿服务工作表示了肯定。我站在展厅门口，目送着他们一行人离去，心里感到无比的温暖和感动。这不仅仅是因为我们的志愿服务工作得到了校长的肯定，还因为，我看到了我理想中的校长：一个没有官架子的校长，一个充满了人文情怀的校长，一个亲切和蔼、儒雅和善的校长。

回到展厅，刚才邂逅校长的一幕幕还在我脑海中回放，我感到非常愉悦，但也有一点点儿的懊恼。我应该毛遂自荐带领张校长参观这个展厅的，因为刚才和他见面时，我代表的并不是我自己，而是山大志愿者。我应该向他展示我们山大志愿者的风采，应该让他为我们这样一个优秀的群体感到骄傲。于是，我在心里暗下决心：下次，下次如果再有机会，我一定要做到。

作者：外语学院 2011 级本科生　周　媛

11 月 3 日　　星期日　　晴

计算机学院 · 朱　凡

最近，山东大学青年志愿者协会在举办“我给‘妈妈’过个节——楼管阿姨节”活动，今天我便想起了我们 1 号楼的那位和蔼可亲的长发“好阿姨”，心中满是感动，不禁提笔，给她写一封信，真诚地希望，朴实的“妈妈”和“妈妈们”能够看见我们对她的感激与爱。

亲爱的好阿姨：

您好！我是 1#328 的朱凡，今日提笔，想深切地表达我对您的感谢之情。

犹记晚归时，被您严厉批评，我的委屈百般；犹记不适时，被您悉心关怀，我的感动万分。每每经过门口的那间小屋，我都忍不住张望您的身影，有时看见您精神百倍，面带笑颜，我会激动地与您招呼；有时看见您因为孤单落寞，独自发呆，我会难受地为您心酸。

好阿姨，不知道您还是否记得我前不久丢了校园卡，与您之间的对话。“你丢了校园卡了吧，在我这里呢！”“嗯，阿姨，是的是的，我的卡不见了，正急着呢……哎，阿姨，您怎么知道是我的？”“因为我认识你啊！”听完最后一句话，我瞬间感觉有了一种家的归属，一种家一般的关怀，宿舍楼有这么多女生，即便您不认识我，也不算是您的不称职。可是，您却让我深深地感受到，对于我们这群只停留四年的过客，您早已把我们当成家人一样去了解、去关心，并且这种关心是默默无声，无怨无悔的。

感冒流鼻涕时的热水和感冒药是您提供的；下雨天忘记收的衣服都会充满阳光的味道，乖乖地待在值班室；失恋时那个小门就是我们抒发情感的最佳去处……岁岁年年人不同，可是那间小屋和那间小屋里的您，已经一起永远建成了软院学子心中爱的城堡。

一进校门，一出校门，一年白驹过隙；未来，一出校门，不进校门，四年转瞬飞逝。好阿姨，真心地谢谢您！只望若干年后重回母校时，我们在，小屋在，您在，爱永在……

祝阿姨身体健康，幸福快乐！下一次，您孤单之时，我一定过去陪您聊聊天，听听您的想法，这一次，换我，帮您排忧解难！

作者：计算机学院2012级本科生　朱　凡

11月4日　　星期一　　晴

支教志愿者·于志康

“太阳落下去，当它再次升起来的时候，有些事、有些人，就从此和你分别。”我曾经也以为文苑小学对于我只是志愿路程上的一个驿站，过了之后就不会再来到这里。那时的我也是以为我和文苑的孩子们只是一个日升日落的相识，下一个天亮我们就只会存在于彼此的记忆之中；那时的我没有注意到这里的点点滴滴；那时候的我只记得在无数个午后，慵懒的阳光照在身上，让人想要坐在沙发上，泡上一杯热茶，品读一本名著或是杂志，可现实却是我们一群志愿者“跋山涉水”地从兴隆山赶到远在洪家楼附近的文苑小学，开展了一次又一次的志愿活动；那时的我，只是一个参与者，只要站在七尺讲台，把自己准备的东西讲授给孩子们就行；那时的我只是一个赶路人。

而现在，我再次站在曾经无数次站在过的窗前，透过窗子，可以看到小学外面的树木随风左右晃动。去年的这个时候，我记得，它们也是这个样子。可是现在的心情却是不一样的悸动，它们提醒着我，原来我真的曾经来过这里。只不过，这次我成为了一个组织者，我要做的不是为孩子们讲授知识，而是为孩子们带来比我更加优秀的志愿者们，而是为更多有心志愿的大学生提供一个实现自我的平台，此时的我成了一个铺路人，肩上是沉重的责任。

透过教室的窗户，我可以很清晰地看到孩子们在课堂上的种种表现，或是激动，或是疑惑，或是懵懂……他们依然可以因为一个问题而吵得“面红耳赤”，他们

依然可以因为没有被叫起来回答问题而不开心，他们依然可以在看到好玩的内容的时候“肆无忌惮”地笑。这里的一切都是和去年那么的像，不同的是站在讲台上的那些新的志愿者们，他们更加的优秀、成熟与负责。不同的是我在这里的心情，有了更多的责任与重担。

志愿者这条路，在大学里，这仅仅是我走过的第二个年头，可是我却真正地经历了这条路上的风雨坎坷，从一开始的手忙脚乱，抱怨于时间的紧张，埋怨于路途的遥远；到后来开始慢慢地接受，享受这个过程中的辛酸苦辣；到如今，把志愿真正地作为生活的一部分而不仅仅是工作，学着用责任去鞭策自己，学着去承担。这个过程是我在大学里最宝贵的经历，我经历过，因此我成长过。

再站于此，感慨颇多，只愿志愿这条路上，更多人同行，你我同在。

我们一直在路上。

作者：政管学院 2012 本科生　于志康

11 月 5 日　　星期二　　晴

校团委 · 顾乃静

结束一天的疲惫，依旧以为在颠簸的汽车上。地无三尺平，路无百米直，这是今天走过的路的真实写照。

早晨 7 点，开始出发，弥天大雾，能见度不到 20 米，前面汽车的双闪灯时隐时现，我们的车在盘旋的山路上蜗牛般爬行。路的一侧是大山的基座，另一侧是迷雾笼罩的山谷，深不可测。司机师傅瞪大眼睛，努力看清前行的道路，躲避着迎面过来的拉煤大货。我握紧拳头，心中默默地祈祷一路平安。9点左右，大雾褪去，太阳爬上了山头。此时我们才可以看清山路两侧，一侧的山体被简单的草皮覆盖，碎石散落，透露着岁月风化的痕迹；另一侧的山谷不算太深，一簇簇的白杨树挺拔笔直，山谷中散落着几户农家，房舍低矮破旧，却让人感觉到生机和温暖。白杨树上时时可以看到一些硕大的鸟巢，没有看到鸟，听当地人讲，这里的鸟类多是候鸟，此时它们已经飞出大山，飞向了遥远温暖的南方。

大约9点半，终于抵达我们第一个目的地，上寨中学。支教团的同学早早地在大门口准备迎接，我们和同学们热情拥抱，心情非常激动。孩子们也很高兴，向我讲述两个月来的工作、学习和生活。我很欣慰，当新奇褪去，平淡充满生活，他们依旧激情燃烧，用责任和行动践行当初的承诺："用一年不长的时间，做一件令人终生难忘的事。"学生们告诉我，这里的孩子们很朴实，也很好学，但是祖祖辈辈都是日出而作日落而息。传统的思想并不要求他们走出大山，因而这里的辍学率特别高。简单聊了聊之后，孟校长带着我们实地考察学生上课的教室，随行的高工也拿出了设备测试当地的网络环境。此行，除了来看望我们支教团的同学们，我们还肩负着实施远程网络教学计划——"飞翔的梦想课堂"的重任。我们希望能够通过网络把山大优质的教学资源、课外活动、师资培训、传统文化传输到大山深处，给孩子们带去希望。希望有一天，他们能够像候鸟一样跨越大山，看到外面的世界，这也许就是我们支教真正的意义吧。

考察完上寨中学，我们赶往下一个支教地，下关中学。在那儿支教的研究生带领我们参观了他们的宿舍和所谓的厨房。学校放假停伙的时候，他们就得自己买菜做饭。简单的厨具是上几届研究生支教团留下来的。我问他们会做吗，他们乐观地告诉我，要求不高，能做熟就行，我不由心生几丝敬佩。接着他们带我们参观了支教团成员新建起来的图书馆，同学们参照山大的图书分类对图书进行了整理，一一贴上了标签。我在教学楼门口的黑板上不经意看到了一则粉笔写的通知，落款是学生会。同学们告诉我，这也是他们来了以后成立的。

忙完工作，下关中学的郑校长执意留我们吃饭。这个朴实的山西汉子很尴尬地告诉我们学校的经费有限，只能到食堂去吃。午饭是一大盆米饭，一大盆烩菜，里面有粉条、西红柿、白菜、土豆和几大片肉，还有一大碗酸菜，一大锅蒸的南瓜和土豆。同学们告诉我，肉是用来招待贵宾的。他们吃得很香，说好久没有吃到肉了。我盛了一碗米饭，舀了一大勺烩菜，烩菜吃起来确实很香，蒸土豆和南瓜也很好吃。随行的郭书记在回去的路上告诉我，因为学校放假，没有人做饭，所以菜是郑校长亲自下的厨。

吃过午饭，我们要赶路。走出校门，几个学生立在门口，一问，原来他们是听说他们的老师要来，走了好几里山路过来见曾经教过他们的老师。听说我们要走，一个女孩却哭了起来，怎么劝也劝不好。我们告诉孩子有机会我们还会再来，希望她好好学习，考上山大来找我们。

带着满满的感动我们踏上了去平型关中学的路程。平型关离这里大约有一百公里的山路，路上蓝天白云，山坡上是星星点点的山羊和放羊的老人，像一幅画卷。途经花塔古村，郭书记建议我们过去看一下，穿过一段狭窄而又悠长的人工隧道和盘山小路，我们进入到大山深处。这里坐落着花塔村，花塔村解放前简直与世隔绝，现在仅有一条狭窄的人工隧道与外界相连，隧道完全手工开凿，仅能容一辆小车通行，长约有五六百米，不禁让我感叹人的伟大。因海拔较低，这里的气温比外界要高，叶子还没有完全落光。村中鸡鸣狗吠，小桥流水，炊烟袅袅，老人们坐在家门口晒太阳，孩子们嬉戏玩耍，年轻人在收割成熟的大白菜，我想这里就是陶渊明笔下的世外桃源吧。

车子继续前行，路标显示距平型关还有 15 公里，路边的景观开始发生变化，很少再能看到村庄，两边只有延绵不断的山脉。山坡上一层层规律的白点映入眼帘，数以万计，异常壮观。转过山来，山体上几个大字引起我们的注意——“绿化山西”。哦，原来，山坡上每一个白点都是一个石灰砌成的小土坑。为了储存雨水，砌成这样，里面都种着一颗小树苗。这得是一件多么浩大的工程！不远的将来，小树成长起来，山坡披上绿纱，不再是裸露的石头，那该有多么的漂亮，想想都令人振奋。

大约五点左右，我们到达平型关中学，刚才还是晴空万里，这会儿却下起雨来，风很大，气温骤降。校长在学校门口迎接。校园里面一片漆黑，应急灯发着微弱的灯光，原来这里停电了。四个支教的同学，只有三个在场，另一个因生病回老家大同治疗，不过已无大碍，现在正在回灵丘的路上。下午六点，我们开始赶回县城。

回去的路上，司机师傅说我们一天已经跑了185公里。车在山路上行驶，我闭上眼睛，细细回味一天的行程，很累但是很感动。我在心中默默地祝福支教团的孩子们，祝福灵丘的孩子们。

作者：校团委　顾乃静

11月6日　　星期三　　晴

政管学院·邹迅羽

时间过得真快，只是一眨眼的工夫，十一月的第一个周就要过去了，仿佛十月最后一晚在泉城广场和小孩子们庆祝南瓜节的欢喜场景就在眼前。

一大早爬起来去上课，刚出宿舍门就和一阵调皮的冷风打了个照面，秋天的尾巴就要被冬天踩掉了。课间时跑到外面透透气，才发觉楼前的树早已被修剪了枝叶，俨然一副准备过冬的样子，光秃秃的树干因为秋露的陪伴多了一份肃杀与萧瑟，给古老的政管楼再添历史感。在洪楼呆了一年之久，越发喜爱这幢古旧的建筑，像是一位高贵女子，一颦一笑都孕育着历史的情怀。低头看看脚下的青砖，很难想象这是20世纪30年代的东西，时间是有厚度的，八十年的风风雨雨就这样剥蚀了墙壁上古老的灰砖，淡褪了屋顶上炫耀的红瓦，坍塌了段段记忆又见证了无数荣光。

中午网上看到台湾小伙伴发来的消息，惊喜极了，这也难怪，台湾那边通用FACEBOOK和LINE，大陆则流行人人和QQ，联系上一次实属不易。她传来的照片上，紫罗兰开得生机灿烂，绿油油的叶子惹人喜爱。我与台湾的距离，正是因为有了这样一群好朋友，不再遥远。时间是一本相簿，那段在东吴的美好日子，一直都在我心里，未曾远去。湾湾，曾经这么近，如今这么远，你却不曾离开过我的心。

踩着落叶走在校园里，想起李白的《秋风词》，“秋风清，秋月明，落叶聚还散，寒鸦栖复惊。相思相见知何日，此时此夜难为情。”同是深秋，给人的感受却截然不同，现在想来，王国维的“有我之境，以我观物，物皆着我之色彩”真的是直指人心，人世间最怕的不外乎“物是人非”这四个字了，易安居士的“物是人非事事休，欲语泪先流”想必也是动了情。

大三上半学年的日子就这样过了一半，突然想到之前微博上热议的话题“重读朱自清《匆匆》”，清楚地记得第一次读这篇文章是在初一，当时还被老师喊起来背了全文，虽说不打磕绊地背了出来，但时间的紧迫感没有在心头留下半点哀伤。再读《匆匆》，竟也会跟着先生头涔涔泪潸潸，一去不复返的日子被永久地钉在了日历上。

十一月，跟着时间跑起来吧，不管世界会以何种方式吻我，我愿报之以歌。

作者：政管学院 2011 级本科生　邹迅羽

11 月 7 日　　星期四　　晴

校园记者 · 苏　明

忙碌间听见同学轻言一句：“呦，明天是记者节啊。先预祝大家记者节快乐哈。”我才猛然意识到，这么快，记者节又要来了。

妙手文章，铁肩荷责。明天，我将度过身在山大的第三个记者节。回顾两年多来的校园记者历程，有艰辛，有欢笑，有收获，也有遗憾……

我与学生记者的情缘始于两年前的秋天。那时初入大学的我加入了团刊《青年园》编辑部，首次体味到学生记者的新奇与乐趣。可以说，正是这段经历为我打开了一扇名为“学生记者”的门，透过这扇门，我看到了一个五彩斑斓的世界。记得最开始几次出活动时，为能顺利完成任务，常在活动初熬夜查询同类型稿件，认真在纸上记下稿件的格式规范和叙述方式。饶是如此，最初的几次活动稿件还是未被采用，当时遭受挫折本应沮丧，我却觉得这恰是对我的历练，于是我更加勤奋地去各类活动现场，及时总结在撰稿过程中的成功点和失败点，向前辈咨询稿件写作的技巧。愈挫愈勇，勤能补拙，等到大一下学期初，我已能较高质量地独立完成一篇新闻稿了。后来，随着加入的新闻组织渐多，特别是在山东大学大学生记者团工作期间，我接触到的范围逐步扩大，有幸采访到许多山大风云人物，接受各种专业培训，积累了大量实战经验，文字、图片、访谈都有所涉猎。现在，当我坐在电脑前敲击出一篇篇新闻、专访时，当我在会场一次次按动快门时，总会想到当时的自己，若没有当初的受挫和在大学生记者团里的经历，也不会有今天的成长。

在大多数人心里，记者总是以来自文科类的学生为主，且女生居多。身为理工男的我在校园记者队伍中就有些格格不入。我也常自问，面前可供选择的机会那么多，为什么偏偏钟爱记者。人生在世，总会有几样东西是割舍不掉的，于我而言，这割舍不掉的就是“学生记者”四个字。我喜欢那种感觉，当在活动现场拿着相机跑来跑去时，当向受访者提出自己渴望了解的问题时，当活动结束回到宿舍在键盘上敲敲打打看光标一行行移动时，那种满足与喜悦，总是不经意萦绕心头。后来我渐渐理解，在我是以一个“学生记者”的身份出现时，自己是忙碌而是充实的，这便是我的幸福。

做学生记者，做的不是一项工作，而是一种乐趣：不必冒险去发掘所谓的秘闻，无须挖空心思找寻搏人的噱头，只需要报道自己感兴趣的活动，采访自己敬佩的人，这便是学生记者的生活。学生记者身在校园中，肩负着宣传报道校园生活的重任，用相机定格出学校发展变化的一个个瞬间，用笔墨描绘出青年学子精神风貌，坚持正确舆论导向，传播校园正能量。做学生记者要有“心”，这个“心”不只体现在生活中处处留心，发现自己身边的新闻，也体现在撰稿时用心地去创新，让自己的稿子具备一定可读性，同时还体现在文字间应表现出自己的心思、思考，使稿件有深度、有内涵。虽然我现在还只是普通的学生记者，能接触到的资源有限，但我坚信通过努力，总有一天我会成长为一名真正受人尊敬的记者。

最近，山东大学举办了首届“十佳校园记者”风采大赛，我想这或许是一个证明自己的机会。

记者节前一天，我用心敲打下这些文字，既是自勉，亦是与各位校媒记者共勉。愿岁月荏苒，不忘初心，踏实勤奋，开拓创新，践义成仁，燃灯前行，做一个有思想、有德行的新闻人。

作者：物理学院 2011 级本科生　苏　明

11 月 8 日　　星期五　　晴

控制学院 · 张秉钰

今天是爸爸的生日，但是作为儿子的我竟然忘记了。爷爷最近住院了，爸爸为此日夜在病房守候着。父母是地地道道的农民，家里边就靠一个大棚来维持姐姐和我的学费、生活费。记得小时候，我很调皮，经常和别人家的孩子打架，爸爸为此经常训斥我，有时甚至会痛打我一顿。在我的记忆中爸爸从来都是一个很严厉、很可怕的人。因为我的不懂事，不知道给家里带来了多少的不安和伤心。

爷爷有些嫌贫爱富，他的子女中就数我们家家境不怎么宽裕，所以他平时是不怎么和我们家往来的。但是，爸爸是一个很孝顺的人，爷爷家一有点事情，爸爸便积极地去帮忙，迎来的却是爷爷奶奶的冷言冷语，多少次我都感觉爸爸很胆怯、很懦弱。可是在爸爸的心中，为人子尽孝才是做人的基本原则。

姐姐比我大八岁。从我记事开始，印象中就没有她的存在，后来才知道小时候因为爸爸妈妈要照顾我，所以把姐姐交由爷爷奶奶照顾，可是自从知道有姐姐那天开始，我便感觉自己像是被孤立了一样，我觉得父母宠爱的总是姐姐。在我上初中的那年，姐姐考入了山东理工大学。那一年我记得很清楚，因为到年底了，姐姐的学费还没有交齐。12 月的雪天，爸爸挨家挨户哭着把学费给借了出来。那是我第一次看见爸爸落泪……

我一直认为爸爸是一个铁石心肠的人。记得我上初二那年，因为一次逃学，我出了车祸，在医院昏迷了一个星期，当醒来时隐隐约约看到爸爸的身影，大爷告诉我因为我的事情，爸爸已经五六天没有合眼了。当再回望爸爸的时候，突然感觉他老了好多，40 岁不显老的他，顿时白发苍生，憔悴起来。那一刻我哭了……

10 年过去了，爸爸为了我们姐弟俩的相继入学操碎了心，以往熟悉的身影，载满了岁月的沧桑。他脸上的皱纹一天天加深了，背也无力地弯了下去，瘦弱的身体似乎再也承受不了时光的摧残。曾经多少次，我回家后的第一句话是“妈，我回来了”，却遗忘了爸爸。曾经多少次，我回家后的第一个念头就是到村头找别的孩子们唠嗑，而不是去陪爸爸谈谈心事或是学校的经历。

曾经多少次，我没钱的时候总是给爸打一个电话说：“爸，我没钱了。”爸爸今年 56 了，他似乎不再对我那么严厉了。记得有一次爸爸在电话里对我说：“兵子，我和你妈年龄都大了，以后有什么主张，我们都要听你的了。”挂掉电话以后，我哭了，爸爸真的老了……

父母一生厚道，为人正直，他们只希望有一天我能够出人头地，能够有一份踏实的工作。可是步入大学以后，我感觉和父母的联系似乎少了。今天一大清早，爸爸给我打电话说爷爷醒了，问我要不要跟他说几句话，我顺嘴说了句“忙得要命，没时间”。爸爸失落地挂了电话。下午我给家里打电话想让妈妈替我解释下，可是没想到爸爸竟然在家里。当我问及原因时，才知道今天是爸爸的生日。作为儿女不能守候在父母身边，陪他过一个难忘的生日已经很不孝顺了，再加上今天跟爸爸说的那些话，我痛恨自己没有一颗为人子该有的孝心。

屈指一算，大学毕业读完研，爸爸就已经 60 了，真的感觉自己的人生旅途是建立在父母蹉跎的岁月中。借此我想对爸爸说句：“爸爸您辛苦了，20 多年来，您为我们操劳的也够多了，歇一会儿吧。爸爸，儿子在这里祝您生日快乐，健健康康，长命百岁。”

作者：控制学院 2010 级本科生　张秉钰

11 月 9 日　　星期六　　小雨

哲社学院 · 马芳兵

今天我们社会学一班的七名班干部前往工业北路小学为孩子们普及党史知识，准备了一周的课堂 PPT，终于能登上三尺讲台，每个人都不禁跃跃欲试，同时心下也有或多或少的紧张。

经过一个小时的路程，我们抵达工业北路小学。孩子们正在进行大课间活动，校园里一片欢声笑语。经过工北小学赵老师的安排，我们提前进入五年级二班调试多媒体。随着一阵悦耳的上课铃声，打头的几个小男孩像归巢的小鸟冲进教室，看到我们和黑板上"党史知识普及"几个大字，欢快地手舞足蹈，嘴里喊着"太好咯""太好咯"，还有几个小女孩跑得脸红扑扑的，对我们当中梁子韬同学说："我记得你，哥哥你来过！"，一声一声"哥哥好""姐姐好"，让我们的心里美美的。

讲课正式开始了，当教室里一双双充满期待的大眼睛聚焦在自己身上，我突然意识到自己不能让他们失望，我要把最精彩的课程讲给他们听。我好想给他们还原历史的画面：是谁踏上南湖的红船，扭转中华民族的命途；是谁登上南昌的城头，把手一挥发出革命的怒吼；又是谁走进厚重的延安热泪长流，指挥千军万马战斗……直到开辟出中国的新纪元，把时代凯歌演奏。

到底什么才是孩子们最应该学到的？是深度的知识还是更广阔的视野？后来在问孩子们你从这节课中学到了什么的时候，"我们要好好学习天天向上"，一个小女生轻轻地在下面说。"还有吗？还有更具体的吗？""我们要记住自己是中国人！绝不、绝不背叛祖国当汉奸！"一个小男孩突然握紧拳头站起来大声说，稚嫩的声音却透着坚定。是了，最重要的不是他们今天学到了多少知识，而是一种民族意识和爱国主义的自我觉醒，当它们作为一颗颗小小的种子在孩子们的心里慢慢生根发芽的时候，我觉得我们的目的达到了。

下课后看着孩子们背着书包蹦蹦跳跳地离开，还不忘大声说着再见，我在心里默默地说：孩子，你们聪颖，你们善良，你们活泼，小小的你们会长大，小小的你们会成熟，愿你们更坚强！愿你们更自信！

作者：哲社学院2012级本科生　马芳兵

11月10日　　星期日　　晴

药学院·伍方之

今天的气温只有几摄氏度，不知远在千里之外的福建，是否还是一派繁花盛开的温暖？今天没有课，我独自走在安静的号院路边，秋风肃杀。原来思乡并不是一句简单的“举头望明月，低头思故乡”。

趵突泉校区并不大，我却总是能独自走上好久好久。今天也不例外。徜徉在其中的羊肠小道上，倏而飞过一只蓝色尾巴的小鸟；邂逅着一幢幢20世纪的建筑，那些厚实而低调的砖瓦房，让我感受着百年老校的无言与厚重。比起江南水乡所特有的温润婉约，这里所赋予人们的是另一种豁达和自由。

傍晚的太阳偏西了，一看表快5点了。真巧！旁边就是一家小吃店。信步走进，是一家明着橘色灯光的小屋子。葱绿色的窗帘，糊着杏黄色的壁纸。老板操着一口山东话，热情地招呼我。

“大叔，来一碗汤圆吧！”我说。

“姑娘，吃晚饭啊，一碗汤圆不够吃吧！”老板似乎在以他的胃口来度量我。

“够了够了，我饭量小。”

“一碗汤圆怎么能吃得饱呢，你们大学生可辛苦嘞！”踌躇了许久，老板说，“要不汤圆我给你加几粒吧，不收钱！”

望着大叔认真的表情，我笑了。热腾腾的汤圆很快上了桌。轻轻咬了一口，浓郁的黑芝麻馅流了出来，甜津津暖洋洋的。原来不是妈妈煮的汤圆也可以这么好吃。想着想着，心也变得温暖了。

从小店里走出来，静谧的号院路不知何时熙攘了起来：推着自行车的、抱着书的、还有拉着手的小情侣……不时路过一个认识的同学，跟我笑眯眯地招手。那些蓝色的风衣外套、黄色的格子衬衣，夹着我红色的大毛衣，忽然就把静谧的号院路装饰得色彩缤纷。

“你跑到哪里去了？还想找你一起吃晚饭呢。食堂新推出的拉面可好吃了！走！”这时一个熟悉的声音响了起来。迎面撞上的舍友不由分说就一把拉着我的手，一路小跑往食堂明亮的灯光那儿。

忽然很庆幸自己来到了这里，和各地的同学们在一起，欣赏各地的风光。倘若一辈子待在那小桥流水的南方，人生是何等的安稳、单调……不一样的，哪怕再微不足道，都是那么朴素而耐人寻味，生命也会因此而不再轻薄。尤记得高三时的种种，而今都已云淡风轻，高考这种看似四两拨千斤的东西，在现在看来，却是那么的微不足道，多一分少一分，于现在及以后的我而言又有什么差别呢？

其实只要留心，哪里都有风景。

作者：药学院 2012 级本科生　伍方之

11 月 11 日　　星期一　　晴

“光棍”日记

今天是“光棍节”，你在干吗？双十一打折狂购中？电影院与男（女）友浪漫中？与舍友聚餐狂欢中？还是毅然决然走进自习室深藏功与名？我是山大日记小编，我们在山大日记人人主页制作了“爱在山大不孤单”留言板，让同学们写下在山大的光棍节如何度过。现在，让我们一起来看看吧！

法学院吴一波：凌晨开心地付完前几天已经放在天猫购物车的商品，美美地睡个觉，迎接今早最明媚的一缕阳光。大学第二个光棍节，一天满课，无比充实。

感情的事，真的强求不来，顺其自然就行。做最好的自己，开心就好！

土建学院陆嘉棋：大学第三个光棍节，本以为也就和前两年一般度过：上课、吃饭、自习。还有什么比过光棍节更糟的呢？然而作为一名工科生，老师告诉我们，有的！光棍节不要悲伤，要悲伤的事还有很多，比如两周后考试，再比如这周末实验课，两整天！

经济学院靳秀静：清晨还在睡梦中，老姐打电话祝我光棍节快乐！！我生日时她也没这么积极！竟然还说只有跟我说节日快乐后她才能安心起床，快乐上班！姐姐，您是要闹哪样啊！今年的光棍节，我就是和小伙伴们一起上课，玩耍，各种欢乐。在山大的第五年，每天都在努力让自己变得更好，今天也不例外！

体育学院邱倬：在我们的年华，光棍节是个充满笑料的日子。早上醒来看一眼微信朋友圈，“宝贝们，祝愿你们年年有今日，岁岁有今朝”的状态让我反应好久。上课的老师们也越来越时尚，从年轻到年长，都会有一句“节日快乐”送到。其实，我也是大学才知道光棍节这么火。高潮在晚上，全年级同学一起聚餐欢笑、聊天调侃、互相爆料，乐乐乐！当然，最乐的还是因为——我们都不是光棍！

法学院沈碧霜：大半夜抱着电脑想着双十一全场五折，怎么着也得买点东西，赶紧想想我缺什么，缺什么，什么……原来是钱！知道真相的我果断收线上床。没关系，擦擦泪，想着明早日语调课，幸福来得太突然！就在刚刚，当我睡眼惺忪从暖暖的被窝中醒来准备洗洗出门时，宿舍竟然停水了！又一次！再一次！第N次！为什么躺枪的总是我们！不洗漱就没法吃东西，不吃东西学习时肚子会饿，肚子饿了学习效率就不高，那，那，好吧，算你狠！我又重新爬回了被窝，度过今年的光棍节……

文学院苗晖：单身的日子并没有什么难过，老师有事所以一天无课，济南又大发慈悲地给了我们一个大晴天，想想我的小被子有段日子没有见阳光了，于是抱它下去拥抱一下新一天的太阳。阳光的味道和热度总能在冬日里留下甜蜜的感觉。晚上和同样单身的舍友吃火锅吃得盘干碗净，幸福满满，你们看，单身也可以这么温暖！

外语学院王方伦：都说双十一打折，商家可瞅好这个空子了，我从昨晚就一直在网购和商家拉锯战，为了给老弟买双鞋子我容易吗？从十点多一直到十二点

多终于和商家达成一致，终于降了十三块钱，从小到大都没舍得为自己买这么贵的鞋子，为了老弟咬咬牙狠心一把，谁想付款时发现钱已经花超了，没买成。今天继续购物！

法学院李瑶菲：双十一对于一个单身贵族人士来说，最大的意义在于淘到垂涎已久的打折品！！！几天前，宿舍的4个姑娘便开始纠结要把部分活动资金投到哪个商家口袋！天猫真是赚翻了——它的营销策略之所以让人心动信服，不仅仅是源于声势浩大的宣传，更是在于其背后的政策支持。天猫商家在之后的四个月不得以低于双十一当日价格出售！叫我们怎么不动心！

管理学院魏虹：今天不只是光棍节、不只是疯狂购物日，还是考研信息确认的日子。在大学生活动中心待了一会儿，好多的学长学姐跑来询问信息确认处的具体位置。我认真地指给他们也默默地祝他们考研成功。学校里“欢迎报考山东大学”的横幅也挂了好几天了，红底白字像极了当年高考时学校挂的标语，选择拼搏，加油！

管理学院郭巍然：又到双十一，一个似乎与我关系密切又愈发疏远的“小节日”。回想今天的经历，还能想起，凌晨时双十一购物狂欢节的盛况，朋友们各种结伴聚餐的场景，以及网上各种调侃自己度过的十几年“光棍节”……虽然一觉醒起又开始平凡的周一，但倏尔又觉得生活也许就是应该在这样的欢声笑语中度过！开心就是幸福，微笑就是最美的瞬间。我们在大学校园的书香中，过着这样一个又一个让我们快乐的“光棍节”！

文学院冯童童：早晨七点，闹钟铃声刺激到耳膜的时候，第一反应是今天又是让人万念俱灰的周一。半死不活地从床上爬起来值完班，然后顺路去图书馆借书，一切如常。中午老戴打电话给我，第一句话是“节日快乐”，我才反应过来今天是光棍节，同时心里暗想：有你我过的是哪门子光棍节，但我还是嘻嘻哈哈厚着脸皮对他说：“同乐同乐啊！”

坐在公教楼，沐浴着秋日明媚温暖的阳光，忽然收到了初中闺蜜的短信，她说她刚刚做了个梦，梦见了我们初中的时光。初一到现在，我们的友谊八年了，在这个光棍节，我庆幸依然能感受到它的温度。

此时此刻，在电脑前回忆着今天，发觉自己过得还蛮有意义的，唯一的后悔点就是我们其实真的不应该大晚上跑北门去吃东西来度过光棍节的最后一点时光。

文学院闫薇：今天是光棍节，昨晚舍友在大网购，鉴于本人手笨反应慢，对这件事不抱任何希望。最近一直牙疼，所以早上就在小伙伴的陪同下，去了口腔医院，因为太早医院还没开门。好心的徐老师给我打电话，告诉我先用风油精缓解炎症。这真的是生活小窍门呀！在这个节日里，祝大家单身快乐，总有一个人会越过人海朝你走来！

看了别人的光棍节，你是否感同身受呢？在日记下留言吧，单身style刷起来，恩爱甜蜜秀起来，一起分享山大光棍节故事，爱在山大不孤单！

作者：山大各院学生

11月12日　　星期二　　晴

图书馆助理馆员·李庆勇

今天是我第三次站在山东大学的讲台上，给新同学们进行入馆教育。

可谓年年岁岁花相似，岁岁年年人不同。身处不同的地方，在不同的时间，面对不同的人，常常会带给我不同的感觉。但不变的是，每届大一新生都是如此朝气蓬勃，洋溢着青春坚不可摧的生命力。

培训中，我介绍了图书馆概况、入馆须知、门禁系统的使用、借还书制度、自习室管理制度等学生们应该知道的规章制度；我讲述了做一个文明读者的基本要求，鼓励同学们充分利用图书馆资源去获取知识。在课上，我还为每位新生发放了精美的《读者服务指南》。

学生们都听得聚精会神，在听到图书馆有丰富的藏书、周到的服务等时，他们的眼中闪耀着好奇和向往。

我不禁想起15年前的我刚考入军校，开始军旅生涯。想起第一次在部队上公开课时忐忑不安的心情，一直在担心：讲不好怎么办，丢人怎么办，会不会有人嘲笑我……现在想想，其实大家都是这样走过来的。如果没有第一次的尝试，我永远不会知道我也可以做到。

蓦然回首才发现，我们很多时候需要的其实是一种迎接挑战的勇气，不管是站在演讲台上还是在人生的舞台上，都要勇于挑战、敢于尝试。只有不停地挑战自我，往往才能谱写出生命中最华丽的乐章。哪怕只是偶然的机遇，也要全力去拼搏、竭力去创造。相信自己，就没有什么不可以！

因为今年新生很多，所以在接下来的一段时间内我们还要给他们进行多次讲解。我相信，他们一定会给这所百年学府带来更多的激情与希望！

作者：山东大学图书馆助理馆员　李庆勇

11 月 13 日　　星期三　　晴

研究生支教团·黄　瑛

清楚地记得，十天前顾老师、高老师、齐哥、韩哥坐着硬座从济南来灵丘看我们，那份激动我无法形容，兴奋得整晚睡不着。顾老师说我们比想象中坚强，其实你们离开时，我已别过头不争气地流泪了，这哭的不是委屈不是生活艰难，而是不舍与温暖，原来还有好多人在关心关注着支教团，原来我们不孤单。

今天放假，孩子们陆续背着包走上十来公里的山路回家，看着整个校园瞬间变冷清，只剩呼呼的狂风掠头而过，心里空落落的。两个月了，习惯了这的生活却没法习惯没有孩子们的校园。放假这天先要去山下买菜做饭，然后洗积攒十天的衣服，过两天去县城洗个澡，冬天整个乡唯一的澡堂因条件差也没法暖暖地洗澡了，只能坐上穿过坑洼的山路行驶在两旁立着“小心碎石滑落”的国道上的长途车颠簸两小时去县城洗澡。在山大时最冷的冬天也不超过三天一次澡，而一个

月前我已适应十天一次的节奏和只有土豆白菜的三餐。但物质贫乏不是我们在意的，真心难过的是孩子们生活的艰难和未来的渺茫。

以前我总说上帝是公平的，每个人祸福平衡，人生平等。可自从来了这儿，我便不再提平等二字。之前常大声怒斥孩子们，渴望他们好好学习争口气，走出大山去看世界寻未来。“老师，放假收秋，没时间写作业”“老师，我家里的事还没做完就上课了”“我不想好好学，我怕考上了家里供不起为难爸妈”，每一份回应都是这般心酸无奈，生活的重担逼迫十几岁少年成长成熟。从当地老师口里得知，除了贫穷外，这里的学生还要承担父母离异、病重等各种苦难。当生活都没法保障时，我有什么理由逼孩子们全身心学习，有什么理由和他们谈梦想？

可尽管生活这般艰难，他们依旧笑着找我一起玩耍，依旧带着我们翻越座座山去看遥远山顶的空房，依旧大声地唱“要拿执着将命运的锁打破”。所以，孩子们，在我心里你们如晨起的朝阳，温暖单纯，让我忘却世俗的名利和物欲横流世界里的浮华；如漫山明晃晃的向日葵，坚强勇敢，让我忽略你们身后环境的闭塞、生活的贫瘠、家庭的破碎等一切赤裸裸的现实；你们更是让我在物质条件如此贫乏的环境下快乐生活着的唯一理由，因为你们需要我依赖我，如同我需要你们每张笑脸让我的心变得强大。这一年，我答应过你们，牵手一起走。

我开始计算离开这里的日子，距 2014 年 6 月 22 日还有 221 天，不是因为我厌倦这片土地，而是我害怕和你们道离别。日记里你们总是提前感伤，可有聚必有散，这是成长不可逃过的情感劫难。我总羡慕教初一的晓雨，至少明年后年她再回来时班级还在，学生还在。而初三的你们，明年中考后将各奔东西，连给予我回来看你们的机会也没留下，灵丘于我来说，只因你们才在我心里有了位置。我会盼望未来你们以各种方式联系我，盼着上高中时来信告诉我某次月考取得可喜的成绩，盼着上大学时打电话告诉我你们恋爱了，如同你们现在对爱情的追问这般单纯地满心向往。我常常在教室后门踮着脚尖看你们埋头学习的背影，好似看到十年前的我，那时我的老师也在时不时探头“监视”我们。我想这是轮回，是爱和使命的轮回。

如果我未曾来过，未曾见到勇敢坚强的你们，也许我还活在认定事事公平的单纯里；如果我未曾牵过你们的手，怎懂生活的艰辛让你们早已当家；如果我未曾了解你们的家庭和成长，我怎知埋怨你们的屈服是我的无知和自以为是。可，孩子们，无论生活多么艰难，我还是打心里希望你们别放弃，不妥协。

今天灵丘零下二度，阴。六百多公里外的山大是否晴天？在山大学习的老师朋友，你们好吗？我们很想念山大，我们很好。

作者：山东大学第十五届研究生支教团志愿者　黄　瑛

11 月 14 日　　星期四　　晴

管理学院·张　庆

这是我来到山大的第 68 天。

我还记得来到之前的憧憬与欣喜，以及我对高中的不舍与放不下。

我还记得来山大之前的信誓旦旦，想着一定要在大学里面有所成就。

但是现在我来到了山大，我却不知道我最近在干什么，干了什么。

我拼命地让自己忙碌起来，参加支教选拔、参加志愿者活动、辩论会、竞选班长、经营模拟情景剧大赛……我害怕自己停下来会迷失方向，直到我今天站在了学院的羽毛球赛最高领奖台上。我发现，其实我并不高兴。因为忙碌虽然可以使我暂时不用面对自己，但是却使我总是在机械地行动着、麻木不仁地进行着一切。我投入大量的时间，却忘记投入热情。我在逃避着，在学习生活中，逃避着来自全国的好手。我在逃避着自己，曾经一个自信强大的我。

直到今天羽毛球比赛赢了球。我才明白其实这些活动对于我而言，没有那么重要。

我需要看书，不仅是为了应对应试教育，更是为了充实自己的精神追求。

我需要和同学一起出去 K 歌，吃饭，一起嗨。

现在的我，需要正视自己。

现在的我，需要好好规划在山大剩余的 1300 天。

作者：管理学院 2013 级本科生　张　庆

11 月 15 日　　星期五　　晴

外语学院·程斯露

带着些许艳羡与紧张，我踏进了外国语学院“新生杯”辩论赛决赛现场，真可谓是“辩论决赛龙虎斗，笑傲赛场看今朝”。我的舍友们一扫往日的青涩，散发出自信的强大气场。她们一身正装，仿佛身着戎装、蓄势待发的战士，那坚毅的眼神、沉着的面容着实让我大吃一惊。

随着比赛的层层深入，正反双方纷纷施展浑身解数激烈辩驳。辩手们慷慨陈词，问题如同连珠炮散向对手，甚至有些咄咄逼人，但彼此间却配合默契，有条不紊地迎击着一个个问题。我凝视着这样的场面，心潮翻涌，不仅紧张而且激动着，更是拼命地为自己的班级鼓掌助威，仿佛真的临身于古罗马斗兽场中，观摩着一场场血腥的“人兽大战”。辩论赛，比的不仅仅是口才，更是心理素质，仪表风度与临场应变能力，真是“你方唱罢我登场”。一幕幕唇枪舌剑，口吐珠玑惊得人目瞪口呆。

在你争我抢中，辩论赛很快接近尾声，倒计时慢慢地开始，比赛也在激烈的气氛闭幕。虽然结果出乎我的预料，翻译班不敌法语班遗憾告败，但目睹翻译班一路风风雨雨走来，坚持到最后，我对四位优秀的辩手油然生出一股崇高的敬意，相信在今后的道路中，她们也将珍藏辩论赛的美好回忆，并在人生的旅途上绽放生命的华美。而我，也决定不再扮演观众的角色，向着在远方朝我挥手致意的完美自我迈出坚定的步伐！

作者：外语学院 2013 级本科生　程斯露

11 月 16 日　　星期六　　晴

化学院辅导员·刘蓓蓓

昨晚，学院迎新晚会在学生会干事疯狂踩气球的“啪啪”声中落下了帷幕。

今早起床后，嘴没闲着，就是《执着》《魔力》两首歌的双曲循环，大概这是登台唱歌的后遗症吧。打开人人网，被迎新晚会的状态刷屏，原来并不是我一个人如此激动。闭上眼，昨天发生的一切历历在目。

虽说是工作的第三个年头了，可是作为晚会的主要负责老师还是头一次，自己还有两首分别和学生、老师合唱的歌曲；有史以来，化学院第一次在洪家楼校区举办迎新晚会，对于场地的不熟悉也会带来不少问题，难免心里有些压力。所以，我一早便来到洪家楼校区大学生活动中心，看看大家的准备情况，还好，一切有条不紊。上午和下午的两次彩排，各位同事也跟我一起在现场并提出各种要求及建议，学生会干事、主持人、表演人员很好地解决了节目衔接突兀、颁奖流程不顺畅、演员表现不到位等问题。在跟我的两个学生——2011 级何寰宇及 2013 级代乙璎，彩排完一遍《魔力》后，我告诉干事李倩如，老师这次是带病上台，要注意音响、话筒配合等问题。到了 16: 00，晚会一切准备就绪！

随后，我和几个同事迅速撤离彩排现场，赶到物理学院 227——化学院在洪家楼的办公室，进行我们的老师歌曲《执着》的彩排。谈起这首歌，便是满满的感动，因为这首歌的选定、改词、练歌、走台全是我们几个在一起完成的，而且选定这首歌的最初原因是由于大家觉得我比较熟悉，并且歌词中带有我名字的谐音："baby"——蓓蓓。改词是赵书记、朱强和我共同操刀上阵，洁洁姐带着 2011 级的两个孩子也参与了修改。值得一提的是，为了参加晚会，吕哥把婚嫁提前了两天，已调离辅导员岗位但永远是我们团队一员的曹锐老师（我亲爱的辅导员 ^_^）从潍坊出差刚回来便赶来现场，这才有了晚会上化学院学生工作团队七人合唱的这首歌。我想这就是我们常说并一直坚持的"我为人人，人人为我"，更重要的是作为老师，这首歌真的能唱出我们的心声。

晚会 18: 30 准时开始，院长郝京诚教授、院党委书记姜玮教授、副院长陈代荣教授也前来观看，在姜书记看完节目离场时，对着我们几个唱了句"拥抱着你，oh，my baby"把我们都逗笑了，也很感动，看来日后这首歌有机会八人合唱哦！晚会现场，2013 级新生的阵阵掌声和笑声是对其最大的肯定。看着当时人人墙上的各种状态，我想说："2013 级的你们，节目好看吧？以后就不再特意欢迎你们喽，因为从此并且一直你都会是化院人！"

2007 年，我考入山大，成为一名化院学生；2011 年，留校担任化院 2011 级本科生辅导员；2013 年，担任化院 2013 级本科生辅导员。一直，我就是山大化院人。两级学生的到来，赋予我责任与勇气；各位老师的支持，给予我坚强和信心。真心盼望，岁岁年年，不论老师学生，我们都能互相见证各自的成长与幸福。携手同行风雨无悔，我爱你们！

附：　　　　　　　　《执着》（改编版）原唱：田震

演唱者：刘　红、赵希波、孙国翠、曹　锐、张　洁、吕永胜、刘蓓蓓

蓓：每个学期来临的时候 / 希望总在我左右 / 每个学生理想的追求 / 是我永远的守候

赵：每次面对你的时候 / 看你清澈的双眸 / 在你无邪的笑容背后 / 有多少喜乐哀愁

刘：不管时空怎么转变 / 世界怎么改变 / 对你的爱总在我心间 / 你是否明白

孙：一起超越这平凡的生活 / 不让理想漂泊 / 一同跟随这内心的狂热 / 分享你成长的快乐

全：拥抱着你 OH MY BABY / 一起感受青春万岁 / 你的欢笑让我陶醉 / 让我欣慰

拥抱着你 OH MY BABY / 期待你们从这里起飞 / 纵然使我苍白憔悴 / 无怨无悔

男全：不管时空怎么转变 / 世界怎么改变 / 你的笑容总在我心间 / 你是否明白

女全：一起超越这平凡的生活 / 不让理想漂泊 / 一同跟随这内心的狂热 / 分享你成长的快乐

全：拥抱着你 OH MY BABY / 一起感受青春万岁 / 你的欢笑让我陶醉 / 让我欣慰

拥抱着你 OH MY BABY / 期待你们从这里起飞 / 纵然使我苍白憔悴 / 无怨无悔

蓓：携手同行风雨无悔 / 我爱你们

作者：化学院辅导员　刘蓓蓓

11 月 17 日　　星期日　　晴

信息学院・张汉文

一年一度的新生杯辩论赛又热火朝天地开始了。作为打过辩论赛的 12 级学姐，特别想一睹学弟学妹们的辩论风采。今天晚上，我再次走进那间熟悉的教室，重温昔日情怀。去年，我以一名三辩的身份坐在辩手位置和对手们唇枪舌剑，今日，我以一名观众的身份来目睹半决赛的紧张激烈。

今晚的辩题有两个，第一场的辩题是“节日短信是真情流露还是资源浪费”，第二场的辩题是“整治中国式过马路提高行人素质重要还是加强交通管理重要”。显而易见，今年的辩题都是社会焦点热点，也都很贴近生活，都是值得我们每个人思考的问题。辩论赛按照去年的流程顺利进行。立论、质疑、对辩、自由辩论、总结陈词，环环相扣，紧张激烈。从辩手们的言谈举止中我看到了紧张的情绪，从辩手们流利的话语中我看到了非凡的才能。从着装到说话姿势手势再到辩论本身，每一点都看出辩手们对辩论赛的重视以及他们充分的赛前准备。

这不由得让我想起了去年的辩论赛。打过辩论赛的我，深知辩论赛场上魅力飞扬的背后有着别人不了解的辛苦。去年，我为了仪表整齐买了一整套的正装，我为了准备辩题每天都熬夜到 12 点到网上查资料，我为了学习辩论技巧每天抱着电脑看国际辩论赛的视频……这些事情虽然已成往事，但想起来总会历历在目，一切犹如昨天发生的一般。

辩论赛是一场淋漓尽致的表演，但既然是比赛，也难逃最后的输赢胜败。今天晚上的四支参赛队伍，只能有两支队伍打进决赛，分别是电六班和电一班。这两支队伍确实很优秀，在场的所有观众有目共睹。但是另外两支队伍我也很喜欢，他们出彩的表演也着实吸引了我的关注。也许是过于紧张，也许是准备略有偏差，他们最后输掉了这场比赛。

其实，这就是生活。有些时候，为了某个目标，我们为之努力，为之奋斗，甚至有时候会付出我们所有，但是我们依然失败了，依然没有得到我们想要的东西。即便是这样又如何呢？失败也是一种收获，学会付出也会让我们变得成熟。

其实上帝是公平的，生活也是充满变数的。昔日的挫败给予了我们今日的成长，今天的努力又会带领我们走向明日的辉煌。仍然相信一句话：倘若什么值得拥有，那么它一定值得你为之奋斗。

作者：信息学院2012级本科生　张汉文

11月18日　　星期一　　晴

历史学院 · 孙嘉睿

今天空下来仔细一想，自己已经在山大两个半月了，一想到这儿，心情便莫名地低落了下来。我不禁反思：这两个多月我都做了什么？

也许已经丢失了那颗初心吧。仍记得高三晚自习后的每一个夜晚，我和朋友一起在操场上散步，多次望着夜凉如水的星空，我都告诉自己：要努力，要坚持，经过拼搏终会到达梦想的彼岸。可是一场高考考走的，不仅仅是那三年流过的泪与汗，还有我心怀的梦想，那份坚定的执着。这两个月来似乎每天都是懒散的，日子一天天过去，而我仍旧茫然地站在原点，没有前进。甚至逐渐习惯了晚睡晚起、习惯了旷课、习惯了逃避……我不敢再往下想，因为我怕，怕现在的我对不起当初信誓旦旦的自己。

大学里的生活真的很丰富，因为这儿不再是一个仅仅追求高升学率的造梦工厂，更是一个供青年人挥洒青春与激情的梦想舞台。每个人都在寻找适合自己的角色：有拿国家奖学金的学霸，有文体见长的艺术生，也有在学生组织里施展自己领导才能的学长学姐……

而我也顿悟，自己的青春是自己来做主的。抛开别人的看法，摆脱多余的顾虑，我也可以尽己所能，做到最好的自己！

我要尝试每一种生活，体验人生的多彩，找到自己真正想要走的路。

我今天报名参加冬季游泳锦标赛的志愿者，报名参加智力运动会，打算参加英语卡拉 OK 大赛展现一下自己的英语才能，还完成了交给自己的学习任务，看了几篇散文……总之，我想这才是我所期待的大学生活，当空虚的心被填满，我终于明白那份充实感就是我一直寻找的归宿。

正如郁可唯在《时间煮雨》中唱到：“青春荒唐我不负你。”这便是我此刻最想要说的。十几二十岁的年纪，正是最宝贵的青春年华，我要在这广阔的天地间舞出最精彩的自己，而这，正是我用心选择的路。

作者：历史学院 2013 级本科生　孙嘉睿

11 月 19 日　星期二　晴

法学院·汪　盈

每一个清晨都是一个新的开始。睁开朦胧的双眼，我开始迎接这崭新的一天。

从宿舍楼下静静走过。抬头仰望高高的杨树林，树叶都已经变得稀疏，呈浅黄色。艺术楼边，海棠树叶也已落尽。林荫小道上，我踏着松软的落叶，宁静又清新的清晨美景让我的心情变得十分舒畅。

来到教室，翻开《公司法》的课本，我静静地聆听老师的授课。凝视着手中的课本，看着厚厚的法条，猛然惊觉这已经是第 11 周了。这个学期已经过了 2/3 了。时间不知不觉，我们后知后觉。回想这个学期，从学期伊始到今日，每天虽然都在课堂里安安静静地坐着，但是学习的积极性和方法真的还欠佳。这 11 周的时间里，学期初的图书馆计划也没有按时完成。吾日三省吾身。如此反省，更觉自己进步的空间还很大。时间总是从指缝中默默溜走。流逝的岁月里，留下的应是奋斗的回忆，不该留下的是悔恨当初。既然这样，就从上好这堂课开始吧。

一天的课程结束了。打开手机，突然收到了几条短信。原来是很久没联系的高中同学给我送来的生日祝福。我突然觉得鼻子酸酸的，心里顿时融入一股暖流。高中三年，深刻在脑海里的生日记忆都是和她们一起走过。曾经我们一起点起希望的蜡烛，曾经我们一起在烛光下欢快地唱着不着调的生日歌，曾经我们也在这个熟悉的初冬时节漫步在宁静的高中校园里，曾经我们在最美丽的青春年华里相伴走过。那么多的记忆如电影般在脑海的映屏里迅速闪过。虽然这一切已成为五年前的回忆了，但我们的友谊丝毫没有被五年的时间长河所冲淡。我们曾经栽育的友谊之树在我们的小小世界里，在我们的青春岁月里枝繁叶茂，亘古长青了。在我失落时，是这些朋友的爱让我逐渐走出了一段段阴影；在我高考成功后，是这些可爱的小伙伴们与我一同欢庆，一同分享我的喜悦。两年的大学生活，虽然没有经历风风雨雨，但与同学的交往中，在参与各类校园活动中，我渐渐明白了，朋友的爱不是无偿的。她们给予我的关心、祝福与爱，是需要我用一颗感恩的心同样地为她们献上我最真诚的帮助和祝福。滴水之恩都应涌泉相报。“我要继续浇灌我们的友谊之树！”于是，我拿起手机，给我最可爱的小伙伴们回赠了我内心最真挚的关怀。

晚上，寂静的自习室里，我用键盘敲出了这平凡的一天。这一天，没有电影里的轰轰烈烈。而这平凡的一天，却让我顿悟到了惜时与感恩的力量。想告诉自己——带着对世界的微笑和爱，继续与时间赛跑吧！

作者：法学院 2011 级本科生　汪　盈

11 月 20 日　　星期三　　晴

法学院 · 王雪锦

不知不觉，日历已经翻到了 11 月的末尾。站在金秋的尾巴上，我不由地想，最近我都收获了什么？

老实说，之前我似乎还是想不出一些特别的事情，来铭记2013年的秋天。直到今天下午，我成功报名参加了国际刑事模拟法庭队，跟指导老师一番交谈后，我终于想到了些什么。

那就是，永不言弃放手一搏的勇气。

时光倒回到两年前，彼时的我报名参加了学院的英文模拟法庭比赛。但是当我拿到小组比赛的题目时，曾经报名时的雄心壮志在浩如烟海的英文文献面前一股脑地烟消云散，取而代之只有消极与畏惧。马马虎虎地把一些自己都没有完全理解的资料拼在一起，就这样写完了自己的书状。比赛开始之前，有一个队员因为家事退出，但我感到的不是遗憾，竟然是深深的如释重负。当时的我想，自己刚刚开始法律的学习，部门法的知识几乎为零，跟门外汉的水平没什么两样，参加了比赛也不会有结果。就这样，我放弃了一个锻炼自己的好机会，而且放弃的心安理得。

但是，今天下午本次活动的指导老师冯老师的话语，让我看到了两年来自己的成长，也给予了我更大的力量。

冯老师本硕博八年都在中国政法大学度过，而我也有幸在大二赴中国政法大学交流，因而今天我们漫谈了许多法大的趣事。老师说，当年在准备考研时，他和另外六个同学结成了学习小组，七个人轮流去自习室占座位。轮到自己占座的前一晚根本无法安稳入眠，因为要保证第二天五点半之前冲到自习室。就这样，艰苦的复习迎来了甜蜜的果实，七个人的学习小组中有五个人成功保研……听到这里，我被深深地震撼了。在寒冷的冬季，每天都是披星而出戴月而回，从早到晚一直在自习室坚守复习，甚至都不能见到阳光。知识点背了忘，忘了再背……这是一种怎样的迎难而上的精神!

听到这里，我不由得想到了两年前的那一次经历。那样轻易地丢盔卸甲实在让我汗颜。相比考研过程中遇到的心理与生理的多重压力与困难，那些简单的查资料与写书状的任务简直是渺小如灰尘。在我们接下来的人生中，前方的风浪怎么可能简简单单地依靠轻轻几下网页的点击就平息呢?

记得曾经看到过这么一句话：勇敢不是无所畏惧，而是即使内心充满了恐惧，也依然继续向前。我想，这一次，面对国际刑事模拟法庭这一高水平的比赛，我不会再退缩。哪怕挑灯夜战，哪怕废寝忘食，哪怕困难重重，我也会咬牙坚持，不再放弃！

自古逢秋悲寂寥，我言秋日胜春朝。这个金色的日子，因为收获了内心的勇敢，收获了永不言弃的态度，看起来和充满希望的春天一样，明媚而美好！

作者：法学院 2011 级本科生　王雪锦

11 月 21 日　　星期四　　晴

土建学院·孙垂玉

早上 6 点半，济南的初晨透着丝丝凉意，让人难以鼓足勇气从温暖的被窝中爬起，而我却不得已挣扎着起了床，开始了工科男的一天。

上午没有课，按照惯例，今天又需要到洪山路人民传媒大厦进行基坑观测。作为一个土木工程专业的学生，毕业后工作环境可能比较恶劣，每次跟周围同学提到工地的时候，很多同学都还以为我们是去搬砖的呢。其实不然，工地虽然比较苦，我们日后在工地所从事的工作是技术负责这方面，也没有大家想象的那么“悲剧”。

作为一个大三的学生来说，我认为不应该一直闷在书本中，还是应该多和社会打交道，为我们日后工作打好基础。抱有这样的想法，我和班里另一位同学便在课余时间帮助系里老师做一些项目，这次基坑观测便是其中的一个项目，既可以利用我们所学的工程测量的知识，又可以在工地上亲身感受一下。

我们整理好仪器，十几分钟的车程便到了目的地。因为已经来过很多次，对这里比较熟悉。我们两人分好工，带上全站仪和综合测试仪，来到了观测点。今天的主要工作一个是测量每个观测点的坐标，以便与之前数据进行比对，观测数据变化程度，以便随时了解基坑有无变形，保证施工安全进行。再一个工作就是检测基坑壁内部应力变化，虽然听起来有点复杂，做起来还是蛮简单的。将仪器架好之后，我们便开始了数据观测、记录，虽然过程比较重复，挺无聊的，但是看到工作一点一点完成还是挺有干劲的。

经过了大约两个小时的观测，我们工作也算是大功告成，剩下的事情就是回去之后进行数据处理了。虽然有点累，但是看到一座大厦又将在我们的参与下拔地而起，自豪感油然而生。

我土木，我骄傲!

作者：土建学院 2011 级本科生　孙垂玉

11 月 22 日　　星期五　　晴

计算机学院·董一帆

今天晚上，我作为参赛者来到了由软件学院学生会科技部举办的 PS & PPT 大赛的现场，没想到同学的热情都这么高涨，偌大的教室里人山人海。我看到每个人脸上志在必得的神情，内心忐忑极了。

在这场大赛中，每个人都展示出了自己的佳作，而我也用了一个星期的时间，终于完成了自己觉得满意的作品，但是作品的完成过程却没有那么容易。我在网上找的图片素材和我的整体构思几乎无法搭配，大多数图片不仅色调不一致，而且风格也迥然不同，这使得我做 PS 的难度加大。然而，天无绝人之路，在我的不懈努力下，我终于凑齐了所需的各种图片素材，利用我自学的 PS 技术，成功地完成了我的作品。

此刻我来到比赛现场，不在乎是否能获奖，只是急切地想要把我精心做的作品呈现给大家看。比赛选手按照签到顺序轮流上场，我作为第十位上场的选手，看着一位位走下台的选手，总觉得时间走得飞快，我的内心总有一只小鹿在狂跳。终于轮到我上台展示了。这是第一次在这么多人面前讲话，我以为自己会激动地

说不出话来。然而，我所有的紧张在迈上台的一刹那瞬间释放了，我兴奋地介绍着我的作品。我作品的主题是“瞬间即永恒”，整体构思是：在茫茫宇宙、大千世界中，我们每个人的生命只是短短的一个片段。从我们出生，到学会走、学会做人、学会爱，或许只是匆匆一瞬，在这个延绵不绝的世界中，我们实在是微乎其微。但是，作为人类本身却又是永恒的，我们走了，我们的下一代又来接替我们的位置，于是生生不息的人类也就成为了永恒。

然后我开始介绍作品的各个小细节。作品中央的圆圈代表着我们无穷无尽的宇宙，它不停地转着，滚动着，将岁月的年轮快速地刻在我们的脸上，推动着我们的循环。于是就会有我们小时候坐在草地上，陪自己心爱的小姑娘画图画；长大后，我们一同奔跑在鲜花满地的绿野上，任微风吹散她的头发，听她恣情地笑语；成家后，我们有了自己的孩子，任她重新走过我们曾经走过的道路。我们坐在家中舒适的沙发中，听亲爱的孩子在自己耳边呢喃她的小幸福。时光匆匆中，我与老伴儿漫步于青青草地上，享受着我们的天伦之乐。慢慢的，我们的一生就走完了，剩下的就是我们的子子孙孙再重复我们的生活，重复我们走过的道路。就形成了人类的永恒。瞬间即永恒，这是一个美好的画面，也是一个美好的过程。

当我的介绍完成之后，评委们问了我一些关于创作、使用技术等方面的问题，我机智地应对着，但还是被一位女评委给问住了，在我满脸囧态、十分无奈的情况下，我的同学们在台下热烈地为我鼓掌、给我呐喊助威，我的内心一阵暖流流过。只记得我当时用十分专业的术语回答了她的问题，她微笑着点点头。比赛结束后，我走出教室，想着自己当时的表现，内心的涌动仍未平息，我觉得自己在语言表达上还没有十分流畅，不是很令人满意。但是，我还是很高兴，因为我战胜了自己。趁着年轻，加油吧！

You can make it！

作者：计算机学院 2012 级本科生　董一帆

11 月 23 日　　星期六　　雾

药学院·刘晓昕

虽然今天是周末，但是因为我报名参加了齐鲁医院导医志愿服务活动，所以就早早起床，吃过早饭后和其他 9 名志愿者共同来到了齐鲁医院的病员服务区，准备展开我们一天的志愿服务。

早上 8 点半，在与病员服务区的负责人沟通好之后，我们被分配到了不同的岗位，开始工作。或是提供信息查询服务，或是为患者复印病情资料，或是根据病员特定情况给予帮助，而我的任务则是复印病历，在病例打印完毕后，装订、盖章、分发。刚得知我的工作任务时，我觉得特别简单，但是当实际工作时，我才体会到其中的辛苦。在打印病例的患者人数比较少时，我还勉强能应付得过来，但一到打印病例的高峰期，我就开始手忙脚乱，有时会漏掉诊断证明，有时又会忘记留下收据，还好旁边的护士姐姐一直在教我注意事项，帮我整理病例。一上午下来，我终于能独立熟练地为病员们打印病例了。并且因为有了上午的经验，下午的工作也进行得格外顺利。

在为病员们打印病例的过程中，我有了很多感触。这是我第一次接触到这么多重症病人，很多人患上糖尿病、肿瘤甚至已经接受过长时间的放射化疗，在感受到生命的脆弱的同时，我又为他们的坚强乐观而感动。这一张张脸，不管是刚开始生命旅程的儿童，还是体验到人生百态的老人，抑或是处在其他不同生命阶段的人，在经历了疾病的摧残折磨、内心的苦痛挣扎后，终于又重新踏上了他们的路，无论这条路能走多远，无论他们能坚持多久，他们现在的每一步，一定都是毫不犹豫的，一定都是踏踏实实的。为他们递去病例的时候，我总能听到一声真诚的“谢谢”。我想，这大概是他们在经历了生命的大起大落后，那颗平静的心对生活的认真、对生命的感恩。

我为他们鼓掌，也为自己加油。作为医学生的我，有什么理由不坚持呢？虽然课程很多，时间很紧，但我们今天的努力却能换来明天更多人的健康，那么可爱的人，那么美丽的生命将是我不断奋斗的动力。

作者：药学院2012级本科生　刘晓昕

11月24日　　星期日　　中雨转阴

校长奖学金学生评委·孔令明

虽然今天早晨下起了雨夹雪，但我依然早早地赶到知新楼C座思源报告厅，因为今天上午这里即将诞生出山东大学2013年度30名最优秀的本科生——校长奖学金答辩会在这里举行。三天前，我报名申请担任2013年度校长奖学金的学生评委，这几天我一直在焦急地等待电话、短信。正当我已经不抱希望的时候，昨天下午老师打来一通电话，通知我得到了学生评委的资格！我当时心里十分激动，终于可以有幸亲眼目睹属于山东大学的“诸神之战”了！

众所周知，校奖是我们作为本科生能够在大学里获得的最高荣誉。自去年起，校奖的评审过程增加了学生投票环节，并且老师投票跟学生投票各占50%，这充分体现了学校为确保评审公开、公平、公正，充分发挥学生在学校事务管理工作中的作用所做出的努力。学生评委的选拔是由大二及大二以上的本科生自行申请的，大致为每个学院2名同学，总共62名同学。本年度校奖候选人有36名，经过学生答辩（三分半）、老师提问（一分半）、老师学生投票等环节选出最优秀的30名同学获得校长奖学金。作为一名大二学生的我不仅可以亲眼目睹30名最优秀的同学的诞生，还能够作为学生评委参与到评选过程中，投下自己神圣庄严的一票，真的是无比荣幸！

进入会场后，我们每个人都得到了一个文件袋，里面有一本《山东大学本科生校长奖学金申请表》。看着各位学长学姐们密密麻麻的奖项和荣誉，我真的有一种“仰望星空”的感觉。答辩会开始前，老师提醒每位学生评委投票标准，务必要公正、独立、合理地行使好自己的投票权，在事先发下去的选票上划30个勾，多划或少划均作无效。我感到了沉甸甸的压力和责任，作为学生评委的我一定要把握好自己的权力，确保评选出最公正最令人满意的人选。

答辩会从8点半一直持续到12点。这期间每一位候选人的演讲我和其他学生评委都认真倾听，作出自己慎重而公正的选择。看着每位候选人精心准备的幻灯片和精彩的演讲，我在心里不住地感叹，什么要平衡学习和工作的关系，什么要懂得放弃和取舍，在真正的优秀者面前，这都不是事！

第一位候选人是计算机学院的学姐，成绩优异、科研突出的她已经获得港大、港科大、新国大三所著名大学的录取资格，流利的演讲、自信的笑容、淡定的回答老师提问给我留下了深刻的印象。而之后的每一位候选人无不是在学习、科研、学生工作、社会活动等各方面出类拔萃。他们或是取得多所海外名校、国内高校推免资格，或是已发表数篇高影响因子论文，或是担任班干部把自己的班级连年管理成校优秀班级，或是担任京剧协会会长，或是在运动会上一人打破六项记录，或是几年来坚持不懈深入志愿活动宠辱不惊。而在人格魅力和理想抱负上，他们更是一览众山小。记得有位尼山学堂的学姐身着旗袍上台演讲，清澈的嗓音让我们每个人都为之心动，而当被老师问道如何才能成为一名像季羡林先生那样的国学大师时，她谦虚地答道：作为尼山学堂的学生理当以学贯文史哲、通晓传统文化为己任，立志成为国学才俊。而她最后自作的五言律诗更是赢得了全场热烈的掌声！

而评选进行到一半的时候，正在埋头做笔记的我突然听到台上传来了“1995年，大三学生”的声音，我立刻抬头向讲台望去。看着这位甚至比所有大一同学年龄都小的学长，我跟在场所有人一样都发出了惊叹声。作为信息学院两名优秀候选人的他广泛参加各类科创活动，每类无不是独领风骚。另一位让我惊叹的候选人来自环境学院，他以大二学生的身份参加评选，却已经取得不少奖项。看到台上的他，再想想同样是大二却坐在台下的我，真的感到几分惭愧。虽然跟其他候选人比起来履历尚显薄弱，但我确信将来的他一定会以更加出色的成绩再次站在校奖答辩的舞台上。

令我印象最深刻的一名候选人来自生命科学学院，他的演讲从自己的专业出发，提出基因决定性状，性状反推基因，从自己的性状，即所获奖项反推出自己所拥有的各类优秀基因。无与伦比的学习成绩，丰富厚重的工作履历，再加上他幽默的语言，爽朗的声音把全场答辩会推向了高潮，多次爆发出热烈的掌声。而老师的提问也是顺应气氛：从基因和形状的角度解释一下怎样建设世界一流大学。而这位优秀的候选人丝毫没有犹豫作出了机智而准确的回答。他说基因分为管家基因和奢侈基因。建设世界一流大学不仅应该从管家基因即硬件，包括校舍建设、伙食条件、实验室建设、教室建设等方面培育优良性状，更要从奢侈基因即软件，包括师资水平、对外交流水平等方面抓好抓牢。最终，他在久久不息的掌声中自信地走下讲台。还有一位来自体育学院的学姐，她的一句话“优秀是一种习惯，一旦上瘾，便很难戒掉”让我们所有人印象深刻。的确，人生中，先是我们造成习惯，然后习惯造就我们，当你习惯了优秀，你就真的变得优秀了。台上的每位候选人无不在践行着这一真理。

所有同学答辩结束后，我们开始划选票。这每一个对号不仅仅代表着我自己的选择，更是对 36 名最优秀学子多年来不懈奋斗与努力的一份肯定。答辩会在 12 点结束，老师们当场统计票数并公布 30 位获奖者。会后作为对参与这项工作的报偿，我们每位学生评委都领到了一份纪念品和午餐券。看到我们学院大四的优秀学长获奖给我们学院争了光，我感到由衷的高兴和自豪！

现在再回想上午答辩的情景，依然记忆犹新。仰望天空，我望到的是36颗璀璨的明星；脚踏实地，我更要从他们身上吸取经验，像他们一样坚定不移地书写属于自己的辉煌。从这36名答辩人身上，我学到了很多。首先是在硬件方面要首屈一指，包括学习绩点、科创活动、学生和社会工作等方面，这些薄弱了就根本不可能站在讲台上。其次临场表现也发挥着不可替代的作用。比如幻灯片的制作，像生命学院的那位学长，他的"基因—形状"的幻灯片令人印象深刻；比如演讲时的声音，嘹亮的嗓音总能引起大家的兴趣；比如回答老师的问题，思维清晰答案也会加不少分数。想想老师提问的问题，涉及各个方面，既有与本专业相关的，又有与国家发展趋势紧密结合的，各种各样的问题在事先没有想到的情况下，在临场极其紧张的场合下要回答的条理清晰并非易事。其实在答辩会现场也有一些插曲，比如有的候选人并没有赶到现场亲自答辩，有的候选人也不够自信。这些也算是我应当吸取的教训。

能够作为一名学生评委参与校长奖学金的评选工作是我的荣幸，而我也将这次工作作为日后学习生活的激励，不骄不躁，坚定前行。希望明年或者两年后，我也能像这36位豪强一样，站在国奖答辩的舞台上，以最优异的成绩接受老师和同学的检阅！

作者：控制学院2012级本科生　孔令明

11月25日　　星期一　　晴

材料学院辅导员·路丽丽

经过周末的阴霾雨雪天气，周一早晨的阳光特别好，晴空万里。像往常一样，我乘坐K52路公交车来到学校，踱步在兴隆山校区的先志大道上，欣赏着校园清晨的静谧，新的一周开始了。这是我做辅导员的第七个年头，话说"七年之痒"，如今的我也可以说是一名“老”辅导员。

来到办公室，简单收拾整理之后，翻开工作日记，罗列今天要做的事情。第一项、第二项……已经列到第十五项。这时，学院青年志愿者协会的李昭同学走入办公室：“路老师好，我来给各位老师送上问候日的祝福漂流瓶。”逐一打开学生写的祝福，我不禁感慨万千。

“天涯海角有尽处，只有恩师无穷期。路老师，您辛苦了。”

“路老师，您是海洋，我是贝壳，是您给了我斑斓的色彩。谢谢！”

“路导，感谢您的辛勤付出，祝你青春永驻，幸福永远，开心每一天。”

“路老师工作顺利！”

“路老师，你是我的女神。”

……

其实，我很普通，没有渊博的学术知识，不能像教授那样将所学知识传授给学生；没有院校领导的远见卓识，不能像他们那样制定更加合理的制度规章；不能像那些荣归的校友，给母校的学弟学妹提供见习机会或者奖学金……但是，同学们用“恩师”来称呼我，用“海洋”来形容我，没想到，自己对学生的影响可以那么大、那么深远。我很感动，也感到身上肩负的责任与信任。还记得那些一起奋斗的日子，课堂上下，校园内外，充满了青春、活力、热血、激情的回忆。或许曾经失落、迷茫、彷徨过，但既然选择远方，便要风雨兼程。

还记得与同学们共勉的一段话：大学是人生的关键阶段，对大多数人来说，这是最后一次有机会系统性地接受教育，最后一次全心地建立知识基础，最后一次可以将大段时间用于学习的人生阶段，最后一次拥有较高可塑性、集中精力充实自我的成长历程，最后一个相对宽容、可以学习为人处世的理想环境。

感谢同学们的用心良苦、细心关怀、真诚善良，感谢有你们相伴！“凡我在处，便是山大。”中国梦，山大梦，学子梦，祝福所有的同学载着爱与希望，乘着隐形的翅膀，飞向成功的殿堂。真心祝愿“材子材女”们，努力成长为国家的栋梁，将梦想传承，将爱进行到底！

作者：材料学院团委书记、2012级本科生辅导员　路丽丽

11 月 26 日　　星期二　　晴

管理学院・李晓彤

合上从图书馆里借来的一本无名诗集，抬头望了望窗外：摇曳的树枝，纷纷下落的枯叶，还有夜幕下显得格外温馨的路灯——一幅山大夜景呈现在眼前。看看表，已经 10 点了，自己的计划本上一项又一项的任务伴着最后的阅读也画上了句号。

忙碌而又充实的一天。当我打开文档，想真实地记录下今天的时候，我问了自己一个问题：今天什么事情最让自己感到快乐感到幸福？我想了又想，是做完了概率论的课后习题还是预习了将要上课的课本？是背了 40 个单词还是上课很认真地听讲？这些确实让能我感到充实踏实的生活，但总觉得还缺了点什么。就在我左右思考，盲目地敲打键盘的时候，一张笑脸突然闯进了我的脑海。

这张笑脸，不美貌，甚至不年轻，但一想到她，我的眼眶竟然有点湿了。是的，她就是理综楼二楼的保洁阿姨。

我跟她素昧平生。只是每个周二晚上在理综楼 305 上课的时候，会看见她在固定的时间弯着腰麻利地在一排排座椅之间扫地并清理桌洞垃圾，打扫教室卫生。今天还是和以往的星期二一样，我坐在 305 的第一排写作业，突然听见背后有扫地声，回头一看，保洁阿姨已经扫到第三排了。我回头的那一瞬间，她正弯着腰以近似蹲下的姿势扫着地，然后费劲地在上自习的同学间穿来穿去。怕打扰同学学习，她甚至不会要求同学给她让一让好让她扫地，而是我看到的那一幕——以近似蹲下的姿势，从旁边的空隙伸进笤帚去扫地。看着她吃力地扫着，我想反正自己现在不忙，给她让个地方，让她辛苦的扫地工作快点结束。当她扫到第二排的时候，我就默默地退到了第三排，打开手机看了看新闻。

看着看着，突然阿姨走到我身边。我抬头，正好迎上她的目光。她眼睛笑地弯弯的，小声跟我说：“已经打扫好了，谢谢你这么有礼貌，给我个方便。”我受宠若惊，我的举手之劳对保洁阿姨来说却是一份平时少有的温暖与尊重。我有点不好意思忙说“没关系”。坐回原来的位置，看着背对着我正在打扫讲台的保洁阿姨，心里有说不出的温暖。保洁阿姨工资不高，所谓的社会地位更是不高，但她们兢兢业业，在自己平凡却又伟大的岗位上默默工作着。她想要的不多，可能就是她在扫地的时候，你可以挪一挪脚给她个方便而已。挪一挪脚不会耗费你任何精力却能让她感觉到同学们的关心，能感受到山大学子的优秀与素质。

都说现在的社会冷漠了，人情味淡了。但今晚，我觉得人情味可以再变浓，这个社会可以更温暖！就从现在做起，多做一点与人方便的小事，多微笑一些，多感谢一些，以你的温暖去温暖他人，让他人感受温暖的同时继续传递温暖。

我想我已经找到答案了——今天最让我感到幸福快乐的事莫过于收到阿姨的那一声“谢谢”。

作者：管理学院 2012 级本科生　李晓彤

11 月 27 日　　星期三　　晴

兴隆山图书馆 · 王晓宇

今天是个特殊的日子，也是个值得纪念的日子。去年的今天，我怀着忐忑且激动的心情来到兴隆山图书馆报到，就是从那天起我真正步入社会开始正式工作了。现在想想，心情也十分复杂。

由于早上有研究生课程的考试，便早早地起床做准备，吃完早餐后前去参加考试。考试地点在文理馆的 5 层。走在中心校区的路上，放眼望去，满地的梧桐落叶。一阵秋风吹过，树叶从树枝一片片地飘落下来，层层叠叠盖住了路面，我不禁感慨万千。也许正是去年这时的落叶化作春泥，滋养了现在的她们。虽然现在她们已经枯竭，在告别今生的一刻，还在用尽生命的力气释放着最后的美丽，奉献着一片叶子的全部。她今天的落叶回归是为了来年洋洋洒洒的绿，是生命的又一个轮回。人生又何尝不是如此，只是换了一种存在的方式而已。人生一世，草木一秋。珍爱生命，珍惜所有。

12点考试结束后，便整理东西回家。前脚刚踏进家门，后脚便来了电话，说文理馆的暖气片漏水了，现在已经成了“瀑布”，我扔下课本便飞奔过去。到了图书馆发现工作人员已经在全力以赴地扫水，楼道里的积水都已经没过了鞋子。我们搬开漏水最为严重的仓库里的办公用品，并且查找漏水的原因，想办法制止漏水。在大家齐心协力的“抗洪”下，水势终于得到缓解。

下午2点半，还要去体育馆练习羽毛球。时间差不多的时候便赶忙换上运动装去了体育馆。经过三个小时的训练，再加上各位老师的耐心指导，自己感觉体力与技术上都小有进步，但是那种球感还得自己多悟多练习。

私心想着今天是个值得纪念的日子，晚上要好好庆贺庆贺。忙碌了一天终于到了晚餐时分，奖励了自己一顿美味的羊汤外加一部精彩的电影——《地心引力》。就这样结束了我的纪念日，忙碌且充实的一天。明天起，又是美好的一天，又是新的一年，依然去享受这美好的工作生活。加油！

作者：兴隆山图书馆　王晓宇

11月28日　　星期四　　晴

宿管员·李　云

孩子们告诉我说今天是感恩节，同时还是一个特殊的日子“宿管阿姨节”。山大首届宿管阿姨节，专门为我们创办的，孩子们费心了。

这个节日在过往的同学们的祝福声中开始了。青志联的孩子们为我们送来了鲜花和礼品，还有志愿者轮流陪我们

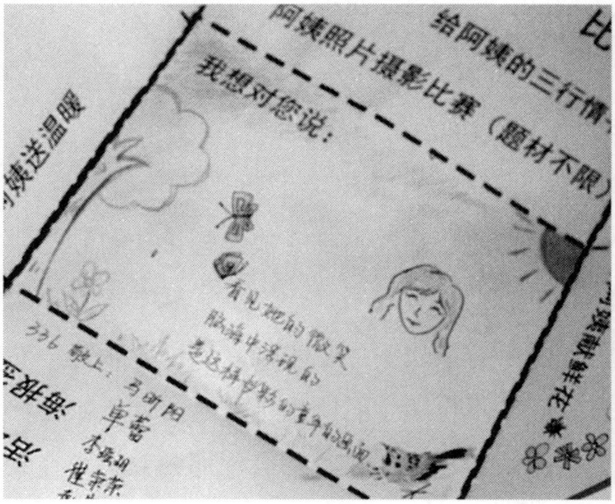

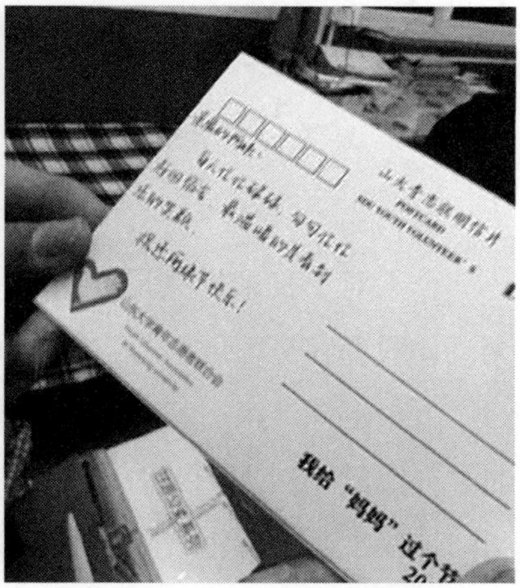

值班，说是要体验阿姨的工作。真的让我和另一位阿姨倍感欣慰。最为感动的还是那一封封热情洋溢的“情书”。看到孩子们字里行间表达出的感激和祝福，真是激动得快落泪了。原来我们与她们之间的一件件小事孩子们都看在眼里，记在心里。

给阿姨过节，在山大待了这么多年，还真是第一次。清理卫生，排查可疑人员，监督同学们进门刷卡，对贵重物品和人员的出入进行管理，管理通道机检查和报修公共设施，这就是我们每天的工作，是平凡的，但是对于保障孩子们的安全和生活却是不可缺失的，丝毫马虎不得的。周而复始的工作流程，年复一年的平凡日子，能够让同学们观察和体会，让我们深感意外。对我们来说，为同学们看好门，看好家，让孩子们住得舒适放心，那是我们值班阿姨的职责。这次阿姨节的举办，真是让我们很开心，谢谢孩子们了！其实阿姨们唯一希望的也就是孩子们能健健康康的，好好学习，生活中有什么需要尽管跟阿姨说，为她们提供更加舒适、更加温馨的生活环境。再就是那一封封“情书”，阿姨会留着，一直保存着，永远……

作者：中心校区 12 号楼宿管阿姨　李　云

11 月 29 日　　星期五　　晴

研究生支教团 · 陈纪旸

今天对于我来说只是普通的一天，从备课、上课，到完成学校工作、和学生交流，我都在努力地履行支教老师的责任。

上午上课结束后，我去离学校很近的由奴斯快餐厅吃午饭，餐厅老板是一对非常朴实的回族夫妇。对他们而言，我已经不再陌生。刚坐下之后，老板娘便笑呵呵地端上了一杯泡有大块冰糖的茉莉花茶，每当此时我都会用那一双筷子在茶杯里搅拌一下加速冰糖的溶化。冰糖还未溶化结束的时候，一盘过油肉拌面便端了上来，味道非常棒。吃了两三分钟之后老板娘又笑呵呵地端上了一份加面和一个额外赠送的煎蛋。每次都会给我们放上两个煎蛋，这已经成招待我们这几个来伊宁县二中支教老师的习惯。等我吃完饭结账的时候故意多给了两元钱，还没有走出餐厅门口的时候，老板娘便将那两元钱塞回到了我的手里。我记得刚来伊宁县来她这里吃饭的时候，她说自己老是算不过来，每次都会让我们帮着她算饭钱，自己算好之后给她的钱她都不数。可是现在我们给她的饭钱她每次都会仔细检查一遍，生怕我们多给了。这两元钱本来就应该给他们的，可是他们从来不收。

在骑自行车回家的过程中，我听到有人喊我“小陈”。回头一看是我们家楼下的商店老板，她告诉我前几天我预定的东西到了。前几天我在商店想买点牛奶和火腿以备不时之需，她当时告诉我数量很少并表示愿意帮我们从供应商那里分别预定一箱。我给她钱的时候她执意按照成本价收钱，并不多收。我曾经几次多留下几元钱，哪怕一元钱也好，她都非常坚决地拒绝了。她说：“你们不远万里来我们这里支教也非常不容易。”我们平常去她那里买东西的时候，她每次都会给我们不少优惠。

他们都是做小本生意的人，却从来都坚持着赚钱只赚良心钱的原则。他们的淳朴、实在让我非常感动。对于这样的实在人我怎能不感激呢？感恩节如期而至，转眼间便已结束，但是我感恩的心情却不能随之平息。在新疆支教的过程中，有好多人令我感动，值得我去感恩。我也一定会努力工作，为新疆的建设奉献自己的力量，把这种感恩之情传递下去。

作者：控制学院2009级本科毕业生、第十五届研究生支教团新疆分队
成员　陈纪旸

11月30日　　星期六　　晴

环境学院 · 胡新笑

周五的晚上，上完自习，回宿舍的路上，掏出手机，打算设定周六早起的闹钟。这是周六早晨的惯例——我们要到中心校区的实验室做实验。今天，我边走边奇怪，课程格子怎么没有提醒。打开课程格子一看，已经是第12周了，才猛然想起实验课已经结束了……

悄然回首，我回想起我们的这几次实验课。

还记得，第一次的实验课，我们走进了那个并不宽敞的房间，实验试剂刺鼻的味道让我们更加确信自己真的进入了实验室，真正站在了科学研究道路的开端上。

老师讲解实验室里的庞然大物——测定仪器使用方法的时候，我们一窝蜂地围上去，插空看，踮脚瞧，生怕漏掉哪一个知识点，错过哪一步实验操作。回到自己的实验台上，我们开始了独立的实验操作。或许，实验课本上的个别试剂，我们的实验室没有；或许我们的水浴加热器电功率太小，只能先用电水壶代替，但我想，这都不是事儿。你看，同学们小心翼翼微调滴定管时，目不转睛地盯着刻度线；在试管口扇动气体分辨气味时，眉微蹙，眸稍闭；为了观察迅速变化的实验现象，反复操作，不厌其烦；分析不正常现象出现的原因时，埋头沉思；在狭小的试管里，做出绚丽的液体分层时，相互传看、拍照。对大一新生来说，这是前所未有的人生体验，更是对科学的探索。

实验结束后，老师又让我们把自己的实验台收拾整齐，说：“就把这个台子

当成自己家的灶台。”说完，她又问：“可是，你们用过灶台会做饭吗？”我们都笑了。大家收拾好自己的实验台后，老师叮嘱我们要用洗手液洗过手再去吃饭，还很可爱地跟我们说：“洗手液挺香的。”每次都会轮流有几个同学“断后”，做最后的整理和打扫。老师还亲自教给我们如何拖地拖得又快又干净。总之，我们学会了谨慎认真，善始善终。

还记得，最初刚开始上实验课的时候，老师问过我们：“喜欢做实验吗？”我当时不知道如何回答。我想，现在总算是可以回答老师的问题了。我，我们，都爱上了实验！

作者：环境学院2013级本科生　胡新笑

12月1日　　星期日　　晴

《子海》发布会志愿者·巩玉婷

昨天，由我们古典文献专业主办的《子海》首批重大成果发布会暨“两岸古籍珍本合璧工程”论证会在山东大学完美落幕。回想昨日大会盛况，我的心中久久无法平静。

一大早，我们这些作为志愿者的学生就提着早已准备好的物品赶到会场，紧锣密鼓地开始布置，摆桌子、分料袋……大家表情严肃，却难掩心中的兴奋与激动，因为马上我们就要见到古典文献界的顶级“大腕”们了。平日我们虽然拜读过他们的经典之作，却从未得见“庐山真面目”。

8点20左右，会议的签到工作正式开始，从全国各地赶来的学者们陆陆续续进入到会场中。由于我们的前期工作准备充分，签到很快就完美结束，我们也因此和这些“大腕”有了一次“亲密接触”。八点半，会议正式开始，我们这些工作人员虽然没有机会进入到会场内聆听大师们的妙语连珠，但他们的强大气场足以把会场外的我们震慑。会议进行到九点半，第一阶段告一段落，领导、学者下楼合影，而此时我们也得为第二阶段的工作——茶歇开始准备，直到领导学者们合影归来，大家井然有序，为与会人员提供服务。大厅里，参会的学者们亲切攀谈，气氛更是和谐融洽，而我们也为自己的服务能够得到大家的认同长舒一口气。上午的会议就在这融洽又充满人文气息的气氛中圆满结束。此时，我们的工作却未结束。

下午由子海编纂中心郑杰文老师和刘心明老师主持的“两岸古籍珍本合璧工程”论证会和王承略老师主持的《子海》工作研讨会在知新楼举行，会议就古籍珍本合璧工程实施的文化意义和学术价值等问题进行讨论。会场嘉宾包括学界、政界以及图书出版新闻界的名流，所以我们还得提起十二分的精神来工作，保证会议的服务质量。我有幸旁听了王老师主持的会议，参会的都是山东各高校《子海》项目的负责人，各位老师用幽默风趣的方式对高校《子海》项目的进展工作提出了问题和建议，我们这些旁听的人也感受到了这项任务的艰巨与重大意义。

我们山东大学古典文献专业的几位老师作为山东大学《子海》编纂中心的负责人更是为此作出了不懈的努力。尤其是总编纂郑杰文老师，以及副总编纂王承略和刘心明老师，他们带领整个团队不仅深入到国家图书馆和其他图书馆中认真调查珍贵版本的收藏情况，而且还对世界各地所藏子部典籍的重要版本进行了广泛的调查。他们勤勉不辍，孜孜不怠，克服重重困难，多方联系台湾等地的学人，对收录的很多珍贵版本作了认真的整理。他们为《子海》这一重大项目的进行作出了无法估量的努力，《子海珍本编》的发行以及各方面所取得的阶段性成果都与他们不辞辛劳的工作息息相关。我们院的几位博士生作为后继的力量也在这项工作中展示出风采，山东大学古典文献专业人才济济，前仆后继地投入到这项伟大的工程项目中贡献着自己的力量，在郑老师、王老师和刘老师的带领之下，这支队伍也在不断成长与壮大，《子海》项目工程的前景必定是无限量的。

中华民族拥有五千年的优秀历史文化传统，而这些优秀传统文化的最主要载体就是古代典籍，中华民族传世文献浩如烟海，分为经、史、子、集四个部类，子部古籍是这些传世文献中的重要组成部分。由于历史原因，许多珍贵文献收藏在台湾等地，还有一部分散落在日本、英国、法国、美国等处，这就需要我们从事古典文献工作的人在古籍的搜罗与整理方面付出更多努力。这次会议标志着子海第一阶段的工作完美收官，而未来的任务将更加艰巨。我们作为山大古典文献专业的学生为此感到骄傲与自豪，却也深感自己的责任重大，唯有跟随各位老师努力学习，继承我们专业的优秀传统，将来也能为《子海》这项伟大的项目工程贡献自己的一份力量。

作者：儒研院2012级研究生　巩玉婷

12月2日　　星期一　　晴

软件学院·田文凯

感恩节已过，感恩的心却不只在那一天鲜红。

Long long ago就想写一写了，可是一直拖啊拖，直到今天才把它变现。

10月22日，我因为突发性气胸住进了省立东院，这真是不幸的一天。更倒霉的是，独自在医院做检查的我又因为低血糖而晕倒。多亏了医生和护士们，她们麻利地把我送进了急诊室，让我暂时吸着氧气。脑袋仍然迷迷糊糊的，呼吸也不顺畅，无奈之下，医生帮我拨通了辅导员孙朋朋的电话。

即便是吸着氧气，但疼痛感和晕眩感仍然一阵阵不停地袭来，肺部呼吸的不顺让我艰难地熬着。说实话，第一次感觉到自由地呼吸是多么的美好。

“田文凯在吗？”犹如天籁一般的声音响起在急诊室。抬头一看，精神干练的辅导员站在了门口。说实在的，我期待的和她的第一次见面可不是这样的。看看我，鼻子插着吸氧管，无力地坐在轮椅上，My God，我的形象完全毁了嘛！“一定是辅导员开门的方式不对，只要她关上门再开一次就好了。”我在心里安慰自己。

oh，no，她过来了……呃，我承认，是我举起右手示意我在这里。医生简单地说明了我的情况，辅导员便直截了当地帮我办理各种麻烦的手术、住院的手续去了。过不了多久，我就在病房里进行手术了。一个小手术而已，很顺利，但也请允许我吐槽一下，即使打了麻醉针，手术的时候也是剧痛，各位请千万珍惜自己的身体。

疼痛让我的脸苍白，没有血色，孙老师还打趣我，我理解她让我放松的好心，可是……我现在手术的伤口疼着呢，呼吸也不顺畅，我根本说不出话来。即使我想配合你笑一笑，这时的笑容也该比哭更难看吧。不过，孙老师很是体贴人和照顾人，做起事情井井有条。她首先把手术费和住院费替我垫付了，然后又跟我爸妈说明了一下我的情况。毕竟我得在医院住上十天半月的，老师每天还有很多工作，也不能找同学来一直照顾着我。而我爸妈是山东人，半天就能到济南了，照顾我倒也方便。在知道我早上急着往医院跑没吃饭后，她又去给我买了小笼包和小米粥。要不要说出来呢，因为我做了手术不方便，她亲自给我喂饭，看得旁边的两个病友直赞我幸福。这是我在大学吃的最香的一顿饭了。

或许，这是幸运的一天呢。

现在，我已经出院一个月了。除了手术后要静养几个月，身体已无大碍。

朋朋老师，谢谢你，山大因有你而幸福。

作者：软件学院 2013 级本科生　田文凯

12 月 3 日　　星期二　　晴

纽约青年国际艺术家钢琴与弦乐获奖者·张　皓

11 月 30 日（纽约时间）在美国纽约卡内基大厅，举行了 2013 纽约青年国际艺术家钢琴与弦乐的颁奖典礼，我作为获奖选手参加了颁奖音乐会演出。根据组委会的安排，获奖选手要在上午先去卡内基的威尔厅为下午的表演彩排试琴。

彩排分为四个小组分段进行，我被排在第二组的第二个。不到 8 点，我便从酒店出来，走过百老汇大街，沿着第七大道走过二个街区来到位于 The 56th Street 的卡内基大厅的舞台后门。这里早已有工作人员在等候着选手们，随后工作人员带着我们来到 4N floor。每名选手只有 4 分钟的试琴时间。负责彩排的几位老美，透着艺术家的气质。在一位风度翩翩的中年男子引领下，我来到了演奏厅。

我试完琴后，这位老美带着我离开演奏厅，他突然来了句“By the way”，我在想接下来他要对我说什么，弄得我不知所措。直到走进空空的电梯里，老美才微笑着用英语告诉我，他非常喜欢我的演奏，触键清晰，并说今天很多人都在弹俄罗斯风格的曲子，而且弹得不好听，曲子本身也简单而无趣，李斯特的曲子干净利落而富有难度，他也和我一样热爱匈牙利风格的曲子。最后我们在“Nice to meet you”中相互握手再见。

彩排结束，我赶紧出去买了午餐，因为颁奖音乐会中午开始，组委会要求正点到达后台，迟到将被取消表演资格。

中午 11:30 颁奖音乐会正式开始，我在更衣室换好表演服后，来到后台大屏幕前观看前面选手表演的电视直播，发现选手们个个“身怀绝技”。同以往在国内参加过的颁奖音乐会相比，最让我感慨的是，在选手们演奏的时候，全场鸦雀无声，观众的音乐素养之高令人赞叹，这反倒让我产生了些许紧张情绪。

音乐会获奖选手的表演是按照钢琴和弦乐交叉顺序进行的，我被荣幸地安排在最后一个，应该算是压轴吧。我猜想，这个安排不光是得益于自己的演奏技巧，很大程度上与自己所演奏的曲目风格有一定的关系，同时也十分感激组委会对自己演奏的认可。

很快轮到自己表演了，我自信地走到舞台中间，发现偌大的音乐厅里座无虚席，看来 45 美元的票价在那些爱好音乐的人们眼里实在算不了什么。于是我手扶钢琴一角规规矩矩地向观众席鞠了一躬，大概知道是最后一首曲子吧，热情的观众先送上了一阵热烈的掌声，这给了我不小的鼓励。我暗暗告诫自己，今天必须像正式比赛一样认真对待，拿出自己最好的状态，发挥出自己最高的水平，回报这些热情友好的观众。

在接下来的演奏中，大厅里回荡起高亢激昂的《拉科奇进行曲》，随着手指用力弹下最后一组和弦，全场爆发出雷鸣般的掌声。获奖选手汇报演出之后进行了隆重的颁奖仪式，组委会逐一向获奖选手颁发了获奖证书。

感谢恩师，感谢山大，这次纽约之行大获成功！

作者：艺术学院2012级本科生　张　皓

12月4日　　星期三　　晴

赴港交流生·荆　鸣

一学期在香港，总要写一点东西表达一下交流的感悟或收获，总觉得是刚刚到这里一样，而这学期又是这样的迅速，转眼间很快就要结束了。或许是这段时间用英文写了太多东西，各科的作业，或是essay或是quiz sheet也是在和deadline赛跑，忽然换成中文，又是写这样轻松的话题，或多或少有一点点不习惯了，思随文行，相信写着写着很快就会适应回来的。

城市大学在香港还算知名，当然比较客观地说，论学术氛围，和港大、科大相比还是有距离的。城大学生对各种组织以及活动的热情更盛，课堂的反应则相对缓慢，大陆的学生来交流，反而成了最努力的一个群体，当然碍于语言基础、学科背景等多重因素，成绩未必最佳。此前看过习总的女儿写哈佛大学生活的一篇文章，相信很多同学都看过，餐厅如教室，人人边饮食边看书，尽管只有4门课，但是课后需要做大量工作，不然下节课就会很难融入。比较客观地说，香港的教育模式是英国教育理念在中国的延伸，和习同学描述的哈佛教育在授课方式上是非常贴近的，但是鉴于大多数local课后都并不复习，老师在第二次课堂上会重新提及之前的内容，辅助温习和回忆，这就减轻了不少课后的压力。而我自己呢，在这样的环境下，也把大多数的课后时间放在了学生活动以及对这个新城市的文化体验上。

来港之前的暑假，刚刚在 Cambridge 修了一个暑期课程，由于选择的是商法方向的课，我在暑校期间被安排在了剑桥的 judge 商学院，而非法学院，同班的暑校同学来自世界各地，一起做 presentation 的两个女孩儿分别来自荷兰莱顿大学和日本早稻田大学，隔壁的室友是澳洲南澳大学的商科学生。对英国的教育模式主要的感悟是，教授的角色是相对消极的，就和我们常说的英美法系下庭审对抗制的法官一样，颇有苏格拉底式的启发韵味。一份作业，从前期 research 到后来的整理展示，都是学生自己完成的，老师只在发现问题处发表少许意见，授课风格因人而异，没有总结出什么鲜明的共通性来。

而香港的授课模式，由于接触了相对长的三个月，是可以总结出一些突出特征的。首先，它是英美模式和中国大陆模式的融合，教授虽然来自世界各地，但本科期间的授课模式或多或少都沾染了一点点大陆风格的“灌输”气质。但个人认为这样很好，我最期待的无非是这样精彩的 lecture。知产理论的教授 Eugine 就是这样，博古论今，引人入胜。而 lecture 之后的 tutorial 才是学生自主发挥，教授相对消极，只在关键处发表点评意见的时候。

在相对较轻松的周末，我也去了海洋公园、迪斯尼、太平山顶、杜莎夫人蜡像馆等当地知名的旅游景点，也给非常要好的同学们带了他们期待的各种礼物。在相对忙碌的 11 月，一周的时间里 6 篇 paper 到期，又回广州、上海参加了两个会议，最短的间隔只有 4 天，刚刚回港就又出港。现在到了 11 月底，各科课程陆续结束，考试的时间表也已经列出。同来交流的一个浙大的好朋友只选了四门课，只有两门课有考试，我最初狂妄而莽撞地选了六门难度系数最高的课，一学期在课堂上非常享受，而期末则是考验我的时候了。对自己说，不用担心，看我的；对旁人说，有些自不量力，时间很紧了，尽人事听天命吧……诸如此类。

忙碌的考试周复习，还要规划考试后寒假的安排。借地理的优势，同时基于自己一直以来的兴趣和长处，寒假在台湾有个中华传统文化理论交流活动，我要代表城大大陆学生去参加国学周和民乐周。顺便提一句，在港一学期，每天都有机会免费接触我最擅长最热爱的古筝，实在太好了。随后，在新加坡还有一个国际交流发展论坛，我又要作为学生代表去参会，还有机会见到此前敬慕已久的几位大师，着实非常期待。

我在想，下学期回到济南，一定会非常思念尖沙咀的海风、大澳码头的日落……

把这个文档保存，关了这个 word 的窗口，又要扎进 mediation 的论文中了。学期末，努力、收获、思考、总结意义重大的一学期。

作者：法学院 2011 级本科生　荆　鸣

12 月 5 日　　星期四　　晴

理律杯冠军成员 · 张海涛

此时此刻，作为一名山大学子，我还依旧沉浸在喜悦之中。就在过去的一周，山东大学法学院勇夺第十一届“理律杯”全国高校模拟法庭比赛的冠军。经过小组赛、八强赛、半决赛、决赛，连胜七场，在全国四十所高校的激烈角逐中成功卫冕，成为十一年“理律杯”历史上首个蝉联两届冠军、首个赢得三次冠军的高校，把流动奖杯带回了山大！回望六十多日艰苦历程，感慨万千，恍若惊梦。12 月 3 日，当拿到冠军奖杯的那一刻，我们的队员都激动得掉下了眼泪。现在，我们还在北京，还在忙碌着模拟法庭比赛的后续工作。

提起“理律”，全国的法学学生都是十分了解的，理律律师事务所是台湾地区规模最大、业务最强的律所，其出资资助两岸地区组织举行模拟法庭比赛，让海峡两岸的法科学生实现理论知识和实践的结合，让学生得到真正的提升。

此次准备比赛伊始，我们就承载着卫冕的厚望。作为山大代表队的我们，始终盯着卫冕冠军的光环，这是一种动力，却更是一种压力。在过去的两个多月里，我们团队九人分为原、被告两组，通过各种网络途径遍查相关文章，将洪家楼校区“政法分馆”和法学院图书馆中有关反垄断法的相关书籍全部借来，足足能摆满一书桌，之后就是将自己沉浸在浩瀚书海中查阅资料，这个过程痛苦并快乐着。资料准备好后，就是开始着手写原、被告书状，在“理律”的竞赛中众所周知的就是谁能在书状中拔得头筹即是成功了一半，因此我们丝毫不敢松懈。在法学院众多老师的悉心指导下，我们费时一个月将书状出色完成，实现了第一步。接下来就是进入了为期三周的模辩时间，大家集中精力和时间，在法学院学生会办公室前前后后模辩二十余次，期间得到了老师们的指导，让我们的口头辩论更上一层楼。

在小组赛中，我们先后遇到了中国人民法学、哈尔滨工程大学、广西大学、新疆大学，凭借原被告双方的出色发挥，我们顺利地晋级八强，体现出了卫冕冠军的实力。在八强赛中，我们遭遇了强敌苏州大学代表队，经过近两个半小时你来我往的激烈对辩，最终我们有惊无险地晋级四强；在半决赛中，我们与湖南大学代表队进行了交锋，但是第一次闯进全国四强的湖南大学显然缺少决赛队伍的经验，虽然实力不俗但最终败给了山东大学。最终我们与上半区的中国政法大学代表队会师决赛。由于时间紧迫，我们全体队员连续通宵两夜准备答辩状，为最终决赛做好了充分准备。决赛场上，中国政法大学表现出了作为争冠队伍的良好素质和强大的竞争力。纵观全场比赛，山东大学前半程一直处于进攻的弱势，队员们都为此捏了一把汗，但是在最后时刻，凭借我们出色的言辞辩论和总结陈词力挽狂澜，最终问鼎第十一届“理律杯”模拟法庭比赛的冠军。

模拟法庭比赛，赛的是专业知识，也让我们收获了难得的感情，更让我们在法科学习的过程中明白了法律之精神：以法之理，明世之律。

作者：“理律杯”冠军队伍成员、法学院2011级本科生　张海涛

12月6日　　星期五　　晴

外语学院・史　敏

崭新的一天从小树林晨读开始。天气渐渐转冷，小树林里晨读的人也渐渐稀

疏了，更多的同学躲在温暖的教学楼走廊里读起了书。而我独爱小树林已有些刺骨的寒风和簌簌落下的苍绿的叶子，在这样的氛围里读书，风声、落叶声、读书声、翻页声，着实是一种有力度的、绝不软绵无力的美。

早上只有一节综英课。课文内容是大学的功能和职责，在没接触到这篇课文之前，我一直觉得这个话题过大过空，似乎不应该是我们学生要思考的问题。大学的功能，无非就是传授知识，但通过课文的学习和老师的讲解，我才意识到大学的功能绝非仅仅如此，甚至说绝非如此。在很多人看来，大学就是学生获得知识、老师研究课题的象牙塔，而作者在开篇就对这种观点进行了否定。随着科技的发展，获得知识的途径越来越广阔，学校教学已不是最好的方式；而就科研而言，专门的科研机构无论在氛围和各方面支持都比大学略胜一筹。那么，大学存在的意义是什么呢？我想，只有找到了这个问题的答案，才能真正在大学里找到自己的方向。诚然，我们在大学里的主要任务是学习，那么我们要学习的究竟是什么呢？大学应该是年轻人的创造性与长者的经验性相互碰撞、完美结合的地方。四年的生活稍纵即逝，与其庸庸碌碌地平淡度过，不如尽情挥霍自己的创造性，去经历，去尝试，跌撞过，摔打过，才能收获属于自己的经验。

下午在宿舍里帮高中同学翻译一篇论文。这是第一次翻译成体系的长篇文章，整个过程可以用“举步维艰”形容，学过和运用好真的是两回事。一个词语的选择都要推敲斟酌很久，“国民性格”究竟应该用“character”还是“personality”让我纠结了良久，翻字典，查资料，平时学习囫囵吞枣、不求甚解的我吃到了苦头。不仅如此，介词搭配等一些根本不注意的“小问题”也令我头疼不已，更别说“信达雅”翻译原则了。无数次我想半途而废，终不愿同学失望而苦苦坚持。

一篇论文让我尝到了翻译的艰辛，也感受到了平常学习的缺陷和不足。无论是中文还是英文，其背后的语言文化都是博大精深的，很多情况下都不可能一一对应，这时候就需要译者的创造性，而这种创造性来源于长期的积累和积淀。这次是帮了同学的忙，又何尝不是帮了自己的忙？它让我意识到在英语学习上还有很长的路要走，亡羊补牢，犹未晚也。

作者：外语学院 2012 级本科生　史　敏

12 月 7 日　　星期六　　晴

唐仲英爱心社·孙嘉睿

一直以来，自己都比较热衷于公益事业，希望能用自己的微薄之力来做一些力所能及的小事，这也是我加入唐仲英爱心社的初衷。因此，当知道今天有“山东大学唐仲英爱心社与商河县手拉手”活动时，我便毫不犹豫地参加了。

早上 6 点，我挣扎着从温暖的被窝中爬出，赶紧穿衣洗漱，去等待 7 点到中心校区的校车。到了中心，我便赶到教室里去布置会场，盼望着商河县弘德中学弟弟妹妹们的到来。上午 9 点，开幕式正式开始了，指导老师向来自弘德中学的老师和同学们介绍了百年山大的基本情况，看着 PPT 中出现的老舍、闻一多、童第周、彭实戈……我的自豪感油然而生，真为自己是一个山大人而骄傲。

开幕式结束后，中学生们在爱心社干事的带领下，开始了对山大的参观。最先参观的是山大博物馆，博物馆的讲解员姐姐知识渊博，她从容淡定地将博物馆内珍藏的文物一一介绍给我们。作为历史学的学生，当听到书本上学到的知识从姐姐的口中说出时，那种喜悦真是溢于言表。后来得知这个姐姐正是我们学院 2011 级考古系的学姐，我便暗下决心，要把知识学好，争取像学姐那么优秀。接着，我们参观了化学楼。虽然自己是山大学生，但是因为是文科生，所以从没有进过化学楼，更别提看那些琳琅满目的实验器材了。因此，参观的时候，我像许许多多中学生那样，眼神中充满了惊奇。看到学理科的小伙伴仔细地给他们讲解各种器材的用法，只能感叹真是“术业有专攻”啊！

到了中午，我带着两个初二年级的小弟弟一起去食堂吃饭。刚开始他们还很拘谨，我便努力地寻找话题和他们拉近距离。后来，他们也放开了，问了我许多很有意思的问题。我用自己在大学这几个月的经历，为他们一一解答。他们都感到很新奇，也很认真地听我讲……

下午参观完兴隆山校区的工训基地，弘德中学的老师和同学就登上了返回的汽车。与他们告别后，我拖着疲惫的身躯回到宿舍，倒头便睡。等到醒来，已经是晚上 6 点多了。我躺在床上，回忆起今天的经历，不禁笑了出来。今天虽然很累，但是我还是要感谢弘德中学的老师和同学们，给了我这么一段值得纪念的经历，使我能够通过这种方式，感受生活，回馈社会。正如唐仲英爱心社宗旨里写的：“服务社会、奉献爱心、推己及人、薪火相传。”在这里，我感受到了自己的价值，体会到了奉献的快乐！

作者：历史学院 2013 本科生　孙嘉睿

12 月 8 日　　星期日　　雾

法学院·张振玲

真是个令人期待的日子！就在今天，第八届中国法学家论坛在我们法学院举办。此次法学家论坛以“繁荣社会主义法治文化”为主题，由中国法学会主办，中国法理协会、山东大学法学院承办，汇集了来自全国各地的专家学者。而我很幸运得到了此次论坛的入场券，有幸进入会场聆听法理、宪法学界泰斗级学者们对于“法治文化”的解读。

法治文化是一个宏观的多元概念，从不同的视角出发会得到不同的结论。

例如我们的前任校长徐显明教授就从法制史的角度解读了先秦儒家和法家思想对中国法治文化的影响，并以唐律为例，阐释了只有拥有优秀先进的法治文化，中国才能真正称得上是具有影响力的大国。黄进教授则从法学教育的视角出发，强调通过法学教育使法科学院的学生成为法治生活的“布道者”，将我们的法治精神宣传到社会的各个阶层，使法治成为人们普遍的生活方式。韩大元教授和李林教授则从宪法权威性的角度解读了法治文化的概念。李林教授从社会现实的角度出发，针砭时弊，提出克服权大于法的弊病，使法治真正融入到社会主义的骨血里；韩大元教授认为要建立法治文化，使法治成为人们普遍的生活方式，首先要保证法律让老百姓有尊严地生活，让老百姓愿意选择法治作为自己的生活方式。而要保障人民的尊严，必须树立宪法的权威，发挥宪法根本大法的作用。王振民教授则更为犀利地指出法治建设与建设小康社会、加快经济发展是平行概念，法治建设不能处于辅佐经济发展的从属地位，而应自成一派；法治建设应与经济建设并驾齐驱。而法律要建立自己独立存在的价值，就必须发展宪政制度。同时王振民教授强调要克服治乱兴衰的历史周期律的困扰，就必须坚持党的领导与依宪治国的统一。下午 5 点左右，在张文显教授的精彩总结中，第八届中国法学家论坛顺利闭幕。

聆听了那么多法学界“巨牛”们的演讲，一方面我对法治文化有了更深入的了解，另一方面我又为这些前辈们扎实深厚的法律功底、意气风发指点江山的个人风采所折服，收获颇丰。真的很庆幸我生活在这样一所优秀的大学，可以有机会参加这样的高端学术论坛，汲取优秀前辈们的思想精髓。在思想交流与知识的不断充沛中，世界变得越来越广阔。

作者：法学院 2011 级本科生　张振玲

12 月 9 日　　星期一　　阴

文献检索课教师 · 李修波

今天的文献检索课上，我有点唐突地点名批评了课代表李佳阔，起因是我认为她没有认真阅读本次文献检索实习题的要求，问了题目中已经非常明确的问题。我不能确定，如果我以同样的方式批评另外一位同学，她会不会因此记恨我，但我几乎可以断定，李佳阔肯定不会这样。我甚至有点怀疑，李佳阔这个善良得有些木讷的孩子会不会真的去恨一些东西，或者只是对一些事情表示不满。

李佳阔是法学专业 2013 级的一名新生，同时她也是法学院四个班合上的文献检索课的课代表。她的这个课代表职位可谓得之不易。今年 9 月底，在文献检索刚刚开课招聘课代表的时候，她通过与多位竞选者的公开竞选，争取到了班里多数人的支持，才脱颖而出成为了班级的课代表。坦率地说，在参加差额选举的几个候选人中，我并没有看好李佳阔。我感觉这个孩子不够灵活，管理能力也一般。不过，从她最终获得了多数人的支持来看，这个孩子必有她的过人之处。

后来发生的一件事，很大程度上改变了我对李佳阔的这一认知。当检索课上到第三周的时候，一些同学反映，坐在教室后排的同学听不清楚上课内容，并进一步影响了他们的实习成绩。原因是显而易见的：班里人数太多，教室太大，教室的麦克效果又不够好。我安排李佳阔去与教室管理科的工作人员协商，争取解决这个问题，例如配个效果较好的移动麦克等。下周再上课的时候，李佳阔来找我，告诉我教室不能配移动麦克。在我有些失望的时候，她却拿出了一套新的设备：一个耳麦，一个扩音器。她调好设备的音量和音频，耐心地教给我使用方法。我不敢相信地问她：“这是学校给咱班配的？”她好像一下子变得不好意思起来，非常小声地说：“是我自己的。”我一下子不安起来，好像极大地亏欠了这个孩子。

当然，李佳阔还是李佳阔，她既没有因此变得机动和灵活起来，也没有改变她一贯的“踏实”作风。我每次一到教室，首先看到的必然是她调好了音量和音频，放在讲台上的扩放设备。

对于李佳阔这样的学生，她愿意为了公共利益而无私付出，愿意为别人方便提供自己的私人物品，缺乏灵活却踏实认真，我怎么能因为她对课程内容的一点不理解，就缺乏耐心批评她呢？我对今天课上对李佳阔过于直接的“批评”心存不安，写下这些话算作对她的歉意。

作者：图书馆文献检索课教师　李修波

12 月 10 日　　星期二　　晴

达人秀冠军·李嘉年

山大达人秀冠军！

当这一荣誉真真切切地降临到自己身上时，我并没有像曾想象中那么兴奋，反而回想起一个月以来为决赛节目做准备的种种艰辛，居然让我这么一个平时以不正经和无厘头著称的“街舞少年”叹息感伤起来了。

这一切真的是太难了！当初自己萌生这个舞蹈创意时远没有想到面前会有如此之多的困难。如果再给我第二次选择的机会，即使知道我和陈子航会夺得冠军，也恐怕不会去做这一切了。多少次想过要放弃，但好在有这么多人一路上帮我们，让我撑了下来。这也是比赛整个过程中最触动我的地方。

很早就想过在舞台上可以用视频与动画特效共舞，这也自然成为我们参加达人秀决赛的最佳方案。只不过这一次最为难我的不是排练舞蹈，而是让我一个纯正的文科男生面临如此之多的技术难题——这绝对是够我喝一壶了。

首先面临到的问题就是场地、投影仪和幕布，这一点社联的小伙伴们真的是为我们尽心尽力。策划部的张耀元部长有一个星期每天都和我通电话，商量布幕摆到哪、投影仪什么时候上台以及如何达到最佳效果。当投影仪和幕布的来源出现问题时，我其实已经灰心丧气，她却一遍一遍跟我说："你只管保证节目质量，剩下的我们来搞定。"这句话真是给我极大的力量，瞬间就觉得肯定有戏了。到最后去租投影仪时，社联更是派出了半个部长团的阵容去陪我验货，每次想想为我们这么一个节目就如此费心，真的十分感动，可以说我们的节目成功有一大半都是社联的兄弟姐妹们用心血铸成的。

为了给我们的节目最多的准备时间，街舞协会兴隆山分会的小伙子们精心准备了许多节目，代表协会参加了海选、初赛和复赛，赢得了极高的呼声，最后却把决赛名额让给了我们。去年带着我上达人秀决赛的学长前辈们由于学业繁重也没能参与决赛，却在场外给我们不少技术指导。我们的副会长更是为了我们能精心准备节目转而全职主持协会日常工作。想想我深爱的街舞协会在关键时刻果然是我最坚强的后盾。

最后的瓶颈当然还是制作跟我们舞蹈配合的动画。制作动画的人才似乎是我们"高大全"的山大所欠缺的，发动了所有的人际关系才在比赛前半个月找到了技术大师李梦阳学长。有时真觉得制作动画的过程才是一把辛酸泪，为了让真人和动画达到最完美的配合效果，我们一遍遍修改舞蹈动作和动画效果，把音乐精确到微秒来使节奏达到最高同步率，更要命的是让只会跳舞与只会技术的几个人互相交流懂得对方的想法，其中还闹出不少笑话，好在一切最终还是大功告成，回想起一切也算是一段艰辛却美好的回忆。

一切前期工作都已经完成，但现场是否能达到效果却是无法确定的。也许是时运不济，当天彩排时幕布和投影都出了问题，然而社联的小干事们跑前跑后出谋划策，终于在第三次彩排时达到了技术要求。当晚上比赛时，我俩终于和动画共舞起来，听到台下的喝彩尖叫，那一刻真觉得一切的努力都是值得的，这种感觉带给我的体验其实远比冠军名誉更为美好重要。

不像去年第一次登上达人秀决赛舞台的忐忑紧张，也不似街舞大赛获得满满荣誉时的欣喜若狂，对于达人秀的冠军荣誉，这一次我更多是以平常心去接受。当一切光环褪去，能够回归本心去投入我最热爱的世界史学术中去，也许才是我最平凡也是最享受的追求。

作者：山大社团星光达人秀冠军、历史学院2012级本科生　李嘉年

12月11日　　星期三　　晴

饮食管理服务中心一多餐厅主任·任文宁

每当听到一个个同学叫我老师的时候，心里总是有种说不出来的喜悦和感恩。因为在这个校园里，还有我的发小在攻读博士，我却已被同学们喊了三年老师了。2013年我又被任命为一多餐厅的主任，年轻的我感到无比的自豪。而如何为师生营造出“下午茶”开业的气氛，是我作为高校食堂管理员的第一个课题。

今天一大早出门我就不断在想怎样才能把昨天的策划落实到位。7:30晨检时，我对昨天的工作一一作了点评，并对主食、副食、糕点和服务四个班组今天的工作作了详细部署。工作开始后，按照分工，员工们个个争先，精心制作自己的分工食品。巡检时，我看到了员工积极努力，看到了洁净操作环境，看到了整齐划一的半成品，看到了一个个热气腾腾的食品和一筐筐诱人的西式糕点摆上了售饭台，看到了热情洋溢的售饭人员在等待师生的评判。10:30师生陆续走进餐厅，从餐台上选择自己喜欢的食品，我又看到了一个个评判师对我们主副食及糕点的选择，看到了他们高兴品尝的姿态，看到了服务人员发放优惠券热闹的场面，更看到了他们满意离开餐厅的笑容。

12:30我看到了被师生选择一空的餐台和员工忙碌收餐的身影。13:00吃完

中餐，没有休息的我们又开始了“下午茶”的准备工作。“下午茶”是本学期新推出的服务项目，它是现代人休闲的一种习惯：在高楼之上或是隔着玻璃幕墙，一边吃着西式糕点、喝着浓香茶，一边看着午后街头的匆匆脚步，或是悄然独坐，或是一二好友交流，或三五成群地闲谈，如梦浮生中不免增添些许温暖。14:30两人成对、三五成群的同学来到一多餐厅，点上一个精美的甜点，再点上一杯浓茶或果汁，或窃窃私语，或倾心交流，或热烈讨论。我看到他们无不流露出幸福的笑容。

16:30晚餐开始了，虽然没有像中餐那样师生排长队的热闹场面，但是我们的员工仍然很积极热情。

18:20供餐结束了，我来不及吃饭就和我的同学也是我的助理剑来同志一起急急忙忙直奔济南饮食金街——芙蓉街。芙蓉街一直是济南小吃市场的风向标，也是吃货们最向往的美食胜地，那里有很多值得学习借鉴的地方。19点钟我们到达芙蓉街，我俩一起边看边学习，仔细观察每一个风味小吃，最后选择了一个适合食堂生产的“菠萝饭”。19:40我俩买下“菠萝饭”品尝感觉很不错，略加改进就能适合食堂提供给师生。我俩经过讨论决定选择这款食品，下周的“菠萝饭”一定要加油哦！

今天，我很忙碌，也很欣慰。我在想，对于我们餐厅来说，首先感谢的应该是我们团队里每一个人。是他们的努力付出，是他们的帮助和支持，才能制作出精美的菜肴，才能让师生吃到可口的饭菜。其次应该感谢的是给予一多餐厅评判和肯定的师生。是员工们的辛勤付出，师生们的满意认可，我才有所收获。我要感谢身边的每一个人。感恩从这里开始，请相信我们一多餐厅在这个寒冷的冬季，能够为广大师生带来许多温馨。

作者：饮食服务管理中心　任文宁

12 月 12 日　　星期四　　晴

赴南澳大学交流生·张友娟

我在阿德莱德的小雨和室友收音机 BBC 里曼德拉的故事中出门。昨天下午收到学院项目主任 Terri 的紧急邮件，她已经帮我安排好今天去伊丽莎白镇 GP Plus Health Center 的 GP visit。这次的健康中心参观是来自菲律宾的护士们澳洲注册护士项目的一部分，我作为唯一的一个本科生参加了活动。

我是今年七月到达阿德莱德的。从开学伊始 orientation 上的 special orientation for Youjuan Zhang from Shandong University，到现在的学院不遗余力为我安排医院体验，作为山东大学和南澳大学合作的首位以及南澳大学护理与助产学院的第一位国际交换生，我在南澳大学得到了特别礼遇。如今也已经是南澳大学交换生活的第五个月。

十一月底已经基本结束课程的理论学习和专业考试，现在正是这边的学生们如火如荼开展 placement（相当于实习）的时节。每学期的实习是这边学生的头等大事，南澳大学将学生的实习安排在每学期的理论学习结束之后（至少健康医学相关专业是这样）。学生们要进入医院真正操作和实践课堂上的理论知识，而实习也要求学生具备条件和资格。

因为政策的限制，学院没有安排我的医院实习经历。出于对澳洲医疗体系的兴趣，我将对于医院体验的期待向 Carol 院长作了陈述，得到了院长的立即回复和支持。她表示可以帮助我协调医院，让我作为学生观察员（student observor）进入医院见习。也因此我得到了这两次宝贵的机会得以进入 Adelaide Royal Hospital 和 GP Plus Health Center in Elizabeth 观察医院与健康关护中心的医务工作者如何进行日常工作。

两次 clinical experience 给我留下了非常深刻的印象。在 Adelaide Royal Hospital，注册护士 Kirsten 是我的带教老师，她在急诊科工作，所以我有幸在工作强度最大、最为刺激有趣的急诊科做一名学生观察员。

配合阿德莱德古朴端方的气质，阿德莱德皇家医院树木掩映，院内院外都非常干净整洁。在急诊的挂号处和分诊台，候诊的病人不多，大家都在大厅里静静等候，

非常愉快充实的一天！

而大厅里准备了电视和杂志，可供患者消磨时光。普通的病人一般从南门出入，医院的急救车服务（ambulance service）则通过大楼的东门进入，保证急诊在紧急情况时最大限度节约时间和秩序井然。分诊台后面连着 security（相当于警卫室），一旦有医患冲突，警务人员可以最快速度制止患者对医务工作者的过激行为。

Kirsten 教给我的第一件事情就是在医院里如何保证自己的安全。除了最起码的注意手卫生和个人防护设备，最重要的事情是如何与病人更为安全地交流。比如进入病房自己要站在靠近门的位置，注意墙上紧急呼叫按钮的位置一些非常细微却很重要的注意事项。这样的谨慎可能与急诊科也收入有精神疾患的病人有关。这也是澳洲医疗体系给我最大触动的地方。在澳大利亚，对于精神病人的治疗是 community-based，也就是以社区治疗为主，在医院接受一段时间的治疗后会转回社区，由社区的全科医生（GP, General Practitioner）和心理健康团队继续负责。这一点与国内的 hospital-based 有很大差别，精神病人被给予最大限度的关护和权利保障（当然一定程度上也给社区安全造成了隐患），而澳洲精神障碍患病率也高得令人难以想象。

有一天课后跟讲授心理问题课程的 tutor Shannon 聊天，她说自己去越南旅行时，看到很多人在寺庙外面乞讨，她认为他们很快就会出现心理问题。Shannon 这样认为是有理由的，因为课上介绍的精神评估第一项就是 appearance，即仪容仪表，如果就诊患者连保持最基本的自我形象都出现了障碍，外表拖沓杂乱就很有可能有心理问题。然而我和另外一名亚洲同学都反对她的看法，因为从小生活在发达国家的人很难理解生活所迫乞讨度日的窘境，但是他们并不一定会有心理问题，反而可能更易于满足。

在急诊科，至少有 1/4 的空间是 Mental Health Department，我也有幸真正看到精神病人怎么接受评估和治疗。每一位精神病患者都被 security staff 严密监控，出于对精神状态评估的极大兴趣，我向 Roman 医生申请能跟着他一起查房。进入病房 Roman 会先向病人介绍我，打完招呼之后便开始与病人聊天。这个过程中使用的所有文件和问题都是 mental health 课程上面老师着重介绍和考察的，我对课程和临床实践联系如此紧密感到非常吃惊。

顺便介绍下这门课程，一开始根据字面意思理解我认为是心理学，但是课上并没有学习心理学的起源发展甚至一系列理论，这些都在课下延伸阅读里，而课上 tutor 重点介绍的是如何进行心理评估和心理问题的表现。这就是为什么我对如

在 GP Plus Health Centre 与注册护士项目的菲律宾护士合影

何作心理评估印象深刻。比较刺激有趣的是在心理咨询室里面对病人的单独访谈。这时候房间里只有医生（或者心理评估护士）和精神病患者，也就是患者此刻在 security staff 的视线之外，所以医生需要格外警惕。Roman 医生让我坐在靠门的位置，并且让把门半开，在对一位刚被警察送进医院看起来非常强壮满身刺青的小伙子进行评估时，当 Roman 问到他什么情况下会出现幻听、是一种什么样的声音在与他对话时，他开始表现得非常躁动不安，Roman 及时停止了对话接着离开咨询室。他告诉我作为一名心理健康工作者，要知道什么时候停下来，以避免对病人更多的刺激，这也是一种自我保护。

GP Plus Health Centre 服务台

在抢救室，我观摩了人生中第一台手术，护士和医生们都对我非常友好，因为此次手术涉及私密部位，Tom 医生向病人询问我能否在一旁观看，得到同意之后 Tom 把我叫进去然后开始讲解病因和他的治疗方案。手术成功大家都非常开心，虽然只是一名参观者，他们把我当成是团队的一员，让我感到非常温暖。

除了医院的心理病区，我感到惊讶的第二件事情是澳洲的护士群体中有一部分更为高水平的 Nursing Practitioner（NP，谷歌翻译的是执业护士），她们拿到了硕士学位，具有与医生一样的处方权，参与病情诊断和案例商讨，技能娴熟经验丰富。

Kam 就是一位非常专业的执业护士，在她的办公室里看病人的 X 光片，给病人开止痛药缝合伤口，对于医生认为一名 24 岁小伙子的骨肉瘤（osreosarcoma）她认为可能是骨囊肿（bone cyst），下午的案例讨论会上她拿着影像跟医生说你必须要先说服我。Kam 忙起来脚不沾地，但是她说自己非常享受这样的忙碌，她对于工作的满足感染了我，让我也觉得在医院工作能为他人解除病痛是一件非常快乐的事情。在医院内外是不被允许拍照的，所以很遗憾的事情是没有留下纪念照片。

与医院相比，GP Plus Health Center 的一天比较轻松愉快。阿德莱德的布局非常有趣，它的中心叫做 city，周边有很多的卫星镇。伊丽莎白镇就是其中一个非常漂亮的小镇。整个阿德莱德交通非常发达，虽然相隔很远，但是到处有直达的火车汽车，今天去的健康中心距离通往 city 的火车站不过 500 米，而乘坐火车去往 city 用时不超过半小时，交通非常方便。即便如此，在每个小镇还是有自己的健康中心，我感觉主要功能相当于一个慢性病防治中心，是为了方便小镇居民尤其是老人日常就医寻求医务帮助的地方。在全科医生服务的基础上，它还有急救、乳房检查、牙科、免疫、病理采集、耳蜗植入和遗体捐献等服务，同时提供知识普及，在导医台和病人的休息室都有很多的知识手册。另外这里还有一位助产护士。注册护士 Razz 非常自豪地告诉我们，这个健康中心曾经接生过一位小宝宝，因为母亲来到这里在等待救护车转往医院的空隙里孩子就出生了。

与医院一样，在这个小镇的健康中心，除了保证居民就医环境的舒适，医务工作者工作环境的安全和舒适也在设计的每一个细节中体现出来。呼救按钮在墙上非常明显且易触及的位置，每一层都有厨房、休息室和微机室，同时还有一个信息中心，主要是方便远行而来参加会议的医务工作者使用，通过预约病人也可以使用这里的电脑。

在公共厨房，我们很惊奇房间还有一扇门通往牙科，据带教老师介绍这扇门是设计之初通过以往经验和中心统计的数据，牙科的病人普遍都很焦躁易怒（可能是预约等候的时间太长），所以为了让病人满意专门开辟了这个“绿色通道”。再次被设计的人性化和全方位打动。我问同行的菲律宾同学们感觉与菲律宾医院有什么区别，她很委婉地告诉我：“你知道的，菲律宾是第三世界国家，所以进步的空间还有很大。”我想起之前在学院臧渝梨老师的课上，去过很多国家访学和工作的老师介绍说，中国在医药卫生的很多方面是具备国际顶尖水平的。现在看来，国内的卫生机构还是有很多细节可以完善和学习。

参观结束，与我的菲律宾朋友们一起在伊丽莎白镇等火车回 city，才发现她们对于中国的文化和饮食非常感兴趣，坐火车回来的一路上都在问我关于“水饺”“孔子”和“章子怡”的问题。我们也约定圣诞节要一起度过，而我负责包水饺。

作者：护理学院 2010 级本科生　张友娟

12 月 13 日　　星期五　　天气晴

啦啦操队员 · 李莹莹

昨晚九点钟，我像前两天一样裹紧棉衣，迎着萧瑟的冷风走出了宿舍楼。此时此刻，校园褪去了白天的喧嚣和浮躁，取而代之的是这冬夜里灯火通明的宁静。经过艺术楼前时，透过舞蹈房的磨砂玻璃，隐隐约约还能看到舞者在努力温习着白天的动作，踮起脚尖、旋转，舞步轻盈，曼妙的舞姿常常令人心驰神往。

十分钟的步程，终于来到了政管楼 102 室，这是我们排练啦啦操、健美操的地方。去年的这个时候，我和其他的几位队友每天挥汗如雨，在教练的带领下努力学习啦啦操和健美操两套全新动作。仅用了十天时间，我们的啦啦操项目就凭借着高难度动作和队员的完美表现，一举夺得了山东大学阳光活力大赛决赛的第四名，教练夸赞我们是“神速的成长”。今年，新队员的加入为我们的啦啦操队伍和健美操队伍注入了新鲜的血液和阳光活力。

今天，教练带我们温习了前两天所学的整套基本动作。今年我们的啦啦操动作里加入了许多爵士舞和街舞的元素，伴随着蕾哈娜的动感歌曲《right now》的伴奏，我们的动作充满了时尚动感。这些动作设计对我们这些非体育舞蹈专业参赛选手来说，也是一项全新的挑战。尽管如此，大家仍然对自己严格要求，大汗淋漓，一刻不停地练习，直到院楼传达室的大爷提醒我们关门时间到了。

冬夜，寒风，肌肉酸痛。可是当身体的每一个细胞随着音乐亢奋地运动起时，我清晰地感觉到，连身体都在告诉我：这是我所喜爱的，即使再累，也不是负担。

“我一直照着别人的方向飞，可是这一次，我要用我的方式飞一次。我逆光飞行，却也不恐惧。”这是电影《逆光飞翔》里最感动我的一句话，男主角裕翔作为一个盲人钢琴家，用努力证明了自己的实力，让所有曾经对他不屑的人在听完他的钢琴演奏时，都不觉对他肃然起敬。而今天排练结束时，我的一位队友也这样对我说，“我不是专业的，也不是最好的，但是我喜欢这项运动，这是一个可以让我全情投入去享受的过程。”是的，也许冠军只有一个，可是我们每个人都要做自己心中的冠军，追求极致，享受过程。

作者：政管学院2011级本科生　李莹莹

12月14日　　星期六　　晴

青志协志愿者·杨博文

我与青志协结缘已经三月有余。今天，我迎着慵懒的夕阳，静静地享受济南冬日萧瑟的暮光，走向叫做东河抑或是文苑的小学。但冬日萧瑟却不冰冷，暮光沉静却不颓废。缕缕微风拂面而至，连流淌的时间也悄然静止。我踏步柏油路寂然的轨迹，走向喧闹玩笑的小学，真有恍如隔世的感觉。

进入小学会议室，我们坐定，悉心等待老师的发言。“我们需要感激大朋友们的工作，感恩他们志愿服务的心”。听完这句话，我一瞬间呆坐在椅子上，心里面一直回想着这句话。

三个月以来，我一直在做着青志协的志愿工作，与各种志愿者接触交流，但却很少将注意力的中心放在他们身上。我可能更多的是考虑志愿者们志愿服务工作做得到不到位，反响是不是够好，受帮助的群体是不是真正得到了帮助，却很少将自己的关心和目光投向另一个志愿服务的主体——志愿者们的身上。

“志愿就是将血变热的过程，而又将热血奉献出去的结果”，来大学前我给自己参与志愿的定义又一次出现在了自己的脑海之中，但现在看来却又有些缺少对志愿者本身的思考。

志愿的目的绝不完全是利他，但绝大部分却还是利他。志愿者们不论以怎样的年纪进行着志愿，都是自身热血的另一次燃烧，这样的燃烧可以将时间的琐碎烬灭无遗，将斑驳的杂质淬炼洁净。志愿者们此时得到的关注与感恩，也将可能不纯粹的心灵变得简单纯洁。正如我们部长所言："不论你们最初以怎样的心思来面对志愿，当你真正开始接触志愿工作的时候，当你得到几句甚至是一句言语上的鼓励和别人的承认的时候，所有不干净的心思，也就干净了。"

也许，如果今日没有得到老师的点拨，我可能依旧无法深入思考部长那时的话语。当每次我看着志愿活动后的受助者们，却总是忽略志愿者们离去的背影。他们萧瑟却挺拔的身影，也许正是我所忽略的答案。志愿者青春的热血，一半洒在奔波的路上，一半献给清澈的灵魂。

作者：政管学院 2013 级本科生　杨博文

12 月 15 日　　星期日　　晴

机械学院·金勇忠

我被一个姑娘拒绝了。

我喜欢上的是一个漂亮气质文化兼备的现代都市白富美。其实她刚工作，"富"上欠缺了点，但确实是个十足的美女。在我眼里，10 分不能再少了。

能喜欢上这么一个女主角我很佩服我的眼光。但这也是悲剧的开始。具体我是怎么被女主角深深吸引不能自拔，以至于以后的半年每个晚上都失眠的过程我就不多讲了。你可以借鉴一下韩国偶像剧里的情节。当然里面没有白马王子，只有一个雄性的土鳖。过程忽略，直奔主题。我被拒绝了，这是个我自己都坚持认为很必然的结果。

但我必须向她表白。你们可以想象，一个人时不时地出现在你的脑子里，白天还好，晚上躺在床上刚闭上眼就有人在眼前晃悠，做梦都能上百次主角不变样。有时候呆呆地半天不说话，就是想她。不用去医院我都知道自己快不行了，再不表白我迟早要疯。

那天是星期五，就是前天。我很有勇气地在 QQ 上发给她一句话：我喜欢你。

我想她看到后一定会哭的，一定会回一句：我等这句话已经很久了，我们恋爱吧！

我正沉浸在幻想当中不能自拔，女神回话了——三个汗的表情。

我不用看谈话记录就能轻松地打出她说过的话，可想我是多么用功地回顾了我们的谈话内容。

这只是开始，后面的谈话我就不说了。就是女主角很大方，说我们以后还可以联系，你不要痛苦，不要想不开之类的善解人意的话。我一直喜欢她的原因之一就是她很大方，不会因为你喜欢她但是她不喜欢你就把你拉黑。

我被拒的原因很简单，也很复杂。她说她有男朋友了。这句话我一直想了好久，还是没能明白她的男朋友是怎么来的。我曾经翻遍了她的 QQ 日志和相册，以及好友留言，看到比较暧昧的话就到那个人的空间看看，后来发现和她说我爱你之类肉麻话的都是女生。所以，我是在排除了我有前辈可能性的前提下才开始有勇气的。

我不是说我被骗了，只能说她很善良，这也更加让我不后悔喜欢她。我朋友说，男女谈恋爱了之后就不会再去对方空间逛了，人家已经回归现实。要真是在空间说我爱你这些的，一定是在秀恩爱。我相信我喜欢的女主角不是一个虚荣的人。所以我相信了我同学的话。但我还是希望她是骗我的。

最后我又希望她说的是真的。她是因为有男朋友才拒绝我的。她要是直接说你太丑、太烂、太土这类字眼，我想我会挖掉我的双眼，我会恨我怎么喜欢上这样的一个人。言归正传，我被拒绝了，而且人家有理有据，我也不好说什么。我当然也不能再说什么，本来咱就是处于弱势。

结束得很顺利。我并没有多说什么，或恳求什么。这是两个人的事情，一方不同意我再纠缠就显得太没风度。其实故事到这就结束了。我现在是后悔跟人家表白了。这是基于我知道表白之后结果而言的。以前我可以幻想着牵着她的手去逛街，跟她一起吃饭旅行。但现在不行了，人家有主了，我不能再这么无耻的把她作为我想象的生活的另一角色，一下也不行。我一下子觉得我失去了我的重心。我以前做什么事都是以把她作为我未来生活女主人这个假设作为基准的，现在这个基础都没了，我就真的没有动力去做任何事吗？

也许爱情不需要迫不及待的表白，需要细水长流的灌溉；也许被拒绝不是自己的悲哀，它远比失恋来的可爱。我也感谢她的拒绝而不是讽刺和伤害。

作者：机械学院 2010 级本科生　金勇忠

12 月 16 日　　星期一　　霾

环境研究院大气环境研究者·王新锋

早晨 7 点钟，我一爬起床就拉开窗帘，发现又出现了严重污染的灰霾天气！窗外雾蒙蒙的一片，能见度仅有千米左右。吃完早餐，我就蹬起自行车奔向中心校区。一路上，看到许多人带着各色的口罩，有些人是为了防止吸入大气颗粒物，有些人可能是为了防寒。

8 点钟左右，我到达大气环境研究院办公室，一打开电脑就登陆由大气环境超级观测站发布的环境空气质量网站，看到实时显示的 PM2.5 浓度已接近 400 μg/m^3，远远超过我国环境空气质量二级标准限值。我心想，这样污染严重的灰霾，对人体健康会有多少大危害？对局地及区域气候又会有多少影响？

想起当前大气环境超级观测站已建成并投入使用，我心里甚是高兴。它的筹建，耗时半年多，得到了校领导与环境研究院王文兴院士的大力支持，得益于泰山学者陈建民教授的悉心指导与全力推进。虽然姗姗来迟，但在环境研究院建院十周年之际建成，在我国中东部地区面临严重空气污染（尤其是 PM2.5 污染）的背景下投入使用，它对环境学科的长期发展、我国区域性大气环境问题的深入研究并解决都将有深远意义。

近年来由于灰霾天气频发，灰霾的“元凶”——PM2.5 逐渐成为热点名词。不少山大师生已了解到山东大学建成了大气环境超级观测站，对 PM2.5 开展全面深入研究，但对观测站的配置情况还不甚了解。大气观测站位于中心校

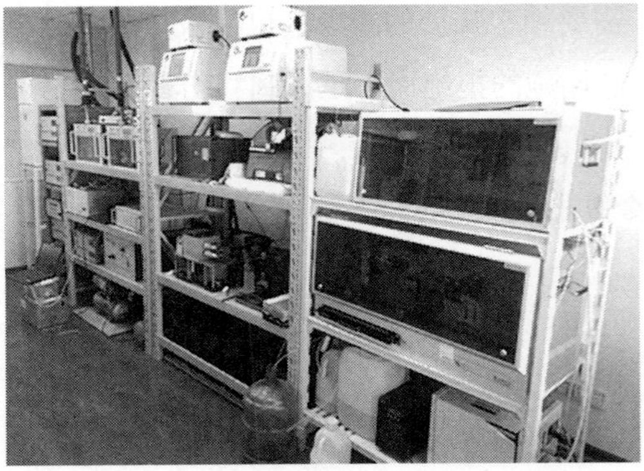

区理综楼楼顶，室内面积86平方米，可实时测量、显示并在线发布PM2.5的浓度水平、化学组成、理化特性、相关大气污染物数据及气象参数，是国内最先进的大气环境超级观测站之一。它之所以被称为“超级观测站”，是因为有别于环保部门设立的用于监测常规大气污染物的大气环境监测站。它主要以科学研究为目的，通常仪器设备更先进、齐全。目前该站配备有PM2.5监测仪、PM2.5水溶性离子分析仪、双通道PM2.5元素碳/有机碳分析仪、双波段PM2.5黑碳分析仪、中性离子簇与空气粒子光谱仪、宽范围颗粒物粒谱仪、三波段气溶胶浊度计、腔衰减相移式气溶胶消光系数测量仪、SO_2分析仪、NOx分析仪、O_3分析仪、CO分析仪等在线测量仪器，室外安装有PM2.5四通道采样器、PM2.5大流量采样器、八级颗粒物分级采样器、单颗粒采样器、云雾水采样器等采样设备，将为深入研究大气PM2.5的浓度水平、变化趋势、来源、形成机制、新粒子生成、雾霾成因、气候效应等提供良好科研平台，并可作为大学生大气环境保护学习与实践基地。

提及PM2.5，许多师生觉得它有一种神秘感。PM2.5定义为大气中空气动力学当量直径小于或等于2.5微米的颗粒物，俗称细颗粒物或细粒子。PM2.5粒径很小，约为人类头发的1/20，肉眼不可见，不容易沉降去除，可吸入人体肺部。PM2.5最主要的化学成分为硫酸盐、硝酸盐和有机物，也含有少量扬尘、海盐、黑碳、重金属等，其中的部分有机物、重金属等对人体健康有较大危害；而硫酸盐、硝酸盐、有机物、黑碳则有强烈的消光作用，会降低大气能见度，影响气候变化。在城市与工业密集地区，PM2.5主要来源于人为排放的SO_2、NOx、VOCs等气态前体物的二次转化以及工业过程等直接排放的细颗粒物，主要人为来源有燃煤、机动车尾气、工业生产、道路与建筑扬尘、生物质燃烧等。由于PM2.5来源众多、形成机制复杂、输送距离远，因此要有效控制区域性PM2.5污染，需要开展大量深入的科学研究，并联合能源与产业结构调整、工艺技术改进、生活习惯改变等。

当遇到严重的 PM2.5 污染天气（如雾霾），有些人会忧虑不安、不知所措，其实我们还是可以做一些事情来减少 PM2.5 对自身健康的危害。高浓度的 PM2.5 会对呼吸系统造成急性伤害，因此在雾霾天气，尤其老年、儿童及体质较弱者，应减少户外活动时间，尽量留在室内，关好门窗、避免室外 PM2.5 向室内扩散；如果确实需要在户外活动，最好带上 PM2.5 过滤效率高、透气性好的口罩，减少 PM2.5 的吸入量。

此外，室内也有 PM2.5 的排放源，应减少其排放或远离。例如，尽量不抽烟或到专门的吸烟室抽烟，厨房安装抽油烟机减少油烟吸入量，将打印机摆放在离办公桌较远的位置，保持室内清洁减少颗粒物再悬浮，等等。

作者：环境研究院大气环境化学讲师　王新锋

12 月 17 日　　星期二　　晴

生命学院·钱兴洋

此刻，我在北京，在昏黄的台灯下，回忆着两天充实的生活。

16 日，在中科院微生物研究所（简称“北微所”）的邀请下，山东大学生命科学学院一行 28 人参加了第二届全国微生物学研究生学术论坛，而我有幸成为其中一员。该论坛以“微生物地球与生命的轨道”为主题，涉及生物、环境、地质等多个学科，更是吸引了包括中国地质大学、中国农业大学等多所大学的参与。能够参加这样的学术论坛，兴奋之余，倍感幸运。

论坛的开幕式很简洁，但北微所刘双江所长对于“高等教育何以为高”的追问还是让我记忆深刻。牛津大学的大卫·帕尔菲曼曾围绕导师制对该问题进行了详细解读，而刘所长将这一问题延伸到本次论坛，希望为学生自主创新和探索提供广阔的平台和充足的资源。于我而言，更希望，山东大学也能为学生提供更多类似的机会，交流自我，展示自我。

开幕式后，特邀嘉宾向华研究员和鲁安怀教授的专题报告，更是让我领略到科学的魅力。不论是嗜盐细菌的基因组研究，还是半导体矿物对微生物代谢生长的环境效应，无不昭示着学科交叉与合作的重要精神。尽管我只是一名本科生，报告中的很多内容无法完全消化，但强烈的求知欲和使命感让我不断思索。正如论坛主旨所言，微生物的研究正以新的姿态走向地球，走进生命，而这正要求我们跟紧时代需求，做顺应发展趋势的当代生科人。

而这一切都只是铺垫，学生报告大会才是本次论坛的核心。曾经，我很困惑，生物科学专业的学生究竟可以做些什么，而站在讲台上的这些师兄师姐用他们的努力和成果给了一个肯定的答案。张蔚博士凭借在流感病毒领域的突出贡献在Science上发表两篇文章；刘晓博士对于生物钟基因转录抑制因子的研究在PNAS上发表；倪斌博士幽默地向我们讲述了他在研究睾丸酮丛毛单胞菌CNB-1对芳环污染物趋化性机制过程中的苦与乐，该研究成果也发表在微生物学著名杂志Molecular Microbiology上……一个个鲜明的实例，一个个厉害的榜样，我也明白，讲台上侃侃而谈的他们却又在实验室中鏖战了无数个日日夜夜。在参观实验室时，一位师兄就拿一包包装满平板的袋子，打趣地说“看这就是我的劳动成果”。所谓成功，总要经历磨砺，而对于刚刚大三的我而言，一切才刚刚开始，我希望自己能够以成功者为榜样，在科研的道路上踏实前行。

如果说，优秀者给人力量，那么，优秀的校友给我更多的是温暖吧。在论坛结束后，北微所的山大老校友为我们奉献了一场充实温馨的座谈会。这里有83级校友真菌学国家重点实验室副主任郭良栋研究员、86级校友国家杰出青年张立新研究员、87级校友中科院百人计划邱金龙研究员，以及在北微所继续深造的杨娜等6位研究生。他们不仅在自己的科研工作中取得了重要成功，更是心系山大，关心母校学子。张老师鼓励我们积极参与学术活动，并通过几则有趣的小故事告诉我们科研工作者的必要素质；郭老师希望我们能够主动交流，学会开放思路，做一个有智慧的人……当研究生师兄师姐为我们详细解答学习、生活等方面问题时，“凡我在处，便是山大，有你在时，那便是家”的旋律便萦绕耳旁。

虽然远离济南，但在北微所的我们却因为诸多校友的陪伴而感到幸福与自豪。我也希望将来的自己能够做一名有所贡献的山大人……

尽管两天的论坛很短，能够听懂的专业知识很少，但这次经历却为我打开了一扇新的窗户，让我知道生命科学这条道路艰辛却又充满魅力。

作者：生命学院 2011 级本科生　钱兴洋

12 月 18 日　　星期三　　晴

土建学院·聂家岩

这个冬天，雪来得刚刚好。

早晨，没有等到闹钟的声响，五分钟的穿衣洗漱，6:50 准时走出了楼门。阿姨弯着腰在楼门口前扫雪，上前道了一声好。阿姨微笑之后惊诧地问，怎么今天这么早呢？开玩笑地说了一句，因为今天下雪了呀。其实，好想对阿姨说，以后我还会这么早的，这是我和这个冬天的一次约定，和余下的唯一一年的兴隆山冬晨的约会。

兴隆山，其实想说爱你不容易，不是因为你时常四季轮流播放，还伴随着 360 度无死角立体风，而是因为这里承载了我好多好多的记忆。闲暇时间，我会去想那个曾经的自己在某个时空下的模样，不禁嘴角上扬，满满的都是幸福。我也见证了这里太多的变化，就像刚才和我擦肩而过的送牛奶的帅哥一样，去年的兴隆山是没有的。

豆浆油条，永远是那么和谐而又守恒的早餐，吃得久了就真的不想换了。也许这意味着一些什么，我不想去揣摩，只想好好地享受这熟悉的味道，有些东西真的会随着时间的拉长而消逝。

早上的彻骨寒意完全没有压倒讲学堂 109 的晨读气氛，每天教室后面总会有很多同学因为没有座位站着的。这一站，代表的是一种态度。

一大节的专业课在各种似懂非懂的疑问中悄无声息地过去了。接下来我选择了这样的生活，翘掉了下午的专业课，只为了格桑花协会和爱心协会的爱心募捐活动。我想给大家讲讲这个故事，希望有更多的师生能够伸出自己的援助之手，帮助一下这个家庭，圆孩子一个梦。

故事是这样的，我们一位山大08届的毕业生，他是一名“非西藏生源定向西藏就业”活动的大学生，2008年从山东大学毕业后，来到西藏自治区那曲党校，成为了一名援藏教师。2010年，妻子怀孕，由于不能适应那曲的高寒气候，挺着大肚子回到了滨州的农村老家待产。儿子出生到过“百日”，是他在妻儿身边待的时间最长的一次。2011年2月，还没等儿子会喊爸爸，他撇下妻儿，又回到了那曲地区巴青县。2013年10月14日，他的家人发现孩子不像以前好动了，而且走路困难，腿有些瘸。孩子的妈妈带孩子来到山东当地的医院检查，诊断结果为急性白血病。就这样，一个噩耗降临在了一个本来就不幸运的孩子身上，这个家从此需要负下很重的担子。而如今孩子常常挂在嘴边的一句话，只是爸爸去哪了？我们希望通过我们的努力，能够给孩子做些什么。也许我们能做的不多，但是我们会用心地去做我们能够做的。

刚下过雪的兴隆山空气格外新鲜，阳光也闻着气味儿了似的开始出来凑热闹，暖暖地打在人们的身上，只是阵阵的微风敲打在人脸上显得有点儿疼痛。但是我们所有的工作人员都没有任何怨言，面带笑容地给路过的同学们讲解。大家都很有爱心，慕名而来的人不在少数，你五元，他十元，小小的捐款箱就这样很快地饱满了起来。

看着大家脸上的微笑，我感觉翘课什么的都值了。真心希望孩子能够早早地好起来，给这个家燃起新的希望。

此刻写下这些文字的时候，百感交集。生命是一种神奇的存在，愿我们都能用心对待。

作者：土建学院2011级本科生　聂家岩

12 月 19 日　　星期四　　晴

外语学院 · 朱婧文

“第一名，外国语学院！”抑制不住地欢呼。

山东大学阳光体育的“压轴大戏”——健康活力大赛在今天下午开始了。去年外国语学院获得了啦啦操第一名、健美操第一名和街舞第二名的优异成绩，这也使从学姐手中接下重任的我感受到了压力。

半个月的准备时间，从最开始的构思、挑选队员，到服装、音乐的敲定，每次都能讨论上好久。队员从大一到大三，大家每天晚上都牺牲自己的休息时间排练，常常一练就练到看门的阿姨前来催我们走。“一二三四五六七八”，一遍一遍喊着拍子，嗓子总是沙哑了，却仍然要叮嘱小队员各种动作的要领。每天拖着疲惫的身躯回到宿舍，却还计划着第二天的训练。

健美操的力度，街舞的柔美和性感，啦啦操的活力，身兼三个项目的我一直在其中转换，渴望将每一个都做到最好。

今天一大早来到体育馆准备，适应场地。上午的预赛，健美操遇到了音响问题，突然没有了音乐。一瞬间有一些懵，但好在及时弥补，以第二名的身份进入决赛。其余两项也以第二、第三名进入决赛。但中午我仍十分忧虑，总觉得拿不

到冠军，学姐们会从外地“追杀”回来。于是又开启了“唠叨”状态，“队形一定要跑到啊！力度，力度……”

下午首先进行健美操，第三个出场。队形比上午跑得更到位，音乐也播放正常，更是基本做到零失误。以9.15分顺利率先实现卫冕！这时的我心里有了着落，紧张感也减少了不少。街舞第一个出场，将“中国风”和爵士舞结合，一出《心动》拿下季军。最后的啦啦操我们是“压轴”倒数第二出场，作为两届卫冕冠军我们不负众望，以丰富的创编和表现再度卫冕！

兴奋难以言表，颁奖音乐响起时眼眶湿润了。看着学妹们脸上的笑容我真的觉得很幸福，虽然会凶她们，虽然会不断给她们挑毛病，但是她们的努力我都看在眼里，她们就是bonny bonny未来的希望。真心感谢这段时间所有付出的姐妹们和支持帮助过我们的人。

“卫冕冠军”是对我们最好的肯定，也是对bonny bonny最好的诠释，更是对“魅力外院，精彩无限”这句口号新的表达。

作者：外国语学院2012级本科生　朱婧文

12月20日　　星期五　　晴

政管学院·李　硕

泰戈尔曾说：“我们必须奉献于生命，才能获得生命。”自己曾经特别信奉这句话，当作为政管青年志愿者协会干事的我今天走进山东大学政治学与公共管理学院阳光行动服务社举办的“二帮一”活动启动仪式时，心里虔诚信奉的信念，这一刻化为现实，爱与奉献在这一刻不仅仅是几个字，而是一份心，一段情。

活动的地点文苑小学，距离兴隆山校区很远，乘公交车大约四十站的距离。

可是距离没有消磨志愿者心中奉献爱心的热情，没有拉长志愿者与孩子们的距离，历经颠簸，大家都及时赶到学校。怀揣着激动与好奇的心情步入会场，已经有些许家长和孩子们在椅子上等候。低头与孩子们对视的瞬间，心被他们眼神中的渴望与希望深深触动了。作为一所农民工子女学校，父母给予的学习甚至生活上的关心与帮助是极少的，学校的教育也不能顾及到每个孩子的全面发展。作为一名山大学子，一位当代大学生，瞬间感到自己肩上担子重了，心中奉献信念也愈发坚定，这一刻只想奉献自己的一份爱，去帮助孩子们，更希望引导社会正能量，去关注每一个需要帮助的儿童。

下午两点，全部人员都已到齐，志愿者也找到了自己所负责的孩子和他们的家长，并初步进行了沟通。启动仪式此时正式开始，阳光行动服务社社长于志康与文苑小学学生共同主持此次会议，山东大学政管学院团委书记桑伟林老师、文苑小学校长邢老师、学生家长代表、上届“二帮一”优秀志愿者都相继发言，表达了对这次活动的期望建议和对志愿者的感谢、对孩子们的深切关爱。之后的活动进程按计划进行，志愿者同孩子和家长们进行了进一步沟通，商定活动时间和注意问题等。整个会场弥漫着笑声，我想这正是奉献的魅力所在——分享快乐，分享感动；收获感恩，收获美好。

会议结束时，志愿者似乎忘了回山的路程漫长，家长们似乎忘了手头工作重要，孩子们似乎忘了要去上课，都沉浸在这种氛围中不愿离去。托尔斯泰说“幸福是为别人而活。”志愿服务正是如此吧，志愿者们周末没了多余的休息和学习时间，路上花费几个小时去孩子家里帮助他学习，晚饭可能都来不及吃就得赶回学校。这种无私奉献、无怨无悔的精神正是整个山大乃至中国青年精神的缩影。我们更应该将这片爱的阳光传播到每一处，在志愿服务中奉献自己的青春，撑起公益志愿的天空。

回校的路上，我问一位同学感觉怎么样，她笑了笑说：“感到很幸福。”突然间，心里敞亮了好多。回头望向身后，夕阳的余晖洒在地上，散落的更有一地感动。

作者：政管学院2013级本科生　李　硕

12 月 21 日　　星期六　　晴

外语学院・魏　丽

又是一个周六的清晨，照例要早起去家教。当我裹着厚厚的棉服，恨不得把自己整个人塞进笨重的雪地靴时，我知道，这冬天是真的降临了，就像老舍笔下济南的冬天一样，美好而深沉。小跑一段路，随着呼吸，就能看到眼前蔓延开一片氤氲，仿佛冬季里一眼温泉从我身体里升腾起来，汩汩而出，悠悠而散……

绵绵冬日，当肆意妄为的寒风冷气招摇过市，冲着你粗鲁地扑过来时，你以为什么样的情话最动人？与其说是寒风中倾尽一脸温柔的“亲爱的，我会永远给你温暖的怀抱”，倒不如豪爽大方地来一句“天冷了，我带你去吃火锅吧！”你知道的，对铁杆的吃货来说，冬日里一顿热腾腾、火辣辣的火锅无疑比世上万千情话包含更多绵绵情意。当然，“独乐乐不如众乐乐”，像火锅这样听起来就让人沸腾的餐食，二人世界、浅斟慢酌是比不上倾巢而上、全员出动的，班级聚餐什么的是再合适不过的了。

就在这样一个好时机里，我们班愉快地决定了来一次火锅盛宴，地点就选在洪楼不远处的宁夏民族大饭店。光听名字，就能想象这饭店的派头，据说是济南最大的清真餐厅，吃过才知果然名不虚传。

上午做完家教，我独自坐车前往聚餐饭店，心情异常迫切，连平日最喜欢和小孩逗笑的我，今天对公交车上冲我挤眉弄眼、讨好搭讪的小宝贝都没了兴趣。紧赶慢赶，终于在 11 点半多的时候到达了饭店，同学们也已经悉数到达。再说我们这饭店，进了大厅，完全不同以往小餐馆闭塞拥挤的感觉，反而眼前一片豁然开朗：进门一溜大气的毛泽东诗词牌匾，古木质地的沙发座椅布置在前，各式圆桌和方桌在四周有次序地铺陈开来，俨然欢迎着我们在这里大展拳脚，好好施展一番胃口。

我们的班长是英明的，提前给大家团购了自助餐，为的就是让大家可以吃个爽快，吃个痛快。估摸着有不少同学是跟我一样省了早饭钱，虚“胃”以待，等着中午这一顿大餐呢！开餐之后，大家就发扬“自己动手，丰衣足食”的优良传统，忙不迭地辗转于餐桌和选材区之间，大家的热情就像桌上一个个的涮锅在火苗的舔舐下一样，一点点地升温。没一会儿工夫，餐桌已经被五花八门的食材占满，然后，就是紧张地下锅，热切得盼着开锅，等不及一声令下，同学们已经悄然吃开了。红的羊肉、绿的青菜、热的海鲜、冷的橙汁、鲜的水果、酱的牛肉，应有尽有。饭过半旬，有的同学已经显出饱意，风卷残云的势头明显减弱，有的却依然战斗力强悍，只顾埋头苦吃，无暇四顾，最有意思的是当同学们大抵都结束战斗，丢盔弃甲的时候，班里个头较小的德玲、丹阳、韩鑫几位依然战得正酣，真是小个子也有大胃口，人不可貌相呢，我和我的小伙伴们都惊呆啦！

这一场英政班兄弟姐妹与牛羊鱼虾菜之间的战斗一直持续了两个小时，场面可谓壮观。难得的是我们在自助餐的前提下，还响应了“光盘行动”的号召，直把每一只盘子都扒拉了个底朝天，方才善罢甘休。酒足饭饱之后，大家又玩了一阵，最后在敞亮的毛主席诗词前留下了灿烂的全家福后，满足地离开了。

难能可贵的是，大伙们或许都想解放解放自己超负荷的胃，竟然一致同意放弃坐车，大家一块走回学校。三站路的距离不算太近，可是在大家笑语涟涟中，不知不觉就到了。午后的阳光不算太暖，但走在路上我却感到幸福。我想，这样一段携手走过的路途，解放的大概不只是我们的胃，还有临期末考试、临新年更迭，面对未来选择的重重压力吧！

回望我们走过的时光，记忆里闪光的总是那些团聚和感动的时刻，就像这次的聚餐。特别是在做班委之后，感触更深。每晚虽然只是简单的一条短信，一点叮嘱，慢慢地也被大家习惯，偶尔缺席他们会觉得不适应，就这样浅浅地被需要，浅浅地付出，让我觉得很幸福。有时也疲于向别人解释自己双学位、五年制、跨学院的“特殊”身份，有时也为沉重的课业负担而紧锁眉头，但每当三年多的美好时光一点点涌上心头的时候，我又会舒心一笑，庆幸我们是五年制，庆幸2014年我们不毕业，庆幸未来我们还在一起！

作者：外语学院2010级本科生　魏　丽

12月22日　　星期日　　晴

管理学院・卢　鹏

今天是农历冬至，俗话讲："冬至饺子夏至面"。这不，一大清早，同学们就紧锣密鼓地准备上了……

带着昨晚广州恒大进球的兴奋劲儿，一大早，我就迎着寒风快步来到已经预定好的"小瓦房"和同学们一起包饺子，真是喜上加喜。当我赶到那里时，大家已经"开工"啦，我急忙把手洗干净，加入了阵营。身为一名北方汉子，当然要有个"居家好男人"的样子嘛!

真是出乎我的意料，亲爱的同学们个个是居家能手，几个女生撸起袖子和面，力度毫不逊色于男生，还有几个能工巧匠，擀皮儿，包馅，不时还给我们不会包饺子的男生指点一下。当然，男生也不逊色，各种奇形怪状的饺子，有包子形的，有烧卖形的，还有"不明飞行物"形的……总之，没有你做不到的，只有你想不到的。

很快，在同学们有说有笑的氛围中，两大盘饺子包好了，有些"小馋猫"已经忍不住了，班长一声令下："下锅煮饺子！"

本以为大家在等待饺子出锅的过程中会很平静，没想到大家又玩起了"打雪仗"的游戏。我们把剩下的一点面粉涂在手上，你往他脸上一抹，他往你脸上一抹……黑黑的班长已经变成雪人啦！此时此景，我们在照片中留下了美好。

饺子出锅了，同学们站在桌子旁，调皮地找着自己的饺子，都不忍心动筷子，不知是哪个"小吃货"伸出了筷子："嗯，好吃。"看到她那么陶醉的吃相，我们咽了口唾沫，开吃吧……

虽然这是我在外面过的第一个冬至，没有像在家里那样，有爸妈包好的饺子，但是我却感到另一种独特的幸福。工商七班，就是一个大家庭。这些来自五湖四海的同学们已经成为我的兄弟姐妹。我想，大学四年的时光有你们陪伴我，真好。

在回来的路上，我望向家乡的方向，祝愿那里的人们节日幸福。

作者：管理学院2013级本科生　卢　鹏

12 月 23 日　　星期一　　晴

校长奖学金获得者·胡　静

寒谷春生，吉云清穆，冬至日刚刚逝去；凤箫声动，月华如水，平安夜尚未降临。而今天，这个处在冬至日之静谧和平安夜之喧嚣的罅隙中的日子，却注定是烙刻在记忆深处无法忘怀的一天。今天，山东大学 2013 年度校长奖学金暨国家奖学金颁奖典礼在知新楼报告厅隆重举行。走上主席台，从敬爱的张荣校长手中接过沉甸甸的奖牌的那一刻，我反思过去、畅想未来，万千的喜悦、万千的感慨、万千的责任汇聚心间。在这神圣的日子里，我愿放歌历史，颂歌学校，讴歌青春。

煌煌上庠，弦歌不辍，荦荦先贤，蔚为大观。感谢历史，杏坛的鼓应，稷下的钟鸣，连缀成知新楼大钟的回响，赋予我学无止境的浩然之气。至圣孔子游于淄林、歌乎杏坛的厚重底蕴；诸子百家崇论宏议、争鸣稷下的绵延文脉；文史楼前，冯陆高萧、八马同槽传道授业的辉煌学统；八角楼畔，一多先生、克家先生心怀天下的广博情怀……一切一切，拨动齐鲁文化博大精深、源远流长的琴弦，融汇成读书人永恒的心灵归属和精神承载。“为天下储人才，为国家图富强”，是山大一以贯之的崇高理想；“为往圣继绝学，为万世开太平”，是世代山大人薪火相传的历史使命。如此学堂如此人，千年不遇我逢辰。浸润在山大骨骼血脉中的文化风骨，让我珍存着那份为天下苍生安身立命的坚定信仰，继绝学，铸新知，究天人，通古今，让泱泱中华再闻书声琅琅，再现汉服冠冕，再得经纬天下。

巍巍岱岳，钟灵毓秀，浩浩齐鲁，地灵人杰。感谢学校，秉承崇实求新的理念和海纳百川的胸襟，兼容并济，春华秋实，让我欣沐朝华。师道绵远，学海无涯：以纬为圣、以经为德的校园大道上，北有知新、南有明德的学术殿堂中，师长们博我以文，约我以礼，指引我在学术科研道路上载梦漫溯。与时偕行，革故鼎新：百年积淀与文化底蕴为骨，求知进取与创新发散为风，山大焕发出蓬勃的生命张力，让我在学生工作、志愿实践、文体竞赛中全面锤炼。我有幸成为全国 12 位

荣获本科生国学类最高荣誉的学生之一和山东大学2012年度十佳共青团员中唯一的大二学生。而国家级、省市级重点课题的参与，国际《论语》知识大赛二等奖、全国作文大赛一等奖等荣誉的获取，挑战杯二等奖、创想中国三等奖等佳绩的收获，校优干、校优团干、校十佳记者等称号的获得，都见证着山大对我的福佑。

孔孟遗风，二安故里，莘莘学子，指点江山。感谢青春，让我激情无限，壮志向前，奏响生命的号角，歌唱自在的莺啼，放飞美好的心愿。海之风韵渐染如水般灵动隽永，山之精魂铸造似山般凝稳干练；让独立之魂魄润泽心海，将自由之精神翱翔心间。红日初升，其道大光；河出伏流，一泻汪洋。与青春有关的日子里，山大母亲用她的厚度和广度给予我丰富多彩而摇曳多姿的象牙塔时光。从校电视台主持人、校广播电台副台长、校大学生记者团副总编，到凤凰网、齐鲁网、《中国文化报》等媒体校园记者，到《实践归来话成长》编委、《意林》编辑、《励学》副主编，再到伟众儿童康复中心义工、郓城志愿者协会终身荣誉会员。故纸堆里的焚膏继晷，辩论赛上的挥斥方遒，浣花笺上的诗意缱绻，动静之间，拈花微笑，悄然涅槃，是我对青春的期许，也是山大赐予我的似水流年。

日升月落，那是照耀千秋家国万载沉浮的不变轮回；长风浩荡，那是吹过五千年山巅依旧不停的回响。昔日孔子立于尼山观川亭，发出“逝者如斯夫，不舍昼夜”的千古一叹；今朝我校高瞻远瞩，以校长奖学金为名，立此荣光。金声玉振兮，余音绕梁；源远流长兮，即寿且昌。校长奖学金是山大学子的至高梦想，必将激励一代代山大人在山魂海韵间博学审问、明辨慎思，早日成长为心怀家国的栋梁之才，这也是我接过奖牌的一刻所立下的庄重誓言。山大的历史我无缘参与，但我相信，山大未来的恢弘画卷中必有我亮丽的一抹色彩。

入校前，山大曾是我心中的圣殿，我在外头，理想在里头；四年中，山大是我攀登的阶梯，我在前头，时光在后头；毕业后，山大将是我眷恋的故土，我在这头，青春在那头。凡我在处，便是山大。

作者：尼山学堂2011级本科生、校长奖学金获奖代表　胡　静
摄影：杨云雷

12月24日　　星期二　　晴

环境学院 · 兰晓辉

明天很美好，后天很美好，但很多人都死在黎明前的今天……直到现在，我才真正领会到这句话的含义。从手机没电，我独自一人站在寒风中守着等待认领的水果，到救兵来临，也只不过是五分钟的时间。但这五分钟真的好长好长，以致我在心里做了好多次放弃的决定……

作为中心校区配送水果贺卡的干事，我下课后就立马奔过去。和大家约好了5:30见面，我把水果和祝福送给他们，所以5:00时我便在指定地点等着大家。整理好水果和信息栏，默背着要对大家说的话，时间一分一秒过去了，夜幕渐渐降临，路灯开始发出温暖的光，毫不吝啬地照在每一个人身上，映出大家脸上平安夜应有的幸福与微笑。我拿起一个个平安果细细观赏，体会送卡人内心的细腻与由衷的祝福，想象收卡人得到祝福后流露出的喜悦光芒。“同学，你是环境学院的吗，是在这里领水果贺卡吗？”温柔的声音从耳边响起，把我拉回到现实当中。“对啊，你收到我的短信了吧，这儿有你同学送的平安果哦，祝你圣诞快乐！”“谢谢，你也是！”看到她脸上洋溢着的幸福的笑容，我也好开心，就像是这贺卡是送我的似的。

但是，就在我送的热火朝天时，手机竟然没电了，而我的小伙伴也因自行车链子坏掉而不得不晚一会儿再到，这就出现了日记开头的那一幕，就这样我的心

情发生了三百六十度大转弯。更令人伤心的是，不断有同学过来问："同学，你这苹果多少钱一个啊？""对不起，这些平安果都有主人了。"我低声回答。这时，有两个公安叔叔过来询问我，是不是在这儿"非法经营"，是哪里的，并提醒我不要在路边摆摊……看到他们不信任的眼神和路人甲投来的好奇的眼光，我强忍住泪水阐述着水果贺卡活动及它的意义。"叔叔，我不是卖水果的，我是负责在平安夜给大家送祝福的！"之后我又借了叔叔的手机，搬来了救兵。情况终于有了好转。

等小伙伴到来之后，我们的工作又得以顺利进行，大家脸上又露出了微笑。

今天，我知道了前期准备的重要性，体会到了团结的力量，感到了学长学姐对我们的关心，知道了坚持就是胜利，明白了有些责任再难也要咬牙承担。水果贺卡教会了我好多好多，这些经验或是教训我定将受益无穷！好啦，开始我自己的平安夜喽！

作者：环境学院2013级本科生　兰晓辉

12月25日　　星期三　　晴

文学院·庞　越

来自台湾的逻辑老师苏庆辉，是被每个他教过的学生都尊敬喜爱的老师。

苏老师在台湾习惯了过圣诞节，又因为今天是本学期最后一次上逻辑课，他和大家举行了告别晚宴。美味的佳肴，温馨的灯光，他一直在微笑地看我们吃东西，热情地招呼。大家像朋友一样围坐一起，聊天才越来越明白，越是有故事的人越沉淀，越是经历过纷繁世事的人越懂得保持乐观善良的心的重要。

他，会自己掏腰包请学生吃饭过圣诞节，会在我们做错了也不生气而是用可爱的笑容让我们知错就改，会看着你的眼睛认真地说爱情需要缘分。

喜欢看漫画的男人即使是37岁，也是怀有一颗赤子之心的。

我相信，除了他，没有一个人能一直到37岁还笑得那么天真那么温暖；除了他，没有一个人每周都会在寒冷的冬夜坐一个多小时的公交车赶来为学生无偿补习；除了他，没有一个人能因为学生的小心意而念念不忘心存感激；除了他，没有一个人会那么推心置腹地谈人生谈理想谈自己谈许许多多与学习无关与考试无关却与我们的生活我们的未来息息相关的东西；除了他，更没有一个人会傻傻地跑调地唱“伍佰”唱“费玉清”唱“五月天”给学生听。是的，他是我们心目中独一无二的好老师。

“人生没虾米输赢，重要是不要孤单……”他唱得那么无忧无虑，像极了未经世事的孩子，“世界要和你车拼，但是你这国有我……”大家受了他的满心的欢乐的影响，也禁不住你一声我一声唱起来，其乐融融里，不知不觉我们就像一家人，唱到会心处彼此相视一笑。

蓦然忆起他每周三晚裹着厚厚的棉衣从中心校区赶来为我们上辅导课的情景。黑夜浓重，寒气袭人，尽管是一整天的课，尽管有时候教好多遍我们还是迷茫不知所措的傻样子让他着急，他脸上从不失去笑容，他总是自己检讨自己。“我哪里教得不好你们一定告诉我啊！”“这个逻辑系统现在不明白不要担心，先记住以后会慢慢理解的。”“逻辑其实是一门很有趣的课程，不要对自己没信心，大家基础都一样。”每次这么说的时候，我都会忍不住想要努力地学好这门课，觉得学不好会浪费了他的辛勤付出。

在山大的校园里读书，是一种幸福；遇见这样的好老师，更是一种幸福。居里夫人曾经说过，一个人应该永远记住自己的老师为他的成长播下的最初的种子。

亲爱的苏老师，我们敬你，爱你。愿你永远平安、快乐！

作者：文学院2013级本科生　庞　越

12 月 26 日　星期四　晴

十佳班长答辩者·谢洪浩

“尊敬的各位评委老师，亲爱的同学们，大家好，我来自历史文化学院 2011 级文化产业管理班，我是班长谢洪浩。非常荣幸能够参加今天的‘十佳班长’的答辩。我的答辩题目是《逐梦青春，我在路上》。”

这是今天上午我在学校首次“十佳班长”答辩中的开题。周二下午得到通知，因我班荣获学校“优秀班集体”称号，我得到推荐资格参加今天的答辩。一天半的准备时间匆忙而又紧张，在整理自己的稿子和PPT的过程中，我愈发对自己没底——当班长两年半了，为班级工作付出了很多心血，但我会当选“十佳班长”吗？

辅导员李婧老师的鼓励和肯定让我安定心绪找回了些许自信。答辩现场主持人老师也告诉 21 位候选人，大家能在学校 500 多个班长脱颖而出来参加答辩说明大家已经得到了学校认可，一定不要紧张，好好发挥出应有水平就好，这让空气中堆积起来的沉重压力所产生的紧张感大大缓解。

我去答辩是来学习经验和找刺激的。为什么说找刺激呢，因为每个候选者都是层层选拔上来的，都是牛人中的牛人，无论学习还是工作都样样突出。拿自己和那些优秀人才相比，就会知道自己有哪些不足，需要在哪些方面努力了。这是我今天最大的收获。

我去答辩是带着班级所有老师同学的信任和努力的。两年半来，无论是班级同学还是老师，为了我们的创意梦想班集体的建设都付出了自己的努力，正如答辩中所说：“40 位同学的创意和梦想汇聚了起来，以爱浇灌，用心培育，开出了创意和梦想之花。”

答辩结束后，不能忍受等待结果带来的巨大压力，我先跑去食堂吃饭了，正好和来自尼山学堂的校长奖学金获得者胡静一桌，她也是“十佳班长”候选人。答辩中，她的讲演震撼了所有的评委老师和我们台下的候选人，相形见绌，我望其项背。吃饭时手机一震，我拿出一看，屏幕上显示的是辅导员的短信：“评上了！”我的喜悦之情难以言表，答辩前的不安和躁动也随之烟消云散，而想起答辩准备过程中对自己的拷问，此时也得到了肯定答案。正此时，胡静也收到了“评上了”的通知，凭她完美的答辩和杰出的才能，评上十佳班长当之无愧。

学校首次评选“十佳班长”，我能当选其中之一需要感谢所有支持我的老师、同学和朋友们！尤其感谢我们这个校级优秀班集体！两年半来，我放弃了参与学校学院其他组织，绝大部分的精力放在了班里，最后能得到学校和大家的认可，感觉很有价值！接下来我会更加努力做好本职！

准备的过程中所付出的努力，在收到辅导员“评上了”的短信后也变成了模糊的记忆……不过答辩的内容我现在仍然历历在目，口里依旧念念有声，我确信我现在可以背下来。与答辩的优秀同学相比我还有很多很多的不足，但是我会一直努力！

梦想如诗，青春如歌！年轻的心，逐梦的我，永不止步，将为了实现更大的梦想而努力奋斗！

逐梦青春，我在路上！

作者：历史学院 2011 级本科生　谢洪浩

12 月 27 日　　星期五　　晴

历史学院 · 李兆新

周五一切如常，继续走冷艳路线的天气，阳光下蜷缩身体酣睡的猫咪，换上冬装的小树林，几只鸟雀在光秃秃的枝丫中跳来跳去，还有在这些风景中走在熙攘的人群中一如既往忙碌的我。

晚上的“世界近现代史资料片赏析”课，形式简单，意义重大，在影片的赏析中让你对近代人类的每次苦难都有更为深刻的思考。每次在世界史专业课课堂上，老师的讲解，同学的聆听，以及专业问题上同学们互相交流时，彼此之间“我懂你”的感觉，不由使身为世界史专业一份子的自豪感油然而生。习主席说：“历史是最好的教科书。”读史不仅能开阔视野，以史为鉴，更可以知兴替。

将近9点，我和舍友在回宿舍的路上边走边聊，橘黄色的灯光相随一路，笑声也洒满一路，活泼开朗的她总能让我即使是在考试周也心情轻松。回到宿舍，和舍友一起商量下学期选课的事，互相说说选课那些事，平淡的日子如白开水但不可或缺。成为山大视点学生记者近一个学期，“我爱视点”这话从来没说出口却一直存在心里，慢热的个性使然。每晚打开电脑登录QQ，看看“山大视点记者团”有没有需要特别留意的消息已经成为习惯。周六上午的“山大日记”由我负责编辑，一条消息的弹出让我的心情顿时变得不太灿烂：“今天山大日记被攻击打不开，技术人员正在紧急抢救中，如果明天还无法打开，也要保质保量地编辑日记，恢复后再发布！”打开视点主页，果然进不了“山大日记”的页面。一句话立马溜进我的脑海：“画个圈圈诅咒你！”我很想给攻击“山大日记”的仁兄发个愤怒的表情外加一句“画个圈圈诅咒你”，当然我知道这幼稚得很，但作为责编爱护“山大日记”的心情却让我有些愤慨。

山大日记是山东大学新闻网于2013年4月22日起，推出的大型主题策划活动，为每一位山大人提供日记形式记录山大生活的平台。用朴实的文字记录、生动的图片故事、近距离的视听感悟，记录山大人365天中的点滴感动和成长。作为一名“山大日记”编辑，通过源源不断的来稿，我看出了山大人对“山大日记”的深厚感情。希望明天“山大日记”系统恢复如初，能让山大人的今天在365天中不缺席。

作者：历史学院2012级本科生　李兆新

12月28日　　星期六　　晴

山大视点记者·丁　璇

山大视点，生日快乐！

今天是个特殊的日子，山大视点成立13周年，作为视点学生记者团成员之一，我的心情也是格外的激动，那感觉就像是自己过生日一样。

来到山大视点近一年了。当本学期初纳新结束，自己的名字出现在“成长助力表”中“老成员”那一栏时，心情着实激动，甚至还有一丝惶恐。我准备好了吗？仿佛昨天的我还是那个在师傅的指导下一点点小心翼翼地编辑稿件的小学妹，今天竟然就成了别人的师父！但静下心来仔细想想，在视点的日子里，已然经历了很多事情，学到了很多东西。每周的日常值班，或许外人看来我们的工作是重复且枯燥的，殊不知，每一篇责编为自己姓名的稿子都是倾注了我们的情感并且经过反复雕琢的；一次又一次接到任务，或写稿、或拍照，刚开始时曾因为时间紧张、经验不足，怕自己做不好而想过借口推脱，但当最后在老师和学长的鼓励下硬着头皮接下任务，用心完成，并且得到大家的肯定时，坦白说真的很有成就感。

山大视点于我，最初是那个高大上的学校新闻中心，真正融入她之后，是不断学习的场所，是一个洪楼小朋友在中心校区的大本营。因为她，每一次值班都在培养我的严谨和踏实，每一次紧急任务都在锻炼我的心理和意志；因为她，我有更多的机会去亲身体验校内外的各种重要活动，开阔眼界，我有更高的平台去接触到精英思想的碰撞，增长见识；因为她，我多了几位有才又有爱的老师，在我迷茫时给予指点，在我进步时给予鼓励，并且时不时孩子般地跟我们开起玩笑；因为她，我有了很多优秀的学长学姐来做师父，手把手毫无保留地教会我各种技能；因为她，在山大我又多了一处归属地，又多了一份伸手就可以碰触到的温暖。

不论是老师还是学生，为了一次新闻，大家不辞辛苦奔波，熬夜加班加点，一起像家人一样欢乐地吃盒饭，在一次次冲锋陷阵的过程中，感情越来越深厚，对于视点对于新闻工作的爱也越来越清晰。虽然我不是新闻专业的学生，虽然我的文字功底或拍照技术与“记者”这个身份还差得很远，虽然为了值班我还需要在洪楼与中心之间来回奔波，更有其他伙伴每次都要用来回将近3小时的车程从兴隆山赶来，但在视点久了，新闻中心的事情已经融入生活，“门外汉”对于新闻工作者的使命和责任也有了日渐深刻的感悟与体会。我相信有时候因为感性情感所迸发的能量甚至会比理性的思维技巧带给人更大的惊喜。

山大视点成立、发展的前12年我没有参与，但很庆幸，13岁的生日，我和你在一起。以后每年的12月28日将成为我生命中一个重要的日子。诗酒趁年华，视点看山大。一届又一届爱新闻、爱视点的朋友们在这里留下了他们的足迹，一位已经离开的学姐曾经开玩笑地说过“铁打的山大视点，流水的记者团成员”，我们终将离去，但希望当我们当离开的时候，能够留给山大视点关于“爱、责任、信任、超越”的宝贵传承，和不断突破、勇敢“接地气”的新鲜创造。

每次值班，来到明德楼A443室，正式工作之前总会扫扫地，浇浇盆栽，看看挂满我们笑脸照片的文化墙，这就是我们每个视点成员的家。打开电脑，登录邮箱和后台，品读每一天的山大故事。

生日快乐，我对自己说。

作者：外语学院2012级本科生　丁　璇

12月29日　　星期日　　晴

唐社元旦茶话会演员·杜丰颖

晚上9点，山大唐仲英爱心社的元旦茶话会落下了帷幕。或许我不应该说得这么正式，因为我们每一个人都玩得很嗨，官方的语句不再适合描述我们的这次茶话会。

节目还未开始，我们13级成员就各显神通。一段儿童舞蹈《三只小熊》把大家的热情带动起来，室内温度骤升几度。第一个节目是我和小伙伴们精心准备的剪影表演《唐社的故事》，我们用一种神奇的方式把唐社这半年来的故事记录下来。我们的剪影表演虽不能媲美大型影子剧，但评价起来两个字“优秀”。董上上和费小靓的一段对口相声《新地理图》又引来掌声一片。“吃着意大‘梨’，穿着毛里求斯的喜马拉雅‘衫’，乘着阿根‘艇’，去拜访夏威‘姨’。”幽默的谐音把主持人都感染了，说：“我还是喜欢在有清明上河‘土’的全真‘道’

上用维吾‘耳’听着黄河九曲啊！”

看了很多节目，大家笑得脸上的肌肉都僵了。杨昭姐早就为大家想到了这一点，游戏环节，上！我们随机站在一起，随机走动，杨昭姐说“胶水粘”，大家说“粘什么”，杨昭姐说一个身体部位，我们就开始快速寻找小伙伴把要粘的部位贴在一起了。第一次是左手心，第二次是左屁股，第三次是左脚心，第四次竟然是鼻子。坚挺了 4 回合，我败了。赢家是谁呢？周旸哥和志玲姐。为什么是他们两个呀？原来他们在平安夜背着我们大家“订定终身”啦。撒花，奏乐，在羡慕嫉妒恨中，游戏环节结束了。

怎么回事？怎么一帮人拿着勺子、暖水瓶盖就上场了？原来是三句半《戏说唐社人》。文超、宫镇江，张获还有谭江山，他们四个人连夸带黑，把 12 级工作组和 13 级的小伙伴们，当然还有 09 级的男神天立哥全都评价了一番，评价那是相当恰当啊。三句半如何，从大家前仰后合的样子中就能知道了。只有逗笑的节目那哪行，温婉的节目走起！黄筱琳的一曲二胡独奏《月夜》，给大家带来了一丝丝舒缓，犹如“子在齐闻韶”的感觉，真心点个赞。接着的歌曲串烧《青春也疯狂》彻底让大家嗨了起来。穿着实验服的汉子与女汉子们伴着劲爆的歌曲跳着妖娆的舞步。唐社鸟叔冉天华笑了，他带领着汉子与女汉子们跳了一支 *gentleman*，大家的热情直接爆棚。闪烁的灯光、动感十足的音乐，再加上大家完美的动作，青春的确是疯狂的，一轮劲舞过后，一波歌曲又起。

石振宇、宫镇江、刘晓宇、文超、张获、顾景景给大家带来了新一轮的歌曲串烧展现了我们唐社的风貌。在唐社，既有《一个像夏天一个像秋天》的小清新情谊，又有《只对你有感觉》的一见钟基情，关键是《在那不遥远的地方》有这样一群人，怀着同样一颗温暖的心而《相亲相爱》。“写心愿”活动中，在卡纸上写下的新年愿望，放进愿望盒里，收集完大家的愿望，每个人再抽取一个愿望，充当小天使为写愿望的人完成愿望。看到手中的愿望，有个人为难了，愿望是晓菡姐写的，她说好久都没尝到蛋糕味道了希望今晚能尝一尝。这不是难为人吗？正在犯难的时候，魔术大师中天哥站出来了，在中天哥的忽悠下，大家闭上了眼睛幻想蛋糕出现。倒数 5 个数，5、4、3、2、1，睁眼！一个插满蜡烛的生日蛋糕真的出现在大家的眼前。原来是罗婷姐的生日啊，再过几天又是传业哥的生日。

在大家生日歌的祝福中，罗婷姐和传业哥的脸上涂满了奶油，或许这是生日蛋糕给他们两个的问候吧。屏幕上出现了一个亮点，似乎是有 VCR 要放。一段轻柔的音乐过后，屏幕上出现了大家的身影，晓菡姐、杨昭姐、中扬哥、志玲姐还有倩玉姐挨个儿表达了他们真挚的祝福，宸汁哥那只有 2 秒的镜头，只得让人感叹，这酱油打的也太水了吧。

带着甜蜜的生日祝福，我们的元旦茶话会结束了。一场茶话会带给我们太多的欢乐，3 个小时，我们脸上始终挂着发自内心的笑容。参加过许多元旦晚会，可是能让我自始至终看下去的没有几次，能让我自始至终笑着看下去的更少了，能让在场的所有人全都自始至终笑着看下去，在我的印象中这是第一次。不是虚夸唐社元旦茶话会有多好，而是发自内心的感叹，每一个节目都是精心准备，如果你能到现场看一下，我相信你也会有同样的感叹。所有人围坐在一起喜迎元旦，没有社长团支书、没有部长干事，有的只是兄弟姐妹。唐社路上，有你有我，唐社需要我们一起来建设，大家努力吧。

作者：生命学院 2013 级本科生　杜丰颖

12 月 30 日　　星期一　　晴

药学院·刘　千

今天下午，我非常高兴，为庆祝 2014 年元旦，我们宿舍姐妹四人各自整理装束，集体出动一起去超市购物，准备犒劳自己，迎接新年的到来。

下午 4 点左右购物回到宿舍，大姐把最大的橙子分给大家，二姐把花生、瓜子贡献出来，小妹把最爱吃的葡萄干捧给大家，还拿出了刚买的“蜜橘”，我拿出了“红富士”苹果分给大家。我们四姐妹说说笑笑，品尝着美味，气氛相当好！等吃得地面上一片狼藉了，大姐分工清理宿舍卫生。

小妹说，吃晚饭的时间还早，二姐开始发表感慨："一学期快结束了，姐妹们谈谈体会吧！"

小妹说："我先来抛砖引玉，大学与高中不同，多亏有姐妹们在一起，姐姐怎么做，我就怎么做，到现在我才适应，就是没有奋斗目标。"大姐说："前几天我就反思，也在网上搜索大学生的学习和发展目标；学习主要是培养获取知识、处理知识和创造知识的能力，也就是自主学习、终生学习、自我发展、持续发展的能力；奋斗目标是学会学习、做事、做人和共同生活。"我说："这些太笼统，我认为首先要学好专业课，掌握专业的知识，才能在竞争中有一席之地；当然只靠专业知识还不够，还要锻炼其他能力，努力成为'复合'型人才。"二姐说："我听学姐说，大学生一是读书二是活动，从中培养和锻炼才干。"

大姐说："上周考了几科，不要为应付考试而学，要为热爱的专业、将来的事业而学；要把'要我学'变为'我要学'。"小妹说："大姐是说不能死学习，还要多参加竞赛、义工、短工来丰富社会经验，学会和各种人打交道。"二姐说："大学是社会的浓缩版，还有目标的导航问题，没了目标就像是无头的苍蝇。"我说："莎士比亚说过一个人，要有梦想的活着；只有有梦想，才会有奋斗的动力、生存的价值；没有目标，将一事无成。"

大姐说："时间不早了，咱总结一下，不唱高调，实事求是。"

1. 首先对药学要感兴趣，学好基础课、专业课；

2. 每学期有明确的奋斗目标，要做药学方面的骨干、精英；

3. 学习、实践同样重要，抱着学习的态度全力参加；

4. 图书馆是最好的地方，有很多资源，有我们需要的导师。

小妹说："我说最后一句，咱姐妹相互帮助、监督，每天坚持目标，实现自己的梦，创造美好的未来！"

"开饭了！"

作者：药学院 2013 级本科生　刘　千

12月31日　星期二　晴

药学院·赵晓悦

去年的现在，我在家里，一边看跨年演唱会，一边敲一篇辞旧迎新的文章，向很多很多的人说感谢。今年，想了很久是不是要写一些什么，终于在还有一刻钟就是新年的时候，觉得还是应该用我最爱的文字，表达一下对新年的欢迎。

这一年居然就这样过去了。以后写新闻稿，开头都要是2014了，心里说不出的惶恐。当时间真的变成所谓的“光阴似箭，日月如梭”的时候，我竟真的觉得有一点怕了。恍然一回头，大学上了一年半，多年利落的短发也已经是及肩的长度。会不会再过一瞬，我就已经是中年人，甚至已经垂垂老矣了？回想今天的一切，带着怎样心情呢？我只觉得不后悔便是最好的。那会不会有今天的哪个人，伴我一直走到那一天呢？

年初的好多事我都已经记不太清了。这一年最重要的事大概就是做了新闻中心部长，它带给我的所有的舞台、光荣、鲜花、掌声、压力、责任、奔波和困苦，就像姗姗姐一开始就告诉我的一样，——彼此缠绕，难舍难分。感谢老师、学长学姐以及身边所有一直相信我鼓励我的朋友，你们一直托付给我的信任，让我不管接受怎样的赞美都一直谦逊，不管遇到什么委屈都毫不放弃。感谢新闻中心一直陪我走到现在，而且还会一直走下去的副部们，谢谢你们对我的包容和理解，谢谢大家的齐心协力、不弃不离。感谢新闻中心七个努力、好学的干事，是你们让部长大人愿意一直坚强，一直努力去做一个好部长，不想让你们失望。

新闻中心考验我的耐心，打磨我的脾气，给我更高的台阶去眺望，更多地去思考。很多时候，我对别人说得最多的一句话就是：放心。谢谢新闻中心给我一片天空去绘制天堂的模样，这是我一生只能做一次的事，是我一定会竭尽全力的事，因为热爱，因为深爱，我可以变成永远不知疲倦的人。

还有电影协会，或许最初我并不爱它，但是现在，我真的很想和大家一起把它办得越来越好，甚至在我可以为它效力的这一两年间，实现我们远大的目标。

这一年，我觉得自己真得长大了很多，又想了很多事，决定了很多事。我开始留长发，开始穿裙子，开始勇敢地去变成自己想要的样子；开始学着去放弃一些我不能拥有的人和事，开始控制自己控制欲，学着与这个世界温柔相处。这一年出现一个很重要的人，我努力地从他的全世界路过，在路过的途中得到了很多美好或者悲伤的诗意，得到了好多不断改变自己的动力，得到了好多狗血的故事和颜面尽失的偏执。虽然我一度因此而变得狼狈和消沉，但如果没有这一段经历，我一定不是今天的我。此时，庆幸这一场路过潦草收尾，变成了过去式，尘封进时光的妆奁，我不会再开启。这一场路过，不会有人记得了，即使它似乎是真的存在过，毫无痕迹的。

晚上的跨年演唱会，用宿舍的渣网速，我勉强看了陈翔的演出部分。我身边的很多人都是从前高中里的好学生，你说他们不懂狂热，可他们也会爱篮球，爱足球，高呼着科比是最伟大的球员，艾弗森怎样怎样。但他们放下自己的狂热，依旧会把追星视为脑残和花痴。只要我没有变成真正的脑残和花痴，自然就也不会去跟这些人争辩或者试图争取到理解。我爱陈翔，就是爱他，不祈求理解，也与旁人无关。陈翔最近真的变了好多，相比出道时的清秀和稚气，现在的他，眉宇间描摹出了更多的俊朗和坚毅，也越发显出他西北人骨子里狼一般的血性。他现在给我的感觉就是特别man。曾经我说他美好得就像“少年”这个词本身，但现在，他是宛如神一般的存在。我从来不说什么我会喜欢他一辈子之类的话，我只是想要想现在的状态努力延续到尽可能的未来。这是我最郑重的承诺了。

谢谢身边的朋友。谢谢蔺红霞，我们的友谊是我在这个残酷地球上生存下去的最坚固的堡垒。谢谢周慧，你像太阳一样，让我能够勇敢，让我即使面对阴影，也勇敢地相信背后有光明。谢谢吕凤翊，总是提着我的领口，让我不被绝望浸没头顶，让我有机会喘息一下再满血复活。谢谢胡华杰，贱贱的段子胡总是旁敲侧击地让我没有消沉下去，可是跟你做朋友真累心啊……谢谢翟翱炜，文字感悟上的知己，真正的诗人。你那段安慰的话曾让我号啕大哭，把我室友都吓傻了。还有老是跟我卖萌，但很多很多次听我倾诉发泄的漂亮张老师，和从来都没有凶过我的李冬老师。还有很多很多人。真的谢谢你们，有意或者无意的，让小悦变成今天的她自己。

而有些人，带给我失望，不断地与我作别。幸好我终于学会松手，学会不强求，学会不苛责。谢谢你们来过，不管带给我什么，不管是怎样的荒诞，都在造就今日的我。

已是 2014 年了。辞旧迎新的时候总是会说太多感谢，除此无以表达内心对于这个世界深深的敬意。

没有钟声，没有仪式。而成长有声，铿锵坚定。

生命中的第十九个年头。

愿，逆风如解意，容易莫摧残。

作者：药学院 2012 级本科生　赵晓悦

后 记

在 2013 年 4 月 22 日第一篇“山大日记”中有这样一句话：“有人说，朋友不是先来的人或是认识你最久的人，而是来了之后再也没离开的人，希望‘山大日记’能成为每一个山大人的朋友。”多少个夙夜相伴，今天，“山大日记”已经成为山大人最知心的朋友。

每当学校有大事发生，“山大日记”总是从亲历者的角度，或带大家“场景再现”，或探秘“不为人知”的幕后故事，或讲述当时特殊的心情。

4 月 23 日，中心校区体育馆人满为患，大家都在翘首企盼星云大师的到来。人群中，一位有心人将这一时刻记录在山大日记中：“除了 110 周年校庆典礼，还是第一次见到这么多人参加活动。”

5 月 14 日，程代展教授受聘山东大学特聘教授，初为山大人，程教授在第一时间书写了山大日记：“我加盟山大，只有一个信念，就是希望和山大的同行们一起，将我们自己提出的理论、方法进一步完善，形成一个完整的学科分支。让我们的理论成为有重要国际影响的‘中国创造’。”

6 月 22 日，是山东大学党代会召开的日子，党代表朱桂英难掩激动：“赶快洗漱、匆匆吃过早餐，换上精心准备的正装，以满腔的政治热情和高度负责的主人翁精神，准备去投上自己庄严而神圣的一票。”

10 月 22 日，山东大学前任校长徐显明告别山大，发表深情感言：“万般情感，化为四个‘永远’——我永远感恩山大！我永远以在山大的两段经历为自豪！我永远怀念我的同事们！我永远是山大人！”

如今，“山大梦”“世一大”已成为校园热词，当我们觉得这些词离我们有点遥远时，那些质朴的话语，却踏出一步步铿锵跫音，令听闻者心头发烫。

在一个寂静的夜里，青岛校区建设办公室的李广勇深情地说：“看着她一天天的变化，就像看着自己的孩子在慢慢地、健康茁壮地成长。不参与其中，你永远无法体会这种内心的喜悦和激动，永远也感受不到这份自豪和成就。”

炎炎夏日，后勤保障部环保科的丁昌在日记中写道：“顶烈日战酷暑，呼吸着垃圾的恶臭，每天往返 100 多公里，运送垃圾，浑身臭烘烘，晴天一身汗，雨天一身泥，下车汗淋淋，就是他们工作的真实写照。”

有时我们会想，那些生命中的特殊时刻，若不通过什么记录下来，恐怕就再也想不起了。日记中那些感喟，每每读来，心绪一次次被荡起，仿佛和作者一遍遍重新经历那个时刻。

中文系 62 级毕业 51 周年同学聚会上，古稀之年的孔范今教授感慨良多：“会议室里，同学们纷纷落座后，主持人说：‘让孔范今同学来讲两句。’啊，时隔多年，我又被称呼了一次同学，感觉像是回到了文史楼的老教室里。”

山东大学 112 周年校庆当天，臧克家先生遗物捐赠仪式举行，臧克家之子、哲社学院臧乐源教授在日记中写道：“我们一家已经四辈山大人……希望我们家的第五辈、第六辈……仍然能到山东大学学习。我们感到非常亲切，山东大学真是我们的家啊！”

当然，大部分还是些平常的日子，学习工作，朝八晚五，日复一日。一个个平凡的日子，像一块块坚固的石砖，筑成这座百年学府最厚重的基石。

……

山大日记栏目组成员们常开玩笑说山大日记“刺激”，偶尔会陷入“开天窗”的担心，更多则又为铺天盖地而来的稿件“发狂”。然而，我们又感激与山大日记相遇，她让我们度过了充实又幸福的每一天。

5 月份，我们得知 7 月 22 日是穆咏娟老人 99 岁生日，和儒研院相关老师联系后，跟随他们一起去看望老人。最终，由老人口述，山大日记栏目组成员代笔书写了山大日记。老人鹤发童颜，精神矍铄，讲到高兴处手舞足蹈，笑得像个孩子。

11 月 28 日，是山东大学第一届“宿管阿姨节”，我们邀请中心校区 12 号楼的李云阿姨写日记，她用朴实的语言表达了对孩子们的爱与感谢，还拿出孩子们写给她的“情书”给我们看。

山大日记也广受同学们欢迎，他们借助这一平台，讲述真实故事，表达真切情感。

在山大学子笔下，山大是丰富多彩的。有热热闹闹的迎新、轰轰烈烈的毕业，有中国好老师、中国好舍友，有山大神课、山大神猫……你一笔我一笔，共同描绘着五彩斑斓的校园生活。

春华秋实，日复一日，大家用真实的话语、最真挚的表达，记录着山大人平实的生活，展现出山大人独有的精神风貌。254 篇日记，在 254 个逐梦、筑梦的火热日子里，见证着山东大学迈向世界一流大学之路上，254 个坚实的足印。

转眼，又是新的一年。

让我们一起，继续陪伴这位老朋友。

山大日记栏目组

图书在版编目(CIP)数据

山大日记.2013年/尹作升,李平生主编.—济南:山东人民出版社,2014.11
ISBN 978-7-209-08722-3

Ⅰ.①山… Ⅱ.①尹… ②李… Ⅲ.①新闻-作品集-当代 Ⅳ.①I253

中国版本图书馆CIP数据核字(2014)第311908号

责任编辑:王海涛

山大日记.2013年
尹作升 李平生 主编

山东出版传媒股份有限公司
山东人民出版社出版发行
社 址:济南市经九路胜利大街39号 邮 编:250001
网 址:http:// www.sd-book.com.cn
发行部:(0531)82098027 82098028
新华书店经销
山东省东营市新华印刷厂印装

规 格 16开(169mm×239mm)
印 张 28
字 数 350千字
版 次 2014年11月第1版
印 次 2014年11月第1次
ISBN 978-7-209-08722-3
定 价 39.00元